귄터 그라스 (1999년)

1959년 출간된 『양철북』 초판의 표지화
여기 실린 그림들은 모두 귄터 그라스의 작품이다.

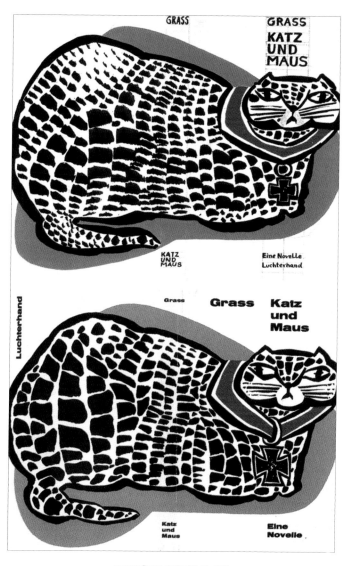

1961년 출간된 『고양이와 쥐』 표지

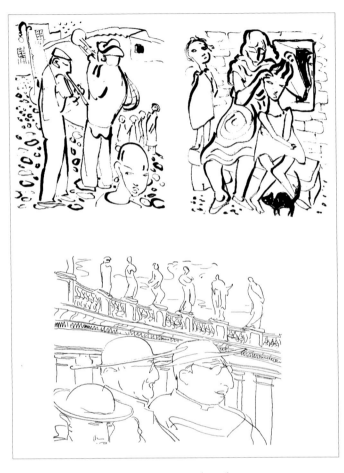

이탈리아 스케치북에서(1951년)

프랑스 여행의 스케치북에서(1952년)

『개』와 『개들의 시절』(1963년) 표지

『어느 달팽이의 일기에서』(1972년) 표지와 스케치

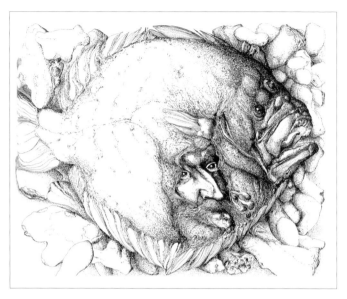

「넙치 배 속의 남자」, 동판화(1978년)

양철북 1

Die Blechtrommel

DIE BLECHTROMMEL
by Günter Grass

세계문학전집 32

양철북 1

Die Blechtrommel

귄터 그라스

장희창 옮김

민음사

차례

1부

2부(상)

2권 차례

2부(하)
3부

작품 해설
작가 연보

1부

폭 넓은 치마

그래, 사실이다. 나는 정신 병원에 수용된 환자다. 나의 간호사는 거의 한눈도 팔지 않고 문짝의 감시 구멍으로 나를 지켜본다. 하지만 간호사의 눈은 갈색이기 때문에 푸른 눈의 나를 들여다볼 수는 없다.

그러므로 나의 간호사는 결코 나의 적수가 될 수 없다. 오히려 이제는 내 편에서 그를 좋아하게 되었다. 그래서 나는 이 문 뒤의 감시자가 내 방에 들어오기만 하면 내 생애의 일들을 그에게 들려주곤 한다. 우리 사이를 가로막는 감시 구멍에도 불구하고 그가 나를 이해하도록 하기 위해서다. 이 선량한 남자는 물론 나의 이야기를 존중해 주는 눈치다. 내가 무언가 거짓이라도 보태어 말하는 순간이면 그는 애써 감사를 표하려고 최근에 만든 그의 노끈 작품을 나에게 보여 주기도 하니까. 그가 예술가인지 아닌지는 불문에 붙이기로 하자. 하지만 그의 작품들이 전시된다면 신문들이 호평을 할 것이고, 또한 몇몇 구매자들의 관심도 끌게 될 것이다. 여하튼 그는 자기가 맡은 환자들의 방을 돌아다니며 수집한 보통의 노끈들을 풀어헤친 다음, 그것들을 여러 겹으로 다시 엮어 촉감이 부드러운 유령(幽靈)들을 만든다. 그러고 나서 그것들을 석고에 적셔 굳게 만든 후 나무 받침대에 고정되어 있는 뜨개 바늘에 꿰매는 것이다.

이따금 그는 자기 작품에 색칠을 하겠다고 골똘히 생각하기도 한다. 그러면 나는 그만두라고 그를 말리고, 하얗게 래커칠한 나의 철침대를 가리키며 이 완전무결한 침대가 알록달록하게 칠해지면 어찌 될지 상상이나 해 보라고 충고한다. 그러면 그는 깜짝 놀라며 영판 간호사의 것인 두 손을 머리 위에서 마주 잡는다. 그리고 그와 동시에 조금은 굳어 있는 얼굴에 정말 놀랍다는 표정을 짓는 척하면서 색칠하려던 계획을 단념하고 만다.

그러므로 하얗게 래커칠한 나의 철침대는 하나의 척도인 것이다. 아니, 나에게는 더 이상의 것이다. 이 침대는 내가 마지막으로 도달한 목적지이자 위안, 아니, 나의 신앙일 수도 있다. 병원 당국이 침대 개조를 허락해 주기만 한다면 말이다. 사실이지 나는 그 누구도 나에게 접근하지 못하도록 침대 격자를 높이고 싶다.

일주일마다 한 번씩 있는 면회일이면 하얀 철제 격자들 사이에 엮어져 있는 나의 정적(靜寂)은 깨어진다. 그날이면 나를 구출하려는 자들이 찾아온다. 나를 사랑하는 것이 그들에겐 재미거리이다. 그들은 나의 모습을 보면서 그들 자신을 소중히 여기고 높이 평가하며 알려고 한다. 하지만 그들은 얼마나 맹목적이고 신경질적이며 돼먹지 않았는가. 그들은 날카로운 손톱으로 하얗게 래커칠한 나의 침대 격자를 긁어 대고, 볼펜이나 청색 연필로 그 위에다가 기다랗고 천박한 인물화들을 그린다. 나의 변호사는 매번 "어이." 하고 소리치며 방으로 뛰어들어 와서는 그의 나일론 모자를 내 침대의 발치에 있는 왼쪽 기둥 위에 씌운다. 그는 방문 동안 내내—변호사들이란 언제나 할 이야기가 많은 법이다—난폭한 행동으로 내 마음의 안정과 명랑함을 빼앗아 간다.

나의 방문객들은 아네모네를 그린 수채화 아래 놓여진, 방수포(防水布)를 씌운 하얀 테이블 위에 선물을 쌓아놓는다. 그리고 바로 지금 진행 중이거나 아니면 예정되어 있는 구출 계획들을 나에게 떠벌린다. 게다가 그들의 지칠 줄 모르는 구출의 대상인 바로 나에게, 그들의 이웃 사랑이 얼마나 고귀한 것인가를 납득시키려 한다. 그렇게 하여 만족을 느낀 후, 그들은 다시 자신의 존재에 대하여 즐거움을 맛보며 내게서 떠나간다. 그러고 나면 나의 간호사가 와서 환기(換氣)를 시켜 주고 선물 꾸러미를 묶었던 끈을 주워 모은다. 그는 환기를 시키고 나서도 시간이 있을 때면 이따금 나의 침대에 걸터앉아 묶인 끈들을 풀며 아주 오랫동안 정적을 지킨다. 정적이야말로 브루노이고 또한 브루노야말로 정적 그 자체라고 내가 말할 때까지 말이다.

브루노 뮌스터베르크는—이자가 바로 나의 간호사임을 밝혀둔다. 그리고 이제 익살은 그만 떨기로 하겠다—내가 준 돈으로 편지지 500매를 사왔다. 자우어란트 출신의 미혼이며 아이도 없는 브루노는 보관하고 있는 재고품이 부족할 경우엔 어린이 장난감도 파는 조그마한 문구점을 다시 찾아가서—그저 정확하기만을 바랄 뿐인 나의 기억력을 돕는 데 필요한—줄치지 않은 백지를 구해다 준다. 나는 방문객들, 예컨대 변호사라든지 클레프에게는 결코 이 일을 맡길 수 없었을 것이다. 그들은 안달복달하며 매사를 규제하려는 그러한 애정을 가진 부류들이다. 그러므로 이 친구들은 백지처럼 위험한 것을 내게 가져다줌으로써, 끊임없이 말을 분비하고자 하는 나의 정신이 그걸 사용하도록 내버려 두지는 않았을 게 분명하다.

　　내가 브루노에게 "브루노, 순결한 종이 500장 사다 주겠니?"라고 말하자, 그는 천장을 바라보며 이런 종이 아니겠느냐고 비교하는 뜻에서 집게손가락으로 그곳을 가리키며 대답했다. "하얀 종이 말씀이죠, 오스카 씨."

　　나는 순결한이라는 말을 고집하면서 가게에 가서도 그렇게 말해 달라고 브루노에게 부탁했다. 오후 늦게 짐꾸러미를 들고 돌아왔을 때, 그는 그 어떤 생각에 감동받은 듯한 얼굴을 하고 있었다. 그는 자신의 모든 영감을 이끌어 내었던 그 천장을 몇 번이고 계속 뚫어지게 바라보다가 조금 후에야 말을 했다. "참 좋은 말을 해 주셨어요. 순결한 종이를 달라고 했더니, 그 여점원이 얼굴을 몹시 붉히면서 그것을 내주었어요."

문구점의 여점원에 대한 이야기가 길어질 것 같아 나는 종이를 순결하다고 부른 것이 후회 되었다. 그래서 아무 말 없이 있다가, 브루노가 방을 나가서야 500장의 편지지가 들어 있는 꾸러미를 풀었다.

나는 그 질기면서도 부드러운 꾸러미를 잠시 손으로 들고 무게를 가늠해 보았다. 거기에서 열 장은 빼내고, 나머지는 침실용 테이블 안에 넣어 두었다. 그리고 서랍 속 앨범 옆에서 만년필을 꺼냈다. 잉크는 가득 차 있다. 다시 넣을 잉크도 충분하다. 자, 어떻게 시작할까?

이야기를 중간에서부터 시작하여 계속 앞으로 나아가거나 아니면 거꾸로 올라가기도 하면서 대담하게 활보하는 것도 좋긴 하지만 혼란을 일으킬 수 있다. 현대식으로 하자면, 모든 시대와 간격을 없애 버리고 나중에 다음처럼 선언하거나 선언하게 할 수 있다. 마침내 최근에 와서 공간과 시간의 문제는 해결되었다고. 또는 오늘날 소설을 쓴다는 것은 불가능한 일이라고 우선 주장해 놓고는, 나중에 등을 돌리고선 몹시 취한 척하여 결국에는 최후의 소설가인 것처럼 보이게 할 수도 있다. 또한 나는 소설의 서두에서 주인공이 없다고 미리 말해 두면 훌륭하고 겸손해 보인다는 점을 알고 있었다. 이미 더 이상 개성적인 인간은 존재하지 않으며, 개성도 사라져 버렸기 때문에, 또한 인간은 고독하고, 마찬가지로 모든 인간은 고독하므로 개별적인 고독을 주장할 권리가 없으며, 다만 이름도 주인공도 없는 고독한 집단만이 생겨나기 때문에 소설에는 주인공이 있을 수 없다는 식으로 말이다. 이 모든 것이 가능하며 저

마다 타당성을 가진 것일는지 모른다. 하지만 나는 나 오스카와 간호사 브루노를 위하여 우리 두 사람이 주인공이며, 감시 구멍 저쪽에 있는 그와 이쪽에 있는 나는 완전히 다른 주인공임을 말해 두고 싶다. 그가 아무리 문을 열고 들어온다고 해도, 우리 둘이 이름도 주인공도 없는 하나의 덩어리가 되어 버리는 것은 아니다. 그 모든 우정과 고독에도 불구하고 말이다.

나의 이야기는 내가 태어나기 훨씬 이전부터 시작된다. 왜냐하면 자기 자신의 존재에 대해 말하기 이전에, 적어도 조부모님 중의 한 분이나마 기억하려는 인내심을 가지지 않은 자라면 누구든 자신의 생애를 서술할 자격이 없기 때문이다. 내가 있는 정신 병원 바깥에서 혼잡한 생활에 시달려야만 하는 독자 여러분 모두에게, 그리고 내가 편지지를 보관하고 있다는 사실에 대해 아무것도 모르는 분들과 매주 찾아오는 방문객 여러분에게 오스카의 외가 쪽 할머니를 소개하겠다.

나의 할머니 안나 브론스키는 10월 어느 날 늦은 오후에 여러 벌의 치마를 껴입고 감자밭 가에 앉아 있었다. 만일 오전 중이었다면 할머니가 얼마나 솜씨좋게 시든 잎사귀를 갈퀴로 긁어모아 차곡차곡 쌓아 올리는지를 볼 수 있었을 것이다. 점심 때에 그녀는 당밀로 달게 만든 버터빵을 먹었고, 마지막으로 밭을 고른 후, 여러 벌의 치마를 입은 채 감자로 거의 가득 찬 두 개의 광주리 사이에 앉아 있었다. 두 발끝이 나란하게 수직으로 위를 향하고 있는 장화의 바닥 앞쪽에서 감자 잎을 태우는 불이 천식처럼 이어졌다 끊겼다 하며 타오르고, 연기는 거의 경사가 없는 지표면을 따라 편편하고 고르게 퍼져 나가고 있었다. 때는 1899년이었다. 그녀는 카슈바이 중심지의 비사우 근처에, 벽돌 공장과 더 가까운 곳, 람카우 앞쪽, 피어에크 뒤쪽, 브렌타우로 가는 거리 방향, 디르샤우와 카르타우스 사이에, 골트크루크의 검은 숲을 등지고 앉아 있었다. 그리고 끝이 까맣게 탄 개암나무 가지로 감자를 뜨거운 잿더미 속으로 밀어 넣고 있었다.

나는 방금 특별히 할머니의 치마를 언급하며 여러 벌의 치마를 껴입고 앉아 있었다고 분명하게 말했는데—물론, 이 장(章)의 표제는 '폭 넓은 치마'이다—이것은 내가 이 옷의 신세를 지고 있음을 알기 때문이다. 할머니는 단 한 벌이 아니라 네 벌의 치마를 껴입고 있었다. 그렇다고 한 벌의 치마와 세 벌의 속치마를 입고 있었다는 말은 아니다. 그녀는 네 벌의 치마를 입고 있었는데, 그것은 한 벌의 치마가 다른 치마를 떠받치는 식이었다. 말하자면 그녀는 네 벌을 하나의 체계에 따라 입고 있었다. 즉 치마의 순서를 매일 바꾸는 것이었다. 어제 맨 위에 입고 있던 치마는 오늘 바로 그 밑으로 들어갔고, 어제 두 번째이던 치마는 오늘 세 번째가 되었으며, 어제 세 번째였던 치마가 오늘은 그녀의 피부와 맞닿게 되었다. 그리고 어제 피부와 맞닿았던 치마는 오늘 그 모양을 분명히 드러내었는데, 그것은 아무 무늬도 없는 것이었다. 나의 할머니 안나 브론스키는 그러니까 어느 것이든 감잣빛의 치마를 좋아했다. 아마 그 빛깔이 그녀에게 어울렸음이 분명하다.

이 색깔 문제 말고도 할머니의 치마는 지나치게 넓은 면적의 옷감을 사용한다는 점에서 특이했다. 그것은 바람이 불면 배처럼 둥글게 불룩해졌고, 적당한 바람에는 느슨해졌으며, 바람이 스쳐 지나갈 때는 펄럭펄럭 소리를 냈다. 그리고 바람이 뒤쪽에서 불어오면 네 벌의 치마 모두가 그녀의 앞쪽으로 휘날렸다. 자리에 앉을 때면 그녀는 치마를 몸 쪽으로 끌어당겼다.

언제나 부풀어 있거나, 드리워져 있거나, 주름이 잡혀 있거나, 아니면 빳빳하고 속이 빈 채 그녀의 침대 옆에 걸쳐 있는 네 벌의 치마 이외에도 그녀는 다섯 번째 치마를 가지고 있었다. 그것은 감잣빛의 다른 네 벌과 다른 점이 하나도 없었다. 게다가 다섯 번째 치마가 항상 다섯 번째로 있는 것은 아니었다. 그것은 그의 다른 형제들과 마찬가지로—치마라는 단어가 남성 명사임에 유의하라!—교체의 법칙에 따랐으며, 몸에 걸친 네 벌의 치마에 종속되어 있었고, 때가 되면 다른 치마와 마찬가지로 다섯 번째 금요일마다 빨래통 속에 들어갔다. 그리고 토요일에는 부엌 창문 앞의 빨랫줄에 널려지고, 마른 뒤에는 다리미판에 놓여져야만 했다.

나의 할머니가 토요일에 집안 청소와 요리, 세탁과 다리미질을 하고, 소젖을 짜고 먹이를 준 후 목욕통에 몸을 푹 담그고 비누칠을 약간 한 다음, 다시 목욕통의 물을 끼얹고 커다란 꽃무늬가 있는 수건으로 몸을 감싼 채 침대 모서리에 앉으면, 그녀 앞의 마룻바닥에는 몸에 걸치던 네 벌의 치마와 새로 빤한 벌이 넓게 펼쳐져 있는 것이었다. 그녀는 오른손 집게손가락으로 오른쪽 눈 아래 눈꺼풀을 누르고 아무에게도, 그녀의 오빠 빈첸트에게도 상의하지 않고 마음속으로 무언가를 재빨리 결심하였다. 그리고 맨발로 서서 감잣빛 광택이 거의 바랜 치마를 발가락 끝을 사용하여 옆으로 밀쳐 내고는 그 빈자리를 다른 깨끗한 치마로 채웠다.

그녀의 마음속에 확고하게 자리잡은 예수님에게 경의를 표하기 위해 다음날 일요일 아침 람카우의 교회에 갈 때쯤이면 이 치마 순서를 새로 정하는 의식이 거행된다. 나의 할머니는 새로 빤 치마를 어디에 입었을까? 그녀는 깔끔할 뿐만 아니라 약간의 허영심도 있는 여자였다. 그래서 그녀는 가장 좋은 치마를 햇살이 따스하고 화창한 날, 사람들의 눈에 띄는 곳에서 입고 다녔다.

그러던 어느 월요일 오후 나의 할머니는 감자 굽는 불가에 앉아 있었다. 일요일에 맨 위에 입었던 치마는 월요일에는 한 벌만큼 그녀의 피부 쪽으로 다가갔고, 일요일에 그녀의 피부에 닿았던 치마는 월요일에는 정말 월요일처럼 침울하게 허리께에서 다른 치마들 위에 걸쳐져 있었다. 그녀는 아무런 곡조도 없는 휘파람을 불며, 개암나무 가지로 맨 처음 구워진 감자를 잿더미에서 긁어냈다. 그러고는 바람에 쐬여 식히려고, 그을고 있는 불더미에서 멀리 떨어진 곳으로 감자를 밀었다. 그러고 나서 뾰족한 나뭇가지로 까맣게 타 껍질이 벗겨진 감자를 찍어, 이제는 휘파람을 불지 않고 있는 입으로 가져갔다. 그녀는 바람에 거칠어지고 갈라진 입술로 감자 껍질에 묻은 재와 흙을 불어 냈다.

할머니는 입으로는 불어 대면서 눈은 감고 있었다. 충분히 불었다고 생각하자 그녀는 감았던 눈을 차례로 떴다. 그러고는 사이가 좀 벌어지기는 했으나 다른 흠집은 없는 앞니로 감자를 베어 물었다. 그러나 그녀는 베어 물었던 것을 곧장 입밖으로 도로 내밀었다가, 아직 뜨거운 김이 무럭무럭 나는 반쪽의 감자를 벌린 입속으로 다시 넣었다. 그리고 연기와 10월의 공기를 들이마시느라 부풀어 오른 콧구멍 위쪽에 있는 둥그런 눈으로 밭을 따라 가다가 가까이에 있는 지평선을 멍하게 바라보았다. 그곳엔 전신주들이 일정한 간격으로 세워져 있었고 벽돌 공장 굴뚝의 위쪽 부분 3분의 1 정도가 보였다.

그런데 전신주 사이에서 무언가가 움직였다. 나의 할머니는 입을 다물고, 입술을 안쪽으로 끌어당겼으며 눈을 찡그린 채 감자를 오물오물 씹었다. 전신주 사이에서 무언가가 움직였다. 누군가가 뛰어가고 있었다. 세 사내가 전신주 사이로 달려가는 것이 보였다. 세 사내는 굴뚝 쪽으로 뛰어가더니 그 앞쪽에서 몸을 돌렸다. 키가 작고 땅딸해 보이는 그중의 한 사내는 벽돌 공장을 가로질러 다시 뛰어갔다. 좀더 마르고 키가 큰 다른 두 사내도 벽돌 공장을 가로질러 가다가 다시 전신주 사이로 그 모습을 드러냈다. 그러자 키가 작고 땅딸해 보이는 사내가 급히 몸을 돌렸는데, 마르고 키가 큰 두 사내보다 더 서두르는 것 같았다. 앞서 가는 사내가 굴뚝 쪽으로 굴러가 버렸기 때문에 다시 굴뚝 쪽으로 뛰어가야 했던 두 사내는, 엄지손가락 두 개 정도 떨어져 쫓아가면서 새롭게 힘을 내는 듯했으나 의욕을 잃었던지 갑자기 사라져 버렸다. 굴뚝 쪽으로 뛰어가던 작은 사내도 지평선 너머로 사라졌다.

그들은 아마 그곳에 멈추어 서서 휴식을 취하거나 아니면 옷을 갈아입었을 것이다. 아니면 벽돌을 만들고 그 대가를 받았을 것이다.

그동안 쉬고 있던 할머니는 두 번째 감자를 찍으려 했으나 빗나가고 말았다. 키가 작고 땅딸해 보이던 그 사내가 같은 옷을 입고 지평선 위로 기어올라왔던 것이다. 그 사내는 뒤에서 쫓아오던 두 사내를 울타리 뒤, 벽돌들 사이, 아니면 브렌타우로 통하는 도로에서 떼어 놓은 듯이 보였다. 그 사내는 전신주들보다 더 빨리 달리려는 듯 서두르긴 했지만 멀리서 보면 밭 위를 천천히 그리고 한참 동안 달리는 것처럼 보였다. 밭의 진창을 뛰어넘으려 했지만, 구두창에서 진흙이 튀었고, 또 가능한 한 보폭을 넓혀 뛰려고 했지만 그럴수록 진창 위를 겨우 기어가고 있는 것 같았다. 이따금 그는 땅바닥에 달라붙은 깃같다가 다시 대기 속에 조용히 멈춰 섰다. 작고 땅딸막한 체구로 뛰어가다가 멈추어 서서 이마의 땀을 훔치려는 것 같았다. 그러고 나서 그는 새로 갈아 놓은 밭으로 훌쩍 뛰어내렸다. 거기에서 10에이커 정도의 고랑이 있는 감자밭을 지나면 오목하게 좁은 길이 연결되어 있었다.

힘겹게 좁은 길까지 간 그 작고 땅딸한 사내가 그 길에서 모습을 감추자마자, 그 사이에 벽돌 공장을 다녀온 듯한, 키가 크고 마르긴 했지만, 결코 수척하지는 않은 두 사내가 다시 지평선 위로 나타나서는 진창 위를 성큼성큼 걸어갔다.

나의 할머니는 다시 감자를 헛 찍었다. 매일같이 볼 수는 없는 그런 광경이 눈앞에서 벌어졌기 때문이었다. 서로 다르게 자라긴 했지만 다 자란 어른 셋이 전신주 주위를 뛰어다니고, 거의 굴뚝을 쓰러뜨릴 듯한 기세로 벽돌 공장을 가로지르더니, 처음에는 작고 땅딸한 자가, 그 다음에는 키가 크고 마른 자들이 일정한 간격을 유지하면서, 그러나 셋 다 한결같이 힘들게, 구두창에 진흙을 잔뜩 묻힌 채, 이틀 전 빈첸트가 새로 갈아 놓은 밭을 지나 좁은 길로 사라지는 게 아닌가.

이제 세 사내 모두가 사라졌기에 나의 할머니는 거의 식은 감자를 마음 놓고 찍을 수 있었다. 그녀는 감자 껍질에 묻은 흙과 재를 훅 불었다. 감자는 벌린 입의 크기와 꼭 맞았다. 그녀는 생각했다. 만일 생각했다면 말이다. 그들은 벽돌 공장 사람들일 거라고. 한 사내가 좁은 길에서 뛰어나왔을 때도 그녀는 입 안의 감자를 이리저리 굴리며 씹고 있었다. 그 사내는 검은 콧수염 위의 두 눈으로 주위를 두리번거리면서 두어 걸음 불 있는 곳으로 다가와 불의 앞과 뒤 그리고 옆에서 서성거렸다. 욕설도 하고 불안해하기도 하면서 어디로 가야 할지를 몰랐다. 뒤쪽에서는 야위고 키가 큰 두 사내가 좁은 길을 따라 다가오고 있었기 때문에 되돌아갈 수는 없는 처지였다. 그는 무릎을 꿇으며 털썩 주저앉았다. 두 눈은 튀어나올 것 같았으며, 이마에서는 땀이 비오듯 쏟아졌다. 그는 콧수염을 떨고 헐떡거리며 할머니의 장화 밑창 바로 앞에까지 기어 와서는 작고 땅딸막하고 가련한 동물이 되어 할머니를 쳐다보았다. 그녀는 한숨을 쉬었고, 더 이상 감자를 씹고 있을 수 없었다. 그녀는 이제 벽돌 공장, 벽돌, 벽돌 굽는 사람 그리고 벽돌 제조공에 대한 생각은 접어 두고 장화 밑창을 바깥쪽으로 기울이며 치마를 높이 들었다. 아니, 네 벌의 치마를 동시에 높이 쳐들었다. 벽돌 공장 사람이 아닌, 키가 작고 땅딸막한 그 사내가 그 밑으로 들어갈 수 있도록 높이 쳐들었다. 그 사내는 이제 콧수염과 함께 사라졌다. 이제 더 이상 가련한 동물이 아니었고, 람카우나 피어에크 출신도 아니었다. 그는 치마 속에서 불안에 떨었지만 무릎을 꿇지는 않았다. 그는 더 이상 작지도 더 이상 땅딸막하지도 않았다. 그는 이제 자리를 잡았고, 헐떡이거나 떠는 것도 잊었다. 주변은 세상 최초의 날이거나 아니면 최후의 날인 것처럼 조용했다. 살랑이는 바람에 감자 줄기를 태우는 불은 가볍게 소리를 내며 타올랐다. 전신주들은 소리없이 자신들의 수를 헤아리고, 벽돌 공장의 굴뚝은 의연하게 서 있었다. 그리고 나의 할머니는 맨 위의 치마를 두 번째 치마 위로 차분하게 골고루 쓰다듬어 내렸으며, 네 번째 치마 안에 있는 그 사내를 거의 의식하지 않았다. 세 번째 치마도 그녀의 피부에 새롭고도 놀랄 만한 경험을 가져다줄 그것이 무엇을 의미하는지 전혀 이해하지 못했다. 그것은 놀라운 일이었지만 차분하게 진행되었고, 두 번째 치마도 세 번째 치마와 마찬가지로 아무것도 눈치채지 못했다. 그 때문에 그녀는 감자 두세 개를 잿더미에서 끌어내었고, 오른쪽 팔꿈치 아래에 있는 광주리에서 네 개의 날감자를 꺼내어 차례차례 잿더미 속으로 밀어 넣었다. 그리고 거기에다가 더 많은 재를 덮어씌우고는 다시 연기가 피어나도록 꼬챙이로 들쑤셨다. 그녀로서는 이렇게 하는 것 외에 다른 도리가 있었겠는가?

나의 할머니의 치마들이 이제 막 안정을 되찾고, 심하게 무릎을 부딪치고 자리를 바꾸거나, 불을 들쑤실 때마다 방향을 바꾸던 모닥불의 짙은 연기가 다시 바람을 받아 남서쪽 방향으로 밭을 기어가며 누렇게 퍼져나가던, 바로 그때 키는 작지만 옆으로 벌어진 자, 지금은 치마 밑에서 자리잡고 있는 자를 뒤쫓아 온, 키가 크고 마른 두 사내가 좁은 길에서 씩씩거리며 나타났다. 키가 크고 마른 그들은 지방 경찰의 제복을 입고 있었다.

그들은 할머니 곁을 날아가듯 지나갔다. 심지어 그중 한 사람은 모닥불 위를 훌쩍 뛰어넘지 않았던가? 하지만 그들도 뒤꿈치가 있다는 것을 기억하고는, 아니 뒤꿈치를 의식하고는 갑자기 멈추어 섰다. 그러고는 몸을 돌려 성큼성큼 걸어와 제복에 장화를 신은 채 연기 속에 멈추어 섰다가 기침을 했다. 연기를 피하려고 움직였으나 다시 연기가 따라왔다. 그래서 할머니에게 말을 걸었을 때도 그들은 여전히 기침을 계속했다. 그들은 콜야이체크가 좁은 길로 달아났으므로 할머니가 그를 보았음에 틀림없다는 것이었다.

나의 할머니는 콜야이체크라는 사람은 모르는 사람이며, 콜야이체크를 보지 못했노라고 말했다. 그들은 그녀가 벽돌 공장 사람들밖에 모르므로 혹시 그자가 벽돌 공장 사람이 아닌지 물었다. 그러면서 그자는 키가 작고 땅딸막하다고 설명했다. 나의 할머니는 기억나는 체하면서 그런 사람이 뛰어가는 것을 보았노라고 말했다. 그러고는 김이 나는 감자를 꽂은 뾰족한 꼬챙이로 비사우 방향의 한 지점을 가리켰다. 감자가 가리키는 방향에 따르자면, 벽돌 공장의 굴뚝에서부터 오른쪽으로 여섯 번째와 일곱 번째의 전신주 사이임에 틀림없었다. 그러나 할머니는 아까 달려간 자가 콜야이체크인지 아닌지는 모르며, 그것은 장화 바닥 앞에 있는 모닥불 때문이라고 변명을 했다. 모닥불을 피우려면 여러모로 신경을 써야 하고, 적절히 타오르도록 조절해야 하기 때문에, 여기 근처를 달려서 지나간 사람이건 연기 속에 서 있는 사람이건 다른 사람에 대해 신경 쓸 수 없으며, 더군다나 모르는 사람에 대해서라면 더욱더 그렇다는 것이었다. 게다가 그녀가 아는 사람이라곤 비사우, 람카우, 피어에크와 벽돌 공장에 있는 사람들뿐이며, 자신은 그것으로도 충분하다는 것이었다.

이렇게 말하고 나서 할머니는 살짝, 그러나 제복을 입은 자들이 무엇 때문에 그러는지 궁금해할 정도로 보란 듯이 한숨을 쉬었다. 그리고 모닥불을 향해 고개를 끄덕였다. 그녀가 한숨을 내쉰 것은 불을 알맞게 타오르게 하려는 것이며 또한 조금은 연기 속에 있는 사람들을 위해서라는 듯이. 그러고 나서 할머니는 서로 멀찌감치 벌어진 앞니로 감자를 절반 베어 물고 오물오물 씹으면서, 눈길을 왼쪽 위로 옮겨 갔다.

지방 경찰의 제복을 입은 자들은 할머니의 멍한 시선에서 아무 낌새도 차릴 수가 없었다. 그들은 전신주 뒤편에 있는 비사우를 수색할 것인지 말아야 할 것인지 결정하지 못했다. 옆구리에 찬 대검으로 아직 타고 있지 않은 감자잎 더미를 한동안 쿡쿡 찔러 대기만 했다. 그러다가 갑자기 생각이 난 듯, 그들은 동시에 할머니의 팔꿈치 밑에 있는, 감자로 거의 가득 찬 광주리 두 개를 뒤집어 엎었다. 그리고 광주리에서 콜야이체크가 아닌 감자들만 그녀의 장화 앞으로 굴러 나오자, 이해할 수 없다는 듯이 한동안 서 있었다. 못내 미심쩍어하면서, 그들은 콜야이체크가 재빨리 그 속에 숨어 버리기나 한 것처럼 감자 구덩이 주위를 살금살금 걸어 보았다. 그리고 여기저기 겨냥하여 찔러 보았지만, 찔린 자의 비명 소리가 들리지 않으므로 아쉬워했다. 그들은 이미 시들어버린 덤불 하나하나, 모든 쥐구멍, 두더지가 파헤쳐 만든 흙더미, 그리고 거듭해서 나의 할머니에게 의혹을 두었다. 그녀는 뿌리라도 내린 듯 그 자리에 앉아 한숨을 내쉬고, 눈꺼풀 아래로 눈동자를 움직여 흰자위를 내보이며 카슈바이의 모든 성자들의 이름을 외웠다. 그것은 적당하게 타오르는 불과 뒤집어 엎어진 두 개의 감자 광주리 때문에 더욱 비통스럽고 크게 들렸다.

제복의 사내들은 족히 반 시간 동안 그곳에 머물렀다. 그들은 가끔 불에서 멀어졌다가 다시 가까이 다가왔다. 그들은 벽돌 공장의 굴뚝 쪽으로 나아가 비사우를 점령하려고 하다가 공격을 연기하고는 푸르죽죽한 손을 불에 쬐었다. 그러다가 결국 그들은 한숨을 그치지 않고 있는 나의 할머니에게서 타서 껍질이 벗겨지고 꼬챙이에 꿰어진 감자 하나씩을 받았다. 그러나 씹는 동안에도 그들은 자신들의 제복을 잊지 않았다. 그들은 금작화가 피어 있는 좁은 길을 따라 돌팔매질한 거리만큼 뛰어가 보기도 했다. 그러는 바람에 토끼 한 마리가 쫓겨 갔지만, 콜야이체크라는 사내는 없었다. 뜨거운 김이 모락모락 나는 감자들이 불가에 있는 것이 다시 그들의 눈에 띄었다. 그들도 이제는 지쳐 평화를 바라 마지않았으므로 조금 전 직무를 수행하기 위해 뒤집어엎어 버렸던 광주리에 생감자들을 다시 주워 담았다.

저녁 무렵 10월의 하늘이 비스듬히 내리는 가랑비와 잉크빛의 황혼을 짜내었다. 그때서야 그들은 멀리 떨어져 있는 어둑어둑하게 보이는 경계 표석(標石)에 대해 재빨리 그리고 별로 내키지 않게 공격을 했다. 그렇게라도 하고 보니 어느 정도 만족이 되는 것 같았다. 이리저리 걸음을 디디고 저린 발을 풀면서, 그들은 비에 젖은 채 사방으로 연기를 뿜고 있는 모닥불 위에서 손을 비볐다. 그러면서 그들은 연방 푸르스름한 연기에 기침을 하고, 누르스름한 연기에 눈물을 짜내고, 다시 기침을 하고 눈물을 흘리면서 비사우 쪽으로 성큼성큼 걸어갔다. 콜야이체크가 여기에 없다면 비사우에 있을 게 틀림없다고 생각하면서. 지방 경찰들이란 언제나 두 가지 가능성밖에 모르는 법이다.

천천히 사그라져 가는 모닥불의 연기가 다섯 번째의 폭 넓은 치마라도 되는 양 나의 할머니를 감쌌다. 그러므로 네 벌의 치마를 입은 그녀는 콜야이체크와 마찬가지로 치마 아래에 있는 셈이었다. 탄식을 하고 성자들의 이름을 부르긴 했지만 제복 입은 자들이 흔들거리며 전신주 사이의 점이 되어 천천히 사라져 간 저녁 무렵이 되어서야, 나의 할머니는 힘겹게 몸을 일으켰다. 마치 그동안에 뿌리라도 내린 듯 그 자리에 서 있다가, 실뿌리들을 흙과 함께 끌어당겨 뽑으면서 이제 막 시작된 성장을 멈추게 하겠다는 듯이 말이다.

갑자기 머리 위쪽의 덮개가 벗겨지고 땅딸막한 온몸이 빗속에 노출되자 콜야이체크는 추위를 느꼈다. 그는 재빨리 치마 밑에 있는 동안 풀어놓았던 바지의 단추를 채웠다. 불안감에서 그리고 은신처를 찾으려는 끝없는 욕망 때문에 그동안 단추를 풀고 있었던 것이다. 음경의 귀두가 너무나 차가워질까 두려워하면서 그는 허겁지겁 단추를 채웠다. 그만큼 가을의 냉기가 가득한 차가운 날씨였다.

그 와중에서도 나의 할머니는 잿더미 속에서 뜨거운 감자 네 개를 더 찾아내고는, 콜야이체크에게 세 개를 주고 자신은 하나를 집어 들었다. 그리고 감자를 깨물기 전에 콜야이체크가 벽돌 공장이 아닌 다른 어떤 곳에서 왔다는 것을 알면서도 그가 벽돌 공장 사람인지를 물었다. 그러고 나서 그의 대답에는 아랑곳없이 가벼운 광주리는 그의 등에 지게 하고 무거운 것은 몸을 구부려 자신이 맡았다. 비어 있는 손으로 갈퀴와 괭이를 든 그녀는 광주리, 감자, 갈퀴 그리고 괭이와 함께 바람을 맞으며 네 벌의 치마를 껴입은 채 비사우 채굴장 방향으로 걸어갔다.

그것은 바로 비사우 쪽이라기보다는 오히려 람카우 쪽이었다. 벽돌 공장을 왼편으로 한 채 그들은 검은 숲 지대로 갔다. 그곳에는 골트크루크 마을이 있고 그 너머에는 브렌타우가 있었다. 숲의 앞쪽 동굴이 있는 곳이 비사우 채굴장이었다. 그곳까지 키가 작고 땅딸막한 요제프 콜야이체크는 나의 할머니를 따라갔다. 그는 이미 그녀의 치마를 떠날 수가 없었던 것이다.

뗏목 아래에서

여기 비누로 깨끗이 씻어낸 정신 병원의 철침대에서, 그것도 유리를 끼운 감시 구멍을 통해 들여다보는 브루노의 감시 하에서, 감자 줄기를 태우던 카슈바이에서의 모닥불 연기와 실낱같이 내리던 10월의 비를 묘사한다는 것은 결코 간단한 일이 아니다. 나의 북을 능숙하고 끈기 있게 사용하면 중요한 일들을 기록하는 데 도움되는 온갖 자질구레한 것들을 머리에 떠올릴 수 있다. 하지만 그런 나의 북이 없다면, 그리고 매일 세 시간 내지 네 시간 나의 양철북으로 하여금 말하도록 하는 병원의 허락이 없다면, 나는 조부모에 대해 아무것도 말할 수 없는 가련한 인간이 되고 말 것이다.

어쨌든 나의 북은 다음처럼 말한다. 때는 1899년 10월의 오후, 남아프리카에서는 크뤼거 아저씨[1]가 그의 영국에 적대적인 텁수룩한 눈썹을 솔질하고 있을 무렵이었다. 장소는 디르샤우와 카르트하우스 사이에 있는 비사우의 벽돌 공장 근처에서였다. 네 벌의 같은 색깔의 치마 밑에서, 연기와 불안과 한숨에 시달리며, 비스듬히 내리는 빗속에서 비통하게 큰 소리로 부르는 성자들의 이름을 듣고, 연기 때문에 시선이 흐려진 두 지방 경찰이 지루하게 캐묻는 가운데 키 작고 땅딸막한 요제프 콜야이체크는 나의 어머니 아그네스를 잉태시켰던 것이다.

나의 할머니 안나 브론스키는 그날 밤 어둠 속에서 관대하게 성사(聖事)를 집행한 신부님의 도움을 받아 자신의 이름을 안나 콜야이체크로 바꾸었다. 그리고 요제프를 따라 비록 이집트로 가지는 않았지만, 모틀라우강 강가의 시골 군청 소재지로 갔다. 거기서 그는 뗏목꾼이 되어 일하면서 당분간 지방 경찰의 감시를 피해 있었다.

독자 여러분을 더욱더 안달나게 하기 위해 나는 모틀라우강 강가에 있는 그 도시의 이름을 지금은 말하지 않기로 한다. 비록 그 도시가 나의 어머니의 출생지로서 언급할 만한 가치가 있긴 하지만 말이다. 1900년 7월 말경—제국 해군의 전함 건조 계획을 두 배로 늘리기로 결정한 바로 그때였다—어머니는 사자좌(獅子座)의 별 아래에서 이 세상에 태어났다. 자

---

1) 파울루스 크뤼거(1825-1904). 남아프리카 트랜스발 공화국의 대통령. 1864년 트랜스발 군사령관이 되어 영국의 병합 정책에 반기를 들었으며, 보어(Boer) 전쟁 때는 각국에 원조 요청을 하였으나 실패하고, 스위스에서 객사함.

신감과 열광, 관용과 허영의 별 아래에서였다. 운명의 성좌에 나타난 도무스 비타이라고도 불리는 제1궁은, 쉽사리 외부의 영향을 받는 물고기좌이다. 해왕성과 마주 보는 위치에 있는 제7궁, 즉 도무스 마트리모니 욱소리스는 혼란을 가져오는 별이다. 금성은 토성과 마주 보고 있다. 알려져 있다시피 토성은 비장과 간에 병을 가져오므로 사람들은 그것을 심술궂은 혹성이라고 부른다. 그것은 산양좌(山羊座)에서 빛을 발하다가 사자좌에서 찬란하게 사라진다. 그리고 해왕성으로부터는 뱀장어를 제공받고 그 대신에 두더지를 준다. 토성은 벨라도나, 양파 그리고 사탕무를 좋아하며 용암을 토해 내고 포도주를 시게 한다. 토성은 금성과 함께 제8궁, 즉 죽음의 궁에 위치하면서 불의의 사고를 예언했다. 한편 이 감자밭에서의 임신은 친척궁에서 수성의 보호를 받는 아슬아슬한 행운을 약속했다.

여기서 나는 어머니의 항의를 한마디 언급하고 넘어가야겠다. 그녀는 감자밭에서 임신되었다는 사실에 대해 언제나 이의를 제기했던 것이다. 그녀의 아버지가 그곳에서 시도하기는 했지만—그녀도 이 점만은 인정한다—그의 체위와 안나 브론스키의 자세는, 콜야이체크가 임신을 시켰다는 가정을 입증할 만큼 충분치는 않았다는 것이다.

"도망치던 날 밤이거나 아니면 빈첸트 외삼촌의 궤짝차 안에서, 아니 어쩌면 나중에 트로일로 가서 뗏목꾼의 집에서 방과 숨을 곳을 찾았던 때였음이 틀림없어."

이런 말로 어머니는 자신의 존재가 시작된 날짜를 정하려 했다. 진상을 알고 있음이 분명한 할머니도 그럴 때면 끈질기게 고개를 끄덕이며 사람들을 이해시키려고 했다.

"그렇고 말고. 궤짝차 안이거나 아니면 트로일에서겠지. 결코 감자밭에서는 아니야. 그땐 바람이 심했고 도깨비라도 나올 만큼 비가 내렸다니까."

할머니 오빠의 이름은 빈첸트였다. 그는 아내를 일찌감치 여의고 난 후 첸스토하우로 순례를 했고, 마트카 보스카 체스토호브스카로부터 그녀를 미래의 폴란드 여왕으로 생각하라는 지시를 받았다. 그 이후 그는 진기한 서적들을 찾아서 뒤적거렸고, 모든 문장에서 이 성녀가 폴란드 제국의 왕위에 대한 권리가 있음을 확인하고는 그의 누이에게 저택과 약간의 밭을 양도했다. 그리고 당시에 네 살이던 그의 아이 얀은 곧잘 울곤 하는 허약한 아이로서 거위를 키웠고 가지각색의 그림들을 모았으며 어처구니없이 이른 나이에 우표를 수집했다.

그리하여 나의 할머니는 폴란드의 성모를 숭배하는 저 농가에 감자 광주리와 콜야이체크를 데리고 왔던 것이다. 빈첸트는 무슨 일이 있었는지를 듣고는 람카우로 달려가 문을 두들겨 급히 신부를 깨웠다. 성사를 집행할 차비를 갖추고 안나를 요제프에게 맡기기 위해서였다. 잠에 취해 하품을 하느라 길게 늘어진 축복을 베푼 신부가 베이컨의 맛있는 부분을 받아들고 거룩한 뒷모습을 보이자마자, 빈첸트는 말을 궤짝차에 매달고 신랑 신부를 뒤에 싣고는 짚과 빈 푸대로 잠자리를 마련해 주었으며, 추위에 떨며 훌쩍거리고 있는 얀을 자기 옆자리에 앉혔다. 그리고 나서 말에 채찍질을 하여 곧장 어둠 속으로 달려갔다. 신혼 여행은 이처럼 서둘러 진행되었다.

아직 어둡긴 했지만 희미하게 동이 틀 무렵 마차는 군청 소재지의 목재 전용 부두에 닿았다. 알고 지내던 사람들이 곧 콜야이체크에게 뗏목꾼의 일자리를 마련해 주었고 도망자인 그들 부부를 숨겨 주었다. 그제서야 빈첸트는 안심을 하고 방향을 바꾸어 다시 비사우 쪽으로 말을 몰아갔다. 한 마리의 암소, 염소, 새끼들을 거느린 돼지, 여덟 마리의 거위 그리고 집 지키는 개 한 마리에게 먹이를 주어야 하고, 아들 얀도 열이 조금 있어서 잠자리를 돌보아 주어야 했던 것이다.

요제프 콜야이체크는 3주일 동안이나 숨어서 지냈다. 그러고 나서 머리 모양을 바꾸어 가르마를 타고, 콧수염을 깎았으며, 흠잡을 데 없는 신분증을 마련하여 요제프 브랑카라는 가명으로 뗏목꾼의 일자리를 얻었다. 그런데 왜 콜야이체크는 싸우다가—뗏목에서 떨어져, 부크 강의 상류인 모들린에서 익사했으나 당국에 신고조차 되지 않은—뗏목꾼 브랑카의 신분증을 호주머니에 넣고 목재상과 제재소에 그 모습을 나타내야 했던가? 까닭인즉 이러하다. 그는 얼마 동안 뗏목꾼 일을 그만두고 슈베츠의 제재소에서 일을 하게 되었는데, 그곳에서 울타리를 선동적인 하얀색과 빨간색으로 칠했다는 이유로 지배인과 싸웠던 것이다. 자다가 봉창 두드린다는 말처럼 별다른 이유도 없이 지배인이 멀쩡한 울타리에서 하얀 판자와 빨간 판자를 한 장씩 떼내었다. 그러고는 폴란드 국기와 같은 색을 가진 이 판자들이 부서져서 상당한 양의 희고 붉은 장작이 생겨날 정도로 심하게 카슈바이 출신인 콜야이체크의 등을 두들겨 팼다. 그토록 두들겨 맞았기 때문에 그는 다음날

밤―별이 총총한 밤이었다고 한다―분열되기는 했지만 바로
그 때문에 통일되어 있는 폴란드에 충성을 맹세하면서, 백회
를 칠한 새 제재소를 불태워 버렸던 것이다.

그러므로 콜야이체크는 방화범, 그것도 여러 겹의 의미에서
방화범이었다. 왜냐하면 그날 이후 서부 프로이센 전 지역에
서 제재소와 재목 적치장들이 두 가지 빛으로 타오르는 애국
적인 감정의 기폭제가 되었기 때문이었다. 폴란드의 장래 문제
가 달려 있을 때면 언제나 그렇듯이, 이 화재 사건의 경우에도
성모 마리아가 관여하고 있었다. 목격자들이 있었다고 하는
데―그들 중 일부는 아마 아직도 살아 있을 것이다.―그들의
주장에 의하면 몇 개 제재소의 불타 쓰러지는 지붕 위에서 폴
란드의 왕관을 쓰고 있는 성모를 보았다는 것이다. 그리고 대
화재 사건의 현장이면 언제나 있게 마련인 불구경꾼들이 성모
의 노래를 부르기 시작했다는 것이다. 우리는 콜야이체크가
불을 질렀을 때에 그러한 일이 장엄하게 이루어졌다고 믿어도
좋을 것이다. 여러 차례 다짐까지 했으니 말이다.

방화범 콜야이체크는 이처럼 죄를 지어 수배를 받고 있었
다. 반면에 뗏목꾼 요제프 브랑카는 나무랄 데 없이 순진한,
아니 고루하기까지 한 고아로서 쫓겨 다닐 만한 죄를 범할 인
물도 아니었다. 그는 씹는 담배를 하루분씩 나누어 가지고 다
녔으며, 겉저고리를 입은 채 부크 강에 빠져 죽음으로써 신분
증과 3일분의 씹는 담배만을 달랑 남겨 놓기 전까지는 거의
알려지지 않은 사람이었다. 익사한 브랑카가 관청에 출두할
수도 없었고, 또 익사한 브랑카에 관해 그 누구도 이것저것 귀

찮게 캐물을 리 없었다. 그래서 익사자와 체격이 비슷하고 똑같이 둥그런 머리를 가진 콜야이체크는 처음에는 그 사내의 겉저고리 속으로, 그러고 나서는 전과가 없으며 공식 신분증을 가지고 있는 그 사내의 피부 속으로 기어들어 갔다. 그리고 파이프 담배를 끊고, 씹는 담배를 피웠으며, 심지어는 아주 개성적인 브랑카의 어눌한 말투까지 자기 것으로 만들었다. 그후 몇 년 동안 그는 정직하고 검소하면서 약간 말을 더듬는 뗏목꾼 역할을 했다. 그는 예멘, 보브르, 부크, 바이크셀 유역의 숲 전역에서 목재를 뗏목으로 만들어 내려보냈다. 그리고 또 말해 둘 점은, 그가 마켄젠의 지휘하에 있는, 황태자 근위기병대에 복무하면서 상병 브랑카로 출세했다는 사실이다. 브랑카가 아직 병역을 마치지 않았기 때문이었다. 하지만 익사자보다 네 살이 많은 콜야이체크는 토른의 포병대대에서 나쁜 성적을 남긴 일도 있었다.

모든 도적과 살인범과 방화범 중에서도 가장 위험한 자는, 도적질과 살인과 방화를 하면서도 착실한 직업을 가질 기회를 노리는 자들이다. 노력을 했든 우연이든 많은 자들에게 그런 기회가 주어진다. 콜야이체크는 브랑카라는 이름으로 선량한 남편이 되었고 발끈하는 성격을 고쳤기 때문에 이제는 성냥이 눈에 띄기만 해도 몸이 부르르 떨렸다. 이전에는 성냥이 없어 그렇게도 안절부절못했지만, 이제는 부엌 식탁 위에 아무렇게 놓여 있는 성냥갑도 그냥 두고 보지 못하게 되었다. 그래서 자신을 유혹하는 그 물건을 창 밖으로 집어던지곤 했기 때문에 할머니는 제때에 따뜻한 점심 식사를 식탁에 차리느라 애를 먹을 지경이었다. 가끔은 석유 램프에 불을 붙일 수 없어서 가족들이 어둠 속에 그대로 앉아 있어야만 했다.

그렇지만 브랑카는 폭군이 아니었다. 일요일마다 그는 안나 브랑카를 아랫마을의 교회로 데리고 갔으며, 자기와 정식으로 결혼한 그녀에게 감자밭에서와 마찬가지로 네 벌의 치마를 껴입도록 허락했다. 강이 얼어붙어 뗏목꾼의 일이 없어지는 겨울철이면 그는 착실하게도 뗏목꾼, 하역 인부 그리고 부두 노동자들만이 살고 있는 트로일의 집에서 살면서 그의 딸 아그네스를 보살펴 주었다. 그 아이는 아버지를 닮은 것처럼 보였는데, 침대 밑에 기어들어가지 않을 때에는 옷장 속에 숨었고, 손님이 있을 때에는 낡은 헝겊 인형과 함께 테이블 밑에 앉아 있곤 했다.

그리하여 소녀 아그네스는, 요제프가 안나의 치마 밑에서 발견했던 것과는 다른 종류의 즐거움을 찾아내긴 했지만, 숨어 있는 것이 중요하고 숨어야 안전하다는 것을 느낀 점에서는 마찬가지였다. 결과적으로 보자면 방화범 콜야이체크는 그의 딸의 숨으려는 욕구를 이해하기 위해 불을 지른 셈이다. 그래서 그는 큰 방 하나와 작은 방 하나가 있는 살림집의 발코니 비슷한 현관에 토끼장을 만들어야 했을 때 딸의 체격에 알맞은 칸막이 방도 여분으로 만들어 주었다. 나의 어머니는 어린 시절 이처럼 허름한 상자짝 같은 방에 앉아 인형을 가지고 놀면서 자랐다. 나중에 학교에 가게 되자 그녀는 인형을 버리고 유리알이나 다채로운 빛깔의 깃털을 가지고 놀았으며, 그때서야 비로소 아름다움이란 부서지기 쉬운 것이라는 사실을 처음으로 자각했다고 한다.

내가 자신의 존재의 출발점을 설명하는 데 골몰하느라고 콜럼버스호가 쉬하우에서 진수하였던 1913년까지, 그들 가족의 뗏목이 강 위를 조용히 미끄러져가고 있었던 브랑카 집안에 대해 언급하지 못한 점을 독자 여러분은 너그러이 이해해 주시기 바란다. 바로 그해에 아무것도 잊어버리지 않는 경찰이 가짜 브랑카에 대한 단서를 잡고 뒤를 밟았던 것이다.

이야기는 1913년 8월로 거슬러 올라간다. 콜야이체크는 여느 늦여름 때와 마찬가지로 커다란 뗏목을 띄워 키에프로부터 프리파트강을 가로질러 올라가 운하를 통과하였다. 그리고 부크강을 거쳐 모들린까지 간 다음, 거기서 다시 바이크셀까지 따라 떠내려가야 했다. 전부 다해서 열두 명인 뗏목꾼들은 그들의 제재소와 용선 계약을 맺은 예인선 라다우네호를 타고 베스트리히 노이페르로부터 죽음의 강 바이크셀을 거슬러 올라가 아인라게까지 갔다. 거기서 다시 바이크셀강을 따라 올라가며 케제마르크, 레츠카우, 차트카우, 디르샤우, 피이켈을 지나 저녁 무렵에 토른에서 배를 정박시켰다. 거기에서 키에프에서의 목재 구입을 감독할 제재소의 새 지배인이 배에 올라탔다. 새벽 4시 라다우네호가 부두를 출발했을 때, 그 사내가 배에 탔다는 소리가 들려왔다. 콜야이체크는 아침 식사를 하던 중 식탁에서 그를 처음 보았다. 그들은 음식을 우물우물 씹고 보리 커피를 홀짝거리고 마시면서 마주 앉아 있었다. 콜야이체크는 그 사내를 금방 알아보았다. 어깨가 넓고 머리 윗부분이 벌써 벗겨진 그 사내는 보드카를 가져오게 하고는, 빈 커피잔에 그것을 따르게 했다. 식탁의 한쪽 모퉁이에서 보드카가 따라지는 동안 그가 입을 우물거리고 씹으면서 자기 소개를 했다.

"소개하겠다. 나는 새로 임명된 지배인 뒤커호프다. 앞으로 명령에 복종하기 바란다!"

뗏목꾼들은 그의 요구에 따라 앉은 순서대로 이름을 대고 술잔을 기울여 꿀꺽꿀꺽 들이켰다. 콜야이체크는 우선 술을 들이켜고 나서 '브랑카'라고 말하면서 뒤커호프를 응시했다. 그러자 그 사내는 앞서 하듯이 고개를 끄덕였고, 다른 뗏목꾼들의 이름과 마찬가지로 브랑카라는 이름을 되뇌었다. 하지만 그 순간 콜야이체크는 뒤커호프가 그 익사한 뗏목꾼에 대해 예리한 정도까지는 아니라 하더라도 그 어떤 생각을 별도로 떠올리지 않았을까 하는 느낌이 들었다.

라다우네호는 수시로 교체되는 수로 안내인의 도움을 받아 능숙하게 모래톱을 피하면서, 흙탕물이 되어 한 방향으로만 도도히 흘러가는 강을 거슬러 천천히 나아갔다. 강의 좌우편으로는 제방 너머로 이미 추수를 끝낸 평야 지대와 구릉 지대가 끊임없이 펼쳐져 있었다. 울타리, 움푹 팬 길, 금작화가 피어 있는 도랑들, 농가들 사이에 그 모습을 드러내는 평탄한 길들은 기병의 공격에 안성맞춤이었다. 그 왼편의 모래 언덕은 창기병(槍騎兵) 부대가 선회하기에 알맞은 곳이며, 경기병(輕騎兵)들이 울타리를 뛰어넘어 질주하거나, 또는 젊은 기병이 공상을 하는 데에도 적당한 곳이다. 이미 있어왔고 앞으로도 계속될 전투에도 적합한 곳이다. 그리고 그림으로 그리기에도 알맞은 곳이다. 이를테면 그림속에서 타타르인들은 말에 납작 엎드려 있으며, 용기병들은 용트림하며 일어서 있다. 중기병들이 말에서 떨어지고, 기사단의 대장은 핏빛 망토를 걸치고 있으나, 흉갑에는 단추들이 빠짐없이 달려 있다. 마조비에 족의 공작이 그를 베어 넘어뜨리기 전까지 말이다. 그 어떤 서커스단에서도 찾아볼 수 없는 백마들이 장식용 술을 가득 단 채 신경질을 부리고, 아킬레스건은 지나치게 꼼꼼하게 그려져 있으며, 진홍색의 콧구멍은 벌름거린다. 깃발을 매단 창에 찔려 콧김을 내뿜는 말은 고개를 수그리고 있으면서 저녁 노을에 물든 하늘을 분리시켜 놓는다. 그리고 패검이 자리하고 있는 쪽, 말하자면 그림의 배경에는—모든 그림에는 다 배경이 있다—한 작은 마을이 수평선에 착 달라붙은 채 검은 말의 뒷다리 사이로 평화로운 모습을 드러낸다. 이끼가 끼고 짚으로 덮인 자그만한 농가들이 고개를 수그리고 있다. 거기에는 앞으로 다가올 출정의 날을 기다리는 작은 전차들이 늘어서 있다. 그것들은 그림 속으로, 아니 바이크셀강의 제방 너머에 있는 평원 지대로, 마치 중기병대의 말들 사이에 있는 망아지 새끼들처럼 달려가고 싶어 한다.

　블로클라베크 근처에서 뒤커호프는 콜야이체크의 저고리를 가볍게 툭툭 치면서 말을 걸었다. "브랑카, 말해 보게. 몇 해 전 슈베츠의 제재소에서 일한 적 있지? 나중에 불타 버린 제재소 말이야." 콜야이체크는 저항이라도 하듯 그 말에 완강하게 머리를 내저었고, 아울러 애처롭고도 지친 눈빛을 꾸며냈다. 그런 시선에 마주친 뒤커호프는 더 이상 캐묻지 않았다.

모든 뗏목꾼이 하듯이 콜야이체크 역시 부크 강이 바이크 셀강으로 흘러 들어가는 모들린 근처에서 라다우네호가 커브를 틀자 난간에 기대어 세 차례 침을 뱉었다. 그때 뒤커호프가 시가를 입에 문 채 그의 옆에 서서 불이 있느냐고 물었다. 이 불이라는 말 한마디, 그리고 성냥이라는 말 한마디에 콜야이체크는 얼굴이 붉어졌다. "이봐, 불 붙여 달라고 하는데 그렇게 얼굴을 붉힐 필요는 없잖아. 계집애도 아닌데?"

모들린을 통과한 지 한참 후에서야 콜야이체크의 얼굴에서 붉은 기가 사라졌다. 그것은 부끄러움 때문에 생긴 붉힘이 아니었다. 그것은 그가 불태워 버린 제재소에서 타오른 불빛이 뒤늦게 자신의 얼굴에서 반사된 것이었다.

모들린과 키에프 사이에서, 말하자면 라다우네호가 부크 강을 거슬러 올라가다가 부크강과 프리파트강을 연결하는 운하를 통과한 후 프리파트강을 따라 마침내 드네프르강에 다다를 때까지, 콜야이체크, 즉 브랑카와 뒤커호프가 주고받은 대화는 그것이 전부였다. 뗏목꾼들 사이에, 혹은 화부들과 뗏목꾼들 사이에, 혹은 조타수와 화부들과 선장 사이에, 혹은 선장과 계속해서 교체되는 수로 안내인들 사이에, 남자들 사이라면 흔히 있을 수 있는, 아니 실제로 일어나기도 하는 많은 사건들이 이 예인선 위에서도 얼마든지 돌발적으로 생겨날 수도 있었을 것이다. 나로서는 카슈바이의 뗏목꾼들과 슈테틴 출생의 조타수 사이에 여차하면 벌어질 싸움, 폭동의 돌발을 가져올 싸움을 상상해 볼 수도 있다. 여차여차 식탁에서 모임을 갖고, 제비를 뽑고, 암호를 전달하며, 잭 나이프의 날을 세울 수도 있는 것이다.

상상은 그만두기로 하자. 정치적인 분규, 이를테면 독일인과 폴란드인 사이의 칼부림도 없었고, 사회적인 불공정에서 빚어지는 심각한 폭동도 일어나지 않았다. 씩씩거리며 석탄을 먹어 치우며 라다우네호는 앞으로 나아갔다. 한번은—내 기억으로는 이제 막 플록을 지나서였다—배가 모래톱 위에 얹히게 되었지만, 혼자 힘으로 다시 항해할 수 있었다. 노이파르바서 출신의 선장 바르부쉬와 우크라이나 출신 수로 안내인들 사이에 잠시 신랄한 말이 오고 갔지만 그것이 전부였다. 항해 일지에는 별달리 기록할 것이 없었다.

콜야이체크의 생각에 대해, 아니 내친 김에 뒤거호프의 지배인으로서의 내면의 삶에 대해 나로서는 항해 일지에 기록할 의무도 없고 또 기록하고 싶지도 않다. 만일 그것들에 대해 기록을 남긴다면 변화감도 있고 흥미진진하기도 할 것이다. 의혹과 확신을 구분하고, 불신에 대해 그리고 그것과 거의 동시에 불신을 신속하게 진정시키는 과정에 대해 세세하게 기록하게 될 터이니 말이다. 사실은 두 사람 다 불안해하고 있었다. 콜야이체크보다는 뒤커호프 쪽이 더 불안해했는데 그것은 그들이 러시아에 있었기 때문이었다. 여차하면 뒤커호프는 예전의 가련한 브랑카처럼 갑판에서 떨어졌을지도 모른다. 아니면 그는 끝도 없이 목재로 가득한 목재 적치장에서—우리는 벌써 키에프에 도착해 있다—자신의 수호신을 잃어버리고 헤맬 수도 있다. 그러던 중 살짝 밀치기만 하면 갑자기 중심을 잃어버리는 목재 더미 속에 그가 파묻혀 버렸을는지도 모른다. 어쩌면 간신히 구조되었을지도 모른다. 그렇지만 그렇게 되었을 경우, 그를 구한 이는 콜야이체크였을 것이다. 콜야이체크는 제재소 지배인을 처음에는 프리파트강이나 부크강에서 건져냈을 것이다. 그리고 마지막 순간에는 수호신이 사라진 키에프의 목재 적치장에서 뒤커호프를 잡아채어 쏟아져 내리는 목재 더미로부터 구해 내었을 것이다. 나로서는 뒤커호프가 그렇게 익사 직전에 혹은 압사당하기 직전에 가까스로 구조되어 눈에는 죽음의 흔적을 담은 채 가쁜 숨을 몰아쉬면서 자칭 브랑카라고 하는 자의 귀에다 대고 "고맙네, 콜야이체크, 고마워!"라고 말하고는 힘에 겨워 다시 쉬었다가 "이제 모든 게 청산되었네. 모든 걸 잊어버리세!"라고 속삭였다고 기록할 수 있다면야, 이 얼마나 감동적인 장면이 아니겠는가.

그러고는 당황스러운 미소를 지으면서, 눈물이 금방이라도 쏟아질 듯 눈을 실룩이며 서로를 쳐다보고, 수줍긴 하지만 못이 박힌 손으로, 퉁명스럽긴 하지만 우정이 있는 악수를 교환했을 것이다.

우리는 관객을 우롱하는 듯하면서도 사실은 잘 찍은 영화에서 이러한 장면을 찾아볼 수 있는데, 그것은 무엇보다도 감독의 착상에 달려 있다. 이를테면 훌륭한 연기를 펼치는 서로 적대적인 형제가 생사고락을 같이하며 수없는 난관을 극복함으로써 마침내 진정한 전우가 되는 것이다.

그러나 콜야이체크는 뒤커호프를 익사시킬 기회도, 굴러내리는 목재의 죽음의 발톱에서 그를 빼낼 기회도 갖지 못했다. 신중하게 그리고 회사의 이익을 고려하면서, 뒤커호프는 키에프에서 목재를 사들였고 그것을 아홉 개의 뗏목으로 편성하는 것을 감독하였다. 아울러 예전의 방식대로 돌아오는 길에 정해진 계약금을 러시아 통화로 뗏목꾼들에게 지불했다. 그리고 자신은 철도편으로 바르샤바, 모들린, 도이치-아일라우, 마리엔부르크, 디르샤우를 거쳐 클라비터 부두와 쉬하우 부두 사이의 목재 적치장에 제재소를 두고 있는 자기 회사로 돌아갔다.

키에프에서 몇 주일 동안 아주 착실하게 일한 뗏목꾼들이 몇 개의 강과 운하를 지나고 마침내 바이크셀강을 따라 내려가기 전에, 뒤커호프가 브랑카에게서 방화범 콜야이체크를 알아보았는지의 여부를 생각해 보기로 하자. 제재소 지배인으로서, 그는 예인선에 타고 있는 동안에는 융통성 없는 성격에도 불구하고 두루 사랑을 받는 순진하고 사람 좋은 브랑카와 함께 여행하고 싶었을 것이며, 언제든 난폭하게 굴 태세가 되어 있는 콜야이체크를 여행의 동반자로 삼고 싶지 않았으리라는 것은 미루어 짐작할 수 있다. 하지만 열차가 목적지인 단치히 중앙역에 닿았을 때—이제 사실을 말하기로 한다—뒤커호프는 그다운 결심을 하였다. 우선 트렁크를 마차에 실어 집으로 보내고 나서 몸을 홀가분하게 한 그는 의기양양하게 비이벤발에 있는 가까운 경찰서를 찾아갔다. 정면 현관의 층계를 뛰어올라간 그는, 기민하게 이리저리 살핀 후 찾아가려던 방을 곧바로 발견할 수 있었다. 그 방은 아주 깔끔하게 정돈되어 있어서, 뒤커호프는 사실들을 그대로 밝히며 간결하게 보고할 수밖에 없었다. 제재소 지배인이 고소하였다는 그런 식은 결코 아니었다. 그는 다만 콜야이체크와 브랑카의 동일 인물 여부를 조사해 달라고 부탁했을 뿐이었다. 그리고 경찰은 이를 수락했던 것이다.

그후 몇 주일 간, 갈대로 엮은 오두막과 뗏목꾼들을 태운 뗏목이 강을 따라 천천히 내려오고 있는 동안에, 몇 군데 관청에서는 많은 조서들이 꾸며졌다. 거기에는 서프로이센 모 야포 연대의 포수 졸병이었던 요제프 콜야이체크의 복무 조서도 있었다. 이 불량한 포수는 만취한 상태에서 반은 폴란드어로 반은 독일어로 무정부주의적인 언사를 큰 소리로 떠들어댄 죄로, 두 번씩이나 3일간의 중금고(中禁錮)형을 살아야 했다. 그와 같은 오점은 랑푸우르의 제2근위 기병대에 근무했던 브랑카 일병의 조서에서는 발견되지 않았다. 모범병사로 두각을 나타냈던 브랑카는 기동 연습을 하는 동안에 대대의 전령으로 활약하면서 황태자의 눈에 들게 되었다. 그래서 호주머니에 언제나 은화를 넣고 다니던 황태자로부터 은화 한 푼을 하사받은 적도 있었다. 그런데 우리 브랑카 일병의 복무 조서에는 이러한 은화에 대한 기록이 나타나 있지 않았던 것이다. 하지만 나의 할머니 안나는 그녀의 오빠 빈첸트와 함께 심문당했을 때, 큰 소리로 한탄하면서 일부러 그 은화를 언급했다.

그녀는 단지 이 은화만을 앞세워 그가 방화범이라는 혐의에 대항해 싸운 것은 아니었다. 그녀는 요제프 브랑카가 이미 1904년에 단치히-니더슈타트의 의용 소방단에 가입하였고, 모든 뗏목꾼들이 휴식을 취하는 겨울 동안 소방수로서 크고 작은 화재 사건에 출동하여 공을 세웠다는 사실을 거듭 말해 주는 증거 서류도 제출했다. 또한 소방수 브랑카가 1909년 트로일 철도 공장의 대화재 때 불을 끄는 데 종사했을 뿐 아니라, 두 사람의 철공 견습생을 구출했음을 증명하는 서류도 있었다. 증인으로 불려온 소방대장 헤히트도 이에 대해 비슷한 증언을 하며 다음과 같이 진술하였다.

"불을 끄는 사람더러 방화범이라니 도대체 말이나 됩니까? 호이부데의 교회가 탔을 때, 사닥다리 위에 있던 그를 내가 계속 보고 있었다는 것조차 사실이 아니란 말입니까? 그는 재와 불길 속에서 솟아난 한 마리 불사조가 되어 불을 껐을 뿐만 아니라, 정말이지 이 세계의 대화재와 우리 주 예수의 갈증을 끈 것입니다. 여러분에게 진정코 말씀드립니다. 소방수 헬멧을 쓴 이 사내, 도로상에서의 우선 통행권을 갖고 있고, 보험 회사의 사랑을 받으며, 어떤 표시를 내기 위해서든 직업상이든 호주머니에 언제나 약간의 재를 넣어 가지고 다니는 이 사내를, 이 진짜 불사조를 빨간 수탉이라고 부르는 자가 있다면, 그런 사람의 목에는 마땅히 맷돌을 매달아야……"

여기서 보는 바대로, 이 의용 소방단 대장은 언변이 뛰어난 목사였다. 그는 콜야이체크-브랑카에 대한 심문이 계속되는 동안, 일요일마다 랑가르텐에 있는 성 바르바라 교회의 설교단에 서서 주저하지 않고 이 같은 말로 천국의 소방수와 지옥의 방화범이라는 비유를 자신의 교구 사람들의 머릿속에 주입시켰다.

하지만 경찰 수사관들은 성 바르바라 교회에 다니지도 않았으며, 또 불사조라는 말은 브랑카의 변호에 도움이 되기 보다는 오히려 불경스러운 느낌만 주었다. 그 결과 브랑카가 의용 소방단원으로서 활동했다는 사실이 오히려 불리하게 작용하였다.

여러 제재소에서 증거가 수집되었고 그에 대한 고향 사람들의 평가도 청취되었다. 그것들에 의하면 브랑카는 투헬에서 처음으로 이 세상의 빛을 보았지만, 콜야이체크는 토른에서 태어났다. 나이 든 뗏목꾼들의 증언과 먼 친척들의 증언 사이에는 약간의 차이가 있었다. 하지만 항아리로 물을 자주 긴다 보면 언젠가는 깨어지는 법이다. 심문이 어느 정도 막판에 다다랐을 무렵, 그 커다란 뗏목은 이제 막 제국의 영역에 도착하였다. 이제 토른에서부터 형사들이 그의 뒤를 밟았고, 정박지에서는 형사들이 잠복하며 그를 감시했다.

디르샤우를 지나서야 나의 할아버지는 형사들의 미행 사실을 알아차렸지만 이미 예상하고 있던 바였다. 그러나 할아버지는 이따금 우울증에 가까운 무기력 상태에 빠지곤 했기 때문에, 지형을 잘 알고 있는 레츠카우나 케제마르크 부근에서 그를 따르는 뗏목꾼들의 도움을 받아 탈주할 수 있는 기회를 놓쳤던 것 같다. 뗏목들이 천천히 그리고 서로 부딪치면서 죽음의 바이크셀강으로 들어가는 아인라게에서부터, 승무원을 가득 태운 한 척의 고기잡이 보트가 보일 듯 말 듯하면서 뗏목 쪽으로 접근해 왔다. 플레넨도르프를 지난 직후에 두 척의 수상 경찰 모터 보트가 갈대 우거진 해변에서 튀어나와 서로 종횡으로 교차하고 달리면서 죽음의 바이크셀강—그 강물은 점차 소금기를 더해 가면서 가까이에 항구가 있음을 알려 준다—을 소용돌이치게 했다. 호이부데를 향하는 다리 너머에서는 '푸른 제복'들이 교통 차단기를 내리기 시작했다. 클라비터 부두 맞은편의 목재 적치장, 소규모의 보트용 선창, 모틀라우강 쪽으로 드넓게 펼쳐져 있는 뗏목용의 항구, 여러 제재소의 선착장들, 친지들이 기다리고 있는 자기 회사의 선창, 이 모든 곳들의 여기저기에 푸른 제복이 가득했다. 다만 쉬하우 부근만은 그렇지 않았다. 그곳은 깃발로 가득 장식되어 있어서 무언가 다른 일이 벌어지고 있음을 알렸다. 아마 진수식이라도 있는 모양이었다. 인파가 가득했고, 갈매기떼가 날아다니며 축제가 시작되었다—나의 할아버지를 위한 축제였단 말인가?

나의 할아버지는 목재 항구가 푸른 제복으로 가득한 것을 보았으며, 모터 보트들이 점점 불길한 코스를 취하며 뗏목에 파도를 뒤집어 씌우는 것을 보았다. 또한 이 엄청난 야단법석이 자기 때문이라는 것도 깨달았다. 그때서야 비로소 할아버지 본래의 콜야이체크다운 방화범 기질이 다시 눈을 떴다. 그는 온순한 브랑카 행세를 단념하고, 의용 소방수 브랑카의 탈을 벗어 버렸으며, 큰소리로 다짐하면서 과감하게 말더듬이 브랑카에서 벗어났다. 그리고 뗏목 위로, 출렁거리는 뗏목 위로 달리고, 다듬지도 않은 마루판 위를 맨발로 뛰고, 통나무에서 통나무로 건너뛰면서, 깃발들이 나부끼고 있는 쉬하우쪽으로 목재들을 뛰어넘어 도망쳤다. 무언가가 진수대 위에 놓여 있었다. 하지만 강물 위에는 목재들이 떠 있었다. 훌륭한 연설이 들려오고 있었지만, 브랑카를 부르는 사람도, 더군다나 콜야이체크를 부르는 사람은 아무도 없었다. 진수식에서 들려오는 연설의 내용은 다음과 같았다. 그대를 제국 선박 콜럼버스라고 명명하노라, 아메리카 행, 배수량 4만 톤 이상, 3만 마력, 제국 선박, 일등칸의 끽연실, 이등칸의 좌현 부엌, 대리석으로 만든 체육관, 도서관, 아메리카, 제국 선박, 축로,[2] 산책 갑판, 그리고 승리의 월계관을 쓴 그대에게 영광 있으라, 모항(母港)에 휘날리는 선수기(船首旗). 황태자 하인리히는 타륜(舵輪) 곁에 서 있었고, 나의 할아버지 콜야이체크는 맨발로 통나무 목재를 거의 건드리지 않으면서 나는 듯이 브라스 밴드의 음악을 향해 달렸다. 그러한 제후들을 가진 군중은 뗏목에서 뗏목으로 그에게 환호를 보낸다. 승리의 월계관을 쓴 그대에게 영광 있으라고. 부두에 있는 모든 사이렌과 항구에 정박해 있는 선박들, 즉 예인선과 유람선, 콜럼버스호, 아메리카호, 자유호, 그리고 두 척의 함재 보트가 내는 사이렌 소리가 환희에 넘쳐, 뗏목에서 뗏목으로 그리고 폐하의 뗏목으로 미친 듯이 달려가 그의 곁을 지나가며 그의 진로를 방해했다. 그리하여 그는 신나는 판의 흥을 깨는 방해꾼이 되었다. 그는 멋지게 한번 도약을 한 후 그 자리에 멈추어 서야만 했다. 이제 그는 뗏목 위에 아주 고독하게 서서 아메리카 쪽을 바라본다. 함재 보트들이 나란히 떠 있었다. 그는 뛰어들지 않으면 안 되었고, 사람들은 모틀라우강으로 미끄러져가는 뗏목을 향해

---

2) 선미(船尾)로부터 기관실로 통하는, 터널처럼 생긴 통로. 배의 프로펠러에 의해 추진된 파도가 그곳을 지남.

헤엄치는 나의 할아버지를 보았다. 그러나 그는 곧 함재 보트 들 때문에 잠수하지 않으면 안 되었고, 또한 물 속에 있어야만 했다. 뗏목은 계속 머리 위로 미끄러져 내려왔고, 더 이상 멈 추지 않겠다는 듯이 새로운 뗏목이 줄을 이어 내려왔다. 영원 히 이어지는 뗏목, 뗏목.

함재 보트들이 모터를 껐다. 무자비한 눈들이 수면 위를 수 색하였다. 그러나 콜야이체크는 영원히 이별을 고하였다. 취주 악과 사이렌, 배에 매달린 종으로부터, 그리고 제국 선박, 하인 리히 황태자의 진수식 연설, 미친 듯이 나는 제국의 비둘기들 로부터 이별을 고하였다. 승리의 월계관을 쓴 그대에게 영광 있으라, 제국 선박 선상에서 거행되는 진수식을 위해 폐하가 사용한 연성 비누로부터, 아메리카와 '콜럼버스'로부터, 끊임없 이 떠내려오는 목재들 사이에서 경찰들이 벌였던 끈질긴 수색 으로부터 우리의 콜야이체크는 이별을 고하였다.

나의 할아버지의 시체는 발견되지 않았다. 그분이 뗏목 아 래에서 돌아가셨다는 것을 굳게 믿는 나로서는 그 사실을 더 분명하게 입증하고 싶다. 그래서 기적 같은 탈출에 대한 여러 가지 설들도 여기에서 소개하는 것이 좋겠다.

일설에 의하면, 뗏목 밑으로 들어간 그는 재목과 재목 사이 에서 틈을 발견했다고 한다. 아래쪽으로부터 난 그 구멍은 호 흡 기관을 물 밖으로 내놓을 수 있을 정도로 알맞은 크기였 고, 게다가 그 구멍은 위로 올라갈수록 좁아졌기 때문에, 밤 늦도록 뗏목들과 심지어는 뗏목 위의 갈대로 엮은 오두막들 을 뒤졌던 경찰들의 눈에 띄지 않았던 것이다. 그러고 나서 어둠을 틈타 그는 이리저리 도주하였고, 끝내 지치긴 했으나, 다행히도 모틀라우강의 다른 편 기슭에 자리한 쉬하우 부두의 한 구석에 이르렀고, 그곳 고철더미 속에서 얼마간 숨어 있었다. 그러다가 이제까지 많은 도망자들을 구원했다고 전해지는 그리스 뱃사람들의 도움을 받아 기름투성이의 유조선 중 한 척에 올라갔다고 한다.

다른 이야기는 이렇다. 뛰어난 폐를 가진 훌륭한 수영 선수였던 콜야이체크는 뗏목 밑을 헤엄쳐 갔을 뿐만 아니라, 꽤나 폭이 넓은 모틀라우 강을 물 속으로 헤엄쳐 건너, 다행스럽게도 쉬하우 부두의 식장에 도달했다고 한다. 그곳에서 그는 눈에 띄지 않게 부두 노동자들 속에 섞였고, 결국은 열광하는 군중들 속으로 들어가 그들과 함께 '승리의 월계관을 쓴 그대에게 영광 있으라.'고 외쳤으며, 제국 선박 콜럼버스호의 선상에서 갈채를 보내며 하인리히 황태자의 진수식 연설을 들었다. 그리고 진수식이 성공리에 끝난 다음에는 군중 속에 섞여 아직도 젖어 있는 옷을 입은 채로 식장을 떠났다. 그리고 다음 날에는 어느새—여기에서는 처음 소개한 탈출 스토리와 두 번째의 탈출 스토리가 일치한다—그리스의 악명 높은 어느 유조선에 밀항자로 타고 있었다는 것이다.

완벽을 기하기 위해 이번에는 제3의 황당한 이야기도 언급해야겠다. 이에 의하면 나의 할아버지는 떠내려 가는 목재처럼 공해상으로 흘러들어 갔고, 거기에서 본자크의 어부에게 사뿐하게 낚였다는 것이다. 그런 후 3마일의 영해 밖에서 스웨덴의 원양어선에 인도되어 스웨덴으로 갔다가, 기적적으로

서서히 체력을 회복한 후 말뙤로 갔다는 것이다. 그리고 그후 또 어떠어떠했다는 이야기가 계속된다.

　이 모든 것은 부질없는 이야기이며, 어부들의 잡담에 불과하다. 제1차 세계대전 직후 미국의 버팔로에서 나의 할아버지를 보았다는, 어느 항구 도시에서나 들을 수 있는 목격자들의 불확실한 이야기도 마찬가지로 일고의 가치도 없다. 그곳에서 할아버지는 조 콜치크로 행세하면서 캐나다와의 원목 거래로 생업을 삼았다는 것이다. 또한 그는 성냥 공장들의 주식을 사들였고, 화재 보험 회사를 설립했다고 한다. 풍문은 할아버지를 갑부로 그리고 고독한 사람으로 묘사한다. 할아버지는 마천루에 있는 사무실의 거대한 책상 뒤에 앉아, 손가락마다 번쩍거리는 반지를 끼고 있었으며, 경호원들을 훈련시키고, 소방대 유니폼을 입었으며, 폴란드 노래를 할 수 있었고, 불사조 친위병이라는 별명으로 불렸다는 것이다.

나방과 전구

한 사내가 모든 것을 뒤로 한 채 대양을 건너 아메리카로 가서 부자가 되었다. 나의 할아버지가 지금 폴란드어로 골야체크, 카슈바이어로 콜야이체크 혹은 미국어로 조 콜치크로 불리든 어떻든, 그에 대한 이야기는 이것으로 충분하다고 생각한다.

장난감 가게나 백화점에서 구입할 수 있는 단순한 양철북을 가지고서, 강을 따라 거의 수평선까지 떠내려가는 뗏목을 연주하기란 쉬운 일이 아니다. 하지만 나는 목재 적치장을, 강의 어귀에서 출렁거리며 갈대 속에 뒤섞여 있는 온갖 잡동사니 유목(流木)들을 연주할 수 있었다. 그리고 쉬하우 부두, 클라비터 부두, 부분적인 수리만을 담당하는 수많은 보트용 부두의 진수대들, 차량 공장의 고철 창고, 마가린 공장의 악취

풍기는 야자 열매 창고, 내가 잘 아는 창고들의 모든 구석진 곳도 별 힘들이지 않고 연주할 수 있었다. 할아버지는 돌아가셨다. 나에게 아무런 해답도 남기지 않으신 채. 그분은 제국 선박의 진수에 대해, 그리고 그것과 더불어 시작하여 수십 년간 지속되는 한 척의 배의 몰락 과정에 대해 아무런 관심도 두지 않으셨다. 콜럼버스라고 명명된 이 배는 또한 해군의 자랑이라고도 불렸으며, 당연하게도 아메리카 항로에 투입되었다가 나중에 침몰당했거나 아니면 스스로 가라앉았겠지만, 다시 인양되어 재건되고, 개명되거나 아니면 고철덩이로 분해되었는지도 모른다. 어쩌면 콜럼버스호의 침몰은 나의 할아버지를 흉내낸 것에 불과한지도 모른다. 흡연실, 대리석으로 만든 체육관, 풀장 그리고 마사지실을 갖춘 40000톤의 그 배는 오늘도 필리핀 해구(海溝), 즉 엠덴 해연(海淵)의 6000미터 수심 속에서 돌아다니고 있을지도 모르기 때문이다. 이 배에 대한 것은 《웨이어》라든지 해군 연감들을 보면 확인할 수 있다. 내 생각으로는 최초의 또는 두 번째의 콜럼버스호는 그 배의 선장이 전쟁과 관련된 치욕을 감수하면서까지 살고 싶지는 않아 스스로 침몰했던 것 같다.

나는 뗏목 이야기 중 일부를 브루노에게 말해 주었다. 그리고 나의 이야기에 신빙성을 더하기 위해 의문점도 말해 주었다.

"멋진 죽음이야!"라고 브루노가 흥분하여 외쳤다. 그러고는 곧 노끈 매듭을 사용하여 익사한 나의 할아버지를 그의 유령 작품들 중의 하나로 만들기 시작했다. 나는 그의 대답에 만족해야 했고, 아메리카로 건너가 할아버지의 유산을 손에 넣어야겠다는 부질없는 생각은 엄두도 내지 않았다.

친구들인 클레프와 비틀라르가 나를 찾아왔다. 클레프는 양면 모두 킹 올리버의 재즈곡이 실린 레코드를 가져다주었으며, 비틀라르는 점잔을 떨며 장밋빛 리본을 매단 하트 모양의 초콜릿을 건네주었다. 그들은 온갖 바보 짓거리를 하며 나의 재판의 몇 장면을 우스꽝스럽게 흉내냈다. 면회일에는 언제나 그랬듯이 나는 그들을 즐겁게 해 주려, 명랑하게 행동했고 시시껄렁한 농담에도 그저 웃어 주었다. 그리고 클레프가 재즈와 마르크시즘의 관계라는 판에 박힌 강의를 시작하기 전에 나는 적당히 기회를 보아 1913년, 즉 총격전이 시작되기 직전에 죽은 한 사내의 이야기를 했다. 끝도 없이 떠내려오는 뗏목 밑에 빠져 다시는 모습을 나타내지 않았으며, 시체마저도 발견되지 않았던 사내에 대해서 말이다.

나의 의문에 대해서—나는 천연덕스럽게 그리고 일부러 지루한 듯한 표정을 지으며 의문을 제기했다—클레프는 불쾌하다는 듯이 비계가 득실득실한 목을 이리저리 돌리고, 단추를 풀었다 잠갔다 하면서, 마치 그가 뗏목 아래에 있기라도 한 것처럼 헤엄치는 시늉을 했다. 그러다가 마침내 그는 나의 의문을 무시해 버리고는, 거기에 대해 결론을 내리기에는 아직 이른 오후라고 말했다.

비틀라르는 뻣뻣하게 앉아 바지 주름을 구기지 않으려고 두 다리를 포개 앉은 채, 하늘의 천사에게서나 있을 법한 우아하면서도 기묘한 자만의 표정을 지으며 말했다.

"뗏목 위에 있으면 쾌적하지. 모기가 물어 좀 성가시긴 하지만 말이야. 뗏목 밑에 있는 것도 기분 좋아. 모기도 물지 않으니 더욱 유쾌해. 그러니까 뗏목 위에서 얼쩡거리다 모기에게 물리느니 뗏목 밑에서 살면 그만이야."

비틀라르는 늘 하던 버릇대로, 잠시 뜸을 들이며 나를 자세히 바라보았다. 그러고는 올빼미 흉내를 내려고 할 때면 언제나 그랬듯이, 본래부터 치켜져 있는 눈썹을 더욱 치켜올리며 한층 연극적인 어조로 말했다.

"익사한 그 사내, 즉 뗏목 밑에 있었던 그분이 너의 친할아버지가 아니라 종조부(從祖父)였다고 치자. 그는 종조부로서 그리고 더 넓은 의미의 할아버지로서 너에게 책임을 느껴 돌아가신 걸 거야. 말하자면 니에게는 살아 있는 할아버지가 있다는 것보다 싫은 일은 없을 테니 말이야. 그러니 너는 종조부를 죽였을 뿐 아니라, 할아버지마저 죽였다고 할 수 있겠지! 하지만 모든 할아버지가 기꺼이 그렇게 하듯이, 종조부는 너를 가볍게 벌주려고만 생각한 거야. 손자 녀석이 물에 퉁퉁 불은 할아버지의 시체를 불손하게 가리키며 '야, 우리 할배 죽었구나!' 하고 떠들도록 내버려 둘 수야 없지. 어쨌든 그분은 난사람이야! 경찰이 추격하자 물 속으로 뛰어드신 게 분명해—너의 할아버지는 후세 사람들과 손자의 관심을 오랫동안 끌기 위해 자신의 시체를 세상과 자신의 손자에게 감쪽같이 감춘 거야."

그러고 나서 교활한 비틀라르는 가볍게 머리를 숙이고 화해를 암시하다가, 돌연 이제까지의 열정적인 어투를 버리고는 또 다른 유의 열정적인 어조로 말했다.

"아메리카! 기뻐하라, 오스카여! 너에게는 목적이 있고 사명이 있다. 너는 여기에서 무죄로 풀려날 것이다. 그후엔 아메리카가 아니면 어디로 갈 것인가. 그곳에서는 무엇이든 찾아낼 수 있다. 행방불명된 너의 할아버지까지도!"

비틀라르의 해답은 아주 모욕적이었고 사람의 마음을 은근히 상하게 했다. 하지만 그의 해답은 할아버지의 생사 여부에 대해 명확하게 구분짓지 않으면서 불평만 늘어놓는 내 친구 클레프의 태도에 비해, 혹은 '제국 선박 콜럼버스호'가 진수하고 난 직후 할아버지의 뒤를 쫓아가며 파도를 일으켰기 때문에 할아버지가 죽었으니 바로 그 때문에 멋진 죽음이 아니겠느냐는 투로 말하는 간호사 브루노의 대답에 비해 훨씬 더 나에게 확신을 주었다. 그래서 나는 비틀라르가 말하는, 할아버지들을 보호하는 아메리카, 마음속에 정해진 목적지, 유럽에 싫증이 나 북과 펜을 놓으려고 할 때 나에게 용기를 북돋워줄 수 있는 모범의 나라인 아메리카를 높이 찬양하는 것이다.

"오스카, 계속해서 쓰거라. 아메리카의 버팔로에서 목재상으로 거부가 되었으나, 몹시 지쳐 마천루의 한 구석방에서 성냥개비를 만지작거리고 있는 너의 할아버지 콜야이체크를 위해서!"

클레프와 비틀라르가 작별을 고하고 마침내 돌아가자, 브루노는 문을 활짝 열고 환기를 시켜 친구들이 남기고 간 불쾌한 냄새를 모두 몰아냈다. 그러고 나서 나는 또다시 북을 꺼냈다. 하지만 이제는 죽음을 덮고 있는 뗏목이 아니라, 1914년 8월 이래 누구나 따르지 않으면 안 되었던 저 급속하고 비약적인 리듬을 연주했다. 그러므로 나의 텍스트는, 나의 할아버지가 유럽에 남겨 두고 갔던 저 장례식의 애도객들이 걸어갔던 길을 다만 암시적으로만 묘사하게 될 것이며, 그것은 내가 탄생할 무렵까지의 기간에 해당하는 것이다.

콜야이체크가 뗏목 밑으로 사라졌을 때, 제재소의 선창 위에는 뗏목꾼의 친척들 사이에 섞여 나의 할머니가 그녀의 딸 아그네스, 오빠 빈첸트 브론스키 그리고 그의 열일곱 살 난 아들 얀과 함께 걱정스러운 얼굴로 서 있었다. 약간 떨어진 곳에는 요제프의 형 그레고르 콜야이체크가 있었는데, 그는 심문을 받기 위해 그 시로 소환되어 와 있었던 것이다. 하지만 그레고르는 경찰에 출두할 때마다 시종일관 같은 대답을 되풀이했다.

"동생에 대해 아는 게 거의 없습니다. 사실 알고 있는 건 요제프라는 이름뿐입니다. 마지막으로 만난 게 아마도 그애가 열 살이나 열두 살 때였을 겁니다. 그애는 내 신을 닦아 주었고, 어머니와 내가 마시고 싶어하면 맥주를 갖다주곤 했습니다."

그레고르 콜야이체크의 대답은 나의 증조모가 맥주를 마셨다는 사실은 밝혔으나, 경찰에게는 아무 도움이 되지 않았다. 하지만 콜야이체크의 형님의 존재는 나의 할머니 안나에게는 점점 더 도움이 되었다. 슈테틴과 베를린 그리고 마지막으로 슈나이데뮐에서 생애의 몇 년을 살았던 그레고르는 단치히에 자리잡고 '바스티온 카닌헨'에 있는 화약 공장에서 일자리를 얻었다. 그리고 몇 년 후 가짜 브랑카와의 결혼과 같은 온갖 성가신 문제를 말끔히 정리하고 청산한 뒤 나의 할머니와 결혼하였다. 콜야이체크 가문을 떠나고 싶지 않았던 할머니는, 만일 그레고르가 콜야이체크 집안 사람이 아니었더라면 결코 그와 재혼하지 않았을 것이다. 아니, 최소한 그렇게 빨리 재혼하지는 않았을 것이다.

화약 공장에서 일했기 때문에 그레고르는 얼룩덜룩한 제복을 입지 않았다. 그리고 그 직후 발발한 전쟁 동안에도 회색 제복을 입는 병사 신세를 면할 수 있었다. 그들 셋은 방화범에게 수년 동안 도피처를 마련해 주었던 바로 그 한 칸 반짜리 집에서 살았다. 하지만 콜야이체크 집안 사람이라고 해서 반드시 다른 콜야이체크를 닮아야 한다는 법은 없는 것 같았다. 왜냐하면 나의 할머니는 결혼 생활을 채 1년도 채우지 못하고 트로일에서, 이제 막 비게 된 지하실 점포를 빌려 핀에서부터 양배추에 이르는 온갖 잡화들을 팔면서 돈을 벌지 않으면 안 되었기 때문이다. 그레고르는 화약 공장에서 꽤 많은 급료를 받긴 했지만, 최소한의 생계비마저 집으로 가져오지 않고 전부 술값으로 날려 버렸던 것이다. 그레고르는 나의 증조모를 닮아 그런지 술꾼이었지만, 나의 할아버지 요제프는 가끔 화주 한 잔을 즐기는 정도였다. 그레고르는 슬프기 때문에 마시지는 않았다. 즐겁게 보였을 때조차도—우울증에 걸린 그에게는 그런 일이 드물었다—그는 즐거워서 마시는 것은 아니었다. 그는 모든 사물의 근본에 도달하려고 했기 때문에, 알코올의 경우도 그 바닥까지 철저히 들어가 보기 위해 마셨다. 그레고르 콜야이체크가 그의 생전에 진을 따른 술잔을 반쯤만 마시다 그대로 놓아두는 것을 본 사람은 아무도 없었던 것이다.

그 무렵, 열다섯 살의 통통하게 살찐 소녀였던 나의 어머니는 가게일에 큰 도움이 되었다. 그녀는 식료품에 딱지를 붙였고 토요일에는 물건을 배달하였으며, 서툴긴 하지만 외상 단골손님에게 외상값을 갚도록 재촉하는, 상상력이 넘치는 편지를 썼다. 유감스럽게도 내게는 이러한 편지들이 한 장도 남아 있지 않다. 여기에서 반(半)고아라고 할 수 있는 아이의 편지에서 볼 수 있는, 반쯤은 아이 같고 반쯤은 소녀 같은, 도움을 호소하는 외침을 얼마간 인용할 수 있다면 얼마나 멋지겠는가. 이처럼 그레고르 콜야이체크는 양부로서 해야 할 어떠한 의무도 다하지 않았던 것이다. 게다가 나의 할머니와 그녀의 딸은, 대부분은 동전이지만 은화도 몇 닢 들이 있는, 이중으로 겹친 양철로 만든 돈 상자를, 언제나 굶주려 있는 화약 공장 직공인 콜야이체크의 우울한 눈길로부터 지키려고 고심해야만 했다. 1917년에 그레고르 콜야이체크가 유행성 감기로 죽은 후에야 비로소 이 잡화점 가게의 벌이가 조금 나아졌으나, 그렇다고 대수로운 것은 아니었다. 때가 1917년인데 도대체 무엇을 팔 수 있었겠는가?

화약 직공이 죽은 후 어머니가 으시시하고 무섭다면서 쓰지 않고 비워 두었던 그 한 칸 반짜리 집의 방에 당시 스무 살 정도 된 어머니의 외사촌 얀 브론스키가 이사를 왔다. 그는 카르트하우스 중학교를 우수한 성적으로 졸업한 후, 군청 소재지에 있는 우체국에서 수습을 마쳤다. 그리고 이제 단치히 제1중앙 우체국의 중급 관리직에 부임하기 위해 비사우와 그의 아버지 빈첸트를 떠나온 것이었다. 얀은 트렁크 이외에도 대단한 부피의 우표 수집첩을 고모 집으로 가지고 들어왔다. 그는 아주 어릴 때부터 우표를 수집해 왔다. 그러므로 그는 우체국과는 직업상으로뿐만 아니라 사적으로도 계속 긴밀한 관계에 있었던 것이다. 앞으로 약간 수그린 채 걷는 이 허약한 젊은이는, 지나치리만큼 귀여운 달걀 모양의 얼굴과 푸른 눈을 가지고 있었기 때문에, 당시 열일곱 살이었던 나의 어머니가 그에게 반한 것도 무리는 아니었다. 얀은 이미 세 차례나 징병 검사를 받았으나, 약골이라 그때마다 징병유예 조치를 받았다. 프랑스 영토를 완전히 초토화시키기 위해, 어느 정도 자라기만 하면 누구나 베르됭으로 보내지던 시절이었으니, 얀 브론스키가 얼마나 약골이었는지 짐작이 가고도 남는다.

연애질은 사실 그들이 나란히 우표 앨범을 들여다보았을 때, 말하자면 머리와 머리를 맞대고 특별나게 귀중한 우표들의 가장자리에 나 있는 톱니 모양을 보고 있었을 때 이미 시작되었어야 했다. 하지만 둘 사이의 연애는 얀이 네 번째의 징병 검사에 소집되었을 때에야 비로소 시작되었다. 아니 폭발했다. 안 그래도 시내에 용무가 있었던 나의 어머니는 얀을 따라 징병구 사령부 앞까지 가서, 국민병이 보초를 서고 있는 초소 앞에서 그를 기다렸다. 어머니와 얀은, 이번에야말로 얀이 프랑스로 가서 그곳의 쇠와 납을 머금은 공기로 그의 빈약한 가슴을 치료하지 않으면 안 될 것이라는 점에서 견해를 같이하고 있었다. 아마도 어머니는 국민병의 제복에 달린 단추의 수를 몇 번이고 세었을 것이고, 그때마다 결과는 달랐을 것이다. 모든 제복의 단추들을 헤아리다 보면, 그 마지막으로 헤아린 단추는 언제나 하르트만스바일러 고지들 중의 하나인 베르댕을 가리키든지 아니면 솜강(江)이나 마른강 같은 것을 의미하는 것이 아닌가 하는 생각이 든다.

거의 한 시간쯤 지나, 네 번째 검사를 받은 그 사내는 징병구 사령부의 현관으로부터 미끄러져 나와 계단을 비틀거리며 내려왔고, 나의 어머니 아그네스의 목에 매달리며 당시 유행하던 말을 중얼거렸다. "엉덩이는 안 돼. 치마를 내리지 마, 1년이면 돌아온다!" 그때 나의 어머니는 처음으로 얀 브론스키를 껴안았다고 한다. 그리고 그후 더욱 행복하게 그를 껴안아 주었는지 어쨌는지 나로서는 알지 못한다.

전쟁 동안의 그 풋내기 사랑에 대한 자세한 곡절을 나는 모른다. 얀은 수집한 우표의 일부를 팔아서 아름다운 것, 몸에 꼭 맞는 것, 값비싼 것에 대한 일가견을 가진 나의 어머니의 요구를 들어주었다. 게다가 그는 당시에 일기를 쓰고 있었다고 하는데, 아쉽게도 그것은 분실되고 말았다. 나의 할머니는 두 젊은이의 결합을—친척 간의 교제 이상의 것이었음에도 불구하고—허용했던 것 같다. 전쟁이 끝난 후에도 얀 브론스키는 얼마간 트로일의 그 좁은 집에서 살았으니까 말이다. 얀은 마체라트라는 사내의 존재를 더 이상 부정할 수 없게 되고, 또한 그 점을 인정하게 되었을 때 비로소 이사를 갔다. 마체라트는 나의 어머니가 올리바 부근의 질버하머 야전 병원에서 보조 간호사로 근무하고 있던 1918년 여름에 그녀와 알게 되었다고 한다. 알프레트 마체라트는 라인란트 태생으로, 대퇴부 관통상을 입고 그곳 병원에 입원하고 있다가, 라인란트 사람 특유의 쾌활함으로 곧 모든 간호사의 호감을 사게 되었다. 간호사 아그네스도 마찬가지였다. 어느 정도 상처가 낫자, 그는 이 간호사 저 간호사의 부축을 받아, 절뚝거리면서 복도를 지나고 취사장으로 가서 아그네스를 도와주었다. 그녀의 둥근 얼굴에 간호사의 작은 모자가 아주 잘 어울렸기 때문이며, 또한 그는 수프에 감정을 담을 수 있는 열정적인 요리사였기 때문이다.

알프레트 마체라트는 상처가 완전히 나은 후 단치히에 계속 머물렀고 그곳에서 곧 종이 가공을 취급하는, 라인란트의 상당히 규모가 큰 회사의 대리점에 일자리를 얻었다. 전쟁은 이미 끝나 있었다. 사람들은 장래의 전쟁에 불씨를 제공하는 강화 조약을 손질하고 있었다. 바이크셀강 어귀 지역, 즉 네룽 하반(河畔)의 포겔장에서부터 노가트강을 따라 피이켈까지, 그곳에서 바이크셀강을 따라 차트카우까지, 거기서 왼편으로 직각으로 구부러져 쉰플리스까지, 그곳에서부터 자스코신의 숲을 우회하여 오토민 호수로 가서, 마테른, 람카우와 나의 할머니가 살고 있는 비사우를 지나 클라인-카츠 부근에서 발트해에 이르는 이 일대가 자유 국가로 선포되어 국제 연맹의 관할 아래 있게 되었다. 폴란드는 원래의 시가지에다 자유항을, 그리고 탄약고가 있는 베스터플라테를 확보하게 되었고, 철도를 지배하였으며, 헤벨리우스 광장에 독자적인 우체국을 갖게 되었다.

자유 국가의 우표는 한자동맹 시대의 배와 방패의 문장(紋章)을 붉은빛과 금빛으로 채색한 것으로서 편지를 화려하게 장식하였다. 반면에 폴란드인들은 카시미르와 바토리의 역사를 그림으로 보여 주는 음침한 보랏빛의 우표를 사용하였다.

얀 브론스키는 이 폴란드 우체국으로 전근했다. 그의 전근은 자발적인 것이었으며, 폴란드 국적을 선택한 것도 마찬가지였다. 많은 사람들의 주장에 의하면, 그가 폴란드 국적을 택한 것은 내 어머니의 태도 때문이었다. 1920년 필주드스키 원수가 바르샤바 근교에서 적군(赤軍)을 격파한 그해, 바이크셀강 강가에서의 그 기적을 빈첸트 브론스키 같은 사람들은 성모 마리아의 은총으로 돌리고, 군사 전문가들은 시코르스키 장군이나 바이간트 장군의 공적으로 돌렸던 저 폴란드의 해에, 나의 어머니는 독일 제국 사람인 마체라트와 가약을 맺었다. 아마 나의 할머니도 얀과 마찬가지로 이 약혼에 찬성하지 않았을 것이다. 어쨌든 그녀는 그동안 어느 정도 번창하게 된 트로일의 지하실 점포를 딸에게 물려주고, 오빠 빈첸트가 있는 비사우로, 즉 폴란드령으로 갔다. 그리고 콜야이체크를 만나기 전과 같이 무밭과 감자밭이 있는 농장을 물려받았으며, 점점 더 은총을 받고 있는 오빠를 처녀인 폴란드 여왕과 만나서 교제하고 담화하도록 주선해 주었다. 게다가 치마를 네 벌 껴입은 채, 그녀는 가을날 감자잎을 태우는 모닥불가에 쪼그리고 앉아, 아직도 여전히 전신주들에 의해서 나누어져 있는 하늘을 멍하게 바라보며 만족하고 있었다.

얀 브론스키는 시내에 살면서, 아직도 람카우에 밭을 가지고 있는 카슈바이 출신의 여자 헤트비히를 발견하고 그녀와 결혼했다. 그때서야 비로소 얀과 나의 어머니 사이의 관계가 호전되었다. 카페 '보이케'의 댄스 파티에서 우연히 얀을 만난 어머니는 마체라트에게 그를 소개하지 않을 수 없었다. 두 사람은 매우 다른 유형이었지만 어머니와의 관계에서는 의견을 같이 했고 서로 호감을 가졌다. 마체라트가 라인란트 사람답게, 얀이 폴란드 우체국으로 전근한 것은 술에 취한 어리석은 행동이라고 막말을 했음에도 불구하고 말이다. 얀은 어머니와 춤을 추었고, 마체라트는 뼈대가 굵고 몸집이 큰 헤트비히와 춤을 추었다. 헤트비히는 암소처럼 알아차리기 힘든 눈빛을 하고 있어서 주위 사람들로 하여금 항상 그녀를 임산부라고 생각하게 만들었다. 그들은 가끔 함께 춤을 추거나 상대를 바꿔 가며 추었으며, 춤추는 동안 다음 차례의 댄스에 대해 생각하였다. 그들은 앞장서서 서투른 원 스텝을 밟았고, 영국식 왈츠가 나올 때에는 휴식을 취하였다. 그러다가 마침내 찰스턴을 추면서 자신감을 얻었고, 슬로폭스를 출 때에는 종교에 가까운 육욕을 느꼈다.

성냥 한 갑의 값으로 침실에 휘장을 두를 수 있었고, 또한 거의 돈 들이지 않고서도 거기에 무늬를 짜 넣을 수 있었던 1923년에, 알프레트 마체라트는 나의 어머니와 결혼하였다. 얀이 한쪽의 증인이었고, 묄렌이라는 한 식료품상이 또다른 증인이 되었다. 그 묄렌이라는 사내에 대해서는 언급할 만한 것이 별로 없다. 다만 그를 언급한 이유는 렌텐 마르크[3]가 처음 도입되었을 당시에 어머니와 마체라트가 외상 거래 때문에 거

---

3) 인플레이션을 방지하기 위해 1923년 렌텐 은행에서 발행한 마르크 지폐.

의 파산한 식료품 가게를 그로부터 인수했기 때문이었다. 트로일의 지하 상점을 열었을 때, 어떠한 종류의 외상 고객으로부터도 능숙하게 외상값을 받아냈던 어머니는, 사업 감각을 타고 난 데다가 위트와 임기응변의 기지를 몸에 지니고 있었기 때문에 금방 그 몰락한 가게를 다시 일으켜 세울 수 있었다. 그래서 마체라트는 원래 잘 되고 있던 종이 도매상 지점의 외무사원직을 그만두고 가게일을 도와야 했던 것이다.

두 사람은 놀라운 방식으로 서로를 보완했다. 어머니가 카운터 뒤에서 고객을 상대하는 동안, 라인란트 출신의 마체라트는 세일즈맨과 교섭하거나 도매 시장에서 물건을 사들였다. 게다가 마체라트의 앞치마에 대한 애착, 설거지를 포함한 온갖 부엌일에 대한 애착은 즉석 요리를 애호하는 어머니의 일손을 덜어 주었다.

가게와 붙어 있는 주택은 비좁고 조잡했으나, 내가 이야기로 들어서만 알고 있는 트로일의 집과 비교하면 소시민으로서는 만족할 만한 것이었다. 실제로 어머니는 결혼 후 적어도 몇 년 간은 라베스베크 거리에서 안락하게 살았음에 틀림없다.

그 집에는 대개 페르질 세제(洗劑)의 포장 상자들이 쌓여 있는 약간 허름해진 기다란 복도 이외에도 넓은 부엌이 있었는데, 그곳도 복도와 마찬가지로 통조림 깡통이나 밀가루 부대 그리고 귀리 부대 같은 물품들로 절반 이상 차 있었다. 여름이면 두 개의 창을 통해 발트해에서 가져온 조개들로 장식한 앞뜰과 거리를 내다볼 수 있는 거실이 이 단층집의 중심을 이루었다. 벽지는 포도줏빛의 붉은색이었고, 긴 의자는 거의 전체가 심홍색이었다. 접었다 폈다 할 수 있는, 귀퉁이를 둥글게 다듬은 식탁, 검은 가죽을 씌운 네 개의 의자, 끊임없이 자리를 옮겨야 하는 끽연용 의자, 검은색의 다리를 가진 이런 것들이 푸른 양탄자 위에 서 있었다. 두 개의 창 사이에는 검은색과 황금색을 내는 대형 탁상시계가 자리잡고 있었다. 심홍색의 긴 의자와 나란하게 검은색의 피아노가 놓여 있었는데, 그것은 처음에는 세를 주고 빌려 쓰다가 나중에 천천히 월부로 갚은 것이었다. 피아노는 연노랑색의 기다란 털 모피 위에 회전 의자와 함께 놓여 있었고, 그 맞은편에는 찬장이 있었다. 이 검은색의 찬장에는 달걀 모양의 장식이 검게 새겨진, 잘 닦여진 내리닫이가 달려 있었다. 그리고 그 밑에는 식기와 식탁보를 넣어 둔 몇 개의 문이 있었는데, 거기에는 과일 장식들이 까맣게 새겨져 있었다. 또한 찬장에는 발톱 모양의 검은 다리와 검은 윤곽의 머리 장식이 달려 있었다—그리고 장식용 과일을 담은 유리 접시와 복권을 추첨하여 얻은 녹색의 우승컵 사이의 빈 자리는, 나중에 나의 어머니의 장사 수완 덕택에 구입하게 되는 옅은 갈색의 라디오로 채워졌다.

침실은 노랑색으로 통일되어 있었고, 5층 임대 아파트의 안마당을 향하고 있었다. 부디 믿어 주기를 바라거니와, 넓다란 부부의 성(城)을 덮고 있는 침대의 천장이 옅은 청색이었기 때문에, 베갯머리 쪽에 있는 유리를 끼운 액자가 옅은 청색의 빛을 반사시켰다. 그 액자 속에는 살색의 막달라 마리아가 동굴 속에서 속죄하는 그림이 들어 있었다. 그녀는 그림의 오른쪽 윗부분의 구석에서 탄식하며 손가락으로 가슴을 움켜쥐고 있었는데, 아무리 세어 보아도 그 손가락들은 열 개 이상은 되는 것 같았다. 부부 침대의 맞은편에는 하얀 래커칠을 한 거울 달린 옷장이 놓여 있었고, 왼편에는 화장대, 오른편에는 윗부분이 대리석으로 된 서랍 달린 장이 있었다. 천장에는 침실용 전구가 매달려 있었는데, 그것은 보통 거실에 있는 전구처럼 엷은 비단으로 감싸져 있는 것이 아니라, 연분홍의 사기 갓 아래에서 두 개의 놋쇠 팔을 지지대로 삼아 지탱되고 있었다. 그래서 전구는 맨몸을 그대로 드러낸 채 빛을 발하고 있었다.

나는 오늘 아침 내내 북을 두드리며 나의 북에게 물어보았는데, 그것은 우리의 침실에 있던 전구가 40와트였는지 아니면 60와트였는지 알고 싶어서였다. 내게 있어서 매우 중요한 의미를 가지는 이 의문을 나와 나의 북에게 던지는 것은 이번이 처음이 아니었다. 나는 그 전구가 있는 곳까지 찾아가는 데 종종 여러 시간이 걸리곤 했다. 나로서는 우직하게 북을 두들김으로써 표준화된 조명 기구들의 숲으로부터 라베스베크 거리에 있는 우리들의 침실의 그 빛이 있는 곳으로 곧장 돌아가는 길을 찾는 것이 급선무였다. 하지만 내가 수많은 방을 들락거리며 두꺼비집에 전류를 연결하거나 차단함으로써 생기를 부여하거나 마비시켰던 수천의 광원(光源)들이 길을 가로막고 나섰다. 그 때문에 그것들을 잊기 위해 매번 몇 시간 동안이나 북을 두드려야 했던 것이다.

어머니는 집에서 아이를 낳았다. 진통이 시작되었을 때도 그녀는 여전히 가게에서 일을 보며 푸른색의 1파운드짜리 봉지와 반 파운드짜리 봉지에 설탕을 넣고 있었다. 결국 산부인과로 옮기기에는 너무 늦게 되었다. 그래서 가끔 부득이한 경우에만 산파 가방을 손에 잡는 중년의 산파가 부근의 헤르트가에서 불려와야만 했다. 침실에서 그녀는 어머니와 내가 서로 분리되는 것을 도와주었다.

나는 두 개의 60와트짜리 전구 모양에서 이 세상의 빛을 처음으로 보았다. 그래서 오늘날에도 '빛이 있으라 하니 빛이 있었고'라는 성서의 한 구절이 마치 오스람 전구 제조회사의 가장 성공적인 선전 문구처럼 생각된다. 부득이한 회음부 파열을 제외하고는 나의 출산은 무사히 끝났다. 머리의 위치가 임부와 태아 그리고 산파 모두에게 적합했기 때문에 나는 별다른 고통 없이 해방되었던 것이다.

이 자리에서 당장 다음과 같은 사실을 말해 두고자 한다. 나는 태어났을 때 이미 정신적 성장이 완결되어 있어서, 나중에는 단지 그것을 확인하기만 하면 될 뿐인 그러한 총명한 갓난아기였다. 태아였을 때에는 외부로부터 아무런 영향도 받지 않고, 오직 자신에게만 귀를 기울였으며, 양수에 비치는 자신의 모습을 바라보았다. 하지만 이제는 전구 밑에서 양친의 입으로부터 자연스럽게 새어나오는 최초의 말들에 비판적으로 귀를 기울였다. 나의 귀는 영민하기 그지없었다. 비록 그것은 작고, 꾸부러지고, 착 달라붙어 있음에도 귀여운 귀라고 불렸다. 어쨌든 나의 귀는 최초의 인상으로 주어지는 부호들이면서 그후로도 중요한 의미를 갖는 말들은 한 마디도 빼놓지 않고 기억에 새겨 두었다. 더군다나 귀로 들은 것을 아주 자그만한 두뇌로 즉시에 평가하였고, 들은 것 모두를 충분히 음미한 끝에, 이것저것은 실행하고 다른 것은 과감하게 내버리겠다고 결정했다.

자신이 내 아버지라고 생각하는 마체라트 씨가 말했다. "이 아이가 앞으로 장사를 이어받겠지요. 우리들이 무엇 때문에 이렇게 뼈빠지게 일하고 있는가를 이제사 겨우 알겠구려."

장사보다는 아들의 배내옷을 우선 생각하는 어머니가 말했다. "내가 간혹 계집애일 거라고 말하긴 했지만, 사내아이라는 것은 이미 알고 있었어요."

이렇게 하여 나는 일찌감치 여자들의 논리에 익숙해졌다. 그 후에 나는 그녀가 이렇게 말하는 것을 들었다. "오스카가 세 살이 되면 양철북을 사 줘야지."

어머니와 아버지의 약속을 꽤 오랫동안 서로 저울질해 보던 나, 즉 오스카는 방안으로 날아 들어온 나방을 관찰하였고 그 날개 소리에 귀를 기울였다. 털투성이며 중간 정도의 크기인 그 나방은 60와트짜리 전구 두 개에 가까이 날아들며 여러 가지 모양의 그림자를 만들었다. 날개의 넓이에 비해 엄청난 크기로 확대된 그림자들은 급격하게 움직이며 가구들과 함께 그 방을 가리기도 하고 가득 채우기도 하며 또는 확대시키기도 했다. 하지만 나에게는 그 빛과 그림자의 유희보다는 나방과 전구 사이에서 생겨났던 그 커다란 소음에 대한 기억이 더욱 생생하다. 나방은 계속 날개 소리를 냈다. 마치 자신이 가진 지식을 서둘러 떨쳐 버리려고 하는 것 같았다. 그리고 앞으로 다시는 발광체와 이야기할 시간이 주어지지 않을 것이며, 또한 나방과 전구 사이의 대화가 나방에게는 하여간 최후의 참회이며, 일단 그런 식으로 전구를 무죄 방면하고 나면 다시는 죄를 짓고 열광할 기회가 오지 않을 것이라는 듯이 날개 소리를 냈다.

오늘 오스카는 간단하게 말한다. 나방이 북을 두드렸다. 토끼, 여우 그리고 산쥐가 북을 치는 소리를 들었다. 개구리들은 함께 북을 두드리며 폭풍우를 예고할 수 있다. 딱다구리는 북을 쳐 벌레들을 그들의 집에서 몰아낸다. 마지막으로 사람들은 팀파니, 심벌즈, 솥 그리고 북을 두드린다. 사람들은 연발 권총, 연발 속사라는 말을 한다. 사람들은 북을 두드려 누군가를 불러내어 함께 북을 치다가 끝내는 북을 쳐서 묘지로 보낸다. 북 치는 소년, 북 치는 아이들이 말이다. 현악기나 타악기를 위한 협주곡을 쓰는 작곡가들도 있다. 나는 크고 작은 소등 나팔을 기억할 수 있으며, 또한 오스카의 이제까지의 시도들을 지적할 수 있다. 하지만 이 모든 것은 나방이 나의 탄생을 계기로 두 개의 평범한 60와트짜리 전구를 앞에 두고 요란하게 북을 두들겨 댄 것에 비하면 아무것도 아닌 것이다. 아마도 오지의 아프리카에는 니그로가 있을 것이며, 아메리카에도 아프리카를 아직 잊지 못하는 니그로가 있을 것이다. 아마도 리듬에 길들여진 이 사람들은 나의 나방과 꼭 같이 혹은 비슷하게 아니면 아프리카 나방을—주지하다시피 그것은 동유럽의 나방보다 훨씬 크고 화려하다—흉내내어서 규칙적이면서도 자유롭게 북을 칠 수 있을 것이다. 나로서는 동유럽의 기준을 따르는 것이 마땅하리라. 그러므로 나는 나의 탄생시에 날아 들었던 그 갈색 가루로 덮인 중간 크기의 나방을 오스카의 스승이라고 부르기로 한다.

때는 9월 초순경이었다. 태양은 처녀좌에 위치하고 있었다. 멀리서 늦여름의 폭풍우가 나무 상자와 옷장을 밀치면서 어둠을 뚫고 다가왔다. 수성은 나를 비판적으로 만들었으며, 천왕성은 나를 기지에 넘치게 했다. 금성은 나를 조그마한 행복에 잠기게 했고, 화성은 나의 명예심을 믿게 했다. 천칭좌는 조상궁(祖上宮)에서 떠올라 나를 초조하게 만들어 무리를 범하게 했다. 해왕성은 제10궁, 즉 삶의 중심궁으로 이주하고 나를 기적과 환멸 사이에 놓이게 했다. 토성은 목성의 맞은편, 즉 제3궁에서 나의 혈통을 문제삼고 있었다. 그러나 나방을 보내어 늦여름의 폭풍우같이 울리는 고등학교 선생님의 우렁찬 목소리를 내게 하고, 어머니가 약속한 양철북에 대한 나의 욕구를 증대시키며, 또 그 악기를 점점 더 소중하게 여기도록 만들고 아울러 간절한 소망의 대상이 되도록 만든 자는 도대체 누구였단 말인가?

겉으로는 소리쳐 우니까 푸르죽죽한 피부를 가진 갓난애로 보였겠지만, 사실인즉 나는 식료품 가게 일체를 물려주겠다는 아버지의 제안을 단호하게 거부하였다. 그 대신 나의 세 번째 생일날에 어머니가 나에게 선물로 주겠다고 소망한 것에 대해 호의적으로 검토해 보기로 결심했다.

나의 장래와 관련된 이러한 모든 걱정 말고도, 나는 어머니와 아버지 마체라트가 나의 반대나 결심을 이해하거나, 경우에 따라서는 존경해 줄 수도 있는 기관을 가지고 있지 않다는 것을 이미 알았다. 그래서 오스카는 이해받지 못한 채 고독하게 전구 밑에 누워 있었다. 그리고 60년이나 70년 후 모든 전원이 일시에 단전되어 전류가 끊길 때까지 그러한 상태가 계속되리라고 추론하였다. 그러므로 나는 전구 아래에서 인생을 시작하기도 전에 삶에 대한 욕망을 잃어버렸던 것이다. 다만 나에게 약속된 저 양철북만이 당시 태아의 머리 위치로 되돌아가려는 나의 욕구가 강력하게 표출되는 것을 막아 주었다.

게다가 산파는 이미 나의 탯줄을 잘라 버렸으므로, 어쩔 도리도 없었던 것이다.

앨범

내게는 보물 하나가 있다. 달력 속의 하루하루로만 이루어진 불유쾌한 수년의 세월 동안에도, 나는 계속해서 그것을 지키고 감추고 다시 꺼내 보곤 했다. 화물차를 타고 여행하는 동안에도 그것을 소중하게 가슴에 안고 다녔으며, 잘 때에도 오스카는 보물 단지인 그 앨범을 베고 잤다.

모든 것을 분명하게 보여 주며 백일하에 드러나게 하는 이 가족묘(家族墓)가 없었더라면 나는 무엇을 할 수 있었겠는가? 120페이지로 되어 있는 앨범은 어느 페이지에서도 사진들이 가로로든 세로로든 다 정확하게 직각을 이루도록 면밀하게 배치되어 있다. 사진들은 때로는 대칭을 유지하고 때로는 비대칭적인 구도를 이루며 한 페이지에 네 장이나 여섯 장씩 붙어 있고, 이따금은 단 두 장의 사진만 붙어 있기도 하다. 그것은 가죽으로 장정되어 있기 때문에 낡을수록 점점 더 가죽 냄새를 풍긴다. 앨범은 비바람에 시달리면서 닳아 사진이 떨어지고, 드디어는 그대로 놓아둘 수 없는 상태가 되었다. 그래서 나는 틈틈이 시간을 내어 떨어지기 직전의 작은 사진들을 원래 위치에다 풀로 붙이지 않으면 안 되었다.

이 세상의 그 무엇이, 아니 그 어떤 소설이 한 권의 앨범이 가지는 서사의 폭을 가질 수 있단 말인가? 일요일마다 하늘 위에서 부지런한 아마추어 사진사가 되어 놀랍도록 간편하게 우리들의 스냅 사진을 찍어 노출이 잘된 것이나 서투르게 된 것이나 가리지 않고 자신의 앨범에 갖다 붙이시는 사랑스러운 하느님이시여, 내가 너무도 즐거움에 빠진 나머지 지나치게 오랫동안 하나하나의 사진에 사로잡히는 것을 막아 주시고 이 앨범으로부터 나를 안전하게 벗어나게 하여 주시옵소서. 그리고 이 오스카가 혼돈에 미혹되지 않도록 이끌어 주옵소서. 저는 그들 사진에 원래의 실물을 결부시키려는 유혹이 너무도 강하옵니다.

이제 나의 앨범을 대강 살펴보기로 하자. 거기에는 아주 다양한 유형의 제복들이 있고, 유행과 헤어 스타일의 변화가 드러나 있다. 어머니는 점점 뚱뚱해지고, 얀은 점점 초췌해지고 있다. 생면부지이긴 하지만, 어렴풋이 짐작할 수 있는 사람들도 있다. 누가 찍었든 사진의 질은 점점 더 떨어지고 있다. 세기 전환기의 예술 사진에서 오늘날의 실용 사진으로 타락하고 있는 것이다. 나의 할아버지 콜야이체크의 기념 사진과 내 친구 클레프의 여권용 사진을 비교해 보자. 갈색으로 바랜 나의 할아버지의 반신상(半身像) 사진과 스탬프를 찍어달라고 소리치는 클레프의 매끈한 여권 사진을 나란히 놓고 보기만 해도 나에게는 사진술의 진보가 어디로 향하고 있는지 거듭 거듭 분명해진다. 그것은 스냅 사진의 이러저러한 사정을 들여다보기만 하면 금방 드러난다. 실은 클레프보다는 내가 더 비난받아야 마땅한지도 모른다. 왜냐하면 앨범의 소유자인 내가 그것의 수준을 유지할 책임이 있기 때문이다. 언젠가 우리가 지옥에 가게 된다면, 특히 견디기 어려운 고통들 중 하나는 벌거벗은 인간을 그의 생애 동안 찍었던, 틀에 끼운 사진과 함께 한 공간에 가두는 일일 것이다. 약간 비장하고 빠른 어투로 말해 보기로 하자. 스냅 사진과 여권 사진 사이의 인간이여! 플래시 불빛을 받은 인간, 피사의 사탑 앞에 똑바로 서 있는 인간, 여권을 발급받기 위해 오른쪽 귀 부분을 찍어야만 하는 스튜디오 속의 인간! 이제 차분하게 말해 보자. 아마도 이러한 지옥은 참아낼 만 할 것이다. 왜냐하면 가장 나쁜 사진은 상상되기만 할 뿐 찍히지는 않을 것이고, 설령 찍힌다 할지라도 현상되지는 않을 것이기 때문이다.

클레프와 나는 처음 만날 무렵 윌리히 가에서 스파게티를 먹으며 우정을 맺었고 사진을 같이 찍으며 현상도 했다. 나는 당시 여행 계획을 세우고 있었다. 매우 우울한 기분이어서 여행이나 하려고 여권을 신청하려고 했다. 그러나 내게는 로마와 나폴리 그리고 최소한 파리까지를 포함하는 여행다운 여행을 할 만큼의 충분한 돈이 없었다. 하지만 돈이 없는 것이 오히려 기뻤다. 왜냐하면 의기소침한 기분으로 여행을 떠나는 것보다 더 서글픈 일은 없을 것이기 때문이다. 그렇지만 영화를 볼 만한 돈은 있었기에 나와 클레프는 이 영화관 저 영화관을 돌아다녔다. 때로는 클레프의 취미대로 서부극을 보기도 했고, 때로는 내 기호에 따라 마리아 쉘이 간호사 역을 맡아 울고 있고, 의사 역을 맡은 보르쉐는 막 어려운 수술을 끝낸 후 열려져 있는 발코니 문 옆에서 베토벤 소나타를 연주하며 책임감을 보여 주는 그런 영화들을 보았다. 매우 애석하게도 영화들은 단 두 시간 만에 끝났다. 누구라도 같은 영화를 두 번 보고 싶었던 적은 가끔 있을 것이다. 그래서 우리는 이따금 영화가 끝난 후에 일어서면서 입장권을 다시 사야겠다고 생각하게 되는 것이다. 하지만 영화관을 나서서 매표구 앞에 길게 혹은 짧게 늘어서 있는 사람들의 줄을 보는 순간 그러한 결심은 어느새 사라져 버린다. 매표소의 아가씨를 다시 봐야 한다는 부담감뿐만 아니라 우리의 얼굴을 정말 몰염치하게 쳐다볼 낯선 무리 때문에 매표구 앞의 행렬을 더 길게 늘일 엄두가 나지 않았던 것이다.

당시에 우리는 거의 매번 영화가 끝나면 아돌프 백작 광장 가까이에 있는 사진관으로 가서 여권용 사진을 찍었다. 그곳 사람들은 우리를 이미 알고 있었으므로 우리가 들어서자 미소를 지으며 친절하게 자리를 권했다. 우리는 고객이었던 만큼 정중한 대접을 받았던 것이다. 스튜디오가 비게 되면 곧 한 소녀가—그녀에 대해 내가 아는 것은 그녀가 상냥했다는 사실뿐이다—우리를 차례대로 그 속으로 밀어넣었다. 그녀는 처음에는 나를 그리고 나서는 클레프를 두서너 번 밀쳤다 잡아당겼다하며 자세를 바로잡아 주었다. 그러고는 플래시가 터지고 그것과 연이어 벨이 울리면서 우리의 모습이 여섯 번 건판 위에 나타날 때까지 일정한 지점을 바라보고 있도록 명령했다. 촬영이 끝나고 우리 입언저리에 아직 약간의 긴장감이 남아 있을 때, 그 소녀가 우리를 쾌적한 등의자에 앉히면서 5분만 기다려 주세요, 라고 상냥한 목소리로 말했다. 그녀는 정말 상냥했으며 옷차림 또한 단정했다. 우리는 기꺼이 기다렸다. 어쨌든 우리는 무엇인가를 기다려야 했다. 우리가 궁금하게 여기는 여권용 사진을 기다려야 했다. 정확히 7분이 지나서 언제나 상냥하다라는 말밖에 달리 표현할 길이 없는 그 소녀가 두 개의 봉투를 내밀었고, 우리는 돈을 지불했다.

클레프의 약간 튀어나온 눈은 승리감으로 차 있었다. 이제 봉투를 손에 넣었으니 가까이에 있는 맥주 홀에 갈 명분이 생긴 셈이었다. 왜냐하면 그 누구도 자신의 여권용 사진을 먼지가 이는 혼잡한 한길 한가운데에 서서 통행인들을 방해하면서까지 보려고는 하지 않을 것이기 때문이다. 그 사진관에 충실하듯이 우리는 또한 프리드리히 가의 그 술집만을 찾았다. 맥주, 양파를 곁들인 선지 소시지 그리고 흑빵을 주문하고는, 주문한 것이 나오기 전에 약간 젖어 있는 사진들을 둥그렇게 나무 테이블 위에 펼쳤다. 그리고 빨리 나온 선지 소시지와 맥주를 앞에 놓고는 자신들의 긴장된 표정에 몰두했다.

우리는 지난 번 영화를 볼 때 찍은 사진을 언제나 들고 다녔다. 그래야만 비교의 기회가 마련되는 법이다. 그리고 비교의 기회가 생기면 자연히 즐거움을 더하기 위해, 라인란트 식으로 말하자면 기분 내려고 두 잔, 석 잔, 넉 잔의 맥주를 거듭 주문한다.

그렇다고 해서 슬픔에 잠긴 인간이 자신의 여권용 사진을 가지고서 자신의 슬픔을 치료할 수 있다고 주장하는 것은 아니다. 진정한 슬픔은 이미 그 자체로 눈에 보이지 않기 때문이다. 적어도 나와 클레프의 슬픔은 그 무엇에로도 돌이킬 수 없는 것이었으며, 거의 자유분방한 바로 그 비객관성으로 인해 아무것도 두려워하지 않는 강력함을 드러내고 있었다. 우리의 슬픔에 관여할 가능성이 있었다면, 그것은 오직 사진을 통해서였을 것이다. 우리는 연속으로 찍은 스냅 사진을 통해 우리 자신의 모습을 분명하게는 아니라 할지라도 수동적이고 중성화된 모습으로—이 점이 더욱 중요하다—발견할 수 있었기 때문이다. 우리는 우리 자신과 마음대로 사귈 수 있었으며 맥주를 마시고 선지 소시지를 먹으면서 거칠게 되고 기분을 잔뜩 내며 신나게 놀 수 있었다. 우리는 이 사진들을 꺾거나 접었고, 원래 이런 용도로 항상 가지고 다녔던 가위를 가지고 자르기도 했다. 우리는 오래된 사진과 새 사진을 겹쳐서 애꾸눈이나 세 개의 눈을 가진 인물을 만들었다. 코를 귀에다 겹치기도 했고, 오른쪽 귀를 가지고서 말을 하거나 침묵하는 기관으로 만들기도 했으며, 턱에다 이마를 갖다 붙이기도 했다. 자신의 사진만으로 이런 몽타주를 만든 것이 아니라 때로는 클레프가 나의 부분을 빌렸고 나도 또한 그의 특징적인 부분을 빌렸다. 그래서 우리는 원하던 대로 더욱 행복하게 보이는 새로운 인물을 만들어 내는 데 성공하였다. 때때로 우리는 그러한 사진을 다른 사람에게 선사하기도 했다.

우리—클레프와 나를 가리키며, 사진으로 조립한 인물들은 제외시킨다—는 최소한 일주일에 한 번은 맥주 홀을 찾았다. 그리고 거기서 일하는 루디라는 웨이터에게 방문 때마다 습관적으로 사진 한 장씩을 주었다. 열두 명의 아이를 키우고 있으면서 여덟 명 아이의 후견인이기도 한 그러한 유형의 인물인 루디는 우리의 고충을 알았고, 이미 수십 장의 프로필 사진과 더 많은 정면 사진을 가지고 있었지만, 우리가 오랫동안 상의하고 엄선한 후에 사진을 주면 언제나 공감 어린 얼굴 표정으로 감사의 말을 하는 것이었다.

오스카는 카운터의 아가씨와 여우 같은 담배팔이 소녀들에게는 결코 사진을 주지 않았다. 여자들에게는 사진을 주는 법이 아니며, 줘봤자 악용만 할 뿐이기 때문이었다. 그런데 뚱뚱해서 여자들을 만족시킬 수도 없는 주제에 뻔뻔스럽게도 아무 여자한테나 말을 걸어 치부를 다 드러내 보이는 클레프가 어느 날 나도 모르는 사이에 담배팔이 소녀에게 사진 한 장을 주었음에 틀림없다. 왜냐하면 그는 자기 사진을 되찾으려고, 녹색 옷을 입은 그 새침한 계집애와 약혼했다가 어느 날 결혼했기 때문이다.

나는 앨범의 마지막 몇 장에 대해 앞질러서 너무 많은 말을 해버렸다. 그 시시한 스냅 사진들은 그럴 만한 자격이 없으며, 그것들에 대해 이야기한다 하더라도 앨범의 첫째 장에 있는 나의 할아버지의 반신상이 오늘날까지도 내게 얼마나 커다란 영향을 주고 있으며, 또한 예술적으로도 얼마나 많은 감화를 주고 있는가를 설명하기 위한 비교의 대상이 될 뿐이다.

작고 땅딸막한 나의 할아버지는 정교하게 세공한 테이블 옆에 서 있다. 하지만 유감스럽게도 그는 방화범이 아니라 의용 소방단원 브랑카로서 사진을 찍었으므로 콧수염이 나타나 있지 않다. 그러나 인명구조 훈장을 매달고 있는, 몸에 꼭 끼는 소방단 제복과 그 작은 테이블을 제단처럼 보이게 하는 소방단의 헬멧이 거의 그 방화범의 콧수염을 대신하고 있다. 그는 아주 엄숙하게, 세기 전환기의 모든 고뇌를 알고 있는 듯한 표정으로 앞을 응시하고 있다. 온갖 비극에도 불구하고 여전히 의연한 그 눈빛은 제2제국 시대 때 널리 유행되었던 것 같다. 그래서인지 술에 취하긴 했지만 사진에서는 말짱한 인상을 풍기는 화약 공장 직공 그레고르 콜야이체크 역시 같은 눈빛을 하고 있다. 성스러운 양초를 손에 들고 있는 빈첸트 브론스키의 사진은 첸스토하우에서 찍었기 때문에 더욱 신비스러운 분위기를 풍기고 있다. 허약한 얀 브론스키의 젊은 시절 사진은 초기 사진술에 의해 얻어진, 의식적으로 우울한 표정을 짓는 사내의 표정을 담고 있다.

그 시대의 여인들은 자세에 적합한 눈빛을 보이는 데에는 남자들보다 어설펐던 것 같다. 틀림없이 당시의 인물이었던 나의 할머니 역시 제1차 대전 발발 당시에 찍은 사진을 보면 어리석어 보일 정도로 멍한 미소를 짓고 있다. 그러니 겹쳐 입은 네 벌의 침묵하고 있는 치맛자락 밑에 그 어떤 피난처가 있으리라고는 아무도 상상하지 못할 정도이다.

그녀들은 전쟁의 와중에서도, 검은 천 밑에서 춤추듯이 찰칵 소리를 내는 사진사에게 미소를 보냈다. 또한 나에게는 질버하며 야전 병원의 보조 간호사였던 어머니가 포함된 스물세 명의 간호사를 찍은 사진도 있다. 그녀들은 겁먹은 듯한 군의관 대위 주위에 붙어 있었는데, 그것은 엽서 두 장 크기의 두터운 사진이었다. 야전 병원의 여자들도 가장무도회에서 더욱 즐거운 표정을 하고 있고, 거의 회복된 병사들도 거기에 함께 참여하고 있다. 어머니는 대담하게 윙크를 하며 키스하는 듯 입을 귀엽게 오므리고 있는데, 그 입은 천사의 날개를 가지고 있고 번쩍거리는 금발의 고수머리를 하고 있음에도 불구하고 천사들도 성(性)을 가지고 있음을 말하려는 것 같았다. 그녀 앞에 무릎을 꿇고 있는 마체라트는 변장을 하고 있었는데, 그는 변장복을 늘 일상복으로 입는 것을 아주 좋아했다. 그래서 그는 사진에서도 빳빳한 요리사 모자를 쓴 채 스푼을 휘두르고 있다. 이와는 달리, 그도 이등급의 철십자 훈장을 단 군복을 입고 있을 때에는, 콜야이체크나 브론스키처럼 의식적으로 비장한 눈빛을 하고 앞을 바라보고 있다. 그리고 어떤 사진에서도 그 점에서는 여자들을 능가한다.

전후에는 사람들의 얼굴 표정이 달라졌다. 징집이 해제된 남자들은 안심한 듯한 눈빛이 역력하다. 여자들은 사진기 앞에서 포즈를 취할 줄 알며 당연하게도 진실한 표정을 짓고, 미소를 지을 때조차도 오랫동안 배워 익힌 고뇌를 감추고자 하지 않는다. 우수(憂愁)는 여자들, 스무 살의 여자들에게 잘 어울렸다. 그녀들에게는 앉아 있거나 서 있거나 반쯤 기대어 있거나 간에 검은 머리카락을 관자놀이에 붙인 채 마돈나와 창녀가 결합된 분위기를 풍긴다는 것이 불가능하단 말인가?

임신하기 직전에 찍은 것임에 틀림없는 스물세 살 적 어머니의 사진을 보자. 어머니는 살이 오른 목을 뻣뻣하게 세운 채 온화하고 둥근 얼굴을 가볍게 옆으로 기울이고 있는 젊은 여자의 모습이다. 그녀는 사진을 보는 사람을 매번 똑바로 쳐다보며, 앞서 말한 우울한 미소와 한쌍의 눈은 육감적이기만 한 윤곽을 지워 버리고 있다. 푸르다기보다는 오히려 잿빛에 가까운 두 눈은 자기 자신의 영혼뿐만 아니라 이웃 사람의 영혼조차도 마치 커피잔이나 담배 파이프 같은 단단한 대상인 것처럼 보는 습관이 붙어 버린 것 같았다. 어머니의 눈빛 앞에 형용사를 갖다 붙인다 하더라도 '영혼이 넘치는'이라는 말로는 충분치 못하다.

그 시대의 단체 사진은 재미는 덜하지만 비평하기가 쉬워서 시사하는 바가 많다. 라팔로 조약[4]이 조인될 무렵의 혼례복은 놀라울 정도로 아름답고 신부에게도 잘 어울린다. 마체라트는 아직도 결혼사진 때의 그 뻣뻣한 칼라를 달고 있다. 그는 선량하고 우아하며 지적으로 보이기까지 한다. 그는 오른쪽 발을 앞으로 내놓고 있는데, 아마 당시의 영화배우인 하리 리트케를 본뜨려 했던 모양이다. 그 무렵에는 짧게 입는 것이 유행이었다. 이를테면 나의 어머니의 혼례복은 주름이 많은 흰빛의 치마로 길이가 겨우 무릎에 닿을 정도였다. 그래서

---

4) 1920년 이탈리아의 라팔로에서 이탈리아와 유고슬라비아 사이에 체결된 조약. 분쟁지인 피우메(Fiume)의 일부를 유고령(領)으로, 나머지는 독립 자유국으로 정함.

미끈하게 빠진 다리와, 쇠고리가 달린 하얀 구두를 신고 금방 춤이라도 출 듯한 귀여운 발이 보였다. 결혼식의 하객들을 한꺼번에 찍은 사진들도 있다. 도시풍으로 차려입고 행동하는 사람들 속에서, 할머니 안나와 은총을 받은 그녀의 오빠 빈첸트는 시골 사람다운 단정함과 신뢰감을 불러일으키는 촌티 때문에 언제나 금방 눈에 띈다. 그러나 나의 어머니처럼 감자밭에서 태어난 얀 브론스키는, 그의 고모 안나와 성모 마리아의 축복을 받은 자신의 아버지와 마찬가지로 자기도 카슈바이의 시골 태생이라는 사실을, 폴란드 우체국 서기의 우아한 예복 속에 감추는 방법을 알고 있다. 그는 매우 왜소하고 허약한 모습으로 주민들 사이에 서 있긴 하지만, 비범한 눈과 거의 여성적이라 할 만큼 균형잡힌 용모 때문에 사진의 맨 바깥쪽에 서 있을 때도 언제나 무리의 중심을 이룬다.

나는 결혼식 직후 찍은 단체 사진 한 장을 꽤 오랫동안 들여다보았다. 그리고 낡아서 누렇게 바랜 그 네모난 사진을 앞에 두고 북과 채를 잡고 시험해 보아야 하리라고 생각했다. 두꺼운 사진 판지 위에 보이는 삼연성(三連星)을 래커칠한 양철판 위에서 그것을 다시 불러일으키기 위해.

이 사진은 마그데부르크 가에서 폴란드 대학생 기숙사 곁에 있는 연병장으로 꺾어드는 곳, 즉 브론스키의 집에서 찍은 것 같다. 왜냐하면 그 배경에 콩 덩굴이 반쯤 휘감긴, 햇빛이 드는 발코니가 보이는데, 그러한 식으로 벽을 장식하는 덩굴은 폴란드 이주민의 집들에서만 찾아볼 수 있기 때문이다. 어머니는 의자에 앉아 있고, 마체라트와 얀 브론스키는 서 있다. 하지만 어째서 어머니는 앉아 있고 두 사람은 서 있는가! 나는 한동안 어리석게도 자와 삼각자 그리고 브루노가 나에게 사주어야만 했던 컴퍼스를 사용해 이 삼두정치(三頭政治)—어머니는 완전히 한 남자의 몫을 했다—의 관계를 측정해 보려고 했다. 고개를 숙인 각도, 부등변 삼각형, 이것을 평행으로 이동시켜 강제로 합동시키고 컴퍼스로 선들을 그리면 삼각형의 밖, 즉 콩 덩굴의 잎 속에서 의미심장하게 서로 만나는 하나의 점(點)이 생겨났다. 그래, 나는 점을 찾고 있었다. 나는 점을 믿고 점에 집착하면서 입각점은 아니라 할지라도 기점(基點), 출발점을 얻으려고 노력했던 것이다.

이렇게 딜레탕트적인 호기심으로 측량을 계속했지만 이 귀중한 사진의 아주 중요한 부분들에 컴퍼스 끝으로 파 놓은, 작기는 하지만 성가신 구멍들밖에는 아무것도 얻지 못했다. 이 사진에 무슨 특별한 점이 있길래 나는 이 네모꼴 위에서 수학적인 관계를 찾으려 하는가? 더욱이 우스꽝스럽게도 우주적인 연관을 찾으려 하고, 가능하다면 발견하려고 하기조차 한단 말인가? 세 사람의 인간, 앉아 있는 한 여자와 서 있는 두 사내. 여자는 검은 웨이브 머리, 마체라트는 곱슬곱슬한 금발, 얀은 착 달라붙게 뒤로 빗어 젖힌 밤색 머리를 하고 있다. 세 사람 모두 미소를 짓고 있다. 얀 브론스키보다 마체라트가 더 웃고 있다. 두 사람 모두 윗니를 드러내고 있으며, 눈은 전혀 웃지 않고 다만 입가에만 약간의 미소를 머금고 있는 어머니보다 다섯 배나 웃고 있다. 마체라트는 어머니의 오른쪽 어깨에 왼손을 얹고 있고, 얀은 가볍게 의자 등받이에 오른손을 걸친 것으로 만족하고 있다. 어머니는 무릎을 오른쪽으로 돌리고 허리 위는 정면을 향하고 있으며, 무릎 위에는 한 권의 책을 얹어 놓고 있다. 나는 한동안 그것을 브론스키의 우표 앨범으로, 그다음에는 패션 잡지로 그리고 맨 나중에는 담뱃 갑에서 오려내어 수집한 유명한 영화배우들의 사진 모음집이라고 생각했다. 어머니의 두 손은 건판(乾板)이 감광되고 촬영이 끝나기만 하면 곧바로 책장을 넘길 태세이다. 그들 세 사람은 삼각동맹의 한 당사자가 비밀의 방을 만들거나 혹은 처음부터 숨기려고 들 때에만 생겨나는 그러한 놀라움 따위는 안중에도 없음을 서로 축하라도 하듯 행복하게 보였다. 그들은 사진기를 그들 세 사람과 세 사람의 행복 쪽으로 조절하였으며, 적어도 사진이라는 수단으로 고정시키는 데 있어서만 제4의 인물, 즉 얀의 처 헤트비히 브론스키의 도움을 필요로 했다. 처녀 때의 성이 렘케였던 그녀는 당시에 이미 후일의 슈테판을 잉태하고 있었다.

나는 앨범에서 다른 네모꼴의 사진들을 떼 내어 이 사진 옆에 나란히 놓았다. 떼어 낸 사진들에는 어머니와 마체라트 혹은 어머니와 얀 브론스키가 함께 있는 모습이 담겨 있다. 하지만 이중 어느것도 그 발코니에서 찍은 사진처럼 불변의 것, 다시 말해 최종적인 해결책을 분명하게 보여 주지 않고 있다. 얀과 어머니가 나란히 있는 사진에서는 비극과 금광 탐굴 그리고 자부심의 냄새가 난다. 이 자부심은 혐오감이 되며, 혐오감은 자부심에 뒤따라오는 것이다. 마체라트가 어머니와 나란히 있는 사진을 보자. 거기에는 주말의 생식력이 방울방울 떨어져 내리고, 프라이팬 속에서 비엔나 소시지가 지글지글 소리를 내며, 식사 전에 투덜투덜 불평을 하고, 식후에는 하품을 하고, 잠자기 전에 재담을 지껄이거나 벽에다가 세금 계산을 하는 부부 생활의 정신적 배경이 드러난다. 하지만 나는 이 무미건조한 사진을 프로이덴탈 근처에 있는 올리바 숲을 배경으로 어머니가 얀 브론스키의 무릎에 앉아서 찍은 수년 후의 불유쾌한 스냅 사진보다 더 좋아한다. 왜냐하면 얀이 한쪽 손을 어머니의 치마 밑에 감추고 있는 이 난잡한 사진에는 마체라트의 결혼 첫날부터 간통을 한 이 불행한 두 사람의 맹목적인 정열만이 잡혀 있기 때문이다. 게다가 이 두 사람에게 무신경한 사진사를 주선한 것은 내가 추측하기에 마체라트였던 것 같다. 발코니에서 찍은 사진에 나타나 있는 그 침착함과 조심스러운 몸짓에서는 아무것도 드러나지 않는다. 아마도 그런 몸짓은 두 사내가 어머니의 뒤쪽이나 옆에 자리를 잡거나, 아니면 호이부데 해수욕장의 모래 사장에서처럼 어머니의 발 아래 엎드려 있을 때에만 가능했을 것이다. 사진을 보라.

또한 어린 시절 내게 가장 중요했던 이 세 사람의 인간이 삼각형을 이루고 있는 네모꼴의 사진도 한 장 있다. 그것은 발코니에서 찍은 사진만큼 밀도가 진하지는 않지만 거기서와 같은 긴장에 찬 평화로움을 발산하고 있다. 아마도 그 평화는 세 사람 사이에서만 맺어지고 또한 시인되었을 것이다. 물론 연극에서 애호되는 삼각관계를 극력 비난하는 사람도 있을 것이다. 하지만 무대에 단 두 사람만 등장하여 지치도록 논쟁만 하거나, 아니면 내심으로 제3의 인물의 등장을 간절히 바라는 그런 경우에 부닥친다면 그들은 어떻게 할 것인가. 나의 사진에는 세 사람이 등장한다. 그들은 트럼프로 스카트 놀이를 한다. 잘 펼쳐진 부채 모양으로 카드를 손에 쥔 채, 그들은 패를 들여다보며 최고의 수를 생각해 내는 것이 아니라 시선을 사진기로 향하고 있다. 얀의 손은 치켜세운 집게손가락을 제외하고는 거스름돈 곁에 얌전하게 놓여 있다. 마체라트는 식탁보를 손톱으로 누르고 있고, 어머니는 생각나는 대로 짤막하고도 기발한─나는 그렇게 믿고 싶다─농담을 던지고 있다. 그녀는 카드를 한 장 뽑아 그녀의 적수들이 아니라 사진기의 렌즈에 그것을 보인다. 단 한 번의 손놀림, 즉 하트의 퀸을 뽑아 보이는 동작만으로도 겸손을 가장하고 있다는 인상을 쉽게 불러일으킬 수 있는 것이다. 그러니 하트의 퀸에다가는 누가 감히 맹세를 하지 않겠는가!

주지하다시피 세 사람만이 할 수 있는 스카트 놀이는 어머니와 두 남자에게 아주 적절한 놀이 이상의 것이었다. 그것은 삶이 그들을 유혹하여 이리저리 두 사람씩 짝을 지어 66놀이라든지 주사위 던지기 같은 멍청한 놀이를 하도록 만들 때 그들이 언제나 발견해 내곤 했던 피난처이자 항구였던 것이다.

나를 이 세상으로 내보냈던 세 사람에 대한 이야기는 이제 그만하기로 한다. 그들에 대한 이야깃거리가 떨어진 것은 아니지만 말이다. 하지만 내 이야기로 돌아가기 전에 어머니의 여자 친구인 그레트헨 셰플러와 그녀의 남편인 빵집 주인 알렉산더 셰플러에 대해서 간단하게 한마디만 하기로 하자. 그는 대머리이다. 그녀는 거의 절반이 금니로 되어 있는 말 같은 이빨을 드러내고서 웃는다. 그는 다리가 짧아 의자에 앉으면 양탄자 바닥에 결코 다리가 닿지 않는다. 그녀는 자기가 뜨개질한 옷을 입고 있는데, 견본 종이대로 잘 만들어진 것은 결코 아닌 것 같다. 그리고 세플러 부부가 말년에 찍은 사진도 몇 장 있다. 환희역행단(歡喜力行團)[5]의 배 빌헬름 구스틀로프 호의 갑판 의자에 앉아 있거나 아니면 구명정 앞에서 찍은 것이거나, 동 프로이센 해운 소속 탄넨베르크호의 산책 갑판에서 찍은 사진들이다. 또 그들은 해마다 필라우, 노르웨이, 아조레스 제도, 이탈리아 등지를 여행하고는 기념품을 사 들고서 클라인하머 거리에 있는 자기들의 집으로 무사히 돌아오곤 했다. 그는 빵을 굽고 그녀는 베갯잇에 레이스를 달곤 하던 그들의 집으로 말이다. 알렉산더 세플러에게는 말을 하지 않고 있을 때면 혀끝으로 끊임없이 윗입술을 적시곤 하는 버릇이 있었다. 그래서 우리 집에서 비스듬히 건너편에 살고 있는, 마체라트의 친구인 채소 장수 그레프는 그것을 천박스러운 악취미라고 욕하곤 했다.

그레프는 기혼자였지만, 남편이라기보다는 차라리 보이 스카우트 지도자였다. 사진에 보이는 그는 어깨가 벌어지고 무뚝뚝하면서 건강한 신체를 가진 사내로, 지도자의 장식끈이 달린 반바지 제복을 입고 보이 스카우트 모자를 쓰고 있다. 그의 옆에는 그와 똑같은 복장을 한, 눈이 좀 지나치게 큰 열세 살 정도의 금발 소년이 서 있는데, 그레프는 그 아이의 어

5) 나치스의 노동 전선 단체 K. d. F(Kraft durch Freude)를 말함.

깨에 왼손을 얹고는 사랑스러워 죽겠다는 듯이 끌어당겨서 안고 있다. 나는 그 소년은 알지 못했지만, 그레프는 나중에 그의 부인인 리나를 통해 소개받았으며 그가 어떤 사람인지 점차로 알게 되었다.

환희역행단 여행자들의 스냅 사진과 보이 스카우트의 나긋나긋하기 그지없는 애정 행각을 보여 주는 기록 사진에 휩쓸리는 것은 그만두기로 하자. 빨리 몇 장을 대충 넘겨 버리고 이제 나의 최초의 사진에 대해 이야기하고자 한다.

나는 귀여운 아이였다. 사진은 1925년 성령 강림제 때 찍은 것이다. 나는 당시 생후 여덟 달로서, 앨범의 바로 다음 페이지에 나의 것과 같은 크기의 사진 속에서 무어라 표현하기 어려운 진부함을 발산하고 있는 슈테판 브론스키보다 두 달 늦게 태어났다. 사진을 붙여 놓은 우편엽서는 물결 모양의 정교한 곡선으로 테두리가 잘려 있고 그 뒷면에는 주소를 적기 위해 선이 그어져 있다. 그 엽서들은 가족들이 사용하라고 꽤 많이 인쇄되었던 것 같다. 사진의 윤곽은 넓다란 네모꼴 종이 위에서 지나치게 대칭을 이루는 달걀 모습을 하고 있다. 나는 벌거벗은 채 달걀 노른자를 연상케 하는 모습으로 하얀 모피 위에 배를 깔고 엎드려 있다. 그 모피는 북극의 어떤 백곰이 어린이 사진을 전문으로 찍는 어떤 동유럽의 직업 사진 기사를 위해 제공한 것임에 틀림없으리라. 그 시대의 많은 사진들과 마찬가지로 나의 최초의 사진도 어김없는 그 갈색의 따뜻한 색조를 띠고 있다. 나는 그 빛깔을 오늘날의 비인간적인 매끈한 흑백 사진과 대조적으로 인간적이라고 말하고 싶다. 그

려 넣은 듯한 잎사귀 모양의 장식이 어두운 배경을 이루고 있
는데, 그것은 희미하게 색이 바래져 있으며 부분적으로 빛을
쬐어 어느 정도 흐릿해져 있다. 나의 매끈하고 건강한 몸이 모
피 위에 약간 대각선 방향으로 뉘어져 마음껏 휴식을 취하면
서 백곰의 고향인 북극을 느끼고 있는 동안, 나는 둥근 머리
를 힘껏 쳐들고 나의 벌거벗은 몸을 바라보는 사람들을 그때
마다 빛나는 눈으로 지켜본다.

사람들은 그것이 그저 평범한 어린이 사진에 지나지 않는
다고 말할는지도 모른다. 하지만 나의 양손을 주목해 주시기
바란다. 그러면 가장 오래된 이 사진이 한결같이 귀여운 점만
을 부각시킨 다른 여러 앨범의 수많은 사진들과는 분명하게
구분된다는 사실을 알 수 있게 될 것이다. 주먹을 쥔 나를 보
라. 소시지처럼 생긴 손가락들 중 그 어느 하나도 자신을 망각
한 채 어두운 촉각의 본능에 순종하여 백곰 모피의 텁수룩한
털을 만지작거리며 장난치지는 않는다. 머리 옆에 차분하게
놓여 있는 작은 두 손은, 내리쳐서 소리를 낼 만반의 준비를
갖춘 채 흔들거리고 있다. 무슨 소리냐고? 북소리 말이다!

내가 전구 밑에서 태어났을 때 세 번째 생일날 받기로 약
속되었던 북은 아직 내 손에 없다. 하지만 숙련된 사진 기사
라면 나의 머리 위치를 조금도 고치지 않고 그 장면에 어울리
는, 말하자면 소형 어린이 북의 모형을 삽입하는 것은 일도 아
닐 것이다. 내가 대수롭지 않게 여기는, 헝겊에 솜을 넣어 만
든 그 우스꽝스러운 봉제 동물을 움직이기만 하면 되니까 말
이다. 그것은 최초의 젖니가 나기 시작하는 예민하고 눈이 밝

은 연령을 주제로 삼았던 이 구도에서 볼 때 하나의 이물질이며, 그것만 아니었다면 성공적인 구도가 되었을 것이다.

　나중에 내가 백곰 모피 위에 눕게 되는 일은 다시는 없었다. 아마 한 살 반 무렵이었을 것이다. 누군가가 나를 바퀴가 큰 유모차에 태워 나무 울타리까지 밀고 갔다. 그 울타리의 뾰족뾰족한 첨단 부분들과 비스듬히 고정시켜 놓은 지지대에 눈이 쌓여 있는 것으로 보아 1926년 1월에 찍은 사진임이 분명하다. 콜타르를 칠한 목재 냄새를 풍기는 이러한 조잡한 나무 울타리는, 잠시 생각해 보면, 이전에는 막켄젠 경기병이, 우리 시대에는 자유 국가의 경찰이 숙소로 사용하였던 넓다란 병영(兵營)이 있는 호흐슈트리스 교외를 떠올리게 한다. 하지만 나는 그러한 이름의 교외에 살고 있는 단 한 사람도 기억해 낼 수 없다. 그러니 이 사진은 나의 부모가 이후에는 다시 만나지 못하거나 아니면 지나치면서 만났을 뿐인 사람들을 단 한 차례 방문하였을 때 찍은 것이리라.

　유모차를 사이에 두고 서 있는 어머니와 마체라트는 추운 계절임에도 불구하고 겨울 외투를 입지 않고 있다. 오히려 어머니는 러시아 식의 소매가 긴 블라우스를 입고 있으며, 그 위에 수를 놓은 장식은 이 겨울 사진에다가 러시아 대륙의 깊숙한 내지에서 찍은 차르 황제의 가족 사진 같은 인상을 더해 준다. 이를테면 라스푸틴은 카메라를 들고 있고, 나는 차르 황태자이고, 담장 너머에는 멘셰비키와 볼셰비키가 웅크리고 앉아 사제 폭탄을 조립하면서 독재자인 우리 가족의 몰락을 결의하고 있는 것이다. 하지만 마체라트의 우직하고—앞으로 보게 되겠지만—미래지향적이며 중부유럽적인 소시민의 모습이 이 사진 속에 잠재해 있는 살벌함으로부터 그 폭력적인 칼날을 제거해 준다. 우리는 그때 평화로운 호흐슈트리스에 있었다. 나의 부모는 겨울 외투를 걸치지 않은 채 잠시 동안 주인의 집에서 나와, 호기심에 찬 시선을 우스꽝스럽게 이리저리 돌리는 어린 오스카를 가운데 두고 집 주인으로 하여금 사진을 찍도록 했다. 그러고는 곧바로 커피와 과자와 생크림이 있는 곳으로 되돌아가 따뜻하고 달콤하며 만족스런 기분에 잠겼으리라.

그 밖에도 누워 있거나 앉거나 기거나 달음박질하고 있는 한 살, 두 살, 두 살 반의 오스카를 찍은 스냅 사진은 족히 한 다스는 될 것이다. 그것들은 어쨌거나 잘 찍은 것들이지만, 그 모두가 나의 세 번째 생일에 찍었던 전신상(全身像)의 앞 단계에 불과한 사진들이다.

이 사진을 보면 나는 그것을, 다시 말해 북을 가지고 있다. 톱니 모양으로 빨간색, 흰색으로 칠한 새 북이 바로 내 배 앞에 매달려 있는 것이다. 나는 의기양양하고 엄숙한 얼굴을 한 채 북채를 양철 위에서 교차시키고 있다. 나는 줄무늬 스웨터를 입고 있다. 반짝거리는 에나멜 구두를 신고 있다. 머리털은 멋을 내고 싶어 못 견디겠다는 듯이 머리 위에서 브러시처럼 빳빳하게 서 있다. 푸른 두 눈은 각각 추종자 같은 것은 필요하지 않다는 듯한 권력에의 의지를 나타내고 있다. 나는 당시에 어떤 태도를 취하는 데 성공하고 있었고 이후에도 그것을 버릴 아무런 이유도 없었다. 그 무렵 나는 말하기도 하고 결심하기도 했다. 어떠한 경우에라도 정치가나 식료품상은 되지 않겠다, 라고 말이다. 오히려 여기서 마침표를 찍고, 이 상태에 머무르겠다고 결심한 것이다. 그리하여 나는 그 상태로 머물렀고 이후 오랜 세월 동안 몸의 크기도 복장도 그대로 유지되었다.

작은 사람들과 큰 사람들, 작은 해협과 큰 해협, 소문자 abc 와 대문자 ABC, 꼬마 한스와 카를 대제, 다윗과 골리앗, 난쟁이와 거인, 세상은 이러한 대립 구조로 이루어져 있는 것이다. 나는 언제까지나 세 살짜리이고, 난쟁이이며, 엄지손가락만한 꼬마이고, 자라지 않는 난쟁이로 머물렀다. 그것은 대소(大小)의 교리와 같은 구분에서 벗어나기 위해서였다. 그리고 172센티미터의 이른바 성인이 되어, 거울 앞에 서서 손수 면도를 하고 있는, 나의 아버지라고 칭하는 사내에게 자신의 인생을 맡긴 채 장사꾼이 되어 버리는 것을 피하기 위해서였다. 마체라트의 소망에 따라 식료품 가게를 맡는다는 것은 스물한 살의 오스카가 성인의 세계로 들어가는 것을 의미한다. 돈상자를 들고 짤랑거리지 않기 위해 나는 북에 매달렸고, 세 번째 생일날 이후 단 1센티미터도 성장하지 않았던 것이다. 나는 세 살짜리 어린애 그대로 머물렀지만, 세 배나 현명한 어린애였다. 즉 모든 어른보다 키는 작으나 그들을 능가하였고, 자신의 그림자를 어른의 그림자로 재려고 하지 않았다. 그리고 어른들이 백발이 될 때까지 발육이라는 어리석은 말을 하지 않으면 안 되는데 반해, 나는 안으로도 밖으로도 모두 완전하게 완성되어 있었다. 게다가 나는 어른들이 간신히, 때로는 고통을 겪으며 경험하는 것을 확인하는 것만으로도 충분히 이해했다. 또한 얼마쯤이나 성장했는가를 다만 확인하고 싶어 수선을 떨며 해마다 좀더 큰 신을 신고 긴 바지를 입어야 할 필요도 없었다.

말이 나온 김에 여기에서 오스카도 발육했다는 것을 인정해야겠다. 얼마쯤은 성장하며—그것은 반드시 나를 위해서는 아니다—결국은 메시아로서의 신장(身長)을 획득했던 것이다. 하지만 오늘날 그 어떤 어른이 영원히 세 살에 머무르는 양철북 연주자 오스카에 대해서 눈길을 주고 귀를 기울여 줄 것인가?

유리, 유리, 유리 쪼가리

나는 방금 북과 북채를 들고 있는 오스카의 전신상을 보여주는 한 장의 사진에 대해 이야기하였으며, 또한 세 자루의 양초가 꽂힌 케이크를 둘러싼 생일 축하객들을 앞에 두고 사진을 찍으면서 오스카가 오랫동안 간직하고 있던 결심을 어떻게 굳혔는지도 밝혔다. 하지만 그 앨범이 닫힌 채 내 옆에서 침묵을 지키고 있는 지금, 나는 그 사건에 대해 설명해야겠다. 그일은 내가 언제까지나 세 살인 상태에 머무르는 것을 설명해주지는 못하더라도, 어쨌든 나로 인해 생겨난 사건이었다.

애초부터 내게는 분명한 일이었다. 어른들은 너를 이해하지 않을 것이다. 만일 네가 어른들의 눈에 띌 만큼 성장하지 않는다면 그들은 너에게 발육부진이라는 이름을 붙이고 수많은 의사들에게로 너를 데려가 돈을 바칠 것이다. 치료는 고사하고라도 병에 대한 설명이나마 들으려고 말이다. 그래서 나는 의사가 진단을 내리기 전에, 적당한 수준에서 무마를 하기 위해 성장 중단의 그럴 듯한 이유를 내 편에서 마련해야만 했다.

9월의 어느 화창한 날이 나의 세 번째 생일이었다. 녹은 유리를 불어 놓은 듯한 늦여름의 부드러운 대기는 그레트헨 셰플러의 웃음소리마저 잠겨 들게 했다. 피아노 앞에 앉은 어머니는 「집시 남작」을 쳤고, 그녀의 의자 뒤에 선 얀은 그녀의 어깨를 만지작거리며 악보를 읽는 시늉을 했다. 마체라트는 부엌에서 벌써 저녁 만찬을 준비하고 있었다. 할머니 안나는 헤트비히 브론스키 그리고 알렉산더 셰플러와 함께 채소 장수 그레프 쪽으로 자리를 옮겼다. 그레프는 사건의 와중에서 충성심과 용기가 발휘되지 않으면 안 되는 보이 스카우트들의 이야기를 많이 알고 있었기 때문이었다. 게다가 이 부드럽게 펼쳐진 9월의 하루 중 단 15분도 그냥 내버려 두지 않는 대형 탁상시계도 한몫 거들었다. 참석한 모든 사람이 이 시계처럼 몰두하는 가운데, 오스카의 발걸음은 집시 남작의 헝가리에서 출발하여, 그레프가 보주산맥을 여행하는 보이 스카우트 이야기를 하는 곳을 지나, 카슈바이산(産) 살구 버섯과 풀어 놓은 달걀과 베이컨이 함께 프라이팬 속에서 지글거리고 있는 부엌을 거치고, 복도를 통해 가게까지 이어졌다. 나는 가볍게 북을 두드리며 도주의 길을 갔고, 그러다 보니 어느 새 가게의 카운터 뒤에 서 있게 되었다. 피아노와 버섯 요리와 보주산맥은 이제 멀리 떨어져 있었다. 거기서 나는 지하 창고로 통하는 널빤지 문이 열려 있는 것을 보았다. 마체라트가 디저트용의 과일 통조림을 꺼내 온 후 잊어버리고 닫지 않은 모양이었다.

어쨌든 이 지하 창고로 통하는 널빤지 뚜껑이 내게 무엇을 요구하는지 깨닫는 데는 단 1분밖에 걸리지 않았다. 맹세컨대 결코 자살은 아니었다! 사실 그것처럼 간단한 일은 없었을 것이다. 하지만 그것과 다른 것을 택하자니 어려웠고 고통스러웠으며 희생이 요구되었다. 그리고 희생이 요구될 때 언제나 그런 것처럼 그때에도 나의 이마에 땀이 맺혔다. 무엇보다도 나의 북이 조금도 다치지 말아야 했다. 열여섯 개의 닳아빠진 계단을 내려가 북을 운반하여 밀가루 부대 사이에다 다치지 않게 안전하게 놓아둘 필요가 있었다. 그러고 나서 다시 여덟째 계단까지 올라가, 아니 한 계단 아래나 다섯째 계단에서 실행해도 무방했을 것이다. 그랬더라면 안전하기도 하고 부상도 경미했을 것이다. 하지만 나는 더 높이 열 번째 계단까지 올라갔으며, 결국 아홉 번째 계단에서 추락했다. 딸기 시럽의 병들로 가득 차 있는 선반과 함께 나는 우리 집 창고의 시멘트 바닥에 머리를 들이받으며 추락했던 것이다.

나의 의식에 커튼이 내려지기 전에 나는 실험의 성공을 확인했다. 고의적으로 넘어뜨린 딸기 시럽의 병들이 요란한 소리를 냈기 때문에, 마체라트를 부엌에서, 어머니를 피아노로부터, 나머지 생일 축하객들을 보주산맥으로부터 가게의 열려진 널빤지 문 쪽으로, 다시 층계 밑으로 유인해 내는 데 성공했던 것이다.

그들이 도착하기 전에 나는 흘러내리는 딸기 시럽의 냄새가 내게 흠뻑 배도록 내버려 두었다. 그리고 내 머리에서 피가

흐르는 것도 확인하였다. 그들이 층계 위에 모여 있는 동안에
도 나는 그토록 달콤하고 몽롱한 냄새를 풍기는 것이 오스카
의 피인지 아니면 딸기인지 생각하고 있었다. 하지만 무엇보다
기뻤던 것은 모든 것이 와장창 부서졌지만 조심한 덕택에 나
의 북은 조금도 다치지 않았다는 사실이었다.

내 기억으로는 그레프가 나를 옮겼다. 거실에 와서야 비로
소 오스카는 절반은 딸기 시럽으로, 절반은 자신의 어린 피로
만들어진 저 자욱한 구름으로부터 다시 깨어났다. 의사는 아
직 오지 않았다. 어머니는 그녀를 달래려는 마체라트에게 살
인자라고 외치며 몇 번이고 그의 얼굴을 때렸다. 손바닥뿐만
아니라 손등으로도 몇 번이고 후려쳤다.

그렇게 해서 나는 ― 의사들이 거듭해서 확인한 바대
로 ― 손상이 없지 않긴 하지만 내가 잘 조절한 단 한 번의 추
락으로 성장 중지에 대한 매우 중요한 근거를 어른들에게 마
련해 주었다. 뿐만 아니라, 의외의 결과로서 착하고 사람 좋은
마체라트를 죄인 마체라트로 만들어 버렸던 것이다. 널빤지
문을 열어 두었다는 이유로 그는 어머니로부터 모든 책임을
뒤집어썼다. 그리고 몇 년 동안이나 이 죄를 짊어져야 하는 곤
경에 빠지게 되었다. 어머니는 그렇게 자주는 아니지만 이따
금 북받치면 인정사정없이 욕을 퍼부어 댔던 것이다.

이 추락 때문에 나는 4주간 병원 생활을 했다. 그리고 그후
에는 수요일마다 홀라츠 박사한테서 검진 받을 때까지 의사
들 앞에서 비교적 평온한 모습을 보였다. 어쨌든 나는 북을 치
기 시작한 첫날부터 세상 사람들에게 하나의 징후를 알리는

데 성공했다. 추락 사고는—그것이 나에 의해 결정되었다는 진상이 채 드러나기도 전에—이미 어른들에 의해 분명하게 해명되었다. 모두들 이렇게 말했던 것이다. 우리 집의 꼬마 오스카는 세 살 생일 때 지하실 층계에서 떨어졌다. 다친 곳은 아무 데도 없다. 다만 전혀 자라지 않는다, 라고.

그리하여 나는 북을 치기 시작했다. 우리 집 아파트는 5층이었다. 1층에서 다락방까지 나는 계단을 따라 오르락내리락하면서 북을 쳤다. 라베스베크 거리에서 막스 할베 광장으로, 거기에서 신(新)스코틀랜드, 안톤 묄러 거리, 마리엔 가, 클라인하머 공원, 악티엔 맥주 공장, 악티엔 연못, 프뢰벨 평원, 페스탈로치 학교, 신(新)시장을 돌아서 다시 라베스베크 거리로 돌아왔다. 나의 북은 잘도 견디어 냈다. 일부 어른들은 나의 북을 막으려 했고, 나의 양철을 저지시켰으며, 나의 북채에 다리를 걸었다. 하지만 자연이 나의 편이었다.

어린이의 양철북을 쳐서 나와 어른들 사이에 필요한 거리를 만들어 내는 능력은 지하실 층계에서의 추락 직후에 생겨났다. 하지만 이와 거의 동시에 소리를 고음으로 유지하고 진동시키면서 노래하고, 혹은 외치면서 노래 부를 수 있는 커다란 목소리도 가지게 되었다. 그래서 고막을 멍하게 하는 나의 북을 감히 아무도 빼앗으려 하지 않았다. 만일 북을 빼앗기라도 하면 나는 소리를 질렀고, 내가 소리를 지르면 값비싼 것들이 박살났기 때문이었다. 나는 노래로 유리를 부술 수가 있었다. 나의 고함은 꽃병을 깨뜨렸다. 나의 노래는 유리창을 부수어 바람이 제멋대로 드나들게 했다. 나의 목소리는 순결하면서도 가차없는 다이아몬드와 같아서 유리 찬장을 잘랐고, 순진함을 잃지 않으면서 유리 찬장 깊숙이 들어가 사랑하는 사람으로부터 선사받은, 엷게 먼지를 뒤집어쓴 채 고상하면서도 조화를 보이는 유리컵에 폭력을 가했다.

오래지 않아 나의 능력은 거리 곳곳마다, 브뢰젠 거리로부터 비행장 옆의 주택가까지, 즉 시내 전체에 널리 알려졌다. 이웃에 사는 아이들은—'식초에 절인 청어 하나, 둘, 셋'이라든지 '검은 마녀는 있느냐'라든지 '네가 안 보는 것을 나는 본다'든지 하는 그들의 놀이에 나는 관심이 없었다—내가 나타나기라도 하면 입을 모아 아주 서투르게 합창을 했다.

유리, 유리, 유리 쪼가리
맥주는 없고 설탕만 있다.
훌레 할머니[6]는 창을 열고
피아노를 친다.

의미도 없는 멍청한 아이들 노래였기 때문에 내게는 방해가 되지 않았다. 내가 북을 앞세우고 매력이 전혀 없지는 않은 단순한 리듬에 맞추어 유리, 유리, 유리 쪼가리를 북으로 치며 유리 쪼가리와 훌레 할머니를 쿵쿵거리며 제치고 지나가면, 아이들은 내가 하멜른의 피리 부는 사내[7]가 아닌데도 졸졸 따라왔다.

---

6) 강설(降雪)을 다스리는 요괴.

요즈음에도, 이를테면 브루노가 내 방의 유리창을 닦고 있을 때, 나는 이 노래의 가사와 리듬을 가끔 북으로 쳐 본다.

이들 아이들의 놀려 대는 노래보다 더 성가시고, 특히 내 부모를 화나게 하는 것은 비용이 많이 든다는 사실이었다. 이 일대의 막돼먹은 불량배들이 부순 유리창 전부가 나의 탓, 아니 내 소리 탓으로 돌려졌기 때문이었다. 처음에는 어머니도 대개는 새총에 의해 깨진 부엌 유리창에 대해 꼬박꼬박 우직하게 변상했으나, 나중에는 그녀도 내 소리의 진상을 파악했기 때문에 손해 배상의 요구를 받고서도 증거를 대라고 요구하면서 냉정하게 회색 눈을 드러내 보였다. 사실 이웃 사람들도 나를 부당하게 대했던 것이다. 이따금 광적인 착란에 빠져 어둡고도 분별없는 혐오감을 과시하는 아이들처럼, 내가 유리나 유리 제품만 보면 이상야릇한 방식으로 증오를 드러내는 유치한 파괴욕에 사로잡혀 있다고 취급되는 것은 당시로서는 천부당만부당이었다. 장난질이나 일삼는 자만이 함부로 파괴하는 법이다. 나는 결코 장난치지 않았다. 나는 북을 공부했던 것이다. 그리고 내가 소리를 내는 것은 오직 정당방위 때문이었다. 나의 북 공부의 존립 여부가 위협받을 때만, 나의 성대를 목적 달성을 위해 사용했던 것이다. 만일 그레트헨 세플러의 상상력의 작품인, 조금은 싫증나는 가로 세로 열십자로 수놓은 식탁보를 동일한 소리, 동일한 방식으로 찢든가, 혹은

---

7) 하멜른(Hameln). 마을의 쥐를 퇴치하였으나 약속한 보수를 받지 못하자 마을의 어린이들을 피리 소리로 꾀어 산 속으로 데려가 버렸다는 전설 상의 인물.

피아노의 검은 칠을 벗길 수 있다면 나는 기꺼이 유리 제품은 손 대지 않고 울림이 풍부한 그대로 내버려 두었을 것이다. 하지만 식탁보와 피아노의 칠은 내 소리에 끄덕도 하지 않았다. 지칠 줄 모르는 나의 고함소리도 벽지의 무늬는 지우지 못했다. 또한 아래 위로 요동치는 길게 뽑은 두 개의 음성을 석기 시대인 양 서로 열심히 비비대도 침실의 두 창문 앞에 있는, 담배 연기가 자욱하게 배어 있고 부싯깃처럼 바싹 마른 커튼에 마침내 불꽃을 일으키게 하는 데 필요한 온기나 열을 낼 수는 없었다. 나의 노래는 마체라트나 알렉산더 세플러가 앉아 있는 의자의 다리를 뽑아낼 수도 없었다. 덜 해롭고 덜 놀라운 방식으로 나를 방어하는 것이 마땅하겠지만, 무해한 것 치고 나에게 도움이 되는 것은 없었다. 유일하게 유리만이 나의 소리에 귀를 기울였으므로, 나도 그에 대해 보상을 해야만 했다.

이러한 종류의 볼거리로서 내가 최초로 성공한 것은 내가 세 살 생일날이 조금 지난 후였다. 북을 소유한 지 4주 정도 지났는데, 천성적인 부지런함 때문에 그 동안 너무 두드린 나머지 북이 망가져 버렸던 것이다. 적백색으로 구분하여 칠해 놓은 몸통은 북의 바닥면과 윗면을 아직 결합시키고 있었으나, 소리를 내는 면의 한가운데에 생긴 구멍은 더 이상 간과할 수 없게 되었다. 나는 북의 바닥면은 아예 사용하지 않았다. 그 때문에 윗면에 생긴 구멍은 점점 더 커지다가 완전히 부서져 테두리가 날카로운 톱니 모양으로 변했고, 가느다란 소리만을 내던 양철은 조각조각 찢기면서 북 속으로 떨어져 칠 때마다 덜거덕거리는 불쾌한 소리가 났다. 그리하여 나의 고통받은 양철북 위에서 더 이상 견딜 수 없게 된, 하얗게 래커칠된 작은 조각들이 거실의 양탄자와 침실의 적갈색 바닥 여기저기에 떨어져 반짝거렸다.

어른들은 내가 위험하고 날카로운 양철 모서리에 손이나 베지 않을까 걱정했다. 특히 내가 지하실 층계에서 추락한 이후 내게 세심한 주의를 기울이는 마체라트는 북을 칠 때 조심하라고 신신당부를 했다. 내가 격렬한 동작으로 북을 칠 때에는 톱니 모양의 분화구 가장자리에 동맥이 닿게 마련이었다. 그러므로 마체라트의 걱정이 지나치기는 했으나 전혀 근거가 없지는 않았다는 점을 나는 인정해야만 한다. 하지만 새 북만 사 주었다면 모든 위험을 배제할 수 있었을 것인데도 아무도 새 북에 대해서는 전혀 고려하지 않았다. 오히려 오랫동안 정이 들었던 나의 북을 빼앗을 생각만 했다. 나와 함께 추락하여 병원에 입원하고, 나와 함께 퇴원하고, 함께 계단을 오르내리고, 함께 자갈길과 보도를 걸어 다녔고, '식초에 절인 청어 하나, 둘, 셋'의 사이를 지나가고, '네가 안 보는 것을 나는 본다'나 '검은 마녀'의 곁을 지나왔던 이 양철북을 내게서 빼앗으려고만 했지 그 대용품을 주려고는 하지 않았다. 어이없게도 초콜릿으로 나를 낚으려고도 했다. 어머니는 초콜릿을 내밀며 입까지 오물거리는 시늉을 했다. 마체라트는 일부러 무서운 표정을 지으며 불구자가 된 나의 악기에 손을 뻗쳤다. 하지만 나는 이 잔해에 매달렸다. 그가 잡아당겼다. 겨우 북을 칠 수 있을 정도인 나의 힘은 어느새 기진맥진하기 시작했다. 붉은 불길이 나한테서 그에게로 서서히 미끄러져가고, 둥근 테두리가 내 손에서 막 떨어져 나가려고 했다. 그 순간 지금까지는 지나치게 얌전하여 조용한 아이로 여겨지던 오스카가 저 파괴적인 힘을 가진 최초의 비명소리를 내는 데 성공했던 것이다. 우리 집의 대형 탁상시계의 벌꿀빛 문자판을 먼지와 죽어 가는 파리들로부터 보호해 주던 잘 닦여진 둥근 유리가 파열되어 적갈색의 바닥에 떨어졌다. 일부 유리는 양탄자가 시계가 있는 곳까지 깔려 있지 않았기에 다시 한번 박살났다.

그러나 값비싼 시계의 내부는 조금도 다치지 않았다. 시계 추는—추라는 말을 사용해도 무방하다면—아무 일 없이 계속 움직였다. 바늘도 마찬가지였다. 평소에는 아주 미미한 충격이나 바깥에서 굴러가는 맥주 트럭에도 신경질적으로, 거의 발작적으로 반응을 보이던 자명종도 나의 비명소리에 영향 받지는 않았다. 다만 둥근 유리만 날아가서 박살났다.

'시계가 망가졌어!'라고 소리치며 마체라트는 북을 손에서 놓았다. 얼핏 보기만 해도 나의 비명이 시계 본체에는 아무 손상도 입히지 않고, 유리만 박살냈다는 것을 알 수 있었다. 그러나 마체라트나 어머니, 그리고 그날 일요일 오후에 집에 들렀던 얀 브론스키 아저씨는 문자판의 유리 그 이상의 것이 부서졌다고 생각하는 것 같았다. 하얗게 질려 당혹스러운 시선을 주고받으며 그들은 타일을 입힌 난로를 손으로 더듬거나, 피아노와 그릇장에 달라붙어 그 자리에서 꼼짝할 엄두도 내지 못했다. 얀 브론스키는 기도라도 하는 듯 눈의 흰자위를 드러내고는 마른 입술을 움직였다. 오늘날 생각해 보니 아저씨는 구원과 자비를 구하는 기도의 문구, 이를테면 '세상의 죄를 없애 주는 천주의 어린 양이시여, 우리를 불쌍히 여기소서.' 같은 기도문을 외우려고 애썼던 것 같다. 그리고 이 문구를 세 번 반복한 후에 다시 '오, 주여, 당신께서 저희 지붕 밑에 들어오심은 매우 송구스러우나, 부디 한 말씀만이라도 해 주시면……' 이라는 기도문을 한 번 외웠을 것이다.

물론 하느님은 한 말씀도 하지 않았다. 시계가 아니라 유리만 파손되었기 때문에 그랬던 것일까. 하지만 시계에 대한 어른들의 생각에는 참으로 특별나고 어린아이 같은 데가 있다. 그런 점에서 나는 결코 아이가 아니었다. 시계는 아마도 어른들이 만들어 낸 가장 뛰어난 작품일 것이다. 그러나 사실 어른들은 부지런함과 명예욕 그리고 약간의 행운의 도움을 받아 창조자가 될 수 있는 만큼 창조한 이후에는 곧바로 자신의 획기적인 발명품의 노예가 되어 버리는 것이다.

게다가 시계는 예나 지금이나 어른이 없으면 아무것도 아니다. 그들은 시계의 태엽을 감고, 바늘을 앞으로 돌리거나 뒤로 늦추기도 하며, 시계방으로 가져가 깨끗이 닦기도 하고, 필요한 경우에는 수선도 한다. 너무 일찍 지쳐 버리는 뻐꾸기 시계의 울음이라든지, 뒤집어진 소금통이나 아침 거미, 왼편의 검은 고양이라든지, 청소를 하다가 못이 헐거워져 벽에서 떨어지는 아저씨의 유화(油畵)라든지 거울의 경우와 마찬가지로, 어른들은 시계의 배후와 시계 속에서 시계가 제시할 수 있는 이상의 것을 보는 것이다.

어머니는 꿈꾸는 듯 환상에 빠져 있는 표정에도 불구하고 아주 냉정한 눈을 가지고 있었다. 하지만 모든 애매한 징조를 자신에게 유리한 쪽으로 해석해 버리는 경박한 여인이었다. 그렇기 때문에 이때에도 위기를 해소시키는 말을 생각해 냈던 것이다.

"유리 조각은 행운을 가져온다!"라고 그녀는 손가락으로 따다닥 소리를 내며 큰소리로 말했다. 그러고는 쓰레받기와 비를 가지고 와서 유리 파편을, 즉 행운을 쓸어 모았다.

어머니의 말대로라면 나는 부모와 친척 그리고 아는 사람, 모르는 사람 모두에게 행운을 가져다 준 셈이다. 유리창, 가득 채워진 맥주잔, 빈 맥주병, 봄을 발산하는 향수병, 장식용 과일을 담은 크리스털 접시, 간단히 말해, 유리 공장에서 유리 직공의 덕택으로 유리로 태어나, 일부는 오직 유리 자체의 가치만으로, 일부는 예술적인 유리 제품으로 시장에 나온 모든 것을 비명소리로 파괴하고, 노래로 파괴하고 산산조각냄으로써, 나의 북을 빼앗으려는 사람들에게 행운을 가져다주었던 것이다.

밤 사이에 나와 함께 있던 양철북을 누군가가 빼앗아 가려 했을 때도 나는 거실을 밝히고 있는 램프에 달린 네 개의 전구 중에서 손실을 줄이기 위해 한두 개만을 박살냈다. 왜냐하면 나는 아름답게 생긴 유리 제품을 사랑했으며, 지금까지도 사랑하기 때문이다. 그러던 중 나는 네 번째 생일을 맞았다. 1928년 9월 초의 일이었다. 생일 축하를 위해 모인 사람들, 부모님, 브론스키의 가족들, 할머니 콜야이체크, 세플러 및 그레프의 가족들은 내게 온갖 선물을 가져다주었다. 납으로 만든 군인, 범선, 소방차도 있었으나 양철북만은 없었다. 그들 모두는 내가 납으로 만든 군인과 사이좋게 잘 지내고, 심심풀이로 우스꽝스러운 소방놀이를 하기를 바랐다. 그러나 부서지기는 했어도 사랑스런 나의 양철북은 주지 않았다. 그 대신에 우스꽝스러운 데다 별로 쓸모도 없는 돛단배를 나에게 주려고 했다. 그래서 눈이 달렸지만 나와 나의 소망을 알아차리지 못하는 모든 사람들을, 집 안에 매달린 전등의 전구 네 개를 모두 차례차례 살육함으로써, 이 세상 이전의 암흑 속으로 몰아넣어 버렸던 것이다.

그때 어른들은 어떻게 행동했던가. 그들은 처음에는 공포에 차 소리를 질렀지만, 빛이 돌아오기를 열렬하게 빈 후에는 어둠에 익숙해졌다. 꼬마 슈테판 브론스키를 제외하고는 어둠으로부터 아무것도 얻어 낼 수 없었던 유일한 사람은 나의 할머니 콜야이체크였다. 그녀는 악을 쓰며 우는 슈테판에게 치맛자락을 잡힌 채 가게로 수지 양초를 사러 갔다가 타오르는 초를 손에 들고는 방을 밝히면서 돌아왔다. 그리하여 불빛 아래 보니 곤드레만드레 취한 나머지 사람들은 기묘하게 짝을 이룬 채 두 사람씩 엉겨붙어 있었다.

예상대로 어머니는 블라우스를 풀어헤친 채 얀 브론스키의 무릎 위에 웅크리고 앉아 있었다. 그레프 부인 속으로 빨려 들어갈 듯이 하고 있는 짝달막한 다리의 빵집 주인 알렉산더 세플러의 모습은 목불인견이었다. 마체라트는 그레트헨 세플러의 말 이빨 같은 금니를 핥고 있었다. 헤트비히 브론스키만이 촛불 아래에서 보니 경건한 소의 눈을 하고 두 손을 무룰 위에 놓은 채 채소 장수인 그레프 가까이에, 하지만 너무 가깝지는 않은 곳에 앉아 있었다. 그레프는 술을 마시지는 않았지만 노래를 불렀다. 헤트비히 브론스키더러 같이 부르자고 권하면서 달콤하게 우수에 젖어 비애를 질질 끄는 듯이 노래 불렀다. 그들은 이중창으로 보이 스카우트의 노래를 불렀는데, 그 가사에 의하면 뤼베찰이라는 한 사내의 귀신이 거인(巨人) 산맥에서 출몰하고 있다는 것이었다.

사람들은 나 같은 건 잊고 있었다. 오스카는 테이블 밑에 앉아 북의 잔해와 북채를 가지고서 약간의 리듬을 연주했다. 끊길 듯하면서도 규칙적인 나의 북소리는 방안에서 눕거나 앉은 채 되는 대로 짝을 짓고 황홀해하고 있던 그 남녀들의 기분을 유쾌하게 만들었을는지도 모른다. 입을 맞추고 빨아대면서 그들의 근면함을 열정적으로 내보이고 있는 소리들을 북소리가 마치 니스를 칠하듯 덮어 버렸던 것이다.

할머니가 돌아왔을 때 나는 여전히 테이블 아래에 있었다. 촛불을 든 할머니는 분노한 대천사(大天使)와 같이 소돔과 고모라를 살펴보았다. 그러고는 촛불이 떨릴 정도로 큰소리로 불결하기 짝이 없는 짓이라고 꾸짖음으로써, 거인 산맥을 통과하는 뤼베찰의 산책과도 같은 목가적 풍경은 종말을 고하였다. 그녀는 촛불을 접시에 세우고 찬장에서 스카트 놀이 카드를 꺼내 테이블 위에다 던졌다. 그러고는 아직까지도 징징거리며 울고 있는 슈테판을 달래면서 생일 축하 파티 제2막의 개시를 선포하였다. 그 직후 마체라트는 낡아빠진 소켓에 새 전구들을 끼웠다. 의자가 치워졌고, 맥주병 마개가 요란한 소리

와 함께 따졌다. 내 머리 위에서 '10분의 1페니히 스카트' 놀이
가 시작되었던 것이다. 어머니는 처음에 '4분의 1페니히 스카
트' 놀이를 제안했으나, 그것은 얀 아저씨에게는 너무 지나친
모험이었다. '수산양'이나 네 장의 으뜸패가 이따금 판돈을 상
당한 정도로 올린 것을 제외하고는, 10분의 1페니히의 시시한
승부가 계속되었다.

나는 테이블 아래, 드리워진 식탁보의 그늘에 기분좋게 앉
아 있었다. 가볍게 북을 두드리며 나는 머리 위에서 분주하게
카드를 돌리는 손놀림을 느꼈다. 나는 게임의 흐름을 좇아가
다가 거의 한 시간이 지나서 스카트의 결과를 알게 되었다. 얀
브론스키의 패배였다. 그는 패가 좋았음에도 불구하고 졌다.
물론 집중을 하지 않았으니 이상할 것은 없었다. 그는 '2 없는
다이아몬드'와는 전혀 다른 그 무엇에 몰두하고 있었던 것이
다. 게임이 시작되자마자 그는 자신의 고모에게 조금 전의 조
그만 소동은 별거 아니라고 달래며 왼발의 검은색 단화를 벗
었다. 그리고 회색 양말을 신은 왼발로 나의 머리 곁을 지나
맞은편에 앉아 있는 어머니의 무릎을 더듬거리며 찾았고 또
찾아냈다. 어머니는 그의 발이 닿자마자 테이블 쪽으로 몸을
바싹 당겼다. 그때 막 마체라트의 도전에 응해 33점을 내민 얀
은 처음에는 그의 발끝으로 어머니의 치맛자락을 걷어올렸
고, 그리고 나서는 그날 신어서 새것이나 다름없는 두툼한 양
말로 그녀의 넓적다리 사이를 누비고 다녔다. 정말 놀랍게도
나의 어머니는 테이블 밑에서는 순모(純毛)에게 시달리면서도
빳빳한 식탁보 위에서는 대담무쌍하게 게임을 하며—그 중에

는 '4 없는 클로버'도 포함되어 있다―확실한 승리를 거두었다. 게다가 어머니는 시종일관 유머러스하기 그지없는 대화를 그치지 않았던 것이다. 반면에 얀은 아래쪽에서는 점점 더 대담하게 행동하면서 위쪽에서는 오스카라면 졸면서 해도 이겼을 것임이 분명한 승부를 몇 차례나 놓쳤다.

나중에는 지친 슈테판도 테이블 밑으로 기어들어 와서는 거기서 곧 잠이 들어 버렸다. 하긴 그 아이는 잠들기 전이라 해도 그의 아버지의 바짓가랑이가 나의 어머니의 치마 밑에서 무엇을 찾고 있었는지 알 턱이 없다.

맑게 개었던 하늘에 구름이 끼면서 오후에는 소나기가 잠시 내렸다. 바로 다음날 얀 브론스키는 나의 생일 선물로 마련했던 범선을 가지고 나가서 병기창 거리에 있는 지기스문트 마르쿠스의 가게로 갔다. 그리고 그곳에서 이 시시한 장난감을 양철북과 교환했다. 오후 늦게 얀은 가랑비를 맞으며 나에게는 친숙한 적백색의 불꽃 모양으로 칠해진 양철북을 가지고 우리 집으로 왔다. 그는 나에게 북을 내미는 것과 동시에 적백색 래커칠의 일부분만 남아 있는 낡고 정든 북을 붙잡았다. 얀이 낡은 북을 잡고, 내가 새 북을 잡는 동안 얀과 어머니, 그리고 마체라트의 눈은 오스카를 향하고 있었다―나는 쓴웃음을 지을 수밖에 없었다―도대체 그들은 내가 오랫동안 내려온 관습에 집착하고 있고, 가슴속에는 변함없이 원칙을 지키고 있다는 사실을 상상이라도 하겠는가.

모두들 예상하던 것과 달리 고함소리를 지르지도, 유리를 부수는 노래도 하지 않고 나는 양철 조각만 남은 북을 건네주고는 곧바로 두 손으로 새 악기를 잡았다. 두 시간 동안 정신을 집중하여 북을 치는 동안 나는 어느새 북을 다루는 요령을 익히게 되었다.

그러나 내 주위의 어른들이 모두 얀 브론스키처럼 나를 이해해 준 것은 아니었다. 1929년 다섯 번째 생일이 지난 후 곧—그 무렵 뉴욕의 증시 공황이 커다란 화젯거리가 되고 있었기 때문에 나는 목재상을 하는 할아버지 콜야이체크도 멀리 버팔로에서 손해를 입어야만 했던 게 아닐까 걱정했다—어머니는 더 이상 무시하지 못할 지경에 이른 나의 발육 부진에 불안해졌다. 그리하여 내 손을 잡고 수요일마다 브룬스회프 거리의 홀라츠 박사에게 치료를 받으러 다니기 시작했다. 나는 끝도 없이 지속되는 정말 성가신 진찰을 견디어냈다. 그것은 홀라츠 박사를 옆에서 거들어 주고 있는 잉에 간호사의 보기 좋은 흰 옷이 이미 내 눈을 즐겁게 했기 때문이며, 또한 그 흰 옷이 사진 속에 남아 있는 전쟁 중 간호사 시절의 어머니 모습을 연상시켰기 때문이었다. 그리고 볼 때마다 새로운 느낌을 주는 간호복의 치마 주름살에 정신을 집중시키고 있노라면, 잔뜩 힘이 들어간 데다가 아저씨의 목소리같이 불쾌하게 울리는 의사의 잔소리를 흘려들을 수 있었기 때문이었다.

홀라츠 박사의 안경 유리에 진료실의 비품들이 비쳤다. 진료실 안에는 크롬, 니켈, 연마용 래커가 다량으로 있었고 또한 선반과 유리창도 있었다. 그리고 그 선반 안에는 깔끔한 글씨로 라벨을 붙여 놓은 유리병들이 늘어서 있었는데, 그 속에는 뱀, 도롱뇽, 개구리, 돼지, 사람, 원숭이의 태아들이 담겨 있었다. 홀라츠는 이들 알코올에 담긴 태아들을 안경 유리에 담은 채 나를 이모저모 진찰한 후 나의 병력 카드를 넘기면서 설레설레 고개를 저었다. 그러고는 어머니에게 거듭거듭 내가 지하실 층계에서 추락하게 된 경위를 말하게 했다. 또한 홀라츠는—지하실로 통하는 널빤지 문을 열어 두었던 마체라트를 마구 욕하면서 언제까지나 그 죄는 면하지 못할 것이라고 말하는—어머니를 달래기도 했다.

몇 개월이 지난 후 수요일 진찰을 받으러 갔을 때였다. 의사는 아마도 자신을 위해서, 아니 어쩌면 간호사 잉에게 그때까지의 치료에 대한 성과를 증명해 보이려고 나에게서 북을 빼앗으려 했다. 그래서 나는 그가 수집해 놓은 대부분의 뱀과 개구리뿐만 아니라 아주 다양한 혈통의 태아 수집품들까지 모조리 파괴해 버렸다.

가득 차 있긴 하지만 뚜껑이 없는 맥주잔과 어머니의 향수병을 제외하고는, 오스카가 이처럼 속이 차 있고 꼭 봉해져 있는 많은 유리병들을 실험 대상으로 삼은 것은 처음이었다. 결과는 유례 없는 성공이었다. 그 자리에 있던 모든 사람들, 심지어는 유리와 나의 관계를 알던 어머니까지도 놀란 나머지 말문이 막혔다. 나는 첫 번째로 낸 짤막한 소리로 홀라츠의 온갖 구역질 나는 기묘한 수집품들이 보관된 진열장의 유리를 종으로 횡으로 잘라서 열어젖혔다. 그러고 나서는 진열장의 전면에 끼워져 있는 거의 정사각형의 유리를 짤까당짤까당 앞쪽으로 위쪽으로 뒤흔들어 리놀륨 바닥에 떨어뜨렸다.

유리는 정방형의 모습을 유지한 채 그대로 바닥에 떨어지면서 쨍그랑 소리와 함께 산산조각 나고 말았다. 이 비명소리에다가 나는 다시 더욱 큰 볼륨과 절박감을 마음껏 보탰다. 그러고 나서 이 완전무장한 목소리로 시험관을 하나하나 차례대로 방문했던 것이다.

쨍그랑 소리를 내며 유리 조각들이 사방으로 날려 흩어졌고, 푸르스름한 농축 알코올이 창백하면서도 약간 서글퍼 보이는 내용물들과 함께 치료실의 붉은색 리놀륨 바닥에 쏟아져 흘러내렸다. 역겨운 냄새가 손에 잡힐 듯 방안을 가득 채웠다. 그 때문에 어머니는 속이 메스꺼워졌고, 잉에 간호사는 부룬스회프 거리 쪽으로 난 창문을 열어야만 했다. 하지만 홀라츠 박사는 자신의 수집품의 손실을 하나의 성과로 바꿀 줄 아는 사람이었다. 그는 내가 소동을 피운 지 몇 주일 후 《의사와 세계》라는 전문지에 나에 관한 논문을 발표했다. 「노래로 유리를 파괴하는 오스카 M의 목소리 현상」이라는 논문이었다. 홀라츠 박사가 그 잡지에서 20페이지 이상에 걸쳐 펼친 주장은 국내외의 전문가들 사이에서 주목을 끌었고, 전문가들의 입에서 반대 의견과 함께 찬성 의견도 나왔다고 한다.

그 잡지를 몇 부 받은 어머니는 그 논문을 자랑스러워해 마지않았는데, 사실 그 점은 나로서도 의아스러웠다. 어머니는 그레프 가족, 셰플러 가족과 그녀의 얀에게, 그리고 남편인 마체라트에게 식사 후에 몇 번이고 그 일부를 거듭 읽어 주었던 것이다. 심지어는 식료품점의 손님들도 그녀가 읽는 것을 참고 들어야만 했고, 전문 용어를 잘못 이해하기는 했지만 상상력에 넘치는 해석을 하는 어머니에 대해 맞장구를 치며 감탄을 했다. 그러나 내 이름이 신문에 처음으로 실렸다는 사실은 내게 아무 감동도 주지 못했다. 당시에 이미 사물을 꿰뚫어 볼 줄 알았던 나의 회의심에 찬 눈길로 보건대, 홀라츠 박사의 소논문은 교수의 자리를 바라보는 의사의 장황하면서도 솜씨가 없지는 않은 억지 이론에 지나지 않았다.

노랫소리로 양치질 컵마저 움직일 수 없게 된 지금, 오스카는 정신 병원에 갇힌 채 그의 목소리의 선사 시대를 감회에 젖어 회고하고 있을 뿐이다. 더군다나 그를 억류시킬 명분에 합당한 고음 현상의 명칭을 찾아내기 위해 저 홀라츠와 비슷한 의사들이 그의 곁을 들락거리며 소위 로르샤하 테스트니 연상(聯想) 테스트니 하는 것, 또는 그 밖의 테스트들을 실시하고 있는 형편이다. 회고해 보건대 그 최초의 시기 동안에 그는 필요한 경우만 노래로 유리를 부수며 철저하게 가루로 만들었다. 그러다가 나중에 그의 예술의 전성기와 쇠퇴기에는 외부의 압력을 느끼지 않으면서 자신의 힘을 발휘했다. 때로는 단순한 유회 충동에서, 때로는 후기의 매너리즘에 빠져, 때로는 '예술을 위한 예술'에 몰두하면서 오스카는 유리 조직 속에 자신의 생각을 노래로 불러 넣었다. 그리고 그렇게 하면서 점차 나이를 먹어갔던 것이다.

시간표

클레프는 이따금 시간표를 작성하며 시간을 보낸다. 그가 시간표를 만들며 선지 순대와 데운 콩을 계속해서 입으로 가져간다는 사실은, 몽상가야말로 대식가라고 하는 나의 평범한 주장을 입증한다. 그리고 클레프가 붉은 펜으로 기입하는 난을 열심히 메운다는 것은, 진정으로 게으른 자만이 노동을 절약하는 발명품을 고안할 수 있다는 또 하나의 내 명제를 확증한다.

올해에도 클레프는 2주일 간에 걸쳐 시간표를 작성했다. 어제 나를 찾아왔을 때 그는 처음에는 그 사실을 잠시 동안 비밀로 하였다. 하지만 참지 못하고 마침내 가슴의 호주머니에서 아홉 번이나 접은 종이를 꺼내 얼굴을 빛내며 내게 내밀었다. 그는 스스로에게 만족하고 있었다. 다시 한번 노동을 절약하는 발명품을 만들어 내었으니 말이다.

나는 대충 살펴보았지만 특별난 데는 별로 없었다. 10시에 아침 식사. 점심 때까지 사색. 식사 후 한 시간 동안 낮잠. 그리고 커피 한 잔, 그것도 가능하면 침대에서 마신다. 그후 침대에 앉은 채 한 시간 동안 플루트 연습. 다시 일어나 한 시간 동안 백파이프[8]를 연주하며 방안을 행진한다. 문밖의 마당에서 반 시간 동안 백파이프 연주. 하루씩 번갈아 가며 하루는 두 시간 동안 맥주를 마시고 선지 순대를 먹는다. 또 다른 하루는 두 시간 동안 영화를 본다. 그러나 영화를 보든 맥주를 마시든 비합법적인 독일 공산당을 위해 눈에 띄지 않게 반 시간 동안 선전 운동을 한다. 하지만 시간은 엄수한다! 일주일에 3일 간은 밤마다 '아인호른'에서 댄스 음악을 연주하는 것으로 채운다. 토요일 오후에는 그륀 거리에서의 마사지 목욕이 예약되어 있으므로 오후의 맥주 시간은 독일 공산당 선전과 함께 밤으로 연기한다. 그리고 나서 'U9'에서 45분 간 소녀와 건강 마사지를 하고, 이어서 그 소녀와 그 친구들을 데리고 쉬바프에서 커피와 과자를 먹는다. 그리고 폐점 직전에 수염을 깎고 필요한 경우 이발도 한다. 서둘러서 자동사진 촬영 박스에서 촬영. 그리고 맥주와 선지 순대. 공산당 선전 그리고 휴식.

나는 클레프가 정성들여 만든 시간표에 감탄하며 복사본

---

8) 스코틀랜드의 민속 악기로 공기 주머니가 달린 피리. 옆구리에 끼고 주머니에 바람을 넣으면서 연주함.

을 한 장 달라고 부탁했다. 그리고 이따금 있는 빈 시간에는 어떻게 보내는지 알고 싶다고 말했다. 잠시 생각한 후 클레프는 "잠을 자거나 공산당 일을 생각한다."고 대답해 주었다.

그에게 오스카가 어떻게 해서 최초의 시간표를 알게 되었는지 이야기한 적이 있었던가?

그것은 카우어 아주머니의 유치원과 함께 시작하는 평범한 이야기이다. 헤트비히 브론스키가 매일 아침 나를 데리러 와서 슈테판과 함께 나를 포사도브스키 거리에 있는 카우어 아주머니한테로 데리고 갔다. 거기에서 우리는 여섯 명 내지 열 명의—언제나 몇 명씩은 아프게 마련이다—아이들과 함께 싫어질 때까지 놀아야만 했다. 다행스럽게도 나의 북은 장난감으로 인정되었으므로 집짓기 놀이에 무리하게 끼여들지 않아도 되었다. 종이 투구를 쓰고 북을 치는 기수가 필요할 때만 흔들 목마에 올라탔다. 단추가 수도 없이 달린 카우어 아주머니의 검은 비단 옷은 내 북의 실험 대상이었다. 자신있게 말하거니와 잔주름투성이의 이 바싹 마른 처녀의 옷을 나는 하루에도 몇 번씩 입히기도 하고 벗기기도 하였다. 북을 쳐서 그녀의 단추를 끄르기도 하고 채우기도 했다. 하지만 그녀의 육체를 탐할 의도는 없었다.

오후의 산책 코스는 밤나무 가로수 길을 지나고 예쉬켄탈의 숲으로 해서 에륍스베르크 산으로 올라갔다가 구텐베르크 기념비 옆을 지나가는 것이었다. 산책은 유쾌하리만치 단조롭고 부담없이 느슨했다. 그래서 나는 지금까지도 카우어 아주머니의 종잇장 같은 손에 이끌려 그림책에 나오는 것과 같은 아름다운 산책로를 걷고 싶은 생각이 드는 것이다.

우리는 여덟 명이든 열두 명이든 끌채에 매인 채 걸어가야만 했다. 손잡이 역할을 하는 이 끌채는 옅은 청색의 모직물로 되어 있었다. 총원 열두 명의 아이들을 위한 모직물 손잡이들이 좌우로 여섯 개씩 이 끌채에 달려 있었다. 게다가 10센티미터 간격으로 방울까지 달려 있었다. 고삐를 잡고 있는 카우어 아주머니 앞에서 우리는 짤랑짤랑 방울을 울리고 재잘거리며 걸어갔다. 나도 끈기 있게 북을 두드리며 가을의 교외 길을 천천히 걸어갔다. 이따금 카우어 아주머니가 「예수님 당신을 위해서 내가 살고, 예수님 당신을 위해서 내가 죽습니다」라든지, 아니면 우리가 「바다의 별님, 안녕」으로부터 시작해서 「마리아님, 도와주옵소서」나, 「성모 마리아, 인자하신 이여」를 맑게 갠 10월의 하늘에다 쏟아 놓기라도 하면 행인들은 감동해 마지않았다. 우리가 큰길을 건널 때면 교통이 차단되어야만 했다. 우리가 차도를 건너며 바다의 별을 부르는 동안 전차와 자동차 그리고 마차들은 정체될 수밖에 없었다. 그럴 때면 매번 카우어 아주머니는 살랑살랑 소리를 내는 듯 손을 흔들며 우리에게 길을 터준 교통 순경에게 답례를 하였다.

'예수님이 그대에게 보답하시리라'고 약속하며 그녀는 비단옷이 스치는 소리를 내며 지나갔던 것이다.

여섯 번째 생일을 보내고 난 봄이었다. 오스카는 슈테판 때문에 단추를 채워 주고 풀어 주고 하던 카우어 아주머니 곁을 그와 함께 떠나야만 했는데, 그로서는 여간 서운한 일이 아니었다. 언제나 그렇지만 정치가 관여하면 폭력 행위가 일어나는 법이다. 그 사건이 일어난 것은 우리들이 에룹스베르크 산에 있을 때였다. 카우어 아주머니는 우리들을 모직물의 끝 채로부터 풀어 주었다. 어린 나무들은 빛을 발하고 있었고 가지마다 새로운 생명이 숨쉬기 시작하였다. 카우어 아주머니는 이정표 위에 앉아 있었는데, 이끼로 덮인 그 돌에는 한두 시간 내에 갈 수 있는 여러 방향의 산책길들이 표시되어 있었다. 봄 기운에 감정을 주체 못하는 소녀처럼 그녀는 머리를 살짝살짝 흔들며 노래를 흥얼거렸는데, 그와 같이 머리를 흔드는 모양은 뿔 돋힌 닭을 연상시켰다. 그녀는 우리에게 줄 끝채를 새빨간 끈으로 새로 짜고 있었다. 그런데 그때 마침 숲속에서 고함 소리가 들렸기 때문에 애석하게도 나는 그것을 잡아 볼 기회가 없었다. 카우어 아주머니가 짜던 끈을 들고 옷자락을 날리며 숲속의 소리 나는 쪽으로 빨간 털실을 뒤로 끌면서 달려갔다. 나는 그녀와 털실 뒤를 쫓아 달려갔다가, 곧 그보다 더욱 붉은 것을 보게 되었다. 슈테판의 코에서 피가 심하게 나고 있었던 것이다. 고수머리를 하고 관자놀이에 파란 정맥이 불거진 로타르라는 아이가 허풍이 심하고 우는 소리를 잘하는 슈테판의 가슴 위에 올라타고 앉아 코를 움푹 내려앉게 만들기나 할 것처럼 때리고 있었다.

"폴래커!"[9]

'폴래커'라고 내뱉으며 그 아이는 주먹을 내지르고 있었다. 5분 후 카우어 아주머니는 또다시 우리를 옅은 청색 끝채에

9) 폴란드인을 멸시하여 부르는 칭호.

잡아맸다. 나만은 붉은 털실을 몸 주위에 둥글둥글 감은 채 자유롭게 걸어갔다. 그녀는 우리들 전원을 향해 헌당식이나 성찬식 때 주로 암송되는 기도문을 읊었다. "부끄러워하라, 깊은 참회와 고통으로……."

우리는 에릅스베르크 산을 내려와 구텐베르크 기념비 앞에서 멈춰 섰다. 그녀는 손수건을 코에 대고 훌쩍거리는 슈테판을 긴 손가락으로 가리키며 부드러운 목소리로 이렇게 말해 주었다.

"네가 폴란드 꼬마인 것은 결코 네 책임이 아니란다." 카우어 아주머니의 탄원에도 불구하고 슈테판은 다시는 유치원에 가지 못하게 되었다. 오스카는 폴란드인도 아니고 슈테판과 특별히 사이가 좋은 것도 아니었다. 하지만 그와 행동을 같이 할 것을 선언하였다. 이윽고 부활제가 되었고 우리를 학교에 보내는 문제가 다시 대두되었다. 홀라츠 박사는 넓은 뿔테 안경 너머로 해롭지는 않다는 것을 인정하고, '오스카군에게 해롭지 않음'이라는 소견을 공표하였다.

마찬가지로 슈테판을 부활제 이후 폴란드 초등학교에 보내려고 생각한 얀 브론스키는 충고를 듣지 않고 나의 어머니와 마체라트에게 거듭해서 이렇게 말했다. 자신은 폴란드 관청의 관리이며, 폴란드 우체국에 정당하게 근무하는 대가로 정당한 급료를 받고 있다. 결국 자신은 폴란드인이며 신청서가 받아들여지기만 하면 헤트비히도 폴란드인이 될 것이다. 뿐만 아니라 슈테판과 같이 영리하고 평균 이상의 재능을 가진 아이는 양친 집에서 독일어를 배워야 한다. 그리고 오스카로 말할 것 같으면—그는 오스카에 대해 말할 때는 언제나 한숨을 약간 쉬곤 했다—슈테판과 같이 여섯 살이지만 아직 말을 제대로 하지 못하고 나이에 비해 성장이 몹시 늦다. 그러나 결단을 내려 해보는 게 좋을 것이다. 의무 교육은 의무 교육이니까.—학교 측에서 반대하지만 않는다면 말이다.

학교 당국은 의심스럽다는 의견을 표명하며 의사의 증명서를 요구했다. 홀라츠는 나를 건강한 아이라고 말해 주었다. 성장 상태로 보면 세 살 아이와 같지만 정신적으로는—제대로 말을 못해서 그렇지—다섯 살에서 여섯 살 아이에 뒤지지 않는다는 것이었다. 의사는 또한 나의 갑상선에 대해서도 말했다.

나는 그동안 익숙해진 테스트와 온갖 진찰을 받는 동안에 침착하고 무관심하며 호의적이라고까지 할 수 있을 정도의 태도를 취했다. 아무도 내 북을 빼앗으려 하지 않았기 때문이었다. 홀라츠의 뱀과 개구리와 태아 수집품을 파괴한 일이 그때 나를 진찰하고 테스트했던 모든 사람에게 너무도 생생하고 두려웠던 것이다.

등교 첫날이긴 했지만 아직 집에 있을 때였다. 나는 자신의 목소리에 숨어 있는 다이아몬드의 효력을 발휘하지 않으면 안 될 처지에 놓이게 되었다. 마체라트가 그만한 분별이 있을 터인데도 불구하고 나더러 북을 놔두고 프뢰벨 평원 너머에 있는 페스탈로치 학교에 가라고 요구했던 것이다.

마침내 그가 손을 내밀어 그의 것도 아니고, 그와는 아무런 관계도 없으며, 그가 전혀 신경도 쓰지 않던 그것을 내게서 빼앗으려고 했다. 그래서 나는 크게 소리를 질러 사람들 모두가 진짜라고 말하는 꽃병을 두 조각 내고 말았다. 진짜 꽃병이 진짜로 파편이 되어 양탄자 위에 흩어졌다. 그러자 그 꽃병에 대해 깊이 애착을 느끼고 있던 마체라트는 손으로 나를 때리려고 했다. 그러나 그때 어머니가 뛰어들었고, 슈테판을 데리고 학용품 주머니를 든 얀이 우연히 지나는 길에 들른 것처럼 곧장 우리 사이에 끼여들었다.

"그만두어요, 알프레트."라고 그는 침착하고 점잔빼는 말투로 말했다. 얀의 푸른 눈과 어머니의 회색 눈에 위축된 마체라트는 손을 내려 바지 호주머니에 찔러 넣었다.

페스탈로치 학교는 새로 지은 4층의 붉은 벽돌 건물로 벽화와 프레스코로 현대적인 장식을 하고 있었다. 그 지붕은 편편하며 전체적으로는 길고 가느다란 상자 모양이었다. 그 건물은 그 무렵까지 적극적으로 활동하던 사회민주당원들의 강력한 요구에 따라, 아동들이 많이 사는 교외의 시의회가 세운 것이었다. 나는 그 상자 같은 건물이 마음에 들었다. 냄새는 물론 벽화와 프레스코에 그려져 있는, 유겐트식으로 스포츠를 하는 소년들까지 모든 것이 그렇게 나쁘지는 않았다.

현관 앞 자갈밭에는 굽은 지팡이 모양의, 안전을 위한 철제 기둥들이 세워져 있었고, 그 기둥들 사이에는 부자연스러울 정도로 키가 작고 그 윗부분이 이미 파릇파릇해지기 시작하는 나무들이 서 있었다. 여기저기에서 색색깔의 뾰족한 주머니들을 든 채 소리를 지르거나 아니면 모범생인 체하는 소년들을 데리고 어머니들이 모여들었다. 오스카는 이토록 많은 어머니들이 한 방향으로 몰려가려고 하는 것을 그때까지 본

적이 없었다. 어머니들이 자기 큰아들과 둘째 아들을 팔아넘기기 위해 시장으로 순례라도 오는 것 같았다.

입구에서부터 이미 여러 번 말한 대로 이 학교 특유의 냄새가 났다. 그것은 이 세상에 알려져 있는 그 어떤 향수보다 더 친밀한 느낌을 주었다. 강당의 타일 바닥에는 네 개 내지는 다섯 개의 화강암 수반(水盤)이 자연스럽게 놓여 있었으며, 그 수반의 바닥에 있는 몇 군데 수원(水源)으로부터 물이 동시에 위쪽으로 솟아 나오고 있었다. 내 나이 또래의 아이들을 포함한 소년들이 그 주위에서 북새통을 이루고 있었다. 그들은 나에게 비사우의 빈첸트 할아버지 집에 있는 암돼지를, 이따금 옆으로 자빠진 채 드러누워, 목 말라하는 새끼 돼지들이 아귀같이 달려드는 것을 참고 있는 그 돼지를 생각나게 했다.

소년들은 수반 위로, 그리고 끊임없이 제자리로 쏟아져 내리는 수직으로 솟은 물탑 위로 머리를 숙이고 머리카락을 드리웠다. 그리고 벌린 입 속으로 손가락을 사용하여 샘물을 움켜넣었다. 장난치는 것인지 마시고 있는 것인지 알 수가 없었다. 때로는 두 명의 소년이 거의 동시에 볼 가득하게 물을 머금고서 얼굴을 들어, 침도 섞이고 빵 찌꺼기도 섞여 있을 게 분명한 입 속의 미지근한 물을—마구잡이로 요란한 소리를 지르며—상대방의 얼굴에다 내뿜었다. 대기실로 들어서면서 왼쪽으로 붙어 있는, 문 열린 체육관 쪽으로 멍하게 시선을 던졌던 나는 가죽으로 만든 뜀말과 등반봉과 등반로프, 그리고 언제나 커다란 원을 그리며 돌 것을 요구하는 무시무시한 철봉을 바라보았다. 그러는 동안 무엇으로도 해소할 수 없는 진정한 갈증이 느껴졌기 때문에 나는 다른 소년들과 마찬가지로 달려들어 한 모금의 물을 들이켜고 싶었다. 그러나 내 손을 쥐고 있는 어머니에게 부탁해 꼬마 오스카를 저 수반 위에 안아 올려 주기를 바라는 건 불가능한 일이었다. 북을 딛고 올라서더라도 나는 분수에 닿지 않았을 것이다. 그러나 살짝 뛰어오르면서 수반 하나의 가장자리를 넘겨다보니, 기름기가 도는 빵 조각이 물의 흐름을 가로막고 있어서 수반 속에는 더럽고 걸죽한 물이 괴어 있었다. 그것을 보는 순간 나는 갈증이 싹 가시고 말았다. 비록 머릿속에서 일어난 일이긴 하지만 분명히 내가 사막과도 같은 체육관의 체조기구 사이를 방황하는 동안 쌓였던 갈증인데 말이다.

어머니는 내 손을 잡고 거인들을 위해 만든 기념비적인 층계를 올라갔다. 그리고 메아리처럼 울리는 복도를 지나 문 위에 'Ia'라고 씌어진 팻말이 붙은 교실로 들어갔다. 교실은 내 나이 또래의 소년들로 꽉 차 있었다. 소년의 어머니들은 창 맞은편의 벽 쪽에 밀집해 있었다. 그녀들은 위쪽이 파라핀 종이로 막혀 있는, 내 키보다 기다란 색색의 종이 주머니를 팔짱 낀 팔에 걸치고 있었는데, 그것은 처음으로 등교하는 날에 거행하던 전통적인 관습이었다. 어머니 역시 같은 종이 주머니를 가지고 있었다.

어머니의 손을 잡고 내가 교실에 발을 들여놓는 순간 학생과 학생들의 어머니 모두가 웃음을 터뜨렸다. 나는 내 북을 두드리고 하는 한 뚱뚱한 소년의 정강이를 몇 번 걷어찼다. 노래로 유리를 박살내고 싶지는 않았기 때문이었다. 그러자 그 아이는 넘어졌고 깨끗하게 빗은 머리를 걸상에 박았다. 그 때문에 나는 어머니한테 뒤통수를 한 대 맞았다. 그 아이는 크게 소리 질렀지만 나는 소리치지 않았다. 나는 북을 빼앗기게 될 때만 소리를 지르기 때문이었다. 다른 어머니들 앞에서 이런 모습을 보이자 속이 상한 어머니는 창 옆의 맨 앞 의자에 나를 밀어 앉혔다. 당연한 일이지만 그 의자는 내게 너무 컸다. 그러나 뒤로 갈수록 의자는 더욱 커졌고, 더욱 난폭하고 더욱 주근깨가 많은 아이들이 앉아 있었다.

나로서는 흥분할 아무런 이유도 없었기 때문에 만족한 채 여유만만하게 앉아 있었다. 어머니는 여전히 당황하고 있는 것처럼 보였고 그래서인지 다른 어머니들 사이로 사라져 버렸다. 아마도 나의 이른바 발육 부진 때문에 다른 어머니들을 보기가 부끄러웠을 것이다. 다른 어머니들은 나의 느낌으로 보자면 너무나 빨리 커 버린 그녀들의 아귀(餓鬼)를 자랑스럽게 여길 이유라도 있는 듯한 얼굴을 하고 있었다.

창의 높이도 걸상의 높이와 마찬가지로 나의 키로는 턱도 없을 정도로 높았다. 그 때문에 나는 창을 통해 프뢰벨 평원을 내다볼 수 없었다. 가능하다면 프뢰벨 평원을 한번 보고 싶었다. 그곳에서는 내가 아는 한, 채소 장수 그레프가 지휘하는 보이 스카우트들이 텐트를 치고 카드놀이를 하며 보이 스카우트다운 선행을 하고 있을 것이다. 나는 이 텐트 생활을 과장해서 찬미하는 일 따위에는 흥미가 없었다. 다만 그레프가 짧은 바지를 입은 모습이 궁금할 뿐이었다. 창백하긴 하지만 엄청나게 커다란 눈을 가진 야윈 소년들에 대한 그의 애정은 너무도 지극했다. 그 때문에 그는 소년들에게 보이 스카우트의 창시자인 베이든 포엘의 제복을 입혔던 것이다.

그 심술궂은 놈의 건축 구조 때문에 아까운 전망을 빼앗긴 나는 하늘을 바라보는 수밖에 없었고 결국 그것으로 만족했다. 새로운 구름들이 끊임없이 서북쪽에서 동남쪽으로 흘러갔다. 마치 그 방향으로 가면 구름이 무언가 특별한 것을 얻기라도 할 것처럼 보였다. 나는 이제까지 단 한 번도 방랑을 생각한 일이 없었던 내 북을 무릎과 걸상의 칸막이 사이에 끼웠다. 등을 대는 등받이가 오스카의 뒤통수를 받쳐 주었다. 내 뒤에서는 이른바 나의 동급생들이 재잘거리고, 짖고, 웃고, 울고, 날뛰고 있었다. 종이 뭉치를 내게로 던지는 놈도 있었으나 나는 뒤돌아보지 않았다. 목표를 향해 흐르는 구름을 보는 것이, 얼굴을 찡그리고 있는 미치광이 아귀들을 바라보는 것보다 훨씬 운치 있다고 생각했기 때문이다.

한 여자가 들어서자 Ia 학급이 조용해졌다. 그녀는 나중에 미스 슈폴렌하우어라고 자기를 소개했다. 나로서는 더 조용해질 필요는 없었다. 벌써부터 조용하게 있었으며, 명상에 잠기다시피 하여 다가올 일을 기다리고 있었으니까. 솔직히 말하자면 오스카는 다음에 시작될 일을 기다릴 필요 같은 것도 애당초 느끼지 않았고 기분 전환을 할 필요도 없었다. 그는 기다리지도 않았다. 다만 북을 피부로 느끼며 걸상에 앉아, 부활제를 대비해 닦아놓은 창문 너머의, 아니 창문 앞쪽의 구름을 바라보고 있을 뿐이었다.

슈폴렌하우어 선생은 각이 지게 재단한 양복을 입고 있어서 딱딱한 남자 같은 느낌을 주었다. 그리고 이러한 인상은 목에 주름이 지게 하면서 후두부에서 서로 합쳐져 있는 좁다랗고 딱딱한—내가 본 바에 의하면 세탁이 가능한—칼라에 의해 한층 더 강해졌다. 그녀는 편편한 운동화를 신고 교실에 들어서자마자 학생들의 기분을 맞추려는 듯 이렇게 물었다. "자, 여러분, 노래할까요?"

아이들이 와와 소리를 지르자. 그녀는 이것을 찬성의 대답이라 생각하고는 아직 4월 중순임에도 불구하고 봄 노래인 「5월이 왔네」를 부르기 시작했다. 그녀가 5월을 알리자 사태는 순식간에 벌집을 쑤신 것처럼 되었다. 노래를 시작하라는 신호도 기다리지 않고, 가사도 제대로 모르고, 이 노래의 단순한 리듬에 대한 최소한의 느낌도 없이, 내 뒤쪽으로부터 한 무리의 떼거지들이 벽의 장식이 건들건들 흔들릴 정도로 각자 제멋대로 소리를 내지르기 시작했던 것이다.

슈폴렌하우어의 누르스름한 피부와 단발머리, 그리고 칼라 밑으로 비어져 나와 있는, 남자 같은 넥타이에도 불구하고 나는 그녀가 마음에 들지 않았다. 나는 학교 따위에는 아랑곳하지 않는 게 분명한 구름에서 눈을 떼고 불쑥 일어나 멜빵끈 밑에서 북채를 꺼내었다. 그리고 높은 소리로 인상 깊게 그 노래의 박자를 북으로 쳤다. 내 등뒤의 무리들은 그것에 대한 감정도 청각도 갖고 있지 않았다. 오직 슈폴렌하우어 선생만이 나를 향해 격려를 하며 머리를 끄덕였고 또 벽에 달라붙어 있는 어머니들에게 미소를 보냈다. 특히 나의 어머니에 대해서는 눈짓까지 해 보였다. 나는 그것을, 침착하게 계속 북을 두

드려 마침내 복잡한 곡까지 연주함으로써 나의 모든 곡을 연
주해도 좋다는 신호처럼 느꼈다. 내 뒤의 패거리들이 야만적
인 아우성을 그친 것은 벌써 오래전이었다. 나는 나의 북이 수
업을 하고, 가르치고, 동급생 중 몇 사람을 제자로 만들고 있
다고 생각했다. 바로 그때 슈폴렌하우어가 내 의자 앞에 서서
주의 깊게, 그리고 결코 어색하지 않게 자신을 잊기라도 한 듯
미소를 지으면서 나의 손과 북채를 바라보았다. 심지어는 나
와 함께 박자까지 맞추려고 했다. 그 몇 분 동안 그녀는 감동
같은 거라고는 전혀 모르는 그런 노처녀가 아니었다. 그녀는
교직에 있다는 사실을 잊어버렸고, 틀에 박힌 교사라는 고정
된 이미지에서 빠져나와 인간적으로 되었다. 말하자면 어린이
답고 호기심이 많으며 다층적이고 윤리에 얽매이지 않는 처녀
가 된 것이었다.

　그러나 내 북의 리듬을 즉시에 정확하게 따라갈 수 없다는
것을 알게 되자, 슈폴렌하우어 선생은 다시 본래의 우직스러
우며 게다가 보수마저 열악한 교사의 직업으로 되돌아갔다.
그리고 여교사라면 이따금 보여 주지 않으면 안 되는 결심을
보이며 이렇게 말했다. "네가 정말 그 오스카구나. 너에 대해
서는 이미 이야기를 많이 들었지. 아주 북을 잘 치네, 그래. 여
러분, 그렇죠? 우리 오스카 군은 정말 북 재주꾼이죠?"

　어린이들은 와글거렸고, 어머니들은 한층 더 가까이 모여들
었다. 슈폴렌하우어 양은 다시 자제하면서 가식적인 어조로
이렇게 말했다. "그렇지만 북은 교실 옷장 안에 놓아두기로 해
요. 피로해서 잠자고 싶다니까. 그리고 나중에 수업이 끝난 후

다시 가져가면 되니까."

　이 위선적인 이야기를 지루하게 늘어놓는 동안에도 그녀는 교사답게 짧게 깎은 손톱을 내게 보이면서, 정말이지 피로하지도 졸립지도 않은 내 북을 짧게 깎은 열 개의 손가락으로 잡으려다 실패했다. 처음에 나는 북을 꼭 붙들고 있었다. 나는 스웨터 소매로 덮인 팔로 흰색과 붉은색으로 칠해진 북 테두리를 감은 채 그녀를 쳐다보았다. 그러나 그녀는 오랜 옛적부터의 모범적인 초등학교 교사의 태도를 의연하게 지켰다. 그 때문에 나는 그녀의 내부를 통찰하기로 했다. 나는 슈폴렌하우어 선생의 내부에서 3장에 걸친 부도덕한 이야기를 만들어 낼 충분한 소재를 발견했다. 하지만 문제는 나의 북이었기 때문에 나는 그녀의 내면 생활로부터 시선을 거두었다. 그러는 순간 나의 시선은 그녀의 견갑골 사이의 잘 손질된 피부로 향했고, 거기에서 긴 털이 자라나 있는 굴덴 금화 크기만한 주근깨를 발견했다. 나는 그것을 따로 기록해 두었다.

　그녀가 내게 간파당했다고 느꼈기 때문인지, 아니면 나의 소리가 아무런 해도 끼치지 않고 다만 경고의 의미로 그녀의 오른쪽 안경알을 할퀴었기 때문인지는 모르겠다. 어쨌든 그녀는 손가락 관절이 하얗게 질릴 정도로 안간힘을 쓰다 포기하고 말았다. 아마도 안경을 할퀴는 소리를 참을 수 없었던 모양이었다. 그녀는 몸서리를 치고 북에서 손을 떼며 "이런, 오스카는 나쁜 아이구나."라고 말했다. 그러고는 눈을 어디로 두어야 할지 모르고 있는 어머니에게 비난의 눈길을 보내면서, 경계 태세를 단단히 갖춘 나의 북은 내게 맡긴 채 몸을 돌려 뒷굽이 편편한 신발과 함께 교탁으로 되돌아갔다. 그녀는 손가방에서 아마 독서용으로 사용하는 듯한 다른 안경을 더듬더듬 끄집어내었다. 그리고 손톱으로 유리창을 긁을 때처럼 내 소리가 할퀴었던 안경을 더러운 물건인 양 단호한 동작으로 벗어 버리고는, 새끼손가락을 확 뻗치면서 새로 꺼낸 안경을 코에다 걸쳤다. 그런 다음 그녀는 딸깍 소리가 날 정도로 등을 폈고, 다시 한번 손가방에 손을 넣으며 말했다. "그러면 여러분에게 시간표를 알려 주겠어요."

그녀는 돼지 가죽으로 만든 가방에서 한 뭉치의 종이를 꺼내어 자기 몫으로 한 장을 빼낸 후 나머지를 어머니들에게, 그리고 나의 어머니에게도 나눠 주었다. 그러고 나서 벌써 와글와글 떠들기 시작하는 여섯 살 난 아이들에게 시간표에 적혀 있는 것을 다시 확인해 주었다.

월요일: 종교, 작문, 산수, 놀이

화요일: 산수, 습자, 음악, 자연

수요일: 산수, 작문, 그림, 그림

목요일: 향토 연구, 산수, 작문, 종교

금요일: 산수, 작문, 놀이, 습자

토요일: 산수, 음악, 놀이, 놀이

슈폴렌하우어 양은 마치 돌이킬 수 없는 운명이라도 되는 양 이 시간표를 공표하였으며, 그 초등학교 교원 회의의 산물에다 단 한 마디도 소홀히 하지 않는 엄숙한 소리를 더했다. 그리고 자신의 사범 학교 시절을 회상하고는 점차로 부드러워지다가 마침내 교사 특유의 쾌활함을 만면에 띠며 즐겁게 말했다. "자, 여러분, 모두 함께 다시 한번 되풀이합시다. 자, 월요일."

모두가 월요일 하고 소리쳤다.

이어서 그녀가 '종교!'라고 소리치자 세례받은 이교도 같은 아이들이 종교라는 단어를 소리쳤다. 나는 소리를 아끼고 대신 양철북으로 종교라는 철자를 두드렸다.

내 뒤에서는 아이들이 슈폴렌하우어 선생의 선창으로 '작—문'이라고 소리쳤다. 내 북은 두 차례 대답을 했다. '산—수' 하고 음절대로 두 번을 쳤다.

이런 식으로 내 뒤쪽에서의 외침과 슈폴렌하우어 선생의 선창이 계속되었다. 나는 이러한 유치한 놀이에도 싫은 얼굴을 하지 않고 음절대로 얌전하게 북을 쳤다. 마침내 슈폴렌하우어 양은—누구의 명령에 의한 것인지 나는 모른다—분명히 화가 나서 일어섰다—그러나 내 뒤의 악당들 때문에 화가 난 것은 아니었다—그녀의 뺨을 폐병환자의 그것처럼 빨갛게 물들인 것은 바로 나였다. 오스카의 천진난만한 북이 그녀에게는 걸리적거리는 돌이었던 것이다. 그것은 박자를 맞추는 북 연주자를 엄하게 질책할 만한 충분한 원인이 되었다.

"오스카, 내 말 잘 들어요. 목요일, 향토 연구." 나는 목요일이라는 말은 무시하고 향토 연구를 위해 네 번 북을 쳤다. 산수와 작문은 각각 두 번을 두들겼고, 종교는 보통 때라면 네 번 두들겨야 마땅하지만 삼위일체의 유일신을 위해 세 차례 두드렸다.

그러나 슈폴렌하우어는 그런 것을 구분하지 못했다. 그녀에게는 모든 북소리가 한결같이 마음에 들지 않았던 것이다. 그녀는 먼젓번과 마찬가지로 짧게 깎은 열 개의 손톱을 내밀어 내 북을 붙잡으려 했다.

그러나 그녀의 손이 내 북에 닿기도 전에 벌써 나는 유리를 파괴하는 소리를 질렀다. 그 소리에 세 개의 커다란 교실 창문의 위쪽 유리들이 깨어졌다. 두 번째 외침은 가운데 부분의 유리를 희생시켰다. 온화한 봄의 대기가 마음껏 교실 안으로 밀려들어왔다. 내가 세 번째의 소리로 맨 아래 유리창까지 없애버린 것은 쓸데없는 일이었으며 명백한 만용이었다. 위쪽과 한가운데 유리가 파괴되었을 때 슈폴렌하우어 양이 이미 북에서 손을 거두었기 때문이다. 오스카가 비틀거리며 뒷걸음질을 치는 슈폴렌하우어 양을 계속 주시했더라면, 예술적으로 볼 때 의문이 많은 순전한 변덕으로 그 마지막 유리를 없애는 대신 좀더 현명하게 행동했을 것이다.

그녀가 어디서 회초리를 마법으로 불러낼 수 있었는지는 악마만이 알 뿐이다. 어쨌든 회초리는 그곳에 갑자기 나타나 봄바람과 뒤섞이는 교실의 공기 속에서 부르르 떨었다. 그리하여 그녀는 이 혼합된 공기 가운데로 매를 윙윙 소리나게 하고 휘게 하였고, 굶주린 듯이 목마른 듯이, 갈라 터지는 피부와 쉿 하는 바람소리를 갈망하면서, 회초리가 커튼에서 불러일으킬 수 있는 바람소리에, 그리고 커튼과 회초리를 화합시키기에 열중하였다. 그러다가 그녀는 회초리를 내 책상 위에서 획 하고 울렸고, 그 순간 병 속의 잉크가 보랏빛으로 솟구쳤다. 내가 다시는 때리지 못하게 손을 내밀려 하자, 이번에는 그녀가 내 북을 때렸다. 그녀가, 슈폴렌하우어가 내 북을 때렸던 것이다. 때릴 이유라도 있었단 말인가? 좋다, 때리고 싶었다 할지라도 하필이면 왜 내 북인가? 깨끗이 씻고 온 촌뜨기들이 내 뒤에 잔뜩 앉아 있지 않는가? 반드시 내 양철북이어야만 했을까? 북에 대해서는 눈꼽만치도 모르는 그녀가 내 북에 폭력을 가할 권리라도 있단 말인가? 그때 그녀의 눈 속에서 빛났던 것은 무엇인가? 때리려고 환장했던 동물의 이름은 무엇이었던가? 어느 동물원에서 빠져나와 어떤 먹이를 찾으면서 무엇을 뒤쫓아 달렸단 말인가? 그러한 생각이 오스카를 엄습하였고 오스카를 몰아세웠다. 그것이 어떤 바닥에서 올라왔는지는 알 길이 없으나 위로 올라왔다. 구두 뒤꿈치와 발뒤꿈치를 통해 높이 올라와 그의 성대에 달라붙었다. 그러고는 그의 성대로 하여금 돌연 격정의 고함을 지르도록 했다. 정말 화려하며 아름답고, 빛을 포착하여 굴절시키는 고딕식 대성당의 유리까지도 파괴하기에 충분한 비명이었다.

　나는 다시 다른 어조로 두 배의 비명소리를 질러 슈폴렌하우어의 두 안경알을 정말이지 가루로 만들어 버렸다. 눈썹에 피가 엷게 번졌다. 그녀는 이제 알이 없어진 안경테 속에서 눈을 깜박거리고 더듬거리며 뒷걸음질 치다 결국에는 초등학교 교원답지 않게 보기 흉한 꼴로 울기 시작했다. 한편 내 등 뒤의 패거리들은 불안에 떨며 침묵하거나 의자 밑에 몸을 숨기기도 했으며, 이를 덜덜 떠는 아이도 있었다. 어떤 아이는 의자에서 의자로 건너뛰어 자기 어머니에게로 도망쳤다. 그러자 손실을 깨달은 어머니들은 범인을 찾아 나의 어머니에게 달려들려고 했다. 내가 북을 쥔 채로 의자에서 일어나지 않았더라면 그녀들은 나의 어머니를 덮치고 말았을 것이다.

나는 반은 장님이 된 슈폴렌하우어 양의 곁을 지나 복수의 여신들에게 위협당하고 있는 어머니한테로 가서 손을 잡았다. 그리고 바람이 새어 드는 Ia 학급의 교실에서 어머니를 데리고 나왔다. 메아리치는 복도. 거인 어린이들을 위한 돌층계. 물을 뿜어 올리고 있는 화강암 수반 속의 빵찌꺼기. 문이 열려 있는 체육관의 철봉 아래에서는 아이들이 떨고 있었다. 어머니는 아직도 종이 쪽지를 쥐고 있었다. 페스탈로치 학교의 현관 앞에서 나는 그것을 그녀로부터 빼앗았다. 그리고 그 시간표를 아무런 의미가 없는 종이 뭉치로 만들어 버렸다.

오스카는 현관의 기둥 사이에 서서 종이 주머니와 어머니들과 신입생들을 기다리고 있던 사진사에게 자신의 모습을 찍도록 했다. 그 엄청난 혼란의 와중에서도 잃어버리지 않은 종이 주머니와 함께. 태양이 얼굴을 내밀었고, 우리들의 머리 위 교실 쪽에서는 와글와글 떠드는 소리가 들려왔다. 사진사는 '나의 최초의 수업일'이라고 씌어 있는 칠판 배경 앞에 오스카를 세웠다.

라스푸틴과 ABC

나는 친구인 클레프와 한쪽 귀를 기울여 경청하고 있는 간
호사 브루노에게 오스카가 최초로 시간표를 만났던 이야기를
해 주면서 다음과 같이 말했다. 가방을 메고 종이 주머니를
든 여섯 살 소년의 엽서 크기만한 사진을 찍기 위해 사진사가
오래 전부터 배경으로 사용해 오던 그 칠판에는 '나의 최초의
수업일'이라는 문구가 씌어 있었다고.

물론 이 문구는 사진사 뒤쪽에 서서 자기 아이들보다 더
흥분해 있는 어머니들만 읽을 수 있었다. 그 말이 씌어져 있는
칠판 앞의 소년들은 그 아름다운 사진이 자신의 첫 등교일에
찍은 것이라는 사실을 1년이나 지나서야, 그나마도 부활제 동
안에 새로운 신입생이 등교하는 것을 계기로 해서거나 아니면
자기에게 남아 있는 사진을 통해 알게 될 것이다.

인생의 새로운 단계가 시작됨을 알리는 이 문구는 쥐테를 린 서체[10]로 칠판 위에 분필로 하얗게 씌어져 있었는데, 그 필적이 어찌나 악필이고 삐죽삐죽한지, 둥그런 글자는 죄다 일그러진 채 기어가는 듯한 모양이었다. 사실 쥐테를린 서체는 인상적인 것, 간결한 표현, 슬로건 같은 것을 위해 사용되는 것이다. 아직 본 일은 없지만 쥐테를린 서체로 썼다고 여겨지는 문서들도 있을 것이다. 종두(種痘) 증명서, 스포츠 기록, 손으로 쓴 사형 선고서를 생각해 보라. 이미 그 무렵의 나는 읽을 수는 없어도 쥐테를린 서체의 모양은 알아볼 수 있었기 때문에, 이 문구가 시작되는 M[11]자의 두 고리는 나로 하여금 목을 매다는 밧줄 냄새를 풍기는 음험한 교수대를 연상케 했다. 그러나 나는 그것을 한 자 한 자 분명하게 읽고 싶었고 어두운 예감 따위는 갖고 싶지도 않았다. 내가 슈폴렌하우어 양과의 첫 대면에서 고자세를 보이며 노래로 유리를 산산조각 내고, 혁명적 반항심으로 북을 친 행동을 보고는 내가 ABC에 숙달돼 있었기 때문이라고 생각한다면 오산이다. 결코 그렇지 않았다. 나는 쥐테를린 서체의 모양을 알아보는 것만으로는 부족하며, 또한 내게는 가장 기초적인 학교 지식마저 결여돼 있다는 사실을 너무도 잘 알고 있었다. 다만 유감스러운 일이지만 슈폴렌하우어 양의 억지로 지식을 주입하려는 그 방법

---

10) S. L. 쥐테를린이 창시한 서체로서 1915년 학교에서 표준서체로 채택되었음.
11) '나의 최초의 수업일'이라는 문구에서 '나의'에 해당하는 독일어 Mein 의 첫번째 글자 M을 가리킨다.

이 오스카의 마음에 들지 않았던 것이다.

그러니 내가 페스탈로치 학교를 나옴으로써 최초의 수업일을 최후의 수업일로 만들어 버리겠다고 결심한 것은 결코 아니었다. 학교는 끝나고 이제 우리는 집으로 간다. 하나 그런 건 있을 수 없는 일이다! 사진사가 나를 영원히 사진 속에 고정시키고 있는 동안에도 나는 이미 이렇게 생각하고 있었다. 너는 여기 칠판 앞에 서 있다. 상당한 의미가 있는, 아니 상당히 숙명적인 문구 밑에 서 있다. 너는 문자의 모양을 보고 그 문자를 파악하면서 독방 감금, 보호 감호, 검열과 일망 타진이라는 것들을 차례로 연상하기는 하지만 그 문자를 해독할 수는 없다. 게다가 너는 반쯤 구름으로 덮인 하늘을 향해 외칠 정도로 무지함에도 불구하고 이 시간표에 따라 움직이는 학교에는 두 번 다시 발을 들여놓지 않으려 생각하고 있는 것이다. 오스카여, 그렇다면 너는 어디에서 대문자와 소문자의 ABC를 배우려느냐?

사실 내게는 소문자 abc만으로도 충분했을 것이다. 하지만 무엇보다도 성인을 자칭하는 키 큰 사람들이 엄연히 이 세상에 존재한다는 사실로 미루어, 나는 문자에도 소문자 abc와 대문자 ABC가 있을 거라고 추측했다. 여하튼 교리문답서에도 대소가 있고, 구구표에도 대소가 있다는 이런 식으로 대문자와 소문자 ABC의 존재를 입증하자면 끝도 없지 않겠는가. 심지어는 국가의 공식 방문에 있어서도 정장을 한 외교관들과 고관들의 행렬 규모에 따라 정거장의 크고 작음이 결정되는 터이니 말이다.

마체라트도 어머니도 그 후 몇 달 동안은 나의 교육에 대해 신경 쓰지 않았다. 어머니를 괴롭혔고 그렇게 부끄럽게 만들었던 입학식 날의 시련만으로도 두 사람은 질리고도 남았던 것이다. 그들은 얀 브론스키 아저씨처럼 나를 위에서 아래로 살펴보고는 한숨지으면서, 나의 세 살 생일 때 있었던 지난 이야기를 다시 늘어놓는 것이었다. "문이 열려 있었어요! 당신이 열어 놓았잖아요, 그렇죠? 당신은 부엌에 있었지만 그전에 지하실에 갔다 왔잖아요? 그렇죠! 디저트 과일 통조림을 가지러 말예요, 그렇죠! 당신이 지하실 문을 열어 놓았던 거예요, 그렇죠?"

　어머니가 마체라트를 비난하는 말은 모두 사실이었다. 하지만 우리가 알고 있는 그대로는 아니었다. 하지만 그는 죄를 떠맡았고, 때로는 심약해져서 눈물을 흘리기까지 했다. 그러면 어머니와 얀 브론스키는 그를 위로해야만 했다. 그리고 그들은 나, 오스카를 짊어지지 않으면 안 되는 십자가, 돌이킬 수 없는 운명이며, 예고 없이 찾아온 시련이라고 말하는 것이었다.

　그러므로 운명에 짓눌려 쓰디쓴 맛을 본 이 수난자들로부터는 어떤 도움도 기대할 수 없었다. 가끔 슈테펜스 공원의 모래밭에서 두 살배기 마르가와 함께 놀도록 이따금 나를 데리러 왔던 헤트비히 브론스키 아주머니도 내 선생으로서는 부적격이었다. 그녀는 성품은 좋았으나 대낮같이 지루하기만 한 바보였다. 홀라츠 박사 병원의 간호사 잉에는 지루한 대낮 같지도 않고 좋은 성품도 아니었지만, 역시 제외되었다. 그녀는 총명한 여자였고, 평범하지 않아 그 누구도 대신할 수 없는 조수였기 때문에 나를 위해 시간을 낼 수는 없었다.

나는 하루에도 몇 번씩 백 계단도 넘는 이 5층 건물의 아파트 층계를 마음대로 오르내리며 층층마다 조언을 구하고 북을 치며 열아홉 세대의 집이 점심으로 무엇을 먹는지 냄새를 맡았으나 문을 노크하지는 않았다. 하일란트 노인이나 시계 제조공 라우프샤트, 뚱뚱한 카터 부인이나 혹은 내가 무척 좋아하는 트루친스키 아주머니 역시 장래의 내 선생으로 인정하고 싶지는 않았기 때문이었다.

지붕 밑에는 음악가이며 트럼펫 연주자인 마인이 살고 있었다. 네 마리의 고양이를 기르는 마인은 언제나 술에 취해 있었다. '칭글러 언덕'에서 댄스 음악의 연주를 맡고 있었던 그는 성탄절 전야 때면 자신과 비슷하게 술 취한 다섯 사람과 함께 터벅터벅 눈 내리는 거리를 걸어갔고 성가를 부르며 혹한과 싸우곤 했다. 어느 날 나는 다락방에서 그와 마주치게 되었다. 검은 바지와 하얀 예복 셔츠 차림으로 등을 대고 누운 채 신발을 신지 않은 발로 비어 있는 진 병을 굴리며 그는 아주 멋지게 트럼펫을 불고 있었다. 악기를 입에서 떼지도 않고 눈을 슬쩍 돌려 뒤쪽에 서 있는 나를 곁눈질로 살피던 그는 나를 그의 반주자로 인정했다. 그에게 있어서 그의 양철 악기는 나의 양철북보다 가치가 없는 것이었다. 우리의 듀엣은 그의 네 마리의 고양이를 지붕 위로 내쫓았고 지붕의 풍향계를 가볍게 떨게 했다.

마침내 음악을 끝내고 악기를 바닥에다 내려놓았을 때, 나는 스웨터 밑에서 묵은 《신 소식지》를 꺼내 펴 들었다. 그리고는 트럼펫 주자인 마인 옆에 앉아 그에게 그 신문을 내밀며, ABC의 대문자와 소문자를 가르쳐 달라고 부탁했다.

그러나 마인 씨는 트럼펫에서 입을 떼자마자 금방 잠들어 버렸다. 그에게 있어서 진정한 그릇이란 진 병, 트럼펫, 그리고 잠, 이 세 가지가 있을 뿐이었다. 그렇지만 그가 음악가로서 기병 돌격대에 들어가 몇 년 간 진을 단념하게 되기 전까지, 우리는 때때로 다락방에서 굴뚝과 풍향계, 비둘기와 고양이를 상대로 아무런 사전 연습도 없이 이중주를 연주했다. 하지만 그 역시도 선생 자격은 없었다.

그래서 나는 채소 가게의 그레프에게 배우려고 생각했다. 그 레프는 양철소리를 듣기 싫어했기 때문에, 나는 북을 들지 않은 채 비스듬하게 가로질러 건너편에 있는 그의 지하실 가게를 여러 번 찾아갔다. 기초적인 학습을 위한 전제 조건은 갖추어져 있는 것처럼 보였다. 두 개의 방이 있는 집의 도처에, 그리고 가게에도, 카운터 뒤쪽이나 위에도, 더군다나 비교적 건조한 지하 감자 창고에도 책들이 쌓여 있었기 때문이었다. 모험 소설, 노래책, 케루빈의 방랑자, 발터 플렉스의 저서, 비헤르트의 단순한 생활, 다프니스와 클로에, 예술가 연구서, 스포츠 잡지 묶음, 반라(半裸)의 소년들─이유는 알 수 없으나 소년들은 대개 해안의 모래 언덕 사이에서 공을 쫓아다니며 뛰어놀고 있었고 기름을 칠한 듯 번들거리는 근육을 보여주었다─을 그린 그림이 들어 있는 책들이었다.

그레프는 이미 그 무렵에 장사를 하는 데 많은 어려움을 당하고 있었다. 도량형 검정국의 검사관이 저울과 추를 검사하면서 몇 가지 사항을 지적했고, 사기라는 말까지 나왔다. 그 레프는 벌금을 내고 새 추(錐)를 사야만 했다. 그는 근심걱정이 가득하긴 했지만 그의 책들과 오붓한 가정 분위기, 보이 스카우트와 함께 하는 주말 여행 덕택에 버티고 있었다.

내가 가게로 들어갔는데도 그는 조금도 눈치 채지 못하고 계속 가격표를 쓰고 있었다. 나는 그가 가격표를 기입하는 순간을 잘 포착하여 서너 장의 하얀 마분지와 빨간 연필을 손에 집어 들었다. 그러고는 열중하는 듯한 표정을 지은 채, 이미 기입되어 있는 가격표를 본으로 삼아 쥐테를린 서체를 모방하는 동작을 하여 그레프의 주의를 끌어 보려고 했다.

그가 보기에 오스카는 너무 작았다. 눈도 크지 않았고 눈에 띌 만큼 창백하지도 않았다. 그래서 나는 빨간 연필을 버리고, 곧 벌거벗은 아이들이 가득 담긴 헌책을 한 권 골라 그 책이 그레프의 눈에 띄도록 하기 위해, 몸을 굽히거나 팔다리를 뻗치고 있는 소년들의 사진을 그가 볼 수 있도록 비스듬히 놓았다.

지금 손님이 막 들어와 사탕 무를 달라고 하지는 않았기 때문에 이 채소 장수는 꼼꼼하게 가격표에 서투른 글씨를 계속 끄적거렸다. 그래서 오스카는 탁탁 소리나게 표지를 치거나 책장을 펄럭펄럭 넘기지 않으면 안 되었다. 그렇게 하여 그가 가격표에서 얼굴을 들어 글자를 읽지 못하는 내게 관심을 보이도록 할 요량이었다.

간단히 말해 나는 그레프의 관심을 끌지 못했다. 특히 보이 스카우트의 소년들이 가게에 있을 때면—오후에는 언제나 두어 명의 하급 간부가 그를 둘러싸고 있었다―그는 오스카에게 눈길조차 주지 않았다. 그러나 그레프는 혼자 있을 때도 신경질적으로 엄해져서, 나의 방해가 성가신 듯 화를 내고 펄펄 뛰며 명령을 내렸다. "책을 내려놔, 오스카! 그 책을 가지고 어떻게 하려고. 너는 바보인 데다 너무 어려. 책이 망가지겠다. 6굴덴도 더 하는 건데. 감자나 흰 양배추 대가리가 많이 있으니 그거나 가지고 놀아라!"

그러고 나서 그는 무표정한 얼굴로 내게서 헌 책을 빼앗아 책장을 덮어 버리고는, 오그라기 양배추, 알 밴 양배추, 붉은 양배추와 흰 양배추, 그리고 순무와 감자 사이에 나를 혼자서 있게 하였다. 그것도 오스카가 북을 가지고 있지 않았기 때문이었다.

물론 그레프 부인도 있었다. 나는 채소 장수에게 거절당하면 대개는 그들 부부의 침실로 천천히 걸어 들어갔다. 리나 그레프 부인은 그 당시 몇 주일 동안이나 자리에 누워 있어 아주 쇠약해 보였다. 그녀는 잠옷에서 썩은 냄새를 풍기며, 손에 잡히는 것이면 무엇이나 손에 쥐었으나, 나를 가르칠 만한 책만은 들고 있지 않았다.

그 후부터 오스카는 약간의 질투심을 느끼면서 같은 또래 소년들의 책가방에 눈길을 보냈다. 책가방 양쪽에는 석판용 스폰지와 헝겊 조각이 거들먹거리며 흔들리고 있었다. 그럼에도 불구하고 그는 그때마다 다음과 같은 생각들을 하며 후회하는 일은 없었다. 오스카야, 넌 실수한 거야. 즐거운 표정으로 학교 놀이에 참가했어야만 했어. 슈폴렌하우어 선생과는 어쨌든 사이좋게 지냈더라면 좋았을걸. 아이들이 너를 앞지르고 있어! 그 아이들은 ABC 대문자와 소문자를 습득했는데 난《신 소식지》도 제대로 읽지 못하잖아.

앞서 말한 대로 가벼운 선망이었을 뿐 그 이상은 아니었다. 학교 냄새에 흠뻑 젖기 위해서는 살짝 냄새를 맡기만 해도 충분했던 것이다. 여러분은 칠이 벗겨진 노란 테의 석판에 달려 있는, 잘 씻지도 않고 반쯤 닳아 버린 스폰지와 헝겊 조각의 냄새를 맡은 적이 있을 것이다. 아주 싸구려 책가방의 가죽 속에서 풍기는 습자 냄새와 크고 작은 구구표의 냄새, 삐걱거리고 걸리고 뒹구는, 침에 젖은 석필의 땀을 보존하고 있는 스폰지 냄새를 맡은 적도 있을 것이다. 때때로 하굣길의 학생들이 내 옆에다 책가방을 놓고 축구나 공놀이를 할 때, 나는 햇볕에 바싹 말라 버린 스폰지 위에 몸을 굽히고 악마가 정말 존재한다면 그 겨드랑이 밑에서나 이런 시큼한 냄새가 날 거라고 상상하기도 했다.

그러므로 석판이 있는 학교는 나의 취향이 아니었다. 그렇다고 해서 오스카는 얼마 후 그의 교육을 떠맡아 준 저 그레트헨 셰플러가 그의 취미에 맞는 교육을 구현해 주었다고 말하고 싶지는 않다.

클라인하머 거리에 있는 셰플러의 빵집 주택에 있는 가구는 모두 내 마음에 들지 않았다. 그 장식품들, 옷소매를 누벼서 만든 쿠션, 소파 구석에 숨어 있는 케테-크루제 인형, 사방에 널려 있는 봉제 동물들, 코끼리 모양의 도기(陶器), 여기저기 흩어져 있는 여행 기념품들, 뜨개바늘로 서투르게 짠 것, 털실로 짠 것, 수놓은 것, 엮은 것, 묶은 것, 레이스로 짠 것, 톱니 모양으로 테두리를 만든 것들, 이 모두가 내 마음에 들지 않았다. 우아하고, 황홀할 정도로 유쾌하고, 숨이 막힐 정도로 작고, 겨울에는 지나칠 정도로 따뜻하고, 여름에는 꽃향기로 가득 차는 이 집을 생각하면 나는 단 한 가지 설명, 즉 그레트헨 세플러에게는 아이가 없다는 설명만 떠오를 뿐이다. 세플러나 그의 부인 역시 뜨개질한 것을 입힐 어린 아이가 필요했던 것이다. 깨물고 싶을 정도로 예쁜 아기를, 수를 놓고 테를 두른 뜨개질 옷에 감싸 그 옷에 키스를 퍼부을 아기를 갖고 싶었던 것이다.

나는 소문자와 대문자의 ABC를 배우기 위해 이 집으로 갔다. 나는 도기나 여행 기념품을 상하게 하지 않기로 마음 먹었다. 말하자면 유리를 부수는 소리를 집에 두고 왔던 것이다. 그래서 그레트헨이 이제 북을 충분히 쳤다고 생각하고 말 이빨 같은 금니를 드러내며 미소짓고 내 무릎에서 북을 빼앗아 장난감 곰 사이에 놓았을 때도 나는 말없이 참기만 했다.

나는 두 개의 케테-크루제 인형과 친해져서 그 몸뚱이를 껴안았고, 언제나 놀라서 눈을 동그랗게 뜨고 있는 그 여인네들의 속눈썹을 애무라도 하듯 쓰다듬어 주었다. 이처럼 가짜이긴 하지만 그만큼 더 진실에 가까워진 인형과의 우정 덕택에, 두 코는 미끈하게, 그리고 두 코는 곱슬하게 짜 놓은 뜨개물과도 같은 그레트헨의 마음을 사로잡았던 것이다.

내 계획은 어긋나지 않았다. 두 번째 방문 때 이미 그레트헨은 마음을 열었다. 그녀는 양말을 풀어헤치기라도 하듯이 마음을 풀어 헤쳐 이미 몇 군데는 이은 자리가 보일 만큼 닳아서 해어진 기다란 실 전체를 내게 보여주었다. 그러면서 그녀는 장이나 상자 그리고 작은 상자들을 전부 내 앞에서 열어 놓았으며, 진주를 수놓은 하의를 내 눈앞에 펼쳐 보였고, 다섯 살짜리 아이에게나 맞을 성싶은 겉저고리, 앞치마, 아이들의 바지 더미를 내 앞에 밀어 놓고는 내게 몇 번이고 입혔다 벗겼다 했다.

그리고 나서 그녀는 세플러가 재향 군인회에서 받은 사격 훈장을 보여 주었고, 그 다음에는 우리 집 사진과 일부 일치하는 사진들을 보여주었다. 그리고 그녀는 다시 한번 아동복 잡동사니를 뒤지며 무언가를 찾았는데, 그러다 보니 책들이 나타났다. 오스카는 아동복 잡동사니 밑에 책이 있음을 미리 계산에 넣었던 것이다. 오스카는 그녀가 어머니와 책들에 대해 이야기하는 것을 들은 적이 있었다. 젊은 시절 그 두 사람이 약혼 중이거나 또는 거의 같은 시기에 결혼했을 무렵, 부부간에 운영하는 그녀들의 식료품 가게와 빵집에 드넓은 세계와 광채를 가득 채워 줄 지식을 얻기 위해, 그녀들이 서로 책을 바꿔 읽고, 또 영화관 옆의 책방에서 대출하여 읽었다는 사실을 오스카는 알고 있었던 것이다.

하지만 그레트헨이 내게 줄 수 있었던 것은 많지 않았다. 뜨개질을 시작한 뒤로 독서를 하지 않게 된 그녀는, 얀 브론스키 때문에 역시 책을 읽지 않게 된 어머니와 함께 오랫동안 회원으로 있던 독서회의 대단히 많은 책들을, 뜨개질도 하지 않고 얀 브론스키 같은 애인도 가지고 있지 않아 아직까지 책을 읽고 있는 사람들에게 주어 버렸던 것이다.

나쁜 책일지라도 책은 책이며, 그렇기 때문에 신성하다. 내가 그곳에서 발견한 것은 온갖 종류의 잡다한 책들로서, 그중의 상당한 부분은 도거 뱅크에서 해군으로 전사한 그녀의 오빠 테오의 책장에서 가지고 온 것이었다. 오래전 침몰한 배들에 관한 이야기들로 채워진 쾰러의 『해군 연감』이 일곱 권이나 여덟 권 정도 있었고, 『제국 해군의 위계』, 『바다의 영웅 파울 베네케』 등이 있었다. 아마도 이런 것들은 그레트헨이 마음속으로 바라고 있었던 자양분은 아니었을 것이다. 에리히 카이저의 『단치히 시사(市史)』와 펠릭스 다안이라는 사내가 토틸라와 테야, 벨리자와 나르제의 도움을 받아 쓴 것임에 틀림없는 『로마 쟁탈전』은 모두 바다로 가 버린 오빠의 손에 의해 광택과 가죽 표지가 없어져 버렸다. 차변(借邊)과 대변(貸邊)에 관한 책 한 권과 친화력에 대한 괴테의 저서, 그리고 많은 그림들이 들어 있는 두꺼운 책 『라스푸틴과 여인들』은 모두 그레트헨의 서가에 속한 것으로 생각되었다.

나는 오랫동안 주저한 후에—빨리 마음을 정하기에는 너무 선택의 여지가 적었다—무엇을 잡았는지도 모른 채 다만 소위 말하는 내면의 소리에 순종하여 우선 라스푸틴을, 그리고 다음에 괴테를 골랐다.

어쨌든 이 둘을 선택한 것이 나의 인생, 최소한 애써 북을 떨쳐버리려 했던 나의 인생을 결정짓고 영향을 미치게 되었다. 오스카가 교양에 힘쓰느라 정신 병원의 장서들을 자기 방으로 차츰차츰 끌어들이는 오늘날까지도 나는 실러와 그 일파를 경멸하면서 라스푸틴과 괴테 사이를, 기도 치료사와 석학 사이를, 여인들을 사로잡는 음험한 자와 여인들에게 기꺼이 사로잡히는 명랑한 시성(詩聖) 사이를 오락가락하고 있는 것이다.

나는 때때로 자신을 라스푸틴형이라고 생각하며 괴테의 엄격함을 두려워했으나 또한 그 사실이 약간 의심스럽기도 했다. 말하자면 이런 의심이었다. 즉 오스카가 만약 괴테 시대에 살면서 북을 쳤더라면 괴테는 내게서 부자연을 발견하고 나를 반(反)자연의 화신으로 판결해 버렸을 것이다. 그리고 그의 자연을―자연이 부자연스러울 정도로 빼기는 경우라고 네가 예찬하고 갈망하기만 하던 그 자연을―아주 달콤한 과자를 주어 살찌우면서 가련한 너의 머리를 『파우스트』는 아니라 할지라도 색채론을 다룬 그의 두터운 책으로 내리쳤을 것이다.

그러나 나는 라스푸틴에게로 돌아갔다. 라스푸틴은 그레트헨 셰플러를 조수로 삼아 내게 소문자와 대문자 ABC를 설명해 주었고, 여자들을 세심하게 다루어야 한다는 것을 가르쳐 주었다. 그리고 내가 괴테에게 모욕당할 때면 나를 위로해 주었다.

읽기를 배우면서 동시에 무지를 가장한다는 것은 그렇게 간단한 일은 아니었다. 내게는 그것이 수년 동안이나 어린 아이의 야뇨증 시늉을 하는 것보다 훨씬 더 어려웠다. 야뇨증이라면 내게는 원래부터 없어도 되는 그 결함을 아침마다 과시하기만 하면 되지만, 무지를 가장한다는 것은 내게 있어서 급속한 진보를 뒤로 숨기고, 눈뜨기 시작하는 지적 허영심과 끊임없이 싸우는 것을 의미했다. 어른들이 나를 오줌싸개 취급하는 것은 어깨를 한 번 으쓱하며 감수할 수 있었다. 그러나 해가 거듭될수록 바보 취급당하는 것은 오스카와 그 여선생의 마음을 괴롭혔다.

내가 아이들 옷 속에서 책들을 구해 내는 순간 그레트헨은 환성을 지르며 자신에게 교사의 임무가 있음을 이해했다. 나는 뜨개질에 사로잡혀 있는 이 아이 없는 여인을 털실로부터 유인해 내어 거의 행복하게 해줄 수 있었다. 그녀는 내가 처음부터 『차변과 대변』을 교본으로 삼았더라면 더욱 기뻐했을 것이다. 그러나 그녀가 두 번째 수업에 정말 초보적인 입문서를 사가지고 오자, 나는 라스푸틴을 고집했고, 그녀가 광부 소설이며 코쟁이 꼬마라든지, 난쟁이 같은 동화를 잇따라 계속하자 나는 마침내 '라푸핀!' 아니면 '라슈신!'이라고 소리 질렀다. 그리고 때로는 완전히 바보 행세를 하기도 하면서 '라슈, 라슈!'라고 지껄이기도 했는데, 그것은 한편으로는 그레트헨으로 하여금 어느 책이 내게 적당한 것인가를 이해시키고, 다른 한편으로는 문자를 쪼아 먹는 그의 천재성이 눈을 뜨는 것을 그녀가 깨닫지 못하도록 하기 위해서였다.

나는 별로 애쓰지도 않고 빠르고 규칙적으로 배워 나갔다. 1년 후에는 내가 마치 페테르부르크에 있는 듯한 기분이 들었으며, 모든 러시아인들을 지배하는 독재자의 개인 방에, 항상 병약한 황태자의 어린이 방에, 그리고 무엇보다도 라스푸틴이 저지르는 난행의 목격자가 되어 모반자들과 중들 사이에 입회하고 있는 듯한 기분이 들었다. 그것은 내게 맞는 색채를 지녔는데, 무엇보다도 한 사람의 중심 인물이 문제였다. 그

책의 여기저기에 끼여 있는 같은 시대의 동판화도 그것을 보여 주었다. 거기에는 검은 양말을 신고 있든가 아니면 벌거벗은 여자들에게 둘러싸인 채, 수염을 기르고 검은 눈을 한 라스푸틴이 그려져 있었다. 라스푸틴의 죽음은 내 기억에 오랫동안 남았다. 그는 독이 든 파이와 독이 든 포도주로 중독되었고, 그가 파이를 좀더 요구하는 순간에 권총으로 사살되었다. 그러고는 가슴속의 납이 그로 하여금 춤이라도 추고 싶은 기분으로 만들었을 때 꽁꽁 묶여 네바강의 얼음 구멍 속에 던져졌다. 그 모든 짓을 한 것은 남자 장교들이었다. 수도 페테르부르크의 여자들이라면 그녀들의 파파인 라스푸틴에게 결코 독이 든 파이 같은 것을 주지는 않았을 것이다. 평소에는 그가 요구하는 것이라면 무엇이든 주었지만 말이다. 여자들은 그를 믿었던 것이다. 그렇지만 장교들은 자신들을 다시 믿기 위해 우선 그를 제거해야만 했다.

체격이 건장한 기도 치료사의 생과 사에서 쾌감을 느낀 것이 나만이 아니라는 사실은 이상하지 않은가? 그레트헨은 결혼 초기의 독서 습관으로 서서히 되돌아가, 소리를 내어 읽었고, 이따금 울음을 터뜨리기도 했으며, 난행[12]이라는 말을 만나면 몸을 떨었고, 난행이라는 주문(呪文)을 특별히 숨 가쁘게 내뱉었다. 그리고 난행이라는 말을 하면서도 난행이 무엇인지 거의 알지 못한 채 난행의 준비를 갖추었다.

---

12) Orgie를 번역한 것으로서 바쿠스나 디오니소스의 비밀스럽고 난잡하며 열광에 찬 축제를 의미한다. 난행(亂行), 난교(難交) 또는 음란한 축제로 번역할 수 있겠다.

어머니가 클라인하머 거리까지 함께 따라와 빵집 위의 주택에서 나의 수업에 입회했을 때, 사태는 걷잡을 수 없게 되었다. 그 수업은 때때로 난행으로 악화되었고, 그것 자체가 목적이 됨으로써 이미 어린 오스카를 위한 수업은 아니었다. 두 사람은 세 번째 문장마다 입술이 말라서 갈라 터질 정도로 킬킬거렸다. 두 기혼 부인은 라스푸틴이 시키기라도 하듯이 더욱더 가까워졌고 소파의 쿠션만으로는 진정이 되지 않아 넓적다리를 맞부볐다. 그러자 처음의 킬킬거리던 웃음소리는 탄식으로 변했으며, 라스푸틴을 12페이지 읽은 뒤에 전혀 생각지도 않았고 거의 기대조차 하지 않았던 일을 밝은 오후에 적나라하게 벌였던 것이다. 라스푸틴으로서도 구태여 그 일에 반대하지는 않았을 것이다. 오히려 무료로 언제까지나 나누어 주었을 것이다.

마침내 두 여자는 "오오, 이런 이런."이라고 말하고는 흐트러진 옷자락을 여미면서 당황해했고, 어머니는 걱정스러운 듯 말했다. "오스카는 이런 일에 대해 아무것도 모르는지 몰라." 그러자 그레트헨이 달랬다. "걱정 마세요. 내가 얼마나 애쓰는지 아세요? 하지만 애가 전혀 외우려고 하지 않아요. 읽기는 결코 배울 수 없게 될 거예요."

그 어느 것으로도 흔들리지 않는 나의 무지를 입증하기 위해 그녀가 다시 덧붙여 말했다. "자, 생각해 보세요. 아그네스. 이 아이는 라스푸틴의 책장을 찢어서 꼬깃꼬깃 뭉쳐요. 그러고는 내다 버려요. 이따금 그만두고 싶어져요. 하지만 이 아이가 책과 함께 행복하게 놀고 있는 것을 보고는 책을 갈기갈기 찢어 망치도록 내버려 둔답니다. 크리스마스에는 라스푸틴을 새로 사서 선사하겠다고 알렉스에게 이미 말해 놓았어요."

그러므로 나는 성공한 셈이었다—여러분도 보신 바와 같이 삼사 년이 지나는 동안, 그러니까 그레트헨 세플러가 나를 교육하는 동안—나는 라스푸틴의 책장 절반 이상을 장난 삼아 갈기갈기 찢는 시늉을 하며 그것들을 조심스럽게 말아 집으로 돌아왔다. 그러고는 북을 치는 방 구석으로 들어가 스웨터 밑에서 종이 조각들을 꺼내 주름을 펴고 차곡차곡 쌓았다. 그리하여 여자들에게 방해받지 않으면서 비밀리에 독서를 즐길 수 있었다. 내가 네 시간째마다 '되테'라고 발음하며 그레트헨에게 요구한 괴테의 경우에도 같은 짓을 하였다. 라스푸틴에게만 의지할 생각은 없었다. 이 세상에서는 온갖 라스푸틴에 대하여 한 사람의 괴테가 필적한다는 것이 명백해졌기 때문이었다. 즉 라스푸틴이 괴테를, 또는 괴테가 한 사람의 라스푸틴을 끌어당겨, 필요하다면 창조라도 하여 차후에 유죄 판결을 내릴 수가 있는 것이다.

오스카는 그 묶지 않은 책을 들고 다락방이나 하일란트 노인의 자전거를 넣어두는 후미진 헛간에 쪼그리고 앉아 『친화력』의 책장 하나하나를 카드를 섞듯 라스푸틴의 책다발과 뒤섞었다. 그리하여 새로 만들어진 책을 절로 웃음이 터져 나오는 가운데서도 더해 가는 놀라움으로 읽노라면, 오틸리에가 우아하게 라스푸틴의 팔에 매달려 중부 독일의 정원을 거닐었고, 괴테는 방탕한 귀족 부인 올가와 썰매를 타고 겨울의 페테르부르크를 통과하며 난행과 난행 사이를 미끄럼 타는 것이었다.

다시 한번 클라인하며 거리의 내 교실로 돌아가 보자. 내가 전혀 진척이 없는 것처럼 보이긴 했지만 그레트헨은 나에 대해 순진무구한 소녀와 같은 기쁨을 품고 있었다. 그녀는 내 곁에서, 그리고 눈에 보이지는 않으나 털이 수북할 것임이 분명한 러시아 기도 치료사의 축복받은 손의 도움을 받아 방안에 있는 보리수나 선인장의 마음을 홀리기라도 할 만큼 아름답게 피어났다. 그 무렵 세플러는 이따금 밀가루 반죽에서 손가락을 빼내어 진짜 식빵을 다른 빵과 교환했더라면 크게 만족했을 것이다. 그러면 그레트헨은 그에 의해 기꺼이 반죽당하고 말아지고 솔로 칠해지고 구워졌을 것이다. 빵 굽는 솥에서 무엇이 나올지 누가 알겠는가. 아마도 마지막에는 아기라도 나올 것이다. 이러한 구워지는 즐거움이 그레트헨에게는 허용되었을 것이다.

그러나 걷잡을 수 없이 흥분하며 라스푸틴을 읽은 후에 그녀는 불 같은 눈과 약간 헝클어진 머리칼을 한 채 그 자리에 앉아 있었다. 말처럼 커다란 금니를 움직였으나 아무것도 씹을 것이 없었기 때문에 그녀는 아아, 아아 하는 탄식을 지르며 오래 전의 발효제를 생각했다. 어머니는 얀에게 마음을 빼앗겨 그레트헨을 도울 수 없었다. 만일 그레트헨이 쾌활한 성격의 소유자가 아니었더라면 나의 수업의 이 부분이 있은 뒤 몇 분 간은 다소 불행하게 되었을는지도 모른다.

하지만 그녀는 부엌으로 뛰어가 커피 가는 기계를 가지고 와서 그것을 연인이라도 되는 것처럼 손에 들고 커피가 갈리는 동안 슬픈 듯 정열적으로 「검은 눈동자」나 「붉은 사라판」을 노래했다. 그러자면 어머니가 와서 함께 거들었다. 그녀는 검은 눈동자의 노래를 부엌으로 끌고 갔고, 물을 올려놓고는 가스불 위에서 물이 끓는 동안 빵집으로 뛰어 내려가, 때로는 세플러의 반대에도 불구하고 새로 구운 빵과 오래된 빵을 가지고 왔다. 그리고 작은 테이블 위에다 꽃무늬가 있는 컵, 크림 깡통, 설탕 단지, 과자 집는 포크를 늘어놓았고, 그 사이에는 오랑캐꽃을 뿌려 놓았다. 그러고 나서 커피를 따르고, 「러시아 황태자」의 멜로디를 흥얼거리기 시작하면서 크림 과자와 초콜릿 과자를 주고받았다. 그리하여 「한 명의 병사가 볼가강 강변에 서 있다」, 「편도 알을 끼워 넣은 프랑크푸르트의 월계관」, 「저 하늘 위 너의 곁에는 많은 천사들이 있느냐」 등의 노래들이 생크림을 친 바이제[13] 과자와 달콤하디달콤하게 혼합되면, 그녀들은 입을 우물거리면서—이번에는 필요한 만큼의 거리를 두고—라스푸틴을 다시 화제로 삼았다. 그러다가 얼마 안 있어 과자에 물린 뒤에는 송두리째 썩어 빠진 제정 러시아 시대에 대해 진지하게 분노를 터뜨렸다.

그 당시 나는 과자를 먹어도 너무 많이 먹었다. 그 때문에 오스카는 사진에서 보는 바와 같이 키는 크지 않았으나 살이 쪄 볼품없게 되었다. 클라인하머 거리에서의 너무도 감미로운 수업 시간을 마친 후에 나는 때때로 라베스베크 거리의 가게 카운터 뒤에서 마체라트가 눈에서 사라지기만 하면 재빨리

---

13) 거품이 이는 크림을 넣은 과자 이름.

끈에 매단 빵조각 하나를 소금에 절인 청어가 든 노르웨이 깡통 속에 담가, 소금물을 흠뻑 스미게 한 뒤에 꺼내는 일을 되풀이했다. 과자를 지나치게 많이 먹은 경우에 이것이 구토제로서 얼마나 유효한지 여러분은 상상도 못할 것이다. 오스카는 때때로 살을 빼기 위해 집 화장실에서 1단치히 굴덴 이상의 값이 나가는 세플러 빵 가게의 과자를 토하기도 했는데, 이것은 당시로서는 큰 돈이었다.

나는 또 좀더 다른 것으로 그레트헨에게 수업료를 지불해야만 했다. 아동복을 꿰매거나 짜는 일을 좋아하는 그녀가 나를 마네킹으로 이용했던 것이다. 가지가지 스타일과 온갖 색채, 그리고 다양한 옷감으로 된 겉옷과 모자, 바지, 그리고 머리 덮개가 달려 있거나 달려 있지 않은 외투들을 나는 입었다 벗었다 해야 했다.

나의 여덟 번째 생일에 내게 러시아 황태자의 옷을 입힌 것이 어머니였는지 그레트헨이었는지 기억나지 않는다. 그 무렵 두 사람의 라스푸틴 숭배는 최고조에 달해 있었다. 그 날 찍은 사진 한 장에서 보면 나는 촛농이 흐르지 않는 여덟 자루의 촛불에 싸인 채 케이크와 나란히 찍혀 있다. 수를 놓은 러시아식의 겉옷을 입고 있는 나는 코사크 모자를 앞쪽으로 비스듬히 눌러 쓰고 십자형으로 탄띠를 메고 있었으며, 가죽제의 흰 바지를 입은 채 반장화를 신고 서 있었다.

다행스럽게도 내 북이 함께 찍혀 있었다. 더욱 다행한 일은 그레트헨 세플러가—아마도 내가 졸라서 그랬겠지만—내 옷을 한 벌 재단하고, 꿰매고, 마지막으로 가봉을 해 주었다. 비더마이어 풍의 친화력이 넘치는 그 옷은 오늘날까지도 나의 앨범에서 괴테의 정신을 불러일으키고 나의 두 영혼을 증명하고 있다. 즉 단 한 개의 북과 함께 페테르부르크와 바이마르에서 동시에 나를 어머니들이 있는 곳으로 하강시켜 여자들과 함께 난행을 찬양하도록 해 주었던 것이다.

슈토크 탑에서 울려 퍼지는 노래

처녀인 호른슈테터 박사는 거의 매일 담배 한 대 피울 정도의 시간 동안 내 방에 와서 의사로서 나를 진찰하게 되어 있다. 그렇게 진찰을 마치고 나면 그녀는 언제나 들어올 때보다는 다소 신경질이 누그러져서 방을 나간다. 매우 수줍어하고 담배만을 가까이하는 그녀는 내가 어렸을 때 사람과의 접촉이 너무 적었고, 다른 아이들과 노는 일이 너무 없었다고 되풀이하여 주장한다.

다른 아이들과의 관계라는 점에 있어서는 그녀의 말이 지당하다. 나는 그레트헨 셰플러의 교육 활동의 대상이 되어 괴테와 라스푸틴 사이를 이리저리 끌려다니느라 내가 아무리 원해도 윤무(輪舞)나 수를 세며 노는 놀이에 시간을 낼 수가 없었기 때문이다. 그러나 그 어떤 학자처럼 책을 멀리하고 심지어는 책을 문자의 무덤으로 매도하며 평범한 사람들과 접촉하려고 시도할 때마다 나는 우리 집 아파트의 장난꾸러기 꼬마들과 마주쳤다. 그러면 나는 그 야만인들과 잠시 어울린 후 아무 일 없이 나의 독서로 되돌아와 안도의 한숨을 내쉬곤 했다.

오스카는 부모의 집 밖으로 나가려면 가게를 지나 라베스베크 거리로 나가거나 아니면 살림집 문을 닫고 나서서 계단 쪽으로 갈 수 있었다. 거기서 똑바로 왼쪽으로 가면 큰길로 나갈 수 있었고, 거기서 4층을 올라가면 음악가인 마인이 트럼펫을 불고 있는 다락방이었다. 마지막 선택은 아파트의 안뜰로 나가는 것이었다. 거리는 자갈로 포장되어 있었다. 밟아서 단단해진 안뜰 모래밭은 토끼를 기르고 주부들이 양탄자를 터는 곳이다. 전망이 좋은 다락방에서는 술에 취한 마인과 이따금 이중주를 하는 것말고도 먼 풍경을 바라볼 수 있었다. 그리고 다락방은 탑을 오르는 모든 사람이 원할 뿐만 아니라 다락방 사람들을 몽상가로 만들어 주는, 저 상쾌하긴 하나 기만적인 해방감을 주었다.

오스카에게는 안뜰이 위험에 가득 찬 곳이었다. 반면에 다락방은 악셀 미쉬케와 그의 부하들이 그를 쫓아내지 않는 한 안전한 곳이었다. 안뜰은 그 폭이 아파트의 폭과 같았으나 다만 일곱 걸음쯤 아파트보다 더 낮았고, 위쪽에 가시 철망을 치고 타르를 칠한 판자 담장을 사이에 두고 다른 세 개의 안뜰과 인접해 있었다. 다락방에서는 이 미로(迷路)를 잘 관찰할 수 있었다. 라베스베크 거리, 비스듬하게 나 있는 헤르타 거리와 루이제 거리, 그리고 저 멀리서 마주 보고 있는 마리엔 거리에 있는 집들이, 안뜰로 이루어진 이 사각 지대를 에워싸고 있었고, 그 안쪽에는 기침약 공장과 몇 개의 채소 공장도 있었다. 안뜰 여기저기 빽빽하게 차 있는 수목과 관목들은 계절을 나타내 주었다. 그 밖에도 안뜰은 제각각 그 크기가 다르긴 하나 토끼들이 있고 양탄자를 늘어놓는 장대들이 있다는 점에서는 한결같았다. 토끼는 1년 내내 있었지만, 양탄자는 공동 주택 규약에 의해 화요일과 금요일에만 털기로 되어 있었다. 그런 날에는 이 아파트의 크기가 분명하게 드러났다. 백 개도 넘는 양탄자, 복도의 깔개, 침대용의 작은 양탄자들을 소금에 절인 양배추로 문지르고, 솔질하고 두들겨 마침내 짜 넣은 무늬가 분명히 나타나는 것을, 오스카는 다락방에서 보고 또 들었다. 백 명이나 되는 주부들이 집 밖으로 시체와도 같은 양탄자를 꺼내어 나르노라면, 높이 들어 올린 팔들이 토실토실 드러나 보였고, 머리카락은 짧게 묶은 스카프로 덮여 있었다. 그녀들은 양탄자를 막대기들 끝에 던져 걸쳐 놓고는, 양탄자 털이로 두들겨 안뜰 구석구석까지 메마른 소리를 울려 퍼지게 했다.

오스카는 이 청결을 찬양하는 합창이 단조로운 싫었다. 그래서 북을 가지고 그 소음과 싸우려고 해 보았으나 다락방에서는 상당한 거리가 있기 때문에 주부들에게 아무런 영향을 미칠 수 없었다. 양탄자를 터는 백 명의 여자들은 하늘의 한 부분을 점령하며, 어린 제비들의 날개 끝을 무디게 할 수 있고, 오스카가 4월의 하늘에다 북을 쳐서 만든 사원(寺院)을 양탄자 몇 번 터는 것으로 무너뜨릴 수 있는 것이다.

양탄자를 털지 않는 날에는 아파트의 악동들이 양탄자를 터는 나무 막대기로 체조를 했다. 내가 안뜰로 내려가는 일은 드물었는데, 그곳에서는 하일란트 노인의 헛간만이 내게 약간의 안전을 보장해 주었다. 노인은 나에게만 그 잡동사니 헛간에 들어가는 것을 허락해 주었고, 다른 아이들에게는 녹슨 재봉틀이라든지 고장난 자전거, 나사 바이스, 도르래, 시가 상자에 보관된 굽은 못이나 다시 곧게 펴진 못들은 쳐다보지도 못하게 했던 것이다. 헌 상자에서 못을 빼지 않을 때면 전날에 빼놓은 못을 모루 위에서 바로잡는 것이 그의 일이었다. 게다가 그도 남자임이 분명하므로 못을 썩지 않게 하는 작업 이외에도 이사하는 것을 돕거나 명절이 다가오면 토끼를 잡았고, 안뜰이나 층계, 다락방 등 장소를 가리지 않고 아무데서나 씹는 담배가 섞인 침을 내뱉었다.

어느 날 개구장이들이 여느 때처럼 그의 헛간 옆 한구석에서 수프를 끓이고 있었을 때, 누히 아이케가 하일란트 노인에게 수프 속에 침을 세 번 뱉어 달라고 부탁하자 노인은 마지못해 그렇게 하고는 그의 컴컴한 방으로 사라졌다. 그리고 악셀 미쉬케가 다시 양념을, 말하자면 자잘하게 부순 벽돌 조각 양념을 수프에다 섞고 있을 때 노인은 이미 못을 두들기고 있었다. 오스카는 한쪽 옆에 멀찍이 서서 신기한 듯 이 소꿉놀이를 바라보았다. 담요와 넝마 조각으로 악셀 미쉬케와 하리 쉴라거가 천막 비슷한 것을 만들어 놓았기 때문에 어른들은 수프 속을 들여다볼 수 없었다. 벽돌 가루 반죽이 끓어올랐을 때 핸스헨 콜린이 호주머니를 뒤집어 악티엔 연못에서 잡아 온 두 마리의 산 개구리를 수프에다 넣었다. 개구리들이 노래도 하지 않고 울지도 않고 또한 마지막 도약도 없이 수프 속으로 가라앉자 천막 속에 있던 유일한 계집아이였던 수지 카터의 입 언저리에는 쓰디쓴 환멸이 떠올랐다. 누히 아이케가 제일 먼저 바지 단추를 끌러, 수지의 존재에도 아랑곳하지 않고 그 간편 냄비 요리에다 오줌을 쌌다. 악셀, 하리, 그리고 핸스헨 콜린이 뒤를 따랐다. 꼬마 캐스헨도 흉내 내려고 했으나 그의 작은 부리는 아무것도 내놓지 않았다. 이번에는 모두가 수지를 바라보았다. 악셀 미쉬케가 테두리에 하늘빛의 푸른 에나멜을 입힌 냄비를 그녀에게 내밀었을 때, 오스카는 즉시에 도망이라도 치고 싶었지만 참고 기다렸다. 바지를 입지 않은 수지가 쪼그리고 앉아 무릎을 껴안은 채 냄비를 몸 밑에다 밀어 넣고는 태연한 표정으로 앞을 바라보았다. 이윽고 냄비가 양철소리를 내었고, 수지가 수프를 위해서 무언가를 남겨 놓은 것이 분명해지자 그녀는 코를 찡그렸다.

그때 나는 그곳으로부터 뛰어서 달아났다. 달리지 않고 유유히 걸어갔어야 했는데 말이다. 내가 달려갔기 때문에 그때까지 냄비를 살피고 있던 시선들이 내 뒷모습을 향했다. 나는 등 뒤에서 수지 카터의 목소리를 들었다. "저 자식 고자질할 거야. 그렇잖으면 왜 달리겠어!" 그 소리는 내가 비틀거리며 네 층을 올라가 다락방에서 겨우 숨을 몰아쉬었을 때까지도 여전히 나를 찔렀다.

나는 일곱 살 반이었고, 수지는 아마도 아홉 살, 꼬마 캐스헨은 채 여덟 살이 될까 말까 했을 것이고. 악셀, 누히, 핸스헨, 하리는 열 살이나 열한 살이었다. 그리고 마리아 트루친스 키가 있었다. 그녀는 나보다 나이가 약간 많았으나 안뜰에서 노는 것은 보지 못했다. 그녀는 어머니 트루친스키의 부엌에 서 인형을 가지고 놀든지 아니면 신교계의 유치원에서 보조일 을 하고 있는, 이미 성년이 된 언니 구스테와 놀았다.

내가 오늘날까지도 여자들이 요강에다 오줌 누는 소리를 참고 듣지 못하는 데에는 이유가 있었다. 오스카는 다락방에 앉아 북을 가볍게 치면서 귀를 달래고 있었고, 저 밑에서 끓고 있던 수프를 몽롱하게 느끼고 있었다. 그때 수프에 기여를 했 던 아이들이 모두 맨발 아니면 끈이 있는 단화를 신고 올라왔 다. 누히가 수프를 들고 왔다. 그들이 오스카를 둘러쌌고, 꼬 마 캐스헨도 도착했다. 그들은 서로 밀치며 "자, 먹어!"라고 소 리를 낮추어 말했다. 마침내 악셀이 오스카를 뒤에서 붙잡아 팔을 강제로 눌러 굽혀서 그들 마음대로 할 수 있게 했다. 수 지는 가지런하고 젖은 이 사이로 혀를 내밀고 웃으면서, 그것 을 먹여도 아무 일이 없을 것이라고 말했다. 그녀는 누히에게 서 숟가락을 빼앗아, 그 양철 제품을 넓적다리에 문질러 은빛 으로 만들고는, 김이 나는 냄비 속에다 넣었다. 그러고는 착실 한 가정주부라도 되는 양 흐물흐물 끓여진 수프의 상태를 잘 살피려고 천천히 휘저어 숟가락 가득 뜬 수프를 후후 불어 식 혀서 마침내 오스카에게 먹였다. 나는 그 이후 두 번 다시 그 런 것을 먹지 않았지만, 그 맛은 언제까지나 나의 혀에 남아 있을 것이다.

이처럼 과도하게 내 몸을 보살펴 준 아이들이 나를 떠나게 된 것은 누히가 냄비에서 구역질을 느꼈기 때문이었다. 그때서야 나는 몇 장의 시트가 널려 있는 건조실 구석으로 기어 가 붉은빛이 도는 수프를 몇 모금 토해 냈다. 토해 낸 것 속에 개구리 시체는 보이지 않았다. 나는 열려 있는 천창(天窓) 밑에 있는 상자로 기어 올라가 멀리 떨어져 있는 안뜰을 바라보며, 이빨 사이에 끼여 있는 벽돌 부스러기를 지근지근 씹으며 행동에의 충동을 느꼈다. 그래서 마리엔 거리에 있는 집들의 멀리 떨어져 있는 창, 빛을 발하는 유리를 살펴본 후 그 방향으로 멀리까지 작용하도록 소리를 지르고 노래를 불렀다. 물론 결과를 확인할 수는 없었으나 멀리까지 작용하는 노래의 가능성을 확신한 결과 내게는 이 안뜰이나 다른 안뜰들이 너무 좁게 생각되었다. 그래서 저 먼 곳과 원경(遠景)에 굶주린 나는 모든 기회를 포착하여 나 혼자서나 아니면 어머니의 손을 잡고 라베스베크 거리에서 교외로 나갔다. 그리하여 우리 집의 좁은 안뜰에서 수프를 끓이는 모든 요리인들의 추적을 따돌렸던 것이다.

어머니는 매주 목요일 시내에서 물건을 구입했다. 대개의 경우 나를 데리고 갔는데, 석탄 시장가의 병기창 거리에 있는 지기스문트 마르쿠스의 가게에서 새 북을 사야 할 때는 빠뜨리지 않고 나를 데려갔다. 일곱 살에서 열 살에 이르는 동안에 나는 꼭 2주일마다 한 개의 북을 손에 넣었으며, 열 살에서 열네 살까지는 한 개의 양철북을 두들겨 부수는 데 단 일주일도 걸리지 않았다. 그후에는 새 북을 단 하루 만에 파편으로 만들어 버릴 때도 있는가 하면, 때때로 기분이 편안할 때는 힘차면서도 주의깊게 두들겨 양철의 니스칠한 부분에 몇 군데 금이 간 것을 제외하고는 단 한 군데도 손상을 입히지 않고 서너 달을 지내기도 했다.

하지만 지금은 양탄자를 터는 막대기, 못을 두들기는 하일란트 노인, 수프를 발명한 아이들이 있는 우리 집 안뜰을 떠나기로 하자. 그 대신 2주일마다 어머니와 함께 지기스문트 마르쿠스의 가게로 가서, 여러 가지 어린이용 양철북이 있는 가운데서 새 양철북을 하나 고르곤 했던 무렵에 대해 이야기하기로 하자. 어머니는 때로는 북의 절반이 아직 성할 때에도 나를 데려가기도 했고, 그럴 때면 나는 끊임없이 여기저기서 교회의 종들이 요란하게 울리는 다채롭고도 어딘지 모르게 음악적인 이 옛 도시의 오후를 만끽하곤 했다.

외출은 대개는 유쾌하고 차분하게 지나갔다. 우리는 라이저나 슈테른펠트 아니면 마흐비츠에서 몇 가지를 산 뒤에 마르쿠스의 가게로 갔는데, 언제부터인지 마르쿠스는 습관적으로 나의 어머니에게 상냥하기 그지없는 최고의 인사를 했다. 그가 어머니의 환심을 사려고 애쓴 것은 의심의 여지가 없다. 그러나 내가 아는 한, 대단히 감각적이며 황금을 주고도 못 바꾼다는 어머니의 손에 소리내지 않고 입맞춤하는 것 이상으로 환영할 정도로 그가 넋이 빠져 있는 것은 아니었다. 이제 곧 이야기하겠지만, 무릎을 꿇었던 때를 제외한다면 말이다.

어머니는 할머니 콜야이체크로부터 당당하고 튼튼한 체격 그리고 좋은 성품과 아울러 사랑스러운 허영심을 다 같이 물려받았다. 그렇기 때문에 어머니는 이따금 마르쿠스가 터무니

없이 싼 값으로 한 묶음의 비단실과 흠이 없는 부인용 스타킹 무더기를 판다기보다는 차라리 선사를 하더라도 군소리 없이 마르쿠스의 그러한 서비스를 받아들이곤 했다. 2주일 간격으로 정말 공짜나 다름없이 싼 값으로 가게의 카운터 너머로 건네주는 나의 북은 말할 필요조차 없었다.

정각 네시 반에 가게를 방문할 때면 어머니는 중요하고 시급하게 처리할 일이 아직 남아 있기 때문에 나를 지기스문트의 가게에 맡겨 두고 싶다고 부탁하곤 했다. 그러면 마르쿠스는 야릇한 미소를 지으며 허리를 굽혀, 그녀가 중요한 일을 처리하는 동안 나를 자기의 눈알처럼 소중히 보호하겠다는 식으로 미사여구를 섞어 가며 약속했다. 기분을 상하게 할 정도는 아니지만 아주 가벼운 냉소가 그의 말소리에 특이한 억양을 주었다. 그 때문에, 어머니는 그것을 들을 때마다 얼굴을 붉혔고, 마르쿠스가 내막을 알고 있음을 어렴풋이 느꼈다.

나 역시도 어머니가 중요하다고 말하면서 아주 바쁘게 사라지는 이유가 무엇인지 알고 있었다. 한동안 티설러 거리의 어느 값싼 여관으로 어머니를 따라가 본 적이 있기 때문이었다. 어머니는 그곳 층계에서 사라졌다가 꼭 45분 만에 돌아왔다. 그 동안 나는 대개는 혼합 맥주를 홀짝거리며 마시고 있는 그 집 안주인이 말없이 내놓은, 언제나 역겹기만 했던 레몬 주스를 앞에 놓고 기다려야만 했다. 그렇게 기다리고 있노라면 어머니는 얼굴빛도 거의 변하지 않은 채 돌아와, 혼합 맥주로부터 조금도 눈을 들지 않는 안주인에게 인사 한마디를 하고는 나의 손을 잡곤 했다. 그녀는 손의 열기가 그녀의 비밀을 누설한다는 사실을 몰랐다. 그러고 나서 뜨거운 손을 맞잡은 후 우리는 볼베버 거리에 있는 카페 바이츠케로 갔다. 어머니가 자신에게는 모카를, 오스카에게는 레몬 아이스크림을 주문하고 기다리노라면, 곧 우연히 마주쳤다는 표정으로 얀 브론스키가 나타났다. 그는 우리의 테이블에 앉자 마찬가지로 모카 커피를 시켜 열기를 진정시켜 주는 차가운 대리석 테이블 위에 놓게 했다.

그들은 내 앞에서 아무 거리낌도 없이 말했으며, 그 이야기는 내가 이미 오래전부터 알던 것을 증명해 주었다. 그러니까 어머니와 얀 아저씨는 거의 매주 목요일마다 얀이 돈을 내고 빌린 티쉴러 거리의 여관에서 만나 45분 동안 함께 즐기는 것이다. 티쉴러 거리는 물론 카페 바이츠케에도 더 이상 나를 데려오지 말라고 한 것은 아마도 얀이었을 것이다. 그는 때때로 매우 부끄러워했고, 어머니보다 훨씬 더 부끄러움을 탔다. 어머니는 밀회가 끝난 뒤 내가 증인이 되어 함께 있어도 태연하게 그 밀회의 정당성을 언제나 확신하는 듯했다.

그래서 얀의 희망에 따라 나는 거의 매주 목요일마다 오후 4시 반에서 거의 6시가 될 때까지 지기스문트 마르쿠스 가게에서 여러 종류로 갖추어진 양철북을 구경하기도 하고 치기도 하고—어디 딴 곳이라면 오스카가 이러한 행동을 할 수 있겠는가—몇 개의 북을 동시에 울리기도 하면서, 슬퍼하는 개를 닮은 마르쿠스의 얼굴을 바라보기도 하였다. 나는 그의 생각이 어디에서 왔는지는 알 수 없어도 어디로 흘러가는지는 어렴풋이 느낄 수 있었다. 그의 생각은 티쉴러 거리에 머물면서 번호가 붙어 있는 방문을 할퀴거나, 아니면 불쌍한 나자로처럼 카페 바이츠케의 대리석 테이블 밑에 쪼그리고 앉아 있는 것이다. 그는 무엇을 기다리는가? 부스러기라도 기다린단 말인가?

어머니와 얀 브론스키는 한 조각의 부스러기도 남기지 않았다. 두 사람은 모두 먹어 치웠다. 그들은 결코 물리지 않는 커다란 식욕으로 자신들의 꼬리까지 씹을 기세였다. 그들은 너무나 열중해 있었기 때문에 테이블 밑에 앉아 있는 마르쿠스의 생각을 안다 하더라도 그것을 지나가는 바람의 뻔뻔한 애무라고 생각했을 것이다.

그런 어느 날 오후—어머니가 적갈색의 가을 정장을 입고 마르쿠스의 가게를 나간 것으로 보아 아마도 9월이었을 것이다—나는 마르쿠스가 가게의 카운터 뒤에서 깊이 수심에 잠겨 숨은 듯이 파묻혀 있는 것을 보고는 새로 산 북을 들고 병기창 거리의 어두컴컴한 지하도로 갔다. 그 양쪽에는 보석상, 조제 식품점 등의 최고급 점포들이 쇼윈도를 나란히하고 있었다. 틀림없이 값나가는 물건들이긴 하지만 구입할 수는 없었기 때문에, 나는 발걸음을 멈추지 않고 지하도를 빠져나가 석탄 시장으로 갔다. 먼지가 자욱한 햇빛 한가운데를 지나, 나는 병기창 정면에서 멈추어 섰다. 그 현무암 빛깔과도 같은 회색의 정면에는 여러 차례의 포위 공격 때 만들어진 다양한 크기의 대포 탄환들이 끼워져 있었는데, 그러한 철제의 돌기들을 그대로 내버려 둔 것은 통행인들로 하여금 도시의 역사를 상기시키기 위해서였다. 탄환들은 나에게 아무 말도 하지 않았다. 그때 나는 탄환들이 원래부터 끼워진 채로 있었던 것이 아님을 알고 있었기 때문이었다. 이 도시의 석공 한 사람에게 건설국이 기념물 보존국과 공동으로 지난 수세기 동안의 탄약을, 여러 교회와 시청들의 정면에 또한 병기창의 정면과 후면의 벽에 박아 넣도록 돈을 주고 일을 시켰던 것이다.

나는 햇볕이 들지 않는 좁은 골목 하나를 사이에 두고 병기창과 마주 보고 있으며, 그 오른편에 기둥이 줄지어 서 있는 현관이 보이는 시립 극장으로 들어가려고 생각했다. 하지만 생각했던 대로 이 시각에는 시립 극장이 닫혀 있음을 알았기 때문에—매표구는 저녁 7시가 되기 전에는 문을 열지 않았다—북을 치며 돌아갈까 망설이다가 천천히 왼쪽으로 걸어갔다. 그러다 보니 슈토크 탑과 랑가세 거리의 문 사이에 도착했다. 랑가세의 문을 통과하여 다시 왼쪽으로 꺾어 그로세 볼베버 거리로 갈 기분은 나지 않았다. 그곳에는 어머니와 얀 브론스키가 앉아 있을 것이기 때문이었다. 만일 그들이 그곳에 없다면, 아마도 티쉴러 거리에서 대리석 테이블에 앉아 기분을 상쾌하게 하는 모카를 막 마시려 하고 있거나 아니면 한창 마시고 있는 중일 것이다.

내가 어떻게 석탄 시장의 차도를 건넜는지는 기억이 나지 않는다. 그 차도에서는 시내 전차들이 끊임없이 탑 속으로 들어가고 있거나 아니면 방울 소리와 함께 커브에서 삐걱삐걱 쇳소리를 내며 탑을 빠져 나와 석탄 시장과 목재 시장 그리고 중앙역 방향으로 향하고 있었다. 한 어른이—아마도 순경이었을 것이다—내 손을 끌고 위험한 차도를 조심스럽게 건네주었던 것 같다.

　나는 하늘을 향해 가파르게 우뚝 솟아 있는 슈토크 탑의 벽돌 앞에 서 있었다. 그러다가 점차 따분해진 나머지 정말 우연하게도 담장과 탑 문의 철제 장식 사이에 북채를 끼우게 되었다. 나는 벽돌면을 따라서 위를 쳐다보았지만, 탑의 정면을 따라 눈길을 아래위로 움직이는 일은 이미 어려웠다. 비둘기들이 벽의 움푹 들어간 곳이나 탑의 창문에서 끊임없이 내려와서는, 잠시 동안 돌출창과 배수구에 앉았다가는 다시 날아 내려오곤 하면서 내 시선을 혼란시켰기 때문이었다.

　비둘기들의 움직임이 나를 초조하게 만들었다. 자신의 눈이 안됐다고 느꼈다. 그래서 시선도 회복하고 안달에서 벗어나기 위해 나는 차분하게 두 개의 북채를 지레 대신으로 사용했다. 완전히 열리지는 않았지만 느슨해진 문을 통해 오스카는 탑 안으로 들어가 어느새 나선형 계단으로 들어서서 오른발을 앞으로 하고 왼발로는 뒤를 따르면서 올라갔다. 제일 먼저 격자창이 끼워진 감옥이 나타났고, 다시 빙글빙글 돌아 올라가 설명서를 붙여 조심스럽게 보관하고 있는 기구들이 놓여 있는 고문실을 지나 다시 올라가면서—이번에는 왼발이 먼저 나오고 오른발이 뒤따랐다—촘촘하게 창살이 끼워진 창 밖을 내다보았고, 높이를 가늠해 보았으며, 벽의 두께를 손으로 재어보았다. 그러면서 비둘기를 놀라게 했다. 그리고 나선형 층계를 한바퀴 돌아 올라가 다시 그 비둘기를 만났다. 다시 오른발을 앞으로 하고 왼발을 뒤로 하고, 계속해서 발을 바꾸어가면서 꼭대기에 다다랐을 때는 오른발도 왼발도 다 지쳐 있었다. 오스카는 더 위로 올라가고 싶었지만, 층계는 이미 끝나 있었다. 그는 탑 건물의 무의미함과 무력함을 깨달았다.

나는 슈토크 탑의 높이가 어느 정도였는지는 모른다. 그리고 탑이 전쟁을 겪었기 때문에 지금은 어느 정도의 높이인지도 모른다. 그리고 동부 독일의 고딕식 벽돌 건물에 대해 나의 간호사인 브루노에게 책을 찾아 알아봐 달라고 하고 싶지도 않다. 어쨌든 내 추측으로 탑의 첨단까지 45미터는 족히 되었다고 생각한다.

나는 너무도 빨리 지치게 하는 나선형 층계를 지나왔기 때문에 첨탑을 둘러싸고 있는 단 위에서 한숨을 쉬었다. 나는 주저앉아 두 다리를 난간의 기둥 사이에다 걸치고 몸을 앞으로 굽혔으며, 한 개의 기둥을 오른손으로 꼭 붙잡은 채 그 기둥을 지나 아래쪽을 내려다보았다. 그러면서 올라오는 동안 계속 들고 왔던 북을 왼손으로 확인해 보았다.

나는 도처에 탑들이 솟아 있고, 종들이 울려 퍼지며, 소위 지금까지도 중세의 입김을 전하고 있는 유서 깊고 뛰어난 수많은 동판화에 그려져 있는 파노라마, 다시 말해 고도 단치히의 조감도를 설명하느라고 여러분을 지루하게 만들고 싶지는 않다. 마찬가지로 비둘기에 대해서 잘 쓸 수 있노라고 누군가가 입이 아프도록 말한다 하더라도 나는 비둘기와는 관계하고 싶지 않다. 비둘기는 나에게 아무런 의미도 없는 것과 마찬가지이며 그 점에서는 차라리 갈매기에 대해 할 말이 더 많다고 하겠다. 평화의 비둘기라는 표현은 나에게 역설적으로 들릴 뿐이다. 나는 하늘 아래에서 가장 다투기를 잘하는 세입

자인 비둘기보다는 차라리 보라매나 독수리에게 평화의 사절 임무를 맡기고 싶다. 간단히 말하자면 슈토크 탑에는 비둘기 가 있었다. 비둘기란 어쨌든 유명한 탑이 있는 곳이라면 어디에나 있으며, 결국 탑에 상주하는 기념물 관리인의 보호를 받게 마련인 것이다.

사실 나의 눈길은 전혀 다른 것을 노리고 있었다. 그것은 내가 병기창 거리에서 나왔을 때 닫혀 있었던 시립 극장 건물이었다. 둥근 돔으로 덮여 있는 그 상자는 고전주의 시대의 커피 가는 맷돌을 우스꽝스러울 정도로 커다랗게 확대해 놓은 것과 너무나 흡사했다. 물론 그 돔에는 매일 밤 관객들이 꽉 들어차 예술과 교양의 전당에 있는 배우와 무대 배경, 프롬프터, 소도구들과 모든 막을 비롯하여 5막의 연극을 무시무시하게 가루로 만들어 버리는 데 필요할지도 모르는 저 손잡이의 단추가 없었긴 하지만 말이다. 열지어 있는 기둥들에 의해 보호되고 있는 로비의 창들로부터, 점점 붉은 빛을 띠며 기울어져 가는 오후의 태양이 떠나려 하지 않는 이 건물이 내 마음을 초조하게 만들었다.

그 시간에, 대략 석탄 시장의 상공 30미터쯤 되는 이 지점에서, 시내 전차들 그리고 가벼운 마음으로 퇴근하는 공무원들 위에서, 달콤한 향기를 풍기는 마르쿠스의 싸구려 물품 가게 위에서, 어머니와 얀 브론스키가 두 잔의 모카 커피를 놓고 마주 앉아 있는 카페 바이츠케의 차가운 대리석 테이블 위에서, 또한 우리 아파트와 안뜰, 안뜰들, 굽거나 펴진 못들, 이웃의 아이들과 그들의 벽돌 수프를 아래로 내려다보면서, 이제까지는 강요된 상황에서만 비명소리를 질렀던 나는, 아무런 강요와 이유도 없이 소리를 지르게 되었다. 슈토크 탑에 오르기 전까지는 누군가가 북을 빼앗으려고 할 때만 할 수 없이 유리의 접합된 부분이나 전구 속이나 김빠진 맥주병 속을 향하여 비명소리를 질렀던 내가, 이제 이 탑 위에서 아래쪽으로 북과는 아무 상관도 없이 소리를 질렀던 것이다.

오스카에게서 북을 빼앗으려고 하는 사람은 아무도 없었다. 그런데도 불구하고 그는 소리를 질렀다. 그에게서 한 마디의 외침을 구매하기 위해 비둘기 한 마리가 그의 북에 똥을 떨어뜨린 것도 아니었다. 가까운 곳에는 녹청(綠靑)이 슬어 있는 동판은 있었으나 유리는 없었다. 그런데도 오스카는 소리를 질렀던 것이다. 비둘기들의 눈은 불그스레하게 빛나고 있었으나 유리 눈으로 그를 쳐다본 것은 아니었다. 그런데도 그는 소리를 쳤다. 그는 무엇을 향해 소리쳤던 것인가? 어떠한 간격이 그를 유혹했던가? 다락방에서 벽돌 가루를 넣은 수프를 먹고 아무런 목적도 없이 안뜰 너머로 시험해 본 것을 여기에서는 목표를 정한 채 증명해 보려고 했던가? 오스카는 어느 유리를 노렸던 것일까? 오스카는 어떤 유리로—어쨌든 문제가 되는 것은 유리일 뿐이다—실험하려고 했던가?

처음으로 우리 집 다락방에서 실험한 이후 말하자면 매너리즘에 빠져 있는 나의 소리를 새롭게 하기 위해, 석양빛을 반사하는 유리창으로 유혹하고 있는 저 커피 가는 맷돌 같은 극장, 즉 시립 극장을 향하여 소리를 질렀다. 이런저런 방식으로 소리를 질러 보았으나 아무 일도 일어나지 않았다. 그러나 수 분 후 나는 거의 들리지도 않는 소리를 내는 데 성공했다. 그리하여 오스카는 기쁨과 억누를 수 없는 자부심을 느끼며 자기 눈으로 확인할 수 있었다. 로비의 왼쪽 창들 가운데 부분에 위치한 유리 두 장이 석양을 받아 빛을 내는 것을 단념해야만 했다. 말하자면 곧 새 유리를 갈아 끼워 넣어야 할 두 개의 검은 네모꼴이 생겨났던 것이다.

성공은 확인할 만한 가치가 있었다. 나는 수년 동안 찾고 있던 스타일을 마침내 발견하여 최후로 마무리 짓는 어느 현대 화가와 같이 행동한 것이었다. 일련의 전체 작품을 변함없이 장대하고, 대담하고, 소중하게, 때로는 똑같은 크기로 그려 내어 아연해하는 세상 사람들에게 자신의 기법을 과시하는 화가 말이다.

거의 15분도 되지 않는 동안에 나는 로비의 모든 창과 문의 유리 일부를 파괴하는 데 성공했다. 위에서 내려다보니 흥분한 군중이 극장 앞에 모여들고 있었다. 호기심 많은 사람들이란 언제든 있는 법이다. 하지만 나의 예술의 찬미자들이 특별히 나를 감동시킨 것은 아니었다. 기껏해야 그들은 오스카의 예술을 좀 더 엄격하고, 좀 더 형식을 갖추게 했을 뿐이다. 나는 곧 더욱 대담하게 실험함으로써 모든 사물의 내부를 송두리째 비워 버리려고 했다. 창이 열려 있는 로비를 지나고 칸막이한 좌석의 열쇠 구멍을 통과하여 어두운 극장의 내부까지 이 고함 소리를 들여보내어, 모든 예약객의 자부심, 그리고 잘 닦여 거울처럼 빛을 내고, 빛을 굴절시키는, 다면체로 깎여진 모든 장식물과 아울러 극장의 샹들리에에 소리를 부딪치려고 했다. 그런데 마침 그때 극장 앞에 모여든 인파들 중에서 적갈색 옷이 눈에 띄었다. 어머니가 카페 바이츠케에서 모카를 마시고 얀 브론스키와 헤어져 돌아오는 길이었던 것이다.

오스카가 그 거만한 샹들리에를 향해 하나의 소리를 퍼부었다는 것은 사실이다. 하지만 성공하지 못한 것 같았다. 다음 날 신문에 이해할 수 없는 이유로 로비와 문의 유리가 파괴되었다는 보도만 실려 있었기 때문이다. 신문의 학예란에 실린 천박하고 과학적인 조사는 수 주일 동안에 걸쳐 황당하고 실없는 소리만 잔뜩 퍼뜨렸다. 《신 소식지》는 우주 광선을 언급했고, 천문대의 사람들, 즉 고도의 능력을 가진 정신 노동자들은 태양의 흑점을 이야기했다.

당시에 나는 짧은 다리가 허용하는 최대 속력으로 슈토크 탑의 나선형 층계를 내려와 헐떡거리며 극장 현관 앞에 모인 인파 속에 끼여들었다. 어머니의 적갈색 가을옷은 이미 보이지 않았다. 어머니는 틀림없이 마르쿠스의 가게에 있을 것이고, 아마도 내 소리 때문에 생겨난 손해에 대해 이야기했을 것이다. 이른바 나의 발육 부진이나 다이아몬드 소리를 지극히 자연스러운 현상으로 받아들이는 마르쿠스는 혀끝을 설레설레 흔들며 연노랑색의 손을 비비고 있을 것이라고 오스카는 생각했다.

가게 입구에 도착하니, 유리를 파괴한 내 노래의 성공을 깡그리 잊게 하는 광경이 눈앞에 펼쳐져 있었다. 지기스문트 마르쿠스가 어머니 앞에 무릎을 꿇고 있었던 것이다. 모든 봉제 동물들, 즉 곰과 원숭이와 개, 게다가 눈을 떴다 감았다 하는 인형까지, 또한 소방차, 흔들목마, 그리고 그의 가게를 지키고 있는 모든 꼭두각시들도 그와 함께 무릎 꿇으려는 것처럼 보였다. 그는 손등에 엷은 갈색의 털로 덮인 얼룩이 있는 두 손으로 어머니의 양손을 감싼 채 울고 있었다.

어머니도 그 상황에 어울리게 진지한 표정을 지으며 이렇게 말했다. "안 돼요, 마르쿠스 씨. 가게에서 이러시다니……."

그러나 마르쿠스는 쉽게 물러서지 않았다. 그의 말은 내가 잊을 수 없을 만큼 애원조이면서도 동시에 뻔뻔스런 어조였다. "이제 브론스키와는 그만두세요. 폴란드 우체국에 근무하다니, 그건 좋지 않아요. 말해 두지만, 그 사람은 폴란드를 좋아해요. 폴란드에 걸지 말아요. 걸려면 독일인에게 걸어요. 오늘은 나빠도 내일은 경기가 좋아질 거요. 아직은 약간 나빠도 금세 좋아져요. 그런데도 아그네스 부인은 여전히 브론스키에게 걸고 있어요. 벌써 당신 것이 되어 있는 마체라트에게 그런다면 상관이야 없겠지요. 만일 그게 아니라면 마르쿠스에게 걸어주세요. 최근에 세례를 받은 이 마르쿠스와 함께 런던으로 갑시다, 아그네스 부인. 그곳에는 친구도 있고, 주식도 많이 있어요. 당신이 가자고만 한다면 말이요. 마르쿠스가 싫다고 하신다면, 그건 당신이 나를 경멸하고 있기 때문일 거요. 그렇다면 경멸하세요. 하지만 마음속 깊이 바라겠어요. 폴란드 우체국에 근무하는 미치광이 브론스키와는 더 이상 그러지 말아 주세요. 독일인이 오면 폴란드인은 끝장이니까!"

많은 가능한 일들과 불가능한 일들을 생각하며 마음이 흐트러진 어머니는 금방이라도 눈물을 흘릴 것처럼 보였다. 마침 그때 마르쿠스가 가게 문 앞에 있는 나를 발견하고, 어머니의 한 손을 놓아주며 다섯 손가락으로 나를 가리켰다. "제발, 이 아이도 런던에 데리고 갑시다. 왕자님처럼 소중하게 모십시다. 왕자님처럼!"

그러자 어머니도 내 쪽을 바라보며 살짝 미소를 지었다. 그녀는 유리가 없어진 시립 극장의 로비 창에 대해 생각하고 있었거나, 아니면 약속의 땅인 수도 런던에 대한 생각으로 들떠 있었을지도 모른다. 그런데 놀랍게도 그녀는 고개를 내저으며 마치 댄스 신청을 거절하듯 분명하게 말했다.

"고마워요, 마르쿠스 씨. 그렇지만 안 되겠어요. 정말 안 돼요, 브론스키 때문에."

아저씨의 이름이 나오자마자 마르쿠스는 벌떡 일어나더니 마치 잭크 나이프처럼 허리를 굽히며 말했다. "용서하십시오. 그 사람 때문에 안 된다는 것을 벌써 알았어야 했는데."

우리가 병기창 거리의 가게를 나왔을 때는 아직 문을 닫을 시간도 아니었는데, 장난감 가게 주인은 밖에서 가게를 닫고 5번선 정류장까지 우리를 데려다 주었다. 시립 극장 정면에는 아직도 통행인들과 여러 명의 경찰관이 서 있었다. 하지만 나는 두렵지 않았다. 유리를 부수는 데 성공했다는 생각 같은 것은 이제 거의 들지 않았기 때문이었다. 마르쿠스는 내 쪽으로 몸을 구부리고는 우리보다는 자신에게 말하는 것처럼 이렇게 중얼거렸다. "이 아이가 도대체 못하는 게 없어, 이 오스카가 말이야. 북을 치고, 극장 앞에서 소동을 일으키고."

어머니가 유리 파편을 보고 불안해하자 그는 손을 움직여 안심시켰다. 전차가 오고 우리가 차량에 발을 걸치자, 그는 딴 사람이 들을까 봐 두려워하는 듯 다시 한번 낮은 소리로 애원했다. "부디 당신의 손에 있는 마체라트 곁에 있으세요. 이제 폴란드인에게는 걸지 말아요."

오늘 오스카는 철제 침대에 누워 있는 자세로 또는 일어나 앉은 자세로 북을 쳤다. 그러면서 병기창 거리, 슈토크 탑의 감옥 벽에 씌어 있는 낙서들, 슈토크 탑 그 자체와 그 안에 있는 기름을 바른 고문 기구, 줄지어 서 있는 기둥 뒤에 있는 로비의 세 개의 창, 그리고 다시 병기창 거리와 지기스문트 마르쿠스의 가게를 찾아 9월 어느 하루의 모습을 세세하게 묘사하다 보니, 폴란드 또한 찾지 않다. 하지만 무엇으로 찾는단 말인가? 그렇지. 북채가 있다. 그는 폴란드를 그의 영혼으로 찾으려 하는가? 모든 기관(器官)을 동원해서 그는 찾는다. 하지만 영혼은 기관이 아니다.

그래서 나는 잃어버렸지만 아직도 잃지 않은 폴란드를 찾는다. 다른 사람들은 말한다. 곧 잃게 된다, 이미 잃었다, 다시 잃었다라고. 이곳에서는 사람들이 폴란드라는 나라를 새로이 신용 대출로, 라이카 카메라로, 나침반으로, 마법의 지팡이와 외교 사절로, 휴머니즘으로, 야당 당수로, 방충제를 넣어 보관해 두었던 향우회의 의상으로 찾고 있다. 이곳 사람들은 폴란드를 영혼으로써 찾고 있다. 절반은 쇼팽으로 절반은 복수심을 품고. 그들은 제1차에서 제4차에 이르는 폴란드 분할을 비난하면서도 이미 제5차 분할을 계획하고 있고, 에어 프랑스 여객기로 바르샤바로 날아와서 예전에 게토가 있던 자리에 유감을 표명하며 작은 화환을 바친다. 그리고 사람들은 언젠가는 로케트로 폴란드를 찾게 될 것이다. 하지만 나는 북으로 폴란드를 찾는다. 그리하여 이렇게 잃어버렸다, 아직 잃지 않았다, 아니 다시 잃었다, 누구에게 잃어버렸나, 곧 잃게 될 것이다, 이미 잃었다, 폴란드를 잃었다, 모든 것을 잃었다, 폴란드는 아직 잃지 않았다라고 하면서 북을 두드리는 것이다.

연단(演壇)

　　시립 극장 로비의 창을 노래로 파괴함으로써 나는 처음으로 무대 예술과의 접촉을 시도했고, 또한 그것을 이루었다. 그날 오후 어머니는 장난감 가게 주인인 마르쿠스로부터 열렬하게 구애받았음에도 불구하고 내가 극장과 직접적인 관계가 있다는 사실을 눈치 챘음에 틀림없다. 그것은 그녀가 다가오는 크리스마스 기간 동안에 자신과 슈테판 및 마르가 브론스키, 그리고 또한 오스카를 위해 네 장의 연극표를 샀고, 강림절의 마지막 일요일에 우리 세 사람을 데리고 크리스마스 동화극을 보러 갔기 때문에 알 수 있었다. 우리는 3층 구석 첫째 줄에 앉아 있었다. 칸막이한 특별석 위쪽에서는 거만한 샹들리에가 마음껏 자신의 아름다움을 과시하고 있었다. 나는 슈토크 탑에서 노랫소리로 그것을 파괴시키지 않은 것을 기뻐했다.

그날은 이미 아이들로 대만원이었다. 각 층마다 어머니들보다는 아이들이 많았는데, 재산깨나 있는 부자들이나 산아 제한에 열심인 사람들이 앉는, 무대 정면의 칸막이한 특별석에는 어머니와 아이들의 수가 대충 균형을 이루고 있었다. 어린 아이들이란 도대체 가만히 앉아 있지 못하는 법! 나와 비교적 얌전한 슈테판 사이에 앉아 있던 마르가 브론스키는 접는 의자에서 미끄러져 떨어지고, 다시 기어오르르 하고, 금방 또 난간 앞에서 신이 나서 체조를 하였으며, 그러다가 의자의 용수철 장치에 끼일 뻔하기도 했다. 하지만 우는 소리만은 우리 주변에서 우는 다른 아이들에 비해 그래도 참을 만했고 우는 시간도 짧은 편이었다. 어머니가 이 멍청한 아이의 입에다 봉봉을 밀어넣었기 때문이었다. 봉봉을 빨면서 쿠션을 더듬고 다니다 일찌감치 지쳐 버린 슈테판의 누이동생은 막이 오르자마자 잠들어 버렸기 때문에 막이 내릴 때마다 열심히 쳐 대는 박수 소리에 덩달아 박수를 치며 눈을 뜨지 않으면 안 되었다.

난쟁이의 동화는 제1막부터 나를 사로잡았는데, 나 한 사람을 상대로 하여 직접 쉬운 말로 들려주는 것같이 느꼈다. 난쟁이는 모습을 전혀 보이지 않고 소리만 들리게 했는데, 정말 훌륭한 연출이었다. 그 모습은 보이지 않지만 이 작품의 제목에서도 알 수 있는 진짜 주인공의 배후로부터 어른 배역들의 목소리가 튀어나왔던 것이다. 난쟁이는 어떤 때는 말의 귀에 올라앉았고, 어떤 때는 아버지가 큰돈을 받는 대신 두 사람의 건달에게 팔려 갔으며, 어떤 때는 건달의 모자 차양 위를 거닐면서 거기서 아래쪽을 향해 말을 걸었고, 나중에는 쥐구멍으로 달팽이 집으로 기어들어 갔으며, 도둑들과 한패가 되어 건초 속으로 들어갔고, 또다시 건초와 함께 소의 밥통 속으로 들어갔다. 그러나 소는 난쟁이의 목소리로 말을 했기 때문에 도살당하고 만다. 그리하여 소의 밥통은 갇혀 있는 난쟁이와 함께 퇴비더미에 던져졌다가 늑대에게 먹힌다. 하지만 난쟁이는 늑대를 꾀어 아버지의 집 창고로 이끌어 갔고 마침 그곳에서 늑대가 도둑질을 시작하려고 할 때 소리를 질렀다. 결국은 모든 동화가 그렇듯이, 아버지가 사악한 늑대를 죽이고, 사람을 먹은 그 늑대의 시체와 밥통을 어머니가 가위로 잘라 내자 난쟁이가 모습을 드러내며 다음과 같이 외치는 것으로 끝난다.

"아, 아버지, 나는 쥐구멍에, 소 밥통에, 늑대 배 속에 있었어요. 그렇지만 이제는 부모님 곁을 떠나지 않겠어요."

이 결말은 나를 감동시켰다. 어머니 쪽을 슬쩍 쳐다보니 손수건으로 코를 가리고 있었다. 어머니도 나와 마찬가지로 그 무대의 줄거리에 흠뻑 빠져들었던 것이다. 어머니는 금방 감동받는 기질이었다. 이후 몇 주일 동안, 특히 크리스마스 축제가 계속되고 있는 동안 어머니는 몇 번이나 나를 껴안고 입맞춤을 하고, 어떤 때는 장난으로, 어떤 때는 슬픈 듯이 오스카를 난쟁이라고 불렀다. 혹은 나의 조그마한 난쟁이라고, 혹은 나의 가엾은 가엾은 난쟁이라고.

1933년 여름에야 나는 다시 극장에 가게 되었다. 내 쪽에서의 어떤 오해로 인해서 그 일은 잘 진행되지 않았으나, 훨씬 뒤에까지 나에게 깊은 인상을 남겼다. 오늘날까지도 내 마음 속에서 울리고 물결친다. 그것은 초포트 숲속 오페라에서의 일이었다. 그곳에서는 여름마다 야외의 밤하늘 아래에서 바그너 음악이 자연에 바쳐지고 있었다.

오페라 자체를 좋아하는 사람은 어머니뿐이었다. 마체라트에게는 오페레타마저도 버거웠다. 얀은 어머니의 가르침을 받아 몇 개의 아리아에 열중하긴 했다. 하지만 그는 외관상의 음악적인 풍모와는 달리 아름다운 소리에 대해선 완전히 귀머거리였다. 그 대신에 그는 포르멜라 형제를 알고 있었다. 그들은 예전 카르트하우스 고등학교 시절의 동급생들로 초포트에 살고 있었다. 그들은 호숫가의 길이나 온천 호텔과 카지노 앞쪽에 있는 분수(噴水)의 조명을 맡고 있었으며, 또한 숲속의 오페라 축제극에서도 조명 기사로 일하고 있었다.

초포트에 가려면 올리바를 지나가야 했다. 어느 날 오전 성(城) 안의 공원. 금붕어와 백조, 어머니와 얀 브론스키는 유명한 '속삭임의 동굴'에 있었다. 그리고 금붕어, 백조와 함께 그들은 서로 손을 마주 잡고 사진사에게 협력했다. 촬영이 진행되는 동안 마체라트는 나에게 무등을 태워 주었고, 나는 북을 그의 머리 꼭대기에 받쳤다. 나중에 앨범에 붙인 그 사진을 보고는 모두가 큰 소리로 웃었다. 우리는 금붕어와 백조 그리고 '속삭임의 동굴'을 떠났다. 성의 공원만 일요일인 것은 아니었다. 철책 앞, 글레트카우행 전차 안, 우리들이 점심을 먹었던 글레트카우의 온천 호텔도 일요일이었다. 그리고 발트해도 사람들을 해수욕하도록 끌어당기는 일 외에는 다른 할 일이 없는 것처럼 도처에 일요일이 깔려 있었다. 우리가 초포트로 향하는 해안 산책길을 따라 걸어가자, 일요일이 우리를 마중해 주었다. 마체라트는 우리 모두를 위해 입장료를 지불해야 했다.

북쪽 해수욕장보다 덜 붐빌 것으로 예상됐기 때문에 우리는 남쪽 모래사장에서 해수욕을 했다. 남자들은 남성 전용 탈의실에서 옷을 갈아입었고, 어머니는 여성 전용 탈의실에서 당시에 이미 한계를 넘어 살이 찐 몸뚱이를 누르스름한 수영복 속으로 집어넣으면서, 나에게는 가족 전용 탈의실에서 옷을 벗도록 했다. 나는 가족 전용 탈의실에 있는 많은 사람들에게 나의 벗은 모습을 지나치게 노골적으로 드러내기는 싫었기 때문에, 북으로 고추를 가렸다. 그리고 나중에 모래사장에서는 배를 깔고 엎드렸다. 나는 손짓하며 유혹하는 발트해의 물속으로 들어가는 대신 모래 속에 부끄러움을 감추고서 쫓기는 타조 행세를 했다.

마체라트나 얀 브론스키도 차츰 배가 나오기 시작해 우습고 또 애처로울 정도로 가련해 보였기 때문에, 그날 오후 늦게 탈의실에서 모두가 햇빛에 탄 피부에 크림을 바르고 니베아유를 칠한 후 다시 일요일의 평복으로 갈아입었을 때, 나는 너무도 유쾌한 기분이었다.

'불가사리'에서 커피와 과자를 먹었는데, 어머니는 다섯 층짜리 케이크를 3분의 1만 주문하자고 했다. 마체라트는 반대했고 얀은 찬성도 반대도 아니었다. 어머니는 주문을 하고는, 마체라트에게 한 조각을 떼 어주고 얀에게도 한 조각 먹여 두 사내를 만족시켰다. 그러고는 너무도 단 케이크를 한 숟가락

한 숟가락 위 속으로 밀어 넣었다.

오, 성스러운 버터 크림이여, 너 가루 설탕을 바른 맑고도 흐릿한 일요일 오후여! 푸른 선글라스를 낀 폴란드의 귀족들이 진한 레몬 주스를 앞에 놓고 앉아 있었다. 그들은 주스에는 손도 대지 않고 있었다. 부인네들은 보랏빛 손톱을 만지작거리고 있었고, 바닷바람은 그녀들이 여름철 동안 이따금 빌려 쓰는 모피 케이프[14]에서 나는 방충제 냄새를 우리 쪽으로 날려 보냈다. 마체라트는 그것을 우스꽝스럽다고 생각했다. 하지만 어머니는 이와 똑같은 모피 케이프를 오후 동안만이라도 빌리고 싶었을 것이다. 얀은 주장했다. 폴란드 귀족의 무료함이 이제 극에 달했기 때문에 점점 늘어나는 부채에도 불구하고 그들은 이미 프랑스 말을 쓰지 않고 있으며, 순전히 속물 근성 때문에 가장 흔해 빠진 폴란드 말을 사용한다는 것이었다.

'불가사리'에 앉아서 폴란드 귀족의 푸른 선글라스와 짙은 보랏빛 손톱을 마냥 보고 있을 수만은 없었다. 케이크로 배가 부른 어머니는 좀 걷자고 했다. 우리들은 온천 공원으로 갔다. 나는 당나귀를 타고 다시 한번 사진을 찍기 위해 가만히 있지 않으면 안 되었다. 금붕어와 백조—왜 자연은 다른 것을 생각해 내지 않았을까—그리고 담수(淡水)를 다시 가치 있게 만드는 금붕어와 백조.

우리는 사람들이 언제나 주장하듯이 속삭이지도 않는, 가지를 친 주목(朱木) 나무 사이에서 포르멜라 형제를 만났다.

---

14) 주로 여자들이 어깨에 두르는 망토의 일종.

카지노의 조명 기사 포르멜라, 숲의 오페라 조명 담당 기사인 포르멜라 형제를 만났다. 동생 포르멜라는 조명 기사로서의 직업상 얻어들은 농담을 모두 말하지 않고는 못 견디는 사내였고, 형 포르멜라는 그 농담을 다 알고 있었지만 형제애 때문에 적절한 대목에서 웃어주었다. 금니가 세 개 있는 동생보다 하나가 더 많은 금니를 드러내며 웃었다. 일행은 스프링거의 가게로 진을 마시러 갔다. 어머니는 '선제후(選帝候)'를 택해 마셨다. 그러고 나서 저장해 둔 농담을 여전하게 풀어놓고 있는 호기로운 동생 포르멜라가 '앵무새' 식당에서 모두를 저녁 식사에 초대했다. 그곳에서 우리는 투쉘을 만났다. 투쉘은 초포트의 절반을 소유하고 있었으며, 숲의 오페라와 다섯 개 영화관의 일부 지분도 갖고 있었다. 또한 그는 포르멜라 형제의 두목이기도 했다. 그는 우리와 마찬가지로 서로 알게 된 것을 기뻐했다. 투쉘은 손가락에 낀 반지를 쉬지 않고 돌리고 있었는데, 그것은 소원을 이루어 주는 반지도, 마법의 반지도 아니었다. 투쉘이 자기 나름대로 농담을 시작하는 것 이외에는 아무 일도 일어나지 않았기 때문이다. 하지만 그것은 조금 전 포라멜라가 한 농담과 같은 농담이었다. 다만 좀 더 장황했고, 금니를 드러내는 횟수가 적을 뿐이었다. 그래도 식탁에 앉은 사람들 모두가 웃었다. 농담을 한 것이 투쉘이었기 때문이다. 나만은 진지한 태도를 흐트리지 않고 딱딱한 표정을 지은 채 농담의 급소를 찌르려고 했다. 아아, 하지만 웃음의 폭발은 그것이 비록 진짜가 아닌 경우라 할지라도 우리의 유쾌한 기분을 얼마나 넓혀 주는가. 우리가 탐식하며 앉아 있는 좌석의 칸막이 역할을 하는 볼록 유리[15]처럼 말이다. 투쉘은 감사의 뜻을 보이며 계속 농담을 했고, 또 골트바서[16] 술을 가져오게 했다. 그러고는 웃음과 골트바서 사이를 헤엄치며 행복에 겨워하다가 반지를 갑자기 다른 방향으로 빙글빙글 돌렸다. 그러자 정말 무슨 일이 일어났다. 투쉘이 우리 모두를 숲의 오페라에 초대했던 것이다. 숲의 오페라 일부가 그의 것이기 때문이었다. 그는 유감스럽지만 약속도 있고 해서 함께 갈 수는 없지만 우리가 기꺼이 그의 자리를 차지해 주기를 바란다고 말하면서, 아이들은 지치면 쿠션이 달린 칸막이 좌석에서 잘 수도 있노라고 말했다. 그리고 은제의 샤프펜슬로 투쉘의 명함에다 투쉘의 사인을 하고서는, '이것으로 프리 패스입니다.'라고 말했는데 사실 그대로였다.

무슨 일이 일어났는가 몇 마디로 말할 수 있다. 그러니까 온화한 여름밤, 숲의 오페라는 외국인으로 가득 차 있었다. 시작하기 전부터 모기들이 윙윙거렸다. 하지만 언제나 약간 늦게 나타나는 것을 자랑으로 여기는 최후의 모기가 피에 굶주려 윙윙거리며 나타나는 것과 동시에 정말로 막이 올랐다. 「방황하는 네덜란드인」[17]의 막이 올랐다. 해적선이라기보다는 숲속의 산적과 같은 모습으로 한 척의 배가 '숲의 오페라'라는 이름이 유래된 그 숲으로부터 나왔다. 선원들은 나무들을 향해

---

15) 가운데 부분을 볼록하게 만들어 건너편 물체들이 크게 보이도록 만든 판유리.
16) 단치히 원산의 술.
17) 바그너의 오페라.

노래를 불렀다. 나는 투쉘의 쿠션에서 잠이 들었다. 눈을 떴을 때 선원들이, 아니 다른 선원들이 여전히 노래하고 있었다. 조타수가 경비를 선다…… 하지만 오스카는 다시 잠에 떨어져 꾸벅꾸벅 졸면서도 어머니가 큰 파도 위를 미끄러져 가듯 바그너식으로 호흡하면서 네덜란드의 유령선에 빠져 있는 것이 좋았다. 그녀는 마체라트와 얀이 끼고 있던 팔을 앞으로 내밀고는 각각 단단한 나무들에 톱질을 하고 있다는 것도, 내가 거듭해서 바그너의 손가락으로부터 미끄러져 내리고 있다는 것도 깨닫지 못했다. 그러다가 오스카가 퍼뜩 눈을 뜨게 된 것은 한 여인이 적막한 숲 한가운데 혼자 서서 비명을 질렀기 때문이었다. 노란 머리카락의 그 여자는 조명 기사가 그녀를 라이트로 비추며 귀찮게 뒤쫓았기 때문에 '안 돼, 슬퍼요, 누가 날 괴롭히죠.' 하고 큰소리로 외쳤다. 그러나 포르멜라는 그녀를 괴롭히는 라이트를 치우지 않았다. 나중에 어머니가 독창자라고 가르쳐 준 그 고독한 여인의 외침은 때때로 은빛 거품이 이는 울부짖음으로 변했다. 그 소리는 초포트 숲의 나뭇잎을 때이르게 시들게 했으나, 포르멜라의 라이트에는 아무런 영향도 미치지 못했다. 그녀의 소리는 재능이 있음에도 불구하고 무력했던 것이다. 오스카는 뛰어나가서, 그 버릇없는 광원을 찾아내어 귀찮게 구는 모기 소리보다 더욱 낮게 단 한번 멀리까지 작용하는 소리를 질러 그 라이트를 처치해야만 했다.

전기가 나가고 사방이 캄캄해졌다. 불꽃이 확 타오르면서 숲에 화재가 일어났다. 화재는 곧 진압되었으나 소란이 뒤따랐다. 사실 이러한 일들은 내가 원하던 게 아니었다. 나는 혼란의 와중에서 어머니를, 그리고 거칠게 잠에서 깨워진 두 사내를 잃어버렸을 뿐 아니라 나의 북도 잃어버렸다.

극장과 나의 이러한 세 번째 만남은 숲의 오페라 바그너를 쉽게 편곡하여 집에서 피아노로 치고 있던 어머니에게 내가 서커스를 알게 해야겠다는 생각을 갖게 했다. 1934년 봄의 일이었다.

오스카는 지금 그네를 타는 은빛 여자들과 부시 서커스단의 호랑이들, 재주가 비상한 물범에 대해 수다를 떨고 싶지는 않다. 서커스의 둥근 천장에서 추락한 자는 아무도 없었다. 맹수 조련사는 조금도 물리지 않았다. 물범도 배운 대로 공을 잘 받았고 상으로 던져진 살아 있는 청어를 잘 받아 먹었다. 나는 이 서커스에서 즐거운 어린이 프로그램과 내게 대단히 중요한 의미가 있는 음악 광대 베브라를 알게 된 것을 감사할 따름이다. 빈 병으로 〈호랑이 지미〉를 연주한 그는 난쟁이 나라 주민 그룹을 이끄는 리더였다.

우리는 순회 동물원에서 만났다. 어머니와 그녀의 두 남자는 원숭이 우리 앞에서 기분이 상해 있었다. 특별히 한패에 끼게 된 헤트비히 브론스키는 아이들에게 조랑말들을 보여 주었다. 사자가 나를 향해서 하품을 한 후, 나는 경솔하게도 부엉이와 얽히게 되었다. 내가 새를 응시하려고 했는데 오히려 새가 나를 응시하고 말았던 것이다. 오스카는 귀가 빨갛게 되고, 기가 완전히 죽은 채로 그곳에서 살그머니 빠져나와 청백색의 곡마단 차 사이에 몸을 숨겼다. 그곳에는 몇 마리의 난쟁이 산양이 매어 있을 뿐 다른 동물은 없었으니까.

그는 바지 멜빵을 하고 슬리퍼를 신은 채 내 곁을 지나갔다. 그는 양동이를 운반하고 있었다. 두 사람의 눈길이 슬쩍 마주쳤다. 그뿐이었다. 그렇지만 우리는 금세 서로를 알아보았다. 그는 양동이를 내려놓고 큰 머리를 갸웃거리며 내게로 다가왔다. 그는 나보다 어림잡아 9센티미터 가량 크게 보였다.

그는 나를 내려다보며 텁텁한 목소리로 부러운 듯이 말했다. "이봐, 이봐, 세 살에서 더 이상 크려고 하지 않는구만." 내가 대답을 하지 않자 그가 다시 내게로 와서 말했다. "베브라가 내 이름이야. 오이겐 왕자의 직계 후손이지. 그 아버지는 루이 14세로, 사람들이 말하는 것처럼 사보아인은 아니야." 내가 여전히 잠자코 있자 그가 다시 지껄였다. "난 열 살 생일 때 성장이 중지되었어. 약간 늦었지. 하지만 아무튼 좋아."

그가 털어놓고 이야기했기 때문에 나도 내 소개를 했다. 계통에 대해서는 허풍을 떨지 않고 다만 오스카라고 이름을 말해 주었다. "오스카, 말해 봐. 지금 열넷, 열다섯, 아니면 열여섯은 족히 되었겠다. 네 말은 믿기지 않아. 겨우 아홉 살 반이라니?"

이번에는 내가 그의 나이를 알아맞힐 차례였다. 나는 일부러 적은 나이를 댔다.

"아첨꾼 같은 소리 하지 마, 젊은 친구야. 서른다섯이라니, 그건 옛날 이야기야. 8월이면 쉰세 살 잔치를 한다구. 네 할아버지뻘이란 말이야!"

오스카는 광대로서의 그의 줄타기 기술에 대해 몇 마디 추켜 주면서 매우 음악적이라고 말해 주었다. 그리고 약간의 공명심이 작용하여 조그마한 재주 하나를 보여 주었다. 그 때문에 서커스장을 비추는 세 개의 전구가 희생되어야 했다. 베브라 씨는 브라보, 브라비시모라고 외치면서 즉시에 오스카와 계약을 맺으려고 했다.

오늘날에도 가끔 유감스럽게 생각하는 것은, 그때 내가 거절한 일이다. 나는 구실을 대며 이렇게 말했다. "베브라 씨, 나는 차라리 관객으로 있고 싶어요. 나의 보잘것없는 재주를 모든 박수 갈채로부터 떨어진 곳에서 남모르게 꽃피우고 싶어요. 하지만 당신들의 재주에는 아낌없는 갈채를 보내요." 베브라 씨는 쪼글쪼글하게 주름이 잡힌 집게손가락을 세우면서 나에게 충고했다. "오스카, 경험 있는 동료의 말을 믿어요. 우리 같은 사람은 결코 관객이 될 수 없어. 우리 같은 사람은 무대로, 연기장으로 나가지 않으면 안 돼. 우리 같은 사람은 관객들 앞에서 재주를 보이고, 흥행을 맞추지 않으면 안 돼. 그렇게 하지 않으면 저쪽 사람들에게 유린당하고 말지. 저쪽 사람들은 우리를 학대하는 것을 즐거워한단 말이야."

거의 내 귀에 파고들듯이 속삭이면서 그는 노회(老獪)한 눈짓을 했다. "모두들 올 것이다! 식장을 메울 것이다! 횃불의 행렬을 이룰 것이다! 연단을 세우고, 사람을 끌어모아, 연단에서 우리의 몰락을 설교할 것이다. 두고 보게, 젊은 친구, 연단에서 무슨 일이 일어날지! 언제나 연단 위에 앉을 일이지, 결코 연단 앞에 서지는 말아야 하네!"

그때 나를 부르는 소리가 들렸기 때문에 베브라 씨는 양동이를 붙잡았다. "친구, 너를 찾고 있구나. 우리 다시 만나요. 우리는 너무 작기 때문에 서로 놓칠 리가 없어. 베브라가 몇 번이고 말하는데, 우리 같은 난쟁이는 아무리 빽빽하게 찬 연단 위라 할지라도 언제든 빈 자리를 발견할 수 있어. 연단 위가 아니라면 연단 밑이라도 말이지. 하지만 연단 앞은 결코 아니야. 오이겐 왕자의 직계인 베브라의 말씀이시다."

오스카의 이름을 부르며 곡마단 차 뒤에서 나타난 어머니는, 베브라가 나의 이마에 키스하고 나서 양동이를 들고 어깨를 흔들며 곡마단 차 쪽으로 가는 장면을 우연히 보고 말았다.

나중에 어머니가 마체라트와 브론스키에게 분개하며 이렇게 말했다. "생각해 봐요. 이 아이가 난쟁이 나라 사람들이 있는 곳에 있었어요. 게다가 난쟁이가 이 아이의 이마에다 키스까지 했어요. 부디 아무 재앙도 없어야 할 텐데!"

베브라가 이마에다 한 키스는 내게는 많은 것을 의미했다. 다음 해의 정치적 사건이 그의 말이 정확했음을 입증했다. 즉 횃불 행렬과 연단 앞 행진 시대가 시작되었던 것이다.

내가 베브라 씨의 충고에 따랐던 것과 같이, 어머니도 병기창 거리에 사는 지기스문트 마르쿠스에게서 목요일 방문 때마다 누차 들었던 충고의 일부를 염두에 두고 있었다. 어머니는 마르쿠스와 런던에 가지는 않았지만—나로서는 이사에 대해 그렇게 반대할 이유는 없었다—마체라트 곁에 머물면서 적당히 얀 브론스키를 만나고 있었다. 얀은 숙박료를 지불하며 티셜러 거리에서 머물든지, 아니면 언제나 지기 때문에 숙박료보다 더 비싸게 먹히는 가족 스카트 놀이를 하면서 어머니를 만났다. 어머니는 내기돈을 두 배까지 걸지는 않았지만, 마르쿠스의 충고에 따라 계속 마체라트에게 걸었다. 이 마체라트는 1934년에, 즉 비교적 이른 시기에 조직의 세력을 간파하고 당에 가입했지만 조직책으로 승진한 것이 고작이었다. 특별한 일이 있으면 언제든 스카트 놀이를 할 구실로 삼았던 그들은 또한 이 승진을 핑계 삼아 스카트 놀이를 했다. 이 자리에서 마체라트는 처음으로 그 어느 때보다도 단호하면서도 걱정스런 어조로 얀 브론스키에게 주의를 주었다. 얀은 그때까지도 폴란드 우체국의 직원으로 근무하고 있었던 것이다.

그 외에는 달라진 것이 별로 없었다. 그레프가 선물한 음울한 베토벤의 초상이 피아노 위쪽의 못으로부터 철거되고 같은 자리에 똑같이 음울한 히틀러의 모습을 볼 수 있게 되었다. 심각한 음악을 싫어했던 마체라트는 거의 귀가 먹은 음악가를 철저하게 추방하고 싶어했다. 그러나 베토벤 소나타의 느린 악장을 매우 좋아해 집에 있던 피아노로 한두 개의 악장을 지정된 속도보다 훨씬 느리게 연습하며 때로는 한 손가락으로 건반을 두들기곤 하던 어머니는, 베토벤을 소파 위가 아니라면 그릇장 위로 옮길 것을 고집했다. 그리하여 모든 대결 중에서 가장 음울한 대결이 벌어지게 되었다. 히틀러와 천재는 마주 보고 걸려 상대방을 째려보며 서로 마음을 탐색했으나, 피차간에 유쾌한 기분이 될 수는 없었다.

마체라트는 하나씩 하나씩 제복을 구입해서 갖추었다. 내 기억으로는 맨 처음으로 구입한 것은 제모였다. 그는 날씨가 좋은 날에도 아래 턱을 문지르는 턱끈을 걸고 제모를 쓰는 것을 좋아했다. 한동안 그는 이 모자에 맞추어 검은 넥타이가 딸린 하얀 와이셔츠나 완장이 딸린 방풍 재킷을 입었다. 그는 처음으로 갈색 셔츠를 구입하고 난 일주일 후에는 황갈색의 승마 바지와 장화도 구하려고 했다. 어머니는 거기에 반대했다. 하지만 그로부터 몇 주일이 지나자 마체라트는 마침내 제복 전부를 착용하기에 이르렀다.

이 제복을 입을 기회가 일주일에 몇 차례 있었으나 마체라트는 체육관 옆의 '5월의 초원'에서 열리는 일요일의 군중 집회에 참가할 때 외에는 입지 않았다. 그러나 일단 그곳에 가기만 하면 아무리 나쁜 날씨에도 엄숙한 자세를 흐트리지 않았으며, 제복 위에 우산도 받치지 않았다. 우리는 곧 지속적인 것이 될 구호를 여러 번 듣곤 했다. 즉 마체라트는 '봉사(奉事)할 때는 봉사, 술 마실 때는 술'이라고 말하며, 일요일 아침마다 점심 식사용 불고기를 준비한 후에는 어머니를 남겨 두고 나가버렸던 것이다. 그 때문에 나는 꽤나 곤란한 입장에 처하곤 했다. 왜냐하면 이러한 일요일의 새로운 정세를 파악한 얀 브론스키가, 마체라트가 대열 속에 섞여 있는 동안, 산뜻한 신사복 차림으로 홀로 남겨진 어머니를 방문했기 때문이었다.

슬며시 빠져나가는 것 말고 내가 무슨 일을 할 수 있었겠는가. 나는 소파에 있는 두 사람을 방해할 생각도 없었으며 그렇다고 빤히 바라보고 있을 수도 없는 일이었다. 그래서 제복 차림의 아버지가 시야에서 사라지고, 그 무렵 내가 진짜 아버지라고 추정하고 있던 신사복 차림의 아버지가 도착할 시간이 되면 나는 곧바로 북을 치면서 집을 나와 '5월의 초원'으로 향했던 것이다.

하필이면 '5월의 초원'이냐고 묻는 분이 있을지 모르겠다. 그것은 일요일에는 항구에서 아무런 행사도 없었고, 그렇다고 숲으로 산책할 기분도 아니었으며, 또한 그 무렵까지는 아직 성심 교회의 내부가 내게 아무런 의미도 주지 않았기 때문이었다. 물론 그레프 씨의 보이 스카우트가 있긴 했지만, 나는 그 뒤틀린 에로티시즘보다는 '5월의 초원'의 떠들썩함이 더 좋았다고 고백하지 않을 수 없다. 지금 여러분이 나를 동조자라고 부르는 한이 있더라도 말이다.

거기에서는 항상 그라이저 아니면 지구당 교육부장인 뢰프자크의 연설이 있었다. 나는 그라이저로부터는 이렇다 할 특별한 인상을 받지 않았다. 그는 아주 온화한 사람이었으며 포르스터라는, 나중에 지구당 위원장이 되는 바이에른 출신의 정보원 같은 사내에 의해 교체되었다. 하지만 뢰프자크는 포르스터를 대신하고도 남을 만한 사내였다. 정말이지 뢰프자크가 곱사등이가 아니었다면 퓌르스트 출신으로 이 항구 도시의 포석 위에서 확고한 지위를 구축하기란 어려웠을 것이다. 뢰프자크를 올바로 평가하고, 그 굽은 등에서 높은 지성의 표시를 본 당이 그에게 지구당 교육부장을 시킨 것이었다. 이 사내는 능력 있는 자였다. 포르스터가 상스러운 바이에른 사투리로 '제국으로 돌아오라'고 거듭 외치는 것과는 달리, 뢰프자크는 좀더 자세한 설명과 더불어 온갖 종류의 단치히 사투리를 구사하고, 볼러만과 불주츠키에 대한 재담을 토하면서, 쉬하우의 부두 노동자, 오라의 민중, 에마우스, 쉬틀리츠, 뷔르거비젠, 프라우스트의 시민들을 설득하는 방법을 알고 있었다. 갈색 제복 위로 그 혹이 유달리 뾰족하게 솟아 있는 이 작은 꼽추 사내에게—그가 지나치게 엄숙한 공산당원이나 맥빠진 환성을 지르는 여러 명의 사회당원과 관계되는 이야기를 하는 동안—귀를 기울이는 것은 유쾌한 일이었다.

뢰프자크는 위트가 풍부했고, 그 위트를 모두 혹에서 끄집어냈으며, 자신의 혹의 이름을 불렀다. 왜냐하면 대중에게는 언제나 그러한 것이 마음에 드는 법이기 때문이었다. 뢰프자크는 공산당이 대두할 확률보다는 차라리 그가 혹을 잃게 될 확율이 높다고 주장했다. 사람들은 그가 혹을 잃지 않을 것이며, 혹도 변하지 않을 것이라고 예상했다. 그 때문에 혹은 어디까지나 옳았고, 혹과 더불어 당도 옳았다—여기에서 우리는 혹이 하나의 이념의 이상적인 토대를 이룬다고 추론할 수 있는 것이다.

그라이저, 뢰프자크, 나중에는 포르스터가 연설을 할 때 그들 모두는 연단에서 연설했다. 그것은 난쟁이 베브라가 내게 말해 주었던 그 연단이었다. 그 때문에 나는 한동안 꼽추이자 재능이 있는 뢰프자크가 연단에 모습을 드러내고 연설을 시작할 때면 베브라가 그를 파견하지 않았나 하는 생각이 들곤 했다. 갈색 제복으로 변장하고 연단 위에서 베브라의 입장을, 또 근본적으로 보면 나의 입장을 옹호하는 베브라의 사절 말이다.

연단이란 무엇인가? 누구를 위해서든 누구 앞에 만들어지든 그것은 좌우 대칭이어야만 한다. 그래서인지 체육관 옆에 있는 우리들의 '5월의 초원'에 자리잡은 연단도 정확하게 좌우 대칭을 이루고 있었다. 위에서 아래를 향하여 여섯 개의 갈고리 십자가가 나란히 꽂혀 있다. 다음에는 여러 가지 깃발, 페넌트, 그리고 군기. 다음에는 턱끈을 걸친 검은 친위대가 한 줄, 그 다음에는 노래하거나 연설을 할 때 양손으로 벨트의 버클을 움켜쥐고 있는 돌격대가 두 줄, 그리고 또 그 다음에 제복 차림의 당원이 여러 줄 앉아 있었다. 연설자의 소탁자 뒤에는 마찬가지로 당원들, 여느 어머니와도 다를 바가 없는 부녀부장들, 신사복 차림의 시참사회 대표자들, 제국에서 파견된 내빈들 그리고 경찰서장이나 그 대리가 앉아 있었다.

연단 밑은 히틀러 청소년단의 젊음으로 넘쳐 있었다. 더 정확하게 말하자면 청소년단 지구(地區) 취주악대와 히틀러 청소년단 지구 고적대였다. 많은 군중 집회 때에는 마찬가지로 좌우 대칭으로 편성된 혼성 합창대가 구호를 외치든지, 아니면 모두가 좋아하는 「동풍(東風)」을 노래하는 것이 허용되었다. 「동풍」의 가사는 다른 어떠한 바람보다도 깃발을 나부끼게 하는 데 적당했다.

나의 이마에 키스해 준 베브라는 이렇게 말하기도 했다. "오스카, 결코 연단 앞에 서지 마라. 우리 같은 자는 연단 위에 있어야 한다."

나는 대개 부녀부장들 사이에 자리 잡을 수 있었다. 유감스럽게도 이 부인네들은 선전 선동을 위한 군중 집회 동안에 나를 쓰다듬지 않고는 배기지 못했다. 나는 나의 북 때문에 연단 밑의 팀파니와 팡파르, 북들 사이로 뚫고 들어갈 수 없었다. 정규 악대원들이 거부했기 때문이었다. 지구당 교육부장 뢰프자크와도 교섭해 보았으나 유감스럽게도 성사시킬 수 없었다. 내가 이 사내를 정말 잘못 생각했던 것이다. 그는 내가 바랐던 것처럼 베브라가 파견하지도 않았으며, 그 전도유망한 혹에도 불구하고 나의 진정한 크기를 거의 이해하지 못했다.

연단이 세워진 어느 일요일, 나는 그의 소탁자 바로 앞으로 걸어가 나치스식으로 인사하고는 처음으로 그를 정면으로 바라보았다. 그리고 눈으로 윙크를 계속 보내며 "베브라는 우리들의 총통입니다."라고 속삭였다. 하지만 그는 사태를 전혀 눈치 채지 못하고서 나치스 부녀부의 아주머니들과 마찬가지로 나를 쓰다듬었다. 그리고 마침내는—그는 연설을 해야만 했다—오스카를 연단에서 내려보내도록 지시했다. 군중 집회 동안에 오스카는 두 여성 청년단장의 한가운데에 끼인 채 계속 "아빠가 누구니, 엄마가 누구니." 하는 질문에 시달려야만 했다.

그러므로 이미 1934년 여름에 룀의 반란 사건으로 영향을 받은 건 아니지만 내가 당에 애착을 잃기 시작한 것도 그리 놀라운 일은 아니었다. 연단 앞에 서서 연단을 지켜보는 일이 길어짐에 따라 나는 뢰프자크의 혹에 의해 불충분하게나마 그 균형이 깨어지고 있는 그 좌우 대칭을 정말 수상한 것으로 여기게 되었다. 나의 비판이 무엇보다도 북과 팡파르 주자에게로 향해졌던 것은 당연하다. 그래서 나는 1935년 8월, 어느 찌는 듯한 일요일의 군중집회에 참석했다가 연단 바로 밑에서 북을 치는 대원들 그리고 팡파르 대원들과 실랑이를 벌이게 되었던 것이다.

마체라트는 벌써 9시에 집을 나섰다. 그가 시간에 맞추어 집을 나설 수 있도록 나는 갈색의 가죽 각반을 닦는 것을 도와주었다. 아주 이른 시간인데도 견디기 어려울 만큼 무더웠다. 그래서 그는 밖으로 나가기도 전에 제복 와이셔츠의 소매 밑부분에 검은 얼룩이 점차 퍼져 나갈 정도로 흥건하게 땀을 흘렸다. 9시 반 정각에 회색 단화를 신고 밀짚 모자를 쓴 얀 브론스키가 통풍이 잘되는 밝은 여름옷을 입고 나타났다. 얀은 잠시 나와 놀아 주었으나, 노는 동안에도 전날 밤 머리를 감은 어머니에게서 눈을 떼놓지 않았다. 잠시 후 나는 내가 두 사람의 이야기에 방해가 되고, 어머니의 태도를 딱딱하게 만들며, 얀의 동작을 방해하고 있다는 사실을 곧 눈치 챘다. 얀이 가벼운 여름 바지를 갑갑하게 여긴다는 게 분명했다. 그래서 나는 그곳을 아장아장 빠져나와 마체라트의 뒤를 쫓아갔다. 일부러 그를 따라한 것은 아니었다. 나는 '5월의 광장'을 향하여 부지런하게 걸어가는 제복 차림의 사람들로 가득한 큰 거리를 조심스럽게 피해 갔다. 그래서 나는 처음으로 체육관 옆에 자리 잡은 테니스 코트 쪽에서 군중 집회가 열리고 있는 광장 쪽으로 다가갔다. 내가 연단 뒤를 볼 수 있었던 것은 이렇게 길을 돌아간 덕택이었다.

여러분은 지금까지 연단을 뒤에서 본 적이 있는가? 모든 사람들은—이것은 물론 하나의 제안에 지나지 않는 것이긴 하지만—연단 앞에 모이기 전에 연단 뒤의 광경을 충분히 보아야 할 것이다. 일찌감치 뒤쪽에서 연단을 잘 보아 두었던 사람은 그때부터 면역이 되어, 형태의 차이에도 불문하고 연단 위에서 거행되는 그 어떠한 마술에도 흔들리지 않게 될 것이다. 교회 제단 뒤의 광경에 대해서도 마찬가지로 말할 수 있다. 하지만 그것은 앞으로 별도로 다루게 될 것이다.

하지만 어떤 일이든 철저하게 하지 않고는 견딜 수 없었던 오스카는 벌거벗은 그대로의 흉한 뼈대를 바라보는 것만으로는 만족할 수 없었다. 그는 스승 베브라의 말을 기억해 내고는, 버젓하게 꾸며 놓은 앞면이 아니라 조잡한 뒷면으로부터 연단에 접근하여, 외출할 때면 언제나 들고 나오는 북과 함께 버팀 기둥 사이로 몸을 밀어 넣었다. 그러고 나서 머리 위쪽의 판자에 머리를 부딪치고, 목재에서 심술궂게 솟아 있는 못에 무릎을 찢기고, 머리 위로는 당원들의 장화가 찍찍거리는 소리와 부녀부원들의 작은 구두들이 내는 소리를 들으며 마침내 가장 갑갑하면서도 8월에 가장 적합한 장소에 다다랐다. 연단의 기둥다리 안쪽으로 대어 놓은 한 장의 베니어판 뒤에서 몸을 숨길 장소를 발견한 것이었다. 그곳은 걸려 있는 깃발과 제복에 의해 시선을 어지럽히는 일이 없이 정말 조용하게 정치적 집회가 쏟아내는 음향의 매력을 만끽할 수 있는 곳이었다.

나는 연설용 소탁자 밑에 쪼그리고 앉았다. 아마도 나의 왼편과 오른편 그리고 머리 위에 비교적 어린 소년단의 고수(鼓手)들과 보다 나이가 많은 히틀러 청소년단의 고수들이 눈을 가느다랗게 뜨고 두 다리를 벌린 채 버티고 서 있을 것이다. 그리고 다수의 사람들이 서 있을 것이다. 나는 연단에 깔린 판자들의 틈 사이로 그들의 냄새를 맡았다. 사람들은 서 있었다. 그리고 팔꿈치와 팔꿈치, 나들이웃과 나들이웃을 맞대고 있었다. 그들은 걸어 오거나 시내 전차를 타고 왔다. 일부는 새벽 미사에 다녀왔지만 거기에서 만족감을 느끼지 못하고 자기 색시의 팔에 무엇인가를 안겨 주기 위해 왔다. 역사가 이루어질 때 그 현장에 동참하고 싶었던 것이다. 이런 일을 하는 데 하루의 오전 정도야 허비하면 어떤가.

아니야, 이들이 아무 목적도 없이 여기 왔을 리는 없어, 라고 오스카는 자신을 타일렀다. 오스카는 판자의 옹이 구멍에 한쪽 눈을 대고 힌덴부르크 거리로부터 혼잡한 움직임이 다가오고 있는 것을 지켜보았다. 그들이 도착했다! 그의 머리 위에서 명령 소리가 요란하게 들렸다. 고적대의 지도자가 지휘봉을 휘두르고, 대원들은 나팔에 숨을 불어넣고, 취주(吹奏) 구멍에 입술을 갖다 댔다. 그리고 어느새 천박하기 짝이 없는 용병들처럼 반들반들 닦은 양철북을 두들겼다. 그 때문에 고통스러워진 오스카가 자신에게 말했다. "불쌍한 돌격대원 브란트, 가련한 히틀러 청소년단원 크벡스, 너희들은 보람도 없이 쓰러진 거야!"

시위 운동의 희생자에 대한 이러한 그의 애도사를 인정하기라도 하는 듯이, 그 직후 송아지 가죽을 씌운 북을 둥둥 두들기는 조잡한 소리가 트럼펫 소리에 섞였다. 군중 한가운데를 지나서 연단으로 통하는 좁은 길은 멀리서부터 제복 차림의 사람들이 차츰 가까이 다가오고 있음을 예감케 했다. 오스카가 소리를 질렀다. "지금이야말로 국민 여러분, 조심하시오, 국민 여러분!"

연단(演壇)

북은 이미 알맞은 위치에 놓여 있었다. 나는 양손으로 북채를 잡아 허공에서 춤추게 하고 손목을 부드럽게 하여 교묘하고도 밝은 왈츠 리듬을 양철북으로 연주했다. 그리고 비엔나와 다뉴브강의 리듬을 두드리며 점점 효과적으로 소리를 강하게 했다. 그 결과 내 머리 위의 제1북과 제2북들이 나의 왈츠에 호의를 느꼈고, 비교적 나이 든 소년들이 치는 단조로운 북도 다소간의 솜씨를 드러내면서 나의 전주(前奏)에 동조하고 말았다. 그중에는 청각이 매우 둔해서, 내가 대중적인 인기가 있는 4분의 3박자를 염두에 두고 있는 동안에도 둥둥 또는 둥둥둥 하고 계속 두들겨 대는 미련한 놈들도 있었다. 오스카가 절망적이라고 느끼는 순간에 팡파르가 겨우 미몽에서 깨어났고, 플루트는 「오, 다뉴브강」을 아주 맑디맑게 불었다. 왈츠의 왕을 믿지 않는 팡파르 대장과 고적 대장만은 계속 성가신 명령을 외치고 있었으나 나는 명령을 묵살해 버렸다. 그것이 지금 나의 음악이었기 때문이다. 대군중은 그 점을 내게 고마워했다. 연단 앞에서 웃음 소리가 커졌고 그중 몇 사람은 이미 「오, 다뉴브강」을 노래하고 있었다. 그 노래는 공연장 전체를 파랗게 덮었으며, 힌덴부르크 거리와 슈테펜스 공원에까지 파랗게 번져 나갔다. 그리하여 나의 리듬은 나의 머리 위에 있는 음량을 최고도로 올린 마이크로폰을 통해 확대되며 튀어 나갔다. 나는 계속해서 북을 치며 옹이 구멍을 통해 밖을 내다보았다. 군중이 나의 왈츠에서 기쁨을 느껴 열광적으로 뛰기도 하고 다리를 움직이고 있음을 알았다. 이미 아홉 쌍이, 그리고 또 한 쌍이 춤을 추며 왈츠 왕자의 지시에 따르고 있었다. 뢰프자크는 지역 지도자와 대대장, 그리고 포르스터, 그라이저, 라우슈닝과 함께 군중의 한가운데에서 갈색 지휘봉 끝을 쥔 채, 연단으로 가는 좁은 길이 막혀 있는 것에 대해 분격하고 있었지만 놀랍게도 그만은 왈츠의 리듬에 휩쓸리지 않고 있었다. 그는 직선적인 행진곡과 더불어 연단으로 나아가는 데 익숙해 있었다. 그런데 이제 이 낙천적인 음악이 군중에 대한 그의 믿음을 빼앗아 버렸던 것이다. 옹이 구멍을 통해 나는 그의 고뇌를 들여다보았다. 고뇌가 구멍을 꿰뚫었다. 예컨대 내가 눈에 불을 켜고 그를 노려봤지만, 오히려 그의 고뇌가 나를 휩쓸었던 것이다. 그래서 나는 곡을 찰스턴의 「호랑이 지미」로 바꿨다. 서커스의 광대 베브라가 젤터 소다수의 빈 병들을 두드리던 리듬이었다. 하지만 연단 앞의 소년들은 찰스턴을 이해하지 못했다. 확실히 세대가 달랐다. 그들은 찰스턴과 「호랑이 지미」에 대해 전혀 몰랐다. 그들은—아아, 나의 친구 베브라 씨—지미와 호랑이를 두들긴 적이 없었다. 그들이 마구 두들긴 것은 채소와 무였으며, 그들이 팡파르로 분 것은 소돔과 고모라였던 것이다. 플루트는 스스로 높이 뛰어오르며 흩어진다고 생각했다. 팡파르 대장은 아무데나 대고 욕설을 퍼부었다. 하지만 팡파르대(隊)와 고적대의 소년들은 미친 듯이 북을 치고, 플루트를 불고, 나팔을 불어 댔다. 지미는 무더운 호랑이의 8월 한중간에 있는 것이 기뻤다. 그리고 연단 앞에서 1000명씩 수천 명씩 떼지어 밀치고 밀리고 하던 군중들은 마침내 깨달았다. 사람들로 하여금 노래를 불러 찰스턴으로 데려가는 것은 호랑이 지미였다!

'5월의 초원'에서 아직 춤을 추고 있지 않던 사람들은 아직 파트너가 없는 마지막 여자들을 때늦기 전에 붙잡았다. 뢰프자크만은 그의 혹과 더불어 춤을 추어야 했다. 그의 근처에 있는 치마를 걸친 모든 사람은 이미 상대가 있었고, 그를 도와주어야 할 부녀부원들은 고독한 뢰프자크와 멀리 떨어져 연단의 딱딱한 나무 벤치에 앉아 웅성거리고 있었기 때문이었다. 하지만 그는—그의 혹이 그에게 충고하는 대로—춤을 추었고, 심술 궂은 지미의 음악과는 대조적으로 착한 표정을 지으려 했으며 아직 구제할 수 있는 것이 있다면 구제하려고 생각했다.

그러나 구제할 수 있는 것은 아무것도 없었다. 사람들은 춤을 추며 '5월의 초원'을 떠나갔다. 마구 짓밟히기는 했지만 어쨌든 푸르기만 한 들판에는 마침내 한 사람도 남지 않았다. 사람들은 '호랑이 지미'와 더불어 이웃에 있는 드넓은 슈테펜스 공원으로 뿔뿔이 사라졌다. 그곳은 말하자면 지미가 약속한 정글이었다. 호랑이들이 소리도 없이 살금살금 사라지고 난 뒤, '5월의 초원'에서 방금 서로 밀고 밀치던 사람들에게 대용품의 원시림이 나타났던 것이다. 법과 질서의 정신이 피리를 불며 지나가 버렸다. 그러나 좀더 문화를 아는 사람은 그 힌덴부르크 거리의 넓은 가로수 길에서, —나무들은 18세기에 처음으로 심어졌고 1807년 나폴레옹 군대에 포위되었을 때 벌채되었다가, 1810년 나폴레옹을 기념하기 위해 다시 심어졌다—그 역사적 장소인 힌덴부르크 거리에서 나의 음악에 맞춰 춤을 출 수 있었다. 왜냐하면 내 머리 위의 마이크로폰

이 끊기지 않았기 때문이고, 나의 음악이 올리바 문에까지 들렸기 때문이며, 연단 밑에 있는 나와 그 씩씩한 소년들이 쇠사슬 풀린 지미의 호랑이와 더불어 민들레만을 남긴 채 '5월의 초원'을 깨끗하게 치워 버리는 데 성공할 때까지 내가 자유로워지지 않았기 때문이었다.

내가 양철북에게 오랜만에 합당한 휴식을 주었을 때도, 고적대 소년들은 연주를 멈추려고 하지 않았다. 내 음악이 영향력을 미치지 않게 될 때까지는 상당한 시간이 필요했다.

아직 이야기는 끝나지 않았다. 오스카가 곧장 연단 안에서 떠날 수 없었던 것은 돌격대와 친위대의 대표들이 한 시간 이상이나 장화를 뚜벅거리며 연단 마룻바닥 위를 왔다갔다하고 있었기 때문이었다. 그들은 검은 제복과 갈색 제복을 여기저기 찢겨 가면서 연단 안에서 무엇인가를 찾고 있는 것 같았다. 사회당이나 공산당의 교란 분자라도 찾고 있었던 것 같다. 여기에서 오스카의 꾀와 기만 전술을 일일이 열거하지는 않겠다. 어쨌든 그들은 오스카를 발견하지 못했는데, 그것은 그들이 오스카만큼 성장하지 못했기 때문이었다.

마침내 목재의 미궁 안에 정적이 찾아왔다. 그곳은 예언자 요나가 앉아 있었던 저 기름 냄새 물씬 풍기는 고래 배 속과 거의 같은 크기였다. 아니, 아니, 오스카는 예언자가 아니었다. 허기를 느끼고 있지 않은가! 거기에는 "일어나 저 큰 성읍 니느웨로 가 내가 네게 명한 바를 선포하라."라고 일러 주던 하느님은 없었다. 내게는 또한 박덩굴을 자라게 했다가 나중에 벌레로 하여금 씹어 없애게 한 하느님도 필요 없었다. 나는 저

성서에 나오는 박덩굴을 애석해하지 않았을 뿐더러 니느웨가
소중하다는 생각도 하지 않았다. 설령 그것이 단치히라고 불
린다 하더라도 말이다. 나는 성서에는 나오지도 않는 북을 스
웨터 밑에다 감춘 채 온통 자신의 일에만 몰두하고 있었다. 그
러고는 머리를 부딪치거나 못에 찢기는 일 없이, 모든 종류의
군중 집회를 위해 만들어진 연단의 내장에서 나올 수 있었다.
정말 우연하게도, 그 연단은 예언자를 삼킨 고래와 같은 크기
였다.

　휘파람을 불며 '5월의 초원' 가장자리로 해서 체육관 쪽으
로 천천히 걸어가는 세 살로 보이는 소년을 누가 주목하겠는
가? 테니스 코트 뒤편에서는 연단 발치에 있던 나의 소년들이
손을 앞으로 내밀어 저음(低音) 북과 케틀 드럼, 플루트와 팡
파르를 든 채 껑충껑충 뛰고 있었다. 아이들이 벌을 받고 있
는 중이었다. 나는 지구당 위원장의 호각 소리에 따라 뛰고 있
는 어린애들이 조금은 가엾다는 생각이 들었다. 막료들이 모
여 있는 곳으로부터 조금 떨어진 곳에서 뢰프자크가 고독한
혹을 짊어진 채 왔다갔다하고 있었다. 목표로 정한 출세 코스
의 고비에서마다 그는 구두 뒤축으로 '뒤로 돌아'를 거듭하면
서 온갖 풀과 민들레를 도태시켜 왔던 것이다.

　오스카가 집에 돌아왔을 때 식탁에는 벌써 점심이 차려져
있었다. 소금에 절인 감자와 빨간 양배추를 잘게 썰어 함께 버
무려 넣은 고기 만두였다. 후식으로는 바닐라 소스를 친 초콜
릿 푸딩이 나왔다. 마체라트는 한마디도 하지 않았다. 오스카
의 어머니는 식사를 하는 동안 뭔가 다른 생각에 골몰해 있

었다. 그 대신 오후에는 질투와 폴란드 우체국에서 비롯된 부부 싸움이 있었다. 저녁 무렵에는 구름과 절묘한 북소리를 내는 우박을 동반한 소나기가 잠시 동안 시원하게 내렸다. 오스카의 피곤해진 양철북은 가만히 귀를 기울였다.

쇼윈도

한동안, 정확하게 말하자면 1938년 11월까지 나는 북을 가지고 연단 밑에 쪼그리고 앉아 크고 작은 성공을 지켜보면서 군중 집회를 와해시켰고, 연설자를 더듬거리게 만들었으며, 행진곡이나 찬가를 왈츠나 폭스 트롯으로 변형시키곤 했다.

이미 모든 것이 역사가 되었고, 아직까지 무언가가 뜨거워진다 하더라도 곧 차가운 쇠로 굳어져 버리는 오늘날, 나는 정신 병원의 일개 환자로서 연단 밑에 숨어 북을 치던 때의 일을 냉정하게 거리를 두고 바라볼 수 있다. 군중 집회를 여섯 차렌가 일곱 차례 망쳐 버리고, 세 차례인가 네 차례 행진과 분열식을 내 북으로 흩뜨려 놓았다고 해서 나를 저항의 용사로 보는 것은 당치도 않다. 저항이란 말은 널리 유행어가 되었다. 사람들은 저항 정신, 저항 조직에 대해 이야기한다. 심지어 저항을 내면화할 수 있다고들 말하기도 한다. 일컬어 국내 망명[18]이라고 말이다. 전쟁 동안 침실의 등화관제를 소홀히하여 방공 감시원으로부터 벌금형에 처해졌던 것을 내세우며 지금 저항의 용사, 저항의 사내로 자칭하는 저 고루한 신사분들에 대해서는 입에 담고 싶지도 않다.

다시 한번 오스카의 연단 밑을 보기로 하자. 오스카는 북으로 그들에게 무엇을 쳤던 것일까? 스승 베브라의 충고에 따라 그가 마음대로 의식을 진행하고, 연단 앞의 군중을 춤추게 했단 말인가? 그는 기지가 풍부하고 교활한 지구당 교육부장 뢰프자크의 시도를 망쳐놓았던가? 그는 간편 냄비 요리[19]로 식사를 했던 1935년 8월의 어느 일요일에 처음으로, 그리고 이후 몇 차례에 걸쳐 적백색으로 칠해져 있긴 하지만 폴란드의 것이 아닌 양철북으로 갈색의 군중 집회를 소용돌이 속으로 몰아넣었던가?

나는 그러한 모든 일을 했다. 여러분도 인정해 주시지 않으면 안 된다. 사실이 그렇다면 정신 병원 수감자인 나는 저항의 용사인가? 나는 이 물음에 아니오라고 답해야 한다. 그리고 정신 병원 환자도 아닌 여러분은 나를 괴짜 이상으로도 이

---

18) 'innere Emigration'을 번역한 것으로서 보통 '내적 망명'이라고들 번역하나 국내 망명으로 번역하는 것이 더 적합하다. 나치스 치하에 국외로 추방되었거나 망명했던 사람들과는 달리 국내에서 내적으로, 정신적으로 저항했노라고 변명하는 사람들을 귄터 그라스가 비판하고 있는 것이다. '국내 망명'이라는 말 자체가 이미 모순이 아닌가.
19) 나치스는 한달에 한번씩 점심 식사를 간소하게 하여 절약한 돈으로 구제 사업에 충당했다.

하로도 보지 마시기 바란다. 나는 개인적인 또한 미학적인 이유에서, 또 스승 베브라의 충고를 명심해서, 제복의 색과 재단 방법, 연단에서 흔히 연주되는 음악의 박자와 음의 강약을 거부하고, 단순한 어린 아이의 장난감을 두들겨서 약간 저항했을 뿐이다.

그 무렵은 아직 연단 위나 앞에 있는 사람들에게 초라한 북을 가지고 가까이 갈 수 있었다. 그래서 무대에서의 이 장난질이 원격 작용으로 유리를 파괴하는 노래와 마찬가지로 완성의 경지에까지 이르렀다는 것을 나는 인정하지 않을 수 없다. 나는 갈색의 집회에서만 북을 친 것은 아니었다. 오스카는 붉은 깃발이나 검은 깃발의 모임, 보이 스카우트, PX의 시금치 빛깔 셔츠, 여호와의 증인, 키프호이저 동맹, 채식주의자들, 청년 폴란드의 신풍(新風) 운동 따위의 집회에서도 연단 밑에 앉아 있었다. 그들이 무엇을 노래하고, 불고, 기도하고, 선포한다 할지라도 나의 북은 그것들을 더욱 잘 이해했다.

그러므로 내가 하는 일은 파괴적이었다. 나의 북으로 일정한 성과를 얻지 못하면 나는 소리로 해치웠다. 그리하여 나는 밝은 대낮에 좌우 동형의 연단에 도전하는 것과 아울러 밤의 행동도 개시했다. 즉 1936년에서 37년에 걸친 겨울 동안 나는 유혹자의 역할을 했다. 동포를 유혹하는 가르침을, 나는 저 엄동 설한의 겨울날 랑푸우르의 7일장에서 노점을 차렸던 할머니 콜야이체크로부터 처음 배웠다. 그녀는 네 벌의 치마를 껴입고 진열대 뒤에 웅크리고 앉아 애처로운 소리로 축제일에 쓸 물품을 권했다. "싱싱한 달걀 있어요, 황금빛 버터 있어요.

너무 살찌지도 마르지도 않은 거위도 있어요."

　매주 화요일이 장날이었다. 그녀는 협궤 철도가 피어에크로부터 와서 랑푸우르에 조금 못 미쳤을 때, 전차 안에서 신고 있던 모피 슬리퍼를 벗어 버리고 볼품없는 고무신으로 갈아 신었다. 그러고는 두 개의 바구니에 찰싹 달라붙어 앉아 역전 거리에 노점을 펼치고는 '안나 콜야이체크, 비사우'라는 이름표를 달았다. 그 무렵 달걀은 얼마나 쌌던가! 1굴덴에 열다섯 개나 되었으니 말이다. 카슈바이산 버터는 마가린보다 쌌다. 할머니는 "넙치 있어요."나 "대구는 어때요."라고 외치며 생선을 파는 두 여인 사이에 웅크리고 앉아 있었다. 추워서 버터는 돌처럼 딱딱해졌고, 달걀은 신선함을 잃지 않았으며, 고기 비늘은 아주 얇은 면도날처럼 날카롭게 되었다. 그 덕택에 쉬베르트페거라는 외눈박이 사내한테는 직업과 보수가 얻어걸렸다. 그는 노천에서 숯불에 벽돌을 뜨겁게 달군 후 그것을 신문지에 싸 시장 여인네들에게 빌려주었던 것이다.

　나의 할머니는 쉬베르트페거로 하여금 꼭 한 시간 간격으로 뜨거운 벽돌을 네 벌의 치마 밑에 밀어넣게 했다. 쉬베르트페거는 그것을 쇠갈고리로 밀어넣었다. 그는 김이 무럭무럭 나는 신문지에 싸인 뭉치를 살짝 들어올려져 있는 치마 밑으로 밀어넣어 그 속에 내려놓는다. 그리고 나서 쉬베르트페거의 갈고리는 거의 식어 버린 벽돌과 함께 할머니의 치마 밑에서 다시 얼굴을 내밀었다.

　나는 이 신문지 속에서 열을 저장하고 발산하는 벽돌이 얼마나 부러웠던가! 오늘날까지도 나는 이렇게 뜨겁게 구워진 벽돌이 되어 거듭해서 할머니 치마 밑에 있을 수 있다면 얼마나 좋을까 생각해 본다. 여러분은 대관절 오스카가 할머니의 치마 밑에서 무엇을 찾느냐고 질문할지도 모른다. 할아버지 콜야이체크의 뒤를 이어 노파를 범하기라도 하겠단 말인가? 망각과 고향 그리고 궁극의 열반(涅槃)이라도 찾고 있는 것인가?

오스카의 대답은 이렇다. 나는 치마 밑에서 아프리카를 찾노라고, 그리고 가능하다면 누구나 보았음에 틀림없는 나폴리를 찾노라고. 그곳에서는 몇 개의 강이 합류했으며, 그곳에는 분수선(分水線)이 있었다. 그곳에서는 특별한 바람이 불었다. 그러나 바람이 잔잔할 때도 있었다. 그곳에서는 비가 내렸지만 바깥의 사람들은 마른 곳에 앉아 있었다. 그곳에서는 몇 척의 배가 매어지거나 혹은 닻이 올려지기도 했다. 그곳에는 오스카와 나란히 언제나 따뜻한 곳을 좋아하는 사랑의 신이 앉아 있었다. 그곳에서 악마는 자신의 망원경을 닦고, 작은 천사들은 눈을 가리고 놀이를 했다. 나의 할머니의 치마 밑은 크리스마스 트리에 불이 켜 있든 말든, 내가 부활제의 달걀을 찾든 말든, 만성절을 축하하든 말든 언제나 여름이었다. 나의 할머니의 치마 밑 말고는 그렇게 편안하게 시간가는 대로 살아갈 수 있는 장소를 나는 알지 못했다.

그러나 그녀는 매주 장날에는 절대로 허락하지 않았지만 평소에는 아주 드물게 내가 그녀 곁에 가까이 가는 것을 허락해 주었다. 나는 그녀의 곁 작은 상자 위에 웅크리고 앉아, 열을 내는 벽돌 대신 그녀의 팔 속에 따뜻하게 안겨 있었다. 그러고는 벽돌이 들락날락거리는 것을 바라보며 할머니로부터 유혹의 수단을 배웠다. 그녀는 빈첸트 브론스키의 낡은 돈지갑을 끈으로 매어, 밟혀서 굳어 있는 보도의 눈 위에다 던져 놓았다. 보도는 모래가 깔려 더러워져 있었기 때문에, 나와 할머니만이 그 매단 끈을 볼 수 있었다.

주부들은 왔다갔다하기만 했지, 모든 게 값이 싼데도 무엇 하나 사려고 들지 않았다. 선물로 받을 심산이었던 것이다. 그 밖에 다른 무엇까지도. 마침내 한 여인이 허리를 굽혀 빈첸트의 버려진 지갑을 주우려고 가죽에 손가락을 댔다. 그 순간 할머니는 약간 당황한 귀부인이 걸려든 낚시 바늘을 당겨, 잘 차려 입은 그 물고기를 자기 상자 쪽으로 유인했다. 하지만 친절한 태도를 조금도 바꾸지 않으면서 말했다. "자, 아주머니, 버터 조금 사실래요, 황금빛이에요. 달걀은 1굴덴에 열다섯 개 드릴게요."

이러한 방법으로 안나 콜야이체크는 자연의 산물을 팔았다. 나는 유혹의 마술을 이해했지만 수지 카터와 함께 열네 살의 개구쟁이들을 의사와 환자 놀이를 하려고 지하실로 유혹하는 그런 마술은 아니었다. 악셀 미쉬케와 누히 아이케가 혈청 제공자가 되고, 수지 카터가 여의사가 되어, 나를 환자로 만들고는, 벽돌 가루 수프만큼 모래투성이는 아니지만 썩은 생선의 뒷맛이 나는 약을 마시게 했던 그런 마술이 이제 다시 나를 유혹하지는 못했다. 나의 유혹은 거의 형태가 없었고 상대방과 언제나 거리를 유지하는 것이었다.

어둠이 깔린 지 한참 지나고 가게가 닫힌 지 한두 시간 정도 지났을 무렵 나는 어머니와 마체라트 곁을 빠져나와 겨울

밤 속으로 숨어 들어갔다. 나는 조용하고 인적이 거의 끊긴 대로변에서 바람을 막아주는 건물 출입구의 움푹 들어간 곳으로 들어가 몸을 숨겼다. 그리고 건너편의 식품점, 잡화점, 그리고 구두, 시계, 장신구, 자그만하면서도 탐나는 물건들이 진열되어 있는 상점들의 쇼윈도를 관찰했다. 모든 진열창에 불이 밝혀져 있는 것은 아니었다. 나는 가로등에서 떨어진 곳의 희미한 어둠 속에 물건들이 진열되어 있는 가게를 좋아했다. 빛은 모든 사람을, 극히 평범한 사람까지도 끌어당기지만, 희미한 어둠은 선택된 사람들만 멈추게 하기 때문이다.

어슬렁어슬렁 걸으며 화려한 쇼윈도에 있는 물건보다는 가격표에 눈길을 보내는 사람들이나, 유리를 거울 삼아 자기 모자가 바로 씌워져 있는지를 확인하는 사람들은 내 관심사가 아니었다. 바람이 잔잔하고 건조한 추위 속에서, 또는 눈이 함박 내린 날에, 또 소리도 없이 가늘게 내리며 눈이 쌓이는 속에서, 혹은 추위와 더불어 커지는 달 아래에서 내가 기다리던 고객은, 쇼윈도 앞에 누군가가 불러 세워서 멈추어 선 듯이, 진열장을 오랫동안 훑어보지도 않고 짧은 시간 내에 혹은 즉석에서 단 한 개의 진열품에 눈길을 멈추는 그런 고객이었다.

나의 의도는 사냥꾼의 그것이었다. 거기에는 인내와 냉혈과 자유롭고 확신에 찬 눈이 필요했다. 이러한 모든 조건이 갖추어져야만 비로소 피도 흘리지 않고 고통도 없이 야수를 넘어뜨리고 유혹하는 힘이 나의 소리에 더해지는 것이었다. 하지만 무엇을 하기 위해서인가?

훔치기 위해서이다. 나는 조금도 들리지 않는 고함 소리로 정확하게 제일 밑에 있는 진열품의 높이만큼만 쇼윈도의 유리를 잘랐다. 가능한 한 목표로 삼은 물건이 있는 쪽의 유리를 둥글게 잘랐다. 그러고는 마지막으로 소리를 높여 절단된 유리창을 진열 상자 안으로 밀어넣었다. 그러자 갑자기 숨이 끊기는 듯 찰칵 하는 소리가 들려왔으나 그것은 유리가 쪼개지는 소리는 아니었다—내게는 그 소리가 들리지 않았다. 오스카는 멀리 떨어져 서 있었기 때문이었다. 그러나 한번 뒤집은 것이 분명한 갈색의 겨울 외투 깃에 토끼 모피를 단 어느 젊은 부인이 둥글게 유리가 잘리는 소리를 듣고는, 토끼 모피 속까지 움찔하면서 그곳을 떠나 눈 속으로 가려고 했으나 그 자리에 멈추어 서고 말았다. 아마도 눈이 내리고 있었기 때문일 것이며, 또한 눈이 펑펑 쏟아질 때에는 모든 게 허락되기 때문이었을 것이다. 그래도 그녀는 주위를 살펴보았고, 눈송이를 의심하였으며, 눈송이 뒤에 다른 눈송이가 없나 확인이라도 하는 듯이 주위를 살피고 또 살펴보았다. 하지만 어느새 그녀의 오른손이 똑같이 토끼 모피로 테를 두른 토시에서 미끄러져 나오고 있는 게 아닌가! 그녀는 이제 더 이상 주위를 살피지 않고 둥글게 뚫린 구멍으로 손을 넣어, 우선 목표로 삼은 진열품 위에 비스듬하게 떨어져 있는 유리를 옆으로 밀어낸 후, 수수한 검정색의 펌프스[20] 한 짝을 구멍에서 꺼냈고 다음에는 왼쪽 것을 마저 꺼냈다. 구두 뒤축이 상하지도 않았고 날카로운 절단면에 손을 다치지도 않았다. 구두는 외투의 좌우

---

20) 뒤축이 낮고 끈이 없는 부인화.

주머니 속으로 사라졌다. 잠시 동안, 다섯 개의 눈송이가 떨어지는 순간 오스카는 귀엽기도 하지만 무표정한 옆얼굴을 보면서 슈테른펠트 백화점의 모델이구먼, 마침 좋을 때 지나갔구먼 하고 생각했다. 그녀의 모습은 내리는 눈에 가려졌다가 가로등의 노란빛을 받아 다시 한번 뚜렷하게 나타났고, 가로등 불빛의 테두리를 벗어나자, 이제 막 결혼한 젊은 여자였든, 독립한 모델이었든 간에 하여튼 사라져 버렸다.

일을 끝마치자—기다리는 일, 잠복하는 일, 북을 칠 수 없는 일, 마지막으로 얼음과 같은 유리에다가 노래를 불러 녹이는 일은 고된 일이었다—나에게는 그 여자 도둑과 마찬가지로 달아올랐다 식어버린 마음을 안은 채, 노획품도 없이 집으로 돌아오는 일밖에는 아무것도 남아 있지 않았다.

앞서 본 모델의 경우와 같이 유혹의 기술이 언제나 그렇게 확실하게 먹혀들었던 것은 아니다. 나의 야심은 한 쌍의 남녀를 도둑으로 만드는 데로 향했다. 남녀 두 사람 다 훔치려고 하지 않는 적도 있었고, 남자가 손을 내밀자 여자가 그 손을 끌어당긴 적도 있었다. 혹은 여자 쪽에서는 대담했지만 남자가 무릎을 꿇고 애원하자, 여자는 그가 바라는 대로 했지만 그때부터 남자를 경멸하게 된 경우도 있었다. 또 눈이 내리는 가운데 유달리 어려 보이는 한쌍의 연인을 향수 가게 앞에서 유혹한 일도 있었다. 남자가 영웅심을 발휘하여 오 드 콜로뉴 향수병을 훔쳤다. 여자는 슬퍼하면서 좋은 향수는 모두 단념하겠노라고 말했다. 하지만 남자는 여자에게서 좋은 냄새가 나기를 바랐기 때문에 다음 가로등에 이를 때까지는 자신의 생각을 고수했다. 그러나 거기까지 오자, 나를 약이라도 올리려는 듯 보란 듯이 여자가 발끝을 세우고 남자에게 키스했다. 그러자 남자는 온 길을 되돌아가서 오 드 콜로뉴를 쇼윈도에 반환하고 말았다.

비슷한 경우가 중년 신사들의 경우에도 몇 번 있었다. 겨울 밤을 걸어오는 그들의 씩씩한 걸음 소리 때문에 나는 기대가 컸다. 그들은 담배 가게의 진열장 앞에 서서 하바나로 할 것인가, 브라질로 할 것인가, 아니면 브리사고섬 표가 좋은가를 골똘하게 생각하고 있었다. 그때 내 소리가 치수에 맞게 유리를 절단 하고 마침내 그 절단된 유리 조각을 '검은 지혜'의 작은 상자에다 찰칵 하고 부딪치게 하였다. 그 순간 그 신사들의 마음속에서도 재크 나이프가 찰칵 하고 소리를 냈다. 그러자 그들은 뒤돌아서 지팡이를 손에 들고 마치 노를 젖는 것처럼 길을 횡단하여 나를 알아채지도 못한 채 나와 내가 있는 출입구 앞을 종종걸음으로 지나갔다. 오스카는 악마에게라도 홀린 듯한 그들 나이 지긋한 남자들의 혼란스런 얼굴을 보자 저절로 미소가 나왔으나, 그 미소에는 가벼운 걱정이 섞여 있었다. 왜냐하면 그들은 대개 고령의 끽연자였기 때문에 식은땀과 더운 땀을 흘리면, 특히 변덕스러운 날씨에는 감기에 걸릴지도 모르기 때문이었다.

그해 겨울 보험 회사들은 우리가 사는 교외에 있는, 대개는 도난 보험에 든 가게들에 대해서 상당한 액수의 보험금을 지불해야만 했다. 나는 커다란 절도 사건에 해당할 만한 일은 결코 하지 않았고, 이따금 겨우 한두 개의 물품을 진열장에서 훔칠 목적으로 유리를 조금씩 자른 것에 불과했지만 하여튼 절도라 할 만한 사건이 계속해서 발생했기 때문에 경찰은 거의 쉴 틈이 없었다. 그런데도 경찰은 무능하다고 신문에 얻어맞았던 것이다. 1936년 11월부터 코크 대령이 바르샤바에서 국민 전선 정부를 수립한 1937년 3월까지 이러한 종류의 절도 사건은 64회 시도에 28회 성공으로 기록되었다. 경찰은 그 중 단 한 사람도 상습적인 절도범이 아니었던 일부 중년 부인, 점원, 식모, 연금을 받는 고등학교 교사들로부터 훔친 물건을 되찾을 수 있었다. 혹은 전문털이가 아닌 평범한 쇼윈도 파괴범들이 그들이 원하던 물품을 손에 넣었기 때문에 하룻밤을 꼬박 새우고는 다음 날, 경찰에 출두하여 이렇게 말하기로 궁리했던 것이다. "제발, 용서하십시오. 두 번 다시는 그러지 않겠어요. 그때 갑자기 유리에 구멍이 뚫렸거든요. 공포 속에서 겨우 정신을 반쯤 차린 후 구멍이 뚫린 쇼윈도로부터 나와서 네거리를 세 번이나 지나쳐 왔지 뭡니까. 아, 글쎄 놀랍게도 그때서야 내 외투 왼쪽 주머니 속에 그렇게 엄청나게 비싼 건 아니겠지만 여하튼 값나가는 가죽 장갑 한 켤레가 들어 있다는 사실을 알았다니까요."

경찰은 기적을 믿지 않았기 때문에 체포된 사람도, 경찰에 자수한 사람도 모두 4주일에서 2개월까지의 금고형을 치르지 않으면 안 되었다.

나 자신은 이따금 가택 연금에 처해졌다. 어머니는 스스로도 인정하지 않았고 또 현명하게도 경찰에 자백도 하지 않았지만, 유리를 깨뜨리는 내 소리가 범행에 개입되어 있음을 느끼고 있었던 것이다.

애써 명예심을 내세우며 심문을 하는 마체라트에게 나는 묵비권을 행사했으며 점점 더 교묘하게 나의 양철북 뒤로 숨었다. 그리고 내가 영원히 발육이 정지된 세 살 아이라는 사실을 방패로 삼았다. 이런 심문이 끝나면 어머니는 거듭 이렇게 소리쳤다. "모두 다 그 난쟁이 탓이에요. 오스카의 이마에다 키스한 그 난쟁이 말예요. 그 키스가 무슨 의민지 그때 바로 알았다고요. 오스카는 완전히 달라져 버렸어요."

베브라 씨가 내게 희미하게나마 계속해서 영향을 끼치고 있음을 나는 인정한다. 왜냐하면 가택 연금에 처해져 있는 동안에도 나는 약간의 행운을 빌려 이런저런 잔소리를 듣지 않아도 되는 한 시간의 틈을 어떻게든 활용했기 때문이었다. 이 시간을 이용하여 나는 장신구점의 쇼윈도 유리에 노래를 불러 악명 높은 둥근 구멍을 뚫었다. 그러고는 그 가게의 물건들 중에서 마음에 드는 것을 발견한 한 전도 유망한 젊은이를 빨간 실크 넥타이의 소유자로 만들었던 것이다.

깨끗이 닦여진 쇼윈도 유리에 손바닥 크기의 구멍을 뚫도록 오스카를 더욱더 강하게 부추긴 것은 악(惡)이 아니었느냐고 여러분이 물으신다면 나는 그렇다고 대답할 수밖에 없다. 내가 어두운 출입구에 서 있었다는 사실 그 자체가 바로 악이었다. 출입구라고 하는 곳은 주지하다시피 악이 가장 즐겨 이용하는 장소인 것이다. 화제를 돌리자면 다른 사람을 유혹할 기회도 없으며 또 그럴 기분도 내키지 않는 지금, 나는 내 유혹의 사악함을 감소시키려는 의도도 없이 나와 나의 간호사 브루노에게 이렇게 말하지 않을 수 없다. 오스카야, 너는 겨울날 조용히 시내를 산책하다가 가지고 싶은 물건에 홀딱 반해 버린 그 사람들의 사소한 욕망이나 그저 그런 정도의 평범한 욕망을 만족시켜 주었을 뿐만 아니라 쇼윈도 유리 앞의 사람들에게 자신을 인식하도록 도와주었던 것이다. 정말 우아한 부인네들, 많은 용감한 아저씨들, 신앙심 덕택에 언제까지나 스스로를 젊다고 여기는 올드 미스들, 이들은 자신들 속에 도벽(盜癖)이 도사리고 있음을 결코 인식하지 못했을 것이다. 만일 너의 소리가 그들을 도둑질하도록 유혹하지 않았더라면 말이다. 게다가 이전까지만 해도 풋내기 좀도둑조차도 저주받아 마땅한 위험한 악당으로 보았던 시민들의 마음을 변화시키지 않았더라면 말이다.

내가 밤마다 잠복해서 기다리는 동안, 검사이자 상급 재판소의 엄정한 기소인이었던 에르빈 숄티스 박사는 세 번씩이나 도둑이 되기를 거부하다가 마침내 손을 내밀어 도둑질을 했지만—그는 도둑들의 꼬마 반신(半神)인 나의 희생물이 되어 진짜 오소리 털로 된 면도용 솔을 훔쳤다—결코 경찰에 의해 발각되지는 않았다. 그 이후로 숄티스 박사는 온후하고 관대하며, 항상 인간적인 판결을 내리는 법관이 되었다고들 한다.

1937년 1월, 나는 추위에 떨며 오랫동안 한 보석상 건너편에 서 있었다. 그 가게는 단풍나무를 규칙적으로 심어 놓은 교외 가로수 변의 조용한 곳에 위치하고 있었음에도 불구하고 평판이 좋은 이름난 보석 가게였다. 여러 짐승들이 장신구와 시계를 진열한 쇼윈도 앞에 모습을 드러냈다. 만일 다른 진열장, 즉 부인용 양말이나 벨루어 모자라든지 리쾨르 병을 진열한 곳이었더라면 나는 주저하지 않고 즉시에 그 짐승들을 쏘아 넘어뜨렸을 것이다.

사람이란 장신구 앞에서는 으레 까다로워지며, 끝없는 환형(環形) 목걸이를 정신없이 들여다보느라고 오랫동안 서성거리게 되는 법이다. 이때 사람들은 시간을 분(分)으로 측정하는 것이 아니라 진주의 수명으로 측정하는 것이다. 왜냐하면 진주 목걸이는 인간의 목보다 오래 가며, 손목은 야위지만 팔찌는 야위지 않고, 무덤 속에서는 손가락이 없는 반지가 발견되기 때문이다. 간단히 말해, 쇼윈도 안의 보석을 들여다보는 어떤 사람은 지나치게 허세를 부리는 것 같고, 또 어떤 사람은 보석을 몸에 걸치기에 너무 초라하게 보이는 것이다.

반제머 씨 보석상의 쇼윈도에는 물품이 그다지 많지 않았다. 정교한 스위스제 세공 시계 몇 개, 담청색 벨벳 위의 결혼반지 한 쌍, 그리고 진열대 중앙에는 여섯 개나 일곱 개 가량의 최고급품이 진열되어 있었다. 세 번 몸을 비틀고 있는, 색색깔의 금으로 만들어진 뱀도 있었다. 그 뱀의 세밀하게 갈고 다듬은 목은 한 개의 토파즈와 두 개의 다이아몬드로 장식돼 있고, 두 개의 눈은 사파이어로 장식돼 있어 아주 비싸게 보였다. 평소에 나는 검은 벨벳을 좋아하지 않았으나 반제머 씨 보석상의 뱀에게는 이 바닥 천이 잘 어울렸다. 매혹적으로 단순하면서도 균형잡힌 형태로 시선을 끌어당기는 은제의 세공품들 사이에서 수수하게 빛나는 잿빛의 벨벳도 마찬가지였다. 너무도 사랑스러운 보석이 달린 한 개의 반지도 있었다. 거기에는 마찬가지로 사랑스러운 여인네의 손가락이 필요하다는 것을 누구든 단번에 알아볼 것이다. 그러면 반지도 한층 더 사랑스럽게 되어, 아마도 장신구만 누릴 수 있는 저 불멸의 단계에 도달하게 되리라. 형벌을 받지 않고는 걸 수 없었던 목걸이, 사람을 지치게 만들었던 목걸이, 그리하여 마침내 단순한 목의 형태를 하고 있는 담황색 벨벳의 쿠션 위에 사뿐하게 놓여 있는 목걸이. 정교하게 짜여졌지만 점점 찢어지는 하나의 거미줄. 어느 거미가 여섯 개의 작은 루비와 한 개의 큰 루비를 여기 그물에 붙들어놓기 위해 금실을 내뱉었더란 말인가? 그 거미는 어디에 앉아서 무엇을 기다리고 있었을까? 물론 더 많은 루비를 기다리고 있지 않았음은 분명하다. 오히려 그물에 걸려 있는 루비, 응고된 피와 같은 빛나는 루비를 응시하며 시선을 고정시킬 그런 자를 기다리고 있었던 것이다―그렇다면 나의 뜻에 혹은 금실을 뱉어 낸 거미의 뜻에 따르려면 이 목걸이를 누구에게 선사해야 하는가?

1937년 1월 18일, 모든 것을 눈에 맡기고 싶어하는 사람이 원하는 대로 한도 없이 눈이 내릴 것 같은 밤, 나는 밟으면 뽀드득뽀드득 소리를 내는 단단해진 눈 위로 얀 브론스키가 내가 서 있는 곳의 오른편 위쪽으로 도로를 건너, 한눈도 팔지 않고 보석상 앞을 지나가다 그곳에서 잠시 망설이는 것을, 아니 누구에겐가 불려 세워진 듯 가만히 멈추어 서는 것을 보았다. 그리고 그는 방향을 바꿨다. 아니 무엇인가가 그에게 방향을 바꾸도록 했다―얀은 하얀 눈을 뒤집어쓴 채 가만히 서 있는 단풍나무 사이의 쇼윈도 앞에 서 있었다.

우아하지만 언제나 약간은 측은해 보이며, 직업에서는 굴종적이고, 애정에서는 야심적이며, 어리석은 동시에 탐미적인 얀 브론스키. 나의 어머니의 육체에 의지해 살고, 내가 지금도 반신반의하듯이 마체라트의 이름으로 나를 낳은 얀이 바르샤바의 양복점에서 맞춘 듯한 우아한 외투를 입고 서 있었다. 그 모습은 바로 자신의 기념 동상처럼 보였다. 그는 화석처럼 굳어진 채로 유리 앞에 서 있었다. 마치 눈보라 치는 가운데 서서 눈 속의 피를 보았던 파르치발[21]처럼, 금목걸이에 붙어 있는 루비를 주시하면서.

나는 그를 소리쳐 부를 수도 있었고 북을 두들겨 부를 수도 있었을 것이다. 나는 물론 북을 가지고 있었다. 외투 밑에 있는 그것을 만지작거렸다. 단추 하나만 풀면 그것은 한기(寒氣) 속으로 튀어나왔을 것이다. 외투 주머니 속에 손을 넣기만 하면 북채를 손에 쥘 수 있었을 것이다. 사냥꾼 후베르투스는 진귀한 사슴을 사정 거리 안에 두고도 화살을 쏘지 않았다. 사울은 바울이 되었다. 아틸라는 교황 레오가 반지 낀 손을 들어올렸을 때 뒤로 돌아섰다. 그러나 나는 쏘았다. 개심(改心)을 하지도, 뒤로 돌아서지도 않았고 사냥꾼으로, 오스카로 그대로 머물렀다. 오스카는 목적을 달성하려고 단추를 끄르지도 않았고, 북을 한기 속으로 내놓지도, 나의 북채를 겨울의 흰 북 위에서 교차시키지도 않았으며, 1월의 밤을 북치기의 밤으로도 만들지 않고, 다만 소리도 없이 외쳤다. 마치 별이 외

---

21) 영웅서사시 파르치발의 주인공.

치듯이, 또는 물고기가 해저의 바닥을 향해 외치듯이. 처음에는 한기의 조직 속에다 외쳤다. 그 때문에 눈이 새로 내리기 시작했을 정도였다. 그러고 나서 나는 유리 속에다 외쳤다. 조밀한 유리 속에, 값비싼 유리 속에, 값싼 유리 속에, 투명한 유리 속에, 쪼개지기 시작하는 유리 속에, 세상들을 구분하는 유리 속에, 처녀의 신비한 유리 속에, 얀 브론스키와 루비 목걸이 사이를 가로 막는 쇼윈도의 유리 속으로 외쳐서 내가 이미 알고 있는 얀의 장갑 크기만한 틈새를 만들었다. 그리하여 지하실 문처럼, 천국의 문처럼, 지옥의 문처럼 유리를 뺑하고 뚫었다. 얀은 꼼짝도 하지 않았다. 이윽고 외투 호주머니에서 고급 가죽 장갑을 낀 손이 나와 지옥 속으로 미끄러져 들어갔다. 그리고 장갑은 지옥을 떠났고, 천국인지 지옥인지에서 목걸이를 끄집어냈다. 목걸이의 루비는 모든 천사에게, 또한 타락한 천사에게도 잘 어울릴 것이다—그리고 그는 루비와 금을 가득 움켜쥔 주먹을 호주머니에 다시 넣었다. 그리고 구멍이 뚫려 있는 창 앞에 계속 서 있었다. 그렇게 거기에 계속 서 있는 것이 위험한 데에도 불구하고, 그리고 이제는 그의 시선 혹은 파르치발의 시선을 부동(不動)의 방향으로 향하도록 강요하는 그 어떤 루비도 이제는 피를 흘리고 있지 않은데도 말이다.

아아, 아버지와 아들과 성령이시여! 만일 아버지인 얀의 주위에서 무슨 일인가 일어나지 않는다면, 성령 속에서 무슨 일인가 일어났어야만 했다. 아들인 오스카는 외투의 단추를 끌렀고, 급히 북채를 잡고는 양철북을 쳐 아버지, 아버지 하고 불렀다. 그러자 얀 브론스키는 뒤로 돌아보며, 천천히 더욱 천천히 길을 횡단하여 걸어오다가 문 출입구에 서 있는 나, 오스카를 발견했다.

얀이 여전히 굳은 채로, 하지만 곧 녹아내릴 듯한 표정으로 나를 쳐다본 바로 그 순간 눈이 내리기 시작했으니 얼마나 멋진 일인가. 그는 루비에 닿았던 장갑이 아닌 다른 손을 나에게 내밀고는 말없이, 그러나 당혹해하지도 않으면서 나를 집으로 데리고 갔다. 집에서는 어머니가 나를 걱정하고 있었으며, 마체라트는 언제나 그러하듯이 그리 심각하지는 않았지만 일부러 엄한 표정을 지으며 나를 경찰서에 데리고 가겠다고 위협했다. 얀은 아무런 설명도 하지 않았고 오래 머무르지도 않았다. 마체라트가 식탁에 맥주를 내놓으며 스카트 놀이를 하자고 권했으나 그것도 마다했다. 그는 돌아갈 때 오스카를 쓰다듬어 주었다. 하지만 오스카는 그가 요구한 것이 침묵이었는지 우정이었는지 알 수 없었다.

그후에 곧 얀 브론스키는 나의 어머니에게 그 목걸이를 선사했다. 그녀는 그 목걸이의 출처를 분명히 알고 있었고, 마체라트가 집에 없는 몇 시간 동안만 그것을 목에 걸었다. 자기 자신만을 위해서인지 아니면 얀 브론스키를—어쩌면 나까지를 포함하여—위해서인지는 알 수 없는 일이다.

전쟁이 끝난 지 얼마 지나지 않아 나는 뒤셀도르프의 암시장에서 그 목걸이를 열두 갑의 미제 럭키-스트라이크 담배와 가죽 서류 가방 하나를 받고 교환했다.

기적은 없다

지금 정신 병원의 침대에 누워 있자니, 나는 춥고 어두운 가운데서도 성에를 녹이고, 쇼윈도를 열고, 도둑을 안내할 수 있었던 그 무렵의 소중한 재능이 없어진 게 못내 아쉽다.

이를테면 이 방 문의 위쪽 3분의 1 되는 곳에 있는 감시창 유리를 깨뜨릴 수만 있다면 얼마나 좋겠는가. 그렇게만 된다면 나의 간호사인 브루노가 나를 좀더 직접적으로 관찰할 수 있을 터이니 말이다.

병원에 입원하기 전에 나는 내 소리가 무력해진 것 때문에 얼마나 괴로워했던가. 밤 거리에서 성공을 빌며 소리를 질렀는데도 잘 되지 않자, 폭력을 혐오하던 내가 돌을 주워 뒤셀도르프의 어느 초라한 교외에서 한 부엌 창을 향해 던진 적도 있었다. 특히 실내 장식가인 비틀라르에게 나는 무언가 해 보이고 싶어 견딜 수 없었다. 쾨니히 거리의 신사 양품점이나 아니면 옛날의 음악당 근처 향수 가게의 쇼윈도 유리창 뒤쪽에 있는 그를 만난 것은 한밤중이 지났을 때였다. 상반신은 커튼에 가려져 있었지만 쇼윈도 아래쪽에 드러난 적녹색 양말을 보고서 그라는 것을 알아보았던 것이다. 그가 내 제자이거나 또는 그럴지도 모르지만, 그때 나는 그의 유리를 노래로 박살 내고 싶었다. 왜냐하면 그때나 지금이나 나는 그를 유다라고 불러야 할지 요한이라고 불러야 할지 모르기 때문이다.

비틀라르는 귀족이고, 이름은 고트프리트이다. 나는 수치스럽게도 노래를 성공시키지 못했다. 그래서 손상을 입지 않은 쇼윈도의 유리를 가볍게 두드려 나의 존재를 실내 장식가에게 알렸고, 그리하여 그가 거리로 나와 15분 동안 나와 수다를 떨며 자신의 장식 기술에 대해 농담했을 때, 나는 그를 고트프리트라고 불러야만 했다. 왜냐하면 나의 소리가 기적을 일으키지 못했기 때문에 그를 요한이나 유다라고 부를 수 없었던 것이다.

얀 브론스키를 도둑으로, 나의 어머니를 루비 목걸이의 소유자로 만들었던 보석상 앞에서의 노래가 아마도 탐나는 진열품들이 전시되어 있는 쇼윈도 앞에서 부른 마지막 노래였던 것 같다. 어머니는 경건해졌다. 무엇이 그녀를 경건하게 만든 것일까? 얀 브론스키와의 연애, 훔친 목걸이, 간통을 범하는 생활에서 오는 감미로운 피로감, 그런 것들이 그녀를 경건하게 하였으며, 성스러운 것을 열망케 하였으리라. 죄를 범한다는 것은 얼마나 쉬운 일인가. 목요일에 그들은 어린 오스카를 마르쿠스 가게에 맡긴 채 시내에서 만났다. 그리고 티쉴러 거리에서 대개는 만족스러운 방법으로 체력을 소모한 후에는 카페 바이츠케에서 모카 커피와 케이크로 원기를 차렸다. 그러고는 유대인으로부터 아들을 인계받으며 몇 마디 인사와 아울러 거의 선물에 해당하는 값의 비단 천을 선사받고는, 5번 전차를 탔다.

그녀는 미소를 띠고 전혀 딴 생각에 잠긴 채 올리바 문을 통과해 힌덴부르크 가로 가는 전차 속에서 지나가는 풍경을 즐겼다. 그녀는 마체라트가 일요일의 오전을 보내는 체육관 옆의 '5월의 초원'에는 거의 신경 쓰지 않았다. 전차가 체육관 옆으로 커브를 돌 때면 그녀는 멋진 일을 막 치르고 난 후에는 상자 모양의 이 전차가 왜 이리도 불쾌하게 여겨지는 것일까 라고 생각했다. 다시 왼편으로 커브를 돌면 먼지를 뒤집어쓴 나무들 뒤로 빨간 모자를 쓴 학생들이 있는 콘라트 학교가 보였다. 그러면 그녀는 오스카도 C라는 금박 문자가 붙은 이 같은 빨간 모자를 쓴다면 얼마나 잘 어울리겠는가라고 생각했다. 오스카도 정상이라면 열두 살 반으로 4학년이 되어 라틴어를 배우기 시작했을 것이고, 정말 작긴 하지만 부지런하며, 또한 약간 건방지고 자기 도취가 강한 콘라트 고등학교 학생으로 행세하고 있을 텐데 말이다.

독일인 거류지와 헬레네 랑게 학교로 향하는 입체 교차로를 지나면서부터 아그네스 마체라트 부인의 콘라트 학교에 대한 생각과 아들 오스카의 놓쳐 버린 가능성에 대한 생각은 사라졌다. 다시 왼쪽으로 굽어서 양파 모양의 탑이 있는 예수교 교회를 지나 막스 할베 광장의 카이저 커피 상회 앞에서 그녀는 하차했다. 그녀는 영업 경쟁자들의 쇼윈도를 잠시 훑어본 후, 마치 십자가를 짊어진 사람처럼 힘들게 라베스베크 거리를 걸어갔다. 그러면 엄습하는 불쾌감, 손을 잡고 있는 기형아, 양심의 가책, 되찾고 싶은 욕망, 이런 것들이 그녀를 괴롭혔다. 마체라트에 대한 불만과 권태감, 혐오감과 동정심 때문에 갈등을 느끼며, 나의 어머니는 나와 나의 새 북과 반은 선물로 받은 비단 천 꾸러미와 함께 라베스베크 거리를 지나 가게로 돌아왔다. 납작 보리, 청어 상자 옆의 석유, 씨없는 건포도, 건포도, 편도(扁桃), 후추를 넣은 과자 향료, 외트커 박사의 베이킹 파우더, 페르질 세제, 내가 좋아하는 우르빈 치즈, 마기 간장과 크노르 수프, 카트라이나 상치와 하크 커피, 비텔로와 팔민의 마가린, 퀴네의 식초와 네 가지 과일로 된 잼, 다양한 음역(音域)으로 붕붕거리는 소리를 내는 두 개의 파리 잡는 기구, 그것들이 기다리고 있는 가게로 어머니는 나를 데리고 돌아왔다. 달콤한 꿀이 발린 파리잡이는 우리 집 가게의 카운터 위쪽에 매달린 채 여름에는 이틀마다 한번씩 바뀌어야만 했고, 마찬가지로 달콤한 영혼을 가진 나의 어머니도 토요일마다 성심 교회로 가서 비잉케 사제에게 참회해야만 했다. 여름이나 겨울이나 1년 내내 높고 낮게 붕붕거리면서 죄를 유혹하는 영혼을 가진 어머니는 토요일마다 죄를 고백해야 했던 것이다.

목요일에 어머니가 나를 시내로 함께 데리고 가서, 말하자면 공범자로 만든 것과 마찬가지로, 어머니는 토요일에는 현관을 지나 가톨릭 교회의 차가운 타일이 깔린 곳으로 나를 데리고 갔다. 어머니는 북을 미리 내 스웨터나 외투 밑에다 집어넣었다. 북 없이는 내가 결코 외출하지 않았기 때문이다. 만일 배 앞에 양철북이 없었다면 나는 결코 이마와 가슴과 어깨를 살짝 건드리는 가톨릭식 성호를 긋지 않았을 것이고, 신발을 신을 때처럼 무릎을 꿇지도 않았을 것이며, 콧등 위에서 천천히 말라가는 성수(聖水)와 함께 교회의 깨끗한 의자에 침착하게 앉아 있지도 못했을 것이기 때문이다.

나는 성심 교회와 관련된 것을 세례 때 이후부터 죽 기억하고 있다. 오스카라는 이름이 이교도적이라 하여 여러 가지 곤란이 있었지만 모두들 오스카라는 이름을 고집했다. 대부인 얀도 교회 현관에서 그렇게 주장했다. 그리고 비잉케 사제가 입김을 세 번 내 얼굴에다 불었는데, 그렇게 함으로써 내 속에 있는 악마를 쫓아낸다는 것이었다. 다음에 십자를 긋고, 손이 얹혀지고, 소금이 뿌려지고, 다시 한번 악마에 대해 무엇인가가 행해졌다. 그리고 교회 안의 진짜 세례당(洗禮堂) 앞에서 다시 멈췄다. 나를 위해 사도신경과 주기도문이 올려지고 있는 동안, 나는 가만히 있었다. 그후 비잉케 사제는 적당한 시기에 다시 한번 악마여 사라지라라고 말하고, 오스카의 코와 귀를 만지고, 그렇게 함으로써 이미 알 만큼은 알고 있는 나의 마음이 열린 것이라고 생각했다. 그러고는 다시 한번 분명히 큰소리로 대답을 들으려고 이렇게 물었다. "악마를 단념하겠는가? 악마의 행위를? 악마의 허식 모두를 단념하겠는가?"

내가 고개를 가로 젓기도 전에—나는 단념한다든지 한 적

은 없었으니까 말이다—얀이 나를 대신해 '단념하겠습니다'
라고 세 번 말했다.

비잉케 사제는 나와 악마의 관계를 단절시키지도 못하면
서 나의 가슴 위와 어깨 사이에 성유를 발라 주었다. 세례반
앞에서 재차 사도신경이 행해졌다. 그러고 나서는 마침내 머
리를 세 번 물 속에 담갔다가 성유(聖油)를 머리의 피부에 바
르고, 그 위에다가 얼룩을 만들기 위해 흰 옷을 입히고, 암흑
의 나날을 위해 촛불이 켜졌다. 그리고 이것으로 나는 석방되
었다. 마체라트는 돈을 지불했다. 얀이 나를 성심 교회의 현관
앞으로 데리고 갔는데, 그곳에는 맑았던 날씨가 흐려질 때까
지 기다리고 있던 택시가 서 있었다. 그때 나는 내 속의 악마
에게 물었다. "모든 것이 잘 해결되었느냐?"

악마가 깡충깡충 뛰며 내게 속삭였다. "교회의 창을 보았나
요, 오스카? 전부 유리예요, 전부 유리!"

성심 교회는 창업시대[22] 이후에 세워졌기 때문에 그 양식
은 확실히 신(新)고딕식이었다. 빨리 검어지는 벽돌로 벽을 쌓
고, 구리를 입힌 첨탑에는 연륜을 드러내는 녹청(綠靑)이 곧바
로 슬기 때문에, 옛 고딕식의 벽돌 교회와 새로 지은 고딕식
교회 사이의 차이를 구분하는 것은 감식 전문가에게나 겨우
가능할 뿐이었다. 오래된 교회에서나 새로운 교회에서나 사람
들은 같은 방식으로 참회한다. 비잉케 사제와 꼭 마찬가지로
다른 수백의 사제들도 토요일에 관청이나 회사가 파한 후 고

---

22) 1871년 이후 독일의 경제 호황기.

해 청문석에 앉아 광택이 나는 검은 격자 창살에 털이 북실북실한 귀를 내밀고 있었다. 그리고 교구 사람들은 철사 격자를 통하여 사제의 귀에다가 그 죄의 실들을 꿰려고 했다. 그 실들에는 죄의 값싼 장식이 진주알처럼 한알 한알 매달려 있는 것이었다.

어머니가 비잉케 사제라는 '고백의 통로'를 통해 유일한 구원 기관이라고들 말하는 교회의 최고 기관에 자신이 저지른 죄와 태만하게 내버려 두었던 것, 그리고 자신의 생각과 말과 소행 속에서 일어났던 것을 고해 절차에 따라 전달하고 있는 동안, 그 무엇도 고해할 것이 없는 나는 너무 매끄러운 교회 의자에서 내려와 타일 바닥에 서 있었다.

가톨릭 교회의 타일 바닥, 가톨릭 교회의 냄새, 가톨릭 전체가 오늘날까지도 이유 없이 나를 매혹시키고 있음을 인정하지 않을 수 없다. 그것은 마치 내가 빨간 머리털을 다른 색으로 염색하고 싶어하면서도 빨간 머리의 소녀가 나를 매혹하는 것과 같은 것이다. 그리고 내가 모독적인 언사를 쓰는 것도 가톨릭 교회 덕분이란 것은 인정하지 않을 수 없다. 그리고 그러한 언사를 쓴다는 것은 비록 헛되긴 했지만 내가 엄연하게 가톨릭의 세례를 받았다는 사실을 늘 새삼스럽게 드러내 주는 것이다. 나는 극히 평범한 일상적인 일을 하는 도중에도, 이를테면 이를 닦는다든지 심지어는 변소에 앉아 있을 때에도 다음과 같은 미사의 주석(注釋)을 중얼거리고 있음을 깨닫고는 자주 놀라기도 한다. 성(聖)미사에서는 너를 정결하게 만들기 위하여 그리스도의 피가 새로이 흐른다. 이것은 그분의 피의 성배(聖杯)이다, 그리스도의 피가 흐를 때마다 포도주는 진짜 피가 된다, 그리스도의 진짜 피는 존재한다, 성스러운 피를 봄으로써 영혼에 그리스도의 피가 뿌려진다, 귀중한 피가 피에 의해 씻겨진다, 화체(化體)[23] 때에는 피가 흐른다, 피얼룩이 진 성체포(聖體布), 그리스도의 피의 소리는 모든 천국을 꿰뚫는다, 그리스도의 피는 하느님 앞에서 그윽한 향기를 발한다 같은 것들이다.

어쨌든 여러분은 내게 어떤 가톨릭적인 음향이 보존되어 있음을 인정해야만 할 것이다. 한때는 시내 전차를 기다리며 성모 마리아만을 생각하던 시절도 있었다. 나는 성모 마리아를 자비롭고 은총이 넘치며 성축(聖祝)받은 처녀 중의 처녀, 자애의 어머니라고 불렀다. 그대 축복받은 여인, 그대 온갖 존경을 받을 여인, 그리스도를 낳으신 분, 감미로운 어머니, 처녀 어머니, 영광에 가득 찬 처녀시여, 나로 하여금 예수의 이름의 감미로움을 맛보게 하여 주소서, 당신이 어머니의 마음으로 그 감미로움을 맛보신 것과 같이 그것은 진실되며 올바른 것입니다. 지당하고도 유익한 것입니다. 여왕이시여, 성축받은 여인이시여, 성축받은 여인이시여……

이 '성축받은'이라는 말은 때때로, 특히 어머니와 내가 토요일마다 성심 교회를 찾아갔을 때 나를 감미롭게 만들었고 나에게 독을 넣었기 때문에 나는 악마에게 감사를 했을 정도이다. 왜냐하면 내 속의 악마가 세례를 이기고 나에게 해독제를

---

23) 성찬의 빵과 포도주가 예수의 살과 피로 화하는 것.

제공해 주었기 때문이다. 그리고 이 덕택에 나는 모독적인 언사를 쓰면서도 꿋꿋하게 성심 교회의 타일 위를 마음껏 활보할 수 있었던 것이다.

'예수의 마음'이라는 것이 그 교회의 이름이었지만, 예수는 성사 때를 제외하고는 십자가의 수난을 그린 다채로운 그림에서만 몇 차례 그 모습을 보였을 뿐이다. 각각 다른 자세를 하고 있는 채색된 조소품도 세 개 있었다.

그중에 채색된 석고상이 하나 있었다. 긴 머리의 이 예수는 프로이센풍의 푸른 상의를 입고, 발에는 샌들을 신은 채, 금 대좌(臺座) 위에 서 있었다. 그는 가슴 위의 옷을 풀어헤치고, 모든 자연스러움에 거역하는 토마토처럼 붉고, 영예로우며, 정해진 방식대로 피를 흘리는 심장을 흉곽 한복판에 드러내 보임으로써, 교회의 이름을 이 기관에 따라 붙일 수 있게 했던 것이다.

심장을 드러낸 예수의 모습을 처음으로 관찰하면서, 나는 곧 나의 대부이고 아저씨이며 또 나의 진짜 아버지로 추정되는 얀 브론스키와 구세주가 놀랄 만큼 닮은 것을 확인했다. 천진할 정도로 자부심이 강한 열광하는 저 푸른 눈! 언제라도 울음을 터뜨릴 것 같은 저 피어나는 장밋빛 입술! 눈썹에 나타나 있는 저 사내다운 고뇌! 찰싹 때리고 싶은 충동을 느끼게 하는 혈기왕성한 두 뺨. 그리고 두 사람은 모두 여성으로 하여금 애무하지 않고는 견딜 수 없게 하는 옆 얼굴을 하고 있었다. 게다가 연약하고 피로해 보이는 두 손은 일을 싫어하는 잘 가꾸어진 손으로서, 궁정 전속 보석상의 걸작품과 마찬가지의 성흔(聖痕)을 보이고 있었다. 예수의 얼굴에 그려져 나로 하여금 아버지로 오해하게 하는 브론스키의 눈이 나를 괴롭혔다. 나도 똑같이 푸른 눈을 가졌지만, 그것은 열광시킬 수는 있어도 설득시킬 수는 없는 눈이었다.

오스카는 오른쪽 본당에 있는 예수의 심장에서 눈을 떼었다. 그러고는 예수가 십자가를 짊어졌던 최초의 자리를 떠나 예수가 십자가를 맨 채 두 번째로 넘어진 일곱 번째 체룻지로 서둘러 갔다. 똑같이 석고로 만들어진 두 번째 예수상이 걸려 있는 본제단으로 갔다. 예수는 피로해서인지 아니면 정신을 더 집중하기 위해서인지 눈을 감고 있었다. 하지만 이 사내는 정말 남자다운 근육을 갖고 있었다! 10종 경기 선수의 모습을 한 이 운동선수는 나로 하여금 즉시에 성심(聖心)—브론스키를 잊게 했으며, 어머니가 비잉케 사제에게 고해할 때마다 나는 경건한 마음으로 본제단 앞의 이 운동 선수를 응시했다. 나도 기도드렸다는 사실을 믿어 주시기 바란다! 나는 그를 친애하는 체조 선생, 스포츠맨 중의 스포츠맨, 한 치 손톱만으로 십자가에 매달리는 승리자라고 불렀다. 그리고 그는 조금도 움직이지 않았다! 오히려 영원의 빛이 움직였을 뿐, 그는 고행을 완수했고 생각할 수 있는 최고점을 획득했다. 스톱워치는 계속해서 재깍거리며 그의 기록을 계산했다. 성물 납실(聖物納室)에서는 미사 시자(侍者)의 다소 더러워진 손가락이 그에게 주어질 금메달을 벌써 닦고 있었다. 그러나 예수는 명예 때문에 스포츠를 한 것은 아니었다. 나에게 믿음이 생겨났다. 그래서 나는 견딜 수 있는 한 최대한으로 무릎을 꿇었고, 북으로 십자가를 그었으며, 성축받았다든가 괴로워한다든가 하는 말들을 제시 오웬과 루돌프 하르비히, 그리고 작년의 베를린 올림픽과 결부시키려 했다. 하지만 그것이 언제나 성공하는 것은 아니었다. 왜냐하면 나는 예수가 십자가에 나란히 매달렸던 두 도적에 비해 정정당당하지 못하다고 말해야 했기 때문이었다. 그리하여 나는 그를 실격시켰고, 고개를 왼편으로 돌려, 새로운 희망을 걸면서 성심 교회 내부에 있는 천국의 경기 선수의 세 번째 입체상을 보게 되었다.

"당신을 세 번 보고 난 후 기도하게 하여 주십시오."라고 중얼거리고 나서, 나는 다시 타일 바닥을 신발 바닥으로 밟으면서 체스판 모양의 마룻바닥을 지나 왼편 제단으로 갔다. 나는 한 발자국을 떼어 놓을 때마다, 그가 너를 보고 있다, 성인들이 네 쪽으로 보고 있다, 고개를 숙인 채 십자가에 못박힌 베드로가, X자형 십자가에 못박힌 앙드레—그래서 앙드레 십자가라는 말이 생겨났다—가 너를 보고 있다고 느꼈다. 그 밖에도 라틴 십자가 또는 수난의 십자가와 나란히 그리스 십자가가 있다. 이중 십자가, T자형 십자가와 계단형 십자가는 직물이나 그림 그리고 책에 묘사되어 있다. 갈고리형 십자가, 닻 모양의 십자가 그리고 클로버형 십자가가 서로 엇갈려 조각되어 있는 것도 나는 보았다. 창(槍) 모양의 십자가는 아름답고, 몰타 십자가는 인기가 있으며, 갈고리 십자가는 금지되어 있다. 드골 십자가와 로트링거 십자가는 해전(海戰) 때의 안토니우스 십자가로 불린다. 귀가 달린 십자가는 사슬에 연결되어 있고, 도적의 십자가는 추하며, 교황의 십자가는 교황다우며,

저 러시아의 십자가는 나자로 십자가로도 불린다. 그리고 적 십자가 있다. 금주 동맹(禁酒同盟)은 청십자이며, 황십자는 너를 중독시키며, 순양함[24]은 침몰하고, 십자군은 나를 회심(回心)시켰으며, 십자 거미는 서로 잡아먹고, 십자로에서 나는 너에게 종횡으로 교차하는 반대 심문을 하며, 크로스워드 퍼즐을 보여주면서 풀어 달라고 한다. 허리가 마비된 나는 방향을 바꾼다. 나는 십자가를 떠났다. 또한 십자가에 달린 운동 선수로부터도 등을 돌렸다. 그가 나를 십자가로 깔아뭉갤지도 모르는데도 말이다. 왜냐하면 내가 소년 예수를 오른편 허벅다리 위에 안고 있는 처녀 마리아에게 다가갔기 때문이었다.

오스카는 교회의 왼편 회중석의 왼쪽 제단 앞에 서 있었다. 성모 마리아는, 오스카의 어머니가 열일곱 살의 나이로 트로일에서 행상을 하던 시절에 영화관에 갈 돈이 없어 대신에 아스트 닐젠의 영화 간판을 홀린 듯이 바라보며 지었을 것임에 틀림없는 그런 얼굴 표정을 하고 있었다.

마리아는 예수에게 몰두하고 있는 것이 아니라 오른쪽 무릎 옆에 붙어 있는 소년을 보고 있었다. 오해를 피하기 위해 나는 그 아이를 즉시에 세례 요한으로 이름지었다. 두 소년은 나와 같은 키였다. 성서를 정확하게 분석해 보면 예수는 요한보다 두 살 어렸음에도 불구하고 예수 쪽이 2센티미터 정도 키가 컸던 모양이다. 세 살짜리 예수를 발가벗겨 장밋빛으로

---

24) 십자가는 독일어로 크로이츠(Kreuz)이고, 순양함은 크로이처(Kreuzer)이다. 그러니까 두 단어가 발음이 거의 비슷한 것을 이용해 언어유희를 하고 있다.

묘사한 것은 조각가의 장난이었다. 요한은 나중에 황야로 갔기 때문에 텁수룩한 초콜릿빛의 모피를 몸에 걸치고 있었는데, 그것이 그의 가슴 절반과 배와 고추를 덮고 있었다.

오스카는 정말 영특하며 놀랄 만큼 그와 유사하게 내성적인 이 두 소년 가까이에 있는 것보다는 본제단 앞이나 고해석 바로 옆에서 얌전 떨며 있는 게 훨씬 나았을 것이다. 물론 그들은 파란 눈을 갖고, 오스카처럼 밤색 머리를 하고 있었다. 그래서 조각가인 이발사가 코르크 마개 뽑이처럼 우스꽝스러운 두 소년의 고수머리를 잘라 곤두선 상고 머리로 만들기만 했다면 그들은 오스카와 완벽하게 닮게 되었을 것이다.

'나 그리고 너 그리고 뮐러 씨의 암소……'라도 헤아리려는 듯이 왼쪽 집게손가락으로 소년 예수를 가리키고 있는 소년 요한에 대해 그렇게 길게 늘어놓고 싶지는 않다. 이 따위 어린애 장난은 집어치우고 까놓고 말하자면, 예수는 일란성 쌍생아이다. 이 아이는 어쩌면 나와 쌍둥이 형제였을지도 모른다. 이 아이는 나의 체격과 그 당시 오줌 누는 고추로밖에 사용되지 않았던 나의 고추를 가지고 있었다. 이 아이는 브론스키를 닮은 나의 코발트 블루의 눈으로 세상을 보았다. 그리고 그는—이 점은 그의 가장 나쁜 점이라고 생각하는데—나의 제스처를 흉내냈다.

나의 모사품인 이 아이는 양팔을 올리고 무엇인가를, 이를테면 나의 북채 같은 것을 마음껏 잡고 싶어하는 모양으로 주먹을 쥐고 있었다. 만일 조각가가 장밋빛 허벅다리 위에다 나의 적백색 양철북을 석고로 만들어 첨가시켰더라면, 그것은 바로 나 자신이 되었을 것이다. 마리아의 무릎 위에 앉아서 교구 사람들과 함께 북을 두드리고 있는 진짜 오스카가 되었을 것이다. 이 세상에는—그것이 아무리 신성한 것일지라도—가만히 두고 볼 수 없는 것들이 있는 법이다!

한 장의 양탄자로 덮인 세 개의 계단을 올라가면 은녹색의 옷을 걸친 마리아, 요한의 초콜릿빛 모피, 삶은 햄 빛깔의 소년 예수가 있는 곳이었다. 그곳에는 누렇게 된 촛불과 여러 가지 가격의 꽃들로 치장된 마리아의 제단이 있었다. 녹색의 마리아와 갈색의 요한 그리고 장밋빛 예수의 머리 뒤쪽에는 접시 크기의 후광이 붙어 있었는데, 금박이 그 접시를 값비싼 것으로 만들고 있었다.

제단 앞에 계단만 없었더라면 나는 결코 올라가지 않았을 것이다. 그 무렵에는 계단과 문의 핸들과 쇼윈도가 오스카를 유혹했다. 병원 침대로 만족할 수밖에 없는 오늘날에도 그것들을 보면 마음이 동하는 것은 마찬가지다. 그는 같은 양탄자 위이긴 했지만 한 계단 한 계단 유혹당해 올라갔다. 마리아의 제단을 둘러싸고 오스카의 바로 가까이에 있던 그들은 오스카가 손가락으로 혹은 경멸하며 혹은 존경심을 보내며 그들 3인조를 툭툭 두드리는 것을 허락해 주었다. 그가 손톱으로 긁자 색채 밑으로 하얗게 석고가 드러났다. 마리아의 옷의 주름은 구불구불 곡선을 이루며 구름 봉우리 위에 있는 발끝까지 늘어져 있었다. 간신히 분간할 수 있는 마리아의 정강이뼈는 조각가가 먼저 살을 붙이고 나서 그 다음에 주름 치마를 덮어씌웠다는 것을 말해 주었다. 오스카가 착오로 인해 할례를 받지 못한 소년 예수의 고추 구석구석까지 손을 대고 그것을 쓰다 듬어 마치 그것을 움직이려는 듯 조심스럽게 밀었다. 그러자 오스카는 자신의 고추에 쾌감을 느끼면서도 아울러 야릇한 혼란을 느꼈기 때문에 이번에는 자신의 고추를 진정시키기 위해 예수의 고추를 살짝 놓아주었다.

할례를 받았든 말았든 신경 쓰지 않고 나는 북을 스웨터 밑에서 꺼내고 내 목에서 풀어 후광을 다치지 않게 조심하면서 예수의 목에다 걸었다. 그건 내 키로는 꽤 힘든 일이었다. 그러나 예수가 대좌(臺座) 대신에 구름 봉우리 위로 올라가서 음악을 연주할 수 있도록 만들기 위해 내가 그 입상 위로 올라가야만 했다.

오스카가 이런 행동을 한 것은 세례를 받고 나서 처음 교회를 방문했던 1937년 1월이 아니라 같은 해의 부활제 전(前) 일주일간의 성주(聖週) 동안이었다. 어머니는 그 겨울 내내 얀 브론스키와의 관계를 뒤좇아가듯이 차례차례 고해하느라 고심하고 있었다. 그래서 오스카는 토요일이면 그의 계획을 생각해 내고, 포기하고, 정당화시키고, 다시 짜고, 모든 면에서 검토할 시간을 충분히 가졌다. 그러다가 마침내 이제까지의 모든 계획을 던져 버리고 차라리 성주 월요일의 층계송(層階頌)을 이용해 단순하게 직접적으로 일을 실행하기로 결심했던 것이다.

어머니는 부활제 동안의 가게일이 아주 바빠지기 전에 고해하기를 바랐기 때문에, 성주 월요일의 저녁 무렵에 내 손을 잡고 라베스베크 거리, 신 시장 모퉁이, 엘젠 거리, 마리엔 거리를 지나고 볼게무트 푸줏간 앞을 지나 클라인하머 공원에서 좌로 꺾고, 다시 언제나 누렇고 구역질을 일으키는 물방울이 떨어지고 있는 철도 육교 밑을 통과하여 철둑에 면하고 있는 성심 교회로 들어갔다.

우리는 늦게 도착했다. 고해석 앞에는 두 사람의 노파와 무언가 마음속이 갑갑한 듯한 젊은 남자 한 사람만 순번을 기다리고 있었다. 어머니는 세금을 속이기 위해 엄지손가락에 침을 묻혀 가며 장부를 넘기는 것처럼 미사 전례서를 뒤적거리며 양심을 검열하고 있었다. 그러는 사이에 나는 참나무 의자에서 살짝 내려와, 예수의 심장과 십자가 위의 운동 선수에게 들키지 않고 왼쪽 계단으로 갔다.

서둘러야만 했는데도 나는 입제문(入祭文)[25]을 빠뜨리지 않았다. 층계송을 세 번 송독했다. 인트로이보 아드 알타레 데이. 어린 시절부터 나에게 기쁨을 주신 하느님 곁으로, 그리고 목에서 북을 풀어 「주여, 불쌍히 여기소서」를 길게 끌면서 구름 봉우리 위로 올라갔다. 고추 앞에서는 조금도 지체하지 않고—「글로리아」 찬가가 나오기 바로 직전에—후광을 다치지 않도록 조심하며 예수의 목에다 북을 걸었다. 다시 구름 봉우리에서 내려와서는 회개하고 사죄하고 용서를 빌어야겠지만, 우선은 적당히 벌린 예수의 양손에 북채를 쥐어 주었다. 그러고는 하나, 둘, 세 개의 계단을 내려와 시선은 산 쪽으로 치켜 올린 채 양탄자가 깔린 곳을 지나 마침내 타일 바닥에 다다랐

---

25) 미사를 시작하며 부르는 노래.

다. 거기에는 오스카를 위한 기도대가 있었다. 그는 방석 위에 무릎을 꿇고 북을 치던 손을 얼굴 앞으로 가져가서 합장했다.—글로리아 인 엑셀지스 데오. 높은 하늘에 계시는 하느님에게 영광 있으시라—그리고 합장한 손 너머로 예수와 그의 북을 응시하며 기적을 기다렸다. 그는 이제 북을 칠 것이다. 아니 그는 북을 칠 수 없을는지 모른다. 어쩌면 북을 쳐서는 안 되는지도 모른다. 하지만 예수라면 북을 치든지, 아니면 진짜 예수가 아니든지 어느 한쪽일 것이다. 그가 북을 치지 않는다면 오히려 오스카 쪽이 그보다는 진짜 예수다.

기적을 원한다면 기다릴 수 있어야 한다. 그래서 나는 기다렸다. 처음에는 참을성 있게 기다렸으나 충분히 참을성 있게 기다리지는 못했던 것 같다. '만인의 눈이 그대를 기다리고 있습니다. 오, 주여'라는 성서의 말씀을 반복하며 눈길을 목표물로 향한 채 귀를 쫑긋 세우고 있는 시간이 길어짐에 따라 기도대 위의 오스카에게는 실망만 더해 갔다. 물론 그는 주님에게 모든 종류의 기회를 주었다. 아직 솜씨가 미숙할지도 모르는 예수에게 시작을 결심하도록 하기 위해서는, 쳐다보지 않는 편이 차라리 나을지도 모른다는 생각이 들어 눈을 감기도 했다. 하지만 세 번째의 사도신경이 끝나도록 아무 소식도 없었다. 전능하신 천주 성부 천지의 창조주를 저는 믿나이다. 그 외아들 우리 주 예수님 성령으로 인하여 동정 마리아께 잉태되어 나시고 본시오 빌라도 통치 아래서 고난을 받으시고 십자가에 못 박혀 돌아가시고 묻히셨으며 저승에 가시어 사흘만에 죽은 이들 가운데서 부활하시고 하늘에 올라 전능하신 천주 성부 오른편에 앉으시며 그리로부터 산 이와 죽은 이를 심판하러 오시리라 믿나이다. 성령을 믿으며 거룩한 공교회 와⋯⋯.

아니, 나는 그때 그에게서 가톨릭의 냄새만 맡았을 뿐이었다. 이제 신앙 같은 것은 거의 아무런 문제도 되지 않았다. 냄새도 안중에 없었으며, 다만 무언가 다른 것을 얻고 싶었다. 나는 나의 양철북 소리를 듣고 싶었던 것이다. 이제 예수가 나를 위해 들릴락말락한 작은 기적을 보여 주어야만 했던 것이다! 보좌 신부 라스체이아가 놀라서 허둥거리며 다가오고, 비잉케 사제가 뚱뚱한 몸을 힘겹게 질질 끌며 기적을 보러 오며, 올리바의 주교에게 보고서를 올리고 주교의 판정을 로마로 제출할 만큼 요란한 진동까지는 필요도 없었다. 아니, 그때 나는 명예심 같은 것은 조금도 없었다. 게다가 오스카는 성인이라 불리고 싶지도 않았다. 다만 그는 조그마하고 사적인 기적만을 바랐을 뿐이었다. 그 기적을 듣고, 봄으로써 파란 눈을 가진 일란성 쌍생아 중 어느 쪽이 장래 예수라고 자칭할 수 있는지를 분명하게 확인하고 싶었으며, 또한 오스카가 북을 쳐서 거기에 대해 찬성할 것인가 반대할 것인가를 단 한번만이라도 확인하고 싶었던 것이다.

나는 앉아서 기다렸다. 그동안 어머니는 고해석에 앉아 이미 제 6계명은 마쳤을 것이다. 나는 걱정이 되었다. 언제나 할 일 없이 교회를 배회하며 다니는 노인이 본제단 근처를 어슬렁거리다 마침내 왼편 제단을 지나고, 소년을 안고 있는 처녀 마리아에게로 가서 인사를 했다. 아마 그는 북을 보았을 테지만 그것이 무엇인지는 몰랐을 것이다. 그는 다리를 질질 끌며 갔는데, 그 모습은 이전보다 노쇠해 보였다.

내 기억으로는 시간이 상당히 흘렀던 것 같다. 하지만 예수는 북을 치지 않았다. 위쪽 합창대로부터 소리가 들려왔다. 나는 누군가가 오르간을 치지나 않을까, 이미 준비를 마치고 부활제를 위한 연습을 시작하지나 않을까, 떠들썩한 노랫소리가 이제 막 소년 예수가 치기 시작한 가냘픈 북소리를 지워 버리게 되지나 않을까 걱정했다.

하지만 그들은 오르간을 치지 않았다. 예수도 북을 치지 않았다. 기적은 일어나지 않았던 것이다. 내가 방석에서 몸을 일으키자 무릎 관절에서 딱 하는 소리가 났다. 나는 우울하고 싫증이 나서 양탄자 위로 어기적어기적 한 계단씩 올라갔다. 그러나 내가 잘 알고 있는 층계송은 모두 생략했다. 나는 석고로 된 구름을 타고 기어 올라가면서 중간 정도의 값이 나가는 꽃을 뿌리고, 저능한 벌거숭이로부터 나의 북을 빼앗으려고 했다.

오늘 나는 말한다. 그리고 앞으로도 계속해서 말할 것이다. 그를 가르치려고 했던 것은 실패였노라고. 어찌 된 영문인지 나도 잘 모르겠지만, 나는 우선 그로부터 북채를 빼앗았고 또한 양철북을 풀어내었다. 그리고 그 북채로 가짜 예수 앞에서 처음에는 조용하게, 나중에는 성급한 교사처럼 한 곡을 시범으로 쳐보였다. 그의 손에 다시 북채를 쥐어 주어서, 그가 오스카로부터 배운 것을 연주할 수 있는지 확인하고 싶었기 때문이었다.

모든 학생 중에 가장 완고한 이 학생에게서 북채와 양철북을 빼앗기도 전에 벌써—후광에 대해서는 생각할 겨를도 없었다—비잉케 사제는 내 뒤에 서 있었다. 내 북소리가 높고 넓게 교회 안에 울려 퍼졌던 것이다. 보좌 신부 라스체이아도 뒤에 있었다. 어머니도 노인도 있었다. 보좌 신부가 나를 잡아당겼고 사제는 나를 찰싹 때렸으며 어머니는 나 때문에 통곡을 했다. 사제는 나를 향해 뭐라고 중얼거렸고, 보좌 신부는 무릎을 꿇었다가 일어서서, 입상 위로 올라가 예수에게서 북채를 집어 들었고 북채를 든 채로 다시 한번 무릎을 꿇었다. 그리고 나서 북이 있는 데까지 올라가 북을 떼어 내었지만 후광을 파삭 깨뜨렸고, 고추와 부딪혔으며, 구름 봉우리도 약간 부서졌다. 그는 허둥지둥 내려와 다시 한번 무릎을 꿇었지만 내게 북을 돌려주려고 하지 않아 나를 더욱더 화나게 했다. 나는 할 수 없이 사제를 걷어차고 물어뜯고 할퀴었다. 그러자 안 그래도 면목 없어하던 어머니는 더욱 부끄러워했다. 나는 사제와 보좌 신부와 노인과 어머니를 뿌리치고 달려나와 곧바로 본제단 앞에 가서 섰다. 내 속에서 악마가 날뛰는 것을 느꼈다. 세례 때와 마찬가지로 악마가 내게 속삭였다. "오스카야, 주위를 보라, 도처에 창이다. 전부가 유리다. 전부 다 유리가 아니냐."

꼼짝도 하지 않고 침묵하고 있는 십자가 위의 운동 선수의 위쪽, 파란 바탕에 빨간색과 노란색과 녹색으로 열두 사도가 그려져 있는 세 개의 높은 창을 향해 나는 노래를 불렀다. 하지만 마가나 마태는 겨냥하지 않았다. 그들 위에 있는, 거꾸로

서서 성신 강림제를 축하하고 있는 비둘기, 즉 성령을 겨냥하였다. 이윽고 나의 노래는 떨리면서 나의 다이아몬드와 함께 그 새에 맞서서 싸웠다. 그러나 나에게 잘못이 있었던가? 꼼짝도 않고 있던 운동 선수가 이의라도 제기했단 말인가? 아니면 기적이었을까? 아무도 그 이유를 알지 못했다. 내가 떨면서 소리도 없이 세 개의 창을 향해 바라보는 것을 보고, 어머니를 제외한 나머지 사람들은 내가 기도하고 있는 것이라고 생각했다. 그러나 나는 산산조각을 내고 싶었던 것이다. 하지만 오스카의 소리는 말을 듣지 않았다. 아직 그에게 때가 오지 않았던 것이다. 나는 타일 위에 넘어져 처참하게 울었다. 예수의 손이 말을 듣지 않았고, 오스카의 소리가 말을 듣지 않았으며, 사제와 라스체이아가 나를 오해한 채 곧 후회조로 바보 같은 소리를 지껄였기 때문이었다. 그러나 어머니만은 나의 눈물을 이해하였다. 유리가 깨지지 않았기 때문에 기뻐해야 했음에도 불구하고 어머니는 나를 이해해 주었던 것이다.

어머니는 나를 팔에 안았다. 그러고는 보좌 신부에게 부탁해서 북과 북채를 돌려받았다. 어머니는 사제에게 부서진 곳을 수리하겠다고 약속했으며, 나로 인해 중단된 고해에 대해서도 나중에 용서를 받았다. 오스카도 무언가 축복을 받았지만, 특별한 의미가 있는 것은 아니었다.

어머니가 나를 성심 교회에서 데리고 나오는 동안 나는 손가락으로 헤아렸다. 오늘은 월요일, 내일은 성 화요일, 수요일, 성 목요일 그리고 성 금요일에 그와는 작별이다. 북을 치지도 못하고, 나에게 유리 파편도 주지 않으며, 나를 닮긴 했으나 가짜이므로 무덤 속으로나 들어가야 할 그와는 이제 작별이다.

하지만 나는 계속해서 북을 칠 것이다. 다만 기적 같은 건 더 이상 바라지 않을 것이다.

성 금요일의 식사

분열, 이것이야말로 성 월요일과 성 금요일 사이에 일었던 나의 감정을 나타내는 말이리라. 나는 한편으로는 북을 치려고 하지 않는 그 석고로 된 소년 예수 때문에 화가 치밀었으나, 다른 한편으로 보면 그 북은 여전히 나 한 사람만을 위한 것이었다. 한편에서 보면 나의 목소리는 교회의 창에 대해 효력을 나타내지 못했으나, 다른 한편에서 보면 오스카에게도 온전하게 유지된 다채로운 빛깔의 색유리를 대할 때마다 절망적이고 모독적인 언사를 퍼붓게 하는 가톨릭 신앙의 잔재가 간직되어 있음을 확인하게 되었던 것이다.

분열은 계속된다. 나는 성심 교회를 나와 집으로 돌아오는 도중, 시험 삼아 어떤 다락방의 창을 노래로 부수는 데 성공했는데, 세속의 물건에 대한 그러한 성공이 내게는 종교 부문에서의 실패를 계속해서 깨우쳐 주었다. 나는 그것을 분열이라고 본다. 이 분열은 여전하며 고쳐지지 않고 있다. 종교에도 세속에도 정착하지 못하고 대신에 정신 병원이라는 한적한 곳에서 머무르고 있는 지금도 이 분열은 그대로 입을 벌리고 있는 것이다.

어머니는 왼편 제단의 손상에 대해 변상을 했다. 신교도인 마체라트의 소망에 따라 성 금요일에는 가게를 닫아야 했으나 부활제의 장사는 순조로웠다. 보통 때면 늘 자신의 의사를 관철하던 어머니도 성 금요일에는 양보하여 가게 문을 닫았지만, 그 대신 성체 축일에는 가톨릭의 입장을 내세워 식료품점을 닫고 쇼윈도 안에 있는 페르질 포장 제품과 하크 모조 커피를 전기로 조명한 알록달록한 마리아 상으로 교체하고 올리바에서의 성체 행렬에 참가할 권리를 주장했다.

이 때문에 한 면에는 '성 금요일이라 휴업함'이라고 씌어 있고, 그 뒷면에는 '성체 축일이라 휴업함'이라고 씌어진 한 장의 마분지가 필요했던 것이다. 북을 빼앗기고 소리도 빼앗겼던 그 성 월요일에 이어진 성 금요일에 마체라트는 '성 금요일이라 휴업함'이라고 쓴 마분지를 쇼윈도에 매달았다. 그리고 아침 식사를 마치자마자 우리는 바로 시내 전차를 타고 브뢰젠으로 갔다. 분열이라는 말에 주목하자면, 라베스베크 거리에서는 분열이 유달리 눈에 띄었다. 신교도들은 교회로 갔다. 반면에 가톨릭 교인들은 유리창을 닦아 대거나 뒤뜰에서 양탄자 비슷한 물건이라면 무엇이나 털어 댔다. 그 소리가 너무도 강하게 주위로 울려 퍼졌기 때문에, 성서에 나오는 종(從)들이 모든 아파트의 안뜰에서 수많은 복제 예수들을 수많은 복제 십자가에다 동시에 못 박고 있지나 않은가 하는 생각이 들 정도였다.

그러나 우리는 수난을 잉태하고 있는 양탄자 털기를 뒤로 하고 어머니, 마체라트, 얀 브론스키, 오스카라는 늘상 지켜지는 순서대로 9번 시내 전차에 올라앉아, 비행장, 신 훈련장, 구 훈련장의 순서로 브뢰젠 거리를 지나갔다. 그리고 자스페 묘지 옆의 대피선(待避線)에서 노이파르바서-브뢰젠 구간의 전차를 기다렸다. 어머니는 이 기다리는 시간을 이용해 미소를 띠긴 했지만 다분히 염세적인 의견을 말했다. 제대로 자라지도 못한 해변의 소나무 밑에 지난 세기의 묘석이 무성한 잡초에 싸인 채 비스듬히 서 있는, 돌보는 사람도 없는 이 작은 묘지를 그녀는 깨끗하고 낭만적이며 매력적이라고 말했다.

"언젠가 이곳에 잠들고 싶어요. 자리가 그때까지 남아 있다면 말이에요." 어머니는 열중해서 그렇게 말했다. 하지만 마체라트는 이곳 흙에는 모래가 너무 많다고 생각하며, 무성하게 자라고 있는 엉겅퀴와 씨 없는 귀리를 향해 욕을 했다. 얀 브론스키는 비행장의 소음과 묘지 근처를 지나가는 시내 전차들이 그 밖의 점에서는 목가적인 이 지대의 평화를 어지럽힐지도 모른다는 의구심을 표명했다.

우리 쪽으로 달려오던 전차가 비켜섰다. 차장이 벨을 두 번 울리자 전차는 자스페와 그 묘지를 뒤로 하고 브뢰젠을 향해 달리기 시작했다. 브뢰젠 해수욕장은 그 무렵, 즉 4월 말경에는 정말 초라하고 황량했다. 오두막 음식점에는 못질이 되어 있었고, 요양소에는 덧문이 내려졌으며, 해변로에는 깃발도 없었고, 야외 풀장에는 250개나 되는 빈 방이 늘어서 있었다. 일기 예보판에는 아직도 작년의 분필 흔적이 남아 있었다. 기온 20도, 수온 17도, 북동풍, 갠 후 흐리겠음.

우리는 처음에는 모두 걸어서 글레트카우에 가기로 했지만, 의논도 없이 반대쪽 길, 즉 제방으로 가는 길을 택해 걸어갔다. 발트 해는 느릿느릿 광활한 해변을 핥고 있었다. 하얀 등대로부터 항로 표지가 있는 제방에 이르기까지 항구 입구에는 사람 하나 다니지 않고 있었다. 전날 내린 비로 모래 사장에는 규칙적인 무늬들이 새겨져 있었는데, 맨발로 흔적을 남기고 그 무늬를 없애며 걸어가는 것은 즐거운 일이었다. 마체라트는 굴덴 은화 크기의 매끈하게 닳은 벽돌 조각을 가지고 초록빛 수면에다 물수제비뜨기를 하고는 자랑스러운 표정을 지었다. 그보다는 솜씨가 서투른 얀 브론스키는 돌 던지기를 하는 틈틈이 호박을 찾다가, 정말로 몇 개의 파편과 앵두씨만 한 것을 한 개 발견하고는 나를 따라오며 맨발로 걷고 있던 어머니에게 주었다. 그녀는 자신의 발자국과 연애라도 하듯 계속해서 두리번거리며 뒤를 돌아보았다. 태양은 조심스럽게 빛나고 있었다. 공기는 차고, 바람도 자는 청명한 날이었다. 수평선상에는 가느다란 띠가 보였는데, 그것은 헬라 반도였다. 두서너 가닥의 연기가 휘날리며 사라져 갔고, 수평선 위로 상선의 윗부분이 불쑥 머리를 내밀며 나타났다.

서로간에 내키는 대로 간격을 두고 앞서거니 뒤서거니 하면서 우리는 화강암으로 쌓아 올린 제일 앞쪽의 넓다란 제방 토대에 도착했다. 어머니와 나는 다시 양말과 신을 신었다. 어머니는 내가 끈을 매는 것을 도와주었다. 그동안에 벌써 마체라트와 얀은 울퉁불퉁 튀어나와 있는 제방 위의 돌을 하나씩 건너뛰면서 넓은 바다를 향해 뛰어갔다. 차가운 물기를 머금은 해조류가 제방 틈새에서 되는 대로 자라고 있었다. 오스카는 그것을 빗질이라도 해 주고 싶었다. 하지만 어머니가 내 손을 쥐고 있었다. 우리는 앞에서 초등학교 학생처럼 놀고 있는 남자들 뒤를 쫓아갔다. 걸음을 옮길 때마다 북이 무릎에 부딪혔다. 이런 곳까지 와서도 나는 북을 빼앗기고 싶지 않았던 것이다. 어머니는 야생 딸기 빛깔의 단을 두른 밝은 청색의 스프링코트를 입고 있었다. 하이힐을 신고 화강암 위를 걷는 것은 힘든 일이었다. 나는 일요일이나 축제일에 입는 금빛 닻무늬의 단추가 달린 수병(水兵) 외투를 걸치고 있었다. 나의 수병 모자에는 그레트헨 셰플러의 기념품 콜렉션에서 물려받은 '제국 군함 자이트리츠'라는 문구가 있는 낡은 리본이 감겨져 있어 바람이 불면 펄럭이도록 되어 있었다. 마체라트는 갈색의 외투 단추를 끌렀다. 언제나 맵시를 부리는 얀은 번쩍거리는 비로드 깃을 단 울스터 외투를 입고 있었다.

우리는 제방 끝에 있는 항로 표지까지 뛰어갔다. 표지 밑에는 솜을 넣은 상의를 입고 부두 노동자의 모자를 쓴 중년 남자가 앉아 있었다. 옆에는 감자 부대가 놓여 있었는데, 그 속에서 무언가가 꿈틀거리며 끊임없이 움직이고 있었다. 브뢰젠이나 노이파르바서에 살고 있을 것 같은 그 남자는 빨랫줄의 한쪽 끝을 쥐고 있었다. 줄의 다른 한쪽 끝은 해초와 엉긴 채 바닷물이 섞인 모틀라우 강물 속에 잠겨 있었다. 모틀라우의 강물은 하구에서는 더욱 흐려져 있었고 파도가 없음에도 제방의 돌과 부딪치며 철썩거렸다.

부두 노동자의 모자를 쓰고 흔하게 볼 수 있는 빨랫줄을 가진 이 사내가 찌도 없이 어떻게 보란 듯이 낚시질을 하고 있는지 궁금했다. 어머니는 악의 없이 농담 삼아 그를 아저씨라고 불렀다. 아저씨는 담배진으로 누래진 잇몸을 드러내며 씩 웃었다. 그리고 나서는 소금기가 섞인 침을 공중으로 멀리까지 솟구치게 하여, 콜타르와 기름으로 뒤덮인 아래쪽의 화강암 사이에서 일렁거리는 탁한 물속에 뱉었을 뿐 더 이상의 설명은 하지 않았다. 배설물은 오랫동안 물 위에서 흔들거리고 있었는데, 마침내 한 마리의 갈매기가 날아와, 교묘하게 돌을 피해 날면서 그것을 집어갔다. 다른 갈매기들은 꺄악꺄악 울며 그 뒤를 따라서 날아갔다.

이제 우리는 그곳을 떠나고 싶었다. 제방 위는 추웠고 태양도 전혀 도움이 되지 않았기 때문이다. 그때 부두 노동자 모자를 쓴 사내가 밧줄을 잡아당기기 시작했다. 그럼에도 어머니는 가려고 했다. 하지만 마체라트는 그 자리에서 움직이지 않았다. 평소에 어머니의 뜻을 한번도 거스른 적이 없는 얀도 이번에는 어머니를 지지하지 않으려고 했다. 오스카는 가든 머무르든 아무래도 좋았다. 하지만 모두가 그 자리에 있었기 때문에 나도 같이 그 광경을 보았다. 그 부두 노동자는 같은 속도로 밧줄을 잡아당겼고, 매번 잡아당길 때마다 해초를 벗겨 내면서 밧줄을 양다리 사이에 모았다. 그러는 동안에 나는 겨우 반 시간 전만 해도 수평선에 상체만을 내밀고 있던 상선이 이제 물속 깊이 선체를 가라앉힌 채 진로를 바꾸어 항구로 향하고 있음을 확인했다. 오스카는 선체가 그렇게 수중 깊이 가라앉아 있는 것으로 보아 철광석을 실은 스웨덴 배일 거라고 생각했다.

부두 노동자가 느긋하게 일어섰을 때, 오스카는 스웨덴 배에서 눈을 뗐다. "자, 좀 들여다보시오, 어떻게 되었는지." 부두 노동자가 마체라트에게 그렇게 말했다. 마체라트는 영문을 몰랐으나 그래도 부두 노동자에게 고개를 끄덕였다. "자……." 그리고 "좀 보시지요……"라고 부두 노동자는 같은 말을 반복하며 밧줄을 잡아 올리고 있었지만 이제는 더욱 힘들어 보였다. 그는 밧줄 맨 끝을 향해 돌을 붙들고 기어 내려가 팔을 뻗어—어머니는 제때에 얼굴을 돌리지 못했다—화강암 사이의 부글부글 거품이 이는 바닷속에다 손을 집어넣고, 무언가를 더듬거리며 찾더니 마침내 붙잡아 끌어올리며 큰소리로 물러서라고 말했다. 그러고는 물방울이 뚝뚝 떨어지는 무언가 무거운 것을, 물방울을 튀기는 살아 있는 덩어리를 우리들 사이에 던졌다. 그것은 말 대가리였다. 살아 있는 진짜 말 대가리, 검은 말의 대가리, 갈기가 있는 검은 말 대가리였다. 그것은 어제나 그저께까지만 해도 소리 높여 울고 있었을 것이다. 왜냐하면 그 머리는 아직도 썩지 않았고, 악취를 내지도 않았으며, 기껏해야 모틀라우의 물 냄새만 풍길 뿐이었기 때문이다. 하지만 그 물 냄새는 온 제방 위로 퍼졌다.

부두 노동자의 모자를 쓴 사내는—모자는 이제 그의 목덜미에 걸려 있었다—어느새 말 대가리 위로 가랑이를 넓게 벌리고 서 있었다. 말 대가리에서는 옅은 녹색의 조그마한 뱀장어들이 난폭하게 몸을 비틀면서 나왔다. 사내는 뱀장어를 잡느라 애를 먹었다. 매끄러운 데다 젖어 있기도 한 돌 위에서 뱀장어가 재빠르고 교묘하게 비틀고 꿈틀거렸기 때문이었다. 갈매기들도 날아와 우리 머리 위에서 꺄악꺄악 울고 있었다. 갈매기들은 급강하하여 세 마리 혹은 네 마리씩 짝지어 중간보다 조금 작은 크기의 뱀장어 한 마리를 놓고 서로 다투었으며, 쫓아도 도망가지 않았다. 제방은 갈매기의 것이기 때문이었다. 어쨌든 갈매기들 사이에서 부두 노동자는 뱀장어를 두들기고 붙잡아 두 다스 정도의 비교적 작은 뱀장어들을 부대에 채워 넣을 수 있었다. 돕기를 좋아하는 마체라트는 손을 내밀어 부대를 잡아 주었다. 그러느라고 그는 어머니의 얼굴이 치즈빛이 되었고, 처음에는 손을, 바로 다음엔 머리를 얀의 어깨와 비로드의 깃에 기댄 것을 볼 수 없었다.

작은 크기와 중간 크기의 뱀장어를 부대에 채워 넣는 동안 모자가 머리에서 떨어져 버린 부두 노동자가 이번에는 살찐 검은 뱀장어를 죽은 고깃 덩어리에서 잡아내기 시작하자, 어머니는 주저앉지 않을 수 없었다. 얀이 그녀의 머리를 돌리려고 했으나 그녀는 듣지 않고, 커다란 황소 눈으로 깜박이지도 않으면서, 부두 노동자가 마치 회충같이 생긴 것들을 끄집어내는 것을 지켜보았다.

"자 보시지요!"라고 그 사내가 끙끙거리는 목소리로 반복해서 말했다. "한번 들여다보시오!" 그는 장화로 떠받쳐 말 아가

리를 벌리게 한 후, 막대기 한 개를 턱 사이에 밀어 넣었다. 그
러자 말은 노란 입을 떡 벌리고 웃는 듯한 모습이 되었다. 그
리고 부두 노동자가—이제서야 그의 머리의 윗부분이 벗겨져
달걀 모양이라는 것을 알게 되었다—말의 아가리 속에 두 손
을 밀어 넣고는 팔뚝만큼이나 굵고 긴 뱀장어 두 마리를 재빨
리 잡아내자, 어머니의 입도 딱 벌어졌다. 그녀가 아침에 먹은
것 전부, 즉 굳어진 달걀 흰자위와 실낱 같은 노른자위가 밀
크 커피 속에서 흰 빵덩어리와 섞여 전부 다 제방의 돌 위에
토해졌다. 그러고도 헛구역질을 계속했으나 아무것도 나오지
않았다. 사실 아침에 먹은 게 별로 없었던 것이다. 그녀는 지
나치게 무거운 체중을 어떻게 해서든 줄이려고 온갖 식이요법
을 시도했다. 하지만 몰래 먹느라고 그것을 지키는 일은 드물
었다. 그녀는 운동 가방을 들고 우스꽝스러운 여인네들과 한
패가 되어 파랗게 빛나는 운동복 차림으로 곤봉 체조를 하기
도 했지만 살이 조금도 빠지지 않았다. 그래서 얀이나 마체라
트까지 놀려 대며 웃었지만, 그녀는 화요일의 부인회 체조만
큼은 빠지지 않고 참석했다.

이번에도 어머니는 기껏해야 반 파운드 정도만을 돌 위에
토했을 뿐이다. 그녀로서는 가능한 한 많이 토하고 싶었지만,
더 이상 토해 낼 수는 없었다. 녹색이 도는 점액 이외에는 아
무것도 나오지 않았다—거기에 갈매기들이 날아왔다. 어머니
가 토하자마자 날아왔던 갈매기들이 낮게 선회를 하다 기름
기가 번지르르한 매끄러운 몸으로 어머니가 토해 낸 아침 식
사에 달려들었다. 그것들은 살찌는 일 따위는 조금도 염려하

지 않았으며, 아무도 그들을 쫓아 버릴 수 없었다―도대체 누가 쫓아 버릴 수 있었단 말인가?―얀 브론스키는 갈매기가 무서워 두 손으로 아름다운 파란 눈을 가리고 있었을 정도이니 말이다.

갈매기들은 오스카가 그 하얀 것들에게 대항하기 위해 하얗게 래커칠을 한 북을 북채로 마구 두들겼으나 들은 체 만 체했다. 아무리 두들겨도 헛일이었다. 마체라트는 어머니에 대해서는 조금도 신경쓰지 않았다. 그는 부두 노동자의 흉내를 내느라고 껄껄 웃으면서 사내다움을 과시했다. 부두 노동자는 작업을 거의 끝내면서 마지막으로 말의 귀에서 커다란 뱀장어 한 마리를 끄집어냈다. 뱀장어와 함께 말의 뇌수에서 하얀 오트밀 같은 것이 방울져 떨어지자, 마체라트의 얼굴도 치즈 빛깔이 되었지만 그래도 그는 뽐내는 태도를 버리지 않았다. 그는 부두 노동자로부터 중간 크기의 뱀장어 두 마리와 큰 뱀장어 두 마리를 헐값에 사고 나서는 다시 값을 깎으려고 흥정했다.

그때 나는 얀 브론스키를 칭찬하지 않을 수 없었다. 그는 마치 울음을 터뜨릴 것 같은 얼굴을 하고 있었는데도 어머니가 일어서는 것을 도우면서 한쪽 팔은 어머니의 뒤로 돌려 감고 다른 팔은 앞으로 내민 채 그녀를 데리고 갔던 것이다. 그녀가 뒷굽이 높은 작은 구두를 신고 뒤뚱거리며 돌과 돌을 건너뛰며 해안 쪽으로 가는 모습은 우스꽝스럽기 그지없었다. 걸음을 옮길 때마다 무릎을 절룩거렸지만 그래도 복사뼈를 삐지는 않았다.

오스카는 마체라트와 함께 부두 노동자 옆에 머물러 있었다. 다시 모자를 고쳐 쓴 부두 노동자가 시범을 보이며 감자 부대에 굵은 소금을 절반쯤 넣어 두는 이유를 설명해 주었기 때문이었다. 부대 속에 소금을 넣어 두는 이유는 소금이 뱀장어의 표피와 내부의 점액을 제거시켜 주기 때문이다. 뱀장어는 소금 속에 들어가서도 꿈틀거리다 죽어 버린다. 즉 뱀장어는 소금 속에 들어가서도 움직이기를 그만두지 않기 때문에 움직이는 동안 죽어 버리는 것이다. 그래서 소금 속에 뱀장어의 점액이 남게된다. 나중에 뱀장어를 훈제로 만들려고 할 때는 이렇게 한다. 이 방법은 물론 경찰과 동물 애호 협회에서 금지시키고 있지만, 뱀장어란 놈은 움직이지 않고는 못 배기는 법이다. 소금이 없다면 뱀장어와 그 내장에서 점액을 어떤 방법으로 제거할 수 있겠는가. 죽은 뱀장어는 나중에 마른 이탄(泥炭)으로 깨끗이 닦인 후, 자작나무 장작 위에 매달린 훈증기 안에 들어가 훈제가 되는 것이다.

마체라트는 뱀장어를 소금 속에서 돌아다니게 하는 게 옳다고 생각했다. 뱀장어는 말 대가리 속에도 들어가지 않느냐고 그는 말했다. 사람의 시체 속에도 들어간다고 부두 노동자가 말했다. 특히 스카게래커 해협에서의 해전 후에 뱀장어들이 엄청나게 살이 쪘다는 것이다. 또 수일 전에도 이 정신 병원의 어느 의사가 살아 있는 뱀장어가 아니면 먹으려 하지 않는 어느 기혼 부인에 대한 이야기를 해주었다. 뱀장어가 꽉 물어뜯었기 때문에 그 부인은 병원으로 실려가야 했고, 그 때문에 부인은 이후 아이를 낳지 못하게 되었다는 것이다.

부두 노동자는 소금과 뱀장어가 든 부대 주둥이를 묶어서 매고는 평소와 마찬가지로 가볍게 어깨에다 둘러맸다. 그리고 감아 올린 밧줄을 목에 걸고는 뚜벅뚜벅 걸어가기 시작했다. 그 때 그곳에서 노이파르바서로 가는 상선이 들어왔다. 그 배는 대략 1800톤 정도로 스웨덴 배가 아니라 핀란드 배였으며, 철광석이 아니라 목재를 싣고 있었다. 부대를 걸머진 부두 노동자는 그 핀란드 배에 있는 몇 사람을 알고 있었던 모양이다. 그는 그 녹슨 배를 향해 손짓하며 무어라고 외쳤다. 핀란드 배의 사내들도 손짓으로 응답하고는 똑같이 외쳤다. 하지만 어째서 마체라트까지 손짓을 하며 '어이!' 하고 바보같이 소리를 질렀는지 나로서는 알 수 없다. 라인란트 출신의 이 사내는 배에 대해 아는 것이라곤 없으며, 게다가 핀란드인이라고는 단 한 사람도 몰랐기 때문이다. 그러나 상대의 손짓에는 반드시 손짓으로 답하고, 상대가 소리치거나 웃거나 손뼉을 치면 똑같이 소리치거나 웃거나 손뼉을 치는 것이 그의 버릇이었다. 그래서 아직 그럴 필요가 전혀 없는데도 비교적 빨리 입당(入黨)하여, 아무 소득도 없이 일요일 오전만 허비해 왔던 것이다.

오스카는 마체라트와 노이파르바서에서 온 사내 그리고 핀란드 배의 승무원 뒤를 따라 천천히 걸어갔다. 나는 때때로 뒤를 돌아보았다. 부두 노동자가 말 대가리를 항로 표지 밑에 버려두고 왔기 때문이다. 하지만 말 대가리는 조금도 보이지 않았다. 갈매기떼가 밀가루처럼 하얗게 그것을 덮고 있었기 때문이다. 그것들은 녹색 바다에 정말이지 가볍게 뚫린 하얀 구멍이었으며, 언제라도 깨끗한 모습 그대로 공중으로 올라갈 수 있는 맑게 씻겨진 구름이었다. 그것들은 히힝대며 울지 않고 이제는 커다란 소리로 비명을 지르는 말 대가리를 덮고 있었다.

나는 그 광경을 실컷 본 후에 갈매기와 마체라트를 버려두고 제방 입구에 있는 얀 브론스키와 어머니에게로 뛰어갔다. 한 걸음씩 뛸 때마다 주먹으로 양철북을 치며, 짧은 파이프를 피우고 있던 부두 노동자를 추월하여 그들에게로 뛰어갔다. 얀은 앞서와 같이 어머니를 안고 있었지만 한 손은 그녀의 외투 깃 밑에 넣고 있었다. 어머니도 한쪽 손을 얀의 바지 호주머니 속에 집어넣고 있었지만, 마체라트는 그것을 볼 수 없었다. 그는 우리보다 훨씬 뒤에 처져서, 부두 노동자가 그를 위해 돌로 기절시킨 뱀장어 네 마리를 제방의 돌 사이에서 주운 한 장의 신문지로 둘둘 말아 싸고 있었기 때문이다.

마체라트가 우리 가까이로 다가와 뱀장어 꾸러미를 흔들며 이렇게 설명했다. "하나 하고 50을 달라고 했지만 1굴덴밖에 주지 않았어, 그것으로 됐다고."

어머니의 얼굴은 다시 좋아졌으며, 양손도 다시 가지런히 놓여 있었다. 어머니가 말했다. "내가 그 뱀장어를 먹을 거라고 생각지도 말아요. 정말이지 고긴 이제 안 먹어요, 뱀장어는 절대로요!"

마체라트는 웃었다. "우습군, 아가씨. 당신도 뱀장어를 이렇게 잡는다는 걸 알고 있었잖아? 게다가 날것도 잘 먹었잖아. 자, 이제는 이 불초 소생이 양념이란 양념은 모조리 넣고 채소도 약간 섞어, 정말 끝내주는 요리를 만들 거야."

어머니의 외투에서 잽싸게 손을 뺀 얀 브론스키는 아무 말도 하지 않았다. 나는 브뢰젠에 도착할 때까지 뱀장어 이야기가 다시는 나오지 않도록 북을 두들겼다. 나는 정류소에서도 전차 안에서도 세 명의 어른이 그 이야기를 다시 꺼내지 못하도록 방해했다. 뱀장어는 비교적 가만히 있었다. 갈아탈 전차가 이미 와 있었기 때문에 자스페에서는 조금도 기다리지 않았다. 마체라트는 비행장을 지나자마자 나의 북소리에도 불구하고 배가 몹시 고프다는 말을 꺼내기 시작했다. 얀이 어머니에게 '레가타' 담배 한 대를 권할 때까지 어머니는 반응을 나타내지 않으며 우리를 훑어보았다. 얀이 그녀에게 불을 붙여주자, 그녀는 금종이로 싼 부분을 입술 사이에 물며 마체라트를 향해 미소를 지었다. 마누라가 사람들 앞에서 공공연하게 담배를 피우면 마체라트가 싫어한다는 사실을 그녀는 알고 있었던 것이다.

우리는 막스 할베 광장에서 내렸다. 어머니는 내가 예상했던 대로 얀의 팔이 아니라 마체라트의 팔을 잡았다. 얀은 나와 나란히 걸으며 내 손을 잡았고, 어머니가 피우던 담배를 마지막까지 피웠다.

라베스베크 거리에서는 가톨릭의 주부들이 여전히 양탄자를 털고 있었다. 마체라트가 자물쇠를 여는 동안, 나는 5층의 트럼펫을 부는 마인 씨의 옆집에 사는 카터 부인이 층계를 올라오는 것을 보았다. 그녀는 푸르죽죽한 억센 팔로, 둘둘 만 갈색 양탄자를 오른쪽 어깨에 걸머지고 있었다. 양쪽 겨드랑이 밑에는 땀이 송글송글 맺혀 짜기워진 금빛 털이 불타오르고 있었다. 양탄자가 그녀의 어깨 앞뒤로 구부러져 있었다. 아마도 그녀는 곧

드레만드레 취한 사내라도 어깨에 떠메고 운반할 수 있었을 것이다. 하지만 그녀의 남편은 살아 있지 않았다. 그녀가 검게 빛나는 타프트 치마에 싸인 그녀의 비계를 이끌고 지나가자, 그녀의 체취가 내 코를 찔렀다. 암모니아, 오이, 카바이드─아마도 그녀는 월경 중이었음에 틀림없다.

그 직후 안뜰에서 예의 그 규칙적인 양탄자 두들기는 소리가 들려왔다. 그 소리가 나를 집안으로 몰아넣었고 내 뒤를 쫓아왔기 때문에 나는 마침내 침실 옷장 속으로 도망쳐 쪼그리고 앉아 있었다. 그곳에 매달려 있는 겨울 외투가 부활제 전에 나는 소음들 중에서도 가장 불유쾌한 소음을 막아주었기 때문이다.

그러나 나를 옷장 속으로 도망치게 만든 것은 양탄자를 두들기는 카터 부인 때문만은 아니었다. 외투도 채 벗기 전에 성금요일의 식사 문제를 놓고 어머니와 얀과 마체라트가 다투기 시작한 때문이기도 했다. 싸움은 뱀장어 문제에만 머무르는 게 아니라 그 유명한 지하실 층계에서의 나의 추락 사고까지 거론되면서 내 문제가 다시 불거졌다. "당신 책임이에요, 책임지세요, 나는 뱀장어 수프를 만들 거야, 그렇게 고상한 척하지 마, 당신 좋을 대로 하세요, 하지만 뱀장어만은 안 돼요, 지하실에 통조림이 잔뜩 있잖아요, 버섯을 갖다 주세요, 하지만 뚜껑만은 꼭 닫아요, 또 그런 일이 일어나면 곤란하니까요, 지난 이야기는 하지 마, 뱀장어 얘기나 하자고, 밀크와 겨자와 파슬리를 넣겠어, 소금물에 삶은 감자, 거기에 월계수 잎 한 장 그리고 정향(丁香)도 조금, 그만두세요, 알프레트, 그녀가 원하지도 않는데, 당신은 간섭 마, 뱀장어를 거저 얻어 온 줄 아나, 내장을 들어내고 물로 깨끗이 씻었다고, 안 돼, 안 돼. 식탁에 차려 놓으면 곧 알게 될 거야, 그럼 어디 보자고, 누가 먹고, 누가 먹지 않는지."

마체라트는 거실 문을 탁 소리나게 닫고는 부엌으로 사라졌다. 그는 우리더러 들으라고 일부러 소란스럽게 일을 처리했다. 그는 대가리 뒤를 십자 모양으로 잘라 뱀장어를 죽였다. 지나치게 상상력이 강한 어머니는 소파에 주저앉고 말았다. 그러자 얀 브론스키도 기다렸다는 듯이 곧 어머니를 따라 앉았다. 그러고는 서로 손을 붙잡고 카슈바이 말로 속삭이기 시작했다.

세 사람의 어른이 거실에서 이러한 식으로 배치되어 있을 때, 나는 옷장에서 나와 이미 거실에 있었다. 타일을 붙인 난로 옆에 아이들용 의자가 있었다. 거기에 앉아 다리를 흔들거리고 있는 내게서 얀은 눈을 떼지 않았다. 내가 두 사람에게 방해가 되는 모양이었다. 마체라트가 거실 벽 뒤에 있어서 그들의 눈에 보이지 않기는 하지만 반쯤 죽은 뱀장어로 말 채찍을 휘두르듯 위협적인 동작을 하고 있는 중임엔 분명했다. 그래서 두 사람이 그렇게 별난 짓거리를 할 수 없을 테지만 그래도 내가 거슬렸던 모양이다. 두 사람은 두 손을 서로 꼭 쥔 채, 스무 개의 손가락을 꽉 죄거나 서로 끌어당기기도 하면서 관절이 똑딱거리는 소리를 냈는데, 그 소리야말로 내게는 최후의 일격이었다. 안뜰에서 울려오는 카터 아주머니의 양탄자 두들기는 소리가 충분히 크지 못했던 것일까? 그 소리는 음량이 커지지 않았음에도 불구하고 모든 벽을 뚫고 가까이 다가오지 않았던가?

오스카는 의자에서 미끄러져 내려와 그의 도피가 너무 눈에 띄지 않도록 하려고 타일을 붙인 난로 옆에서 잠시 쪼그리고 앉아 있다가 온통 북에만 신경을 쓰며 급히 문지방을 넘어 침실로 도망쳤다.

나는 온갖 소음으로부터 달아나기 위해 침실 문을 반쯤 열어 놓은 채, 아무도 뒤에서 나를 부르지 않음을 확인하고는 마음을 놓았다. 그러고는 오스카가 침대 밑에 있는 것이 좋을지, 옷장 속에 있는 것이 좋을지를 궁리했다. 나는 옷장 쪽을 택했다. 침대 밑에 있으면 나의 멋진 곤색 선원복이 더러워질 우려가 있었기 때문이었다. 마침 옷장 자물쇠에 손이 닿자 그것을 한 번 돌려 거울이 붙어 있는 문을 양쪽으로 열었다. 그러고는 북채를 가지고 걸대를 따라서 가지런히 외투와 겨울옷을 걸어놓은 옷걸이들을 한쪽으로 밀어젖혔다. 무거운 옷들에 손을 뻗쳐 그것들을 움직이게 하기 위해서 나는 북 위로 올라가야 했다. 마침내 옷장 한가운데에 넓지는 않아도 오스카 한 사람이 기어 올라가 그 속에 웅크리고 앉기에 적당한 자리가 생겼다. 게다가 나는 조금 수고한 끝에 거울이 붙은 문짝을 잡아당겨, 옷장 바닥에 있던 숄을, 문짝을 고정시키는 가로대와 함께 문짝 사이에 끼울 수 있었다. 그 때문에 손가락한 개가 들어갈 만한 틈이 생겨 필요한 경우 밖을 내다볼 수도 있고 공기도 들어올 수 있게 했다. 나는 북을 무릎 위에 놓았지만 두드리지는 않았다. 아니 살짝 건드리지도 않았다. 나의 의지와는 상관없이 겨울 외투 냄새가 나를 사로잡아 몸 속 깊이 스며드는 대로 내버려 두었다.

옷장이란 게 있고, 또 무거워서 거의 미동도 않는 옷들이 있는 만큼, 내가 거의 모든 생각을 하나의 다발로 뭉뚱그려 꿈속의 공주님에게 선사할 수만 있었다면 얼마나 좋았겠는가. 거의 내색하지 않으면서도 은근하게 기쁨을 드러내며 이 선물을 받아들일 만큼 충분히 부유한 공주님에게 말이다.

정신을 바짝 차려 내 재산에 걸맞게 살던 여느 때처럼, 나는 브룬스회프 거리에 있는 홀라츠 박사의 환자가 되어 내게는 중요한 매주 수요일의 진찰을 받았다. 나는 갈수록 나를 까다롭게 진찰하는 의사에 대해서보다는 그의 조수인 잉에 간호사에 대해 생각할 기회가 훨씬 많았다. 그녀는 나의 옷을 벗기고 입힐 수 있었다. 그녀만이 나의 신장을 재고 체중을 달고 나를 시험할 수 있었다. 홀라츠 박사가 내게 하는 실험을 잉에 간호사는 정확하게 수행하기는 하지만 약간 투덜거렸다. 그때마다 그녀가 약간 비꼬며 실패라고 보고하면, 홀라츠 박사는 일부 성공이라고 수정했다. 내가 잉에 간호사의 얼굴을 보는 일은 드물었다. 나의 시선과 때때로 울렁거리는 북 연주자의 심장은, 그녀의 풀기 빳빳한 간호사복의 정갈한 흰색, 가볍게 눌러 쓴 모자의 날렵한 모습, 적십자 장식의 간소한 브로치 따위에 머물렀다. 그녀의 제복에 잡혀 있는 언제나 신선한 주름에 시선을 쏟을 때면 얼마나 기분 좋았던가! 그녀는 정말 그 의상 밑에 하나의 육체를 가지고 있는 것일까? 점점 늙어 가는 얼굴과 아무리 손질을 해도 거친 마디가 드러나는 두 손이 그녀도 한 사람의 여성임을 느끼게 했다. 나의 어머니가 내 눈앞에서 얀이나 마체라트에 의해 벌거벗겨질 때 발산하는 그러한 관능적인 여자다운 체취가 잉에 간호사에게는 없었다. 그녀에게선 비누냄새와 사람을 피곤하게 만드는 약품 냄새가 풍겼다. 왜소하고 소위 병들었다고 하는 나의 신체에 그녀가 청진기를 대고 있는 동안 나는 얼마나 자주 잠에 정복당했던가! 흰옷의 치마 주름에서 생기는 가벼운 졸음, 석탄산으로 덮인 졸음, 꿈 없는 졸음, 그녀의 브로치가 아득하게 확대되면서 내가 알고 있는 풍경이 나타나는 꿈, 이를테면 브로치는 깃발의 물결, 알프스의 석양, 개양귀비의 들판이 된다. 그리고 폭동에 대비한다. 내가 알고 있는 그 누구에 대해서, 아니 인디언에 대해서, 버찌에 대해서, 코피에 대해서, 닭벼슬에 대해서, 적혈구에 대해서 대비한다. 그러면서 시야를 온통 덮는 붉은빛이 하나의 정열에다 배경을 제공해 주는 것이다. 나에게는 예나 지금이나 그 정열이 자명하게 느껴지면서도 딱히 무어라고 이름 붙일 수는 없다. 왜냐하면 '붉다'라는 단어로는 아무것도 설명할 수 없고, 코피도 마찬가지며, 깃발의 천도 바래지기 때문이다. 그럼에도 불구하고 내가 '붉다'라고 말하면 붉은빛은 나를 무시해 버리고 검은빛이 된다. 그러면 검은 마녀가 와서 나를 노랗게 질리게 하고, 나를 속여 파란빛으로 보이게 하려고 한다. 파란빛을 나는 믿지 않는다. 그리고 나를 속여 녹색이라 해도 속지 않는다. 녹색은 내가 풀을 뜯는 관이며, 녹색은 나를 덮어 주고, 나는 녹색을 흰빛이라고 생각한다. 흰빛은 나를 검게 만든다. 검은빛은 나를 노랗게 질리게 하고, 노란빛은 나를 속여 파랗게 보이려고 한다. 나는 파란 빛을 녹색으로 믿지 않으며, 녹색은 꽃이 되어 내게 붉게 보인다. 붉은빛은 잉에 간호사의 브로치다. 그 브로치에는 적십자가 새겨져 있었으며, 정확히 말하자면 그것은 그녀의 제복 칼라에 달려 있었다. 그러나 꿈이 지속되는 경우는 드물다. 모든 상념들 중에서 가장 단조로운 이 옷장 속에서의 꿈 역시 마찬가지였다.

거실에서 울려오는 요란한 소음이 옷장 문짝에 부딪혀 막 잉에 간호사가 꿈속에 나타나는 선잠에서 나를 깨웠다. 나는 무릎에 북을 올려놓고 정신이 말똥말똥한 채 두근거리는 가슴으로 여러 가지 모양의 외투 사이에 앉아 있었다. 내 곁에서 마체라트의 제복이 냄새를 풍기고 있었는데, 제복의 견대(肩帶)에는 검대(劍帶)와 기총(騎銃) 걸쇠가 달려 있었다. 간호사 복의 하얀 주름 같은 것은 더 이상 볼 수 없었다. 모직물은 떨어져 내렸고, 털실은 매달려 있었다. 코르덴 옷감이 플란넬과 부딪쳤다. 머리 위엔 지난 4년 동안 유행되었던 모자들이 있고, 발밑 쪽으로는 구두, 작은 구두, 닦아 놓은 가죽 각반, 징을 박은 뒷굽과 박지 않은 뒷굽도 있었다. 밖으로부터 한 줄기 광선이 들어와 모든 물건의 윤곽을 뚜렷하게 만들었다. 오스카는 거울이 붙은 문짝 사이에 틈을 만들어 놓은 것을 후회했다.

거실의 사람들은 나에게 무슨 일을 보여 줄 수 있었던가? 마체라트가 소파에 있는 두 사람을 불시에 습격했을지도 모른다. 하지만 그것은 거의 있을 수 없는 일이었다. 얀은 스카트 놀이를 할 때뿐만 아니라 언제나 약간의 경계심만은 늦추지 않고 있었기 때문이다. 대강 추측은 했지만 나중에 다음 일은 사실로 드러났다. 마체라트 뱀장어를 죽여 내장을 끄집어내고, 물로 씻어 삶고, 양념을 친 후 맛을 본 뱀장어 수프를, 소금을 섞어 찐 감자와 함께 커다란 수프 쟁반에 담아 거실의 식탁에 차려놓았던 것이다. 그러나 아무도 자리에 앉으려 하지 않았기 때문에 마체라트는 자신이 배합해 넣은 여러 가지 원료를 일일이 들면서 조리법을 설명하는 등, 애써 자기가 만든 요리를 선전했던 것이다. 그러자 어머니가 소리를, 카슈바이 말로 소리를 질렀다. 마체라트는 그 말을 이해할 수도 참을 수도 없었지만 들은 것만은 분명했고, 그녀가 말하고자 한 게 무엇인지도 알았으리라. 그것은 당연히 뱀장어에 대한 것만은 아니었다. 어머니는 소리칠 때면 언제나 그러는 것처럼 지하실 층계에서의 나의 추락을 다시 입 밖으로 꺼냈던 것이다. 마체라트는 거기에 대꾸를 한다. 정말이지 그들은 자기의 역할을 알고 있었던 것이다. 이번에는 얀이 반박을 한다. 그가 없으면 연극이 성립되지 않았다. 마침내 제2막. 피아노 뚜껑이 꽝 소리를 내며 열리고, 발로 두 개의 페달을 밟으면서 악보도 없이, 곡을 암기하여 친다. 「마탄의 사수」 중에서 「사냥꾼의 합창」이 앞쪽으로 뒤쪽으로 사방팔방으로 메아리친다. 그것을 이 세상의 무엇과 비교할 수 있을까. 그리고 할라리[26]를 치는 도중에 피아노 뚜껑이 꽈당 닫히는 소리가 난다. 페달에서 발

---

26) 사냥물을 잡았을 때 내는 신호.

을 떼고, 피아노 의자가 넘어지는 소리가 난다. 어머니가 오고 있다. 벌써 침실로 왔다. 그녀는 거울이 붙은 옷장 문짝을 한 번 쳐다본다. 나는 틈 사이로 그녀가 파란 천장 밑의 더블 베드 위에 비스듬히 몸을 던진 채 울고 있는 것을 보았다. 부부의 성(城)[27] 머리맡에 있는, 금테를 두른 액자 속의 그림에서 속죄하는 막달라 마리아처럼, 그녀는 많은 손가락이 달린 두 손을 괴로운 듯이 비비며 울었다.

잠시 동안 어머니의 울음소리, 침대가 삐걱거리는 듯한 희미한 소리, 거실에서 중얼거리는 소리밖에 들리지 않았다. 얀은 마체라트를 위로했고, 마체라트는 어머니를 위로해 주도록 얀에게 부탁했다. 중얼거리는 소리가 사라졌다. 얀이 침실로 들어왔다. 제3막. 그는 침대 앞에 서서 어머니와 속죄하는 막달라 마리아를 번갈아 가며 보다가 침대 끝에 조심스럽게 앉는다. 그러고는 엎드려 누워 있는 어머니의 등과 엉덩이를 문지르며, 카슈바이어로 그녀를 달랬다. 그리고 마침내—말이 아무 소용도 없었기 때문에—그녀가 울음을 그칠 때까지 그녀의 치마 밑으로 손을 넣었다. 얀도 많은 손가락을 가진 막달라 마리아로부터 눈길을 돌릴 수 있었다. 얀이 일을 마치고 일어서면서 손수건으로 손가락을 살짝 닦아 내고, 거실이나 부엌에 있을 마체라트더러 알아들으라는 듯이 이제는 더 이상 카슈바이 말을 쓰시 않고 큰 소리로 한마디 한마디 강조하며 어머니에게 이야기하는 장면은 정말 진풍경이었다. "자, 나가

---

27) 침대를 가리킴.

요, 아그네스. 이제 그건 잊어버려요. 알프레트는 뱀장어를 벌써 화장실에다 내다 버렸어. 우리 정식으로 스카트 놀이 한 판 해요. 나는 '4분의 1페니히 스카트'라도 좋아. 그러다가 이것저것 다 잊고 기분이 좋아지면, 알프레트가 달걀을 풀어 버섯 튀김과 감자 튀김을 만들어 주기도 할 거야."

어머니는 그 말에 아무 대꾸도 하지 않고 침대에서 몸을 일으켜 세우고 노란 누비이불을 다시 잘 펴놓은 다음, 옷장 문짝에 달린 거울 앞에서 머리 모양을 다듬었다. 그러고는 얀의 뒤를 따라 침실을 나갔다. 나는 틈 사이에서 눈을 뗐다. 곧 이어서 카드를 섞는 소리가 들려왔다. 나지막하고도 조심스러운 웃음소리가 들렸다. 마체라트가 카드를 떼고 얀이 패를 나누었다. 그러고 나서 그들은 점수 경쟁을 벌였는데, 아마도 얀이 마체라트를 이긴 것 같았다. 벌써 23점을 넘고 있었으니 말이다. 다음에는 어머니가 얀과 경쟁해 36점까지 밀어 올렸다. 그때는 그도 낮은 패를 내어야만 했다. 그리고 어머니는 '그랑'을 시도하였다가 근소한 차이로 졌다. 다음의 '다이아몬드 싱글'은 얀이 압도적으로 이겼다. 한편 어머니는 3회전에 '2 없는 하트의 손'을 겨우 이길 수 있었고, 그것으로 끝났다.

이 가족 스카트 놀이는 달걀을 푼 버섯 튀김과 감자 튀김으로 잠시 중단되었다가 다시 밤까지 계속되었던 것이 확실하다. 나는 이후의 승부에 대해서는 거의 귀를 기울이지 않았다. 차라리 잉에 간호사와 졸리게 하는 그녀의 간호사 옷으로 다시 돌아가고 싶었다. 홀라츠 박사의 진료에도 불구하고, 내 마음은 언제까지나 흐려져 있었던 모양이다. 녹색, 청색, 황색과 검은색이 계속해서 적십자 무늬 브로치의 문맥에 끼여들었을 뿐만 아니라 오전 중의 사건도 거기에 끼어들었기 때문이었다. 진찰실과 잉에 간호사에게로 통하는 문이 열릴 때마다 간호사의 정갈하고 가벼운 흰옷이 보이는 것이 아니라, 부두 노동자가 노이파르바서의 제방에 있는 항로 표지 아래에서 물방울을 뚝뚝 흘리고 있는 말 대가리로부터 뱀장어들을 끄집어내고 있는 것이 보였다. 스스로 흰 것이라고 자칭하는 것, 내가 잉에 간호사와 동류의 것으로 생각하려고 했던 것이 사실은 갈매기의 날개였으며, 그것이 순간적으로 시선을 교란시켜 썩은 고기와 썩은 고기 속의 뱀장어들을 감추었던 것이다. 그리하여 상처가 다시 벌어졌을 때 더 이상 피는 흐르지 않았고 붉은 것도 드러나지 않았다. 다만 말은 검은빛이었고 바다는 녹색의 병과 같은 빛깔이었다. 목재를 실은 핀란드 배는 화면을 약간 녹슬게 했다. 그리고 갈매기들은—나에게 비둘기에 대해서는 더 이상 언급하지 말았으면 좋겠다—희생물에게로 구름처럼 모여들더니 날개 끝을 수그린 채 나의 잉에 간호사에게 뱀장어를 던졌다. 그녀는 그것을 잡아 축복을 내린 후 갈매기가 되어 모습을 바꾸었다. 성령이 그 자체인 비둘기의 모습은 아니었다. 그녀는 갈매기라고 불리는 모습으로 변하여 구름처럼 육체 위에 내려와서는 성령 강림제를 축하했다.

이런저런 상념은 치워 버리고 나는 장롱에서 나왔다. 거울이 붙은 문짝을 힘을 주어 양쪽으로 밀어젖히고는 그 상자에서 내려왔다. 거울 앞에서 자신이 변하지 않은 것을 알게 되었고, 어쨌든 이제는 카터 부인이 양탄자를 털고 있지 않다는 사실이 기뻤다. 오스카에게 성 금요일은 끝났으나, 수난의 시기는 부활제 후에야 시작되게 마련인 것이다.

발끝으로 갈수록 좁게 만든 관

뱀장어들이 꿈틀거리는 말 대가리로 뒤범벅이 된 성 금요일이 지나갔다. 우리는 브론스키 일가와 함께 시골인 비사우에 사시는 할머니와 빈첸트 할아버지 집에서 부활제를 보냈다. 하지만 이제 어머니에게도 수난기가 시작되었는데, 그것은 5월의 상쾌한 날씨에 의해서도 어쩔 도리가 없는 것이었다.

마체라트가 어머니에게 강요해 다시 생선을 먹게 했다는 것은 맞지 않는 말이다. 그녀는 자발적으로 그리고 수수께끼 같은 의지에 사로잡혀, 부활제가 지난 지 겨우 2주일 만에 생선을 먹기 시작했다. 그녀는 자신의 몸매도 생각지 않고 마체라트가 "그렇게 많이 먹지 말아요. 누가 강요라도 하는 것 같잖아요."라고 말할 정도로 마구 먹었던 것이다.

그러나 그녀는 기름에 튀긴 정어리로 아침 식사를 시작했다. 그리고 두 시간 후에는 가게에 손님이 없을 때를 틈타 본 자크 청어가 들어 있는 생선 상자를 뒤졌다. 점심 때는 구운 넙치나 겨자 소스를 친 대구를 찾았다. 그러다가 오후가 되면 어느새 또 통조림 따개를 손에 들고 있었다. 뱀장어 젤리, 둘둘 만 청어, 튀김 청어의 깡통을 따는 것이다. 그리고 마체라트가 저녁 식사 때 다시 생선을 기름에 볶거나 찌기를 거부하면 그녀는 한마디도 말을 하거나 불평을 늘어놓지 않았다. 다만 그녀는 아무렇지도 않은 듯이 식탁에서 일어나, 가게로 가서 훈제 뱀장어를 한 조각 가지고 왔다. 그녀가 나이프로 뱀장어 가죽의 안팎에 있는 마지막 기름기까지 긁어내고, 고기만 나이프로 입에 가져가는 것을 보노라면, 우리는 식욕이 확 달아났다. 그녀는 하루에도 몇 번씩 토했다. 마체라트가 어찌할 바를 모르고 걱정이 되어 물었다. "임신한 것 아니오? 아니면 어디 잘못되지 않았소?"

그러면 어머니의 입에서는 매번 "그런 어리석은 소리 하지 말아요."라는 말만 튀어나왔다. 신선한 감자를 곁들인 녹색 뱀장어를 생크림에 띄워 점심상에 내놓은 어느 일요일, 할머니 콜야이체크가 두툼한 손으로 쟁반들 사이를 두드리며 말했다. "자, 아그네스, 말해 봐. 무슨 일이야? 성미에 맞지도 않게 말도 안하고 왜 미친 사람처럼 먹어 대는 거지?" 하지만 어머니는 그저 고개만 내저었다. 그러고 나서 감자는 옆으로 치워 버리고, 생크림에서 뱀장어만을 가려내어, 마치 열심히 숙제를 하는 학생처럼 꼼짝도 하지 않고 먹어 치웠다. 얀 브론스키는 아무 말도 하지 않았다. 한번은 내가 소파에 있는 두 사람과 마주쳤는데, 두 사람은 여느 때처럼 손을 마주 잡고 있었고 옷이 흐트러져 있었으나, 울어서 부은 얀의 눈과 어머니의 냉담한 태도는 기이한 느낌을 불러일으켰다. 그러나 그녀의 무관심은 정반대의 방향으로 돌변했다. 그녀는 갑자기 일어서서 나를 붙잡고 들어올려, 꼭 껴안으면서 나에게 그 무엇에 의해서도, 튀기거나 삶거나 소금으로 절이거나 훈제로 만든 다량의 고기로도 채울 수 없는 배고픔의 심연을 보여 주었다.

며칠 후 부엌에서 나는, 그녀가 늘 질색하며 싫어하던 기름에 튀긴 정어리에 덤벼들 뿐만 아니라 몇 개의 빈 깡통에 모아 두었던 기름을 조그마한 소스 냄비에 붓고 가스불에 데워 걸쭉한 액체로 만들어 마시는 것을 목격했다. 부엌 문에 서 있던 나는 그만 북을 떨어뜨렸다.

그날 밤 어머니는 시립 병원으로 운반되어야 했다. 마체라트는 구급차가 오기 전에 울면서 슬퍼했다. "어째서 당신은 아이를 원하지 않는 거야. 누구의 아이면 어때? 혹시 그 흉한 말대가리를 아직도 생각하고 있는 거야? 그런 곳엔 얼씬도 안하는 건데! 자, 잊어버려요. 아그네스. 일부러 그런 건 아니란 말이오."

구급차가 와서 어머니를 싣고 갔다. 어린아이들과 어른들이 길에 모여들었다. 어머니는 운반되어 갔다. 어머니는 제방도 말 대가리도 잊지 않았음이 분명했으며, 그것이 프리츠라고 불리든 한스라고 불리든 말에 대한 기억을 내내 지니고 있던 것이다. 그녀의 신체 기관들은 성 금요일의 산책을 뼈저리도록 너무도 분명하게 기억하고 있었다. 그래서 그 산책이 되풀이되지나 않을까 하는 두려움 때문에, 그녀의 신체 기관과 의견을 같이 했던 나의 어머니가 죽은 것이었다.

홀라츠 박사는 황달과 생선 중독이라고 진단했다. 병원에서는 어머니가 임신 3개월이라는 것이 확인되어 독방이 주어졌다. 면회가 허용되었을 때, 그녀는 4일 간이나 구토증과 경련에 시달렸기 때문에 거칠어진 얼굴을 하고 있었으나, 토하는 중에도 이따금 나에게 미소를 지었다.

요즈음 면회일에 찾아오는 친구들에게 내가 행복한 얼굴을 지어보이는 것처럼 어머니도 문병 오는 사람들을 조금이나마 만족시키려고 애썼던 것이다. 하지만 더 이상 토할 것이 없는데도 주기적으로 엄습해 오는 구토증은 서서히 쇠약해지는 그녀의 육체를 반복해서 출렁거리게 만들었다. 마침내 4일째 그녀는 완전히 기진맥진한 채 죽어 갔다. 누구든 사망진단서를 얻기 위해서는 마지막으로 내쉬지 않으면 안 되는 그 가느다란 마지막 숨을 내쉬었던 것이다.

그녀의 아름다움을 일그러뜨렸던 구토증의 원인을 더 이상 그녀의 몸에서 찾을 수 없게 되었을 때에야 우리는 모두 후 하고 한숨을 내쉬었다. 씻겨지고 수의를 입은 채 뉘어진 그녀는 친밀하고 몹시도 천진난만한 둥근 얼굴을 우리들에게 다시 보여 주었다. 마체라트도 얀 브론스키도 우느라고 눈이 멀어 있었기 때문에 수간호사가 어머니의 눈꺼풀을 감겨 주었다.

남자들도, 할머니도, 헤트비히 브론스키도, 그리고 곧 열네 살이 되는 슈테판까지도 모두 울고 있는데 나만은 울 수 없었다. 사실 나의 어머니의 죽음은 나를 거의 놀라게 하지 않았다. 어머니를 따라 목요일에는 구시가지로, 토요일에는 성심 교회를 다니던 오스카는, 어머니가 수년 전부터 삼각 관계를 청산하는 하나의 가능성을 진지하게 찾고 있다고 생각하지 않았던가. 말하자면 그녀가 다분히 미워했던 마체라트에게는 자신의 죽음에 대한 책임을 지우는 한편, 그녀의 얀에게는 그녀가 자신을 위해 죽은 것이며 자신의 출세를 방해하고 싶지 않아 그녀 스스로를 희생시킨 것이라는 생각을 가지게끔 하여 폴란드 우체국에서 계속 근무하도록 만들어 준 것이었다.

아무리 생각해 봐도 두 사람, 즉 어머니와 얀은 방해받지 않는 사랑의 보금자리가 필요할 때면 지체없이 마련하는 재능이 있었으며, 게다가 로맨스에 대한 재능까지 보여 주었다. 그래서 사람들은 원하기만 하면 그 두 사람 속에서 로미오와 줄리엣을, 혹은 물이 깊었기 때문에 만나지 못했다는 왕자와 공주의 모습까지 찾아낼 수 있는 것이다.

제때에 종부 성사까지 받은 어머니가 사제의 기도문 아래서 꼼짝달싹도 않고 싸늘하게 굳어 가고 있는 동안에, 나는 여유가 있었기 때문에 대개는 신교도인 간호사들을 여유 있게 관찰할 수 있었다. 그녀들은 가톨릭과는 다른 식으로 두 손을 모았다. 자존심이 강해 보이는 그녀들은 가톨릭의 원문과는 동떨어지게 '우리 아버지시여'를 불렀고, 할머니 콜야이체크나 브론스키 일가 그리고 내가 하는 방식대로 십자를 긋지는 않았다. 나의 아버지 마체라트도—그는 사실 나의 생부가 아닌 것 같지만 나는 이따금 그를 아버지라고 부른다—신교도이지만 기도를 올릴 때는 다른 신교도와는 달랐다. 그는 양손을 가슴 앞에서 마주 잡지 않고, 아래쪽 음부 근처에서 손가락들을 신경질적으로 꼼지락거리며 하나의 종교에서 다른 종교로 옮겨 갔는데, 그것은 분명히 자신의 기도 드리는 모습을 부끄러워하고 있었기 때문일 것이다. 나의 할머니는 임종의 침대 앞에 오빠인 빈첸트와 나란히 무릎을 꿇고 앉아, 아무런 거리낌도 없이 큰소리를 내어 카슈바이어로 기도하였다. 반면에 폴란드어로 기도하고 있는 게 분명한 빈첸트는 입술만 움직였지만, 눈에는 진정어린 슬픔이 가득 넘쳐 있었다. 나는 허락만 된다면 북을 치고 싶었다. 어쨌든 나의 수많은 적백색 양철북들은 나의 불쌍한 어머니 덕택에 가질 수 있었던 것이다. 그녀는 마체라트의 소망과 균형을 이루는 저울추로서, 양철북에 대한 약속을 나의 저울 위에다 올려놓았다. 또한 그녀의 아름다움은 때때로, 특히 체조도 할 필요가 없을 만큼 날씬했던 무렵에는 내 북의 교본이 되기도 했던 것이다. 결국 더 이상 참을 수가 없어 나는 어머니가 죽은 방에서 다시 한 번 회색 눈을 한 아름다운 어머니의 이상적인 모습을 양철북으로 표현했다. 그러자 수간호사가 즉각 항의를 하고 나섰다. 그런데 놀랍게도 마체라트가 그녀를 누그러뜨리면서 "내버려 두세요, 간호사님. 두 사람은 일심동체였어요."라고 속삭이며 내 편을 들어 주었던 것이다.

어머니는 매우 명랑하기도, 또 매우 소심하기도 했지만, 곧 잊어버리는 성격이기도 했다. 하지만 어머니는 기억력이 좋았다. 어머니는 목욕물을 버리다가 나마저 버리기도 했지만 나와 한 목욕탕에 앉아 있었다. 어머니는 이따금 내게서 사라지기도 했으나, 나를 발견하는 능력도 그녀에게는 구비되어 있었다. 내가 노래로 유리를 깨면, 어머니는 접착제로 그것을 붙였다. 그녀는 주위에 의자가 충분히 있는데도 때때로 부정(不正) 위에 주저앉았다. 어머니는 자신의 옷 단추를 채울 때조차도 나에 대해서는 교육적이었다. 어머니는 틈새로 들어오는 바람을 두려워하면서도 끊임없이 바람을 일으켰다. 그녀는 필요한 경비만으로 생활하면서 세금 내는 것은 싫어했다. 나는 그녀를 둘러싸고 있는 껍질의 이면(裏面)이었다. 그녀는 '하트의 손'으로 승부할 때면 언제나 이겼다. 어머니가 죽었을 때, 내 북의 몸체의 빨간 불꽃은 약간 퇴색했다. 하지만 하얀 부분은 점점 희어져서, 오스카까지도 눈이 부셔 눈을 감지 않으면 안 될 정도로 번쩍번쩍 빛이 났다.

그녀는 종종 거기에 묻히고 싶다고 말하던 자스페의 묘지가 아니라, 브렌타우의 조그마하고 조용한 묘지에 묻혔다. 거기에는 1917년에 유행성 감기로 죽은, 그녀의 계부인 화약 제조공 그레고르 콜야이체크도 잠들어 있었다. 사랑을 받던 식료품상의 장례식답게 애도객들이 많았다. 단골 고객뿐 아니라 여러 회사의 세일즈맨, 바인라이히 식료품점 사람이라든지 헤르타 거리에 있는 일용품점의 프로프스트 부인 같은 경쟁업자들도 얼굴을 내밀었다. 브렌타우의 예배당에 이들 전부가 들어갈 수는 없었다. 꽃과 방충 처리한 검은 상복에서 냄새가 풍겼다. 뚜껑이 열린 관 속에서 나의 불쌍한 어머니는 누렇고 피폐한 얼굴이었다. 장례식이 지루하게 진행되는 동안 나는 감정을 억누를 수 없었다. 금방이라도 어머니가 머리를 쳐들 것이고, 다시 한번 토하지 않으면 안 될 것이라고 생각했다. 몸속에 아직도 남은 것이 있어 밖으로 나와야만 하는 것이다. 나와 마찬가지로 어느 아버지에게 감사해야 할지 모르는 3개월 된 태아뿐만이 아니다. 밖으로 나와서 오스카와 마찬가지로 북을 잡으려고 하는 것이 그 아이만은 아니다. 그 밖에도 고기가 있다. 분명히 말해서 기름에 튀긴 정어리는 아니다. 내가 말하는 것은 약간의 뱀장어에 대한 것이다. 뱀장어 살에서 나온 몇 가닥의 옅은 녹색의 섬유, 스카게래커 해전(海戰) 당시의 뱀장어, 노이파르바서 제방의 뱀장어, 성 금요일의 뱀장어, 말 대가리에서 튀어나온 뱀장어, 어쩌면 뗏목 밑으로 빠져 뱀장어의 밥이 되었을 그녀의 아버지 요제프 콜야이체크에게서 나온 뱀장어, 당신의 뱀장어로부터 나온 뱀장어, 왜냐하면 뱀장어는 뱀장어가 되는 것이니까…….

구토증은 일어나지 않았다. 그녀는 자신이 뱀장어를 땅 밑으로 가지고 가서는 그곳에서 함께 마지막 안식을 얻기로 작정했던 것이다.

남자들이 관 뚜껑을 들어 올려 단호하기도 하고 역겹기도 한 나의 어머니의 얼굴을 덮으려고 했을 때, 안나 콜야이체크는 남자들의 팔을 젖히고 나와, 관 앞의 꽃을 짓밟으며 그녀의 딸 위로 몸을 던졌다. 그러고는 값비싼 하얀 수의를 쥐어뜯으며 통곡하고, 카슈바이 말로 울부짖었다.

나중에 많은 사람들이 전하는 바에 의하면, 할머니는 마체라트에게 딸을 죽인 놈이라며 저주를 퍼부었다고 한다. 그리고 지하실 계단에서 내가 추락한 사건에 대해서도 말했다고 한다. 그녀는 어머니가 꾸며낸 이야기를 사실로 받아들였고 마체라트에게 나의 불행에 대한 책임을 잊지 못하게 만들었다. 마체라트가 온갖 정치적 격변에도 불구하고 비굴하리만큼 자존심을 죽여 가면서까지 그녀를 높이 받들었고, 전쟁 동안에는 설탕과 인조 꿀, 커피와 석유까지 보살펴주었는데도, 그녀는 계속해서 그를 몰아세웠던 것이다.

잡화상 그레프와 여자처럼 높이 소리내어 울던 얀 브론스키는 나의 할머니를 관에서 떼어 내 데리고 갔다. 남자들은 뚜껑을 닫았고, 마침내 관을 메는 사람들이 관 밑에 있을 때면 언제나 짓는 그러한 표정을 지었다.

반쯤은 시골 냄새가 나는 브렌타우의 묘지에는 느릅나무 가로수 길 양쪽에 두 개의 밭이 있었고, 그리스도 탄생극의 배경에 나오는 것과 같은 예배당과 두레박 우물이 있었으며, 새들이 저희들 세상인 양 지저귀며 놀고 있었다. 깨끗하게 쓸어놓은 묘지의 가로수 길을 따라 행렬의 선두에 선 마체라트 바로 뒤에서 걸어가면서, 나는 비로소 그 관의 모양이 마음에 든다는 것을 알아차렸다. 그 뒤부터 나는 때때로 최후의 목적을 위해 사용되는 검은색과 갈색의 나무를 유심히 쳐다보는 버릇이 생겼다. 나의 불쌍한 어머니의 관은 검은 것이었다. 그리고 그것은 놀랍도록 조화를 이루면서 발끝 쪽으로 갈수록 좁아졌다. 이 세상에 인체의 비율과 이렇게 잘 조화된 형태가 또 있겠는가.

침대 역시 이처럼 발끝 쪽으로 갈수록 좁게 했더라면 좋았을 것을! 때에 맞게 우리가 사용하는 보통의 소파도 모두 빠짐없이 발끝으로 갈수록 좁게 만들어 주었으면 한다. 사실, 우리들이 아무리 거만을 떨어도 결국 우리들 발에 알맞은 것은 이 좁은 토대뿐이기 때문이다. 그러니 머리와 어깨와 몸통을 위해서는 사치스러운 넓이가 필요하지만 발 쪽으로 오면 좁아져도 무방한 것이다.

마체라트는 관 바로 뒤에서 따라갔다. 그는 손에 검정색 비단 모자를 들고 천천히 걸어야 했기 때문에, 커다란 슬픔에도 불구하고 무릎을 뻗치느라 애를 먹었다. 나는 그의 목덜미를 볼 때마다 가엾다는 생각이 들었다. 그의 후두부는 튀어나와 있었고, 두 개의 정맥이 그의 옷깃으로부터 머리털이 난 부분까지 솟아 있었다.

왜 그레트헨 셰플러나 헤트비히 브론스키가 아니고 트루친스키 아주머니가 내 손을 끌고 있었을까? 아주머니는 우리 아파트의 3층에 살고 있었는데, 이름은 없이 어디서나 트루친스키 아주머니라고 불렸다.

관 앞에서는 향을 들고 있는 시자(侍者)와 함께 비잉케 사제가 걸어갔다. 나의 시선은 마체라트의 목덜미에서 관을 멘 사람들의 종횡으로 주름진 목덜미로 옮겨 갔다. 어떤 강렬한 소망이 치밀어올랐지만 억제하지 않으면 안 되었다. 관 위에 올라타고 앉아 북을 치고 싶었던 것이다. 오스카는 북채로 양철이 아니라 관 뚜껑을 치고 싶었고, 그들이 불안정한 걸음걸이로 관을 운반해 가는 동안 그 위에 앉아 북을 치고 싶었던 것이다. 뒤따르는 애도객들이 사제를 따라 기도를 올리는 동안 오스카는 그들 앞에서 북을 치고 싶었다. 그들이 묘혈 위에서 판자와 밧줄로 관을 내리는 동안 그는 관의 뚜껑 위에서 의젓하게 있고 싶었다. 설교와 미사의 종, 향연과 성수가 베풀어지는 동안에도 그는 뚜껑에 씌워져 있는 라틴어를 두들기고 싶었고, 그들이 관과 함께 밧줄로 그를 내리는 동안 그 위에서 가만히 참으며 있고 싶었던 것이다. 어머니 그리고 태아와 함께 무덤 속으로 들어가고 싶었다. 유족들이 손에 가득 흙덩어리를 던지는 동안, 오스카는 아래에 머물며 올라오지 않았으면 했다. 그 좁아진 발끝 쪽에서 북을 치며 앉아 있고 싶었다. 북채가 그의 양손에서 떨어지고, 관 뚜껑이 그의 북채 밑에서 썩으며, 어머니가 그를 위해 그가 어머니를 위해 썩고, 누구나가 다 다른 사람을 위해 썩어 그 살을 대지와 그 주민들에게 넘겨줄 때까지 북을 치고 싶었다. 작은 뼈를 북채 삼아서라도 태아의 부드러운 연골 앞에서 두들기고 싶었다. 그것이 가능하고 허용된다면 말이다.

아무도 관 위에 앉지 않았다. 관은 아무도 태우지 않은 채 브렌타우 묘지의 느릅나무와 수양버들 밑을 흔들거리며 앞으로 나아갔다. 교회지기의 알록달록한 닭들이 묘지들 사이에서 벌레를 쪼아 먹고 있었다. 씨는 뿌리지도 않으면서 수확을 하고 있는 것이다. 그리고 양쪽 편으로는 자작나무가 서 있었다. 나는 트루친스키 아주머니의 손에 이끌려 마체라트 뒤를 따르고 있었고, 내 바로 뒤에는 그레프와 얀이 할머니를 부축하며 따라왔다. 빈첸트 브론스키는 헤트비히의 팔에 매달려 있고, 꼬마 마르가와 슈테판은 손에 손을 잡고 세플러 부부의 앞에서 걸어갔다. 그뒤에 시계방 주인 라우프샤트, 하일란트 노인, 그리고 악기를 지니지도 않고 술도 별로 취하지 않은 트럼펫 연주자 마인이 따랐다.

의식이 모두 끝나고 애도의 이야기들이 나오기 시작했을 때, 비로소 나는 지기스문트 마르쿠스를 알아보았다. 마체라트와 나, 나의 할머니 그리고 브론스키 집안 사람들에게 손을 내밀며, 무언가 중얼거리며 말하려고 하는 애도객들 뒤편에서 검은 상복을 입은 그가 허둥거리며 합세했다. 처음에 나는 알렉산더 셰플러가 마르쿠스에게 무슨 말을 하고 있는지 알 수 없었다. 그들은 서로간에 안면 정도는 있지만 거의 모르는 사이였다. 마침내 음악가인 마인까지도 장난감 가게 주인에게 뭐라고 대들었다. 그들은 이미 퇴색하고 손가락으로 비비면 쓴 맛을 내는 나무를 심어서 조성한 허리 높이의 생울타리 저쪽에 서 있었다. 카터 부인이 키가 빨리 자란 그녀의 딸 수지와—수지는 손수건으로 웃음을 가리고 있었다—함께 마침 마체라트에게 애도의 말을 건네는 중이었다. 물론 그녀는 내 머리를 쓰다듬는 일도 잊지 않았다. 생울타리 저편이 시끄러워졌으나, 무슨 영문인지는 여전히 알 수 없었다. 트럼펫 연주자인 마인이 집게손가락으로 마르쿠스의 상복을 가볍게 두드리고 나서는, 그를 밀쳤다가 자기 앞으로 끌어당기며 마르쿠스의 왼팔을 잡았고, 셰플러는 오른팔을 잡았다. 두 사람은 뒷걸음질치는 마르쿠스가 묘의 경계석에 걸려 넘어지지 않도록 조심하면서 그를 중앙의 가로수 길 쪽으로 밀고 갔다. 그러고는 그에게 묘지의 문이 있는 방향을 가리켰다. 마르쿠스는 마치 안내받은 것을 감사하기라도 하는 것 같았다. 그는 출구

쪽으로 걸어가서 실크 해트를 쓰고는, 마인과 빵집 주인이 그를 지켜보고 있는 쪽을 두 번 다시 돌아보지 않았다.

마체라트도 트루친스키 아주머니도 내가 그들과 애도객들 사이에서 빠져나간 것을 미처 깨닫지 못하고 있었다. 오스카는 급히 가야 할 곳이 있다는 듯한 표정으로 묘를 파는 사람과 그 조수의 곁을 뒷걸음질로 지나왔고, 거기서부터는 담쟁이 덩굴 같은 것에는 신경도 쓰지 않고 내달려, 느릅나무 길에서 아직 문을 나서지 않고 있는 지기스문트 마르쿠스를 따라잡았다.

마르쿠스가 깜짝 놀라며 말했다. "오스카, 저 사람들이 마르쿠스를 왜 이렇게 대하지? 마르쿠스가 이런 취급을 당할 만한 짓이라도 했니?"

나는 마르쿠스가 무슨 일을 했는지 몰랐다. 나는 그의 땀에 젖은 손을 끌고 열려져 있는 연철제(鍊鐵製)의 묘지 문을 지나서 그를 밖으로 데리고 나왔다. 우리 두 사람, 내 북을 지켜 주는 사람과 북치기인 나, 아니 그의 북치기인 나는 그곳에서 우리와 마찬가지로 천국을 믿는 슈거 레오를 만났다.

마르쿠스는 레오를 알고 있었다. 그만큼 레오는 시내에서 유명한 인물이었다. 나도 슈거 레오에 대해 들은 적이 있었다. 내가 레오에 대해 듣고 알고 있는 바는 레오가 아직 신학교 학생이던 무렵의 어느 맑게 갠 날, 세계, 성사, 고해, 천국과 지옥, 삶과 죽음이라는 것들이 그의 정신을 완전히 뒤흔들어 놓았기 때문에 그 이후로 그의 세계상(世界像)은 광적이긴 하지만, 완벽하게 빛나고 있다는 것이다.

슈거 레오가 하는 일은 언제든지 매장이 끝나고 나면—그
는 장례식의 해산 시간에는 정통해 있었다—검은 광택이 나
는 헐렁헐렁한 옷을 몸에 걸치고 흰 장갑을 낀 채 나타나 애
도객들을 기다리는 것이었다. 마르쿠스와 나도 그가 천직으로
서 지금 이곳 브렌타우 묘지의 문 앞에 서서, 애도하느라고 닳
아서 해진 장갑을 끼고, 물처럼 맑은 미친 사람의 눈을 한 채,
언제나처럼 입에는 침을 흘리며 장례식 행렬을 맞이하고 있는
중이라는 것을 알았다.

　5월 중순. 태양이 찬란하게 빛나는 날이었다. 생울타리에도
나무에도 새들이 앉아 있었다. 꼬끼오 하며 우는 닭들은 그들
의 알에 의해 또 그들의 알과 더불어 불멸을 상징하고 있었다.
공중에는 벌들이 웅웅거리며 날았고, 새로 움튼 새싹들에는
먼지 하나 없었다. 슈거 레오는 장갑 낀 왼손으로 퇴색한 실크
해트를 들고, 곰팡이가 핀 장갑의 다섯 손가락을 앞으로 내밀
면서 댄서와 같은 가벼운 발걸음으로—사실 그는 타고난 무
용가였다—마르쿠스와 나를 영접했다. 그리고 그는 바람 한
점 없음에도 불구하고 마치 바람 속에 있는 것처럼 우리들과
비스듬하게 서서 머리를 숙이고, 마르쿠스가 머뭇거리다 마침
내 장갑을 끼지 않은 그의 손을 레오의 장갑 낀 손과 힘차게
마주 잡자, 그는 실을 당기는 듯한 어조로 중얼거렸다. "좋은
날씨군요. 이제 그녀는 모든 게 값이 싼 곳으로 갔습니다. 당
신들은 주님을 보셨나요? 하베무스 아드 도미눔.[28] 주님은 바

───────────────

28) 주님은 우리 곁에 계십니다.

쁜 걸음으로 지나가셨습니다. 아멘."

우리들 역시 아멘을 했다. 마르쿠스는 날씨가 좋다는 레오의 말에 맞장구를 쳤으며, 또한 주님을 보았다고 거짓말을 했다.

우리들 뒤에서 묘지로부터 다가오는 애도객들의 웅성거리는 소리가 들려왔다. 마르쿠스는 레오의 장갑으로부터 손을 떼었지만 그에게 팁을 줄 시간은 아직 있었다. 그리고 난 다음 마르쿠스는 그다운 특유의 시선을 나에게 보내고는, 곧바로 브렌타우 우체국 앞에서 그를 기다리고 있는 택시 쪽으로 쫓기는 듯 바삐 떠나갔다.

사라져가는 마르쿠스를 감싸고 도는 자욱한 먼지를 바라보고 있을 때 트루친스키 아주머니가 내 손을 잡았다. 사람들은 삼삼오오 짝을 지어 오고 있었다. 슈거 레오는 모든 사람에게 애도의 말을 건네고, 좋은 날씨임을 주지시키면서, 한 사람한 사람에게 주님을 보았느냐고 물었다. 그러고는 언제나와 마찬가지로 다소간의 팁을 받았다. 물론 팁을 전혀 받지 못하는 경우도 있었다. 마체라트와 얀 브론스키는 관을 멘 사람, 묘파는 사람, 교회지기와 비잉케 사제에게 돈을 지불했다. 사제는 당황한 듯 한숨을 쉬면서 그의 손에 슈거 레오가 키스하도록 내버려 두었고, 천천히 흩어져 가는 애도객들을 향해 키스받은 손으로 축복을 보내는 몸짓을 했다.

거기에서 우리들, 즉 나의 할머니, 그녀의 오빠 빈첸트, 아이들과 함께 온 브론스키 부부, 부인을 동반하지 않은 그레프와 그레트헨 셰플러는 말 한 마리가 끄는 상자 모양의 마차 두대에 나누어 탔다. 우리는 골트크루크 숲을 통과하고, 폴란드 국경 근처를 지나 비사우 채석장으로 갔다. 문상객들을 대접하기 위해서였다.

빈첸트 브론스키의 농장은 움푹 팬 지대에 위치하고 있었고, 그 앞쪽으로는 번개를 피할 수 있도록 포플러가 늘어서 있었다. 그들은 곡물 창고의 문짝을 경첩에서 빼내어, 재목을 켜는 모탕 위에 놓고는, 그 위에 식탁보를 펼쳐 놓았다. 이웃에서 사람들이 다시 모여들었다. 식사를 준비하는 데에는 시간이 걸렸다. 우리는 곡물 창고 앞에서 잔치판을 벌였다. 그레트헨 셰플러가 나를 무릎에 안고 앉았다. 식사는 온통 기름지고 단 것 일색이었다. 감자 소주, 맥주, 거위 한 마리와 새끼 돼지 한 마리, 소시지를 곁들인 과자, 초와 설탕에 절인 호박, 신 크림을 친 과일 푸딩 등이 푸짐하게 차려졌다. 석양 무렵에는 약간의 바람이 열어 놓은 곡물 창고를 스쳐 지나갔다. 쥐들은 바스락거리는 소리를 내었고, 브론스키의 아이들도 근처의 아이들과 함께 뜰을 점령이라도 한 듯 마구 뛰어다녔다.

석유 램프와 함께 스카트 놀이 카드가 식탁으로 운반되었다. 감자 소주는 치워지지 않고 그대로 있었다. 집에서 만든 달걀 리큐어도 있었다. 술이 사람들을 유쾌하게 만들었다. 술을 마시지 않는 그레프는 노래를 불렀고 카슈바이 사람들도 노래를 했다. 마체라트가 맨 처음에, 얀이 두 번째로, 벽돌 공장 감독이 세 번째로 카드를 나누었다. 그때서야 비로소 나는 나의 불쌍한 어머니가 없는 것을 깨달았다. 카드놀이는 밤까지 계속되었지만 남자들 중 그 누구도 '하트의 손'으로 이기지는 못했다. 얀 브론스키가 정말 어처구니없게 '4 없는 하트의 손'을 놓쳤을 때, 나는 그가 낮은 소리로 마체라트에게 말하는 것을 들었다. "아그네스였다면 이 승부는 확실히 이겼을 거야."

그때 나는 그레트헨 셰플러의 무릎에서 슬쩍 내려왔다. 밖에는 할머니와 그녀의 오빠 빈첸트가 마차 채에 걸터앉아 있었다. 빈첸트의 낮은 목소리가 폴란드 말로 별을 향해 속삭였다. 나의 할머니는 이제 울음도 나오지 않았다. 그녀는 나를 자신의 치마 밑에 넣어 주었다.

오늘날 누가 나를 치마 밑에 넣어 주겠는가? 누가 나를 햇빛과 램프 빛으로부터 막아 주겠는가? 누가 나에게 노랗게 녹아내려 약간 신맛이 나는 그 버터 냄새를 맡게 해 주겠는가? 할머니는 내가 그 냄새를 맡을 수 있도록 치마 밑에 저장하고 숙박시키고 퇴적시켜 놓았다. 그리하여 나의 식욕을 자극해 내가 좋아하도록 만들려고 그 냄새를 나에게 나누어 준 것이었다.

나는 네 벌의 치마 밑에서 잠들었다. 나는 나의 불쌍한 어머니가 태어난 곳 바로 옆에 있었다. 그리고 다리 쪽으로 갈수록 좁아지는 관 속에 누워 있는 어머니처럼 숨을 쉬지 않을 수는 없었지만, 어머니처럼 조용히 있을 수는 있었다.

헤어베르트 트루친스키의 등

그 어느 것도 어머니를 대신할 수 없다고들 말한다. 어머니의 장례식 후 곧 나는 불쌍한 어머니가 없다는 사실을 불현듯 깨닫곤 했다. 목요일마다 지기스문트 마르쿠스를 방문하는 일도 없어졌다. 그리고 아무도 잉에 간호사의 흰 옷이 있는 곳으로 나를 데리고 가지 않았다. 특히 토요일에는 어머니의 죽음을 뼈저리게 느꼈다. 어머니는 이제 더 이상 고해하러 가지 않았기 때문이다.

그리하여 구(舊)시가, 홀라츠 박사의 진찰실, 성심 교회는 이제 내게서 멀어졌다. 군중 집회에 대한 즐거움도 사라졌다. 유혹자라는 직업조차도 따분하고 매력 없게 되었으니, 쇼윈도 앞의 통행인들을 어떻게 유혹할 수 있겠는가? 크리스마스 동화극을 상연하는 시립 극장이라든지, 크로네 서커스단이나 부시 서커스단에 나를 데리고 가 줄 어머니는 이제 없었다. 침울하긴 했지만, 나는 꼬박꼬박 내 공부에 열중했다. 클라인하머 거리로 향하는 똑바로 뻗은 교외 길을 지나가는 것이 지루하긴 했지만, 나는 여전히 그레트헨 셰플러를 방문했다. 그녀가 환희역행단을 따라 여행했던 백야(白夜)의 나라에 대해 이야기하는 동안, 나는 의연하게 괴테와 라스푸틴을 비교했다. 이 비교는 해도 해도 끝이 없었으나, 대개는 역사 공부를 함으로써 이 찬연히 빛나면서도 어둑어둑한 순환의 굴레를 벗어났다. 『로마 쟁탈전』, 카이저의 『단치히 시사(市史)』, 쾰러의 『해군 연감』이 오래전부터 내 공부의 표준이었는데, 그것들로부터 나는 백과사전적이고 대략적인 지식을 얻었던 것이다. 그래서 나는 오늘날에도 여러분에게 스카게래커 해전에 참가했다가 그곳에서 침몰하거나 손상을 입은 모든 함선의 장갑 강판의 강도(强度), 장비, 진수, 완성, 승무원 정원에 대해 정확하게 보고할 수 있다.

나는 곧 열네 살이 되었다. 나는 고독을 사랑했으며 자주 산책을 나갔다. 북은 가지고 갔지만 양철로 자신을 표현하는 일은 되도록 자제했다. 어머니가 없으므로 양철북이 부서질 경우 제때 보충받을 수 있을지 의문스러웠고, 또 그러한 상황이 계속되었기 때문이다.

1937년 가을 아니면 1938년 봄의 일이었던가? 어쨌든 나는 힌덴부르크 거리를 시내 쪽으로 아장아장 걸어 올라가 카페 '사계절' 근처까지 갔다. 나뭇잎들이 떨어지고 있었는지 아니면 움이 트고 있었는지는 잘 모르지만 하여튼 자연 속에서 무언가가 일어나고 있었다. 그때 나는 내 친구이자 스승인, 오이겐 황태자의 직계, 즉 루이 14세의 직계 자손인 베브라를 만났던 것이다.

우리들은 3년 동안이나 만나지 못했지만 20보 떨어진 거리에서도 서로를 알아볼 수 있었다. 그는 혼자가 아니었다. 그의 팔에는 베브라보다는 2센티미터 가량 작아 보이고, 나보다는 손가락 세 개쯤 큰, 어여쁜 남국 미인이 우아한 모습으로 매달려 있었다. 그는 나에게 그녀의 이름은 로스비타 라구나이며 이탈리아의 유명한 몽유병자라고 소개했다.

베브라는 나에게 카페 '사계절'에서 모카 한 잔씩 하자고 말했다. 우리가 수족관처럼 생긴 가게에 들어가 자리를 잡자, 커피를 마시던 아주머니들이 서로 속삭였다. "저 봐, 난쟁이 나라 사람들이야. 리스베트, 보여? 크로네 서커스에 나오는 사람들인가? 한번 가 보는 게 어때."

베브라는 미소를 지으며 나를 바라보았다. 그러자 보일 듯 말 듯한 주름살이 수도 없이 나타났다.

모카를 날라 온 웨이터는 키가 무척 컸다. 로스비타 부인은 파이를 주문하면서 그 연미복을 입은 사내를 마치 탑을 쳐다볼 때처럼 올려다보아야 했다.

베브라가 나를 바라보았다. "우리 유리 죽이는 분께서 별 재미가 없는 모양이군. 어디가 잘못인가? 이젠 유리가 말을 안 듣나? 아니면 목소리가 나오지 않나?"

젊고 성미가 팔팔했던 나는 여전히 시들지 않은 재주로 본보기를 보여 주려고 했다. 그래서 주위를 살펴보다 열대어와 수중 식물이 들어있는 수조(水槽)의 커다란 유리를 주시했다. 그러자 내가 노래 부르기도 전에 베브라가 말했다. "그만두게, 친구. 우리는 당신의 재주를 믿고 있어요. 부수는 것은 그만둬요. 홍수가 나 고기가 죽으면 어쩌려고."

부끄러워진 나는 작은 부채를 꺼내 신경질적으로 바람을 일으키고 있는 시뇨라 로스비타에게 특히 용서를 빌었다.

나는 사정을 설명하려고 했다. "어머니가 돌아가셨어요. 어머니는 그런 짓을 해서는 안 되었어요. 나는 그 점에서 어머니가 나쁘다고 생각해요. 사람들은 언제나 '어머니는 무엇이든 알아차린다, 무엇이든 느끼며, 무엇이든 용서한다'라고 말하지요. 어머니 날 표어로나 알맞은 말이지요! 어머니는 내게서 난쟁이를 보았어요. 할 수만 있었다면 어머니는 난쟁이를 죽였을 거예요. 그러나 죽일 수 없었지요. 아이들은 난쟁이일지라도 서류에 등록되어 있어서 간단하게 죽일 수 없었던 것이지요. 게다가 내가 어머니의 난쟁이였기 때문에, 만일 나를 죽이면 어머니는 자신을 죽이는 것이 되니까요. 어머니는 자신과 난쟁이 중 누구를 택할 것인가 고심한 나머지 자신 쪽으로 결말을 지은 것입니다. 그래서 어머니는 생선만 먹게 되었습니다. 신선한 고기는 결코 먹지 않았어요. 그러고 나서 어머니는 좋아하는 사람들과 이별을 했던 것입니다. 지금 브렌타우에 잠들고 계시지요. 그녀를 좋아했던 사람이나 가게 손님들 모두가 말하지요. '난쟁이가 북을 쳐서 그녀를 묘지로 데려갔다. 오스카 때문에 어머니는 더 이상 살고 싶지 않았다. 난쟁이가 어머니를 죽였다'라고 말입니다."

헤어베르트 트루친스키의 등

나는 온통 과장을 해 로스비타 부인을 어쨌든 감복시키려 했다. 사실 대개의 사람들은 어머니가 죽게 된 것은 마체라트와 얀 브론스키, 특히 얀 브론스키에게 있다고들 했다. 베브라가 나를 간파했다.

"친구, 과장이 심하군요. 순전히 질투 때문에 당신은 죽은 어머니를 원망하고 있어요. 어머니는 당신 탓이 아니라 오히려 그 성가신 연인들 때문에 묘지로 갔고 그래서 당신은 무시당했다고 생각하는 겁니다. 당신은 심술 궂고도 허영심 많은 사람이오. 정말 천재적이군요."

그러고 나서 한번 한숨을 내쉬고 로스비타 부인을 곁눈으로 보며 그가 말을 계속했다. "우리들만한 크기를 유지하는 것은 쉽지 않아요. 외적인 성장 없이 인간다움을 지속하는 것, 그것은 하나의 의무이자 사명이라 할 수 있지요!"

매끄러우면서도 주름진 살결을 한 나폴리의 몽유병자 로스비타 라구나. 나는 그녀의 나이를 꽃다운 나이 열여덟 정도로 짐작했는데, 한숨을 쉬고 나서 다시 보니, 여든이나 아흔 살은 먹은 노파같이 보여 놀라지 않을 수 없었다. 그 시뇨라 로스비타는 영국에서 지은 베브라 씨의 맵시 있는 맞춤복을 매만지면서 그녀의 버찌같이 검은 지중해의 눈을 내게로 돌렸다. 열매를 약속하는 듯한 그녀의 어두운 말소리가 나의 마음을 움직이고, 나를 긴장시켰다.

"카리시모 오스카넬로!²⁹⁾ 그대의 슬픔을 이해해요. 안디아

---

29) 친애하는 오스카!

모[30] 우리와 함께 갑시다. 밀라노, 파리, 톨레도, 과테말라로!"

나는 현기증이 날 것 같았다. 나는 라구나의 애리애리하면서도 나이 든 손을 잡았다. 지중해가 나의 해안으로 물결쳐 왔고, 올리브나무가 나의 귀에 속삭였다. "로스비타는 너의 어머니같이 될 것이다. 로스비타는 이해해 줄 것이다. 위대한 몽유병자인 그녀는 모든 사람의 마음을 꿰뚫어 보고 인식한다. 다만 자기 자신만은 안 된다. 맘마미아,[31] 다만 자기 자신만은 안 된단다, 디오!"[32]

놀랍게도 라구나는 그 순간 갑자기 깜짝 놀랄 만한 기세로 내게서 자신의 손을 빼내었다. 그녀가 나를 간파하고, 몽유병자의 눈으로 투시하기 시작했기 때문일 것이다. 나의 열네 살의 굶주린 마음이 그녀를 두렵게 한 것일까? 소녀든 노파든 로스비타라는 의식이 그녀에게서 눈을 뜬 것일까? 그녀는 나폴리 말로 속삭이고 떨며, 마치 내 마음으로부터 그녀가 읽어 낸 공포가 여전히 계속되고 있기라도 하듯이 몇 번이고 성호를 그었다. 그러고는 아무 말 없이 그녀의 부채 뒤로 사라졌다.

당황한 나는 해명을 구하며, 베브라 씨에게 한마디 해주도록 부탁했다. 그러나 베브라 씨도 오이겐 왕자의 직계임에도 불구하고 이성을 잃고 더듬거렸다. 베브라는 "젊은 친구, 당신의 천재성이, 신적인 것과 아울러 또 당신의 천재성 속에 들어 있는 명백히 악마적인 것이 나의 로스비타를 어느 정도 혼

---

30) 갑시다!
31) 나의 어머니여!
32) 하느님이시여!

란케 한 것 같소. 나 또한 고백하지만, 당신 고유의 돌발적으로 터져 나오는 무절제한 언동은 이해 못할 바는 아니지만 나에겐 낯선 것입니다."라고 말하며 벌떡 일어섰다. "어쨌든 좋아요. 당신 성격이 어떻든 우리와 함께 갑시다. 베브라의 기적의 쇼에 나가 봅시다. 얼마간 극기와 자제를 배운다면, 오늘날의 정세에도 불구하고 관객을 찾아낼 수 있을 겁니다."

나는 금방 이해했다. 언제나 연단 위에 머무르지, 결코 연단 앞에 서지 말라고 내게 충고했던 베브라는, 앞으로 계속 서커스에 등장하더라도 자기 자신은 이미 보병(步兵)의 한 사람이 되어 있었던 것이다. 그래서 내가 그의 제안을 정중하게 거부했을 때도 그는 전혀 실망하지 않았다. 시뇨라 로스비타는 부채 뒤에서 들릴 듯 말 듯 한숨을 쉬었다. 그러고는 다시 그 지중해의 눈을 내게 보였다.

그래도 우리들은 거의 한 시간 동안 이야기를 나누었다. 나는 웨이터에게 빈 컵을 가져오게 해, 노래를 불러 유리에다 하트 모양의 구멍을 뚫었으며, 그 밑에다가는 '오스카가 로스비타에게 바침'이라는 당초(唐草) 무늬의 서명을 둥그렇게 새겼다. 그리고 그 컵을 그녀에게 주어 기쁘게 만들었다. 밖으로 나오기 전에 베브라가 돈을 지불했고, 팁도 듬뿍 주었다.

두 사람은 나를 체육관까지 바래다주었다. 나는 북채로 '5월의 초원' 저쪽 끝에 있는 벌거벗은 연단을 가리키며 북 치기로서 내가 연단 아래에서 연출했던 사건을—지금 생각하니 그것은 1938년 봄의 일이었다—스승 베브라에게 들려주었다.

베브라는 당혹해하며 미소지었고, 로스비타는 엄숙한 표

정을 지었다. 로스비타가 몇 걸음 떨어져 있는 것을 틈타 베브라가 작별을 고하며 내 귀에다 속삭였다. "나는 쓸모가 없었지요, 친구? 어떻게 내가 앞으로 당신의 선생이 될 수 있겠소. 아아, 이 더러운 정치!"

그러고 나서 그는 수년 전 곡마단 차 사이에서 만났을 때처럼 내 이마에다 키스를 해 주었다. 로스비타 부인은 나에게 도자기 같은 손을 내밀었다. 나는 열네 살이라기에는 너무 능숙할 정도로 정중하게 몽유병자의 손가락 위에 허리를 구부렸다.

베브라가 한쪽 눈을 찡긋하며 말했다. "다시 만나세, 자네. 세월이 어떻게 변하든 우리 같은 인간은 결코 사라지지 않는다네."

로스비타가 내게 충고했다. "당신 아버지들을 용서해 드려요. 그리고 당신이라는 유별난 존재에 대해서도 익숙해지도록 하세요. 그러면 안정이 되고, 악마는 곤란에 빠질 겁니다!"

나는 시뇨라에 의해서 다시 한번 부질없는 세례를 받은 듯한 기분이 들었다. 악마야 물렀거라—하지만 악마는 물러가지 않았다. 나는 그들이 택시를 탈 때 두 사람에게 슬프고도 허전한 기분으로 눈인사를 보냈다. 그들은 택시 속에 완전히 파묻혔다. 그 포드 자동차는 어른을 위해 만들어진 것이기 때문이었다. 그래서 그 차가 나의 친구들을 태우고 붕 소리와 함께 떠났을 때, 그것은 마치 손님을 찾고 있는 빈 택시처럼 보였다.

나는 마체라트에게 크로네 서커스로 데려가 달라고 부탁했으나 헛일이었다. 그는 원래부터 완전히 소유해 본 적이 없는 나의 불쌍한 어머니의 상(喪)을 치르느라 슬픔에 빠져 있었던 것이다. 그러면 누가 어머니를 완전히 소유했던 것일까? 얀 브론스키도 아니다. 어쩌면 나였을지도 모른다. 어머니의 부재(不在)로 가장 큰 피해를 입은 것은 오스카였기 때문이다. 그 때문에 나의 일상 생활은 뒤엉키게 되고 그 존재조차 의문스럽게 되었으니 말이다. 어머니는 나를 버렸다. 하지만 나의 두 아버지로부터는 아무것도 기대할 수 없었다. 스승 베브라는 괴벨스 선전상에게서 자신의 스승을 발견했고, 그레트헨 셰플러는 겨울철 빈민 구제 사업에 몰두하고 있었다. 그 누구든 굶거나 추위에 떨어서는 안 된다는 것이었다. 나는 북에 매달려, 본디는 흰색이었으나 두들기는 동안 얇아져 버린 양철로 고독을 달래었다. 저녁 식사 때면 마체라트와 나는 마주 보고 앉았다. 그는 요리책을 뒤적거렸고, 나는 북으로 불평을 호소했다. 이따금 마체라트는 울면서 요리책에 머리를 파묻었다. 얀 브론스키는 차츰차츰 발길을 끊었다. 정치에 관해 두 사람은 주의를 게을리하지 말아야 하며 사태가 어떤 식으로 진전될지 모른다는 의견이었다. 언제나 얼굴이 바뀌는 제삼자를 끼워넣고 하는 스카트 놀이도 점점 뜸해졌다. 어쩌다가 하더라도 밤 늦게, 정치 이야기는 일체 피하면서 집 거실에 매달린 전등 밑에서 했다. 할머니 안나는 비사우에서 라베스베크 거리의 우리 집으로 오는 길을 완전히 잊어버린 모양이었다. 그녀는 마체라트를 그리고 어쩌면 나까지도 원망하고 있었다. 그녀가 이렇게 말하는 것을 들은 적이 있기 때문이었다. "우리

아그네스가 죽은 것은 북소리를 견디지 못했기 때문이야."

불쌍한 어머니의 죽음에 대한 책임이 있다 하더라도, 나는 모욕당한 북에 점점 더 매달렸다. 북은 어머니처럼 쉽게 죽지 않았고, 새로 구입할 수도 있었으며, 하일라트 노인이나 시계방의 라우프샤트더러 수선해 달라고 할 수도 있었다. 북은 나를 이해했고, 언제나 바른 대답을 주었으며, 내가 북에 의지하듯 그것도 내게 의지했기 때문이었다.

그 무렵 내게는 우리 집이 너무 좁게 느껴졌고, 열네 살의 나이에 비해 시가지의 거리는 너무 짧거나 아니면 너무 길었다. 하루 종일 있어도 쇼윈도 앞에서 유혹자 역할을 할 기회가 주어지지 않는 적도 있었다. 그리고 저녁 무렵에 유혹을 한다는 것이 그다지 내키지 않았고, 어두운 출입구에 서서 그럴 듯한 유혹자의 역을 연출할 기분이 나지 않을 때도 있었다. 그럴 때면 나는 116계단을 일일이 세면서 북소리로 박자를 맞추어 쿵쿵거리며 4층까지 올라갔다. 그러면서 모든 층마다 있는 다섯 개의 집 문 앞에 그때마다 멈추어 서서 새어 나오는 냄새를 맡았다. 내가 갑갑하게 여기는 것과 마찬가지로 냄새의 경우에도 방 두 개짜리 집은 너무 좁아져 버렸던 것이다.

처음에는 그래도 가끔 트럼펫 주자 마인에게서 행복을 느끼기도 했다. 그는 건조실에서 만취한 채 침대 시트들 사이에 드러누워 그야말로 음악적으로 트럼펫을 불었으며 그렇게 함으로써 내 북에게 즐거움을 마련해 줄 수 있었다. 38년 5월에 그는 진을 끊었다. 그리고 모든 사람들에게 "이제부터 새로운 인생을 시작합니다!"라고 선언했다. 그가 돌격대의 기마 군악대에 가입했던 것이다. 그런 이후 나는 그가 장화를 신고 가죽으로 된 승마용 바지를 입고는 술기 하나 없이 말짱한 정신으로 층계를 한꺼번에 다섯 계단씩 뛰어오르는 것을 본 적도 있었다. 그는 그중 한 마리의 이름이 비스마르크인 네 마리의 고양이를 아직도 기르고 있었다. 추측건대, 그런 상황에서도 그는 때때로 유혹을 이기지 못하고 진에 만취하여 음악적으로 될 때도 있었을 것이다.

내가 시계방 주인인 라우프샤트의 문을 노크하는 일은 드물었다. 그는 시끄러운 소리를 일으키는 수백 개의 시계에 둘러싸인 채 조용하게 살고 있었다. 나라면 한 달 중 단 하루라도 그러한 과도한 시간 소모를 견딜 수 없었을 것이다.

하일란트 노인은 아직도 아파트 안뜰에 작고 초라한 가건물을 소유하고 있었다. 그는 여전히 굽은 못을 두들겨 바로 펴고 있었다. 또 거기에는 옛날과 다름없이 토끼와 토끼 후손들이 있었다. 그러나 안뜰 개구쟁이들의 얼굴은 달라졌다. 그들은 이제 제복을 입고 검은 넥타이를 매었으며 더 이상 벽돌가루 수프를 만들지 않았다. 그곳에서 자라 나보다 키가 커진 아이들의 이름을 나는 거의 몰랐다. 그 아이들은 다른 세대였다. 나의 세대는 이미 학교를 마치고 견습 생활을 하고 있었다. 누히 아이케는 이발사가 되었고, 악셀 미쉬케는 쉬하우에서 용접공이 될 계획이었으며, 수지 카터는 슈테른펠트 백화점에서 점원 견습 중에 있었으며 벌써 고정된 애인을 가지고 있었다. 삼사 년 동안 모든 게 변해 버렸다. 물론 양탄자를 두들기는 오래된 막대는 여전히 남아 있었고, 화요일과 금요일에만 양탄자를 털어야 한다는 거주자 규칙도 그대로였다. 하지만 이제는 매주 정해진 그날에도 나지막하게 두들기는 소리와 당황해 하는 소리가 드문드문 들릴 뿐이었다. 히틀러가 정권을 잡은 이래 각 가정마다 진공청소기가 점차 늘어났기 때문이었다. 그래서 양탄자를 두들기는 장대는 고독하게 되어 참새들에게나 놀이터로 소용될 뿐이었다.

그러므로 내게 남겨진 장소는 이제 계단과 다락방뿐이었다. 나는 다락방의 지붕 아래에서 몇 번이고 읽은 책을 찾아 다시 읽었다. 그러다가 사람이 그리워질 때면 3층 왼쪽의 맨 처음 문을 노크했다. 그러면 트루친스키 아주머니가 언제나 문을 열어 주었다. 브렌타우 묘지에서 내 손을 이끌고 불쌍한 어머니의 묘에 데리고 간 후로, 그녀는 오스카가 북채로 문짝을 노크하면 언제나 문을 열어 주었다.

"그렇게 세게 두들기면 안 돼, 오스카. 헤어베르트가 아직 자고 있어요. 어젯밤도 고달팠던 거야. 차에 실려 돌아왔거든." 그녀는 나를 거실로 데리고 가 대용품 맥아 커피와 밀크를 따라 주었고, 또한 담그거나 핥을 수 있도록 실을 달아 놓은 갈색 사탕 한 조각을 주었다. 나는 커피를 마시고 사탕을 빨면서, 북은 얌전하게 내버려 두었다.

트루친스키 아주머니의 머리통은 자그마하고 둥글며, 가느다란 잿빛 머리털이 그 위를 아주 싱기게 덮고 있어 장밋빛 피부가 그 사이로 드러나 희미하게 빛을 발하고 있었다. 게다가 얼마 되지 않는 머리털이 황당하게 튀어나온 뒤통수의 한 점에 묶여져 매듭을 이루고 있었다. 틀어 올린 머리는 크기가 당구공보다 작았음에도 불구하고 그녀가 뒤로 돌든 옆으로 돌든 어느 방향에서나 볼 수 있었다. 틀어올린 머리는 뜨개 바늘로 묶여 있었다. 매일 아침 트루친스키 아주머니는 웃을 때면 따로 갖다 붙인 것처럼 보이는 그녀의 둥근 뺨을 붉게 퇴색한 치커리 포장지로 문질렀다. 그녀는 쥐눈을 하고 있었다. 그녀의 네 아이의 이름은 헤어베르트, 구스테, 프리츠, 마리아였다.

마리아는 나와 같은 나이로 이제 막 초등학교를 졸업했고, 쉬틀리츠의 어느 관리 집에서 살면서 가사를 배우고 있었다. 자동차 공장에서 일하고 있는 프리츠는 얼굴을 보기가 힘들었다. 그는 잠자리를 같이하는 두서너 명의 소녀를 교대로 만나고 있었으며, 그 소녀들과 함께 오라에 있는 '라이트반'으로 춤을 추러 다니기도 했다. 그는 아파트 안뜰에 '푸른 비엔나'라는 토끼를 기르고 있었지만, 그것들을 돌보아주는 것은 트루친스키 아주머니였다. 프리츠는 소녀들을 만나느라 바빴던 것이다. 구스테는 서른 살쯤 되는 얌전한 여자로 중앙역 앞 에덴 호텔의 종업원으로 일하고 있었다. 아직도 미혼인 그녀는 그 일급 호텔의 다른 종업원들과 마찬가지로 에덴 빌딩의 맨 위층에 살고 있었다. 마지막으로 나이가 가장 많은 헤어베르트는—가끔 자고 가는 기계 조립공 프리츠를 제외한다면—트루친스키 아주머니와 함께 살고 있는 유일한 자식이었다. 그는 항구 근교의 노이파르바서에서 웨이터로 일하고 있었다. 이제 그에 대해서 이야기하려고 한다. 왜냐하면 그는 불쌍한 내 어머니가 죽은 후 짧았지만 행복한 기간 동안 내 노력의 목표가 되었기 때문이다. 그래서 지금까지도 나는 그를 친구라고 부른다.

헤어베르트는 슈타부쉬 씨 집의 웨이터였다. 그것은 '스웨덴 집'이라는 선술집 주인의 이름이었다. 그 가게는 신교도 선원들의 교회 건너편에 있었으며—그 이름에서 쉽게 알 수 있듯이—가게의 손님은 대개 스칸디나비아인들이었다. 그러나 자유항으로부터 온 러시아인이나 폴란드인, 그리고 흘름의 부두 노동자들과 이제 막 입항한 독일 제국 군함의 수병들도 찾아왔다. 정말 유럽적인 이 선술집에서 웨이터 일을 하는 데에는 위험이 적잖이 따랐다. 오로지 '라이트반 오라'에서 쌓은 경험 덕분에—헤어베르트는 노이파르바서로 오기 전에 그 삼류 댄스 홀에서 웨이터 일을 했다—그는 '스웨덴 집'에서 소용돌이 치는 수개 국어의 혼란을, 영어와 폴란드어의 조각말을 뒤섞어 넣은 그의 시골 사투리 말로 맡아서 처리할 수 있었다. 그래도 그의 생각과는 상관없이 한 달에 한두 번은 구급차가 공짜로 그를 집으로 실어 왔다.

그때마다 헤어베르트는 며칠 동안 엎드려 누운 채 고통스럽게 숨을 내쉬며 100파운드나 나가는 거구로 그의 침대를 짓누르지 않으면 안 되었다. 그런 날이면 트루친스키 아주머니는 약간 나무라긴 하지만 만사를 제치고 그를 간호했다. 그렇게 간호 하면서 붕대를 갈았고 그때마다 빼놓지 않고 말아올린 자신의 머리에서 한 개의 뜨개 바늘을 빼내어 그의 침대와 마주 보고 걸려 있는 유리를 끼운 초상 사진을 탁탁 두들겼다. 그것은 착실하고 고집스런 눈매의, 콧수염 기른 남자의 사진에 수정을 가한 초상이었다. 그 남자는 내 앨범의 맨 첫 페이지에 붙어 있는 그 콧수염을 기른 남자와 어딘가 닮아 보였다.

하지만 트루친스키 아주머니의 뜨개 바늘이 가리키는 그 남자는 내 가족의 일원이 아니라 헤어베르트와 구스테, 프리츠와 마리아의 아버지였다.

그녀는 괴롭게 숨을 쉬며 끙끙거리고 있는 헤어베르트의 귀에다 대고, "너도 네 아버지가 돌아가신 것처럼 죽을 테냐."고 비아냥거렸다. 그러나 그녀는 검게 래커칠을 한 액자 속의 그 남자가 어디서 최후를 마쳤다든가 어떻게 찾았다든가에 대해서는 분명하게 말하지 않았다.

"이번 상대는 누구였냐?" 팔짱을 낀 잿빛 머리의 쥐가 그에게 말했다.

"스웨덴과 노르웨이 자식들이야, 언제나 똑같아."라고 말하며 헤어베르트가 뒹굴자 침대가 삐그덕거리는 소리를 냈다.

"언제나, 언제나! 언제나 그 자식들뿐이라고? 요전에는 연습함 놈들이었다고 하지 않았니? 말해 봐, 응, '슐라게터'라고 했던가, 아니 내가 무슨 말을 하는 거야. 너는 스웨덴과 노르웨이 놈들을 말하는 거지!"

헤어베르트의 귀는—나는 그의 얼굴을 보지 않았다—뒤쪽까지 빨갛게 되었다. "그 독일놈들, 언제나 큰소리 치면서 뚱뚱보를 노린단 말이야."

"내버려 두려마, 젊은 것들인데. 너하고 무슨 상관이야? 그놈들 외출했을 때 시내에서 보면 언제나 단정하게 보이는데 말이다. 또 그 레닌 사상인가에 대해 말한 거 아니냐? 아니면 스페인 내란에 대해서 실없는 소리라도 한 게지."

헤어베르트는 더 이상 대답하지 않았다. 트루친스키 아주 머니는 다리를 끌며 맥아 커피를 가지러 부엌으로 갔다.

헤어베르트의 등이 낮자마자 나는 그의 등을 볼 수 있었다. 그때 그는 부엌 의자에 걸터앉아 있었으며, 바지 멜빵을 푸른 천으로 감은 허벅지에 늘어뜨리고 있었다. 그는 마치 어려운 생각 때문에 주저하고 있는 사람처럼 천천히 털 셔츠를 벗었다.

등은 둥글면서도 움직이고 있었다. 근육이 쉬지 않고 움직이고 있었던 것이다. 그것은 주근깨가 뿌려진 장밋빛 풍경이었다. 어깨뼈 아래쪽의 지방으로 메워진 척추 양편으로 엷은 갈색 털이 덮여 있었다. 곱슬거리는 털은 밑에까지 계속되면서 헤어베르트가 여름에도 계속 입고 있는 파자마 밑으로 사라졌다. 파자마의 상단으로부터 위쪽으로 목 근육까지 등 전체가 부풀어오른 상흔으로 덮여 있었다. 그것은 털의 성장을 중단시키고, 주근깨를 없애며, 주름이 잡히게 하고, 환절기에는 가려워지며, 검푸른빛에서 녹색이 섞인 흰빛까지 두루 여러 층의 빛깔이 섞여 있는 그러한 상흔이었다. 나는 그 상흔을 손으로 만져보도록 허락받았다.

침대에 누워 창 밖을 내다보고 정신 병원 관리실과 그 뒤쪽 너머에 있는 오버라트 숲을 수개월째 관찰하며 구석구석까지 살펴보고 있는 내가 오늘날까지도 헤어베르트 트루친스키의 등에 있는 상흔과 같이 단단하면서도, 그만큼 예민하고, 또한 그만큼 혼란스러운 그 무엇을 쥐어보았던 적이 있었던가? 몇 명의 소녀와 부인네들의 그 부분, 내 자신의 물건, 소년 예수의 석고 고추, 그리고 겨우 2년 전에 개가 호밀밭에서 주워 와 1년 전부터 그 보존을 허락받은 무명지가 이에 필적할 만하다. 특히 그 손가락은 보존병 속에 넣어 손대지 못하도록 하고 있으나 그 모양이 너무도 분명하고 훼손된 부분이 없기 때문에, 나는 지금도 북채에 손을 뻗을 때는 그 손가락의 관절 하나하나를 감촉하면서 헤아릴 수 있을 것 같은 기분이 든다. 나는 헤어베르트 트루친스키의 등에 난 상흔을 기억하고 싶을 때면 언제나 앉아서 북을 쳤다. 말하자면 보존병을 앞에 두고 북을 치면서 기억을 되살렸던 것이다. 그리고 아주 드물게 있는 일이기는 하지만, 마음속으로 여자의 육체를 그리고 싶을 때면 상처 자국과 비슷하게 생긴 여자의 그 부분을 불충분하게나마 떠올리면서 헤어베르트 트루친스키의 상처 자국을 상상했던 것이다. 그러나 이렇게 말할 수도 있으리라. 즉 친구의 넓적한 등에 생긴 부푼 부분을 처음 만졌던 경험 때문에 나는 사랑의 준비가 된 여인들에게 잠시 동안 나타나는 그러한 경직 상태를 이른 나이에 이미 올바르게 인식했고 때로는 향유까지 할 수 있었던 것이다. 마찬가지로 헤어베르트의 등에 있는 그 표징은 일찌감치 무명지를 약속하고 있었다. 그리고 헤어베르트의 상흔이 내게 약속을 하기 이전까지는 북채가 상흔과 생식기 그리고 마지막으로 무명지를 예고하고 있었던 것이다. 세 번째 생일 이후의 일이었다. 하지만 그보다 더 이전으로 거슬러 올라가야겠다. 즉 오스카가 오스카로 불리지 않았던 태아 시절에 이미 나의 탯줄을 가지고 놀았다는 사실은 차례대로 북채, 헤어베르트의 상흔, 노소를 불문코 때때로 벌어지는 여인네들의 분화구, 마지막으로 무명지를 나에게 약속했으며, 또한 소년 예수의 고추 사건 이후로 내가 의연하게 달고 다니고 있는 나의 성기를 내게 거듭해서 약속했던 것이다. 나의 무기력과 성장 제한을 나타내는 변덕스러운 기념물과도 같은 성기를 내게 약속한 것이다.

오늘 나는 다시 북채를 손에 잡았다. 상흔, 부드러운 부분, 그리고 요즈음 들어서는 아주 가끔씩만 곤두서는 내 물건에 대해 기억하는 것은 언제나 내 북을 앞세우는 우회로를 통해서이다. 나의 세 살 때 생일을 다시 한번 축하하기 위해서는 내가 서른 살이 되지 않으면 안 된다. 여러분이 추측하시는 바대로 오스카의 목표는 탯줄로의 귀환이다. 오직 그 때문에 내가 헤어베르트 트루친스키의 상흔에 머물러 장황하게 설명하고 있는 것이다.

내가 다시 친구의 등을 묘사하고 설명하기 전에 말해 두고 싶은 것은, 오라의 창부가 남겨 준 좌경골의 물린 상처를 제외하고는, 막강하면서도 방어가 거의 불가능할 정도로 공격 범위가 넓은 그의 육체 앞 부분에는 상처가 전혀 없었다는 사실이다. 놈들은 뒤에서만 그를 공격했던 것이다. 뒤에서만 그를 습격할 수 있었기 때문에 핀란드인과 폴란드인들의 칼, 슈파이허섬 부두 노동자들의 단도, 연습함에 승선한 견습 사관들의 잭나이프는 그의 등 쪽에만 표적을 남겼던 것이다.

헤어베르트가 점심을 먹고 났을 때, ―일주일에 세 번 감자 튀김이 나왔는데 트루친스키 아주머니만큼 얇고 기름기 없이 바삭바삭하게 구울 수 있는 사람은 아무도 없었다―다

시 말해 헤어베르트가 접시를 옆으로 치웠을 때, 나는 《신 소
식》지를 그에게 건네주었다. 바지 멜빵을 내리고 셔츠를 벗은
채 신문을 읽는 동안, 그는 내가 그의 등에 대해 묻는 것을 허
락해 주었다. 트루친스키 아주머니도 이 질문 시간에는 대개
식탁에서 떠나지 않았다. 그녀는 헌 양말의 털실을 풀면서 맞
장구를 치거나 아니면 반대의 주석을 덧붙이기도 했으며, 때
때로 헤어베르트의 침대 맞은편 벽에 걸려 있는 유리 액자 속
에 있는 수정된 사진의 주인공이 겪었던 무서운 죽음을 상기
시키는 것을 잊지 않았다.

질문은 내가 손가락으로 그의 상처 자국 하나를 두드리는
것으로 시작되었다. 가끔은 나의 북채로 두드리는 경우도 있
었다.

"다시 한번 눌러 보아라, 얘야. 어느 것인지 모르겠구나. 그
놈이 오늘은 잠들어 있는 모양이다." 그러면 나는 다시 한번
좀더 세게 눌렀다.

"맞아, 그거야! 우크라이나 놈이 찌른 거지. 처음에 그 우크
라이나 놈은 그딩겐의 사내와 형제처럼 한 테이블에 앉아 함
께 마시고 있었지. 그런데 그딩겐의 사내가 그만 그놈을 로스
케라고 불렀지 뭐야. 우크라이나놈은 딴 일이라면 몰라도 로
스케라는 말만은 참을 수 없어했지. 놈은 뗏목을 타고 바이크
셀강을 내려왔고 그전에 이미 두서너 개의 강을 거쳐 왔기 때
문에 장화 속에 돈을 가득 넣고 있었어. 그런데 그딩겐의 사
내가 로스케라는 말을 했을 때는 벌써 '슈타부쉬'에서 한 자
리에 있던 놈들에게 장화의 반이나 털어 한턱을 쓰고 있었던

거야. 그래서 나는 두 사람을 갈라놓아야 했어. 내가 하는 방식대로 아주 신사적으로 말이야. 그러니까 헤어베르트가 양손으로 놈들을 붙들고 있었던 거지. 그때 우크라이나놈이 나를 보고 바서폴래커[33]라고 부른 거야. 그리고 하루 종일 준설선에서 진흙이나 긁어 모으던 폴란드 놈은 나를 두고 나치 운운하지 않겠나. 오스카야, 넌 나 헤어베르트 트루친스키를 알지. 그래 영판 화부(火夫)같이 생긴 그 준설선 놈을 그 자리에서 다운시켜 버렸지. 놈은 변소 앞에서 쭉 뻗어 버렸어. 그러고 나서 곧바로 그 우크라이나놈에게 바서폴래커와 단치히의 시민이 다르다는 것을 설명하려 했는데, 바로 그때 놈이 뒤에서 나를 찌른 거야—그게 그 상처야."

헤어베르트는 '그게 그 상처야'라고 강조해 말하면서 동시에 신문을 넘기곤 했다. 그러고는 내가 다음 상처를 누르기 전에 맥아 커피를 한두 모금 마셨다.

"그래, 그거야! 살짝 스친 상처지. 2년 전이었던가. 필라우에서 수뢰전대(水雷戰隊)가 이곳에 기항했을 때야. 새파란 수병놈들이 거들먹거리며 놀자 계집애들이 얼이 쏙 빠져 버렸지 뭔가. 그런 주정뱅이가 어떻게 해군에 들어갔는지 지금도 이해가 안 돼. 그런데 놈들은 드레스덴에서 왔다는 거야. 생각해봐, 오스카. 드레스덴에서 왔단 말이야! 그렇지만 수병이 드레스덴에서 왔다는 게 무슨 뜻인지 넌 심작도 못할 거야."

아름다운 엘베강 하반의 도시 드레스덴에서 너무도 고집스

---

33) 폴란드어를 쓰는 상부 실레지아 사람.

럽게 머무르고 있는 헤어베르트의 마음을 돌려 다시 노이파
르바서로 데려오려면 그가 말하는 대로 소위 살짝 스친 상처
를 다시 한번 가볍게 건드려야 했다.

　"참, 내가 어디까지 말했더라. 수뢰정 신호수였던 놈이
건(乾) 도크에 배를 정박시킨 어느 침착한 스코틀랜드인에게
큰 소리로 시비를 걸었지 뭔가. 체임벌린, 우산, 뭐 그런 것들
이 원인이었지. 그래 내 방식대로 놈을 아주 점잖게 타일렀지.
그런 이야기는 그만두라고 말이야. 게다가 스코틀랜드 사람은
한마디도 알아듣지 못한 채 테이블에 화주(火酒)로 그림만 그
리고 있지 않겠나. 그래서 그 사람더러 젊은 친구를 내버려 두
고 돌아가라고 말했지. 여기에는 동포가 없으니 국제 연맹에
라도 가는게 어떠냐고 말이지. 그러자 그 수뢰정 놈이 나에게
'날강도 독일놈'이라고 말하지 않겠나. 작센 지방 사투리로 말
이야. 알겠니?―그래서 내가 즉시에 한두 방 먹였더니 놈은
조용해지더군. 반 시간쯤 지나서 마침 책상 밑으로 굴러 떨어
진 굴덴 은화 한 닢을 찾으려고 등을 구부렸지. 테이블 밑은
어두워서 잘 보이지 않았어. 그때를 틈타 그 자식이 비수를
뽑아 재빨리 찔렀지."

　헤어베르트는 《신 소식》지를 뒤적거리다가 웃으면서 "이게
그 상처야."라고 말했다. 그러고 나서 중얼중얼 잔소리를 하고
있는 트루친스키 아주머니 쪽으로 신문을 밀치며 일어나려고
동작을 취했다. 헤어베르트가 변소에 가려고―그가 어디를
가고 싶어하는지는 그 표정에 드러나 있었다―어느새 엉덩이
를 테이블 위에 올려놓고 있었지만, 나는 재빨리 스카트의 카

드만큼 폭이 넓고 꿰맨 흔적이 있는 짙은 보랏빛 상처를 툭툭 두드렸다.

"헤어베르트는 화장실에 가야 해. 꼬마야. 돌아와서 이야기해 주마." 그러나 나는 다시 한번 두들기고, 발을 동동 구르며 세 살 먹은 아이같이 졸라 댔다. 그러면 언제나 성공이었다.

"좋아 좋아, 조용히 해. 하지만 간단히 할게." 헤어베르트가 다시 자리에 앉았다. "1930년 크리스마스 때였지. 항구에서는 아무 일도 없었어. 부두 노동자들은 거리 모퉁이를 빈둥빈둥 거닐면서 침 멀리 뱉기 경쟁이나 하고 있었지. 자정 미사가 끝난 뒤—우리들이 방금 펀치를 다 만든 때였어—머리를 깨끗이 빗고, 푸른 옷에다 에나멜화를 신은 스웨덴 사람과 핀란드 사람들이 건너편의 선원 교회에서 쏟아져 나왔어. 사실 그때부터 예감이 좋지 않았지. 나는 가게 출입구 안쪽에 서서 정말이지 믿음이 깊은 그 얼굴들을 보고 있었지 뭔가. 놈들이 닻 모양을 새긴 단추로 무얼 하는지 생각하면서 말이야. 그때이미 일이 시작되었던 거야. 나이프는 길고 밤은 짧다는 말 들어봤겠지! 핀란드 사람들과 스웨덴 사람들은 예전부터 서로간에 으르렁거렸지. 그런데 제기랄, 헤어베르트 트루친스키가 왜 놈들의 일에 쓸데없이 참견했단 말인가. 악마만이 알 일이야. 나는 빠져들었어. 무슨 일이든 생기면 헤어베르트는 잠자코 있을 수 없는 성격이거든. 그 순간 문에서 뛰어나간 거야. 슈타부시가 '조심해, 헤어베르트!'라고 소리쳤어. 하지만 나는 사명을 느끼고 있었던 거야. 목사는 덩치가 작고 젊은 양반으로 말뫼의 신학교를 갓 졸업했어. 그러니 같은 교회에서 핀란드 사람이랑 스웨덴 사람과 함께 크리스마스를 보낸 적이 있을 리 없겠지. 나는 그 목사를 도우려 했던 거야. 무사히 맥으로 데려다 드릴 요량으로 목사의 겨드랑이 밑으로 손을 밀어넣었지. 그런데 목사의 옷을 붙잡으려는 찰나에, 무언가 섬뜩한 것이 뒤로부터 쑥 들어왔어. 크리스마스 이브 때였으므로 나는 '새해 복 많이 받으세요'라는 말을 생각하고 있었지. 다시 정신이 들고 보니, 내가 가게의 카운터 위에 누워 있지 않겠나. 내 깨끗한 피가 맥주잔 속으로 흐르고 있었어. 그것도 공짜로 말이야. 슈타부쉬가 적십자의 고약 상자를 가지고 와서 소위 말하는 임시 붕대를 감으려고 하는 참이었지."

"무엇 때문에 끼어들었니? 평소에 교회라고는 가본 적도 없잖아…… 안 그래!" 트루친스키 아주머니는 화를 내었고, 틀어올린 머리에서 뜨개 바늘 한 개를 뽑았다.

헤어베르트는 손을 내저으며 그녀를 말렸다. 그러고는 셔츠를 늘어뜨리고 바지 멜빵을 질질 끌며 화장실로 갔다. 그는 무뚝뚝하게 걸어가며 무뚝뚝하게 말했다. "이게 그 상처야." 그는 교회로부터 그리고 교회와 결부된 칼부림으로부터 멀어지고 싶다는 듯이, 또한 화장실이야말로 한 인간이 자유 사상가일 수 있거나 자유 사상가가 되거나 자유 사상가로 머물 수 있는 곳이라는 듯한 그런 걸음걸이로 걸어갔다.

몇 주일 후 나는 헤어베르트가 말문을 닫고서 질문 시간에 대비할 생각도 하지 않는 것을 발견했다. 그는 초췌해 보이긴 했으나 늘상 하고 있던 등의 붕대는 없었다. 게다가 정말 보통 사람처럼 거실 소파에 똑바로 누워 자고 있었다. 그는 부상자로서 누워 있는 것도 아닌데, 심하게 다친 것 같아 보였다. 나는 헤어베르트가 한숨을 쉬며 하느님과 마르크스 그리고 엥겔스를 부르고 저주하는 것을 들었다. 이따금 그는 허공에다 주먹을 휘두르고는 그것을 가슴 위에 얹었으며 다른 쪽 주먹을 거기에 포개었다. 그리고는 메아 쿨파, 메아 막시마 쿨파[34] 라고 외치는 가톨릭교도처럼 자기 가슴을 치는 것이었다.

헤어베르트가 레트인 선장을 때려죽였던 것이다. 재판소는 그에게 무죄 판결을 내렸다—그의 직업상 그러한 일은 흔히 있는 일로 정당 방위였다. 그러나 무죄 판결에도 불구하고 레트인은 변함없이 죽은 레트인이었다. 그 선장은 매우 섬약하고 또 위장병을 앓고 있었다는 소문이 도는 조그마한 사내였는데, 이제 100파운드의 무게로 이 웨이터를 괴롭히고 있었던 것이다.

헤어베르트는 더 이상 일하러 나가지 않았다. 사직서를 낸 것이다. 가게 주인 슈타부쉬가 몇 번이고 찾아와 헤어베르트의 소파 옆에 앉거나 식탁에 있는 트루친스키 아주머니 옆에 앉았다. 그리고는 헤어베르트를 위해서 1900년 산(産) 슈토베 진 한 병을 서류 가방에서 꺼내었고, 트루친스키 아주머니를 위해서는 자유항에서 구입한 원두 커피를 반 파운드 내놓았다. 그는 헤어베르트를 설득하려 하기도 하고, 트루친스키 아주머니에게 아들을 설득해 달라고 설득하기도 했다. 그러나 헤어베르트는—세상 사람들 표현대로 하자면—이 핑계 저

---

34) 내 탓이요. 내 큰 탓이로소이다.

핑계를 대며 질문을 얼버무렸다. 그는 노이파르바서에서, 그것도 선원 교회의 맞은편에서 웨이터 노릇을 할 생각이 조금도 없었다. 아니 눈꼽만큼도 없었다. 웨이터 노릇을 하다 보면 찔리게 되고, 찔리다 보면 어느 날엔가 조그마한 레트인 선장을 두들겨 죽이게 될 것이다. 오로지 선장을 자기 몸에서 떼어 놓기 위해서, 그리고 핀란드인, 스웨덴인, 폴란드인, 자유시 시민과 제국 독일 사람 등등이 가로로 세로로 헤어베르트 트루친스키란 자의 등에 새겨 놓은 수많은 칼자국들 옆에 또 하나의 레트인의 칼자국을 추가시키지 않기 위해서였다.

"웨이터 노릇 하러 다시 노이파르바서에 가느니 차라리 세관으로 가겠어."라고 헤어베르트가 말했다. 그러나 그는 세관으로도 가지 않았다.

목각의 니오베[35]

1938년, 세금이 인상되었고, 폴란드와 자유국가 사이의 국경이 잠정적으로 폐쇄되었다. 나의 할머니는 경량 철도 편으로 랑푸우르 주말 시장에 오는 게 불가능해졌으므로, 노점을 그만두어야 했다. 그녀는 말하자면 알을 까는 기쁨도 맛보지 못한 채 알을 품고만 있었던 것이다. 항구에서는 청어 냄새가 코를 찔렀고, 화물은 산처럼 쌓였다. 그래서 정치가들이 모여 담판을 벌인 끝에 의견 일치를 보았다. 그러나 나의 친구 헤어베르트만은 이럴까 저럴까 마음이 엇갈린 채 직장도 없이 소파에 누워 타고난 고민형의 인간인 양 번민에 싸여 있었다.

---

35) 그리스 신화에 나오는 탄탈루스의 딸로서 테베의 왕비. 아폴로와 아르테미스의 노여움을 사서, 아들 딸 각각 일곱 명씩을 잃고 슬퍼하다가 돌이 되었다고 함.

그런데도 세관에서는 급료와 빵을 지급했으며, 녹색의 제복과 경비할 만한 가치가 있는 녹색의 국경도 제공하였다. 하지만 헤어베르트는 세관에 가지 않았고, 다시 웨이터가 될 생각도 없었다. 다만 소파에 누워 이것저것 궁리하기만을 바랐다.

그러나 인간은 일자리를 갖지 않으면 안 된다. 그것이 트루친스키 아주머니만의 생각은 아니었다. 그녀는 아들 헤어베르트로 하여금 다시 한번 파르바서에서 웨이터 일을 하도록 설득해보라는 선술집 주인 슈타부쉬의 부탁은 거절했지만, 헤어베르트를 소파에서 끌어내는 데는 찬성이었다. 헤어베르트 역시 두 칸짜리 주택에는 싫증 나 있었기 때문에, 오직 겉으로만 고민하는 체했던 것이다. 그래서 그는 어느 날 임시 일자리를 찾기 위해 《신 소식》지를 들여다보았고, 또한 역겹기만 한 나치 신문인 《전초(前哨)》의 구인란도 훑어보기 시작했다.

나는 기꺼이 그를 돕고 싶었다. 헤어베르트 같은 사람이 항구 도시의 외곽에서 그에게 알맞은 일자리가 아니라 입에 풀칠하기 위해 너저분한 일을 해야 한단 말인가? 하역 노무자나 임시 고용원이나 썩은 청어를 묻는 따위의 일을 해야 한단 말인가? 나는 갈매기에게 침이나 뱉어 대고, 씹는 담배를 질겅거리면서 모틀라우 다리 위를 얼쩡거리는 헤어베르트를 상상하고 싶지도 않았다. 나는 헤어베르트와 짜고 장사를 하면 한 건 할 수 있지 않을까 생각했다. 한 주일에 한 번 혹은 한 달에 한 번이라도 두 시간만 집중해서 일한다면 우리는 성공할 수 있으리라. 오스카는 오랜 경험으로 이 분야에 정통했기 때문에, 귀중한 물품이 있는 쇼윈도를 그의 변함없는 다이아몬드 같은 목소리를 사용해 깨뜨리고 나서 망을 본다. 그러는 동안에 헤어베르트는 재빨리 손을 쓸 준비를 하는 것이다. 횃불도, 여분의 열쇠도, 공구 상자도 필요없었다. 우리는 공격용 반지나 총기도 없이 출정했다. '죄수 호송차'와 우리는 서로 만날 필요도 없는 두 개의 다른 세계였다. 도둑과 상업의 신 머큐리는 우리를 축복했다. 왜냐하면 처녀좌의 별 아래에 태어난 나는 그의 스탬프를 가지고서 기회가 닿는 대로 단단한 물건들에 도장을 찍기만 하면 되었던 것이다.

이 에피소드를 그냥 지나치고 싶지는 않다. 그래서 간단히 보고하겠지만, 죄를 고백하는 것은 아니다. 헤어베르트와 나는 그가 일자리가 없는 동안에 고급 식료품점에 들어가 그저 그런 정도의 도둑질을 두 번 했고, 모피 가게에 들어가 멋지게 한 건 올린 적도 있다. 푸른 여우 모피 석 장, 해표 한 장, 페르시아제 목도리 한 개, 그리고 나의 불쌍한 어머니가 기뻐하며서 입었으리라 생각되는, 멋지기는 하지만 그렇게 비싸지는 않은 프란넬 외투 한 벌, 그것이 수확물이었다.

우리가 도둑질을 그만둔 이유는, 이따금 격에도 맞지 않게 죄의식에 사로잡혔기 때문이기도 하지만, 그것보다는 오히려 훔친 물건을 파는 일이 점점 어려워졌기 때문이었다. 헤어베르트는 물건을 유리하게 처분하기 위해 다시 노이파르바서에 가야만 했다. 쓸 만한 중매인이 그 항구 도시의 외곽 지대에만 있었기 때문이었다. 그러나 그 거리는 위장병으로 초췌해진 레트인 선장을 연상시켰기 때문에, 그는 쉬하우 거리, 하켈 공장 옆, 시민의 초원, 이런 식으로 여기저기에서 물건을 팔려

고 했다. 다만 모피가 마치 버터처럼 사라져 버리는 파르바서
에만은 가지 않았다. 이렇게 하여 우리의 수확물을 처분하는
데 시간이 걸렸기 때문에, 결국 식료품점에서 훔친 물건은 트
루친스키 아주머니의 부엌으로 흘러갔고, 페르시아제의 목도
리는 그가 어머니에게 드렸다. 아니, 헤어베르트가 어머니에게
드리려고 했었다고 말하는 게 옳을 것이다.

　트루친스키 아주머니는 목도리를 보는 순간 농담을 멈추
었다. 그녀는 식료품은 법률에 저촉되지 않을 정도의 절도라
생각하고 잠자코 받았다. 하지만 목도리는 사치를, 사치는 경
솔을, 경솔은 감옥을 의미했다. 트루친스키 아주머니의 생각
은 단순하면서도 옳았다. 그녀는 쥐눈을 하고, 틀어올린 머리
에서 뜨개 바늘을 쓱 빼내어 손에 쥐고 "너도 아버지처럼 죽
고 싶니!"라고 말했다. 그리고 아들 헤어베르트에게《신 소식》
지인지《전초(前哨)》인지를 내밀었다. 그녀에게는 어느 것이나
매 일반이었다. 이제, 넌 착실한 일자리를 찾아야 돼. 임시직
은 안 돼. 그렇지 않으면 밥을 먹이지 않을 거야.

　헤어베르트는 다시 일주일 동안 고민의 소파에 누워 지냈
다. 견딜 수 없는 기분이었기 때문에, 상처 자국에 대해 질문
한다거나 아니면 많은 수확물을 약속하는 쇼윈도를 다시 방
문하는 일은 생각도 할 수 없었다. 나는 친구를 잘 이해할 수
있었기에 그가 최후의 고뇌를 맛보도록 내버려 두었다. 그래
서 나는 시계방의 라우프샤트와 시간을 강탈하는 그의 시계
옆에서 시간을 보냈다. 그리고 음악가 마인을 다시 한번 만나
려고 했다. 하지만 그는 더 이상 술은 한 방울도 마시지 않았

으며, 오로지 트럼펫으로 돌격대 기마 악대의 악보를 좇고 있는 지경이어서, 단정하면서도 의욕에 넘쳐 있었다. 반면에 술에 취하긴 했지만 기품을 유지했던 음악 시대의 유물인 네 마리의 고양이는 비참한 대접을 받았기 때문에 점점 야위어 갔다. 그 대신에 어머니의 생시에는 교제상 필요할 때만 술을 마시던 마체라트가 멍한 시선을 한 채 밤 늦게 작은 술잔을 앞에 놓고 앉아 있는 것이 이따금 눈에 띄었다. 그는 앨범을 뒤적거리며 현재 내가 하고 있는 것처럼, 노출이 심한 것이든 적은 것이든 작은 네모꼴 속에 있는 불쌍한 어머니에게 생명을 부여하려 했고, 그러다가 감회에 젖기라도 한다면 한밤중에 울음을 터뜨리기도 했다. 때때로 그는 음침한 얼굴로 서로 마주 보며 걸려 있는 히틀러와 베토벤을 향해 '너'라는 친밀한 칭호를 던지며 말을 걸기도 했다. 그러면 귀머거리인 천재는 대답을 하는 것 같았지만 금욕주의자인 총통은 아무런 답도 하지 않는 것 같았다. 보잘것없는 주정뱅이 조직책에 지나지 않는 마체라트 같은 사람은 지도자의 위대한 눈길을 받을 가치조차도 없기 때문이었다.

그러던 어느 화요일—나의 북 덕택에 나는 확실하게 기억한다—사정은 돌변했다. 헤어베르트가 정장을 빼입은 것이다. 그는 위가 좁고 아래는 넓은 푸른색 바지를 트루친스키 아주머니에게 차가운 커피로 솔질하게 했고, 고무창을 댄, 꼭 끼는 구두를 신었다. 그리고 닻 모양의 단추가 달린 상의를 걸쳤고, 거기에다 자유항에서 입수한 흰색의 비단 목도리를 날아갈듯 목에 감았다. 또한 마찬가지로 자유항의 세금 없는 거름 흙에서 자란 오 드 콜로뉴를 뿌린 채, 그는 꼿꼿하고 당당한 모습으로 파란 차양의 모자 아래 서 있었다. "잠시 직장 좀 알아보고 오겠어요."라고 헤어베르트가 말했다. 그러고는 하인리히 황태자를 연상시키는 모자를 힘주어 왼쪽으로 굽히자, 약간은 뻔뻔스러운 모습이 되었다. 트루친스키 아주머니가 손에서 신문을 떨어뜨렸다.

다음 날 헤어베르트는 직장과 제복을 얻었다. 제복은 세관원의 녹색 제복이 아니라 짙은 회색이었다. 해양 박물관의 수위가 된 것이다.

그 전체가 보존되어 마땅한 이 도시의 모든 귀한 보존품들과 마찬가지로 해양 박물관의 귀중품들이 도시 귀족 소유의 유서 깊은 저택을 가득 채우고 있었다. 그 건물의 바깥 면에는 돌로 만든 테라스와 상당 부분 떨어져 나가긴 했으나 아직도 많은 부분이 보존된 정면 장식이 달려 있었다. 그리고 건물의 내부는 검은 참나무로 조각되어 있었고, 안쪽에는 나선형의 계단이 있었다. 이 항구 도시의 역사는 정성 어린 일람표로 제시되어 있었다. 그러나 이 도시의 명성은, 강력하기는 하되 가난했던 여러 인접 국가들 사이에 끼여 있으면서도 매우 부유했고, 또 그 부를 유지했다는 데 있다. 기사단으로부터, 폴란드 여왕으로부터 획득하여 상세하게 문서로 확정한 저 특권들! 바이크셀강 어귀의 바다 요새를 어지럽게 포위 공격하는 장면들을 그린 채색 동판화들! 도시의 성벽 안에는 작센의 반란왕으로부터 막 도망쳐 나온 불우한 슈타니스라우스 레스친스키가 머무르고 있다. 유화를 보면 그가 얼마나 공포에 질려 있는지 알 수 있다. 수석 대주교 포토키와 프랑스 공사 드 몽티도 겁을 먹고 있다. 라시 장군 휘하의 러시아 군이 시를 포위하고 있기 때문이다. 그 모든 것이 자세히 그려져 있어서 백합의 군기를 달고 정박 중인 프랑스 선박의 이름까지도 알아볼 수 있다. 한 개의 화살표가 가리키는 바에 의하면 8월 3일에 도시를 포기해야만 했을 때, 슈타니스라우스 레스친스키 왕은 이 배로 로트링겐으로 도주하였다. 어쨌든 거기에 진열되어 있는 귀중품의 대부분은 전리품이었다. 전쟁에 패하고서야 박물관에 노획물을 제공하는 일은 결코 없으며, 있다고 해도 드문 일이 아니겠는가.

수집품 중의 자랑은 커다란 피렌체 범선의 뱃머리에 있던 목각상(木刻像)이었다. 브뤼게가 모항이었던 그 배는 피렌체 출신의 상인 포르티나리와 타니의 것이었다. 1473년 4월, 단치히의 해적들이자 시장들인 파울 베네케와 마르틴 바르데비크가, 제란트섬의 해안에서 슬루이스 항을 앞에 두고 지그재그로 나아가고 있던 그 피렌체 범선을 나포하는 데 성공했던 것이다. 나포하자마자 즉시 그들은 고급 선원이나 선장 뿐 아니라 다수의 승무원들을 모조리 칼로 베어 버리고는 배와 그 적재품을 단치히로 운반했다. 화가 멤링이 그린, 접을 수 있게 되어 있는 "최후의 심판."과 금으로 된 세례반(洗禮盤)은 둘 다 피렌체인 타니의 위임을 받아 피렌체의 교회를 위해 완성되었던 것으로 마리아 교회에 진열되어 있다. 내가 아는 한 "최후의 심판."은 오늘날도 폴란드인의 눈을 즐겁게 해 주고 있다. 전후에 목각상이 어떻게 되었는지는 아직까지 불분명하다. 하지만 당시에는 해양 박물관에 보존되어 있었다.

윤기 나는 목제로 된 녹색의 나녀(裸女)는 손가락을 모두 다 편 채로 자연스럽게 두 손을 교차시키며 양팔을 높이 쳐들고 있었다. 그리고 단단해 보이는 두 개의 유방 너머로는 호박을 박은 눈이 똑바로 내려다보고 있었다. 그런데 이 여인, 이 목각상이 불행을 초래했던 것이다. 그것은 상인 포르티나리가 그와 가까이 지내던 플랑드르 소녀의 치수에 맞추어 목각상 조각으로 유명한 목각 전문가에게 맡겨 만들도록 했던 것이다. 그런데 범선의 뱃머리 사장(斜檣) 밑에 그 녹색 목각상을 매달자마자, 그 소녀는 당시 흔히 있었던 마녀 재판에 회부되었다. 화형에 처해지기 전에 그 소녀는 심한 문초를 당했고, 또한 그녀의 후원자인 피렌체의 상인과 그녀의 치수를 정확하게 잰 조각가도 말려들었다. 포르티나리는 불을 두려워한 나머지 스스로 목을 맸다고 하고, 조각가는 다시는 마녀를 목각상으로 만들 수 없도록 양손이 잘렸다고 한다. 브뤼게에서 이러한 재판이 행해져 사람들의 이목을 끌고 있는 동안—그것은 포르티나리가 부자였기 때문이다—그 목각상을 매단 범선은 파울 베네케라는 해적의 손으로 들어갔다. 또 한 사람의 상인인 타니 씨는 해적의 도끼에 맞아 죽었다. 다음 차례는 파울 베네케였다. 그는 수년 후 고향의 도시 귀족들에게 미움을 사 슈토크 탑의 마당에서 익사당했다. 베네케가 죽은 후 그 목각상을 매단 배들은 항구를 벗어나기도 전에 불타 버렸고 다른 배에도 불이 옮겨 붙었다. 물론 그 목각상도 함께 불탔지만, 그것은 불에 강하고 모양이 뛰어났기 때문에 여러 선주들이 계속해서 애호자가 되었다. 그러나 이 목각상이 본래 놓여져야 할 장소인 뱃머리에 놓여지면, 그때까지 평화롭던 승무원들이 그녀의 등뒤에서 갑자기 폭동을 일으키곤 했다. 1522년 유능한 에버하르트 페르버 지휘하의 단치히 해군이 덴마크 원정에 실패했고, 페르버는 실각했다. 그리고 시내에서는 피비린내 나는 반란이 일어났다. 물론 역사는 종교 분쟁으로 설명을 한다. 1523년에 신교도 목사 헤게가 대중을 이끌고 시의 일곱 군데 교회의 성상을 파괴했다라고. 하지만 우리는 꼬리를 물고 이어지는 이 같은 불행의 원인이 이 목각상 때문이라고 생각한다. 이 목각상은 페르버의 뱃머리에도 장식되었던 적이 있지 않은가.

50년 후 슈테판 바토리가 시를 포위 공격하다 실패했을 때도 올리바의 수도원장이었던 카스파르 예쉬케는 속죄의 설교를 하며 이 목각상, 이 죄 많은 여인에게 패전의 책임을 돌렸다. 시로부터 이 여인을 선물로 받은 폴란드 왕이 그녀를 싸움터로 데려갔다가 그녀로부터 그릇된 조언을 받았다는 것이다. 이 목각의 여인이 시를 습격한 스웨덴 원정군에게 어느 정도 영향을 끼쳤는지, 그리고 다시 이 시로 돌아왔던 이 녹색의 여인을 스웨덴과 공모하여 불태우자고 요구했다가 수년간 옥살이를 했던 종교적 광신자 아기디수스 슈트라우흐 박사에게 이 여인이 끼친 영향이 어느 정도였는지 우리로서는 알지 못한다. 다소 의심스러운 한 보고서에 의하면, 슐레지엔으로부터 도망쳐 온 오피츠라는 이름의 시인이 이 도시에 수년 동안 피신해 있다가 너무도 빨리 죽었는데, 그 이유는 그가 이 위험한 조각품을 어느 창고에서 발견해 시로 읊으려 했기 때문이라는 것이다.

폴란드가 분할되었던 18세기 말경, 무력으로 이 도시를 지배해야 했던 프로이센이 비로소 '목각의 니오베'에 대한 금지령을 공표했다. 처음으로 그녀는 문서에 이름이 기록되고 바로 그 슈토크 탑으로 철거당했다. 아니, 슈토크 탑에 감금당했다고 하는 편이 나을 것이다. 그 안마당에서 파울 베네케가 익사를 당했고, 그 회랑에서 나의 멀리까지 작용하는 노래를 처음으로 성공시켰던 그 탑 말이다. 그리하여 그녀는 그곳에서 인간 상상력의 가장 뛰어난 산물인 고문 기구들을 마주 보며, 19세기 내내 편안하게 잠들어 있었던 것이다.

내가 32년에 슈토크 탑에 기어 올라가 나의 소리로 시립 극장 로비의 창을 방문했을 때, 니오베는—일반적으로 '녹색의 소녀'로 불리고 있었다—이미 수년 전에 탑의 고문실에서 치워져 있었다. 그러지 않았다면 신(新)고전주의적인 그 건물에 대한 나의 공격이 성공했을지는 의문이다.

가두어 두었던 그 고문실에서 니오베를 꺼내, 자유시 건설 후 곧바로 세운 해양 박물관으로 옮긴 사람은 외지에서 온 멋모르는 박물관장이었음에 틀림없다. 그 직후 그는 패혈증으로 죽었는데, 지나치게 열성이었던 이 사내는 설명문의 위쪽에 니오베라는 목각상이 전시되어 있음을 표시하는 명패에 못질을 하는 동안 패혈증에 걸렸던 것이다. 시의 역사에 밝은 신중한 사람이었던 그의 후임자는 니오베를 다시 철거시키려 했다. 그래서 그는 이 위험한 목각 소녀를 뤼베크 시에 증정하려고 했으나, 뤼베크 시는 이 선물을 받지 않았다. 그랬던 때문인지 그 소도시는 벽돌로 지은 교회를 제외하고는 지난 폭탄의 전쟁을 비교적 무사하게 넘길 수가 있었다.

니오베 또는 '녹색의 소녀'는 이러한 사유로 해양 박물관에 보관된 채, 불과 14년이란 짧은 기간 동안 관장 두 명의 목숨을 빼앗아 갔고—앞의 신중한 관장은 죽지 않고 전근을 했다—한 사람의 늙은 사제가 그녀의 발밑에서 죽었으며, 한 명의 공과 대학생과 이제 막 대학 입학 자격을 얻은 두 명의 페트리 고등학교 최상급생이 횡사하였고, 대개는 결혼을 한 네 명의 성실한 박물관 수위가 죽었다.

공과 대학생을 포함한 어느 사람이나 모두 명랑한 얼굴로 죽어 있었으나, 그 가슴에는 해양 박물관에서만 볼 수 있는 종류의 예리한 물체들이 박혀 있었다. 이를테면 선원용 나이프, 적선(敵船)을 낚아채는 닻, 작살, 황금 해안에서 만들어진 섬세하게 조각한 창 끝, 돛을 꿰매는 바늘 등이다. 단지 마지막에 죽은 고등학교 최상급생만이 처음에는 자신의 주머니칼에, 다음에는 컴퍼스에 찔렸던 것이다. 그가 죽음을 당하기 직전에 박물관에 있던 예리한 물체는 모조리 쇠사슬에 매여 있거나 유리 상자에 보관되어 있었기 때문이다.

살인 사건을 전담하는 경찰관들은 이들의 죽음을 두고 비극적인 자살이라고 발표했으나, 시중에서나 신문지상에서는 '녹색의 소녀가 자기 손으로 해치운 것'이라는 소문이 돌았다. 니오베가 남자들과 소년들을 죽음으로 몰아넣었다는 의심을 받은 것이다. 사람들의 의견이 분분했고, 각 신문에는 니오베 사건을 위한 자유로운 의견 발표란이 별도로 설치되었으며, 갖가지 불길한 사건들이 화제가 되었다. 시대에 어울리지 않는 이러한 미신에 대해 시 당국은 담화를 발표하고, 소문에 떠도는 무서운 사건들이 발생했다는 명백한 증거가 드러나지 않는 한 경거망동은 하지 말도록 당부했다.

녹색의 목각은 계속해서 해양 박물관에 진열되어 있었다. 올리바의 주립 박물관이나, 플라이셔 거리의 시립 박물관, 아르투스호프의 경영자들이 남자에 미친 이 여인을 인수하는 것을 거부했기 때문이었다.

그래서 박물관 수위를 지망하는 사람이 없었던 것이다. 목각의 니오베를 지키기를 거부한 것은 수위들뿐만이 아니었다. 이곳을 방문하는 사람들도 호박(琥珀)의 눈이 있는 방을 피해 다녔다. 등신대(等身大)의 조각 작품에 필요한 측면 광선을 비쳐 주는 르네상스식의 창 뒤쪽은 오랫동안 조용했다. 먼지가 쌓여 있었지만 청소부도 오지 않았다. 그 목각상을 촬영했던 한 사진사가 그 직후에, 자연사이긴 하지만 사진과 관련된 죽음이라고 단정하기에 충분할 만큼 공교로운 죽음을 당하자, 그 다음부터는 그토록 극성스럽던 사진사들도 죽음을 부르는 그 조각 작품의 사진을 자유시, 폴란드와 독일 제국, 심지어 프랑스의 신문에조차 공급하지 않게 되었다. 심지어 그들은 보관해 오던 니오베의 초상까지 말소시키고 나서 여러 대통령, 국가 원수, 망명국 왕들의 도착과 출발만을 촬영했고, 때때로 프로그램대로 진행되는 조류 전시회, 제국 전당 대회, 자동차 경주 대회 그리고 봄철의 홍수 따위만을 촬영해야 했다.

그러한 연유에서, 웨이터가 되거나 세관 근무를 할 생각이 추호도 없었던 헤어베르트 트루친스키가 박물관 수위의 회색 제복을 차려입고, 모두들 '소녀의 쾌적한 방'이라고 불렀던 그 진열실의 문 옆에 놓인 가죽 의자를 차지할 때까지, 이러한 상태가 계속되었던 것이다.

헤어베르트가 근무하러 가던 첫날, 나는 바로 막스 할베 광장의 전차 정거장까지 그를 따라갔다. 그가 몹시도 걱정되었던 것이다.

"집으로 돌아가거라, 오스카, 너를 데리고 갈 수는 없잖니?" 하지만 내가 북과 북채를 든 채 나의 큰 친구에게 귀찮게 굴자 그가 말했다. "그럼 '높은 문'까지만 따라와. 거기서는 돌아가야 한다. 착하니까 말이지." 나는 '높은 문'에 와서는 5번선을 타고 돌아가려 하지 않았다. 하는 수 없이 헤어베르트는 나를 하일리게 가이스트 거리까지 데리고 갔다. 박물관으로 통하는 테라스 층계를 올라가기 시작하면서 그는 다시 한번 나를 떼어 놓으려 했지만, 하는 수 없다는 듯 한숨을 내쉬며 매표소에서 어린이 표를 샀다. 그때 나는 이미 열네 살이어서 어른 요금을 지불해야 했겠지만, 그런 것은 문제가 아니었다.

우리는 우정 어린 조용한 하루를 보냈다. 구경꾼도 없고 검사도 없었다. 이따금 나는 반 시간 정도 북을 쳤고, 헤어베르트는 때때로 꼬박 한 시간 동안이나 잠을 자곤 했다. 니오베는 호박 눈으로 멍하니 앞을 바라보며 우리에게는 보이지 않는 하나의 목표를 향해 두 개의 유방을 내밀고 있었다. 우리는 그녀에 대해 거의 아무런 신경도 쓰지 않았다. "여하간 내 타입은 아니야. 자, 보라구. 저 비계 주름과 이중 턱 말이야." 그렇게 말하며 헤어베르트는 고개를 저었다.

헤어베르트는 고개를 갸웃하며 수다를 떨었다. "봐라, 저 엉덩이. 2인용 옷장 같지. 헤어베르트는 좀더 귀여운 여자가 좋아. 인형처럼 조그마한 여자 말이야."

나는 헤어베르트가 장황하게 자기가 좋아하는 타입의 여자를 묘사하는 것에 귀를 기울이며, 그가 큰 삽처럼 생긴 손으로 우아한 여성의 윤곽을 빚어내는 것을 보고 있었다. 그것은 오늘에 이르기까지 내 여성의 이상형으로 남아 있다. 비록 그것이 간호사의 흰 옷 아래 감추어져 있다고 할지라도 말이다.

박물관 생활을 시작한 지 3일째 되는 날에 이미 우리는 문 옆의 의자를 떠나 감히 돌아다녔다. 청소를 한다는 구실 아래—사실 방안은 지독한 상태였다—우리는 먼지를 쓸고, 참나무로 된 아래 벽면의 판자에서 거미집과 거미를 털어 내고, 방을 문자 그대로 '소녀의 쾌적한 방'으로 만들며 빛을 받아 그림자를 던지고 있는 녹색의 목각상 가까이로 다가갔다. 니오베가 우리를 전적으로 냉담하게 대했다고 말할 수는 없으리라. 그녀는 풍만하기는 하지만 그렇게 흉하지는 않은 아름다움을 너무도 분명하게 주위에 발산하고 있었다. 우리는 소유하려는 자의 시선으로 그녀를 바라본 것은 아니었다. 오히려 우리는 모든 것을 객관적이고 냉정하게 심사하는 전문가의 태도를 연습해 보았다. 냉정함을 잃지 않으면서 냉철하게 도취된 심미가들인 헤어베르트와 나는 엄지손가락을 세워 여인의 육체를 고전적인 팔등신의 기준에 따라 재고 바라보았는데, 넓적다리가 약간 짧다는 점을 제외하면 니오베는 길이에서는 균형이 잘 잡혀 있었다. 그러나 폭에 대해서 말하자면 골반이나 어깨나 가슴 모두가 그리스의 기준보다는 네덜란드의 기준에 더 적합했다.

헤어베르트가 손가락을 굽혔다. "이 여자는 침대에서 상대하기는 너무 세겠어. 나 헤어베르트는 오라와 파르바서 시절부터 레슬링을 잘 알고 있어. 그런 데 맞는 여자라면 난 필요 없어." 헤어베르트는 불에 데인 아이 같았다. "난 한 손으로 쥘 수 있는 여자가 좋아. 허리가 가늘어 조심조심 다루어야 될 정도로, 만지면 부서질 것 같은 여자가 더 좋아."

물론 그 점이 문제라면 우리는 니오베에 대해서도 그리고 그녀의 레슬링 선수 같은 신체에 대해서도 아무런 불만이 없었을 것이다. 헤어베르트는 여자가 전라(全裸)이든 반라(半裸)이든 그가 좋아하는 소극성과 그가 싫어하는 적극성의 정도라는 것이 날씬하다든가 우아하다든가 비쩍 말랐다든가 풍만하다는 것들에 의해 좌우되지 않는다는 사실을 잘 알고 있었다. 가만히 누워 있지 못하는 마른 소녀가 있는가 하면, 정적이 깃들인 호수의 물처럼 흐름을 거의 드러내지 않는 절구통 같은 뚱보 여자도 있기 때문이다. 우리는 고의적으로 단순화시켜 모든 것을 두 개의 공통 분모에 따라 나눔으로써 니오베를 모독하였고, 점점 더 용서받지 못할 짓을 저질렀다. 헤어베르트는 팔로 나를 안아올려, 나로 하여금 두 개의 북채로 여인의 유방을 두드리게 했다. 그러자 여기저기 흩어져 있고, 이젠 벌레가 살고 있지 않은 무수히 많은 벌레 구멍들로부터 톱

밤이 자욱하게 날렸다. 북채로 두드리는 동안 우리는 진짜 눈처럼 생긴 그 호박을 쳐다보았다. 그것은 조금도 움직이거나 깜박거리지 않았고, 눈물을 보이지도, 눈물이 넘쳐 흐르지도 않았다. 협박하는 듯 실눈을 한 채 증오의 시선을 던지는 일 역시 없었다. 붉은 기운보다는 누런 기운이 도는 잘 닦여진 두 개의 눈에는 전시장의 전시품들과 햇빛을 받고 있는 창의 일부가 불룩하게 일그러진 채로나마 전부 다 반사되고 있었다. 호박이 사람을 기만한다는 것을 누가 모르랴! 또한 우리는 장식용의 이 값비싼 수지(樹脂) 제품의 음흉한 수법을 알고 있었다. 그러나 여전히 일방적인 남자의 방식으로 모든 여성적인 것을 적극적인 것과 소극적인 것으로 나누면서, 우리는 니오베의 무관심한 태도를 분명히 우리 좋을 대로 해석했던 것이다. 우리는 자신이 안전하다고 느꼈다. 헤어베르트는 심술 궂게 킬킬거리면서 그녀의 종지뼈에 못을 박았다. 두들길 때마다 나도 무릎이 아파옴을 느꼈으나 그녀는 결코 눈썹 하나 치켜 뜨지 않았다. 불룩한 녹색의 목각이 보고 있는 앞에서 우리는 온갖 장난질을 했다. 헤어베르트는 영국 제독의 외투 속에 기어 들어가 망원경을 들고는, 거기에 알맞는 제독모를 썼다. 나는 빨간 조끼를 입었고 머리카락이 치렁치렁 드리워진 가발을 쓴 제독의 시종이 되었다. 우리는 트라팔가 해전 놀이를 했고, 코펜하겐을 포격하였으며, 나폴레옹 함대를 아부키르에서 박살냈다. 그리고 이곳 저곳의 갑(岬)을 두루 돌아다니며 역사상의 인물이 되었다가는, 다시 네덜란드 마녀의 치수대로 만들어진, 모든 것을 시인하든가 아니면 모든 것에 대해 결코 언급하지 않고 있는 목각상 앞의 현시대로 돌아왔다.

오늘날 나는 모든 것이 우리를 관찰하고 있으며, 조사당하지 않는 것은 아무것도 없기 때문에 벽지조차도 인간보다는 더 좋은 기억력의 소유자라는 것을 알고 있다. 모든 것을 보고 있는 것은 사랑하는 하느님뿐만은 아니다. 부엌의 의자, 다리미, 절반쯤 차 있는 재떨이, 혹은 니오베라고 불리는 목각의 초상도 모든 행위의 잊을 수 없는 목격자가 되기에 충분한 것이다.

우리는 2주일 또는 그 이상을 해양 박물관에 근무했다. 헤어베르트는 내게 북을 사 주었고, 트루친스키 아주머니에게는 위험 수당 몫만큼 인상된 주급을 두 번째로 가지고 돌아왔다. 박물관은 월요일이 휴일이었는데도, 나는 어느 화요일 매표구에서 어린이 입장권과 입장을 거절당했다. 매표구의 사내는 무뚝뚝하지만 호의가 없지는 않은 태도로, 앞으로 어린아이의 입장은 허가하지 말라는 청원서가 제출되었노라고 말해 주었다. 그리고 아이의 아버지로서야 못마땅하겠지만 자기는 사무원인 동시에 홀아비이기 때문에 나를 돌봐 줄 시간이 없다는 것이다. 물론 내가 매표구 옆에서 기다리는 것이야 자기로서는 말릴 수 없지만, 그 '소녀의 쾌적한 방'에 입장하는 것만큼은 그럴 자격이 되지 않기 때문에 안 된다는 것이었다.

헤어베르트는 선선히 양보하려고 했지만 나는 그의 등을 밀면서 그를 부추겼다. 그래서 그는 한편으로는 매표원의 말을 인정하면서도 다른 한편으로는 나를 자기의 부적이요, 수호천사라고 말했다. 그러고는 자기를 지켜 줄 것은 어린이의 순진무구함이 아니겠느냐고 주장했다. 그러는 사이에 매표원과 곧 친숙해진 헤어베르트는 매표원의 말대로 오늘 단 하루만이라는 조건하에 나의 해양 박물관 입장을 허락받았던 것이다.

이렇게 하여 나는 다시 한번 키 큰 내 친구의 손에 이끌려 새로 기름칠한 나선형 층계를 돌아서 니오베가 놓여 있는 3층으로 올라갔다. 오전은 조용했고, 오후는 더욱 조용했다. 그는 반쯤 눈을 감은 채, 노란 못대가리가 박혀 있는 가죽 의자에 앉아 있었다. 나는 그의 발밑에 웅크리고 앉아 있었으며, 북은 치지 않았다. 우리는 뱃전이 높이 솟은 배, 프리게트 함, 무장 범선, 소형 범선, 연안용 범선, 연안 증기선, 쾌속 범선을 눈을 가늘게 뜨고 쳐다보았다. 어느 배나 참나무의 요판(腰板) 밑에 매달려 있으면서 순풍을 기다리고 있었다. 우리는 모형 배를 이리저리 살펴보았고, 그 배와 함께 시원한 미풍을 기다리며 이 쾌적한 방의 무풍 상태를 두려워했는데, 그것은 모두 다 니오베를 들여다보거나 두려워하지 않기 위해서였다. 녹색 목각의 내부를 느리기는 하지만 의심의 여지 없이 잠식하고 움푹 패이게 함으로써 니오베가 소멸해 가고 있다는 것을 말해 줄, 나무좀 벌레의 사각사각 나무를 갉아 대는 소음이라도 들렸다면, 우리는 무엇인들 지불하지 않았겠는가! 그러나 사각사각하는 벌레 소리는 들리지 않았다. 관리인이 목각에 벌레가 슬지 않고 영구히 보존되도록 조치를 해 놓았던 것이다. 그래서 우리의 시선이 머무른 곳은 어리석게도 순풍에 대한 희망을 버리지 않고 있는 모형 배뿐이었다. 우리는 니오베를 너무도 두려워했기 때문에 팽팽한 긴장 상태로 사태를 주목하고 있으면서도 아무 일 없는 척하고 있었던 것이다. 오후의 태양이 정면에서 갑자기 니오베의 왼쪽 호박 눈을 명중시켜 불타오르게 하지 않았더라면, 우리는 아마도 니오베에 대한 공포를 잊어버렸을지도 모른다.

물론 이 갑작스런 발화(發火) 때문에 놀랄 필요는 전혀 없었다. 해양 박물관의 3층에 볕이 드는 오후라는 것은 분명했고, 햇빛이 처마 복공 밑으로 떨어지면서 범선들을 비출 때면 시계가 몇 시를 쳤는지 아니면 몇 시를 치게 되는지 정도는 알고 있었던 것이다. 게다가 오른쪽 시가지의 교회, 옛 시가지의 교회, 후추나무 시가지의 교회들도 먼지를 일으키며 춤을 추게 하는 햇빛의 진행 상태를 시계탑에 알렸고, 유서 깊은 종소리로써 우리의 역사적인 수집품들을 지켜 왔지 않는가. 말하자면 진열품들에 골고루 햇빛을 보내고, 니오베의 호박눈과 음모를 꾸민다는 혐의 때문에 태양마저 역사 속으로 들어오게 한다고 해서 그렇게 놀랄 일이란 말인가.

하지만 우리가 놀이에 대해서도 그리고 도발적인 장난질에 대해서도 흥미나 의욕을 완전히 잃게 된 그날 오후, 평소에는 둔감하기만 했던 목각의 불타오르는 눈길이 곱절로 우리에게 쏠렸다. 우리는 기분이 상한 나머지 아직 남은 반 시간을 견뎌 내야만 했다. 정각 5시에 박물관은 폐관되었다.

다음 날 헤어베르트는 혼자서 근무하러 나갔다. 나는 박물관까지 따라갔지만 매표구에서 기다리고 싶지는 않았기 때문에 도시 귀족의 저택 건너편에서 적당한 장소를 물색했다. 나는 북을 손에 든 채 둥그런 화강암 위에 앉았다. 화강암 뒤쪽은 꼬리 모양으로 되어 있었는데, 성인들은 그것을 난간으로 사용하고 있었다. 그냥 한마디 덧붙이자면 층계의 다른 쪽 측면은 똑같은 모양의 주철제(鑄鐵製) 꼬리가 달린 똑같은 모양의 둥근 것에 의해 지켜지고 있었다. 나는 북은 거의 치지 않았다. 하지만 일단 칠 때에는 무섭도록 세게 쳐서, 대개는 여자들인 통행인들을 자극시키고 즐겁게 해 주었다. 그들은 내 옆에 멈추어 서서 내 이름을 물었고, 짧기는 했지만 약간 고수머리였던 아름다운 내 머리카락을 땀이 밴 손으로 쓰다듬어 주었다. 오전은 그렇게 지나갔다. 하일리게가이스트 거리 끝부분에는 녹색 이끼가 서린 흑갈색의 성 마리아 교회의 탑이 알을 품고 있는 암탉 모양으로 불룩하고 나지막하게 솟아 있었다. 비둘기들은 갈라져 금이 간 탑의 벽으로부터 몇 번이고 계속 날아와 내 주위에 내려앉아 멍청한 소리를 내고 있었으나, 그것들은 부화기가 얼마나 오래 지속되는지, 무엇을 부화하는 것이 중요한지, 몇 세기 동안 계속되는 이 부화가 마침내 자기 목적에 도달하게 되는지에 대해서는 아무것도 몰랐다.

헤어베르트는 정오에 골목으로 나왔다. 그는 트루친스키 아주머니가 뚜껑이 덮이지 않을 만큼 가득 담아 준 아침 도시락에서, 손가락만한 선지 소시지를 사이에 넣은 버터빵을 내게 주었다. 내가 먹으려 하지 않자, 그는 용기를 북돋우려는 듯 나를 향해 기계적으로 고개를 끄덕거렸다. 마침내 나는 먹었고, 헤어베르트는 아무것도 먹지 않고 담배만 한 대 피웠다. 박물관으로 돌아가기 전에 그는 브로트벵켄 거리의 선술집으로 들어가 진을 두서너 잔 마셨다. 나는 그가 잔을 기울이는 동안 그의 목젖 부분을 보고 있었다. 그가 술잔을 기울여 목 구멍으로 흘려 넣는 모습이 아무래도 내 마음에 걸렸다. 그는 나선형 층계를 따라 올라갔고, 나는 둥근 화강암 위에 다시 앉았다. 하지만 시간이 한참 지나간 후까지도 친구 헤어베르트의 불룩거리던 목젖의 움직임이 아무래도 오스카의 눈에서 떠나지 않았다.

알록달록하게 바랜 박물관 정면을 넘어 오후가 살그머니 다가왔다. 오후는 복공과 복공을 돌아 님프와 풍요의 뿔에 걸터 앉고, 꽃을 따는 천사들을 삼키며, 휘어지게 그린 포도송이를 더욱더 휘어지게 하고, 시골 축제의 한가운데 뛰어들어 장님 놀이를 하며, 흔들리는 장미 바구니에 올라타고, 반바지를 입고 장사를 하는 시민들을 귀족으로 만들며, 개에게 쫓기는 사슴을 포획하고는 마침내 3층의 그 창에 다다랐다. 창은 태양에게 잠깐 동안이긴 하지만 영원하게 하나의 호박눈을 비추는 것을 허용했다.

나는 그런 화강암에서 천천히 미끄러져 내려왔다. 그러다가 북이 꼼짝도 하지 않는 돌에 부딪혔다. 북의 동체의 흰색 래커칠과 불꽃 모양으로 래커칠한 부분의 몇 군데가 벗겨져서 테라스로 통하는 층계 위에 희고 붉게 흩어졌다.

아마도 나는 무슨 소린가를 질렀고, 내려오라고 빌었으며, 무엇인가를 헤아렸던 것 같다. 그 직후에 박물관 현관 앞에 구급차가 섰다. 통행인들이 입구를 에워쌌다. 오스카는 구급차 대원들 사이에 휩쓸려 박물관 안으로 들어갈 수 있었다. 예전의 사고로 박물관 내부의 지리에 밝을 것임에 틀림없는 요원들보다도 앞서서 나는 층계를 뛰어올라 갔다.

헤어베르트를 보는 순간, 웃지 않을 수 없었다! 그는 앞쪽에서 니오베에게 매달려 목각과 교미하려고 했던 것이다. 그의 머리는 그녀의 머리를 덮고 있었고, 그의 팔은 위로 치켜올려서 교차시킨 그녀의 팔과 얽혀 있었다. 그는 내의를 벗고 있었는데, 문 옆의 가죽 의자 위에 깨끗이 개어 놓은 것이 나중에야 발견되었다. 그의 등은 온갖 상처 자국을 드러내고 있었다. 나는 이 필적을 읽었고, 문자 하나하나를 헤아렸다. 빠진 것은 하나도 없었다. 하지만 새로 쓰기 시작한 것도 전혀 없었다.

내 뒤를 따라 곧장 방으로 뛰어들어 온 구급차 대원들은 헤어베르트를 니오베로부터 떼어 내느라 애를 먹었다. 이 정욕에 눈이 먼 사내는 양쪽으로 날이 선 짧은 선원용 도끼를 안전 사슬에서 빼내어, 한쪽 날은 나무 속에 박고, 나머지 한쪽 날은 여인을 덮치려고 발버둥치다가 자기 몸속에 쑤셔 넣은 것이다. 위쪽의 결합은 이로써 완전히 성공이었다. 하지만 바지도 없이 이성을 잃고서 단단하게 굳은 채 우뚝 솟아 있는 아래 쪽은 닻을 내릴 장소를 찾을 수 없었던 것이다.

'시립 구급 병원'이라는 명칭이 새겨진 담요가 헤어베르트 위를 덮었다. 그러자 오스카는 무언가를 잃었을 때 언제나 그렇게 하듯 북 곁으로 돌아갔다. 오스카가 양철을 주먹으로 마구 두들기자 박물관 사람들이 그를 '소녀의 쾌적한 방'에서 데리고 나와 경찰차에 태워 집으로 보내 주었다.

나무와 육체 사이의 사랑이라는 그러한 시도를 회상하고

있는 지금에도 나는 다시 한번 주먹을 움직여야 한다. 헤어베르트 트루친스키의 부풀어 오르고 울긋불긋한 등을, 말하자면 단단하고 예민하고, 모든 것을 미리 예시하고 모든 것을 선취하며, 단단함과 민감성에 있어서 모든 것을 능가하는 그 상흔의 미로를 방황하며 걷기 위해서는 말이다. 나는 마치 장남인 것처럼 그의 등의 문자를 읽는다.

이제 겨우 그들이 헤어베르트를 그 잔혹한 조각품에서 잡아당겨 떼어 놓았을 뿐인데, 나의 간호사인 브루노가 배처럼 생긴 머리를 설레설레 흔들며 오고 있다. 그는 조심스럽게 내 주먹을 북에서 떼어 낸 후, 양철북을 나의 철제 침대의 발끝 부분에 있는 왼쪽 기둥에다 건다. 그리고 나서 이불을 반듯하게 고쳐 주며 내게 주의를 준다.

"마체라트 씨, 그렇게 큰소리로 언제까지나 북을 두드리고 있으면 누구라도 다 듣게 돼요. 정말 시끄러운 북소리라고 생각하겠지요. 좀 쉬든지 아니면 좀 작은 소리로 치면 안 될까요."

자, 브루노, 바로 다음의 한 장은 나의 양철북으로 하여금 좀더 낮은 소리로 쓰도록 해 보겠다. 사실 이 테마야말로 굶주린 듯 울부짖는 오케스트라를 향한 것인데 말이야.

목각의 니오베   333

믿음·소망·사랑

옛날 옛날 마인이라는 음악가가 살았다. 그는 트럼펫을 정말로 아름답게 연주할 줄 알았다. 그는 아파트의 지붕 아래 5층에 살았으며, 네 마리의 고양이를 키웠다. 그중 한 마리의 이름은 비스마르크였다. 마인은 이른 아침부터 저녁 늦게까지 술병을 입에 대고 마셨다. 불행이 그를 정신 차리게 했을 때까지 그는 계속 그렇게 살았다.

오스카는 오늘날까지도 징조라는 것을 그렇게 선뜻 믿으려하지 않는다. 그렇지만 당시에는 불행의 징조가 역력했다. 불행은 언제나 커다란 장화를 신고 있었으며, 언제나 커다란 장화를 신고 성큼성큼 걸어갔다. 그리고 불행을 여기저기 퍼뜨리려고 생각했다. 그때 내 친구 헤어베르트 트루친스키는 목각의 여인이 그에게 가했던 가슴의 상처 때문에 죽었다. 물론 그 여자는 죽지 않았다. 그 여자는 봉인되었다. 그리고 소위 보수 작업을 이유로 박물관 창고에 보관되었다. 하지만 불행을 지하 창고에 가두어둘 수는 없다. 그것은 구정물과 함께 하수구를 통해 출입하고, 가스관으로 옮겨지기도 하면서, 모든 집안 살림에 들러붙는다. 하지만 집안에서 수프 냄비를 푸르스름한 불꽃 위에 올려놓는 그 누구도 불행이 자신의 먹이를 요리한다는 사실을 알아차리지 못한다.

헤어베르트가 랑푸우르 묘지에 매장되었을 때, 나는 브렌타우 묘지에서 알게 되었던 슈거 레오를 두 차례 보았다. 그는 우리 모두에게 애도의 말을 했다. 트루친스키 아주머니, 구스테, 프리츠와 마리아 트루친스키, 뚱뚱한 카터 부인, 축제일에 트루친스키 아주머니를 위해 프리츠의 토끼를 잡아 주었던 하일란트 노인, 호기롭게도 매장 비용의 절반이나 지불해 주었던 추정상의 나의 아버지 마체라트, 또한 헤어베르트와 거의 아무런 친분도 없지만 아무런 부담 없이 묘지에서 마체라트를 만나고 가능하다면 나까지도 다시 만나보려는 의도를 가지고 참석한 얀 브론스키. 이들 모두에게 슈거 레오는 곰팡이가 슨 흰 장갑을 부르르 떨며 내밀었고, 침을 흘리면서 기쁨인지 슬픔인지 구분이 안 되는 애도의 말을 했다.

슈거 레오의 장갑이 반은 평상복, 반은 돌격대 제복의 차림으로 찾아온 음악가 마인을 향해 펄럭거렸을 때 다가올 불행의 전조가 나타났던 것이다.

놀랍게도 레오의 퇴색한 장갑은 하늘 높이 날아올라 갔으며, 레오 역시 무덤들 너머로 사라졌다. 그가 고함치는 소리가 들렸지만 애도의 말은 아니었다. 그것은 조각조각 찢긴 말이 되어 묘지에 심어 놓은 나무들에 매달려 있었다.

아무도 음악가 마인 곁을 떠나지 않았다. 하지만 그는 애도 객들 사이에 홀로 쓸쓸하게 서 있었고, 슈거 레오만이 그를 알아보았다. 마인은 당황하면서 그가 별도로 가져온 트럼펫을 만지작거리고 있었는데, 그것은 조금 전까지만 해도 헤어베르트의 무덤 저 너머로 정말 아름답게 울려 퍼지던 것이었다. 그토록 소리가 아름다웠던 것은 마인이 오랫동안 끊었던 진을 마셨기 때문이며, 그와 동갑인 헤어베르트의 죽음이 그만큼 실감 났기 때문이었다. 반면에 헤어베르트의 죽음은 나와 나의 북을 침묵시켰다.

옛날 옛날 마인이라는 음악가가 살았다. 그는 트럼펫을 정말로 아름답게 연주할 줄 알았다. 그는 아파트의 지붕 아래 5층에 살았으며, 네 마리의 고양이를 키웠다. 그중 한 마리의 이름은 비스마르크였다. 마인은 이른 아침부터 저녁 늦게까지 진 병을 입에 대고 마셨다. 마침내 1936년 말인가 1937년 초에 그는 돌격대 기마대에 들어가 군악대의 트럼펫 주자가 되었다. 물론 실수는 훨씬 적어졌지만 더 이상 트럼펫을 아름답게 불 수는 없었다. 왜냐하면 가죽으로 된 승마복을 입기 시작하면서 술 마시는 것을 그만두었고 다만 말짱한 정신으로 요란하게 악기를 불었기 때문이었다.

친위대 돌격 대원인 마인은 1920년대 동안 처음에는 공산당 청년 조직에, 그리고 나서는 붉은 매[36]에 회비를 같이 내던 젊은 시절의 친구 헤어베르트 트루친스키가 죽어서 땅에 묻히자, 다시 그의 트럼펫과 진 병을 손에 잡았다. 말짱하지 않은 정신으로 트럼펫을 멋지게 불고 싶었기 때문이었다. 그는 갈색의 말을 타고 다니면서도 음악가의 귀를 잃지 않았다. 그래서 이제 묘지에서 진 한 모금을 들이켜고는 제복 위에다 평복 외투를 걸쳐 입은 채 트럼펫을 불었다. 애초에는 제모까지 쓰지는 않더라도 갈색 제복을 당당하게 차려입고 묘지 전역에 트럼펫 소리를 울려 퍼지게 할 생각이었지만 말이다.

옛날 옛날 한 친위대 돌격 대원이 살았다. 그는 젊은 시절의 친구 무덤가에서 아주 멋지게 그리고 진처럼 밝게 트럼펫을 불었다. 그는 친위대 돌격대의 승마복 위에다 외투를 걸치고 있었다. 그때 어느 묘지에나 모습을 나타내는 슈거 레오가 모든 애도객에게 애도의 말을 전하자 모든 사람이 그의 말을 들을 수 있었으나, 친위대 돌격 대원만은 레오의 흰 장갑을 잡을 수 없었다. 왜냐하면 레오가 돌격 대원을 알아보고 두려운 나머지 크게 고함을 지르며 장갑을 내밀지도, 애도의 말을 건네지도 않았기 때문이다. 돌격 대원은 애도의 말도 듣지 못한 채 차가운 트럼펫과 함께 집으로 돌아갔다. 그리고 그곳 우리들의 아파트 지붕 아래에서 네 마리의 고양이를 발견했다.

옛날 옛날 마인이라는 이름을 가진 돌격 대원이 살았다. 날이면 날마다 진을 들이켜고 정말로 아름답게 트럼펫을 불며 지내던 당시에, 마인은 그의 집에 네 마리의 고양이를 기르고 있었고, 그중 한 마리의 이름이 비스마르크였다. 어느 날 돌격

---

36) 사회주의 청년 운동의 한 지파.

대원 마인은 그의 젊은 시절의 친구 헤어베르트 트루친스키의 무덤에서 돌아와 슬픔에 잠긴 채 다시 말짱한 정신이 되어 있었다. 누군가가 그에게 애도의 말을 거절했기 때문이었다. 그는 완전히 외톨이가 되어 집에 네 마리의 고양이밖에 없음을 깨달았다. 고양이들이 그의 승마용 장화에다가 몸을 비벼 대고 있었기 때문에 그는 청어 대가리들이 수북하게 담긴 신문지를 고양이들에게 주었다. 그제서야 그것들은 그의 장화로부터 떨어져 나갔다. 그날은 방안에서 네 마리의 고양이 냄새가 유별나게 풍겼다. 그것들은 모두 수고양이였는데, 그중 비스마르크라고 불리는 한 놈은 하얀 발로 걸으면서 주변을 검게 만들고 있었다. 그날따라 마인의 집에는 진이 없었다. 그래서 고양이 또는 수고양이 냄새가 점점 더 코를 찔렀다. 그의 집이 5층만 아니었다면 그는 우리 집 가게에서 진을 샀을 것이다. 하지만 그는 층계가 무서웠고 이웃 사람들의 눈도 두려웠다. 왜냐하면 그들에게 맹세했기 때문이다. 이 음악가의 입술로 한 방울의 술도 삼키지 않고 건실한 새 인생을 시작하겠노라고, 질서에 몸을 맡기겠노라고, 적당히 빈둥거리면서 보내는 풋내기 시절과는 이제 연을 끊겠노라고 맹세했던 것이다.

옛날 옛날 마인이라는 남자가 살았다. 그는 어느 날 그중 한 마리가 비스마르크라고 불리는 네 마리의 고양이와 함께 지붕 아래 그의 집 안에서 자신이 홀로임을 깨달았다. 게다가 수고양이 냄새가 유달리 역겨웠는데, 그것은 그가 오전 동안에 그 어떤 불쾌한 일을 겪었고 또한 집에 진도 남아 있지 않았기 때문이었다. 괴로움과 갈증이 더해지고 수고양이 냄새가 더욱 역겨워졌기 때문에 직업 음악가이자 기마 친위 돌격대의 군악대 단원이었던 마인은 차가운 난로 곁에 있던 부젓가락을 집어들고 수고양이들을 두들겨 패기 시작했다. 마침내 비스마르크라는 이름의 수고양이를 포함한 네 마리의 수고양이가 죽어서 모두 쭉 뻗어 버렸다. 하지만 수고양이의 지독한 냄새는 집 안에서 사라지지 않았다.

옛날 옛날 라우프샤트라는 시계방 주인이 살았다. 그는 우리들 아파트의 2층에 두 칸의 방을 빌려 살았는데, 그 방의 창문은 앞뜰을 향해 있었다. 시계방 주인 라우프샤트는 미혼으로서, 나치스 후생협회와 동물 보호 협회의 회원이었다. 따뜻한 마음의 소유자인 그는 모든 지친 인간과 병든 동물, 그리고 고장난 시계들의 복지를 돌보고 있었다. 어느 날 오후 시계방 주인은 오전에 거행된 이웃 사람의 장례식을 생각하며 창가에 앉아 있다가, 같은 건물의 5층에 방을 빌려 사는 음악가 마인이 밑쪽이 젖어 있는 듯 물방울이 떨어지고 있는, 절반쯤 찬 감자 부대를 안뜰로 운반해 가서는 두 개의 쓰레기통 중의 하나에다가 쑤셔 넣는 것을 보았다. 하지만 쓰레기통이 4분의 3쯤 차 있었기 때문에 그 음악가는 겨우 뚜껑을 닫을 수 있었다.

옛날 옛날 네 마리의 수고양이가 살았다. 그중 한 마리의 이름은 비스마르크였다. 그리고 마인이라는 이름의 음악가가 이 고양이들의 주인이었다. 거세되지 않은 이 수고양이들이 지독한 냄새를 풍겼기 때문에, 특별난 이유로 유달리 불쾌한 기분이 들었던 어느 날 이 음악가는 네 마리의 고양이를 부젓가락으로 때려 죽였다. 그러고는 그 시체를 감자 부대에 담아 4층 아래까지 운반하다 보니 부대가 축축하게 젖어 들었고, 벌써 3층에서부터 물이 떨어지기 시작했다. 그래서 급히 서둘러 짐 꾸러미를 앞뜰로 운반하여 양탄자 두드리는 장대 곁에 위치한 쓰레기통에 쑤셔 박았다. 하지만 그 쓰레기통은 상당히 차 있었기 때문에 음악가는 뚜껑을 닫기 위해 부대와 쓰레기를 함께 내리 눌러야만 했다. 고양이가 없긴 하지만 여전히 고양이 냄새를 풍기는 방으로 돌아가고 싶지 않았기 때문에 그가 집을 떠나 거리 쪽으로 막 떠나려던 참이었다. 그때 억지로 밀어넣었던 쓰레기가 다시 펴지기 시작하면서 부대를 그리고 부대와 함께 쓰레기통의 뚜껑을 밀어 올렸다.

옛날 옛날 한 음악가가 살았다. 그는 자기가 키우던 네 마리의 고양이를 때려 죽이고 그것들을 쓰레기통에 파묻었다. 그러고는 집을 나와 친구들을 방문했다.

옛날 옛날 한 시계방 주인이 살았다. 그 사내는 생각에 잠겨 창가에 앉아 있다가 음악가 마인이 절반쯤 찬 부대를 쓰레기통에 밀어 넣고는 곧바로 안뜰로 나가는 것을 보았다. 마인이 떠난 지 몇 초도 지나지 않아 쓰레기통이 들어 올려지고, 계속해서 조금씩 들어 올려지는 것을 보았다.

옛날 옛날 네 마리의 수고양이가 살았다. 그것들은 어느 특별한 날에 유달리 강하게 냄새를 풍겼기 때문에 두들겨 맞아 죽은 후 부대에 넣어져 쓰레기통 속에 묻혔다. 그것들 중 한 마리의 이름이 비스마르크인 이 고양이들은 완전히 죽지는 않았다. 정말 고양이답게 끈질겼던 것이다. 그것들은 부대 속에서 움직이고 쓰레기통의 뚜껑을 움직여, 여전히 생각에 잠긴 채 창가에 앉아 있는 시계방 주인 라우프샤트에게 질문을 던졌다. 맞혀 보세요. 음악가 마인이 쓰레기통 속에 처박은 부대 속에는 무엇이 들어 있을까요.

옛날 옛날 한 시계방 주인이 살았다. 그 사내는 쓰레기통 속에서 무언가가 움직이는 것을 보고 그냥 있을 수 없었다. 그래서 그는 아파트의 2층에 있는 방에서 나와 안뜰로 가 쓰레기통의 뚜껑과 부대를 열어 보았다. 그러고는 죽도록 두들겨 맞기는 했으나 여전히 살아 있는 고양이들을 주워 와서 간호해 주었다. 그러나 고양이들은 그날 밤 동안에 시계방 주인의 손가락 아래에서 숨을 거두었다. 그래서 그는 그가 회원으로 가입해 있는 동물 보호 협회에 신고하여 당의 명예를 실추시킨 동물 학대에 대한 사실을 지구당 지도부에 보고하는 수밖에 없었다.

옛날 옛날 한 사람의 돌격 대원이 살았다. 그 사내는 네 마리의 수고양이를 죽였지만, 고양이들이 완전히 죽지 않았기 때문에 오히려 범죄 사실이 드러나 어떤 시계방 주인에 의해 고발되었다. 재판에 회부된 그 돌격 대원은 벌금을 물어야만 했다. 하지만 돌격대에서도 그 점이 문제가 되었고, 결국 그 돌격대원은 품위 손상이라는 죄목으로 돌격대에서 제명당해야만 했다. 그 돌격 대원은 나중에 수정(水晶)의 밤이라고 불린 1938년 11월 8일에서 9일 사이의 밤에 걸쳐 특별히 용감하게 행동했다. 그는 다른 몇 사람과 함께 미하엘리스 가의 랑푸우르 교회에 불을 지르는 등 열심히 협력했고, 다음 날 아침에는 미리 그에게 주어졌던 임무들을 수행하기도 했다. 하지만 이 모든 열성도 그가 기마 돌격대로부터 추방되는 것을 막지는 못했다. 비인도적인 동물 학대 때문에 그는 강등되었고 회원 명부에서 말소되었다. 1년이 지나서야 그는 나중에 무장 친위대에 흡수된 방위군에 입대할 수 있었다.

옛날 옛날 한 사람의 식료품 상인이 살았다. 그 사내는 11월의 어느 날 시내에서 무슨 일인가가 일어났기 때문에 가게문을 닫았다. 그리고 아들 오스카의 손을 잡은 채 5번 전차를 타고 랑가세 문(門)까지 갔다. 왜냐하면 그곳에서도 초포트나 랑푸우르에서와 마찬가지로 유대 교회가 불탔기 때문이었다. 유대 교회는 거의 전소되었고, 소방단은 불이 이웃집으로 옮겨 붙지 않도록 경비하고 있었다. 폐허 앞에서 제복을 입은 사람들과 민간인들이 책과 예배용 제구와 특이한 천들을 끌어 모으고 있었다. 산더미 같은 물건들에 불이 붙여졌다. 그러자 이 식료품 상인은 기회를 놓치지 않고 이 공공연하게 허락된 모닥불 위에서 그의 손가락과 그의 감정을 따뜻하게 녹였다. 하지만 아들인 오스카는 아버지가 자신의 일에 열중하며 불길에 얼굴이 발갛게 달아올라 있는 것을 보고는 들키지 않게 인파에 몸을 숨겨 서둘러 병기창 거리 방향으로 걸어갔다. 적백색으로 래커칠한 양철북이 염려되었던 것이다.

옛날 옛날 한 사람의 장난감 가게 주인이 살았다. 그 사람의 이름은 지기스문트 마르쿠스로 다른 장난감과 함께 적백색으로 래커칠한 양철북을 팔았다. 방금 말한 오스카는 이 양철북의 주요 고객이었다. 왜냐하면 그는 타고난 양철북 주자였으며, 양철북 없이는 살 수도 없었고 살려고도 하지 않았기 때문이었다. 그래서 그는 불타오르는 유대 교회에서 병기창 거리로 달려갔다. 그곳에 그의 양철북들의 파수꾼이 살고 있었던 것이다. 그러나 그가 달려갔을 때, 그 사내는 앞으로는, 아니 이 세상에서는 오스카에게 더 이상 양철북을 팔 수 없는 그런 상태에 놓여 있었다.

나, 즉 오스카가 조금 전 그들로부터 빠져나온 것으로 믿었던 바로 그 소방단원들이 나보다 앞서 마르쿠스를 방문했던 것이다. 그러고는 붓을 물감통에 담구어 쇼윈도에다가 비스듬하게 '쥐테를린' 서체로 '유대의 돼지'라고 써 갈겨 놓았다. 그리고 자기들의 필적에 만족하지 못해 그랬던지 장화 뒷굽으로 쇼윈도의 유리를 짓밟아 산산조각으로 만들었다. 그 때문에 그들이 마르쿠스에게 갖다 붙인 명칭은 짐작으로만 읽을 수 있었다. 그들은 문을 무시한 채 부서진 창문을 넘어 가게로 뛰어들어 갔다. 그러고는 자기들다운 단순한 방식으로 아이들 장난감을 가지고 놀았다.

내가 마찬가지로 창문을 통해 가게로 들어갔을 때, 그들은 여전히 장난질을 하고 있었다. 몇 사람은 바지를 내린 채 절반밖에 소화되지 않은 완두콩이 보란 듯이 섞여 있는 갈색의 소시지를 범선과 바이올린 켜는 원숭이와 나의 북에다 갈겨대고 있었다. 그들은 모두 음악가 마인과 비슷하게 보였으며 돌격대 제복을 입고 있었지만 마인은 그곳에 없었다. 그들은 마치 다른 곳에는 있지도 않고 다만 여기서만 존재하고 있는 사람들처럼 행동했다. 한 사내가 비수를 뽑아 들고는 인형들을 찢어발겼는데, 그때마다 두툼한 인형의 몸뚱이와 사지에서 톱

밥만 쏟아져 나오자 실망하는 것 같았다.

　나는 나의 북들이 걱정되었다. 나의 북들은 그들의 마음에
들지 못했다. 나의 양철북은 그들의 분노를 견딜 수 없었으며,
말없이 무릎을 꿇어야 했다. 그러나 마르쿠스는 그들의 분노
를 피해 갔다. 그들이 사무실에서 그를 만나려고 왔을 때, 그
들은 노크도 하지 않았고, 자물쇠가 채워져 있지도 않았는데
문을 부숴 버렸다.

　장난감 가게 주인은 짙은 잿빛의 평복 위에 평소와 같이 소
매 카바를 착용한 채 책상 저편에 앉아 있었다. 어깨 위에 떨
어져 있는 비듬은 그가 모발 염증을 앓고 있음을 말해 주었다.
한 사내가 목제로 된 할머니 광대 인형을 손에 쥐고 그를 찔러
댔지만 그는 아무 대꾸도 하지 않았고 화를 내지도 않았다. 그
앞의 책상 위에는 물컵이 하나 놓여 있었는데, 마침 가게의 쇼
윈도 유리가 와장창 소리를 내며 박살이 나 그의 입속이 바싹
마르자 목을 축이려고 그것을 마시지 않을 수 없었다.

　옛날 옛날 한 사람의 양철북 주자가 살았다. 그의 이름은
오스카였다. 그가 장난감 가게에서 끌려 나가고 가게가 폐허
가 되었을 때, 그는 자기와 같은 난쟁이 양철북 연주자에게 고
난의 시대가 도래했다는 것을 예감했다. 그래서 그는 가게를
나오면서 잡동사니의 산더미 속에서 성한 북 한 개와 덜 망가
진 북 두 개를 골라내어 목에 걸고는 병기창 거리를 떠났다.
아마도 석탄 시장에서 자기를 찾고 있을 아버지를 만나기 위
해서였을 것이다. 밖은 11월 정오에 가까운 시각이었다. 시내
전차 정거장 근처 시립 극장 옆에서는 경건한 부인네들과 지독

하게 못생긴 소녀들이 종교 소책자를 돌리기도 하고 모금 상자에 돈을 거두기도 하면서, 고린도전서 제1권 13장의 인용구가 적힌 현수막을 두 개의 장대 사이에 펼쳐 두고 있었다. 오스카는 '믿음, 소망, 사랑'이라고 읽을 수 있었고, 이 세 가지 말을 가지고 마치 곡예사가 병을 다루듯 제멋대로 다룰 수 있었다. 즉 속기 쉽다, 호프만 씨의 물약, 사랑의 진주 방울, 구테호프능 공장, 리프프라우엔밀히, 채권자 회의. 너는 매일 비가 온다고 생각하는가? 속기 쉬운 사람들은 모두 산타클로스를 믿는다. 그러나 산타클로스는 사실은 가스 설비공이었다. 내 생각으로는 호도와 편도 냄새가 풍기는 듯하다. 하지만 냄새를 풍기는 것은 가스였다. 생각건대 이제 곧 강림절 제1주일(主日)이 다가오고 있다. 제1, 제2 그리고 제4까지의 강림절 주일은 마치 가스 꼭지를 비틀어 열듯이 비틀어 열렸다. 호도와 편도 냄새가 난 것처럼 믿게 하고, 모든 호두 까는 사람이 안심하고 믿을 수 있도록 하기 위해서였다 등등이 그것이다.

온다! 온다! 대체 누가 왔느냐? 아기 그리스도냐, 구세주냐? 아니면 언제나 칙칙 소리를 내는 가스 미터기를 겨드랑이에 낀 천상의 가스 설비공이 왔단 말인가? 가스 설비공이 말했다. 나는 이 세상의 구세주다. 내가 없이는 너희들은 요리를 할 수 없다. 그리하여 그는 자기를 믿게 한 다음에 유리한 요금표를 제시하고, 깨끗이 닦은 가스 꼭지를 틀어 그들이 비둘기를 구울 수 있도록 성령을 내보내 주었다. 그리고 금방 쪼갠 호두와 편도를 배분하였으며 또한 동시에 성령과 가스를 흘려보냈다. 그 때문에 속기 쉬운 사람들이 짙고 푸르스름한 공기로 휩싸인 백화점 앞에 서 있는 가스 설비공들에게서 여러 가지 크기와 가격의 산타클로스와 아기 예수를 보는 것은 그렇게 어려운 일이 아니었다. 그래서 그들은 유일하게 성스러운 가스 회사[37]를 믿었다. 그것은 오르락내리락하는 가스 미터기로 운명을 생생하게 보여 주고 있으며 강림절에는 표준 가격으로 영업을 했다. 그 후로도 이어질 크리스마스를 많은 사람들이 믿기는 했지만, 강림절의 긴장에 찬 주일들을 살아 남은 자들은 저장되어 있는 편도와 호도가 충분치 않다고 생각한 사람들뿐이었다. 사실은 모두들 충분하다고 생각했지만 말이다.

그러나 산타클로스에 대한 믿음이 가스 설비공에 대한 믿음이라는 것이 밝혀진 다음, 사람들은 고린도전서의 배열을 무시한 채 사랑을 가지고 시험해 보았다. 나는 그대를 사랑한다. 오, 나는 그대를 사랑한다. 그대도 그대를 사랑하는가? 말해 보라. 그대가 나를, 그대가 진정코 나를 사랑하는가? 나 또한 나를 사랑한다. 그들은 순전히 사랑 때문에 서로를 귀여운 무라고 부르며, 무를 사랑하고 서로 물어뜯었다. 하나의 무가 다른 무를 물어뜯는 것도 사랑 때문이었다. 그리하여 그들은 무들 사이의 경이롭고도 천상적인, 하지만 또한 지상적이기도 한 사랑의 사례들을 이야기하고, 서로 물어뜯기 직전에 허기가 진 채 생생하고 날카롭게 속삭였다. 무여, 말해 다오. 그대는 나를 사랑하는가? 나 또한 나를 사랑한다.

---

37) 가톨릭을 가리킴.

하지만 그들이 사랑하기 때문에 무를 물어뜯고, 가스 설비공에 대한 믿음이 국교로 선언된 뒤에는 믿음과, 그리고 이제 미리 사용해 버린 사랑 다음에 다만 고린도전서의 제3의 팔다 남은 찌꺼기 상품인 소망만이 남아 있었다. 그리고 그들이 아직 무와 호도와 편도를 물어뜯어야 했던 동안에도 그들은 새로 시작하거나 앞으로 나아갈 수 있도록 곧 최후가 다가오기를 희망했다. 최후의 음악이 끝난 후 아니 아직 피날레가 계속되는 동안에도 곧 종지부로서 끝나기를 희망했다. 그래서 그들은 무엇으로서 끝나는가를 여전히 몰랐다. 다만 곧 끝이 나겠지, 내일이면 끝이 나겠지, 아마도 오늘 중으로는 끝나지 않겠지라고 희망할 뿐이었다. 도대체 갑작스럽게 끝난다면 그들은 무엇을 새로 시작해야 된단 말인가. 그리고 끝이 났을 때, 그들은 재빨리 희망에 찬 하나의 시작을 했다. 왜냐하면 이 나라에서는 끝은 언제나 시작이며 또한 모든 결정적인 끝에서도 희망이 있기 때문이다. 그렇기 때문에 또한 이렇게 씌어져 있는 것이다. 인간은 희망을 가지고 있는 한, 희망에 찬 끝맺음과 함께 언제나 새로이 시작하게 될 것이다.

하지만 나는, 나는 모른다. 이를테면 산타클로스의 수염 밑에 오늘 누가 몸을 숨기고 있는지, 산타클로스가 부대 속에 무엇을 가지고 있는지 모른다. 가스 꼭지를 어떻게 틀어 가스를 막는지 모른다. 강림절에는 다시, 아니 여전히 변함없이 흐를 것인지 모르며, 시험해 보려고 해도 누구를 위해서인지를 모른다. 가스 꼭지가 찢어지는 소리를 내도록 하기 위해 그들이 친절하게도 가스 꼭지를 닦아 주리라는 것을 내가 믿을 수 있을지 없을지를 나는 모른다. 그것이 어느 날 아침, 어느 날 저녁인지 모르며, 하루 중 언제일지를 모른다. 왜냐하면 사람은 밤과 낮의 구분을 모르기 때문이다. 그리고 희망에는 끝이 없고, 믿음에는 한계가 없다. 다만 안다는 것과 모른다는 것만이 시간과 한계에 묶여 있어서 대개는 때가 이르기도 전에 수염이나 부대나 편도와 더불어 끝이 난다. 그러므로 나는 다시 이렇게 말해야 한다. 나는 모른다, 아아, 이를테면 그들이 무엇으로 창자를 채우는지, 그들의 창자를 채우기 위해 누구의 창자를 필요로 하는지. 고급품이든 저질품이든 채우는 물건의 값을 모두 읽을 수 있다 할지라도 무엇을 채우는지는 모른다. 그 가격에 무엇이 포함되어 있는지, 채우는 물건의 이름을 어느 사전(辭典)에서 따오는지를 모른다. 그것이 누구의 살인지, 누구의 말인지 모른다. 말들은 의미를 전하고, 푸줏간 주인은 침묵한다. 나는 고기 조각을 자르고, 너는 책을 편다. 나는 나의 구미에 맞는 것을 읽고, 너는 무엇이 너의 입에 맞는지를 모른다. 내 창자와 책에서 떼 내온 소시지 조각과 인용문. 그리고 나는 창자가 채워지고, 책이 채워지고, 밀어 넣어지고, 아주 빽빽하게 써넣어진 채 큰소리로 읽혀지기 위해 누가 조용히 해야만 했는지, 누가 침묵을 지켜야만 했는지는 우리들 누구도 알 수 없으리라. 나는 모른다. 다만 예감할 뿐이다. 사전과 창자를 말과 소시지로 채우는 자는 동일한 푸줏간 주인이라는 것을.

바울이란 자는 존재하지 않는다. 이자는 사울이란 이름으로 불렸고, 한 사람의 사울이었다. 그리고 그는 사울의 자격으로 고린도의 사람들에게, 그가 믿음, 소망, 사랑이라고 이름지은 아주 값싼 소시지들에 대해 조금 이야기해 주었고 소화하기 쉬운 것이라고 찬양했다. 그리고 오늘날에도 그는 끊임없이 교체되는 사울의 모습을 한 채 소시지들을 그 사내에게로 가져다 주는 것이다.

그러나 그들은 내게서 장난감 가게 주인을 앗아갔고 그와 함께 장난감을 이 세상에서 몰아내려 했다.

옛날 옛날 한 사람의 음악가가 살았다. 그자의 이름은 마인이었으며 트럼펫을 아주 멋지게 불 수 있었다.

옛날 옛날 한 사람의 장난감 가게 주인이 살았다. 그자의 이름은 마르쿠스였으며, 적백색으로 래커칠한 양철북을 팔았다.

옛날 옛날 한 사람의 음악가가 살았다. 그자의 이름은 마인이었으며, 네 마리의 고양이를 길렀는데, 그중 한 마리는 비스마르크라고 불렸다.

옛날 옛날 한 사람의 양철북 주자가 살았다. 그자의 이름은 오스카였으며 장난감 가게 주인에 의존하고 있었다.

옛날 옛날 한 사람의 음악가가 살았다. 그자의 이름은 마인이었으며 네 마리의 고양이를 부젓가락으로 때려 죽였다.

옛날 옛날 한 사람의 시계방 주인이 살았다. 그자의 이름은 라우프샤트로서 동물 보호 협회 회원이었다.

옛날 옛날 한 사람의 양철북 주자가 살았다. 그자의 이름은 오스카로서, 그들이 그에게서 장난감 가게 주인을 빼앗아 버렸다.

옛날 옛날 한 사람의 장난감 가게 주인이 있었다. 그자의 이름은 마르쿠스로서, 이 세상을 떠나며 모든 장난감을 함께 가지고 가 버렸다.

옛날 옛날 한 사람의 음악가가 살았다. 그자의 이름은 마인 으로서, 만일 죽지 않았다면 오늘날까지도 살아 여전히 트럼 펫을 아주 멋지게 불고 있을 것이다.

2부

(상)

고철더미

면회일. 마리아가 내게 새 북을 가져다 주었다. 그녀가 양철 북과 함께 장난감 가게의 영수증을 침대 격자 너머로 건네주려 하자, 나는 거절 했다. 그러고는 침대 머리맡에 있는 벨을 눌렀다. 그러자 나의 간호사인 브루노가 들어왔다. 그는 마리아가 푸른 포장지에 싼 새 양철북을 가져다 줄 때면 늘상 하는 일을 반복했다. 그는 포장한 끈을 풀었고 포장지가 펄럭펄럭 떨어지는 대로 내버려 둔 채 엄숙하게 북을 꺼낸 다음 종이를 깨끗이 접었다. 그리고 나서야 브루노는 새 북을 가지고 세면기가 있는 곳으로 성큼성큼—내가 이렇게 말할 때는 그가 정말 큰걸음으로 걸었다는 것을 말한다—걸어가 따뜻한 물을 틀었고, 흰색과 붉은색의 래커칠이 긁히지 않도록 유의하며 북 가장자리에 붙어 있는 정가표를 조심스럽게 떼어 냈다.

마리아가 그다지 힘들이지 않고 간단히 면회를 마치고 돌아갈 무렵이면, 그녀는 내가 트루친스키의 등이나 목각의 선수상(船首像)에 대해, 혹은 고린도전서에 대해 약간은 독단적인 해석을 하며 두드려 부수어 버린 낡은 북을 들고 나갔다. 일부는 직업상의 목적으로, 일부는 개인적인 목적으로 사용한 모든 낡은 북을 우리 집의 지하 창고에 늘어놓고 보관하기 위해서였다.

마리아가 나가기 전에 말했다. "이봐요, 지하 창고에는 이제 자리가 별로 없어요. 겨울 감자를 어디다 저장하면 좋을지 모르겠어요."

나는 미소를 지으며 주부로서는 당연한 마리아의 불평을 한쪽 귀로 흘려 버리고 낡은 북에 검은 잉크로 순서대로 번호를 매겨 달라고 부탁했다. 그리고 내가 북의 내력에 관해 종이쪽지에 기입한 일자와 간단한 메모를 이미 수년 전부터 지하실 문 안쪽에 매달려 있는 메모첩에다 옮겨 쓰도록 당부하는 것도 잊지 않았다. 그 메모첩은 1949년 이후 나의 북에 대해 모든 것을 알고 있었다.

마리아는 그렇게 하겠다고 고개를 끄덕였고 키스와 함께 작별을 고했다. 앞으로도 그녀는 나의 질서 감각을 거의 이해하지 못할 것이며, 또한 조금은 기분 나빠할지도 모른다. 그러나 오스카는 마리아의 그러한 의구심이 이해가 간다. 자신조차도 무엇 때문에 이러한 현학적인 태도로 부서진 양철북을 수집하고 있는지 모르니 말이다. 게다가 예나 지금이나 마찬가지로 빌크 가에 있는 주택의 감자 창고에 쌓여 있는 그 고철더미를 두 번 다시 보지 않게 되었으면 하는 것이 그의 바람이었다. 자식들이란 아버지의 수집품을 경멸하게 마련이고, 자기 아들 쿠르트 역시 어느 땐가 유산을 상속받는 날이면 이 처참한 북더미에 눈길도 주지 않을 것임이 분명하기 때문이다.

그런데도 왜 나는 3주일마다 마리아에게 이런 희망을 말해야만 하는가? 그 희망대로 된다면 앞으로 집의 지하 창고가 가득 차 겨울 감자를 넣을 장소가 없어질 텐데도 말이다.

언젠가는 어떤 박물관에서 나의 부서진 악기에 흥미를 보일지도 모른다는 생각이 처음으로 내 머릿속에 떠오른 것은 이미 몇 다스의 양철북이 지하실에 쌓였을 때였다. 물론 그러한 고정 관념은 빈도가 점점 덜해지긴 했으나 지금도 이따금 불현듯 떠오르곤 한다. 물론 이러한 고정 관념이 내 수집열의 원천이라고 말할 수는 없다. 오히려 내가 그 일에 대해 세심하게 생각하면 할수록 더욱더 그럴듯하게 여겨지는 것은, 이 잡동사니 수집의 밑바탕에 단순한 콤플렉스가 자리 잡고 있다는 사실이다. 양철북이 어느 날 이 세상에서 사라져 버리거나, 귀하게 되거나, 아니면 금지되거나 완전히 절멸될지도 모르지 않는가. 또 언젠가는 오스카가 함석장이에게 그렇게 심하게 부서지지 않은 양철북의 수선을 맡겨야 할 처지가 될지도 모른다. 그렇게 수리된 낡은 것으로나마 북도 없는 황량한 시대를 견디어 나가야 하니까 말이다.

정신 병원 의사들도 나의 수집 욕구의 원인에 대해 비록 표현은 다를지라도 거의 비슷하게 설명한다. 심지어 여의사인 호른슈테터 박사는 나의 콤플렉스가 태어난 날을 알고 싶어했다. 나는 그녀에게 그날을 1938년 11월 10일이라고 아주 정확하게 가르쳐 줄 수 있었다. 나는 그날 지기스문트 마르쿠스, 즉 나의 북 보관소 관리인을 잃었던 것이다. 그러나 사실은 그보다 이전에 나의 불쌍한 어머니가 돌아가시자마자 나는 새 북을 제때에 구할 수가 없었다. 왜냐하면 목요일마다 병기창 거리를 방문하던 것이 중단되었고, 마체라트는 나의 악기에 대해 거의 관심을 기울이지 않았으며, 얀 브론스키도 집에 오는 일이 점점 뜸해졌기 때문이었다. 게다가 더욱 절망스러운 것은, 장난감 가게가 깡그리 파괴되어 버린 후 깨끗이 치워진 서류 책상 앞에 앉아 있는 마르쿠스의 모습이 내게 분명히 이렇게 말하는 것 같았기 때문이다. "마르쿠스는 이제 더 이상 너에게 북을 줄 수 없단다. 마르쿠스는 이제 장난감을 팔지 않아. 마르쿠스는 이제 적백색으로 예쁘게 래커칠한 북을 만들어 공급하는 회사와 영원히 거래를 끊었단다."

그러나 그때까지만 해도 나는 장난감 가게 주인의 최후와 더불어 그런대로 풍요로워 보였던 옛 시절이 끝나 버렸다고 생각지는 않았다. 오히려 폐허더미로 변해 버린 마르쿠스의 가게에서 나는 말짱한 북 한 개와 가장자리가 조금 찌부러진 북 두 개를 골라내어 그 수확물을 집으로 가지고 돌아왔다. 그리고 그것으로 당분간은 안심이라고 생각했던 것이다.

나는 그것들을 소중하게 다루었다. 그래서 꼭 필요한 경우가 아니면 북을 치지 않았다. 오후 내내 북을 치는 것을 단념했음은 물론이고, 그날 하루를 견뎌 내기 위하여 아침 식사 때 북을 치는 일마저도 부득이 단념했다. 그렇게 금욕을 하느라 오스카는 수척해졌다. 그래서 홀라츠 박사와 점점 더 뼈만 앙상하게 남게 된 그의 조수인 잉에 간호사에게 가야만 했다. 그들은 달고 시고 쓴 맛없는 약을 주면서 선병질(腺病質)이 그 원인이라고 말했다. 홀라츠 박사의 견해에 따르자면 선(腺)의 기능 촉진과 기능 저하가 되풀이되었기 때문에 내 건강이 손상되었다는 것이다.

오스카는 홀라츠 박사의 손에서 벗어나기 위해 금욕을 누그러뜨렸기 때문에 다시 체중이 늘어나 39년 여름에는 거의 옛날 세 살 때의 오스카로 되돌아갔다. 그리고 마르쿠스에게서 산 마지막 북을 치다가 마침내 찌그러뜨렸을 때는 볼의 살도 다시 통통해졌다. 하지만 양철은 찢겨져 불안정하게 덜거덕거렸고, 흰색과 빨간색의 래커칠은 벗겨져 녹이 슬었기 때문에 불협화음을 내며 내 배 앞에 매달려 있었다.

마체라트는 천성적으로 사람 돕기를 좋아할 뿐더러 친절한 사람이긴 했다. 하지만 그에게 도움을 청했더라면 헛수고였을 것이다. 나의 가련한 어머니가 죽은 후 그는 당의 잡무만을 생각했고, 소관구의 좌담회에 참석해 시간을 보냈다. 아니면 실컷 퍼마신 후 한밤중에 집의 거실에 걸려 있는, 검은 테두리를 두른 액자 속의 히틀러나 베토벤의 사진과 큰소리로 친밀하게 이야기를 나누었다. 그러면서 천재로부터는 운명을, 총통으로부터는 하느님의 섭리를 들었다. 그리고 술에 취해 있지 않을 때면 겨울철 구제 사업을 위한 모금이야말로 하느님의 뜻에 따르는 자기의 운명이라고 생각했다.

이 모금의 일요일은 생각만 해도 불쾌해진다. 새 북을 손에 넣으려고 헛수고한 날들 중의 하루였기 때문이다. 오전 동안 큰 거리의 영화관 앞이나 슈테른펠트 백화점 앞에서 모금에 종사한 마체라트는 낮에 집으로 돌아와 자신과 나를 위해 쾨니히스베르크 고기 만두를 쪘다. 그건 지금 생각해도 맛이 있었던 것으로 기억된다—마체라트는 홀아비가 된 후에도 정성을 다해 요리를 했고 또 맛있는 음식을 만들었다—그리고 이 피로에 지친 모금인은 식사가 끝난 후 소파에 누워 잠깐 눈을 붙였다. 숨소리로 그가 잠이 든 것을 확인한 나는 곧 피아노 위에 있던 절반쯤 찬 모금 상자를 끄집어 내려, 통조림 깡통같이 생긴 그것을 가지고 나와 가게의 카운터 밑에 몸을 숨겼다. 그리고 깡통 중에서도 정말 우스꽝스러운 그 깡통에 폭력을 가하였다. 잔돈 몇 닢을 훔쳐 부자가 되려는 생각에서 그런 것은 결코 아니었다! 어리석은 생각이 나로 하여금 북 대신에 이 상자를 써 보라고 명령했던 것이다. 하지만 아무리 두들겨도, 아무리 북채로 쳐도 답은 언제나 하나뿐이었다. "겨울철 빈민 구제사업에 협조해 주세요! 누구도 굶거나 추위에 떨어서는 안 됩니다. WHW에 한 푼의 협력을!"

반 시간쯤 두들기다 단념한 나는 가게 금고에서 잔돈 다섯 닢을 가져와 빈민 구제사업에 기부하였고, 그만큼 금액이 늘어난 모금 상자를 피아노 위에 도로 갖다 놓았다. 마체라트가 그것을 다시 찾아들고 일요일의 나머지 시간 동안 WHW를 위해 딸랑거리며 실컷 두들길 수 있게 하기 위해서였다.

이 헛수고는 나를 영원히 치료해 주었다. 이후부터 나는 다시는 통조림 깡통이나 거꾸로 뒤집은 양동이나 대야 밑바닥을 북 대신으로 이용해 보겠다고 나서지 않았다. 하지만 내가 그런 일을 했던 것은 사실이기 때문에 나는 이 불명예스러운 에피소드를 잊어버리려 애쓰고 있으며, 또한 이 지면을 그 사건에 할애하지 않거나 가능한 한 적게 할애하려고 하는 것이다. 어쨌거나 통조림 깡통은 양철북이 아니며, 양동이는 양동이이고, 대야는 몸을 씻거나 양말을 빨 때 쓰는 것이다. 오늘날에도 대용품이 없는 것처럼 당시에도 대용품은 없었다. 희고 붉은 불꽃 무늬 모양의 양철북 자체가 그것을 증명하기 때문에 어떠한 변명도 필요하지 않은 것이다.

오스카는 혼자였다. 배반당했고 팔려 버린 거나 마찬가지였다. 그러니 그에게 가장 절실하게 요구되는 것, 즉 양철북이 없다면 장차 세 살짜리 얼굴을 어떻게 보존하겠는가? 오랜 세월에 걸친 그 모든 기만 작전, 즉 때때로의 야뇨증, 저녁 때마다 어린애처럼 더듬거리는 저녁 기도, 사실은 그레프라는 이름을 가진 산타클로스에 대한 공포, 자동차에는 왜 바퀴가 있느냐는 식의 세 살짜리 어린애다운 어리석은 질문의 끊임없는 제기 등과 같은, 어른들이 내게서 기대하는 이 모든 발작 증세를 나는 북도 없이 보여 주어야만 했다. 이처럼 손을 들기 직전이었기 때문에, 자포자기한 나머지 나는 나의 아버지는 아니지만 나를 낳았을 가능성이 매우 높은 그 사내를 찾았다. 그리하여 오스카는 링 가(街)의 폴란드인 거주지 근처에서 얀 브론스키를 기다리고 있었던 것이다.

나의 불쌍한 어머니의 죽음은 그동안 우체국 서기로 출세한 아저씨와 마체라트 사이의 거의 우정에 가깝던 관계를 급작스럽게 단 한번만에는 아니라 할지라도 차츰차츰 해소시켜 버렸다. 아름답기 그지없는 공동의 추억에도 불구하고 정치적 상황이 점점 첨예해짐에 따라 두 사람 사이는 더욱 결정적으로 벌어졌다. 나의 어머니의 야윈 영혼과 풍만한 육체가 붕괴됨에 따라 그 영혼에 자신들을 함께 비추고 그 육체에서 자신들을 함께 소모시켰던 두 사내 사이의 우정도 붕괴되어 버렸다. 이 성찬(盛饌)과 이 볼록 거울이 없어진 지금, 그들은 같은 담배를 피우기는 해도 정치적으로는 대립적인 견해를 가진 사람들의 모임에 참여하고 있다는 사실을 제외하고는 아무런 불편도 느끼지 못했다. 하지만 폴란드 우체국도 셔츠 차림의 지구당 협의회도 간통을 하긴 했지만 다정다감하기만 한 아름다운 여인의 대체물이 될 수는 없었다. 그리하여 여러 가지로 조심해야 함에도 불구하고─마체라트는 가게 손님과 당에 대해 그리고 얀은 우체국 상사(上司)에게 신경을 써야 했다─나의 불쌍한 어머니의 죽음으로부터 지기스문트 마르쿠스의 최후까지 이르는 짧은 기간 동안 나의 추정상의 두 아버지는 서로 만나고 있었던 것이다.

한 달에 두세 번쯤 한밤중에 얀의 손가락이 우리 집 거실의 유리창을 두드렸다. 그 소리에 마체라트는 커튼을 옆으로 젖히고 창문을 조금 열었다. 두 사람은 잠시 어쩔 줄 몰라하다 마침내는 어느 한편이 먼저 나서서 늦은 시간이긴 하지만 스카트 놀이나 한 판 하자고 제안하는 것이었다. 그렇게 되면 그레프가 채소 가게에서 불려 왔다. 그가 응하지 않는 경우는 얀 때문이기도 하고 아니면 예전에 보이 스카우트 대장을 지낸 몸으로—그는 그동안 그 단체를 해산해 버렸다—신중하게 처신해야 하기 때문이었다. 게다가 그는 스카트 솜씨가 서툴러 별로 탐탁지 않게 여겼으므로 대개는 빵집 주인인 알렉산더 세플러가 제3자 역할을 맡았다. 빵집 주인 역시 아저씨 얀과 같은 테이블에 마주 앉는 것을 꺼려했다. 하지만 마체라트에게 물려진 유산과도 같은 나의 불쌍한 어머니에 대한 어떤 애착심 때문에 그리고 영세 상인들은 서로 단결해야 한다는 신조 때문에, 짝달막한 다리의 세플러는 마체라트가 부르기만 하면 클라인하며 거리에서 곧장 달려와 우리 집 거실의 테이블에 자리를 잡았다. 그리고 벌레 먹은 밀가루를 반죽하는 창백한 손가락으로 카드를 섞었고, 마치 굶주린 사람들에게 주는 빵이라도 되는 양 그것을 나누어 주었다.

이 금지된 놀이는 대개 한밤중에서야 시작되어 세플러가 빵 굽는 방으로 돌아가야 하는 새벽 3시쯤 중단되었다. 그러므로 내가 잠옷 차림으로 소리를 내지 않고 침대를 빠져나와—물론 북은 들지 않은 채—그들의 눈에 띄지 않게 테이블 아래의 그림자 진 한쪽 구석에 다다르게 되는 일은 정말 드물었다.

독자 여러분도 이미 알아차리셨겠지만, 예전부터 내게는 테이블 밑이 모든 것을 관찰하고 비교하는 데 가장 좋은 장소였다. 하지만 나의 불쌍한 어머니가 죽은 뒤로는 모든 게 변해 버리지 않았는가! 얀 브론스키가 테이블 위쪽에서는 신중한 승부에도 불구하고 패배에 패배를 거듭하지만, 테이블 아래쪽에서는 대담하게 구두를 벗고 양말 신은 발로 나의 어머니의 넓적다리 사이를 정복하는 따위의 일은 이제 못하게 되었다. 이 시절의 스카트 놀이 테이블 아래쪽에는 사랑은커녕 단 한 방울의 색정적인 분위기조차도 더 이상 존재하지 않았다. 다양한 모양의 물고기 가시 무늬가 새겨진 여섯 개의 바짓가랑이가 맨살이거나 아니면 파자마를 입고 있는, 다소간 털이 나 있는 여섯 개의 남자 다리를 덮고 있었다. 그 여섯 개의 다리들은 우연하게나마 부딪치는 일이 없도록 제각각 신경을 쓰고 있었고, 몸통과 머리 그리고 팔뚝으로 단순화되고 확대된 상체들은 정치적 이유로 금지돼야 했던 놀음에 열중했다. 그러나 승부에서 이기거나 지거나 간에 '폴란드가 대승을 놓쳤다'느니 '자유시 단치히가 대독일 제국을 다이아몬드 하나로 압도적으로 밀어붙였다'는 식의 변명이나 승리가가 흘러나왔다.

모든 전쟁 놀이란 것이 어느 날 소위 비상 시기를 맞이하게 되면 끝장이 나고 보다 넓은 평원에서 벌거벗은 현실로 변형되듯이, 이 전쟁 놀이도 끝장을 볼 날이 오리라는 것은 예상할 수 있는 일이었다.

39년의 초여름, 마체라트는 매주 열리는 소관구 협의회에서 폴란드 우체국 직원이나 예전의 보이 스카우트 대장보다 더 안심할 수 있는 스카트 동료를 발견하게 되었다. 얀 브론스키는 어쩔 수 없이 자신이 속하게 될 진영을 깨닫고 우체국 사람들, 예를 들면 불구자인 수위 코비엘라에 의지했다. 이 사내는 마르스찰렉 필수드스키의 전설적인 군단에서 복무한 이래 한쪽 다리가 몇 센티미터 짧아져 있었다. 다리를 절긴 했지만 코비엘라는 유능한 수위였고 게다가 손재주가 비상한 사내였다.

그는 친절한 사람이었기에 그가 나의 병든 북을 수리해 줄지도 모른다는 생각이 들었다. 코비엘라가 있는 곳으로 가려면 얀 브론스키를 통하는 수밖에 없었으므로 나는 거의 매일 오후 6시쯤, 8월의 찌는 듯한 무더위에도 불구하고 폴란드인 거주 구역 근처에 서서, 퇴근 후면 대개 정확한 시간에 귀가하는 얀을 기다렸다. 그는 오지 않았다. 너의 추정상의 아버지는 근무가 끝났는데 무엇을 할까 하고 스스로에게 물어보는 일도 없이 나는 이따금 7시나 7시 반까지 기다리곤 했다. 하지만 그는 오지 않았다. 헤트비히 숙모에게나 갈까 하는 생각도 들었다. 어쩌면 얀이 아파서 열이 나든가 아니면 다리가 부러져 깁스를 하고 있을지도 모르는 것이었다. 오스카는 그 자리에 서서 때때로 우체국 서기의 집 창문과 커튼을 쳐다보는 것으로 만족했다. 어떤 기묘한 부끄러움이 오스카로 하여금 헤트비히 숙모를 방문하기를 주저하게 만들었는데, 그것은 그녀가 어머니와도 같이 따뜻한 황소 눈으로 오스카를 슬프게 만들었기 때문이었다.

또한 그는 브론스키 부부의 아이들을 별로 마음에 들어 하지 않았다. 그와는 사촌 형제간일지도 모르는 그들은, 그를 마치 인형처럼 취급하고 데리고 놀며 노리갯감으로 삼으려 했기 때문이었다. 도대체 오스카와 거의 같은 나이인 열다섯 살의 슈테판이 그에게 아버지와 같은 말투로 말하며 언제나 가르치는 투로 위에서 아래로 내려다보는 태도를 취할 권리가 있단 말인가? 동그랗게 살이 찐 달덩이 얼굴을 하고 머리를 길게 땋아 늘어뜨린 그 열 살짜리 마르가도 마찬가지이다. 오스카를 옷 입힌 인형으로 취급하며 몇 시간 동안이나 머리를 빗겨 주고 솔질을 해 주고 옷차림을 고쳐 주고 교육을 시킬 권리라도 있단 말인가? 물론 그 둘은 나를 비정상인 가련한 난쟁이라 보았고, 자기들은 건강하고 장래가 촉망되는 어린이라 생각했을 것이다. 유감스러운 일이긴 하나 나를 마음에 드는 손자로 생각하기 곤란했을 할머니 콜야이체크 역시 그들을 귀여워했던 것은 사실이다. 나는 동화나 그림책 따위에 넘어갈 아이가 아니었다. 내가 할머니로부터 기대했을 뿐 아니라 오늘날까지도 세세하게 구체적으로 마음에 그리고 있는 것은, 정말 간단한 일이긴 하지만 그 때문에 오히려 달성될 가능성이 희박한 그런 일이었다. 즉 오스카는 할머니의 얼굴을 대하기만 하면 할아버지 콜야이체크와 경쟁적으로 할머니의 치마 밑으로 기어 들어가 가능한 한 바람이 들지 않는 그곳에서 벗어나고 싶지 않았던 것이다.

할머니의 치마 밑으로 들어가기 위해 나는 내가 할 수 있는 일이라면 무엇이든 했다. 사실 할머니도 오스카가 그 안으로 기어 들어갔을 때 좋아하지 않았다고 말할 수는 없다. 그녀는 다만 주저했을 뿐이고, 그 때문에 대개는 나를 거부했던 것이다. 아마 콜야이체크를 절반만이라도 닮은 사람이라면 그녀는 누구에게나 숨을 장소를 제공했을 것이다. 하지만 방화범의 모습을 닮지도 않았고 행실이 나쁜 성냥을 늘 지니고 있지도 않았기 때문에, 나로서는 이 요새를 점령하기 위해 트로이의 목마 수법을 써야만 했다.

오스카는 진짜 세 살배기 어린아이인 것처럼 고무공을 갖고 노는 모습을 상상했다. 그리하여 우연인 것처럼 가장하여 그 공을 치마 밑으로 굴려 보내고는 그럴듯한 구실을 붙여 할머니가 계략을 알아차리기 전에 치마 밑에서 공을 찾아내 오리라고 생각했다.

어른들이 그 자리에 있으면 할머니는 내가 치마 밑에 오랫동안 있는 것을 결코 허락하지 않았다. 어른들이 놀려대기도 했고, 때로는 가을의 감자밭에서 있었던 그녀의 약혼식을 노골적인 말로 상기시킴으로써, 본래부터 붉은 기가 도는 할머니의 얼굴을 더욱 발그스름하게 물들여 놓았기 때문이다. 그 빛깔은 거의 백발이 된 60세의 얼굴에 그럴싸하게 어울렸다.

하지만 혼자만 있을 경우 안나 할머니는—그런 일은 드물었고, 불쌍한 어머니의 사후에는 더욱 드물어졌으며, 매주 열리던 랑푸우르 시장의 노점을 그만두어야 했을 때는 거의 없어졌다—더욱 재빨리 더욱 기꺼이 그리고 더욱 오랫동안 내가 감자 빛깔의 치마 밑에 들어가 있는 것을 허락해 주었다. 입장을 허락받기 위해 속이 뻔히 보이게 고무공과 어리석은 속임수 따위를 동원할 필요는 조금도 없었다. 북을 들고 마루 위를 기어가 한쪽 다리는 굽혀 바닥에 깔고, 다른 한쪽 다리는 가구에 의지한 채 할머니의 산(山) 쪽으로 몸을 움직여 발 옆에 당도한다. 그리고 북채로 네 벌의 뚜껑을 들어 올린다. 마침내 할머니의 밑으로 들어가 네 장의 커튼을 동시에 내리고 1분 가량 조용히 있으면서 털구멍이란 털구멍은 모두 열어 숨을 쉰다. 그러면 사계절을 불문하고 그 네 벌의 치마 밑에 항상 가득 차 있는, 코를 찌르는 약간 썩은 버터 냄새를 마음껏 맡을 수 있는 것이었다. 그러고 나서 오스카는 북을 치기 시작했다. 오스카는 할머니가 듣고 싶어하는 것이 무엇인지 알고 있었기 때문에 10월의 빗소리를 쳤다. 콜야이체크가 허겁지겁 쫓기는 방화범의 냄새를 풍기며 그녀의 밑으로 기어들었을 때, 감자를 굽는 모닥불 앞에서 그녀가 들었을 것임에 틀림없는 빗소리와 비슷하게 쳤다. 비스듬하게 내리는 가느다란 빗줄기를 나는 양철북 위에 내리게 했다. 그러자 내 머리 위에서 탄식하는 소리와 성자를 부르는 소리가 크게 들려왔다. 1899년에 나의 할머니는 비를 맞으며 앉아 있었고, 콜야이체크는 마른 곳에 앉아 있었을 때, 커다랗게 들려왔던 탄식 소리와 성자의 이름을 부르는 소리를 여기에서 새삼 확인하는 일은 독자 여러분의 몫으로 남겨 두기로 하겠다.

39년 8월 폴란드인 거주 구역 건너편에서 얀 브론스키를 기다리며 나는 이따금 할머니에 대해 생각했다. 할머니는 헤트비히 숙모를 방문하고 있을지도 몰랐다. 그러나 치마 밑에 앉아 썩은 버터 냄새를 맡을 수 있다는 생각이 유혹적이긴 했지만, 나는 얀 브론스키라는 문패가 달린 문의 벨을 울리지는 않았다. 무엇으로 할머니에게 보답할 수 있을까? 그의 북은 두들기다 찌그러져 이제는 더 이상 아무 소리도 내지 않는다. 그러므로 감자잎을 태우는 모닥불 위로 비스듬하게 내리던 10월의 빗소리가 어떤 소리였는지도 잊어버린 것이다. 더군다나 오스카의 할머니에게 꼭 필요한 것은 가을비라는 음향 효과뿐 아닌가. 그 때문에 오스카는 링 가(街)에 머물러 서 있으면서, 헤레스앙거를 벨 소리와 함께 오고가는 5번선의 시내 전차를 바라보았을 뿐이었다.

나는 하염없이 얀을 기다렸던가? 기다리는 것을 이미 단념했으면서도 거기에 어울리는 행동을 하지 못한 채 그대로 같은 장소에 서 있었던 것은 아닐까? 얼마간 오랫동안 기다리다 보면 배우는 바가 있는 법이다. 오래 기다리는 동안 기다리는 사람은 다가올 만남의 세부적인 장면까지 상상하게 되므로, 기다리는 사람이 깜짝 놀라게 되는 일은 거의 있을 수 없다. 하지만 얀은 나를 깜짝 놀라게 했다. 아무런 대비도 하고 있지 않을 그를 보기만 하면 내 북의 잔해를 두들겨 그를 부를 수 있을 것이라는 공명심에 사로잡혀 있었던 나는 북채를 두들길 만반의 태세를 갖춘 채 그 자리에 서 있었다. 장황하게 설명할 필요도 없이, 다짜고짜 힘껏 북을 두들겨 요란한 소리를 냄으로써 나의 절망적인 상태를 분명하게 나타내려고 생각하며 '이제 전차 다섯 대만 기다리자, 세 대만 기다리자, 아니 한 대만 기다리자'고 스스로를 달래고 있었다. 그러면서도 브론스키 일가가 얀의 희망에 따라 모들린이나 바르샤바로 이사한 것이나 아닌지, 아니면 그가 브롬베르크나 토른의 중앙 우체국 서기로 근무하게 된 게 아닌가 하는 불길한 생각을 하고 있었다. 그러다가 이제까지의 모든 서약을 위반하며 다시 한 대의 전차를 기다려보다 집으로 발길을 돌리려는 참이었다. 그때 누군가가 오스카를 뒤쪽에서 붙잡았다. 한 어른이 그의 눈을 가렸던 것이다.

나는 고급 비누 냄새를 풍기는, 부드럽고 순하게 마른 남자의 손을 느꼈다. 얀 브론스키를 느꼈다.

그가 손을 떼며 유달리 요란한 웃음소리와 함께 나를 돌려 세웠을 때는 나의 절망적인 기분을 양철북으로 나타내기에는 이미 늦었다. 그래서 나는 두 개의 북채를 동시에 마직(麻織) 반바지의 멜빵 뒤로 숨겼다. 그 무렵 돌봐 주는 사람이 아무도 없었기 때문에, 나는 호주머니가 해어진 때문은 반바지를 입고 있었다. 두 손이 자유로워진 나는 빈약한 끈으로 목에 매달고 있던 북을 높이 쳐들었다. 호소라도 하듯 높게, 눈보다 높게, 비잉케 사제가 미사를 올리는 동안 성체를 떠받치는 것처럼 높이 쳐들었다. 사실 나는 '이것은 나의 살과 피입니다'라고 말할 수 있었을는지도 모른다. 하지만 나는 한마디도 말하지 않았고 다만 알몸이 된 금속을 높이 쳐들었다. 나는 그 어떠한 기적적인 변화와 같은 근본적인 변화를 요구하지 않았다. 다만 내 북의 수리를 요구했을 뿐 다른 의도는 없었다.

얀은 그에게 어울리지 않는 신경질적이고 긴장된 웃음을 금방 그쳤다. 그러고 나서 그는 예사롭게 보이지 않는 내 북을 쳐다보고 난 후 쪼글쪼글 낡아 버린 양철북으로부터 눈을 돌려 언제까지나 세 살로 보이는 반짝거리는 내 눈을 들여다보았다. 처음에는 아무것도 말하지 않는 무표정하고 동일한 두 개의 푸른 홍채를, 그 속에서 빛나고 있는 광채와 빛의 반사를 그리고 눈 속에 응축된 온갖 표정을 들여다보더니 마침내 나의 눈이 길가 웅덩이에 되는 대로 고인 맑은 물과 조금도 차이가 없다는 것을 어쩔 도리 없이 확인하고 난 후에는 자신의 모든 호의와 생생한 추억을 불러일으켰다. 그러고는 나의 눈동자에서 회색이면서도 나의 눈과 비슷하게 생겼고 어쨌든

몇 년 동안 그에 대한 호감으로부터 정욕에 이르는 온갖 감정
을 비추어 주었던 어머니의 눈을 다시 발견했던 것이다. 아니
어쩌면 그는 내 눈에서 자기 자신의 모습을 발견하고 깜짝 놀
랐을지도 모른다. 물론 그렇다고 해서 얀이 나의 아버지, 더
엄밀히 말해 나의 생부라는 사실을 의미하는 것은 아니다. 왜
냐하면 어머니와 나 그리고 얀의 눈은 똑같이 천진난만하면
서도 멍한 아름다움을 특징으로 하는데, 그것은 거의 모든 브
론스키 일가에 공통되는 것이기 때문이다. 슈테판의 경우도
그렇고 마르가 브론스키의 경우는 덜 하지만 그 대신 할머니
와 그녀의 오빠인 빈첸트에 이르면 그 특징이 더욱 분명히 드
러난다. 그러나 검은 속눈썹과 푸른 눈에도 불구하고 나의 몸
에 방화범 콜야이체크의 피가 흐르고 있다는 사실을 부정할
수는 없다. 유리를 파괴하는 나의 노래만 보아도 그것은 분명
하다. 하지만 내게서 라인란트 출신인 마체라트의 특징을 찾
아내려면 꽤나 고생하지 않으면 안 될 것이다.

　이야기를 딴 방향으로 슬쩍 돌리곤 하는 얀이라 할지라도
내가 북을 들어올리며 그를 섬뜩 놀라게 만든 그 순간에 대놓
고 질문을 받았다면 그는 이렇게 말할 수밖에 없었을 것이다.
아이의 엄마인 아그네스가 나를 쳐다보는구나. 이 애의 어머
니와 나는 너무도 많은 공통점을 가졌지. 어쩌면 미국이나 해
저 바닥에 있을 나의 고모부 콜야이체크가 나를 쳐다보고 있
는지도 모른다. 다만 나를 바라보고 있는 것이 마체라트가 아
님은 분명하다. 그것으로 족해.

　얀은 내게서 북을 빼앗아 뒤집어 보고는 가볍게 두드렸다.

연필 하나 제대로 깎지 못하는 이 비현실적인 사내가 양철북 수선이라면 무언가 좀 안다는 듯한 흉내를 내며 그에게서는 좀처럼 보기 힘든 단호한 표정으로 내 손을 잡는 것이었다. 그렇게 서두르는 모습을 본 적이 없었기 때문에 나는 깜짝 놀라지 않을 수 없었다. 그는 나의 손을 잡은 채 링 가(街)를 가로질러 헤레스앙거에 있는 시내 전차의 정류장으로 갔다. 전차가 오자 그는 나를 잡아 끌며 5번선의 흡연자 칸에 올라탔다.

오스카는 두 사람이 시내 쪽으로 가고 있다는 것을 어렴풋이 알아차렸다. 헤벨리우스 광장의 폴란드 우체국으로 가서 코비엘라 수위를 방문할 모양이었다. 그는 오스카의 북이 몇 주일 전부터 바라 마지않던 수선 도구와 능력을 갖추고 있었던 것이다.

이 시내 전차 여행을 한 날이 39년 9월 1일 전(前) 날의 저녁만 아니었더라면 우리는 아무에게도 방해받지 않는 즐거운 여행을 할 수 있었을 것이다. 뒤쪽에 흡연자 칸을 연결한 5번선의 기동차는 막스 할베 광장에서 만원이 되어 벨을 울리면서 시내로 향했다. 브뢰젠 해수욕장으로부터 돌아오는 피로에 쩐 해수욕객들이 와글거리며 한꺼번에 올라탔던 것이다. 두 척의 전투함 '슐레지엔'과 '슐레스비히 홀슈타인'이 베스터 광장 맞은편의 항구로 입항하지만 않았던들, 그래서 이 배들의 강철 선체와 붉은 벽돌로 쌓은 탄약 저장소 흉벽, 그리고 2중 회전 포대와 포탑을 보지만 않았더라면, 우리는 북을 맡긴 후 카페 바이츠케에 앉아 빨대로 레몬수를 빨며 늦여름 오후를 멋지게 보낼 수 있었을 것이다! 방어 태세를 갖추려고 폴란드 우체국 내부가 이미 수개월 전에 장갑판으로 덮이지만 않았더라면, 그딩겐이나 옥스회프트에서 평화롭게 주말을 보내던 우체국 직원, 공무원, 서기 그리고 우편 배달부들이 요새의 수비대로 배치되지만 않았더라면, 우리는 우체국 수위의 숙소 벨을 눌러 코비엘라 수위에게 귀엽기만 한 어린이 북의 수선을 맡길 수도 있었을 텐데 말이다!

우리는 올리바 문에 접근하고 있었다. 얀 브론스키는 땀을 흘리며 힌덴부르크 거리의 먼지를 덮어쓴 녹색 나무들을 바라보았으며 검소한 그답지 않게 평소보다 많은 양의 금테 담배를 피웠다. 오스카는 그의 아버지로 추정되는 이 남자가 어머니와 함께 소파에 앉아 있는 모습을 두세 번 보았을 때를 제외하고는 이렇게 땀을 많이 흘리는 것을 본 적이 없었다.

나의 불쌍한 어머니는 오래전에 죽었다. 그런데 왜 얀 브론스키는 땀을 흘리고 있는 것일까? 정거장이 가까워질 때마다 내리려고 들썩거리던 그는 그때마다 나와 내 북의 존재를 깨닫고는 다시 자리에 앉았다. 그 사실을 눈치 채고 나서야 비로소 나는 얀이 땀을 흘리는 이유를 분명히 알게 되었는데, 그것은 그가 국가 공무원으로서 방위해야 할 폴란드 우체국 때문이었다. 그는 이미 그곳에서 도망쳐 나왔던 것이다. 그러나 링 가(街)의 헤레스앙거 모퉁이에서 나와 나의 부서진 북을 발견하고는 다시 관리의 의무를 수행하러 돌아가야겠다고 결심했던 것이다. 그리하여 관리도 아니고 우체국 방위에도 쓸모없는 나를 데리고 차를 타고 나서 땀을 흘리며 담배를 피워 댔던 것이다. 그런데 그는 왜 단 한 번도 내리지 않았던 것일까? 그랬더라도 나는 방해할 엄두도 내지 않았을 텐데 말이다. 그때 그는 한창 일할 나이로 마흔다섯 살이 채 되지 않았다. 푸른 눈과 갈색의 머리 그리고 손질이 잘된 두 손을 가진 사내가 약간 떨고 있었다. 그리고 이처럼 가련할 정도로 땀을 흘리지만 않았다면 아버지로 추정되는 사내 곁에 앉아 있는 오스카의 코에는 식은땀 냄새가 아니라 향수 냄새가 전달되었을 것이다.

우리는 목재 시장에서 하차해 구 시가지의 개천을 따라 걸어내려 갔다. 바람도 없는 늦여름 저녁이었다. 구 시가지의 종(鍾)은 평소와 마찬가지로 8시경 청동의 울림으로 하늘을 가득 채웠다. 종이 울리자 비둘기들이 날아올랐다. 종은 '너의 차가운 무덤 속으로 들어갈 때까지 언제나 성실하고 정직하여라'고 노래했다. 그 울림이 너무도 아름다워 울음이 터져나올 지경이었다. 그러나 주변은 웃음소리로 가득 차 있었다. 글레트카우와 호이부데 해수욕장의 바닷물에서 이제 막 밖으로 나온 수많은 해수욕객들을 태우고 온 시내 전차로부터 햇볕에 탄 아이들을 거느린 부인네들, 타월로 만든 비치 가운, 형형색색의 비치 볼과 범선들이 쏟아져 나왔다. 젊은 아가씨들은 졸음이 오는 눈을 하고서도 혀를 날렵하게 움직여가며 딸기 아이스크림을 핥고 있었다. 열다섯 살쯤 된 한 소녀는 웨이퍼[38]를 떨어뜨리더니 곧 허리를 굽혀 흐물흐물한 크림을 주우

---

38) 양과자의 한 가지. 밀가루, 달걀, 설탕, 레몬 즙 등을 재료로 하여 틀에 넣고 살짝 구워서 만듦. 보통 두 쪽을 합쳐 그 속에 크림이나 초콜릿을 넣음.

려다 주춤했다. 그러고는 녹아서 뭉개진 크림을 포도(鋪道)와 앞으로 지나갈 통행인의 구두 밑바닥에 내맡기고 말았다. 그녀도 곧 어른이 되면 더 이상 길거리에서 아이스크림을 핥는 일은 없게 되리라.

슈나이더뮐렌 거리에서 우리는 왼쪽으로 방향을 틀었다. 골목이 끝나는 지점에 있는 헤벨리우스 광장은 분대별로 모여 있는 친위대 향토 방위대원들에 의해 폐쇄되어 있었다. 젊은 사람들도 있었고, 팔에 완장을 두른 채 보안 경찰의 기관총을 들고 있는 가장(家長)들도 있었다. 이 봉쇄를 우회하여 렘쪽으로부터 우체국에 도달하기는 쉬웠을 것이다. 그런데도 얀 브론스키는 향토 방위대원 쪽으로 다가갔다. 의도는 분명했다. 그곳에서 제지당하여, 우체국 건물로부터 헤벨리우스 광장까지 감시하고 있을 것임에 틀림없는 그의 상관들의 눈앞에서 쫓겨나기를 바랐던 것이다. 그래야만 격퇴당한 영웅으로서 반쯤은 체면을 유지한 채, 그를 이곳으로 싣고 온 5번선 전차를 타고 집으로 돌아갈 수 있기 때문이었다.

그런데 향토 방위대원들은 우리를 통과시켜 주었다. 세 살짜리 소년을 손에 잡고 있는 잘 차려입은 신사가 우체국 건물 쪽으로 가리라고는 생각지도 못했을 것이기 때문이다. 그들은 정중한 태도로 조심하라고 일러주기까지 했다. 그러다가 그들이 '정지' 하고 소리친 것은 우리가 이미 격자 문을 지나 현관 앞에 다다랐을 때였다. 얀은 멈칫거리며 돌아섰다. 그때 무거운 문이 약간 열리며 우리를 안으로 넣어 주었다. 우리는 폴란드 우체국 안의 창구가 늘어서 있는 어둑어둑하고 기분좋을 만큼 서늘한 홀에 서 있었다.

얀 브론스키는 그의 동료들로부터 우호적인 마중을 받지 못했다. 그들은 그를 의심했고 이미 그를 단념한 것 같았다. 더 나아가 우체국 서기 브론스키는 도망할 것이라는 의심을 역력하게 드러내었다. 그러한 비난을 물리치려고 얀은 열심히 변명했다. 하지만 아무도 그런 말에 귀를 기울이지 않았다. 그는 지하실로부터 창구가 늘어선 홀의 정면에 있는 창 앞으로 모래 부대를 나르는 일을 배당받은 사람들의 대열 속으로 밀려 들어갔다. 모래 부대와 그 비슷한 잡동사니들이 창 앞에 쌓여졌고, 서류장 같은 무거운 가구는 현관 근처로 옮겨졌다. 위급한 경우에 곧 바리케이드를 쌓아 입구의 전면을 막으려는 의도였다.

누군가가 나에 대해 물었지만 얀의 대답을 기다리지는 않았다. 사람들은 신경이 곤두서서 큰소리로 떠드는가 하면 갑자기 극도로 신중하게 낮은 소리로 말하기도 했다. 나의 북과 그리고 나의 북의 고통은 잊혀져 버린 것 같았다. 나의 배 앞에 매달린 고철더미를 수리해 주리라고 기대를 걸었던 코비엘라 수위는 보이지도 않았다. 아마도 홀에 있는 배달부나 창구 직원과 같이 우체국의 2층이나 3층에서 탄환막이용으로 사용할 터질 듯 불룩한 모래 부대를 열심히 쌓고 있을 것이다. 오스카의 존재는 얀 브론스키에게 성가신 것이었다. 그래서 나는 다른 사람들이 미혼 박사라고 부르는 한 사내로부터 얀이 명령을 받는 순간을 포착해 사람들 사이로 몸을 숨겼다. 우체국장임에 틀림없는, 폴란드 철모를 쓴 미혼 씨의 눈을 조심스럽게 피하며 찾은 끝에, 나는 2층으로 통하는 층계를 발견했다. 그리고 2층 복도의 막다른 끝에서 중간 크기의 창 없는 방을 발견했는데, 그곳에는 탄약 상자를 끌어당기는 사람도 없었으며 모래 부대도 쌓여 있지 않았다.

가지각색의 우표가 붙은 편지들이 가득 담긴, 바퀴 달린 세탁 바구니들이 방바닥 위에 조밀하게 늘어서 있었다. 방은 천장이 낮았고 벽지는 갈색을 띤 주황색이었으며 고무 냄새를 약간 풍겼다. 그리고 갓이 없는 전구도 하나 켜져 있었다. 오스카는 스위치를 찾기에는 너무 피곤했다. 아주 먼 곳으로부터 성 마리아와 성 카타리나, 성 요한과 성 브리기테, 성 바르바라와 성 삼위일체 그리고 성체의 종들이 오스카, 9시야. 자지 않으면 안 돼! 하며 재촉하는 듯했다. 그래서 나는 우편물 바구니 하나를 골라 그 안에 누웠고, 나와 마찬가지로 지쳐 있는 북을 옆에 나란히 눕힌 채 잠이 들었다.

폴란드 우체국

　나는 편지들로 가득 찬 세탁 바구니 속에서 잤다. 로츠, 루블린, 라보프, 토른, 크라코우와 체스토호바로 갈 예정이거나 로츠, 렘베르크, 토른, 크라카우와 첸스토카우에서 온 편지들이었다. 그러나 나는 마트카 보스카 체스트호브스카에 대해서도 검은 성모에 대해서도 꿈꾸지 않았다. 나는 꿈을 꾸면서 크라카우에 보존되어 있는 마르스찰렉 필수드스키의 심장도, 토른시(市)를 그토록 유명하게 만든 후추 과자도 깨물지 않았다. 여전히 수리되지 않고 있는 내 북에 대해서도 꿈꾸지 않았다. 꿈도 꾸지 않으면서 오스카는 바퀴 달린 세탁 바구니 속의 편지 위에 누워 소근거리는 소리도, 속삭이는 소리도, 수다 떠는 소리도 듣지 않았으며, 수많은 편지들이 한 무더기로 놓여 있을 때 커다란 소리로 나올 법한 무분별한 말들도 듣지 않았다. 편지들도 내게 한마디 말도 건네지 않았다. 내가 기다리고 있는 우편물은 없었다. 그 누구도 나를 수신인이나 발신인으로 보아주는 것 같지 않았다. 나는 독불장군처럼 안테나를 안으로 세운 채 산더미 같은 우편물 위에서 잠을 잤다. 정보로만 본다면야 그 산더미 그대로가 세계 자체라고 말할 수 있을 것이다.

그렇게 자고 있었으니 바르샤바의 판 레히 밀레브치크라는 사내가 단치히-쉬틀리츠에 있는 그의 조카딸에게 띄운 편지 때문에 내가 잠을 깰 리는 없었다. 그 편지에는 천년 묵은 거북이까지 깨울 정도로 놀랄 만한 정보가 들어 있었지만 말이다. 나는 가까이에서 들리는 기관총 소리 때문이거나 아니면 멀리 자유항에 정박 중인 전함의 이중 포탑에서 발포되어 우르렁거리는 여운을 남기는 일제 사격 소리에 잠을 깼던 것 같다.

물론 그것을 간편하게 기관총 소리라든지 이중 포탑이라고 묘사하기는 쉬운 일이다. 하지만 그것을 갑자기 퍼붓는 소나기나 우박으로, 아니면 내가 태어날 때의 폭풍우와 같은 늦여름 폭풍우의 기습이라고도 말하면 안 되는 것일까? 나는 너무도 잠에 취해 그러한 상상을 제대로 할 수 없었기 때문에 소음을 그대로 귀에 담아, 적절하게 그리고 잠에 취한 사람이면 누구라도 그렇듯이 곧이곧대로 상황을 표현하여, 지금 그들이 사격을 하고 있구나! 라고 생각했던 것이다.

오스카는 세탁 바구니에서 기어 나오자마자 샌들을 신고 비척거리면서도 민감하기만 한 북이 어떻게 되지나 않았는지 걱정했다. 그는 하룻밤을 재워 준 바구니 속으로 느슨하긴 하지만 상자처럼 차곡차곡 쌓여진 편지더미 속에 두 손을 넣어 구멍을 팠다. 그러나 편지를 찢거나 접거나 파손하는 따위의 난폭한 짓은 하지 않았다. 오히려 나는 서로 엉겨 있는 우편물을 조심조심 풀어헤치면서, '폴란드 우체국'이라는 스탬프가 찍혀 있는, 대개는 보랏빛인 편지와 엽서들까지도 그 봉함이 열리지 않도록 했다. 모든 것을 바꾸어 놓는 되돌이킬 수 없는 사건들의 와중에서도 통신 비밀은 언제나 지켜져야만 하기 때문이었다.

기관총 사격이 심해져 가는 그만큼, 편지로 가득 찬 바구니 안에 내가 파내고 있는 깔때기 모양의 구멍도 더 넓어졌다. 마침내 충분하다고 생각했을 때, 나는 거의 죽음에 이른 나의 북을 방금 파내어 만든 침상에다 눕히고 그 위에 봉투를 잔뜩 덮었다. 마치 미장이가 튼튼한 벽을 쌓을 때 벽돌을 쌓아 올리는 것 같은 요령으로, 세 겹뿐 아니라 열 겹, 스무 겹으로 봉투를 엇갈리게 쌓아 올렸다.

대포의 파편이나 총탄으로부터 내 북을 지키기 위한 이러한 예방 조치를 막 끝내자마자 헤벨리우스 광장에 접하고 있는, 우체국 정면의 창구가 있는 홀 근처에서 처음으로 대전차 포탄이 폭발했다.

하지만 육중한 벽돌 건물의 폴란드 우체국은 이 정도 포격이라면 몇 발 정도 맞더라도 충분히 견뎌낼 수 있었다. 그러므로 친위대 향토 방위대원들이 종종 훈련하던 대로 정면 돌격을 감행하여 신속하게 돌파구를 마련하게 될 것이라는 우려는 하지 않아도 좋았다.

나는 2층에 있는, 세 개의 사무실과 복도로 둘러싸인 안전하고 창이 없는 우편물 발송 창고에서 밖으로 나왔다. 얀 브론스키를 찾아보기 위해서였다. 나는 추정상의 아버지인 얀을 찾아보는 한편 당연하게도 더 큰 욕심에서 상이 군인인 코비엘라 수위를 찾는 것도 잊지 않았다. 내가 어제 저녁 식사를 포기하면서까지 전차를 타고 헤벨리우스 광장과 평소에는 볼일도 없는 우체국까지 온 것은 내 북을 수리하기 위해서였기 때문이다. 이제 곧 시작될 것임에 틀림없는 돌격 전에 수위를 찾아내지 못하면 나의 의지할 곳 없는 양철북을 소중하게 간수한다는 것은 거의 불가능했다.

그러므로 오스카는 얀을 찾으면서도 내내 코비엘라를 생각했다. 그는 팔짱을 낀 채 타일이 깔린 기다란 복도를 몇 차례 왔다갔다했지만, 자신의 발걸음 소리만 들릴 뿐이었다. 다만 그는 우체국 쪽에서 한 발 한 발 발사되는 소총 소리와 친위대 향토 방위대원들이 탄약을 마구 낭비하며 연속적으로 쏘아대는 사격 소리를 분명히 구분했다. 말하자면 우체국의 신중한 사수들이 사무실에서 사용하는 스탬프를, 마찬가지로 스탬프를 찍는 듯한 무기와 맞바꾸었음이 분명했다. 복도에서는 기회를 틈타 반격할 준비라곤 전혀 되어 있지 않았다. 그곳에는 단 한 사람 오스카만 순찰중이었다. 그는 납덩이처럼 무겁기만 하고 아무런 희소식도 없는 너무 이른 아침, 역사의 서막에서 무기도 북도 없이 맨몸으로 서 있었던 것이다.

우체국의 안뜰에 면한 사무실에도 인기척은 전혀 없었다. 나는 경계 태세가 허술하다는 생각이 들었다. 이 건물은 슈나이더뮐렌 거리와 접하고 있는 쪽도 지켜야 했다. 우체국 안뜰이나 소포를 싣고 내리는 곳과 다만 판자벽 하나를 사이에 두고 있는 경찰 관구는 그림책에서나 볼 수 있을 것 같은 절묘한 공격 지점을 형성하고 있었다. 나는 사무실, 등기 우편물을 위한 방, 현금 배달부의 방, 회계과, 전보 접수구 등을 뛰어다녔다. 그들은 그곳에 누워 있었다. 장갑판과 모래 부대 뒤, 거꾸로 세워 놓은 가구 뒤에 엎드린 채, 그들은 띄엄띄엄 탕탕하고 총을 쏘았다.

대부분의 방에서는 이미 몇 장씩 창유리가 향토 방위대의 기관총 세례를 받았다. 그 장면을 흘낏 보며, 나는 편안하게 호흡하던 평화로운 시절 나의 다이아몬드 소리를 맞고 깨어졌던 유리를 생각해 내었다. 폴란드 우체국의 방어를 위해 나의 도움을 필요로 하는 지금, 전깃줄처럼 바싹 마른 미혼 박사가 우체국장으로서가 아니라 우체국 방위 대장으로서 내게 다가와 선서를 시킨 후 내게 폴란드 방어의 임무를 맡긴다면, 내 소리는 없어서는 안 되는 것이 되리라. 나는 폴란드를 위해서, 그리고 야생이긴 하지만 언제나 열매를 가져오는 폴란드의 경제를 위해 기꺼이 유리를 깨뜨렸을 것이다. 헤벨리우스 광장 건너편에 있는 집들의 유리, 렘 거리의 집들의 유리, 경찰 관구를 포함하여 슈나이더뮐렌 거리에 줄지어 있는 유리들과 구시가의 개천가와 리터 거리의 깨끗이 닦여진 유리창을 이전보다 원격 작용의 힘을 강하게 하여 몇 분 이내에 통풍이 잘되는 검은 구멍으로 만들어 놓을 수도 있었을 것이다. 그러면 향토 방위대원들과 구경하려고 몰려든 시민들은 대혼란을 일으킬 것이다. 사실 그것은 몇 개의 중기관총과 같은 효과를 낼 것이고, 전투 개시와 더불어 기적의 병기를 믿게 하는 결과를 낳았을 것이다. 하지만 폴란드 우체국을 구할 수는 없었을 것이다.

오스카는 끼어들지 못했다. 우체국장의 머리에 폴란드 철모를 뒤집어쓴 미혼 박사는 내가 창구가 있는 홀 층계를 뛰어내려와 그의 다리 사이로 뛰어들었을 때, 선서를 시키기는커녕 세차게 따귀를 한 대 때리고는 폴란드 말로 언성을 높여 욕설을 퍼부었다. 그러고는 다시 방위 업무에 전심했다. 책임을 지고 있는 미혼 박사를 비롯하여 모든 사람들이 흥분한 채 무서워하고 있었지만, 그것도 어쨌든 용서할 수 있는 일이었다.

홀의 시계가 4시 20분을 가리켰다. 4시 21분이 되었을 때, 나는 최초의 전투가 시계에는 아무런 손상도 주지 않았음을 알아차릴 수 있었다. 시계는 가고 있었다. 나로서는 시간의 이러한 무관심을 나쁜 징조로 해석해야 할지 좋은 징조로 해석해야 할지 알 수 없었다.

어쨌든 나는 우선 창구가 있는 홀에 서서 얀과 코비엘라를 찾으면서 미혼 박사를 피했다. 하지만 아저씨도 수위도 보이지 않았다. 나는 홀의 유리가 깨지고, 현관 정면 옆에 달린 장식에 균열이 생기고, 보기 흉한 구멍이 몇 군데 뚫린 것을 확인했으며, 최초의 부상자 두 명이 운반되어 오는 것을 보았다. 한 사람은 회색 머리를 조심스럽게 갈라 붙인 중년의 사내였는데, 오른팔에 입은 찰과상에 붕대를 감는 동안 흥분해 끊임없이 중얼거렸다. 그는 가벼운 상처에 하얀 붕대가 감겨지자

마자 바로 일어나 무기를 잡고, 방탄에 아무래도 도움이 되지 않을 것 같은 모래 부대 뒤에 다시 엎드리려고 했다. 그러나 다행스럽게도 심한 출혈로 인한 가벼운 무력증이 그를 바닥으로 끌어당겼기 때문에 휴식을 명령받았다. 중년이 되면 부상당한 후 곧바로 힘이 회복되지는 않는 법이다. 철모를 쓰고 있으면서도 신사복 위 호주머니에 멋스럽게 세모꼴의 장식용 손수건을 꽂고 있는 자그마하고 튼튼하게 생긴 50대 남자가, 부상을 입은 중년 남자에게 폴란드의 이름으로 휴식하도록 명령했던 것이다. 기사처럼 의젓하게 행동한 이 관리는 미혼이라는 이름의 박사였는데, 전날 밤 얀 브론스키를 엄중하게 심문한 사람이었다.

두 번째 부상자는 숨소리를 거칠게 내며 짚 이불 위에 누워 있었으며, 모래 부대로 돌아가지 않을 태세였다. 대신에 그는 일정한 간격을 두고 부끄러움도 체면도 없이 커다랗게 소리를 질렀다. 배를 관통당했던 것이다.

오스카가 얀과 코비엘라를 찾으려고 모래 부대 뒤에 줄지어 있는 사내들을 다시 한번 둘러보려고 했을 때, 두 발의 대포가 거의 동시에 현관 정면 위와 옆에서 폭발하여 창구가 있는 홀을 뒤흔들었다. 그러자 현관 앞에 끌어다 놓은 서류장이 튀어 올랐고 철해진 서류 다발들이 산산이 흩어졌다. 서류 다발들은 정말로 높이 날아올라 원래의 정해진 자리를 잃어버리고 타일을 깐 바닥에 착륙하여 미끄러졌다. 그러면서 실제로 부기를 작성할 때라면 결코 서로 만날 일이 없는 전표와 마주치면서 그것을 덮어씌웠다. 남아 있던 유리창이 깨어지고, 벽이며 천장에서 크고 작은 흰 가루더미들이 떨어진 것은 말할 것도 없었다. 다시 한 사람의 부상자가 백회(白灰)와 석회(石灰)의 자욱한 연기 속을 지나 방 가운데로 끌려 들어왔다. 그러나 그때 철모를 쓴 미혼 박사로부터 명령이 내려졌기 때문에 사람들은 층계를 밟고 2층으로 올라가야만 했다.

오스카도 한 계단 한 계단 허덕이며 올라가는 우체국 직원과 함께 남자들 뒤를 쫓아갔다. 아무도 그를 불러세우거나 묻지 않았다. 조금 전에는 미혼이 나를 때릴 필요가 있다고 생각했겠지만 지금은 거친 남자의 손으로 나를 때리는 사람은 아무도 없었다. 게다가 오스카는 우체국을 방위하는 어른들의 가랑이 사이로 들어가지 않도록 특히 조심했던 것이다.

내가 천천히 층계를 올라가는 남자들의 뒤를 따라 2층에 다다랐을 때, 나의 예감대로 그들은 부상자들을 창이 없어서 안전한 우편물 발송용 창고로 운반하고 있었다. 애초에 그 방은 내가 자신을 위해 점찍어 놓은 방이었다. 게다가 그 방에는 매트리스가 없었기 때문에 그들은 조금 짧기는 하지만 우편물 바구니를 부상자를 위한 매끄러운 매트리스의 대용으로 쓸 수 있을 것으로 생각했다. 나는 배달이 불가능한 우편물로 가득 찬 바퀴 달린 세탁물 바구니 중의 하나에 나의 북을 세워 놓았던 게 후회스러웠다. 찢기고 관통을 당한 배달부들과 창구 계원들의 피가 열 겹, 아니 스무 겹으로 겹쳐져 있는 종이 다발을 뚫고 스며들어, 아직까지는 래커칠밖에 한 적이 없는 나의 양철북에 색칠이라도 하지 않을까? 내 북이 폴란드의 피와 무슨 상관이 있단 말인가? 자기들의 서류와 압지에나

피를 칠할 일이지! 잉크 스탠드를 뒤엎어 푸른 잉크를 쏟아 버리고 붉은 피로 다시 채우기나 할 것이지! 자기네들의 손수건이나 풀을 먹인 하얀 와이셔츠를 절반이나 빨갛게 물들여 폴란드 국기를 만들기나 할 것이지! 어쨌든 문제는 폴란드이지 내 북과는 아무런 관계도 없는 것이다. 폴란드가 패배해 붉은 색과 백색을 잃는 것이 그들에게 중요하다고 해서 내 북도 본래의 빛깔을 의심받아 새로운 칠로 그 본색을 잃어야 한단 말인가?

폴란드 따위는 아무 문제도 아니다, 중요한 것은 나의 찌그러진 양철북이다, 라는 생각이 내 마음속에 점차로 자리잡았다. 얀이 나를 우체국으로 유인해 끌어들인 것은, 그곳의 관리들에게는 폴란드가 봉화(烽火) 역할을 충분히 할 수 없으므로 그 대신에 나를 용기를 북돋우는 군기(軍旗)로 삼아 그들에게 가져다주기 위해서였다. 어젯밤 내가 바퀴 달린 우편물 바구니 안에서 자면서 구르지도, 꿈을 꾸지도 않는 동안, 눈을 뜨고 있던 우체국 직원들은 마치 암호처럼 이렇게 속삭였다. 어린아이의 죽어가는 북이 피난처를 찾아 우리에게 왔다. 우리는 폴란드인이다. 우리는 이 북을 지켜야만 한다. 게다가 영국과 프랑스가 우리와 상호 원조 조약을 맺었으니까 말이다.

우편물 발송 창고의 반쯤 열려진 문 앞에서 이런 무의미하고 추상적인 생각에 빠져 있는 동안, 우체국 안뜰에서 처음으로 기관총 소리가 요란하게 났다. 내가 예상했던 대로 향토 방위대원들은 슈나이더뮐렌 거리에 접한 경찰 관구 쪽에서 최초의 공격을 시작했다. 그 즉시 우리는 모두 엎드렸다. 향토 방위대원들은 우편물 배달차의 적하장 위쪽에 있는, 소포실로 통하는 문을 폭파하는 데 성공했다. 그리고 곧바로 소포실로 들어간 그들은 소포의 접수구를 점령했다. 창구가 있는 홀로 통하는 복도의 문은 이미 열려 있었다.

부상자를 끌어올려, 내 북이 숨겨져 있는 우편물 바구니 속에다 눕힌 사내들이 앞으로 돌격해 나갔고, 다른 사람들도 그 뒤를 따랐다. 요란한 소음으로 미루어 보건대 1층 복도에서, 그리고 그 다음에는 소포 접수구에서 전투가 벌어지고 있는 것 같았다. 향토 방위대는 후퇴한 것임에 틀림없었다.

오스카는 처음에는 머뭇거리다 좀더 자신감을 가지고 우체국 창고 안으로 발을 디뎠다. 부상자는 누르스름한 잿빛 얼굴로 이를 드러내고 있었으며, 감고 있는 눈꺼풀 뒤로 눈알을 움직이고 있었다. 그가 침을 뱉자 피가 질질 흘렀다. 그러나 그의 머리는 우편물 바구니 밖으로 나와 걸려 있었으므로 우편물을 더럽힐 우려는 별로 없었다. 오스카는 바구니에 닿기 위해 발끝으로 서지 않으면 안 되었다. 그 사내의 엉덩이가 북이 파묻혀 있는 바로 그 자리를 내리누르고 있었다. 오스카는 처음에는 그 남자와 편지를 다치지 않게 하려고 조심했지만 나중에는 좀더 힘을 주어 잡아당겨, 마침내 신음하고 있는 사내 밑에서 찢겨 너덜거리는 몇 묶음의 봉투를 빼내었다.

오늘에서야 말하지만, 내 손가락이 막 북 테에 닿았을 때 사내들이 층계를 뛰어올라 와 복도를 따라 몰려오고 있었다. 그들이 향토 방위대를 소포실에서 격퇴하고 돌아왔던 것이다. 어쨌든 처음에는 그들이 승리자였고, 나는 그들이 웃는 소리를 들었다.

나는 문 가까이에 있는 우편물 바구니 뒤에 숨어서 사내들이 부상자 있는 곳에 다다를 때까지 기다렸다. 그들은 처음에는 요란한 몸짓과 함께 큰소리로 말했지만 이윽고 낮은 소리로 욕을 하며 부상자에게 붕대를 감아 주었다.

창구가 있는 홀 근처에서 두 발의 대전차포탄이 폭발했다—다시 두 발, 그러고는 조용해졌다. 베스터 광장 맞은편의 자유항에 있는 전함에서 퍼붓는 일제 사격의 포성이 멀리서 은은하면서도 일정한 간격으로 들려왔다—사람들은 그런 식으로 익숙해져 있었다.

부상자 곁에 있는 사람들에게 들키지 않도록 조심하면서 나는 우편물 창고를 빠져나왔다. 북은 그대로 궁지에 버려둔 채 나는 우편물 창고를 나와 다시 한번 나의 추정상의 아버지이자 아저씨인 얀과 코비엘라 수위를 찾아나섰다.

3층에 중앙 우체국 서기인 나찰니크의 관사(官舍)가 있었다. 그는 기민하게도 벌써 가족을 브롬베르크나 바르샤바로 보낸 모양이었다. 처음에 나는 안뜰 쪽에 있는 창고 몇 군데를 샅샅이 뒤지다가 나찰니크의 관사 안에 있는 아이들 방에서 얀과 코비엘라를 발견했다.

그곳은 아늑하고 환한 방으로 상쾌한 기분을 주는 벽지가 발라져 있었지만, 애석하게도 몇 군데에 유탄 자국이 나 있었다. 평화스러울 때라면 두 개의 창 뒤에 앉아 헤벨리우스 광장을 바라보며 즐거운 시간을 보낼 수 있었으리라. 거기에는 아직 상하지 않은 흔들 목마, 여러 가지 공들, 거꾸로 서 있는 납제의 보병이나 기병으로 가득 찬 기사의 성, 철도 레일과 화차로 가득 찬, 뚜껑 열린 마분지 상자, 조금씩 낡은 몇 개의 인형, 너저분한 인형의 방들, 간단히 말해 장난감들이 과도하게 많았는데, 이런 것들은 중앙 우체국 서기인 나찰니크가 버릇없이 자란 사내아이와 계집아이의 아버지라는 사실을 말해 주었다. 하여튼 보나마나 브론스키의 남매와 비슷할 두 남매가 바르샤바로 피난해 버린 덕분에 나와 만나지 않게 된 것은 정말 다행한 일이었다. 중앙 우체국 서기의 장난꾸러기가 납제의 병사들로 가득 찬 어린이의 천국을 두고 떠나야 했을 때 얼마나 속이 쓰렸을까 생각하니 고소한 기분마저 들었다. 아마도 그 아이는 여러 명의 창기병을 주머니에 찔러 넣었을 것이다. 나중에 모들린 요새를 둘러싼 공방전에서 폴란드 기병을 강화하기 위해서 말이다.

오스카는 납제의 병사들에 대해 지나치게 많은 이야기를 늘어놓는 것 같다. 하지만 그런 식으로 고백한다고 해서 책임이 면해지는 것은 아니다. 장난감과 그림책들 그리고 놀이판을 올려놓은 선반의 맨 꼭대기에 소형 악기들이 늘어서 있었다. 벌꿀 빛깔의 트럼펫 하나는, 전투 행위에 몰두하느라고 포탄이 폭발할 때마다 찌링찌링 울리는 철금(鐵琴) 옆에 소리도 없이 서 있었다. 손풍금은 빛깔도 선명하게 오른편 바깥쪽으로 길게 펴진 채 비스듬히 놓여 있었다. 이 집의 부모들은 지나치게 사치스러워 2세들에게 현(弦) 네 개가 제대로 달린 소형의 정식 바이올린을 사 줄 정도였다. 바이올린 옆에는 굴러 떨어지지 않도록 몇 개의 받침대로 받쳐 놓은, 흰색과 빨간색으로 래커칠한 하나의 양철북이—믿기 어렵겠지만—손상되지 않은 하얀 테두리를 보이며 놓여 있었다.

처음에는 내 힘으로 북을 선반에서 끌어내릴 생각은 조금도 하지 않았다. 오스카는 자신의 키가 작아 손이 닿지 않는다는 것을 알고 있었으므로 난쟁이같이 깡총거려 보았자 별도리가 없을 때는 자진해서 어른의 호의에 내맡길 수밖에 없었다.

얀 브론스키와 코비엘라는 바닥까지 닿은 창문들의 아래쪽 3분의 1을 은폐하고 있는 모래 부대 뒤에 엎드려 있었다. 얀은 왼쪽 편 창 쪽에 있었고, 코비엘라는 오른편 창 쪽에 있었다. 나는 즉시에 깨달았다. 지금 이 수위는 피를 토하고 있는 부상자 밑에 깔려 차츰차츰. 찌그러지고 있을 게 분명한 내 북을 끄집어내어 수선해 줄 틈이 거의 없는 것이다. 코비엘라는 너무나 바빴다. 그는 모래 부대의 방벽 틈새로 헤벨리우스 광장 너머 슈나이더뮐렌 거리를 향해 일정한 간격으로 소총을 쏘아 대었다. 그곳 라다우네 다리 바로 앞에 대전차포가 진을 치고 있었기 때문이었다.

얀은 움츠리고 앉아 머리를 처박은 채 떨고 있었다. 그 와중에서도 그를 알아볼 수 있었던 것은 석회와 모래로 더러워지긴 했어도 품위를 유지시켜 주는 짙은 회색의 신사복 때문이었다. 신사복과 마찬가지로 회색인 오른쪽 구두의 끈은 풀어져 있었다. 나는 허리를 굽혀 구두끈을 나비 모양으로 매주었다. 끈을 꽉 졸라매자 얀은 깜짝 놀랐고, 너무도 푸른 두 눈을 왼쪽 소매 위로 드러내며 의아스럽다는 듯이 물에 젖은 눈으로 나를 바라보았다. 오스카가 재빨리 눈치챘지만, 그는 조금도 부상당하지 않았으면서도 소리 죽여 울고 있었다. 얀 브론스키는 두려움에 떨고 있었던 것이다. 그가 훌쩍거리며 울고 있는 데도 불구하고, 나는 나찰니크의 아들의 무사하게 남아 있는 양철북을 손가락으로 가리키며, 아주 조심스럽게 어린이 방의 사각(死角)을 이용하여 선반에 있는 양철북을 가져다 달라고 분명한 몸짓으로 얀에게 요구했다. 나의 아저씨는 나를 이해하지 못했다. 나의 추정상의 아버지는 내 말을 알아듣지 못했다. 나의 가련한 어머니의 연인은 무서워하기만 했고, 그에게 도움을 구하는 나의 제스처는 오히려 그의 불안을 가중시키기만 하는 것 같았다. 오스카는 그에게 큰소리로 외치고 싶었지만, 자신의 소총에만 귀를 기울이고 있는 코비엘라에게 들키지 않도록 조심해야 했다.

그래서 나는 모래 부대 뒤에 있는 얀의 왼쪽 옆에 엎드려 그에게 몸을 밀착시킴으로써, 내게는 체질화되어 있는 냉정한 기질을 조금이나마 불쌍한 아저씨이자 추정상의 아버지에게 나누어 주려 했다. 그 직후 그는 얼마간 안정된 것같이 보였다. 나의 고르고 힘찬 호흡이 그의 맥박을 어느 정도 차분하게 하는 데 성공했던 것이다. 그리고 나서 너무 서두르긴 했지만 얀으로 하여금 그의 머리를 느리면서도 부드럽게, 그러다가 마침내 확실하게 장난감이 올려져 있는 나무 선반 쪽을 향하게 함으로써 다시 한번 양철북에 주목하도록 했다. 하지만 이번에도 얀은 나를 이해하지 못했다. 불안이 그를 발끝에서 머리끝까지 사로잡았고, 머리 쪽에서 발 쪽으로 몰려가서는 아래쪽에서—아마도 가죽 깔개가 있는 구두창 때문이겠지만—심하게 저항을 받았다. 그 때문에 불안은 폭발하려다가 말고 튀어올라 위, 비장 그리고 간장을 스쳐지나가면서 그의 가련한 머릿속에 자리 잡게 되었던 것이다. 그리하여 그의 푸른 눈에서는 눈물이 솟아올랐고, 이리저리 가지를 치고 있는 정맥이 하얗게 드러났다. 오스카는 지금까지 추정상의 그의 아버지의 눈알이 그렇게 된 것을 한 번도 본 적이 없었다.

나는 아저씨의 눈알을 원래대로 되돌리고, 아저씨의 심장을 가라앉히느라 상당한 시간 동안 애를 썼다. 그러나 미적인 감각을 충족시키려는 나의 이 모든 수고는 허사였다. 그때 향토 방위대원들이 처음으로 중형 야전 유탄포를 정조준하고 직통으로 발사하여 우체국 앞의 철책을 없애 버렸기 때문이다. 그들은 고도의 훈련 수준을 과시하면서 놀라우리만치 정확하게 벽돌 지주들을 하나하나 넘어뜨렸고 마침내는 철책까지도 엿가락처럼 휘어지게 만들었다. 열다섯 개에서 스무 개가량 되는 지주들이 넘어지는 것을 볼 때마다 나의 불쌍한 얀 아저씨의 영혼과 육체는 함께 고통을 겪는 것 같았다. 기둥들만 자욱한 포화 속에 쓰러지는 것은 아니었다. 그 기둥들을 토대로 하여 서 있는 상상적인, 아저씨에게는 친숙하고도 필수불가결한 신(神)의 형상들이 더불어 무너지는 것이었다.

말하자면 얀은 매번 유탄이 명중될 때마다 찢어지는 듯한 쇳소리로 영수증을 써 주었는데, 만일 그 소리가 좀더 의식적이고 목표지향적이었다면 유리를 파괴하는 나의 비명 소리와 같이 유리를 자르는 다이아몬드의 미덕을 갖게 되었을 것이다. 얀은 있는 힘을 다해 소리 질렀지만 되는 대로 내는 소리 였기 때문에, 코비엘라 수위만 그 소리를 들을 수 있었다. 그 는 뼈마디가 앙상한 부상당한 몸을 우리 쪽으로 던지고는, 속 눈썹이 없는 새와 같이 여윈 얼굴을 들어 회색 눈동자에 눈 물을 글썽거리며 절박한 상태에 있는 우리 두 사람를 두리번 거리며 살폈다. 그는 얀을 흔들었다. 얀은 흐느끼며 울고 있었 다. 그는 얀의 셔츠를 벗기고 허겁지겁 상처를 찾았다—나는 하마터면 웃음을 터뜨릴 뻔했다—하지만 조그마한 상처 하 나도 보이지 않았기 때문에 이번에는 얀의 몸을 뒤집어 똑바 로 누인 채 턱뼈를 쥐고 뚝뚝 소리가 나도록 흔들며, 브론스 키 일가로부터 물려받은 얀의 푸른 눈으로 하여금 자신의 글 썽글썽하는 회색 눈의 깜박거림을 억지로 쳐다보게 했다. 수 위는 침을 튀기며 폴란드 말로 얀의 얼굴에다 비난의 말을 퍼 부었고, 결국에는 얀이 사용하지도 않은 채 총안(銃眼) 앞쪽 에 내팽개쳐 둔 소총을 그에게 던져 주었다. 그 총은 안전장치 도 풀려 있지 않았다. 개머리판이 그의 왼쪽 무릎에 부딪히면 서 메마른 소리를 냈다. 극심한 정신적 고통 뒤에 찾아온 가 벼운 육체적 고통이 처음으로 그에게 좋은 영향을 준 것 같았 다. 그는 총을 잡았다. 그 순간 금속 부분의 찬 기운이 손가락 에 그리고 즉시 핏속으로 느껴지자 그는 섬뜩한 기분이 들었 으나, 코비엘라로부터 반은 비난조로 반은 설득조로 격려를 받고 나서는 총안 쪽으로 기어갔다.

나의 추정상의 아버지는 유연하고 풍부한 상상력에도 불 구하고 전쟁에 대해 이처럼 정확하고 현실적인 관념을 가지고 있었다. 그러므로 그가 상상력의 결핍 때문에 용감해진다는 것은 있을 수 없는 일이었다. 아니 전혀 불가능한 일이었다. 그는 자신에게 할당된 총안을 통해 보이는 사격 범위를 확인하지도 않고 적절한 목표를 주의 깊게 찾지도 않은 채, 총을 느슨하게 잡고 비스듬하게 겨누어 헤벨리우스 광장에 있는 집들의 지붕을 향하여 아무렇게나 탕탕 쏘아 댔기 때문에, 탄창은 금방 바닥이 났다. 그러고 나서 그는 총을 버리고 다시 모래 부대 뒤로 기어 들어갔다. 숨어 있는 곳에서 동정을 애걸하며 수위를 쳐다보는 얀의 눈길은 숙제를 해오지 않은 학생이 부루퉁하게 입을 삐죽 내밀고서 몸을 비비 꼬으며 죄를 고백하는 것처럼 보였다. 코비엘라는 몇 번이고 아래턱을 실룩거리다가는 참을 수 없다는 듯이 큰소리로 웃음을 터뜨렸다. 그러다가 갑자기 불안한 듯이 웃음을 거두면서 그는 자신의 상관인 우체국 서기 브론스키의 정강이를 서너 차례 걷어찼다. 그리고 다시 볼썽 사나운, 끈 달린 단화를 치켜 올려 얀의 옆구리를 걷어차려고 했다. 그 순간 기관총의 포화가 어린이 방 윗부분의 나머지 유리를 깡그리 부수고 천장에 금을 만들어 놓았다. 그 때문에 그는 붕대를 감은 발을 그대로 밑으로 내리고 자기 총 뒤로 엎드렸다. 그러고는 얀과 실랑이를 하느라고 잃어버린 시간을 되찾기라도 하려는 듯이 조급하게 그리고 악을 쓰면서 쏘고 또 쏘아 댔다—물론 이 모든 것은 2차 세계 대전 동안 소비된 군수품에 포함되는 것이었다.

수위는 나의 존재를 눈치 채지 못하고 있었던가? 지금까지는 상이 용사들만이 가질 수 있는 어떤 자랑스러운 거리감을 보이면서 그토록 엄격하고 무뚝뚝했던 그가, 이번에는 나로 하여금 납성분이 포함된 바람이 부는 이 우체국 건물에 있도록 허용하는 것이었다. 아마도 코비엘라는 이렇게 생각했을 것이다. 여기는 어린이 방이야, 그러니 오스카는 여기 있으면서 전투가 없는 동안 놀아도 상관없지 않을까?

우리가 그렇게 엎드려 있는 동안 시간이 얼마나 지났는지 모르겠다. 나는 얀과 방의 왼쪽 벽 사이에, 우리 둘은 모래 부대 뒤쪽에, 그리고 코비엘라는 그의 총으로 두 사람 몫을 쏘면서 엎드려 있었다. 10시경에 포화가 그쳤다. 파리가 윙윙거리는 소리가 들릴 정도로 조용해졌다. 헤벨리우스 광장으로부터 사람들의 목소리와 명령하는 소리가 들려왔고, 때때로 도크에 있는 전함들이 내는 우뢰와 같이 둔중한 소리도 아득하게 들려왔다. 9월의 날씨가 개었다가 흐려졌다. 태양은 바랜 황금빛으로 모든 것을 엷게 물들이고 있었다. 섬세하기는 하지만 아무것도 들리지 않도록 하는 엷은 빛깔이었다. 며칠만 지나면 나의 열다섯 번째 생일이 다가온다. 여느 해의 9월과 마찬가지로 나는 양철북 외에는 아무것도 원하지 않았다. 이 세상의 모든 보물들을 포기하면서 나의 생각은 다만 변함없이 흰색과 빨간색으로 래커칠한 양철북을 향하고 있었다.

얀은 움직이지 않았다. 코비엘라는 규칙적으로 큰 숨을 내쉬고 있어서 오스카는 그가 전투의 짧은 휴식을 틈타 잠시 눈을 붙이고 있다는 것을 이미 알아차리고 있었다. 모든 인간은, 영웅들까지도 결국에는 이따금 기분을 새롭게 하기 위해, 잠깐씩 눈을 붙일 필요가 있는 것이다. 다만 나만은 말짱하게 깨어 있는 정신과 내 나이다운 집요함으로 양철북을 노려보았다. 더욱더 조용해지고 여름에 지친 파리가 내는 윙윙거리는 소음이 잦아든 지금에서야 어린 나찰니크의 양철북에 다시 주목하게 되었던 것은 결코 아니었다. 오스카는 전투가 한창일 때도, 전투의 소음이 주위를 가득 메우고 있을 때에도 북에서 눈을 떼지 않았다. 놓쳐서는 안 될 절호의 기회가 이제 다가오고 있었다.

오스카는 천천히 몸을 일으켜, 유리 파편을 피하면서 장난감이 올려져 있는 나무 선반을 향해 조용히 다가갔다. 하지만 머릿속으로는 이미 어린이용 의자에 받침 상자를 올려놓으면, 그를 정말 새로운 양철북의 소유자로 만들어 줄 수 있는 충분한 높이와 안전을 가진 받침대를 얻을 수 있으리라고 생각했다. 그때 코비엘라의 목소리가 나를 붙들었고, 이어서 수위의 메마른 손이 나를 붙잡았다. 나는 실망하면서 바로 가까이에 있는 북을 가리켰다. 코비엘라는 나를 잡아당겼고, 나는 두 팔을 뻗쳐 북을 잡으려고 했다. 절름발이 사내는 잠시 멈칫하다가 손을 뻗어 나를 행복하게 만들어 주려고 했다. 그러나 마침 그때 기관총의 번쩍이는 불빛이 어린이 방으로 날아들었다. 현관 앞에서는 대전차포 유탄이 폭발했다. 코비엘라는 나를 구석에 있는 얀 브론스키 쪽으로 밀쳐 버리고 자신은 다시 소총 뒤에 엎드렸다. 내가 여전히 양철북에서 눈을 떼지 않고 있는 동안 그는 두 번째로 탄창을 장전했다.

오스카는 그때 엎드려 있었다. 달콤하고 푸른 눈을 가진 얀 브론스키는, 안짱다리이자 속눈썹이 없는 젖은 눈을 가진 새 대가리처럼 생긴 사내가 목표물에 거의 다다른 나를 구석의 모래 부대 뒤로 가볍게 내동댕이쳤을 때 코도 들지 않았다. 오스카가 눈물 따위를 흘릴 리는 없었다! 하지만 내 속에서 분노가 끓어올랐다. 통실통실 살이 찌고 눈도 없으며 푸른기가 도는 흰색의 구더기들이 우글거리며 먹음직한 시체를 찾고 있었던 것이다. 하지만 도대체 폴란드와 내가 무슨 상관이란 말인가. 폴란드란 도대체 무엇인가? 폴란드도 자신의 기병들을 가지고 있지 않은가! 그들은 말을 달려야 한다! 그들은 숙녀들의 손에 키스 했다고 생각한다. 그러고는 언제나 너무 늦게 깨닫는다. 그들이 피로에 찌든 숙녀의 손가락이 아니라 야전 유탄포의 화장도 하지 않은 포구(砲口)에다 키스했다는 것을 말이다. 사실 그때는 이미 크루프 가[39](家)의 사랑스러운 딸아이가 발사되었던 것이다. 그녀는 입술을 쩝쩝거리면서 서투르기는 하나 뉴스 영화에서 들을 수 있는 것 같은 진짜 전투 소리를 흉내내었다. 그리고 먹지도 못하는 크래커 봉봉을 우체국 현관의 정면에다 던져 돌파구를 내려고 했다. 돌파구를 연 후 파괴된 홀을 지나 층계에 달라붙으려고 했다. 그렇게 되면 아무도 계단을 오르내릴 수 없기 때문이었다. 그리고 기관총 뒤에 따라오는 그녀의 수행원들, 또한 그 표면에 '오스트마르크'라든가 '주데텐란트' 같은 귀여운 이름이 씌어져 있는 우아한 장갑차에 단 병사들은 만족할 만한 전과도 올리지 못

---

39) 크루프(Krupp)는 독일의 제강업자. 크루프 포(砲)를 제작하는 크루프 사를 창립했다.

하고 장갑판 뒤에 숨어 정찰을 하면서 우체국 앞을 이리저리 덜컹거리며 구르고 있었다. 말하자면 열심히 교양을 쌓고자 하는 두 명의 숙녀가 하나의 성을 시찰하고자 했으나, 성문은 닫혀 있었던 것이다. 어디서든 항상 들어가기를 바라는 응석받이 미녀들의 조바심은 점점 더 커졌다. 그리하여 그녀들은 도리없이 동일한 구경(口徑)을 가진 꿰뚫는 납빛의 눈길을, 들여다보이는 모든 방들에다 던져 넣어 그 안의 거주자들을 뜨겁게, 차갑게 그리고 꼼짝 못하게 만들었던 것이다.

마침 한 대의 장갑차가—나는 그것이 '오스트마르크'라고 기억한다—리터 거리로부터 다가와 다시 우체국을 향해 굴러갔다. 바로 그때, 오래전부터 살아 있는 사람 같지 않던 아저씨가 오른쪽 다리를 총안(銃眼) 바깥으로 내놓았다. 장갑차가 그것을 발견하고 사격이라도 해달라는 듯이 다리를 들었다. 아니면 길을 잃은 총탄이 그를 불쌍하게 여긴 나머지 종아리나 뒤꿈치를 스쳐 상처를 만들어 주기를 바랐는지도 모른다. 다리를 심하게 저는 부상병에게는 후퇴가 허락되니까 말이다.

이렇게 다리를 내놓는 일도 얀 브론스키로서는 오랫동안 지속하기 힘들었을 것이다. 그는 이따금 쉬지 않으면 안 되었다. 그러다가 등을 밑으로 하고 몸을 뒤집었을 때 비로소 그는 두 손으로 오금이 있는 부위의 다리를 받쳐야 종아리와 뒤꿈치를 더 오랫동안 노출시키기 쉬우며 또한 유탄이나 아니면 목표를 정하고 날아가는 총탄에 맞을 가능성도 더 커진다는 사실을 알았다.

나는 얀의 성격을 너무도 잘 알고 있었고 지금도 마찬가지이다. 하지만 나는 코비엘라가 자기의 상관인 우체국 서기 브론스키가 그러한 가련하고 자포자기적인 행위를 하는 것을 보았을 때의 분노심 역시 이해가 갔다. 수위는 단숨에 일어났고 두 번째 걸음만에 우리가 있는 곳으로 와서는 우리를 덮쳤다. 그리고 얀의 윗저고리와 함께 얀의 몸뚱이를 붙잡아 들어올려 내동댕이쳤다. 그리고 다시 붙잡아 올려 옷을 찢었고, 왼손으로 때리면서 오른손으로는 붙잡고, 오른손으로 붙잡은 채로 왼손으로 넘어뜨리고, 넘어지는 그를 다시 오른손으로 붙잡아 오른손과 왼손으로 동시에 커다란 주먹을 휘둘러 얀 브론스키, 나의 아저씨, 오스카의 추정상의 아버지를 때리려고 했다—그때 마치 하나님을 찬양하기 위해 천사가 내는 소리 같이 덜컹거리는 소리가 났다. 그리고 마치 라디오에서 에테르가 노래 부르는 것과 같은 노랫소리가 들렸다. 그때 그것은 코비엘라를 명중시켰다. 그때 한 발의 총탄이 우리를 보기 좋게 우롱했다. 그때 벽돌은 웃으면서 갈라졌고 파편은 먼지가 되었으며 장식은 가루가 되었다. 목재는 도끼를 발견했다. 그때 우스꽝스러운 어린이의 방 전체가 한쪽 다리로 껑충껑충 뛰어갔다. 그때 케테-크루제 인형이 쪼개져 날아갔고, 흔들목마는 쏜살같이 지나갔기 때문에 기수가 타고 있었더라면 나동그라져 떨어졌을 것이다. 그때 메르클린 집짓기 놀이 상자 속에서 구조상의 결함이 드러났고 폴란드 창기병은 순식간에 네 방구석을 모두 점령했다—그리고 그때 장난감을 올려놓은 선반이 넘어졌다. 철금은 부활제를 울리기 시작했고, 손풍금은 비명을 질렀다. 트럼펫은 누군가를 위해 무언가를 불고 있는 것 같았다. 모든 것이 동시에 소리를 냈다. 마치 공연 전에 연습을 하는 오케스트라와 같았다. 비명을 지르는 소리, 파열하는 소리, 말이 히힝거리는 소리, 따르릉 하는 소리가 들렸고, 박살이 나고, 폭발하고, 삐걱거렸으며, 아주 높은 소리로 짹짹거렸고, 아주 깊은 곳의 바닥을 파내었다. 그러나 총탄이 날아드는 동안 세 살짜리 아이처럼 창 바로 밑의 아이들 방의 수호천사가 위치하는 구석에 있었던 내게는 양철북이 굴러떨어졌다—그것은 래커칠이 약간 벗겨졌을 뿐 구멍 하나도 뚫려 있지 않았다. 이제 오스카는 새 양철북을 가지게 되었다.

눈 깜짝하는 사이에 얻게 된, 말하자면 발밑에 바로 굴러 들어온 소유물에서 눈을 들었을 때, 나는 얀 브론스키를 도와야 할 입장임을 알아차렸다. 그는 수위의 무거운 몸을 밀어내고 밑에서 빠져나오려 애를 썼지만 잘 되지 않았다. 처음에는 얀도 총탄을 맞은 것으로 생각했다. 그가 아주 자연스럽게 흐느끼고 있었기 때문이었다. 결국 우리가 진짜로 자연스럽게 신음하는 코비엘라를 옆으로 밀어냈을 때 얀의 상처는 별것이 아님이 드러났다. 유리 파편이 오른쪽 뺨과 왼쪽 손등에 찰과상을 입혔을 뿐이었다. 얼핏 비교해 보아도 그의 피는, 두 다리의 정강이 근처까지 끈적끈적하게 젖어 검게 물들고 있는 수위의 피보다 밝다는 것을 알 수 있었다.

물론 얀의 우아한 회색 신사복을 찢고 뒤집은 것이 누구인지는 알 수 없었다. 코비엘라였을까 아니면 총탄이었을까? 얀의 신사복은 어깨 부위부터 갈기갈기 찢겨져 있었고, 안감이 벗겨지고, 단추가 떨어지고, 솔기가 터지고, 호주머니가 뒤집혀져 있었다.

나는 가련한 얀 브론스키를 위해 용서를 빌었다. 얀은 나의 도움을 받으며 코비엘라를 아이들 방에서 끌어내기 전에, 우선 자신의 호주머니에서 떨어진 잡동사니들을 전부 긁어모았다. 그는 머리빗을 다시 찾았고, 사랑하는 연인의 사진들도 찾았다―그중에는 나의 가련한 어머니의 반신상(半身像) 사진도 포함되어 있었다. 그의 지갑은 열려지지도 않은 상태였다. 방어용 모래 부대의 일부가 날아가 버렸기 때문에 온 방안에 흩어져 있는 스카트 카드를 혼자서 주워 모으는 일이 그에게는 힘들었을 뿐만 아니라 위험도 따랐다. 하지만 그는 32장 전부를 찾으려 했고 32장째가 발견되지 않자 불안해했다. 그래서 오스카가 폐허가 된 두 개의 인형집 사이에서 그것을 찾아내어 건네주자, 그는 그것이 '스페이드 7'이었음에도 불구하고 미소를 지었다.

우리가 코비엘라를 어린이 방에서 끌어내어 마침내 복도까지 나왔을 때 수위는 얀 브론스키가 알아들을 수 있게 두세 마디를 중얼거릴 만큼 정신을 차렸다. "전부 달려 있지?"라고 절름발이 사내가 걱정했다. 얀은 늙은이의 두 다리 사이에 있는 바지 부분을 손에 가득하게 잡으면서 코비엘라에게 고개를 끄덕였다.

우리 모두는 얼마나 행복했던가. 코비엘라는 자존심을 지킬 수 있었고, 얀 브론스키는 '스페이드 7'을 포함한 스카트 카드 32장을 모두 찾을 수 있었다. 오스카는 걸음을 디딜 때마다 그의 무릎에 부딪히는 새 양철북을 손에 넣었던 것이다. 그리고 그동안 출혈로 초췌하게 된 수위는 얀과 얀이 빅토르라고 부르는 사내에 의해서 한 층 아래에 있는 우편물 창고로 운반되었다.

트럼프 카드로 만든 집

우리는 출혈이 심해지는데도 점점 더 무거워지는 수위를 운반하였다. 빅토르 벨룬도 우리를 도와주었다. 심한 근시인 빅토르는 그때까지는 안경을 쓰고 있었으므로 계단의 돌층계에 발이 걸려 넘어지는 일은 없었다. 근시에는 어울리지 않는 것처럼 들릴지 모르지만 빅토르의 직책은 현금 등기 배달부였다. 요즘에 나는 그에 대한 이야기가 나오기만 하면 그를 불쌍한 빅토르라고 부른다. 나의 어머니가 가족과 함께 항구의 둑으로 산책한 다음부터 불쌍한 어머니가 된 것과 꼭 마찬가지로, 현금 등기 배달부 빅토르는 안경을 잃어버림으로써—물론 다른 이유들도 있었다—안경 없는 불쌍한 빅토르가 된 것이다.

"불쌍한 빅토르를 언제 또 만난 적이 있니?"라고 나는 면회일에 친구 비틀라르에게 물었다. 하지만 플링게른에서 게레스하임으로 시내 전차를 타고 간 이후—거기에 대해서는 다시 언급하게 될 것이다—빅토르 벨룬은 우리에게서 사라져 버렸다. 그를 추적하는 자들이 그를 찾아도 헛수고로 그치고, 그가 다시 그의 안경이나 아니면 그에게 맞는 안경을 찾아내어 옛날과 마찬가지로, 비록 폴란드 우체국은 아니더라도 서부 독일 우체국의 현금 등기 배달부로서, 근시이기는 하지만 안경을 쓴 채 여러 가지 지폐와 단단한 동전으로 고객들을 기쁘게 하고 있었으면 하고 바랄 뿐이다.

"지긋지긋하지 않니?"라고 왼편에서 코비엘라를 붙들고 있던 얀이 헐떡거리며 말했다.

그러자 오른편에서 수위를 안고 있던 빅토르가 걱정하며 말했다. "영국인들과 프랑스인들이 오지 않으면 어떻게 되나?"

"그들은 올 거야! 리지-스미글리가 어제도 라디오에서 말했어. '우리는 보장한다. 전쟁이 일어나면 전 프랑스는 한덩어리가 되어 일어선다!'라고 말이지." 얀은 그렇게 말은 했지만 확신하지는 못했다. 왜냐하면 찰과상을 입은 자신의 손등에 묻은 피를 보는 순간, 비록 폴란드와 프랑스의 안보 조약을 의심하지는 않았지만, 전 프랑스가 한덩어리가 되어 일어서서 해당 조약을 충실하게 지켜 지크프리트선(線)[40]을 돌파하기 전에, 자신이 출혈로 죽을지도 모른다는 두려움이 들었기 때

---

40) 1940년 독일과의 접경 지대에 네덜란드, 벨기에, 프랑스 등 여러 나라가 구축해 놓은 대규모의 요새선.

문이다.

"틀림없이 그들은 오고 있어. 게다가 영국 함대도 이미 발트해의 물결을 헤치며 달려오고 있다지!" 빅토르 벨룬은 공감을 불러일으킬 수 있는 강한 표현을 좋아했다. 그는 층계 위에서, 오른쪽으로는 총탄을 맞은 수위의 몸을 붙잡고 왼쪽으로는 무대 위에 서 있기라도 한 것처럼 높이 손을 들어 다섯 손가락 전부에게 말을 시켰다. "오라, 자랑스러운 영국인이여!"

두 사람이 천천히 그리고 거듭해서 폴란드-프랑스-영국의 관계를 이야기하며 코비엘라를 임시 야전 병원으로 데려가는 동안, 오스카는 머릿속으로 그레트헨 셰플러의 책을 넘기면서 이와 관련된 구절들을 떠올렸다. 카이저가 쓴 『단치히시의 역사』에는 다음과 같이 씌어 있었다. 70-71년 사이에 독불 전쟁이 진행되던 1870년 8월 12일 오후, 네 척의 프랑스 함정이 단치히만에 들어와 순항을 하였고, 그 포구는 이미 항구와 시가지를 향하고 있었다. 그러나 그날 밤, 코르베트선의 함장인 바이크만이 지휘하는 스크루 추진 코르베트 함 '님프'가 푸치거 비크에 정박 중인 함대를 퇴각시키는 데 성공했다.

우리가 2층의 우편물 창고에 도착하기 조금 전에 나는 다음과 같은 결론에 도달했는데, 그것은 나중에 사실로 확인된다. 즉 폴란드 우체국과 폴란드 평야 전역이 유린되고 있는 동안, 영국 함대는 다소간의 방비를 갖춘 채 북스코틀랜드의 그 어떤 좁은 만에 늘어서 있었으며, 프랑스 육군의 대부대는 아직 점심 식사를 즐기고 있는 중으로, 마지노선 주위에서 몇 차례 정찰전을 벌임으로써 폴란드-프랑스 상호 방위 조약의 의무를 다한 것으로 생각하고 있었던 것이다.

우리는 창고 겸 임시 야전 병원 앞에서 미혼 박사를 만났다. 여전히 철모를 쓰고 있는 미혼 박사는 기사(騎士)의 손수건을 가슴 호주머니에 꽂은 채 바르샤바에서 온 위임관 콘라트라는 자와 함께 있었다. 즉시에 얀 브론스키의 불안이 온갖방식으로 연주되기 시작했는데, 그것을 들으면 그가 중환자가아닐까 하는 생각이 들 정도였다. 빅토르 벨룬은 부상 당하지않았고 안경도 갖추고 있었으며, 유능한 저격병으로서 싸우고싶어했기 때문에 아래층의 창구가 있는 홀로 내려가야 했다.반면에 우리는 창이 없는 방으로 들어가는 것을 허락받았는데, 그 방에서는 단치히시의 전기 회사가 폴란드 우체국에 더이상 전기를 공급하지 않았기 때문에 부득이 수지(獸脂) 촛불을 밝혀야만 했다.

미혼 박사는 얀의 부상을 그대로 믿지는 않았지만 우체국방위라는 점에서도 어차피 아무런 전투 능력이 없었으므로우체국 서기에게 임시 간호병의 직책을 부여하여 부상자를돌볼 것을 명령했다. 또한 나의 느낌에 따르자면 박사는 자포자기한 심정으로 나를 가볍게 쓰다듬으며, 어린아이가 전투의와중에 휩쓸리는 일이 없도록 눈을 떼지 말고 나를 지켜보라고 지시했다.

야전 유탄포가 홀이 있는 창구 근처에서 작렬했다. 우리는심하게 흔들렸다. 철모를 쓴 미혼과 바르샤바에서 온 파견관콘라트와 현금 등기 배달부 벨룬은 그들의 전투 위치로 뛰어갔다. 얀과 나는 예닐곱쯤 되는 부상자들과 함께 온갖 전투의 소음을 무디게 하는 닫힌 방안에 있었다. 바깥에서는 야전 유탄포가 극성을 부리는데도 촛불은 단 한 번 특별히 깜박거리지도 않았다. 신음소리에도 불구하고 아니 어쩌면 신음소리 때문에 주위는 조용했다. 얀은 허겁지겁 서투른 솜씨로 홑이불을 찢어 붕대로 만들어 코비엘라의 넓적다리에 감아 주었고 곧 자신의 상처도 돌보려고 했다. 그러나 아저씨의 뺨과 손등에서는 더 이상 피가 흐르지 않았다. 베인 상처에는 딱지가 앉아 침묵을 지키고 있었다. 하지만 아직도 통증이 있는 모양이었다. 천장이 낮고 숨이 막히는 이 방에 출구가 없다는 얀의 걱정은 그 때문에 한결 심해졌다. 그는 이리저리 호주머니를 뒤져 한 장도 빠지지 않은 놀이 도구를 찾아냈다. 스카트 카드였다! 우리는 방위가 실패로 끝날 때까지 스카트 놀이를 했다.

32장의 카드를 섞고 떼고 나누면서 놀이가 시작되었다. 부상자들이 우편물 바구니를 전부 차지하고 있었기 때문에 우리는 코비엘라를 바구니 하나에 기대게 했다. 그래도 이따금 그가 쓰러지려고 했기 때문에 우리는 다른 부상자의 바지 멜빵으로 그를 단단히 붙들어 매고는 자세를 유지하도록 하여 카드를 떨어뜨리지 않게 했다. 왜냐하면 코비엘라도 꼭 필요했기 때문이었다. 스카트 놀이에 필요한 세 번째 사람이 없었다면 우리가 무엇을 할 수 있었겠는가? 우편물 바구니 속에 있는 사람들은 적색과 흑색을 구분하는 것도 힘들었으며, 스카트 놀이 따위를 할 기분도 아니었다. 코비엘라도 스카트 놀이에 흥미가 없기는 마찬가지였다. 그는 길게 드러눕고만 싶었다. 수위는 수레가 끄는 대로 자신을 내맡기려 했다. 한번은 손의 움직임을 멈추고, 속눈썹이 없는 눈을 감은 채 최후로 남은 힘을 다해 세상과 작별하려 했다. 그러나 우리는 그러한 숙명론을 허용치 않았다. 그를 단단히 붙들어 매어 세 번째 사람의 역을 하도록 강요했던 것이다. 오스카는 물론 두 번째 사람의 역을 맡았다—난쟁이가 스카트 놀이를 할 수 있다는 것을 보고도 아무도 놀라지 않았다.

그렇다. 내가 처음으로 어른들의 말투를 내면서 '18!'이라고 말하자, 얀은 카드에서 얼굴을 들어 이상하다는 듯이 푸른 눈으로 잠시 나를 바라보았지만 금방 고개를 끄덕였다. 이어서 내가 '20은?' 하고 묻자, 얀은 주저하지 않고 '좋아' 하면서 응했다. 내가 '2! 3은? 24는?' 하며 계속 올리자 얀은 애석한 듯 '패스'라고 말했다. 그런데 코비엘라는 어떻게 되었던가? 그는 바지 멜빵으로 붙들어 매어져 있었음에도 불구하고 다시 축 늘어져 있었다. 그러나 우리는 다시 그의 몸을 일으켜 세웠고, 우리의 놀이방과 멀리 떨어진 바깥에서 포탄이 터지는 소리를 한동안 참고 기다렸다. 그러다가 정적이 다시 이어지자 얀이 속삭이는 듯이 말했다. "24야, 코비엘라! 이 애가 도전하는 게 안 들려?"

수위가 어디로부터, 그 어떤 깊은 심연으로부터 떠올랐는지 나는 모른다. 그는 나사 잭으로 눈꺼풀을 받쳐 놓아야만 눈이 떠여 있을 것 같아 보였다. 마침내 그는 젖은 눈으로 조금 전에 얀이 한 장 한 장씩 그의 손에다 밀어 놓았던 열 장의 카드 위를 더듬었다.

코비엘라가 '패스'라고 말했다. 아니, 그가 말했다기보다는 말을 하기에는 너무 말라 있는 그의 입술에서 우리가 그 의미를 읽어 내었다.

나는 클로버 한 장을 냈다. '콘트라'를 주었던 얀은 처음 패를 떼기 위해 수위에게 소리를 질렀다. 그리고 호의적이면서도 거칠게 옆구리를 찔러 수위로 하여금 정신을 가다듬어 자신의 역할을 잊지 않도록 했다. 내가 두 사람으로부터 맨 처음 뗀 패를 전부 회수하고, 클로버의 킹을 희생했는데, 그것을 얀이 스페이드의 잭으로 끊었다. 그러나 나에게는 다이아가 한 장도 없었으므로, 얀이 다이아의 에이스로 끊었다. 다시 내 차례가 되자 나는 하트의 잭을 내밀어 그가 하트의 10을 내게 만들었다—코비엘라는 하트의 9를 버렸는데, 그것으로서 나는 확실하게 하트만 갖추게 되었다. 즉 플레이 1개 콘트라 2개 슈나이더 3개 그리고 4개의 클로버로 48 혹은 12페니히! 다음 게임에서는—나는 '2 없는 그랑'보다 더 위험한 모험을 했다—반대로 두 장의 잭을 가지고 있었음에도 33까지밖에 올리지 않았던 코비엘라가 나의 다이아의 잭을 클로버의 잭으로 끊었다. 그러자 비로소 게임에 활기가 돌기 시작했다. 끊는 것으로 정신을 차린 수위는 계속해서 다이아의 에이스를 내었고, 나도 다이아를 내어야만 했다. 얀은 10을 던졌고, 코비엘라는 끊고 킹을 뺐다. 나는 끊어야 했지만 끊지 않고 클로버의 8을 내었다. 얀은 가능한 온갖 것을 짜내어 마침내 스페이드 10으로 승부를 걸었다. 나는 거기에서 끊었으나 실패했다. 코비엘라는 스페이드의 잭을 내었다. 나는 그것을 잊어버렸다.

아니면 얀이 잡을 것이라고 생각했는데, 코비엘라가 잡고 있었다. 나는 다시 끊었다. 물론 이번에는 스페이드를 냈고 큰소리로 웃으면서 버려야만 했다. 얀은 가능한 모든 것을 짜내었고, 마침내 그것들은 하트로 내 것이 되었지만 그때는 이미 아무 소용도 없었다. 그러니까 나는 52가 되었다. '2 없는 그랑' 3회로 60 지고 120 혹은 30페니히였다. 얀은 나한테서 잔돈 2굴덴을 빌렸다. 나는 지불했다. 코비엘라는 승부에서 이겼지만 다시 또 고개가 수그러지고 건 돈도 받지 않았다. 그 순간 계단에서 대전차포탄이 폭발했다. 하지만 수위는 아무런 반응도 보이지 않았다. 그가 여러 해 동안 지치지도 않고 닦고 초를 칠했던 계단이었는데도 불구하고.

그러나 얀은 우리가 있는 우편물 창고의 문이 다시 흔들리고, 촛불들의 불꽃이 지금 무슨 일이 일어났는지 그리고 자신들이 어느 방향으로 넘어져야 할지 몰라 우왕좌왕하자 다시 불안에 사로잡혔다. 계단이 비교적 다시 조용해지고, 그후에 대전차 포탄이 우리가 있는 곳에서 멀리 떨어진 바깥의 건물 정면에서 폭발했을 때에도 얀 브론스키는 미친 듯이 카드를 섞다가 두 번이나 틀리게 나누었다. 하지만 나는 아무 말도 하지 않았다. 포격이 계속되고 있는 동안 얀은 아무리 말을 걸어도 알아듣지 못했으며 극도로 흥분한 채 틀린 패를 냈으며, 심지어는 스카트를 버리는 것조차 잊었다. 그리고 작고 귀여우며 통통하고 육감적인 귀를 곤두세운 채 바깥에서 나는 소리에 끊임없이 귀를 기울였다. 그러는 동안 우리는 그가 게임에 따라오기를 초조하게 기다렸다. 이처럼 얀이 점점 더 산만

하게 스카트 놀이를 하는 동안 코비엘라는 계속해서─그의 몸이 구부러지려고 해서 누군가가 그의 옆구리를 찔러야 할 때를 제외하고는─게임에 참가하고 있었다. 그는 악조건하에서 예상보다 서투르지 않게 게임을 했다. 그는 간발의 차이로 게임을 이기거나, 아니면 얀이나 내게 콘트라를 주어 그랑을 실패했을 때에만 몸을 구부렸다. 그는 승패에는 아무런 흥미도 없었다. 오로지 게임을 위해 게임을 할 뿐이었다. 우리들이 계산을 하고 한번 더 계산을 하면, 그는 빌어온 바지 멜빵에 비스듬히 매달려, 목젖을 기분 나쁘게 불룩거림으로써 코비엘라 수위가 살아 있다는 표시를 할 뿐이었다.

오스카 역시도 이 3인조 스카트 놀이에 전력을 기울이지는 않았다. 그렇다고 해서 우체국의 포위 공격과 방어에 따르는 소음과 진동이 나의 신경에 과도한 부담을 주었다는 것은 아니다. 오히려 그것은 내가 시대적 제약 때문에 쓰고 있던 모든 가면을 나의 계획대로 갑자기 벗어던질 수 있는 최초의 기회였다. 여지껏 나는 스승인 베브라와 몽유병자인 그의 귀부인 로스비타에게만 자신의 모습을 있는 그대로 보여주었다. 그런데 이제 나는 나의 아저씨이자 추정상의 아버지에게 그리고 절름발이 수위에게, 즉 나중에 어떤 경우에도 증인으로서 아무 문제가 안 되는 사람들에게 출생증명서에 있는 그대로의 열다섯 살 반짜리의 모습을 보여 주었던 것이다. 물론 약간은 무모하지만 서투르지는 않게 스카트 놀이를 할 줄 아는 성인의 모습을 말이다. 물론 다름아닌 나의 의지력과 난쟁이로서의 기준에 따른 것이긴 하지만 이처럼 과도하게 긴장한 결과,

나는 겨우 한 시간 정도 스카트 놀이를 했을 뿐인데도 손발과 머리에 심한 통증을 느꼈다.

오스카는 더 이상 하고 싶지 않았다. 게다가 잠시 간격을 두고 건물을 뒤흔든 두 발의 유탄이 폭발한 그 사이에 그곳으로부터 탈출할 수 있는 기회도 충분히 있었다. 그런데도 나는 이제까지 경험한 바 없는 그 어떤 책임감이 시키는 대로 끈기를 발휘하여 스카트 놀이라는 유일하게 효력이 있는 약으로서 나의 추정상의 아버지의 불안과 서로 어울렸다.

말하자면 우리는 게임을 함으로써 코비엘라가 죽는 것을 금했던 셈이다. 그는 죽지 않았다. 카드가 계속해서 돌아가도록 내가 신경 썼기 때문이었다. 게다가 계단에서 포탄이 폭발하여 수지 촛불이 넘어지고 작은 불꽃이 꺼졌을 때도 정신을 가다듬어 얀의 호주머니에서 성냥을 끄집어내어 다시 세상을 밝힌 것도 나였다. 그리고 얀의 호주머니에서 금테두리를 한 담배도 함께 꺼내어 그 레가타 담배에 불을 붙여 줌으로써 얀을 진정시키기도 했다. 그리고 코비엘라가 어둠을 핑계로 놀이에서 빠져 나가기 전에 초에다 작은 불꽃을 차례대로 붙여 어둠을 밝혔다.

오스카는 두 자루의 촛불을 새 북 위에다 세워 언제든지 담배에 불을 붙일 수 있도록 했다. 자기가 피울 생각은 추호도 없었고, 다만 계속해서 얀에게 한 대씩 집어 주었을 뿐이다. 그리고 코비엘라의 벌어진 입에도 한 대 물려 주었다. 그러는 동안 사태는 호전되었고 게임은 활기를 띠었다. 담배는 마음을 위로하고 안정시켜 주었다. 하지만 얀이 계속해서 지는 것을 막지는 못했다. 그는 땀을 흘렸고, 어떤 일에 열중할 때는 언제나 그렇듯이 혀끝으로 윗입술을 핥고 있었다. 그러다가 흥분하게 되면 그는 나를 알프레트라든지 마체라트라고 부르고, 코비엘라를 같이 놀던 나의 불쌍한 어머니로 여기는 것 같았다. 그래서 누군가가 복도에서 "콘라트가 당했다!"고 소리쳤을 때, 그는 야단이라도 치는 것처럼 나를 쳐다보며 말했다. "알프레트, 제발, 라디오를 꺼 다오. 무슨 말인지 도무지 못 알아듣겠어!"

우편물 창고의 문이 거세게 열리고 여행 준비를 끝낸 콘라트가 끌려들어 왔을 때, 가련한 얀은 정말로 화를 냈다.

"문 닫아. 바람 들어온다."라고 그는 항의했다. 정말 틈새로 바람이 들어왔다. 촛불은 깜박거리며 꺼질 듯했지만, 콘라트를 방 구석에다 내동댕이친 사내들이 문을 닫고 나가자 다시 본래대로 돌아왔다. 우리 세 사람은 용기를 내어 밖을 내다보았다. 촛불이 아래쪽에서 우리를 비췄기 때문에 우리는 무엇이나 할 수 있는 마법사처럼 보였다. 그리고 나서 코비엘라는 '2 없는 하트'를 올려 '27, 30' 하고 말했다. 아니, 목구멍을 그르렁거렸다. 그렇게 하면서 그는 끊임없이 눈을 내리감았고, 오른쪽 어깨에서 무언가 미끄러져 내리는 것을 추스리고 꿈틀꿈틀 경련을 일으키고 무의미한 행동을 마구 하더니 마침내 동작을 그쳤다. 코비엘라가 또다시 머리를 앞으로 기울였다. 그리고 그가 묶여 있는, 편지로 가득 찬 세탁물 바구니가 바지 멜빵이 없는 시체와 함께 굴렀다. 그러자 얀은 전력을 다해 세차게 한번 밀어서 코비엘라와 세탁물 바구니를 함게 멈추게 했다. 그때 다시금 전진을 방해당한 코비엘라가 마침내 '하트의 손'이라고 가느다랗게 말했다. 얀이 '콘트라'라고 응하자 코비엘라는 '더블'이라고 겨우 소리를 낼 수 있었다. 그때 오스카는 폴란드 우체국의 방어가 성공했고, 공격해 오던 자들이 막 시작한 초반 전투에서 패배한 것을 알았다. 앞으로 그자들이 알래스카와 티베트, 동방의 섬들과 예루살렘을 점령한다 하더라도 어쨌든 초반 전투에서 졌다는 사실에는 변함이 없는 것이다.

다만 한 가지 애석한 일은 얀이 압도적으로 이길 수 있는 '4를 가진 멋진 그랑의 손'을 슈나이더슈바르츠를 선언하면서 최후까지 끌고 가지는 못했다는 점이다.

그는 '클로버의 손'을 가지고 시작하면서 이번에는 나를 아그네스라 불렀고, 코비엘라에게서 그의 연적인 마체라트를 발견했다. 그러고는 모르는 척하면서—나는 그가 나를 마체라트로 생각하는 것보다 불쌍한 나의 어머니로 생각해 주는 것이 오히려 더 좋았다—다이아의 잭을 빼고 이어서 다이아의 잭을 내고—나는 정말이지 어떠한 경우든 마체라트와 혼동되고 싶지는 않았다—, 실제로는 절름발이 수위이며 코비엘라라 불리는 마체라트가 카드를 버릴 때까지 안절부절못하며 기다렸다. 그러나 시간이 걸렸기 때문에 얀은 하트의 에이스를 바닥에다 내동댕이쳤다. 그는 이해할 수도 없었고 이해하려고도 하지 않았다. 사실 그는 결코 올바르게 이해할 수 없는 사내였다. 언제나 푸른 눈을 하고서 오 드 콜로뉴의 냄새를 뿌리고 있을 뿐 이해력이 없는 사내였다. 그렇기 때문에 코비엘라가 왜 갑자기 카드를 전부 손에서 떨어뜨렸는지를 이해하지 못했다. 그 속에 편지가 담겨 있었고, 죽은 사람과 묶여 있는 세탁물 바구니가 막 쓰러지려고 기우뚱거렸다. 그러다가 처음에는 죽은 사람이 고꾸라지고 다음에는 한 다발의 편지가 쏟아졌다. 마침내 공들여 짠 바구니 전체가 엎어지면서 우편물이 홍수처럼 우리를 덮쳤다. 마치 우리가 편지의 수신인이므로, 이제 카드를 옆으로 제쳐 놓고 편지를 읽고 우표를 수집하라고 말하는 것 같았다. 그러나 얀은 읽으려고도 수집하려고도 하지 않았다. 우표라면 어렸을 때 너무도 많이 모았던 것이다. 그는 게임을 계속하기를 원했다. '그랑의 손'을 끝까지 해냄으로써 얀은 이기기를, 승리하기를 원했던 것이다. 그래서 그는 코비엘라를 일으키고 바구니도 일으켜 세웠다. 그러나 죽은 사람은 누운 채로 그대로 내버려 두었고, 편지들은 바구니에 쓸어담지 않았다. 그러니 바구니에 충분한 무게가 없어지지 않는 것은 당연했다. 그런데도 코비엘라가 가볍게 흔들리는 바구니에 매달린 채 장승처럼 빳빳이 앉아 있지도 못하고 차츰차츰 앞으로 수그러지자 얀은 놀란 표정을 지으며 소리쳤다. "알프레트, 제발. 게임을 망칠 거야? 이 게임만 끝나면 집으로 돌아가자, 들리니!"

오스카는 지쳐 있었다. 그러나 그는 점점 심해지는 손발과 머리의 통증을 참고 일어서서, 작지만 거센 북 치기의 손을 얀 브론스키의 어깨에 올려놓았다. 그리고 나지막하면서도 호소력이 있는 목소리로 말했다. "내버려 두세요, 아빠. 죽었어요. 이제는 못해요. 원하신다면 '66놀이'는 할 수 있잖아요."

나에게 방금 아빠라고 불린 얀은 수위의 시체를 떼어 놓고는, 넘쳐나올 듯이 푸르고 푸른 눈으로 나를 바라보고는, 아니야 아니야 아니야…… 하며 울었다. 나는 그를 쓰다듬어 주었으나, 그는 아니야라는 말만 되풀이 했다. 나는 만감(萬感)을 담아 그에게 키스했다. 그러나 그는 여전히 끝내지 못한 '그랑의 손'에 대해서만 생각했다.

　"그를 이길 수 있었는데, 아그네스. 나는 확실히 그를 집으로 데리고 갈 수 있었어." 그는 나의 불쌍한 어머니의 대역인 나에게 그렇게 호소했다. 그래서 나는—아니 그의 아들은—어머니를 대신하여, 당신이 이길 것이다, 당신은 사실 이긴 것이다, 당신은 그렇게 믿기만 하면 된다, 당신의 아그네스가 말하는 것을 듣기만 하면 된다고 그를 부추겨 주었다. 그러나 얀은 내 말도, 나의 어머니의 말도 듣지 않았고, 처음에는 호소라도 하는 듯 크게 소리내어 울더니 나중에는 낮은 소리로, 음조를 바꾸지 않는 떨리는 목소리로 울었다. 그리고 싸늘하게 식은 코비엘라의 산(山) 밑에서 스카트 카드를 끄집어냈다. 다리 사이를 파헤치거나 편지더미를 몇 군데 들추기도 하며 32장 전부를 찾을 때까지 얀은 안정을 되찾지 못했다. 그리고 코비엘라의 바지에서 스며나오는 찐득찐득한 액체로 더러워진 카드를 한 장 한 장 정성을 다해 깨끗이 닦고는 뒤섞어서 다시 나누려고 했다. 그러다가 마침내 결코 낮지는 않지만 너무도 매끈해 뚫고 들어갈 데가 없는 잘생긴 이마의 피부 뒤에서 스카트에 필요한 세 번째 사내가 이 세상에는 이미 존재하지 않는다는 사실을 알게 되었다.

우편물 창고 속은 매우 조용해졌다. 밖에서도 최후의 스카트 놀이의 파트너인 세 번째 사내에 대한 추모의 시간이 계속되고 있었다. 오스카는 문이 조금 열렸다는 느낌이 들었다. 온갖 초현실적인 상상을 하며 어깨 너머로 돌아보자 빅토르 벨룬의 정말 맹인과도 같은 멍한 얼굴이 눈에 띄었다. "안경을 잃어버렸어요, 얀. 아직도 여기 있나요? 우리는 도망쳐야 했어요. 프랑스인들은 오지 않고, 오더라도 이미 늦었어요! 얀, 나와 함께 도망가요. 나를 데리고 가 줘요. 안경을 잃어버렸거든요!"

불쌍한 빅토르는 아마도 방을 잘못 찾았다고 생각했을지도 모른다. 대답도 없고, 안경도 없고, 도망칠 준비가 된 얀이 팔을 내밀어주지도 않았기 때문이다. 그래서 빅토르는 안경이 없는 그의 얼굴을 뒤로 끌어당기고는 문을 닫아버렸다. 나는 빅토르가 안개를 헤치고 나아가듯 더듬더듬 몇 발자국 도망쳐 가는 소리를 들었다.

작은 머릿속에 그 어떤 생각이 지나갔는지 얀은 처음에는 눈물을 흘리며 낮은 소리로 웃더니, 나중에는―온갖 종류의 다정다감한 애정을 위해서도 날카로워지는 그의 신선한 장밋빛 혀를 움직이며―즐거운 듯이 큰소리로 웃음을 터뜨렸다. 그는 스카트 카드를 위로 높이 던졌다가 다시 받았다. 그리고 마침내 말없는 사내들과 편지들이 있는 방이 일요일인 것처럼 무풍지대가 되었을 때, 그는 신중한 몸짓과 더불어 호흡을 멈추고 민감하기 짝이 없는 카드 집을 세우기 시작했다. 스페이드 7과 클로버 퀸이 집의 토대가 되었다. 다이아 킹이 그 두 장 위를 덮었다. 그는 하트 9와 스페이드 에이스로 기초를 세웠다. 그리고 그 위에 클로버 8로 지붕을 덮어 그것을 제1토대와 나란히 제2토대로 삼았다. 이 두 개의 토대 위에 10과 잭을 세로로, 그리고 퀸과 에이스를 비스듬하게 세워 모두 서로 간에 떠받치도록 했다. 그리고 거기에서 2층 위에 3층을 세우기로 하고 마치 마법사와 같은 손짓으로 그 작업을 했다. 나의 불쌍한 어머니 역시 비슷한 의식(儀式)을 집행하는 이런 손짓을 알고 있었을 것임에 틀림없다. 그런 터이니 그가 하트 퀸을 붉은 하트의 킹에 기대어 세웠을 때도 건물이 무너질 리는 없었다. 아니, 그 건물은 호흡을 멈춘 사람들과 호흡을 계속하고 있는 사람들로 만원인 그 방안에서 가볍게 호흡하며 다감한 모습으로 공중에 떠 있었다. 우리가 팔짱을 낀 채 마음 놓고 감상할 수 있을 정도였다. 그리고 그 카드로 만든 집을 온갖 구조 역학을 고려하며 검사하고 있던 의심 많은 오스카까지도, 우편물 창고의 문틈으로 드문드문 꾸불거리며 스며들어와 카드 집이 서 있는 그 작은 방이 지옥과 바로 문과 문을 맞대고 있지나 않나 하는 느낌을 불러일으키는 자극적인 연기와 악취로 차 있다는 것을 알아채지 못하게 했다.

그들은 정면 공격을 피하고 화염 방사기를 배치하여, 최후의 수비대들을 연기로 그을려 몰아내려고 했다. 마침내 그들은 미혼 박사로 하여금 철모를 벗게 하고, 홑이불을 쥐게 하고 그것도 모자라 그의 기사(騎士)용 손수건까지 동원하여 두 깃발을 함께 흔들어 대며 폴란드 우체국의 양도를 제의하게 만들었다.

그리하여 서른 명의 그을리고 반(半) 봉사가 된 사내들은 목

뒤로 팔을 들어올려 손으로 깍지를 꼈다. 그리고 왼편 출입구를 통해 우체국 건물 밖으로 나와 안뜰 담장 앞에 늘어서서 천천히 다가오는 방위대원들을 기다렸다. 나중에 들은 이야기지만 수비대가 안뜰에 정렬하고, 공격군이 아직 도착하지 않고 오고 있는 그 짧은 시간 동안 서너 명이 도망쳤다고 한다. 그들은 우체국 차고를 넘고 인접한 경찰서의 차고를 지나, 소개(疎開)되어 비어 있는 렘 거리의 집들로 도망쳤다는 것이다. 거기에서 그들은 심지어 당 배지까지 달린 옷을 찾아내어 탈출을 위해 깨끗이 세탁해 입고는 한 사람씩 흩어져 인파 속으로 휩쓸렸다고 한다. 그중 한 사람은 고도(古都)의 개천가에 있는 안경점을 찾아가 전투 중에 우체국 건물에서 잃어버린 안경을 새로 입수했다는 것이다. 새로 안경을 맞춘 빅토르 벨룬은—틀림없는 벨룬이었다—목재 시장에서 맥주까지 한잔하고 화염 방사기 때문에 목이 말라 한잔을 더 들이켠 후, 눈앞의 안개는 어느 정도 뚫어 볼 수 있으나 예전의 안경보다는 훨씬 못한 새 안경을 쓰고, 오늘날까지 계속되는 그 도주의 길에 올랐다는 것이다. 그들을 추적하는 자들은 그만큼 끈질겼다.

그러나 도망칠 결심이 서지 않았던 서른 명의 사람들은 출입구를 마주하고 있는 담장을 따라 서 있었고, 그때 마침 얀은 하트의 퀸을 하트의 킹에다 기대어 붙이고 즐거운 듯이 두 손을 끌어당기고 있었다.

무슨 말이 더 필요한가? 그들은 우리를 발견했다. 그들은 거칠게 문을 열어제치며 '나와!' 하고 소리치며, 바람을 일으켜 카드 집을 무너뜨렸다. 그들은 건축술에 대한 신경 따위는 가지고 있지 않았다. 그들은 콘크리트를 믿었고, 영원한 것만을 세웠다. 그들의 눈에는 우체국 서기 브론스키의 분개하고 모욕당한 얼굴 같은 것은 보이지도 않았다. 얀은 끌려나가기 전에 다시 한번 카드를 손에 잡아 몇 장 쥐었으나 그들은 보지도 않았다. 그들은 내가 새로 얻은 북에서 타다 남은 양초를 떼어 내고, 북은 내가 가져가고, 타다 남은 양초를 버렸지만 거들떠보지도 않았다. 회중 전등으로 너무도 밝게 우리를 비추고 있었기 때문이다. 그러나 그들은 그 전등 때문에 눈이 부셔서 우리가 문 있는 곳을 잘 찾아내지 못한다는 사실을 깨닫지 못했다. 그들은 길쭉한 회중 전등과 앞으로 내민 소총 뒤에서 '나와!' 하고 소리쳤다. 그들은 얀과 내가 이미 복도에 나와 있는데도 여전히 '나와!'라고 소리 질렀다. 그러나 그들이 '나와!' 하고 소리친 것은 코비엘라와 바르샤바에서 온 콘라트, 보베크 그리고 살아 있는 동안 전신기 앞에 앉아 있던 키 작은 비쉬네브스키를 겨냥한 것이었다. 아무도 복종하지 않자 그들은 불안해졌다. 그들이 '나와!' 하고 소리칠 때마다 얀과 나는 큰 소리로 웃었는데, 그들은 얀과 내가 웃는 이유를 깨닫고는 비로소 '아, 그랬던가'라고 말하며 우리를 서른 명이 있는 우체국 안뜰로 데리고 갔다. 그들은 두 팔을 올려 목 뒤에서 깍지를 낀 채 뉴스 영화 촬영을 위해 갈증을 견디며 서 있었다.

우리가 옆문을 통해 끌려 나오자마자 뉴스 영화부의 사람들이 승용차 위에 고정시킨 카메라를 돌려 우리를 짧은 영화 속에 담았다. 그리고 그것은 나중에 모든 영화관에서 상영되었다.

나는 담장 앞에 서 있는 무리들로부터 분리되었다. 오스카는 자신이 난쟁이라는 사실, 그리고 세 살짜리는 무슨 짓을 해도 용서받는다는 생각을 하게 되었다. 그리고 다시 손발과 머리에 심한 통증을 느끼며 북과 함께 넘어졌다. 한편으로는 발작을 견디고 한편으로는 발작을 위장하며 버둥거렸으나, 발작 중에도 손에서 북을 놓지는 않았다. 그들이 오스카를 붙잡아 친위대의 공용차 속으로 밀어넣었다. 차가 움직이기 시작했고 그를 시립 병원으로 싣고 가려고 했다. 그때 오스카는 얀이, 불쌍한 얀이 멍청하고 행복한 듯한 미소를 짓고 있는 것을 보았다. 그는 위로 들어올린 손으로 몇 장의 스카트 카드를 쥐고 있었으며, 왼손에 든 한 장의 카드로—아마도 그것은 하트 퀸이었을 것이다—떠나가는 자식인 오스카에게 신호를 보내고 있었다.

자스페에 잠들다

방금 나는 마지막으로 쓴 문장을 다시 한번 읽어 보았다. 비록 만족스럽지는 않다 할지라도 그만큼 더 오스카의 문체임에는 분명하다. 왜냐하면 오스카의 문체는 간결하고 요약적이기 때문이다. 이따금 의도적으로 간결하게 간추려 놓음으로써 거짓말은 아니라 할지라도 과장하는 데는 성공했다고 볼 수 있다.

그러나 나는 어디까지나 진실에 머무르고 싶다. 오스카의 문체의 이면을 살피고 싶은 것이다. 그리하여 나는 여기서 이렇게 보고한다. 첫째, 얀이 애석하게도 최후까지 마칠 수도 이길 수도 없었던 마지막 게임은 '그랑의 손'이 아니라 '2 없는 다이아' 한 장이었다. 둘째, 오스카가 우편물 창고를 떠날 때는 새 양철북뿐만 아니라, 바지 멜빵이 없는 죽은 사람 그리고 편지들과 함께 세탁물 바구니로부터 굴러떨어진 부서진 북도 함께 손에 넣었다는 사실이다. 덧붙여 말해 둘 것도 있다. 즉, 방위대원의 '나와!' 하는 소리와 길쭉한 회중전등 그리고 소총으로 재촉당한 얀과 내가 우편물 창고를 떠나자마자, 오스카는 아저씨처럼 친절하게 대해 주는 두 명의 향토 방위대원에게 보호심을 불러일으키도록 매달리며 슬픈 듯이 우는 흉내를 내었다는 것이다. 그러고는 불쌍한 사내를 악한으로 만들어 버리는 고발하는 손짓으로 그의 아버지인 얀을 가리키며, 이 사내가 순진한 아이를 폴란드 우체국으로 끌고 가 폴란드식의 비인도적인 방법으로 방탄막이에 이용했노라고 말한 것이다.

오스카는 손상되지 않은 북과 부서진 북에 어느 정도 기대를 걸고 이와 같이 유다처럼 연기하며 자신의 말의 진실성을 납득시키려 했다. 그 결과 방위대원들은 얀의 엉덩이에 발길질을 하고 총개머리판으로 때렸으나, 나의 두 개의 북에는 손을 대지 않았다. 힘들게 가족을 부양하느라 코와 입 언저리에 주름이 잡힌 한 늙수그레한 방위대원은 내 뺨을 토닥거려 주기까지 했다. 그리고 언제나 웃음을 머금고 있어서 결코 그 전체가 완전히 드러나지 않는 찢어진 눈을 한 하얀 피부의 금발 사내도 나를 팔에 안아 주었다. 하지만 오스카는 거북살스럽기만 했다.

지금도 가끔 이 파렴치한 행위를 떠올리다 부끄러워지면, 나는 그럴 때마다 스스로를 이렇게 위로한다. 얀은 그때까지도 카드만 생각했고 이후에도 카드에서 생각이 떠나지 않았

으므로 내가 한 짓을 미처 깨닫지 못했을 것이다. 그 어떤 것
도, 심지어는 방위대원의 악마 같은 장난질도 그를 스카트 카
드로부터 떼어 놓을 수는 없었다. 얀은 이미 카드 집의 영원
한 나라로 가서 행복을 믿는 그러한 집에서 행복하게 살고 있
다. 반면에 우리, 즉 방위대원과 나는—오스카는 자신을 방위
대원에 포함시키고 있다—벽돌담 사이, 타일을 깐 복도 위, 석
회 도료를 칠한 돌출창 아래에 서 있는 것이다. 이 모든 것은
벽이나 칸막이벽과 너무나 부자연스럽게 얽혀 있어서, 소위
건축술이라고 하는 접착 작업이 이런저런 사정을 대며 그것
들 사이의 결합을 단념하게 되는 최악의 사태가 닥칠지도 모
른다. 우리는 이런 곳에서 살고 있지 않은가.

건축 중인 건물을 볼 때마다 파괴 작업을 연상하는 나는
카드로 된 집만이 인간답게 살 수 있는 유일한 집이라는 믿음
을 가지게 되었다. 하지만 이 때늦은 깨달음이 나의 잘못을 용
서해 줄 수는 없다. 게다가 가족 관계에서 오는 부담감이 한
몫 더했다. 그날 오후 나는 얀 브론스키에게서 단순한 아저씨
가 아닌, 단순히 추정상의 아버지만은 아닌 진짜 아버지를 분
명히 느꼈던 것이다. 그에게는 마체라트와는 영원히 구분되는
미덕이 있었다. 왜냐하면 마체라트는 나의 아버지이거나 아니
면 전혀 아니거나 어느 한쪽일 뿐이기 때문이다.

1939년 9월 1일—여러분들도 그 불행한 오후 동안 카드를
가지고 놀았던 그 행복한 얀 브론스키에서 나의 아버지를 알
아보았으리라고 생각한다—그날부터 나의 제2의 커다란 죄
가 시작되었다.

아무리 슬플지라도 이 말만은 하지 않을 수 없다. 나의 북, 아니 나 자신, 북을 치는 오스카는 처음에는 나의 불쌍한 어머니를, 다음에는 얀 브론스키를, 나의 아저씨이자 아버지를 묘지로 보냈던 것이다.

그러나 무엇으로도 방에서 내쫓을 수 없는 불손한 죄책감이 병실 침대의 베갯머리까지 찾아와 나를 괴롭히는 나날 동안 나는 다른 여느 사람처럼 모든 것을 나의 무지 탓으로 돌렸다. 사실 그 시절에는 무지(無知)가 유행이었고, 오늘날까지도 멋진 모자로서 많은 사람들의 얼굴과 어울리고 있으니까 말이다.

교활한 무지를 가장한 오스카, 폴란드적 야만성에 의한 순진무구한 제물을 가장한 오스카는 고열과 신경과민 때문에 시립 병원으로 후송되었다. 그리고 마체라트에게 그 사실이 통지되었다. 그는 전날 밤에 나의 행방불명을 신고했던 것이다. 내가 그의 소유라는 사실이 그때까지 확인되지 않았음에도 불구하고 말이다.

그러나 얀을 포함한 서른 명의 사내들은 두 손을 목 뒤로 올려 깍지를 낀 채 뉴스 영화에 촬영된 후, 처음에는 소개(疎開)된 빅토리아 학교로 연행되었다가 쉬스슈탕게 형무소에 수감되어 마침내 10월 초순, 무너져 황폐해진 자스페 묘지의 담장 너머 부드러운 모래 속에 묻혔다.

오스카는 그 사실을 어디서 알았던가? 나는 슈거 레오로부터 그 사실을 들었다. 물론 어느 모래 위 어느 담장 뒤에서 서른한 명의 남자들이 총살되었는데, 어느 모래 속에 서른한 명이 파묻혔는지 공식적으로는 알려지지 않았다.

우선 헤트비히 브론스키는 링 거리의 집에서 퇴거하라는 지시를 받았다. 그 집은 어느 고위 공군 장교의 가족들에게 할당되었다. 그녀가 슈테판의 도움을 받아 짐을 꾸리며 람카우로 이사할 준비를 하고 있을 때—그곳에 그녀는 몇 에이커의 밭과 숲 그리고 소작인의 집을 가지고 있었다—그 과부에게 한 통의 통지서가 배달되었다. 세상의 슬픔이 비치기는 해도 이해하지는 못하는 그녀의 눈은 흰 종이 위에 검은 글씨로 씌어져 그녀를 공식적인 미망인으로 만드는 그 통지서의 의미를 아들 슈테판의 도움을 받고서야 해독할 수 있었다.

그 내용은 다음과 같았다.

에버하르트 St. L. 41/39 군사재판소.
1939. 10. 6. 초포트
헤트비히 브론스키 부인,
얀 브론스키는 불법 군사 활동죄로 군법 회의에서 사형 판결을 받아 집행되었기에 이를 통보함.

　　　　　　　　　　　　　군법 회의 재판장 첼레브스키

보시다시피 자스페에 대해서는 한마디 언급도 없다. 유족들에게 터가 너무 넓고 꽃이 낭비되는 공동 묘지 관리비를 절약해 주려는 배려에서 당국은 자스페의 모래땅을 편편하게 고르고, 탄피는 하나만 남기고—언제나 하나쯤은 남는 법이다—모두 주워 모아 묘지 관리와 궁극적으로는 이장(移葬)까지 책임졌던 것이다. 격식을 갖춘 묘지에 여기저기 탄피가 널려 있으면, 설사 그것이 더 이상 사용되지 않는 묘지일지라도, 경관(景觀)이 손상되기 때문이다.

그러나 언제나 남게 마련인 그 하나의 탄피가 문제가 된다. 아무리 비밀리에 매장하더라도 꼭 냄새를 맡고야 마는 슈거 레오가 하나 남은 그 탄피를 발견했던 것이다. 나의 불쌍한 어머니의 매장, 그리고 상처자국투성이였던 나의 친구 헤어베르트 트루친스키의 매장 이래로 나와 알고 지내며 또 지기스문트 마르쿠스가 묻힌 곳도 확실히 알고 있는—그러나 내가 그에게 물은 적은 없었다—그가 11월 말경 마침 내가 병원에서 나왔을 때, 비밀을 간직하고 있는 그 탄피를 내게 가져왔다. 그는 행복해하면서 너무도 기쁜 나머지 거의 날뛰고 있었다.

어쩌면 얀을 명중시켰을지도 모르는 납제 탄환을 감싸고 있던, 이미 약간 산화된 그 탄피와 함께 슈거 레오를 앞세운 채 여러분을 자스페 묘지로 데려가기 전에 나는 단지히 시립 병원 소아과의 철제 침대와 이곳 병원의 철제 침대를 비교하고 싶다. 두 침대는 다같이 흰색으로 래커칠이 되어 있으나 서로 다르다. 소아과의 침대는 그 길이는 짧지만, 격자살은 접는 자로 재보면 키가 더 높다. 물론 39년에 내가 사용하던 짧고 높은 격자 침대가 더 마음에 든다. 하지만 지금 내가 사용하고 있는 성인용의 간이 침대에서도 나는 별 욕심없이 만족하고 있다. 그래서 좀 더 높은, 마찬가지로 래커칠된 철제의 격자침대로 바꾸어 달라는 나의 요청을 거부하든 받아들이든 병원 당국의 처사에 내맡기고 있는 것이다.

오늘날에는 내가 거의 무방비 상태로 위문객들에게 내맡겨져 있지만, 소아과에 있었을 때는 높이 솟아 있는 울타리가 면회일에 위문을 오는 마체라트나 그레프 부부, 세플러 부부로부터 나를 격리시켜 주었다. 그리고 병원에서 퇴원할 무렵 나의 할머니가 찾아왔다. 격자를 통해서 보니 네 벌의 치마를 교대로 바꾸어가며 입는 산(山),—나의 할머니 안나 콜야이체크에게 붙여진 별명이었다—걱정스러운 듯 깊게 한숨을 내쉬는 산은 여러 부분으로 나누어져 보였다. 그녀는 와서 한숨을 쉬고, 이따금 주름투성이의 큰 손을 들어올려 여기저기 갈라진 장밋빛의 커다란 손바닥을 드러내 보이다가는 금방 힘없이 축 늘어뜨리며 자기의 넓적다리를 두들겼다. 그 토닥거리는 소리는 오늘날까지도 생생하게 들리지만 내 북으로는 비슷하게 흉내나 낼 수 있을 뿐이다.

그녀는 첫 면회 때부터 오빠인 빈첸트 브론스키를 데려왔다. 그는 침대 격자를 붙든 채 나지막하지만 호소력이 있는 소리로 쉼없이 폴란드의 여왕, 처녀 마리아에 대해 이야기하거나 노래했고 혹은 노래하는 것처럼 이야기했다. 오스카는 그 두 사람 곁에 간호사가 있으면 즐거웠다. 하지만 두 사람은 나를 비난했다. 티없이 맑은 그들 브론스키 집안 특유의 눈은, 폴란드 우체국에서 있었던 스카트 놀이의 후유증으로 인한 신경열을 극복하느라고 힘들어하는 내게 불안과 스카트 카드 사이를 오락가락하며 보낸 얀의 최후의 몇 시간을 알려 주는 참조의 말, 조의(弔意)의 말이 될 소중한 보고를 기대했던 것이다. 그들은 얀을 변호하는 한마디의 고백을 듣고 싶어했다. 마치 내가 그를 변호할 수 있고, 나의 증언이 무게와 설득력을 가질 수 있기라도 한 것처럼 말이다.

9월 1일의 전날 저녁 나, 오스카 마체라트가 귀가길의 얀 브론스키를 기다렸으며, 수리가 필요한 북을 핑계로 삼아 얀 브론스키가 방위할 의욕이 없어 떠나왔던 폴란드 우체국으로 그를 다시 유인해 갔다는 사실을 내가 인정한다고 치자. 하지만 그러한 증언이 에버하르트 군 군법 회의에 무슨 영향을 줄 수 있었겠는가?

오스카는 증언을 하지 않았다. 추정상의 그의 아버지를 변호하지도 않았다. 분명하게 증언하려고 결심하는 순간 그는 갑자기 심한 경련을 일으켰다. 그래서 수간호사의 요구로 면회 시간이 제한되었으며, 그의 할머니 안나와 그의 추정상의 할아버지 빈첸트의 면회도 금지당했다.

두 사람의 노인은—그들은 비사우에서부터 걸어왔으며 내게 사과를 가져다주었다—시골 사람들이 으레 그렇듯이 지나치게 조심스러워하고 어쩔 줄 몰라하면서 소아과 병실을 나왔다. 할머니의 흔들거리는 네 벌의 치마와 그녀의 오라버니의 쇠똥 냄새 풍기는 검은 나들이옷이 멀어져감에 따라 나의 죄책감, 나의 너무나도 큰 죄책감은 더욱더 커졌다.

한꺼번에 여러 가지 일이 생겼다. 내 침대 앞에 마체라트, 그레프 부부, 셰플러 부부가 과일이며 과자를 갖고 밀어닥치는 동안, 카르트하우스와 랑푸우르 사이의 철도가 여전히 폐쇄되어 노인들이 비사우로부터 골드크루르와 브렌타우를 거쳐서 걸어서 나에게 오는 동안, 눈부시게 흰 옷을 입은 간호사들이 병원에서나 들을 수 있는 수다를 떨며 소아과 병실에서 천사의 대역을 하고 있는 동안, 폴란드는 아직 패배하지 않고 있었다. 하지만 곧 패배하기 시작하여 그 유명한 18일간의 저항후에 마침내 패배하였다. 그후에도 폴란드가 여전히 패배하지 않았음이 곧 판명되었긴 하다. 오늘날 슐레지아와 동(東) 프로이센 애국 단체들이 있음에도 불구하고 폴란드가 아직 패배하지 않은 것처럼 말이다.

아, 광란의 기병대여!—말을 탄 채 청딸기를 탐하는구나. 백색과 적색의 기를 단 창을 들고 있도다. 기병중대의 우울과 전통. 그림책에 나오는 멋진 공격. 로즈와 쿠노의 들판을 넘어서 간다. 모들린에서 요새를 구원한다. 아, 타고난 천부의 질주. 언제나 석양의 노을을 기다린다. 전경(前景)과 후경(後景)이 장관을 이룰 때 비로소 기병대는 공격을 감행한다. 전투는 그림처럼 아름답다. 죽음은 화가들에게 체중이 실린 다리와 체중이 실리지 않은 다리로 서 있는 모델이다. 이윽고 모델은 넘어진다. 그리고 청딸기와 들장미 열매를 따먹는다. 열매들은 굴러가면서 터지고 가려움증을 일으킨다. 가려움증이 없으면 기병대는 달리지 않는다. 창기병(槍騎兵)들은 또 가려워진다. 그들은 볏가리가 있는 곳에서—이 또한 한 폭의 그림이다—말머리를 돌려 스페인에서는 돈 키호테라고 불리는 기사 뒤에 집합한다. 그러나 그는 판 키호테라는 이름을 가진 슬프고도 고귀한 모습을 가진 순수한 폴란드 혈통으로서, 그를 따르는 창기병 전원의 손에 말 위에서 키스를 해 준다. 그래서 이제 그들은 죽음의 손에—마치 그것이 귀부인의 손이라도 되는 것처럼—되풀이해서 키스를 한다. 그러나 그들은 그전에 집합을 한다. 석양을 등에 지고—이러한 빛깔은 예비군이 된다—전방에는 독일의 전차들이 있고 볼렌과 할바하의 크루프 종마장에서 태어난 숫말들이 있다. 좀더 귀한 말을 탄 사람은 아무도 없었다. 그러나 스페인의 피와 폴란드의 피가 반반씩 섞인, 죽음으로 뛰어든 그 기사는—천부의 기사 판 키호테, 너무나 뛰어난 기사—백색과 적색의 작은 기가 달린 창을 비껴들고 그의 부하들에게 귀부인의 손에 키스하도록 권하고 있다. 그리고 저녁 노을이 지붕 위의 백색과 적색의 황새처럼 딱딱 소리내며 버찌의 씨를 뱉어 내고 있을 때, 그가 기병대에게 소리친다. "마상에 있는 고귀한 폴란드인이여, 저것은 강철로 된 전차가 아니다. 풍차가 아니면 양떼에 지나지 않는다. 어서 귀부인의 손에 키스하기를 바란다."

그리하여 기병중대는 회록(灰綠)색 강철의 옆구리를 향해 말을 달렸고, 저녁 노을에다가 더욱 붉은빛을 더하였다. 여러분은 오스카가 이 야전을 묘사하면서 각운(脚韻)을 사용하고 또 시적으로 표현하는 것을 용서해 주시기 바란다. 내가 폴란드 기병대의 사상자 수를 거론하면서 소위 폴란드 군대의 출정(出征)을 감정적으로 무미건조하게 만드는 통계를 제시한다면 더욱 정확하기는 할 것이다. 하지만 독자가 요구한다면 작은 별표가 있는 주석을 달고 시는 그대로 내버려 두어도 무방하지 않겠는가.

9월 20일경까지 나는 병원 침대에 누워 예쉬켄탈과 올리바 숲속의 고지대에서 포화를 뿜어 대는 포병대의 포성을 들었다. 그러고 나서 최후의 저항의 거점이었던 헬라 반도가 함락되었다. 그리하여 한자 동맹의 단치히 자유시는 벽돌의 고딕 양식과 대(大)독일 제국의 합병을 경축할 수 있었고, 검은 메르체데스에 서서 지치지도 않고 팔을 직각으로 올려 인사하는 아돌프 히틀러 총통의 그 푸른 눈을 환호하며 볼 수 있었다. 그 눈은 여자들을 사로잡는다는 점에서 얀 브론스키의 푸른 눈과 공통점을 가지고 있었다.

10월 중순경 오스카는 시립 병원에서 해방되었다. 간호사들과 떨어지는 것은 내게는 괴로운 일이었다. 한 간호사가—그녀는 에르니 아니면 베르니 간호사였던 것으로 기억된다—어쨌든 에르니 아니면 베르니 간호사가 내게 두 개의 북, 즉 나를 죄인으로 만든 부서진 북과 폴란드 우체국을 방어하는 동안에 얻었던 성한 북을 돌려주었을 때, 나는 그 몇 주일 동안 북에 대해 전혀 생각하지 않았다는 것과 내게는 이 세상에 양철북 이외에도 다른 것이 존재하고 있었다는 사실을 의식했다. 간호사들 말이다!

힘차게 악기를 울리고 새로운 지식을 갖춘 채 나는 마체라트의 손에 이끌려 시립 병원을 나왔다. 그리고 라베스베크 거리에서 아직도 불안하게 약간 비틀거리는, 영원히 세 살짜리인 다리로 버티고 서서 일상 생활에, 일상 생활의 권태로움에, 전쟁 첫해의 더욱 권태로운 일요일에 몸을 내맡겼다.

11월 말의 어느 화요일—나는 몇 주일 동안 요양한 후에야 다시 시내로 나갔다—오스카는 막스 할베 광장과 브뢰젠 거리의 모퉁이에서 습기 차고 추운 날씨 같은 것은 거의 개의치도 않고 우울하게 북을 두드리다 예전의 신학교 학생인 슈거 레오와 마주쳤다.

우리는 당황해서 잠시 동안 미소를 지으며 마주 보고 서 있었다. 그러다가 레오가 프록코트의 호주머니에서 가죽 장갑을 꺼내어 누르스름하고 피부 비슷한 덮개를 손가락과 손바닥에 끼워넣었을 때 비로소 나는 마주친 사람이 누구인지, 그리고 이 만남이 내게 무엇을 가져다줄 것인가를 알아차렸다. 그래서 오스카는 무서워졌다.

우리는 '황제 커피 상회'의 쇼윈도를 들여다보았고 막스 할베 광장에서 교차하는 5번선과 9번선의 시내 전차를 바라보았다. 그리고 브뢰젠 거리의 똑같이 생긴 집들을 따라 걸었고, 광고탑을 몇 번이나 돌았으며, 단치히의 굴덴과 독일 마르크의 교환을 알리는 게시문을 읽었다. 그리고 페르질 비누의 광고를 긁어내어 흰색과 푸른색 아래에 약간의 빨간색이 있는 것을 발견하고는, 그것으로 만족하여 다시 광장으로 돌아가려고 했다. 그때 슈거 레오가 장갑 낀 두 손으로 오스카를 어느 집의 입구로 밀어 넣고는 장갑을 낀 왼쪽 손가락으로 처음에는 코트의 뒷부분을 더듬더니, 다음에는 코트 자락 밑으로 손가락을 밀어넣어 바지 호주머니 속에서 주물럭거리며 뒤적여 무엇인가를 찾았다. 그리고 그 찾은 것을 호주머니 속에서 다시 확인한 다음 그것으로 만족했는지, 손에 쥔 채로 호주머니에서 끄집어내고는 코트 자락을 다시 내렸다. 그리고 나서 장갑 낀 주먹을 천천히 앞으로 내밀어 오스카를 점점 더 입구의 벽 쪽으로 밀어붙였다—그러나 벽이 꺼져 들어가지는 않았다―마침내 그의 긴 팔이 다섯 손가락의 피부를 펴려고 했을 때 나는 다음과 같은 생각이 들었다. 언제라도 저 팔이 그의 어깨 관절에서 저절로 튀어나와 내 가슴을 치고, 가슴을 관통하여 어깨뼈 사이로 해서 다시 밖으로 나와, 이 곰팡이 냄새가 나는 층계참의 벽 속으로 들어가지나 않을까―그렇게 되면 오스카는 레오가 쥐고 있는 것을 결코 볼 수 없으리라. 기껏해야 라베스베크 거리의 주민 수칙 조문과 별반 차이가 나지 않는 브뢰젠 가의 주민 수칙 조문이나 얻게 될지도 모르는 일이다.

나의 수병 옷의 닻 무늬가 새겨진 단추를 누르는 것과 동시에 레오는 내 눈 바로 앞에서 장갑 낀 손을 재빨리 펼쳤다. 그의 손가락 관절이 딱 하고 울리는 소리가 들릴 정도였다. 그의 손바닥을 보호하긴 하지만, 곰팡이가 눅눅하게 슬어 번들거리는 가죽 위에는 탄피가 올려져 있었다.

레오가 다시 주먹을 쥐었을 때 나는 그를 따라갈 준비가 되어 있었다. 조그만 쇳덩어리가 나에게 직접 호소했던 것이다. 오스카는 레오의 왼편에 선 채 우리는 브뢰젠 가를 따라 내려갔다. 우리는 어떤 쇼윈도 앞에서도, 어떤 광고탑 앞에서도 멈추지 않고, 마그데부르크 거리를 횡단했다. 그러고는 밤 동안에 이착륙하는 비행기를 위해 경계등을 밝히는, 브뢰젠 가의 맨 끝에 위치한 상자 모양의 두 개의 건물을 뒤로 한 채 처음에는 울타리가 있는 비행장 언저리를 뚜벅뚜벅 걸었으나, 결국에는 보다 메마른 아스팔트 길로 바꾸어, 브뢰젠을 향해서 달리고 있는 9번선 시내 전차의 선로를 따라서 갔다.

우리는 입도 벙긋하지 않았다. 하지만 레오는 장갑 속에 여전히 탄피를 쥐고 있었다. 내가 습기와 추위 때문에 멈칫거리며 돌아가려고 할 때마다 그는 주먹을 펴 조그만 쇳덩이를 손바닥 위에 올려놓고 춤추게 하면서 백 걸음만 또 백 걸음만 하고 유혹했다. 내가 자스페의 시유지(市有地)에 거의 다 와서 정말로 되돌아가려고 결심하자 그는 음악까지도 동원했다. 뒤꿈치를 축으로 하여 빙글 돌아선 그는 탄피의 열린 쪽을 위로 하더니, 침이 흥건한 아랫입술을 삐죽 내밀어, 마치 피리를 부는 것처럼 그 구멍에다 대고 소리를 내었다. 이내 날카로운 소리가 나는가 하더니 이내 안개로 덮인 듯한 쉰 소리가, 점점 세차게 내리기 시작하는 빗소리 속으로 섞여 들었다. 오스카는 오싹한 기분이 들었다. 탄피로 연주하는 음악이 그를 오싹하게 했을 뿐만 아니라, 마치 그 소리를 위해 사전에 짜맞추기라도 한 것 같은 비참한 날씨가 한몫 더 거들었던 것이다. 그런 지경이고 보니 그로서는 가련하게 떠는 모습을 감추려고 애써보았지만 헛일이었다.

도대체 무엇이 나를 브뢰젠으로 유혹했던가? 그렇다, 탄피를 피리 삼아 부는 유혹자 레오 때문이었다. 그는 더욱 자주 나를 향해 피리를 불었다. 11월의 짙은 안개 저편에 펼쳐진 정박지와 노이파르바서로부터 기선의 사이렌, 그리고 스코틀랜드와 쉘밀과 독일의 식민지를 지나 출입항하는 수뢰정의 굶주린 듯한 포효가 우리가 있는 곳까지 울려왔다. 그러므로 레오로서는 추위에 떠는 오스카를 안개 피리와 사이렌과 탄피 소리로 유혹하여 자기 뒤를 따르게 하기란 손바닥 뒤집기처럼 쉬운 일이었다.

비행장을 신(新)연병장과 경계호로부터 분리시키고 있는 철조망이 펠롱켄 쪽으로 비스듬히 구부러지는 근처에 멈추어 서서 잠시 동안 고개를 기울여 탄피에 침을 바르면서 슈거 레오는 부들부들 떠는 내 몸을 바라보았다. 그는 탄피를 빨아들여 아랫입술에 밀착시킨 채 마치 갑자기 생각났다는 듯이 팔을 크게 휘저으며 자락이 긴 프록코트를 벗어 습기 찬 흙 냄새를 풍기는 그 무거운 옷을 내 머리와 어깨 위에다 던져서 걸쳐 주었다.

우리는 다시 걷기 시작했다. 오스카가 한기를 덜 느끼게 되었는지 나는 모른다. 때때로 레오는 다섯 걸음쯤 앞서 뛰어가다가 멈추어 서곤 했는데, 꾸깃꾸깃하면서도 놀랄 만큼 하얀 셔츠 차림으로 서 있는 그의 모습은 슈토크 탑과 같은 중세의 감옥에서 필사적으로 탈출한 것 같기도 하고, 아니면 눈부시게 하얀 그 옷은 정신 병자들이 주로 입는 의상이 어떤 것인지를 보여 주는 것 같기도 했다. 레오는 프록코트 속에서 아장아장 걷는 오스카를 보며 연신 폭소를 터뜨렸다가, 그때마다 날개를 퍼덕거리며 까악까악 우는 까마귀처럼 어깨를 들썩거리며 폭소를 끝내는 것이었다. 정말이지 나는 바로 까마귀는 아니라 할지라도 까마귀 비슷한 우스꽝스럽게 생긴 새와 비슷했음에 틀림없었다. 특히 질질 끌리며 걸레처럼 큰 길의 아스팔트 위를 쓸며 지나가는 코트 자락 때문에 더욱 그랬을 것이다. 나는 넓고도 당당한 발자국을 뒤로 남겼는데, 오스카는 어깨 너머로 그것을 흘낏흘낏 보면서 자랑스러운 기분마저 들었다. 그 발자국은 그의 내면에 잠들어 있는 아직 익지 않은 비극을 생생하게 보여 준다고까지는 말할 순 없어도 암시는 하고 있었던 것이다.

이미 막스 할베 광장에서 나는 레오가 나를 브뢰젠이나 노이파르바서로 데리고 가려 하지 않는다는 것을 짐작하고 있었다. 이 행진의 목적지는 처음부터 자스페 묘지와 바로 근처에 보안 경찰의 현대식 사격장이 있는 경계호뿐이라는 것은 명백했다.

9월 말에서 4월 말까지 해안(海岸) 노선의 전차는 35분 간격으로만 운행되었다. 우리가 랑푸우르 교외의 마지막 집들을 막 지나갔을 때 맞은편에서 연결차량이 달려 있지 않은 전차 한 대가 왔다. 그러자 곧 마그데부르크 거리의 대피선로(待避線路)에서 이 전차를 기다려야 했던 전차가 우리를 추월했다. 우리가 자스페 묘지 바로 직전 두 번째의 대피선로가 마련돼 있는 곳 근처에 다다르는 순간 비로소 한 대의 전차가 종소리를 내며 우리를 추월하였고, 또다시 맞은편에서 한 대의 전차가 나타났다. 짙은 안개에도 불구하고 우리는 그 전차를 멀리서부터 볼 수 있었는데, 그것은 시계(視界)가 좋지 않아 그 전차가 눅눅한 안개 속에서 헤드라이트를 밝히고 있었기 때문이었다.

맞은편에서 오는 전차 운전사의 펑퍼짐하고 무뚝뚝한 얼굴을 쳐다보며 오스카는 슈거 레오에게 이끌려 아스팔트 길을 벗어나 사각거리는 모래땅으로 접어들었다. 가까이에 해변의 모래 언덕이 있음을 알 수 있었다. 앞에 나타난 묘지는 정방형을 이루는 담장으로 둘러싸여 있었다. 현란한 무늬의 쇠창살로 된 작은 문이 남쪽으로 나 있었으나 그것은 허울에 지나지 않았기 때문에 우리는 안으로 들어갈 수 있었다. 유감스럽게도 레오는 거의 쓰러질 정도로 기울어져 있거나 이미 훼손되어 있는 묘비들을 세세하게 관찰할 틈을 주지 않았다. 묘비들의 뒷면과 옆면은 대개 거칠게 깎여져 있었지만, 앞면은 반질반질하게 연마되어 있는 스웨덴 산의 검은 화강암이나 휘록암으로 되어 있었다. 말라비틀어진 채 구불구불하게 자란 대여섯 그루의 해송(海松)이 묘지의 관상목을 대신하고 있었다. 생전의 어머니는 시내 전차에 앉아 바라보면서 이 황폐한 땅을 다른 어떤 조용한 장소보다도 좋아했던 것이다. 지금 그녀는 브렌타우에 잠들어 있다. 그곳 땅은 좀더 비옥하다. 그곳에는 느릅나무와 단풍나무가 자라고 있기 때문이다.

정취가 깃들인 황폐한 묘지를 둘러볼 틈도 주지 않고 레오는 북쪽 담장의 격자 없는 열린 샛문으로 해서 나를 묘지 밖으로 데려갔다. 우리는 담장 바로 뒤 편편한 모래땅에 서 있었다. 자욱한 안개 속에서도 금작화, 소나무, 들장미들이 해변 쪽으로 헤엄치듯 뻗어 있는 모습이 너무도 뚜렷이 보였다. 묘지 쪽으로 눈을 돌리자, 북쪽 벽의 한 부분이 백회로 새로 칠해진 것이 금방 눈에 띄었다.

레오는 자기의 구겨진 셔츠처럼 눈이 부실 정도로 새하얀 새로 칠해진 벽 앞에서 분주하게 움직였다. 그는 애써 큰 걸음으로 걸으며 걸음 수를 헤아리는 것처럼 큰소리로 숫자를 헤아렸다. 지금도 오스카가 그렇게 믿고 있지만 그는 라틴어로 헤아렸다. 그는 신학교에서 배운 듯한 성서구절도 흥얼거리며 노래했다. 그러더니 담장에서 약 10미터쯤 떨어진 지점에 표시를 했다. 그리고 내가 생각하기로는 수리를 한 듯 백회로 칠한 부분 바로 앞에 나뭇조각 하나를 놓았다. 그는 이 모든 일을 왼손으로 했는데, 오른손은 탄피를 쥐고 있었기 때문이었다. 그는 꽤 오랫동안 찾아보고 재고 하더니 나뭇조각이 놓여 있는 곳 바로 가까이에 속이 비어 있고 앞쪽이 약간 좁혀진 그 쇳덩이를 놓았다. 그 탄피는 누군가가 구부린 집게손가락으로 방아쇠를 찾아 발사하기 전까지 납으로 된 탄환에 숙소를 제공했던 것이다. 그 납덩이에게 하나의 거점을 알려 주며, 죽음을 야기할 이사를 명령하기 전까지 말이다.

우리는 계속 서 있었다. 슈거 레오의 입에서 침이 흘러나와 실처럼 늘어졌다. 그는 장갑 낀 손으로 합장하였고, 또 라틴어로 무언가 잠시 흥얼거리더니, 거기에 힘차게 응하여 노래할 수 있는 사람이 아무도 없자 입을 다물어 버렸다. 레오는 또한 몸을 돌려 애가 타는 듯 초조하게 담장 너머로 브뢰젠 국도 쪽을 바라보았다. 대개는 텅 빈 시내 전차들이 대피선로에 정차했다가 벨을 울리며 서로 헤어져 갈 때면, 그는 그때마다 머리를 그 방향으로 돌렸다. 아마도 레오는 문상객들을 기다리고 있는 것 같았다. 그러나 도보로 오건 전차로 오건 그가 장갑을 긴 채 애도의 말을 건넬 수 있는 사람은 아무도 나타나지 않았다.

머리 위쪽에서 착륙할 준비를 갖춘 비행기들의 붕붕거리는 소리가 들려왔지만 우리는 위를 올려다보지 않았다. 양 날개 끝에 눈부신 등을 밝힌 세 대의 Ju 52형의 비행기들이 착륙 준비를 하고 있다는 사실을 확인할 생각도 하지 않은 채 우리는 엔진의 소음을 듣기만 했다.

엔진 소리가 멀어지자마자—그 정적은 우리들 맞은편에 있는 흰 벽과 마찬가지로 고통스러웠다—슈거 레오는 셔츠속에다 손을 넣어 무언가를 끄집어내었다. 그러고는 곧바로 내 곁으로 와서, 오스카의 어깨로부터 까마귀처럼 생긴 코트를 빼앗아 가지고 금작화와 들장미 그리고 해송이 있는 해안쪽으로 달려갔다. 그는 뛰어가면서 무언가를 떨어뜨렸는데, 그것은 명백하게 계산된 의도적 행위로서 누군가가 발견해 주기를 기대하는 것이었다.

레오의 모습이 완전히 사라졌을 때야 비로소, —그는 지면을 기어가는 우윳빛 안개 속에 완전히 삼켜질 때까지 그 빈터를 유령처럼 돌아다녔다—내가 빗속에서 완전히 혼자가 되었을 때에야 비로소 나는 모래에 묻혀 있는 한 조각의 두꺼운 종이를 손에 넣게 되었다. 그것은 스카트 카드의 스페이드 7이었다.

자스페의 묘지를 방문한 지 며칠 후에, 오스카는 그의 할머니 안나 콜야이체크를 랑푸우르의 칠일장에서 만났다. 비사우에서 관세 제한과 국경이 철폐된 후, 그녀는 다시 달걀, 버터, 그리고 양배추와 겨울사과까지 시장으로 가져올 수 있었다. 손님들은 좋아하면서 다량으로 사갔다. 생활 필수품의 배급 제도가 곧 실시될 예정이어서 매점할 필요가 있었기 때문이었다. 오스카가 물건 뒤에 쪼그리고 앉아 있는 할머니를 본

바로 그 순간에, 그는 외투와 스웨터 그리고 소매 없는 웃옷 밑에 있는 맨살에서 스카트의 카드를 느꼈다. 처음에 나는 스페이드 7을 찢어 버리려고 생각했다. 전차 차장이 집까지 무료로 태워다 주겠다고 하여 자스페에서 막스 할베 광장으로 막 돌아왔을 때의 일이었다.

그러나 오스카는 그 카드를 찢지 않았다. 그는 그것을 할머니에게 주었다. 그녀는 그를 보는 순간 양배추 뒤에서 깜짝 놀라는 것 같았다. 아마도 오스카가 무언가 좋지 못한 일을 가져올 거라고 생각했으리라. 그러나 그녀는 생선 바구니 뒤에서 반쯤 모습을 드러내고 있는 세 살짜리에게 가까이 오라고 눈짓했다. 오스카는 처음에는 우물쭈물하며 축축한 해초 위에 놓여 있는 거의 1미터나 되는 살아 있는 대구를 자세히 들여다보았다. 그러고 나서 조그만 바구니 속에서 바글거리며 아직도 열심히 게걸음질을 연습하고 있는, 오토민 호수에서 잡힌 게들 쪽으로 시선을 돌리려고 했다. 오스카도 그 걸음걸이를 흉내 내며 그의 수병 외투의 등 쪽을 할머니 쪽으로 돌려 가까이 접근했고, 그녀에게 금빛 닻무늬의 단추를 보이며 휙 돌아서는 순간, 그만 진열품 밑의 나무 받침대 하나를 걸어차 사과들이 떼굴떼굴 굴러갔다.

슈베르트페거가 신문지에 싼 뜨거운 벽돌을 가지고 와 할머니의 치마 밑으로 밀어 넣었고, 차가워진 벽돌을 예전처럼 자루가 긴 삽으로 끄집어내었다. 그리고 목에 매달고 있는 석판에다 표시를 한 후 다음 노점으로 옮겨갔다. 할머니는 내게 반들반들 윤기가 나는 사과 하나를 주었다.

그녀가 오스카에게 사과를 주었는데, 그는 그녀에게 무엇을 줄 수 있었던가? 그는 먼저 스카트 카드를 건네주었고, 다음에는 자스페에 같이 잠들도록 내버려 둘 수 없었던 탄피를 넘겨 주었다. 너무도 서로 다른 두 개의 물건을 보고 안나 콜야이체크는 알 수 없다는 듯이 한참 동안 들여다보았다. 그때 오스카는 두건 밑에 있는 말랑말랑한 노파의 귀에다 입을 가져갔다. 그리고 주위를 조심스럽게 살펴보고, 작긴 하지만 통통한 얀의 장밋빛 귀와 길고 가지런한 귓불을 생각하며 속삭였다. "자스페에 잠들어 있어요."라고 오스카는 속삭였다. 그러고 나서 등에 지는 양배추 광주리를 뒤엎고는 그곳으로부터 달아났다.

마리아

역사가 목청을 돋우어 임시 성명들을 발표하며 잘 기름칠한 차량처럼 유럽의 거리와 수로(水路)와 하늘을 달리고 헤엄치고 날며 정복하고 있는 동안, 래커칠한 어린아이의 양철북을 두드리기만 하면 되는 나의 작업은 잘 진척되지 않고 멈칫거리며, 도대체 나아지지를 않았다. 그자들이 값비싼 금속을 주위에다 흥청망청 뿌려 대며 낭비하는 동안, 나의 양철북은 또다시 못 쓰게 되었다. 물론 오스카는 폴란드 우체국에서 거의 흠이 없는 새 북을 손에 넣었기 때문에 우체국 방위전에 하나의 의미를 부여할 수 있었지만, 전성기에는 양철을 고철로 바꾸는 데 8주일도 채 걸리지 않던 나 오스카에게 나찰니크 씨 2세의 양철북이 무슨 대수란 말인가!

시립 병원에서 퇴원한 후 곧바로 나는 간호사들과 헤어진 것을 못내 슬퍼하며 마구 두들기며 작업하고, 작업하면서 마구 두들기기 시작했다. 자스페 묘지에서의 질척질척 비가 내리는 오후의 날씨도 나의 손놀림을 안정시키지는 못했다. 그와 반대로 오스카는 향토 방위대원들이 보는 앞에서 자기가 저지른 부끄러운 행위의 마지막 목격자인 북을 두들겨 부수기 위해 두 배로 힘을 쏟으며 전력을 기울였다.

하지만 북은 저항을 하고, 말대꾸를 하고, 내가 두들기면 비난하듯 되퉁겼다. 그런데 나의 지난 과거 중에서 특정한 시기를 지워 없애는 것만을 목표로 하며 이와 같이 두드리는 동안에, 이상스럽게도 현금등기 배달부인 빅토르 벨룬의 모습이 거듭해서 나의 의식에 떠올랐다. 그는 근시여서 내게 불리한 증언을 할 가능성도 거의 없는데도 말이다. 그러나 근시임에도 불구하고 어쨌든 그는 도주에 성공하지 않았는가? 어쩌면 근시가 다른 사람보다 더 잘 볼 수 있을지도 모른다. 그래서 내가 대개는 불쌍한 빅토르라고 부르는 벨룬도 흑백의 실루엣과도 같은 나의 몸짓에서 나의 유다와 같은 행위를 알아차리고, 이제 오스카의 비밀과 치욕을 간직한 채 도주하며 온 세상에다 퍼뜨리고 있는 것은 아닐까?

12월 중순이 되어서야 비로소 내 목에 걸려 있는 래커칠한 붉은 불꽃 모양의 양심의 고발은 그 신념을 상실하였다. 래커칠한 부분이 머리카락처럼 가닥가닥 갈라지고 벗겨졌던 것이다. 양철은 물러지고 얄팍해지다가, 훤히 속이 비치기 시작하면서 갈라졌다. 어떤 물건이 고통을 당하면서 종말에 다가가는 것을 보면 언제나 그렇듯이, 그 고통을 옆에서 지켜보는 목격자는 고통을 단축시키고 종말을 더욱 빨리 오게 해 주고 싶은 법이다. 강림절의 마지막 주일 동안 오스카는 마체라트와 이웃들이 머리를 싸맬 정도로 서둘러 작업하여 크리스마스 이브까지는 결말을 보려고 했다. 크리스마스 이브에는 부담없는 새 북을 갖고 싶었기 때문이다.

나는 해냈다. 12월 24일 전날 나는 충돌한 자동차를 연상시키는, 쭈글쭈글해지고 끊임없이 덜거덕거리는 녹슨 그 무엇을 나의 육체 그리고 나의 영혼으로부터 마침내 떼 내는 데 성공했다. 이제서야 비로소 내가 바라던 대로 폴란드 우체국 방위가 완전히 격파되었던 것이다.

그 어떤 사람도—여러분이 나를 사람으로 받아들여 주신다면 말이지만—오스카만큼 환멸에 찬 크리스마스를 경험하지는 못했을 것이다. 물론 오스카에게 줄 선물은 무엇 하나 빠진 것 없이 크리스마스 트리 아래에 마련되어 있었다. 하지만 양철북이 빠져 있었던 것이다.

집짓기 장난감 상자가 있었지만 나는 열어보지도 않았다. 흔들거리는 백조는 특별 선물임을 뽐내며, 나를 백조의 기사로 만들려고 했다. 누군가가 감히 서너 권의 그림책을 선물 테이블에 올려놓았는데, 정말 울화통 터지는 일이었다. 다만 몇 켤레의 장갑과 끈 달린 구두 그리고 그레트헨 셰플러가 짠 빨간 스웨터는 쓸모가 있을 것으로 생각되었다. 오스카는 어리둥절하며 집짓기 장난감 상자로부터 백조에게로 눈길을 돌렸다가 온갖 악기들을 앞발로 들고 있는 그림책 속의 우스꽝스러운 장난감들을 물끄러미 바라보았다. 거기에는 귀엽게 꾸며

놓은 한 마리의 야수가 북을 안고 있었는데, 어떻게 보면 북을 칠 수 있을 것 같기도 하고, 어떻게 보면 지금이라도 북의 간주곡을 시작할 것 같고, 아니면 이미 북을 치고 있는 것 같기도 했다. 그러나 내게 백조는 있었으나 북은 없었다. 분명히 1000개도 넘는 집짓기 도막은 있었으나 단 한 개의 북도 없었다. 엄청나게 추운 밤을 위한 벙어리 장갑은 있었으나, 그 장갑을 끼고서 칠 수 있는 그 무엇은 없었다. 둥글고 얼음처럼 차갑고 매끈매끈하게 래커칠한 양철로 된 그것이 있다면 겨울밤 밖으로 들고 나가 무언가 하얀 것을 추위 속에 들려 줄 수 있을 텐데도 말이다!

오스카는 마체라트가 또 하나의 양철북을 감추어 두고 있을 것이라고 생각했다. 아니면 우리 집의 크리스마스 특식인 거위를 먹어 치우려고 그녀의 남편인 빵집 주인과 함께 온 그레트헨 셰플러가 그 위에 깔고 앉아 있는지도 모른다. 그들은 우선 백조나 집짓기 장난감이나 그림책을 보고 내가 기뻐하는 모습을 본 후에야 진짜 보물을 불쑥 내놓을 심산이리라. 나도 거기에 따랐다. 그래서 바보처럼 그림책을 뒤적이기도 하고 너무도 메스꺼운 걸 꾹 참고 백조의 등에 올라타 흔들거리기도 했다. 그러고 나서 방 안이 너무 더운데도 스웨터를 입었고, 그레트헨 셰플러의 도움을 받아 끈 달린 장화에 발을 밀어 넣었다. 그러는 동안에 그레프 부부도 도착했다. 거위는 6인분으로 마련되어 있었던 것이다. 이어서 마체라트가 마른 과일을 채워 넣고 솜씨 좋게 요리한 거위를 완전히 먹어 치웠다. 디저트로는 자두와 배가 나왔다. 나는 네 권의 책에다 그레프가 또

다시 보탠 한 권의 그림책을 든 채 어이가 없어 맥이 탁 풀려 있었다. 한바탕 수프, 거위, 붉은 양배추, 소금에 절인 감자, 자두, 배를 먹어 치운 후, 따뜻함이 오래 지속되는 도기 난로의 열기를 받으며 우리는 모두 노래를 불렀다. 오스카도 함께 불렀다. 크리스마스 캐럴을 한 곡, 다시 「기쁘다 구주 오셨네」를 한 절, 그리고 「소나무여 소나무여 언제나 푸른 네 빛」을 불렀다. 나는 정말 이제야말로—밖에서는 이미 사방에서 울려 대는 종소리가 모든 사람을 괴롭히고 있었다—북을 갖고 싶었다. 음악가 마인도 한 때 소속해 있었던 '만취한 브라스밴드'는 돌출창으로부터 고드름이 녹아 떨어질 정도로 불어대고 있었다…… 나는 북을 원했다. 그런데 그들은 주지 않았다. 꺼내 주지 않았다. 오스카는 '예스!' 하는데, 다른 사람들은 '노!' 했다. 그래서 나는 소리쳤다. 벌써 오래전부터 소리를 지르지 않았었는데, 이제 오랜 휴식을 마치고 다시 한번 소리를 연마하여 유리를 갈라지게 하는 날카로운 악기로 만들었다. 그러나 나는 꽃병이나 맥주잔 그리고 전구 따위는 죽이지 않았다. 유리 진열장을 깨뜨리지도 않았으며, 안경으로부터 시력을 빼앗지도 않았다. 오히려 내 소리는 크리스마스 트리에서 반짝반짝 빛을 내며 축제 분위기를 뿌리고 있는 둥근 공들과 작은 종들, 건드리기만 해도 부서지는 은빛의 비누 거품, 그리고 크리스마스 트리의 장식, 이 모든 것을 쨍그랑쨍그랑 소리를 내며 바싹바싹 가루로 만들었다. 전나무 잎도 몇 개의 쓰레받기에 차고 넘칠 정도로 떨어졌다. 그러나 촛불만은 조용하고 성스럽게 계속 타고 있었다. 그럼에도 불구하고 오스카는 양철북을 얻지 못했다.

마체라트는 통찰력이라고는 없는 사람이었다. 나를 교육시키려고 그랬는지 아니면 나에게 때 맞추어 많은 북을 주어야 한다는 사실에 생각이 미치지 못했는지 나로서는 모른다. 어쨌든 모든 것이 파국을 향해 치달았다. 다만 나의 절박한 몰락과 때를 같이하여 식료품 가게도 눈에 띄게 점점 더 어수선하고 복잡해졌는데, 이러한 사정이—궁색할 때면 언제나 감수하는 것이지만—나와 가게에 때마침 도움이 되었던 것이다.

오스카는 가게의 카운터 뒤에 서서 흑빵이나 마가린이나 인조 꿀을 팔 수 있을 만큼 키가 크지도 않았고 또 그럴 마음도 없었다. 그래서 여러 가지로 귀찮은 일을 피하려고 내가 다시 아버지라고 부르는 마체라트는 나의 불쌍한 친구 헤어베르트의 막내 누이동생인 마리아 트루친스를 가게에 고용하였다.

그녀는 이름만 마리아가 아니라 실제로도 마리아와 같은 여자였다. 그녀 덕택에 우리 가게가 수 주일 내로 좋은 평판을 회복한 것은 말할 나위도 없다. 하지만 마체라트는 그답게 이처럼 친절하고도 빈틈없는 상술을 발휘한 이외에도 나의 입장까지 고려하여 다소 영리한 판단을 내렸던 것이다.

마리아가 가게의 카운터 뒤에 자리를 잡기도 전에, 그녀는 배 앞에다 못 쓰게 된 북을 매달고 층계참의 백 개도 넘는 계단을 비난이라도 하는 듯이 쿵쿵거리며 올라갔다 내려왔다 하고 있는 내게 여러 차례 헌 대야를 대용품으로 제공해 주었다. 그러나 오스카는 대용품이라면 질색이었기 때문에 대야 밑바닥을 두드리는 것을 완강하게 거부했다. 그런데 마리아는 우리 집 가게에 발판을 마련하자마자 마체라트의 뜻을 거슬러가면서까지 나의 희망을 고려해 주었던 것이다. 물론 오스카는 그녀와 나란히 장난감 가게에 들어갈 마음은 내키지 않았다. 갖가지 장난감이 가득 찬 가게 안으로 들어가게 되면, 지기스문트 마르쿠스의 짓밟힌 가게를 떠올리게 되어 고통스런 기분이 들 것이 분명했기 때문이다. 상냥하고도 부드러운 마리아는 나를 밖에다 세워놓고는 혼자서 물건을 샀고, 필요에 따라서는 4주일이나 5주일마다 내게 새 양철북을 사주었다. 게다가 양철북조차도 부족하게 되어 배급제가 된 전쟁 말기에는 나의 양철북을 카운터 아래로, 소위 암거래 물자로 양도받기 위해 그녀는 장난감 가게 주인들에게 설탕이나 16분의 1파운드의 진짜 커피를 제공해야만 했다. 그녀는 이런 일들을 한숨을 쉬거나 머리를 흔들거나 눈 한번 흘기는 일 없이 해냈다. 깨끗이 빨아 단정하게 손질한 바지며 양말이며 윗도리를 내게 입힐 때처럼 그녀는 성의를 다하여 당연한 듯이 그 일들을 했다. 그후 수년 동안 마리아와 나의 관계는 끊임없이 변화했고 오늘날까지도 분명하지는 않지만 그녀가 내게 북을 구해 주는 방법은 언제나 그대로였다. 어린이용 양철북의 가격이 1940년에 비해 오늘날 훨씬 비싸지기는 했지만 말이다.

요즈음 마리아는 어느 패션 잡지를 정기 구독하고 있다. 면회일마다 그녀의 옷차림은 더욱 세련되어 간다. 그런데 그 무렵은 어쨌던가?

마리아는 예뻤던가? 그녀는 둥글고 씻은 듯이 깨끗한 얼굴로, 코 윗부분에서 이어져 있는 눈썹은 힘차고 짙었으며, 그 밑의 짧은 속눈썹이 짙게 난 약간 튀어나온 회색 눈은 서늘하기는 해도 쌀쌀맞지는 않았다. 눈에 띄게 두드러진 광대뼈는 추운 날씨에는 그 살갗이 푸르스름하고 아플 정도로 팽창해 있었으나, 그녀의 펑퍼짐한 얼굴에 다소간의 안정감을 주었다. 그러나 어떻게 보면 익살맞게까지 보이는 조그마하면서도 밉지 않고 정말 귀엽게 잘생긴 코는 그 얼굴에 거의 아무런 영향도 주지 못했다. 그녀의 이마는 좁고 둥글었으며, 어렸을 때부터 콧마루 위쪽에 깊은 주름살이 세로로 새겨져 있었다. 지금까지도 젖은 나무줄기 같은 광택을 지니고 있는 약간 곱슬곱슬한 그녀의 갈색 머리는 관자놀이를 둥글게 덮고 있고, 트루친스키 아주머니의 경우와 마찬가지로 뒷머리 부분을 거의 드러낸 채 한 줌밖에 안 되어 보이는 조그만 두개골 위로 늘어져 있었다. 하얀 근무복을 입고 가게의 카운터 뒤에 섰을 때도 그녀는 땋은 머리를 혈색 좋고 튼튼해 보이는 귀 뒤로 늘어뜨리고 있었다. 그러나 그 귓불은 유감스럽게도 푸짐하게 늘어져 있지를 못하고 밉지만은 않은 주름살을 만들면서 곧장 아래턱의 살 속으로 꺼져들어가듯 묻혀버렸다. 그래서 보는 사람들마다 마리아의 개성을 멋대로 추리하게 되는 것이었다. 나중에 마체라트가 그녀에게 퍼머넌트 스타일을 권하여 두 귀를 감추게 했다. 요즈음 마리아는 유행에 따라 짧고 헝클어뜨린 헤어스타일을 하고 있어서 찌부러진 귓불만을 머리카락 아래로 살짝 드러내고 있다. 하지만 그녀는 그 조그마한 미적 결함을 멋대가리가 좀 없는 커다란 귀걸이로 감추고 있다.

두툼한 뺨, 두드러진 광대뼈, 거의 눈에 띄지 않는 작은 코의 양쪽으로 쭉 째진 두 눈, 이런 것들을 달고 있는 마리아의 한 줌만한 머리통과 마찬가지로, 중간보다는 약간 작은 편인 그녀의 신체에는 약간 넓은 양 어깨, 겨드랑이 밑에서부터 불룩 솟아오른 불룩한 젖가슴 그리고 골반에 어울리게 풍만한 엉덩이가 달려 있었다. 그리고 그 엉덩이는 날씬하면서도 힘찬 두 다리—물론 그 사이로 치모(恥毛)를 볼 수 있을 것이다—에 의해 받쳐져 있었다.

그 당시 마리아는 약간 안짱다리였던 것 같다. 그리고 언제나 빨개져 있는 그녀의 손은 이미 다 자라 균형이 잡힌 몸매와는 달리 어린아이의 그것처럼 보였으며, 그 손가락은 소시지를 연상시켰다. 그녀는 오늘날까지도 어린애 같은 그 손을 완전히 탈피하지는 못했다. 그녀의 발은 그 당시에 볼품없는 운동화를 신었고, 조금 후에는 거의 맞지도 않는 나의 불쌍한 어머니의 맵시 있는 구식 구두를 억지로 신고 다녔다. 이처럼 비위생적인 중고 구두를 신었지만 그녀의 발에서는 차츰차츰 어린아이 같은 붉은 기와 우스꽝스러운 모양이 사라졌고, 서부 독일 제나 심지어는 이탈리아 제의 최신형 구두가 잘 어울리게 되었다.

마리아는 말이 많지는 않았지만 그릇을 씻거나 설탕을 1파운드짜리나 반 파운드짜리의 파란색 봉지에 넣을 때는 곧잘 노래를 불렀다. 가게를 닫은 후 마체라트가 계산을 하고 있을 때나 일요일, 또는 30분이라도 쉬는 틈이 생기면 그녀는 오빠인 프리츠가 소집을 당해 그로스-보쉬폴의 병영에 입대할 때 남겨 주고 간 하모니카를 손에 잡았다.

마리아는 하모니카로 독일 여성 청년단의 저녁 집회에서 배운 방랑의 노래, 라디오에서 듣거나 1940년 부활제에 수일 동안 공무차 단치히에 왔던 오빠 프리츠에게서 귀담아들었던 오페레타의 멜로디와 유행가 등 거의 아무 곡이나 연주했다. 오스카는 마리아가 혀를 차며 「빗방울」을 연주하고, 차라 레안더를 흉내내지 않으면서도 「바람이 나에게 노래를 불러 주었네」를 하모니카로 연주하던 것을 기억한다. 그러나 마리아는 근무 중에는 결코 그녀의 '호너' 하모니카를 꺼내지 않았다. 손님이 없을 때에도 음악은 삼가면서 어린아이같이 둥근 글씨로 가격표를 매기거나 재고 목록을 작성하였다.

　장사를 맡아서 하는 것도 그녀이고, 나의 불쌍한 어머니가 죽은 후 경쟁 상점에 빼앗겼던 손님의 일부를 되돌아오게 해 단골로 만든 것도 그녀라는 것은 무시할 수 없는 사실인데도, 그녀는 마체라트한테 늘 비굴에 가까운 존경심을 표했다. 하지만 마체라트는 자신을 원체 과신해 오던 터라 그 때문에 당황해하는 적은 한번도 없었다.

　잡화상 그레프와 그레트헨 셰플러가 빈정대는 소리를 하면, "어쨌든 나는 이 아가씨를 가게로 데려와 교육시켰다."며 마체라트는 변명을 늘어놓았다. 이 사내의 사고 방식은 이렇게 단순했다. 이자는 도대체 그가 좋아하는 일, 즉 요리를 하는 동안에만 사람이 변하여 예민하게 되고, 따라서 주목받을 만한 인간이 되는 것이었다. 그 점은 오스카도 인정할 수밖에 없는데, 초에 절인 양배추를 곁들인 돼지갈비 소금 절임, 겨자 소스를 친 돼지 콩팥, 비엔나 식의 감자 튀김, 그리고 무엇보다도 크림과 무를 곁들인 잉어는 시각적으로나 냄새로나 맛에 있어서나 더할 나위가 없었다. 그는 가게에 있는 마리아에게는 별로 가르쳐줄 만한 게 없었다. 왜냐하면 첫째, 그녀는 소자본의 장사에 천부적인 감각을 타고났기 때문이며, 둘째, 마체라트는 카운터에서의 거래 수완을 거의 갖추지 못했고 기껏해야 도매 시장에서 물품 구입이나 제대로 하는 정도였기 때문이다. 그러나 그는 삶고 굽고 찌는 일에서는 마리아에게 도움이 되었다. 그녀는 쉬틀리츠의 관리 집에서 2년 동안이나 식모살이를 했다는데도, 처음 우리 집에 와서는 물도 제대로 끓이지 못했던 것이다.

마침내 마체라트는 나의 불쌍한 어머니가 살아 있을 때와 마찬가지로 행동할 수 있게 되었다. 그는 부엌을 지배하였고, 일요일마다 불고기를 구웠으며, 몇 시간 동안이라도 행복하게 그릇을 씻는 것으로 만족할 수 있었다. 아울러서 전쟁 동안 점점 어려워진 물자 구입, 예약, 청산 때문에 도매상과 배급청을 바쁘게 오락가락해야 했으며, 어느 정도 약삭빠르게 세무서와 편지를 교환하기도 했다. 그리고 매 2주마다 결코 서투르지 않은 솜씨로, 오히려 상상력과 취미를 살려 쇼윈도에 장식을 하였으며, 또한 책임감을 갖고 당의 잡무를 처리하기도 했다. 그야말로 마리아가 든든하게 카운터를 지키고 있었기 때문에, 그는 정말로 바빠 일할 수 있었던 것이다.

여러분은 질문을 하실 것이다. 이와 같은 예비 조건들, 즉 젊은 처녀의 광대뼈, 눈썹, 귓불, 손과 발을 이처럼 세밀하게 묘사할 필요가 있느냐고. 내가 여러분의 입장이라면 물론 나

마리아   451

도 이런 식의 인간 묘사에는 절대로 반대한다. 오스카는 지금까지 마리아의 모습을 완전히 틀리게는 아닐지라도 기껏해야 왜곡되게 묘사했다는 점을 분명히 인정한다. 그래서 마지막으로 모든 것을 설명해 줄 한 구절을 덧붙이기로 한다. 이름도 모르는 간호사들을 제외한다면 마리아는 오스카의 첫사랑이었노라고.

내게는 퍽 드물게 일어나는 이러한 상태를 의식한 것은 어느 날 내가 자신의 북에 귀를 기울이고 있을 때였다. 그때 오스카가 얼마나 새롭고 강렬하게, 그러면서도 주의 깊게 양철에다 자신의 정열을 전하고 있었는지 나는 틀림없이 깨달을 수 있었다. 마리아는 이 북소리를 호의적으로 받아들였다. 하지만 그녀가 하모니카를 손에 들고, 이 입으로 연주하는 북으로 보기 흉한 주름살을 이마에 모은 채 나의 곡을 따라 반주하려고 했을 때는 별로 마음에 들지 않았다. 그녀는 이따금 양말을 깁거나 설탕을 봉지에 넣다가는 두 손을 축 늘어뜨리고 정말 편안한 표정으로 진지하고 주의 깊게 나의 북채 사이를 바라보기도 했다. 그러고는 다시 양말 조각을 집어들기 전에 부드럽고 나른한 손길로 짧게 깎은 내 상고머리를 쓰다듬어 주었다.

평소에는 귀엽다고 쓰다듬어 주는 것조차 참지 못하는 오스카도 마리아의 손은 싫지 않아 그 손길에 자신을 맡겼다. 그래서 그가 이따금 의도적으로 애무를 바라는 리듬을 몇 시간이고 양철북 위에 두들겨 대면 마침내 마리아의 손이 따라 움직여 그를 즐겁게 해 주는 것이었다.

마리아는 매일 밤 나를 침대로 데려다 주게 되었다. 그녀는 내 옷을 벗기고, 씻겨 주고, 잠옷으로 갈아입는 것을 도와주고, 잠들기 전에 다시 한번 오줌보를 비우도록 명령하고, 신교도임에도 불구하고 나와 함께 주기도문을 한 차례, 마리아여 안녕을 세 차례 외웠다. 때로는 '예수님이시여 당신을 위해 나는 살고 예수님이시여 당신을 위해 나는 죽습니다'도 외웠다. 그러고는 마침내 친절하긴 하지만 피로하게 만드는 얼굴로 나를 덮었다.

불 끄기 전의 이 최후의 몇 분 동안은 정말 근사했다. 나는 주기도문과 '예수님이시여 당신을 위해 나는 삽니다'를 조용히 외우는 동안 차츰차츰 그것들을 '바다의 별이여 나 그대에게 인사하네'와 '마리아를 사랑해'로 바꾸어 버렸다. 이처럼 매일 밤 행해지는 평화로운 밤을 위한 준비가 내게는 고통스러웠다. 자칫하면 자제심을 잃을 지경이었다. 평소에 나는 어떠한 경우든 얼굴빛 하나 변하지 않았지만, 이번만은 어린 처녀나 고민에 시달리는 젊은이처럼 역력히 붉어지는 것을 막을 도리가 없었다. 오스카는 인정한다. 마리아가 그녀의 손으로 나를 벗기고, 함석대야에 넣어 세워 놓고, 타월과 솔과 비누로 그날 하루 동안 쌓인 먼지를 고수(鼓手)의 피부로부터 박박 문질러 씻어 낼 때마다, 다시 말해 열여섯 살이 다 된 내가 벌거벗은 적나라한 모습으로 곧 열일곱 살이 되는 소녀를 마주 보고 설 때마다 나의 온몸이 빨갛게 달아올라 그 상태로 오랫동안 지속되었다는 사실을 말이다.

그러나 마리아는 내 피부빛의 변화를 눈치채지 못한 것 같

았다. 그녀는 타월과 솔이 나를 그렇게 뜨겁게 만들었다는 정
도로 생각했을까? 오스카를 그렇게 뜨겁게 하는 게 건강에
좋다며 스스로에게 말하고 있었을까? 아니면 마리아는 내가
매일 밤마다 그렇게 빨개지는 것을 알면서도 모르는 체할 만
큼 수줍어하면서도 약삭빠른 여인이었을까?

지금까지도 나는 갑작스럽게 숨기지 못할 정도로 빨개지
며, 때로는 그 상태가 5분 동안이나 아니면 더 오랫동안 지속
되기도 한다. 나의 할아버지, 방화범 콜야이체크는 성냥이라
는 말만 들어도 빨갛게 달아올랐던 분이다. 이와 마찬가지로
나도 내가 전혀 모르는 어떤 사람이, 밤마다 대야 속에서 타
월과 솔로 씻기우는 어린 아이들에 대해 내 앞에서 이야기하
는 것을 듣기만 해도 혈관 속의 피가 끓어오른다. 그러면 오스
카는 인디언처럼 그곳에 가만히 서 있는다. 그러면 주위 사람
들은 어느새 미소를 띠며 나를 별난 놈이라 하든지 아니면 심
지어 미친놈이라고까지 말한다. 작은 아이들에게 비누 거품을
잔뜩 칠해 박박 문지르고, 타월로 가장 은밀한 곳까지 방문하
는 일이 그들에게는 아무 일도 아닌 것이다.

하지만 자연아(自然兒)인 마리아는 내 눈앞에서 당황하지
도 않고 정말로 대담한 짓거리를 했다. 그녀는 거실이나 침실
바닥을 닦기 전이면 언제나 치마를 넓적다리까지 올리고서
양말을 벗었다. 마체라트가 선물한 그 양말을 아끼려는 의도
에서였다. 어느 토요일 가게를 닫은 후—마체라트는 소관구
사무실에 용무가 있어 우리 둘만 남아 있었다—마리아는 치
마와 블라우스를 벗고, 초라하지만 깨끗한 내의 차림으로 거

실 책상 내 옆에 서서 치마와 인조견 블라우스의 몇 군데 얼룩진 곳을 벤젠으로 문지르기 시작했다.

윗옷을 벗자마자, 벤젠 냄새가 증발하자마자 마리아의 몸에서 아늑하면서도 정신을 몽롱하게 하는 바닐라 냄새가 난 것은 어찌된 일이었을까? 그녀는 바닐라 뿌리로 몸을 문질렀던 것일까? 그와 같은 냄새를 풍기는 싸구려 향수라도 있었던 것인가? 아니면 그녀의 몸에 밴 냄새일까? 카터라는 이름의 부인에게서 암모니아 냄새가 풍기고, 내 할머니 콜야이체크의 치마 밑에서는 약간 썩은 버터 냄새가 나는 것처럼 말이다. 무엇이든 뿌리까지 파고들어가고야 마는 오스카는 바닐라의 냄새도 추적했다. 그 결과 마리아가 그것을 몸에 문지른 게 아니라 그녀의 몸에서 그 냄새가 난다는 사실이 드러났다. 그렇다, 나는 지금까지도 확신하거니와, 그녀는 자신의 몸에 밴 그 냄새를 전혀 의식하지 못했다. 일요일 날 우리 집에서 버터로 볶은 감자와 꽃양배추를 곁들여 송아지 불고기를 먹은 후에는 테이블 위에서 바닐라 푸딩이 떨고 있었는데, 그것은 내가 장화로 테이블 다리를 차고 있었기 때문이었다. 그런데 마리아는 과일즙을 넣은 오트밀이라면 사족을 못 쓰면서 바닐라 푸딩은 조금만, 그것도 억지로 먹었다. 반면에 오스카는 오늘날까지 온갖 푸딩 중에서도 가장 단순하고 어쩌면 가장 흔해 빠진 이 과자에 빠져 있는 것이다.

40년 7월 프랑스 전선에서의 전격적인 승리의 경과를 알리는 특별 성명이 있고 나서, 곧 발트 해의 해수욕 철이 시작되었다. 상병(上兵)인 마리아의 오빠 프리츠가 파리로부터 처음으로 그림 엽서를 보내왔을 무렵, 마체라트와 마리아는 바다 공기가 오스카의 건강에 좋을 테니 바다로 보내자고 결정했다. 마리아가 정오의 휴식 시간 동안—가게는 1시부터 3시까지 문을 닫았다—나를 데리고 브뢰젠 해안으로 가기로 했고, 만일 그녀가 4시까지 돌아오지 않는 경우에는 자기가 이따금 씩 카운터 뒤에 서서 기꺼이 손님들을 맞을 테니 염려 말라고 마체라트가 말했다.

오스카를 위해서 닻을 꿰매어 붙인 푸른 수영복을 새로 샀다. 마리아는 가장자리를 빨간색으로 장식한 녹색 수영복을 이미 가지고 있었다. 언니인 구스테가 견진 성사의 선물로 사 준 것이었다. 어머니 생전부터 있던 해수욕장 손가방 속에 역시 어머니가 남긴 하얀 모직으로 된 비치 가운을 집어넣고 거기에다가 작은 양동이, 작은 삽, 여러 가지의 모래놀이용 장난감들을 넘치도록 채워 넣었다. 마리아는 손가방을 들고 나 자신은 내 북을 들었다.

오스카는 전차를 타고 자스페 묘지 옆을 지나가는 것이 두려웠다. 너무도 조용하지만 웅변적인 묘지를 바라보면 안 그래도 별로 내키지 않는 해수욕 기분을 그나마 잡쳐버릴 테니 어찌 두렵지 않겠는가? 오스카가 자신에게 물었다. 가벼운 여름옷을 입은 얀의 암살자가 시내 전차를 타고 묘지 옆으로 벨을 울리며 지나갈 때, 얀 브론스키의 영혼은 어떤 태도를 취할 것인가?

9번선이 정차했다. 차장이 자스페 역이라고 소리쳤다. 나는 긴장이 되어 마리아로부터 브뢰젠 쪽으로 눈길을 돌렸다. 그

쪽에서 반대 방향으로 가는 전차가 천천히, 점점 더 커지면서 다가왔다. 눈을 돌려서는 안 돼! 거기에 볼 게 뭐가 있었단 말인가! 초라한 해송(海松), 당초 무늬의 녹슨 격자, 어지럽게 널려져 있는 불안정한 묘석들만 있지 않았던가. 그 비명(碑銘)이야 엉겅퀴나 야생 귀리만이 읽을 수 있을 테지. 그는 열린 창으로 밖을 내다보다 시선을 들어 위쪽을 보았다. 몇 대의 거대한 Ju 52가 붕붕거리며 날고 있었다. 마치 3발 비행기나 거대한 비행기만이 구름 없는 7월의 하늘을 붕붕거리며 날 수 있다는 듯이.

벨을 울리며 우리의 전차는 출발했다. 맞은편에서 온 전차로 인해 시선이 잠시 차단되었지만, 연결된 차량이 지나가자마자 내 머리는 저절로 그곳을 향했다. 황폐한 묘지가 한눈에 들어왔다. 북쪽 벽의 일부도 보였다. 눈에 띄게 흰 부분에는 그늘이 져 있긴 했지만 가슴이 시리도록 희게 보였다.

우리는 그곳을 지나 브뢰젠에 가까워졌다. 나는 다시 마리아를 보았다. 그녀가 걸치고 있는 가벼운 꽃무늬 하복은 팽팽하다 못해 터질 것 같았다. 윤기가 도는 둥근 목둘레와 살집이 푸짐한 쇄골 위로는 빨간색 목제의 버찌 목걸이가 걸려 있었다. 모두가 같은 크기로, 익어서 터질 것 같은 착각을 불러일으켰다. 단지 그렇게 느꼈던 것일까, 아니면 정말로 냄새가 풍겼던가? 오스카는 고개를 약간 숙여—마리아가 바닐라 향을 발트해까지 가지고 온 것이다—그 향긋한 냄새를 깊이 들이마시면서 곰팡내 나는 얀 브론스키 생각을 그 순간 지워 버렸다. 폴란드 우체국의 방위전은 수비대원들의 뼈에서 살이 떨어지기도 전에 이미 역사화된 것이 아닌가. 살아남은 자인 오스카는, 한 때는 멋쟁이였으나 지금은 썩어 버린 그의 추정상의 아버지가 자기 몸에 지니고 싶어하던 것과는 전혀 다른 냄새를 코로 맡았던 것이다.

브뢰젠에서 마리아는 버찌를 1파운드 사고는, 내 손을 이끌고 갔다—그녀는 오스카가 그녀에게만 그것을 허용한다는 것을 알고 있었다—그리고 해안의 솔밭을 지나 탈의장으로 갔다. 나는 거의 열여섯 살이 된 나이지만—욕장 관리인은 보고 있지도 않았다—숙녀실에 들어갈 수 있었다. 수온 18도, 기온 26도, 동풍, 맑겠음 등의 게시문이 인명 구조 협회의 광고와 나란히 칠판에 적혀 있었다. 그 협회는 서투른 구식 그림까지 곁들여가며 소생술을 열심히 보급하고 있었다. 그림을 보면 익사자는 모두 줄무늬의 수영복을 입고 있고, 구조자는 콧수염을 기르고 있으며, 심술궂고 위험한 물 위로는 밀짚모자들이 떠 있었다.

맨발의 탈의장 소녀가 앞장 서서 걸었다. 그녀는 마치 속죄하는 여자처럼 몸에다 밧줄을 감고 있었는데, 거기에는 모든 탈의실을 열 수 있는 커다란 열쇠가 매달려 있었다. 통로에는 판자가 깔려 있었고, 난간이 이어져 있었다. 탈의실 앞으로는 야자섬유를 말려 만든 깔개가 죽 깔려 있었다. 우리는 53번을 지정받았다. 탈의실의 목재는 따뜻하고 건조된 것으로서, 내가 장님의 빛깔이라고 부르고 싶은 자연 그대로의 푸르스름한 빛이었다. 창 옆에는 거울이 걸려 있었으나, 이제는 더 이상 자신을 드러내지 않으려 하고 있었다.

우선 오스카는 옷을 벗어야 했다. 나는 벽 쪽으로 얼굴을 돌리고 옷을 벗으면서 마지못해 도움을 받았다. 그러자 마리아는 야무지게 힘을 주어 나를 휙 돌려 세워 새 수영복을 내밀고는 꼭 끼는 모직 수영복 속으로 인정사정 없이 나를 밀어 넣었다. 그녀는 멜빵 단추를 채우자마자 탈의실 뒷벽에 붙어 있는 나무 벤치에다 나를 세워 놓고는, 내 다리 쪽으로 북과 북채를 내밀었다. 그리고 자신도 잽싸고 힘찬 몸놀림으로 옷을 벗기 시작했다.

나는 처음에는 가볍게 북을 치면서 판자 바닥에 나 있는 마디 구멍들을 세어 보았다. 그러다가 세는 것도 두드리는 것도 중지했다. 마리아가 구두를 벗으면서 왜 우스꽝스럽게 입을 비죽 앞으로 내밀고는 높고 낮은 두 음조로 휘파람을 불었는지 나로서는 이해가 가지 않았다. 그녀는 맥주 운반차의 운전수처럼 휘파람을 불며 짧은 양말을 벗기고, 꽃무늬 옷을 벗었다. 그리고 휘파람을 불며 페티코트를 윗저고리 위로 걸치고는 브래지어를 내렸다. 여전히 멜로디도 되지 않는 소리로 열심히 휘파람을 불며, 원래는 운동 바지로 입던 긴 팬티를 무릎까지 내리고 발목까지 미끄러지게 하였다. 그리고 그것을 똘똘 말아져 있는 바짓가랑이로부터 빼낸 후 왼발로 방구석에다 밀어붙였다.

마리아의 털이 난 세모꼴이 오스카를 깜짝 놀라게 했다. 여자의 아랫부분이 불모지(不毛地)가 아니라는 사실은 불쌍한 어머니의 것을 보고 알고는 있었다. 그러나 마리아는 그에게 있어서, 그의 어머니가 마체라트나 얀 브론스키에 대해서 여자인 것과 같은 그러한 의미에서의 여자는 아니었다.

이제야 나는 그녀가 무엇인지를 알아보았던 것이다. 분노감, 수치, 흥분, 환멸과 함께 그리고 반은 우스꽝스럽게, 반은 고통스럽게 나의 고추가 수영복 밑에서 빳빳하게 일어서기 시작하였다. 그리하여 새로 자라난 한 개의 막대기 때문에 북과 두 개의 북채는 잊혀졌던 것이다.

오스카는 풀쩍 뛰어 마리아에게 몸을 던졌다. 그녀는 그녀의 털로 그를 받아들였다. 그의 얼굴은 묻혀 버렸다. 그의 입술 사이에서 그것이 커졌다. 마리아는 웃으면서 그를 떼 내려고 했다. 그러나 나는 그녀의 것을 더욱더 많이 내 속으로 빨아들이면서 바닐라 냄새를 추적했다. 마리아는 여전히 웃고 있었다. 게다가 내가 그녀의 바닐라에 머무르고 있는 것을 허용했다. 웃음을 그치지 않는 것으로 보아 그것이 그녀에게 즐거움을 주는 것 같았다. 그러다가 내 발이 미끄러지며 그녀를 아프게 했을 때—내가 그녀의 털을 놓지 않았거나 아니면 그녀의 털이 나를 놔주지 않았기 때문이었다—비로소, 바닐라가 내 눈에다 대고 눈물을 흘렸을 때 비로소, 버섯 맛 같기도 하고 혹은 톡 쏘는 것 같기도 하지만 하여간 바닐라 맛은 아닌 맛을 느끼게 되었을 때 비로소, 마리아가 바닐라의 배후에 감춰 두었던 그 흙 냄새가 곰팡내를 풍기며 썩어 가는 얀 브론스키를 연상시키며 내게 영원토록 허무의 맛을 감염시켰을 때 비로소, 나는 그녀로부터 떨어졌다.

오스카는 탈의실의 장님 빛깔 판자 위를 비척비척 걸어가며 내내 울었다. 마리아가 다시 웃으면서 그를 팔로 안아 어루

460

만지며, 그녀가 걸치고 있는 유일한 장신구인 목제의 버찌 목걸이를 그에게 밀어붙였을 때도 그는 여전히 울고 있었다.

머리를 흔들며 그녀는 내 입술에서 그녀의 털을 주워 모았다. 그리고 어안이 벙벙하다는 듯이 말했다. "넌 나에겐 아직 애송이야! 넌 처음이라 뭐가 뭔지 몰라. 그러니까 아직까지 우는 거야."

비등산(沸騰散)

　독자 여러분은 알고 계신지? 예전에 그것은 사시사철 납작한 봉지에 들어 있었다. 나의 어머니는 가게에서 구역질을 일으키는, 녹색의 작은 봉지에 든 선갈퀴[41] 비등산[42]을 팔았다. 완전히 익지는 않은 오렌지색의 그 작은 봉지에는 오렌지맛 비등산이라고 적혀 있었다. 그 외에 딸기 맛의 비등산, 맑은 수돗물을 부으면 쉿소리를 내고 거품을 일으키며 흥분하는 비등산이 있었다. 그리고 거품이 가라앉기 전에 마시면 멀리서도 레몬 맛을 느낄 수 있는 비등산도 있었다. 이 비등산은 컵에 빛깔을 남긴다. 좀더 성의껏 설명드리자면, 독기가 서

---

41) 학명 Asperula odorata. 꼭두서니 과에 속하는 다년생의 식물.
42) 중탄산(重炭酸) 나트륨과 주석산(酒石酸)을 물에 녹인 것. 물에 타서 그대로 먹음. 청량제, 완화제(緩化劑)의 일종으로 사용함.

린 듯한 인공 착색의 노란 빛깔을 남긴다.

그 작은 봉지에는 맛에 대한 것 말고 또 무엇이 적혀 있었던가? 거기에는 '천연산', '전매 특허', '습기 조심'이라고 적혀 있고, 점선 밑에는 '이곳을 개봉할 것'이라고 씌어 있었다.

이 비등산은 그 밖에 또 어디에서 살 수 있었던가? 나의 어머니의 가게에서뿐만 아니라 어느 식료품 가게에서나—'황제 커피 상회'와 소비 조합 매점만은 제외하고—앞서 말한 분말을 살 수 있었다. 그러한 곳에서나 혹은 청량 음료를 파는 어떠한 매점에서도 비등산 한 봉지는 3페니히였다.

마리아와 나는 비등산을 공짜로 즐겼다. 다만 집에 돌아갈 때까지 참지 못하는 경우에는 식료품 가게나 청량 음료 매점에서 3페니히를, 심지어는 6페니히를 지불해야만 했다. 충분히 즐기지 못해 두 봉지가 필요할 때도 있었기 때문이다.

누가 먼저 비등산을 시작했던가? 이것은 연인들 사이의 오래된 말다툼거리이다. 나는 마리아가 먼저 시작했다고 말한다. 마리아는 오스카가 먼저였다고는 결코 말하지 않았다. 그녀는 이 문제에 대답하지 않았는데, 꼭 대답하라고 몰아붙인다면 아마도 이렇게 대답했을 것이다. "비등산이 먼저야."라고.

물론 누구든지 마리아의 말이 옳다고 인정하리라. 다만 오스카만은 이 판정에 만족할 수 없었다. 나는 소매 가격으로 한 봉지에 3페니히 하는 비등산에 오스카가 유혹당했다는 사실을 결코 인정할 수는 없었을 것이다. 나는 그 무렵 열여섯 살이었으므로, 나 자신이나 아니면 마리아에게 책임을 돌려야 마땅하지 습기 엄금의 비등산에 책임을 지울 수는 없다는 점을 역설했다.

　그것은 내 생일이 지난 며칠 후부터 시작되었다. 달력상으로는 해수욕 철이 끝났을 때였다. 그러나 날씨는 조금도 9월답지 않았다. 질척거리며 비가 많이 온 8월이 지나고서야 비로소 여름이 자기 모습을 보여 주었던 것이다. 해수욕장 관리인의 방에 못으로 박아 놓은 인명 구조 협회의 광고와 나란히 때늦은 여름의 활동을 칠판에서 읽을 수 있었다. 기온 29도, 수온 20도, 남동풍, 대체로 맑음.

　공군 상병 프리츠 트루친스키가 파리, 코펜하겐, 오슬로, 브뤼셀에서 엽서를 보내 주고 있는 동안—이 사내는 언제나 공무 여행 중이었다—마리아와 나는 피부를 약간씩 태우며 햇빛을 즐기고 있었다. 7월에 우리는 가족 전용 해수욕장의 일광욕 벽 앞쪽에 단골 자리를 하나 빌렸다. 그곳에서 마리아는 빨간 바지를 입은 콘라트 학교의 2학년생들로부터 서투른 희롱을 당하기도 하고, 페트리 고등학교의 한 상급생으로부터 신물이 날 정도로 과장된 사랑의 고백을 듣기도 했다. 그 때문에 8월 중순에 우리는 가족 전용 해수욕장을 단념하고 여성 전용 해수욕장의 물가에서 훨씬 조용한 장소를 찾아냈다. 그곳에서는 찰싹거리는 발트 해의 파도처럼 숨결이 짧고 거친 뚱뚱한 여자들이 오금에 정맥의 경련을 일으킬 정도로 파도와 장난을 치고 있었다. 벌거벗은 아이들은 무례하게도 운명에 도전하고 있었다. 말하자면 그들은 자꾸자꾸 무너지는데도 불구하고 모래성을 쌓아 올리고 있었던 것이다.

　여성 전용 해수욕장. 여자들은 자기들만 있으면서 다른 사람들이 보지 않는다고 생각할 때면 볼썽 사나운 꼴을 하기 때문에, 소년은—오스카는 그 무렵 자신 속에 소년이 숨어 있음을 알고 있었다—본의 아니게 여자들의 그러한 뻔뻔스러운 꼴을 보지 않도록 눈을 감아야만 했다.

우리는 모래밭에 누워 있었다. 마리아는 빨간 테두리의 녹색 수영복을, 나는 푸른 수영복을 입고 있었다. 모래는 잠자고 있었다. 바다도 잠자고 있었다. 조개 껍질은 짓밟힌 채 귀를 기울이지 않고 있었다. 언제나 깨어 있다고들 말하는 호박(琥珀)은 그 어딘가에 있었다. 일기예보판에 의하면 남동쪽에서 불어오는 바람은 천천히 잠들었다. 지나치게 긴장한 것임에 분명한 넓은 하늘 전체는 하품을 멈추지 않고 있었다. 마리아와 나도 약간 피로해 있었다. 이미 한바탕 헤엄을 쳤고, 헤엄치기 전이 아니라 헤엄친 후에 식사를 했기 때문이었다. 젖어 있는 버찌씨는 이미 하얗게 말라서 가벼워진 지난해의 버찌씨와 나란히 모래밭 위에 누워 있었다.

오스카는 이처럼 많은 무상(無常)한 모습을 보고 1년 전의 버찌씨, 천년 전의 버찌씨 그리고 아직도 싱싱한 버찌씨가 섞인 모래를 자신의 북 위에다 사르르 소리를 내며 떨어뜨려 모래시계를 만들었다. 그리하여 뼈와 희롱을 하는 죽음의 역할에 대한 생각에 깊이 잠겨 들어 보려고 했다. 나는 마리아의 잠들어 있는 따뜻한 살 밑에서 분명히 깨어 있는 골격의 몇몇 부분을 머리에 떠올리며, 척골(尺骨)과 요골(橈骨) 사이를 들여다보는 것을 즐겼고, 그녀의 척추를 기어올랐다 내렸다 하면서 수(數) 놀이를 하였고, 양쪽의 관골 구멍에 손가락을 집어넣고 검상(劍狀) 돌기를 만지며 놀았다.

내가 모래시계와 함께 죽음에 대한 생각의 나래를 펼치며 온갖 장난질을 하고 있는데도 불구하고 마리아는 몸을 움직였다. 내가 최후의 버찌씨와 함께 남아 있는 모래를 이미 절반쯤은 모래로 파묻힌 북 위에다 쏟고 있는 동안, 그녀는 손가방에 손을 넣어 더듬더듬하면서 맹목적으로 무언가를 찾았다. 마리아는 찾고 있던 것을 발견하지 못하자—하모니카를 찾고 있었음이 분명하다—가방을 통째로 뒤집었다. 그러자 목욕용 타월 위로 하모니카가 아니라 선갈퀴 비등산의 작은 봉지가 굴러 떨어졌다.

마리아는 놀라는 척했다. 아마 놀랐는지도 모른다. 나도 깜짝 놀라 자신에게 반복해서 물었고, 지금도 묻고 있을 정도다. 어떻게 해서 이 비등산이, 제대로 된 레몬수를 살 돈이 없는 실업자나 부두 노동자의 아이들만 사는 이 값싼 물건이, 이 팔리지 않고 남아 있는 상품이 우리 손가방에 들어오게 되었을까?

오스카가 이 생각 저 생각 하는 동안 마리아는 목이 말랐다. 나도 내 의지와는 상관없이 생각을 중단시킨 채, 못 견디게 목이 마르다는 사실을 시인해야만 했다. 우리는 컵을 가지고 있지 않았고, 또한 마리아가 음료수 있는 곳까지 가려고 하면 적어도 서른다섯 걸음은 걸어야 했다. 내가 간다면 쉰 걸음은 걸어야 했으리라. 해수욕장 관리인에게서 컵을 빌려 관리인실 옆에 있는 수도꼭지를 틀려고 하면, 니베아 유(油)를 바른 채 엎드리거나 반듯이 누워 있는 살더미들의 산(山) 사이로 몹시 뜨거운 모래를 참으면서 밟고 지나가야 했다.

우리 둘다 가기를 망설이면서, 작은 봉지를 목욕 타월 위에다 그대로 놓아두었다. 마침내 마리아가 집어 들려고 하자 내가 먼저 집었다. 하지만 오스카는 마리아가 그것을 집을 수 있도록 다시 타월 위에다 내려놓았다. 마리아는 집지 않았다. 그래서 내가 집어서 마리아에게 건네주었다. 마리아는 오스카에게 돌려주었다. 나는 고맙다고 하면서 그것을 그녀에게 주었다. 그러나 그녀는 오스카로부터 어떤 선물도 받으려고 하지 않았다. 나는 그것을 다시 타월 위에 놓아야 했다. 그것은 잠시 동안 타월 위에 아무도 손대지 않은 채 그대로 놓여 있었다.

숨막힐 듯한 시간이 지난 후 그 작은 봉지를 집어든 것이 마리아였음을 오스카는 분명히 기억하고 있다. 그러나 그것으로 전부는 아니었다. 마리아는 그 봉지의 점선 아래쪽에 '이곳을 개봉할 것!'이라고 적힌 부분을 정확히 일직선으로 찢었다. 그리고 나에게 그 열린 봉지를 내밀었다. 이번에는 오스카가 고맙다고 말하면서 사양했다. 마리아는 모욕감을 느꼈다. 그녀는 열린 봉지를 세차게 타월 위에다 내려놓았다. 이제 나로서는 모래가 봉지에 들어가기 전에 그것을 집어 마리아에게 내미는 수밖에 없었다.

봉지의 열린 입구에다 손가락 하나를 집어넣었다가 다시 끄집어내어 수직으로 세운 채 들여다보았던 것이 마리아였음을 오스카는 분명히 기억한다. 손가락 끝에는 푸르스름한 비등산이 묻어 있었다. 그녀가 나에게 손가락을 내밀었다. 물론 나는 그 손가락을 쥐었다. 코를 쿡 찌르는 냄새가 났지만, 그 좋은 맛은 금방 내 얼굴에 반영되었다. 손바닥을 오목하게 오 므린 것은 마리아였다. 오스카는 그녀의 핑크색 그릇에다 비 등산을 조금 쏟아야 했다. 그녀는 그 분말더미를 가지고 어떻 게 해야 좋을지 몰랐다. 손바닥 위의 언덕은 그녀에게 너무도 신기하고 경이로웠다. 그때 나는 몸을 앞으로 굽혀 입 속의 침 을 모두 모아서 비등산에다 흘렸고, 다시 한 차례 반복했다. 그리하여 침이 더 이상 안 나오게 되었을 때 비로소 몸을 일 으켰다.

마리아의 손 안에서 쉬쉬 소리가 나며 거품이 일기 시작했 다. 선갈퀴 비등산은 화산처럼 폭발했다. 그때 어느 국민의 녹 색 분노가 끓어올랐는지 나는 모른다. 그때 마리아에게 아직 본 적도 없고, 또 결코 느껴본 적도 없는 어떤 것이 일어나고 있었다. 그녀의 손은 움찔하고 바르르 떨면서 날아갈 듯했다. 선갈퀴가 그녀를 깨물었고, 선갈퀴가 그녀의 피부에 스며들었 기 때문이었다. 선갈퀴가 그녀를 흥분시키면서 그녀에게 어떤 느낌을, 어떤 하나의 느낌, 어떤 느낌을 주었기 때문이었다……

녹색이 점점 짙어질수록 마리아는 붉어졌다. 그녀는 손을 입으로 가지고 가 기다란 혀로 손바닥을 핥기 시작했다. 그것 을 몇 차례나 반복하는 모습이 너무도 절망적이어서, 오스카 는 그녀를 그토록 흥분시킨 그 선갈퀴의 느낌을 혀가 없애버 리는 것이 아니라 오히려 모든 느낌에 있게 마련인 한계점까 지, 아니 그 점 이상으로까지 드높이고 있다는 생각이 들었다.

이윽고 느낌이 가라앉았다. 마리아는 키득거리면서, 선갈퀴 소동의 목격자가 없었는지 주위를 돌아보았다. 주변에 수영복을 입고 숨을 쉬고 있는 물소들만 무관심하게 갈색 니베아 유를 바른 채 떼지어 있는 것을 보자, 그녀는 목욕 타월 위에 드러누웠다. 새하얀 모래 평원에 누워 있는 그녀로부터 이윽고 수치심의 붉은 기운이 서서히 사라져 갔다.

채 반 시간도 지나지 않아 마리아가 다시 몸을 일으켜 아직 절반 가량 남아 있는 비등산 봉지에 손을 뻗치지만 않았더라면, 그날 정오 해수욕장의 날씨는 오스카를 잠들게 하고도 남았을 것이다. 그녀가 남아 있던 분말을 이제는 선갈퀴 비등산의 효력에 익숙해진 손바닥에다 붓기 전에 마음의 갈등을 겪었는지 나로서는 모른다. 다만 그녀는 봉지를 든 왼손과 핑크색의 오른쪽 손바닥을 꼼짝도 하지 않고 서로 마주 보게 한 채, 안경을 끼는 사람이 안경 닦는 데 드는 시간만큼 망설이고 있었다. 그녀의 눈길은 봉지나 오목하게 오므린 손을 향하지도 않았고, 반쯤 차 있는 것과 비어 있는 것 사이를 방황하지도 않았다. 다만 봉지와 손 사이를 엄숙한 눈길로 바라보고 있었을 뿐이다.

그러나 아무리 엄숙한 눈길이라 하더라도 반쯤 찬 봉지보다는 형편없이 허약했다는 사실은 곧 드러났다. 봉지는 오목하게 오므린 손 쪽으로 다가갔으며, 손은 봉지를 마중하였다. 눈길은 우수에 넘치는 엄숙함을 잃고, 호기심에 넘치다가 마침내 탐욕으로 가득 채워졌다. 겨우 평정을 되찾은 마리아는 더운 날씨임에도 땀기가 없는 두툼한 손바닥에다 선갈퀴 비등산의 나머지를 부었다. 그리고 봉지도 마음의 평정도 버린 후 비어버린 손을 가득 차 있는 손 위에다 얹고는, 회색 눈으로 잠시 동안 그 분말을 바라보다가, 무언가를 요구하는 듯한 회색 눈으로 나를 쳐다보았다. 그녀는 나의 침을 원했던 것이다. 그녀는 왜 자기 것을 사용하지 않는 것일까? 오스카의 침은 거의 말라버렸고, 오히려 그녀 쪽이 더욱 많이 가지고 있는데도 말이다. 침이라는 것은 그토록 빨리 솟아나지는 않는 법이다. 그러니 제발 그녀가 자기 것을 사용하면 좋지 않겠는가. 그녀의 침이 더 좋지는 않다 하더라도 그런 대로 쓸 만할 테니 말이다. 어쨌든 나보다는 많이 가지고 있을 게 아닌가. 나는 그토록 빨리 만들 수 없고, 또 그녀가 오스카보다는 키도 크니까 말이다.

하지만 마리아는 나의 침을 원했다. 오직 내 침만을 생각했음은 처음부터 분명했다. 그녀는 나로부터 요구의 눈길을 떼지 않았다. 나는 그녀가 이토록 잔혹하리만치 집요한 것은 늘어져 있지 않고 살에 파묻혀 버린 귓불 때문이라고 생각했다. 할 수 없이 오스카는 평소에 입에 침을 모으던 것을 여러모로 생각하면서 침을 삼켰다. 그런데 바닷바람 때문에, 소금바람 때문에, 소금기를 머금은 바닷바람 때문에 나의 타액선(唾液腺)은 말을 듣지 않았다. 마리아의 눈길에 재촉당한 나는 일어서서 걸어가야만 했다. 오스카는 좌우를 살피지도 않고, 50보 이상 뜨거운 모래 위를 걷고, 더 뜨거운 층계를 지나 관리인실까지 올라가서 수도꼭지를 틀었다. 그리고 고개를 옆으로 돌리고 벌린 입을 그 밑에 대고 물을 마셔 입을 헹구고 다시 삼켰다. 오로지 오스카가 침을 다시 만들기 위해서였다.

내가 해수욕장 관리인실과 우리들의 흰 타월 사이의 구간을, 끝도 없이 멀어 보이고 무시무시하게 보였던 그 길을 정복했을 때, 마리아는 배를 깐 채 엎드려 있었다. 그녀는 팔짱을 낀 채 그 위에 얼굴을 맡기고 있었다. 그녀의 땋아 내린 머리는 둥근 등 위로 느슨하게 놓여 있었다.

나는 그녀를 쿡쿡 찔렀다. 오스카의 입에 이제 침이 괴어 있었기 때문이었다. 하지만 마리아는 움직이지 않았다. 다시 한 번 쿡쿡 찔렀으나 그녀는 움직이지 않았다. 나는 슬며시 그녀의 왼손을 폈다. 그녀는 가만히 내버려 두었다. 손은 선갈퀴 같은 것을 언제 보았냐는 듯이 비어 있었다. 나는 그녀의 오른손 손가락을 똑바로 세웠다. 손금에 물기가 어려 있는 핑크색 손바닥은 뜨거운 채 비어 있었다.

마리아는 기다리다 못해 스스로 침을 뱉어 해결했던 것일까? 아니면 비등산을 불어서 날려 버리고, 그녀가 느끼기 전에 느낌을 지워 버리고, 손을 목욕 타월로 문질러 깨끗이 해 버렸을 것이다. 그리하여 마리아의 귀여운 손은 조금은 미신적인 달 속의 산, 그리고 두툼한 수성과 팽팽하게 부푼 금성의 띠와 함께 제 모습을 찾았을 것이다.

우리는 그날도 곧장 집으로 돌아왔다. 마리아가 그날 비등산을 두 번 거품나게 했는지, 아니면 비등산과 나의 침이 섞인 그 화합물이 수일 후에 비로소 재연됨으로써 그녀와 나로 하여금 악덕을 저지르게 했는지 어떤지를 오스카는 결코 알지 못한다.

단순한 우연인지 아니면 우리의 소원을 들어주는 우연인지는 몰라도, 방금 우리가 이야기한 해수욕을 했던 그날 저녁―우리는 청딸기 수프를 먹었고 나중에는 감자 튀김을 먹었다―마체라트는 마리아와 나에게 자기가 지구당 내의 조그만 스카트 클럽의 멤버가 되었으며, 일주일에 두 번씩 그의 새로운 스카트 친구들, 전부가 조직책인 그 친구들을 밤에 슈프링거 레스토랑에서 만나기로 했다고 말했다. 신임 지구당 위원장인 젤케도 가끔 오게 될 것이며, 그래서 유감이긴 하지만 우리를 집에 남겨 두고 갈 수밖에 없노라고 장황하게 설명했다. 그러므로 스카트 놀이를 하는 밤에는 오스카를 트루친스키 아주머니 집에서 재우는 게 좋겠다는 것이었다.

트루친스키 아주머니는 동의했다. 더욱이 이 해결 방법은 전날 마체라트가 마리아와 상의하지도 않고 아주머니에게 말한 제안보다도 훨씬 그녀의 마음에 들었다. 전날의 제안이란 다름아니라 내가 트루친스키 아주머니 집에서 자는 것이 아니라, 마리아에게 일주일에 두 번씩 우리집 소파에서 자게 한다는 것이었다.

그때까지 마리아는 예전에 나의 친구인 헤어베르트가 상처투성이인 등을 뉘고 있던 그 넓은 침대에서 자고 있었다. 그 무거운 가구는 비교적 작은 구석방에 있었다. 트루친스키 아주머니의 침대는 거실에 있었다. 구스테 트루친스키는 여전히 '에덴' 호텔의 간이 뷔페 식당에 근무하면서 그곳에 살고 있었다. 휴일이면 이따금 오는 일이 있었으나 자고 가는 일은 드물었고, 잔다고 해도 소파에서 잤다. 그러나 프리츠 트루친스키가 휴가차 선물을 들고 먼 나라에서 집으로 돌아올 때면, 이 휴가병 혹은 공무 여행자가 헤어베르트의 침대에서 자고, 마리아는 트루친스키 아주머니의 침대에서 자며, 노파는 소파에다 잠자리를 마련했다.

그런데 이 질서가 나의 요구 때문에 깨지게 되었다. 처음에 나는 소파에서 자도록 되어 있었다. 이 모욕적인 제안을 나는 점잖게 그러나 분명하게 거절했다. 그래서 트루친스키 아주머니가 그 노파용 침대를 내게 물려주고 자신은 소파에서 자겠다고 했다. 그러자 마리아가—여러 가지 불편한 점 때문에 그녀의 나이 많은 어머니의 수면이 방해된다고—이의를 제기하면서, 헤어베르트의 옛날 웨이터 시절의 침대를 나와 함께 써도 되는 이유를 장황하지 않게 설명하며 다음과 같이 말했다. "오스카와는 침대를 같이 써도 괜찮아요. 이 아이는 보통 사람의 8분의 1밖에 되지 않거든요."

이렇게 하여 마리아는 다음주부터 일주일에 두 번씩 내 침구를 1층에 있는 우리집으로부터 3층으로 운반하였고, 나와 나의 북을 위해 그녀의 왼쪽에다 잠자리를 마련해 주었다. 마체라트가 처음 스카트 놀이를 하러 간 밤에는 전혀 아무 일도 일어나지 않았다. 나에게는 헤어베르트의 침대가 아주 크게 생각되었다. 내가 먼저 누워 있으면 나중에 마리아가 왔다. 부엌에서 설거지를 끝내고 나서 그녀는 우스꽝스럽도록 길고 뻣뻣한 구식의 잠옷을 입고 침대에 들어왔다. 오스카는 벌거벗고 털이 드러난 그녀의 모습을 기대했기 때문에 처음에는 실망했다. 그러나 증조모의 장롱에서나 나온 듯한 그 잠옷이 가볍고 유쾌하게 가교(架橋)를 놓아 간호사 제복의 하얀 치마 주름을 연상시켜 주었으므로 곧 만족했다.

장롱 앞에 서서 마리아는 땋은 머리를 풀며 휘파람을 불었다. 마리아는 옷을 입거나 벗을 때, 늘어뜨린 머리를 엮거나 풀 때면 언제나 휘파람을 불었다. 심지어는 빗질을 하면서도 그녀는 이 두 가지 소리를 삐죽 내민 입술 사이로 싫증내지 않고 불었으나, 결코 올바른 멜로디가 되지는 않았다.

마리아가 빗을 던지면 휘파람도 곧 중지되었다. 그녀는 몸을 돌려 다시 한번 머리카락을 털고는, 손을 몇 번 움직여 장롱 위를 정돈했다. 정돈을 하면 그녀는 기분이 아주 유쾌해졌다. 그러고 나서 그녀는 흑단재의 사진틀 속에 있는 수염이 긴 아버지의 수정한 사진에다 손으로 키스를 던지고, 침대 속으로 힘차게 뛰어들었다. 이어서 몇 차례 몸을 퉁기다가 마지막으로 퉁기면서 이불을 끌어 올려 그 산 아래에서 턱까지 파묻었다. 그녀는 옆에서 나름대로 퉁기면서 누워 있는 나를 조금도 건드리지 않았으며, 잠옷 소매가 미끌려져 내려간 둥근 팔을 가벼운 새털 이불 밖으로 다시 내밀어, 머리맡 부근에 있는, 불 끄는 노끈을 찾아내어 찰깍 소리를 내며 껐다. 그리고 어둠 속에서 비로소 너무 큰 소리로 나에게 "잘 자요." 하고 말하는 것이었다.

마리아는 곧 새근새근 숨소리를 냈다. 숨소리만 그렇게 내는 것이 아니라, 실제로 곧 잠들었음에 분명하다. 그녀의 매일매일의 고된 일과 후에는 마찬가지로 왕성한 수면만 계속될 수 있었고, 또 계속되도록 허용되었던 것이다.

오스카에게는 잠시 동안 잠을 방해하는 조그마한 영상들이 아른거리며 나타났다. 벽과 창문에 바른 창호지에 의해 둘러싸인 칠흑 같은 어둠 속에서 금발의 간호사들이 몸을 구부려 헤어베르트의 상처투성이 등을 들여다보고 있었고, 슈거 레오의 꾸깃꾸깃한 흰 셔츠로부터—상상이 됨직한 일이다—한 마리의 갈매기가 나타나서 날아갔고 또 날아가다가 새로 석회를 바른 것처럼 보이는 묘지의 벽에 부딪쳐 산산이 가루가 되는 등등의 영상이었다. 바닐라 냄새가 점점 짙어지면서 피곤을 몰고 오자, 잠들기 전에 나타나는 영상이 깜빡거리다가 마침내 완전히 사라져 버렸다. 그때서야 비로소 오스카도 마리아가 진작부터 내쉬고 있는 것과 같은 편안한 숨결 소리를 내게 되었다.

3일째 밤까지 마리아는 한결같이 소녀처럼 얌전하게 침대에 들어가는 모습을 나에게 연출했다. 그녀는 잠옷 차림으로 들어왔다. 땋은 머리를 풀며 휘파람을 불었고, 빗질을 하면서도 휘파람을 불었다. 그리고 빗을 던지면서 휘파람을 그쳤다. 장롱 위를 정돈하였다. 사진에 손으로 키스를 보낸 후 힘차게 뛰어들어 몸을 퉁기고 이불을 끌어 올렸다. 그러다가 그녀는—나는 그녀의 등 뒤를 바라보고 있었다—작은 봉지를 보았다—나는 그녀의 길고 아름다운 머리카락에 경탄하고 있었다—그녀는 이불 위에서 무엇인가 녹색의 것을 발견했다—나는 눈을 감고 그녀가 비등산의 작은 봉지를 바라보는 데 익숙해질 때까지 기다리려고 했다—그때 마리아가 몸을 뒤척거렸기 때문에 침대 용수철이 삐거덕 소리를 냈다. 그때 찰칵 하는 소리가 났다. 그 소리 때문에 내가 눈을 떴을 때, 오스카는 자신이 짐작했던 일을 확인할 수 있었다. 즉, 마리아는 찰칵 하고 불을 껐고, 어둠 속에서 고르지 못하게 숨을 쉬었다. 비등산의 작은 봉지를 보고 모른 체할 수 없었던 것이다. 그러나 그녀에게 명령을 당한 어둠이 비등산의 존재 가치를 높이고, 선갈퀴를 꽃피게 하여, 거품이 부글거리는 소다의 밤이 되도록 처방했는지 어쨌는지는 아직까지 의문으로 남아 있다.

나는 어둠이 오스카의 편을 들었다고 믿고 싶다. 이미 몇분 후에—캄캄한 방 안에서 분이라는 시간 단위가 유효하다면 말이다—침대 머리맡에서 무언가가 움직이고 있음이 확인되었기 때문이다. 마리아가 끈을 더듬어 찾았고, 마침내 끈을 붙잡았다. 그 직후 나는 마리아의 잠옷 위로 길게 드리워진 아름다운 머리를 보고 다시 한번 감탄했다. 얼마나 고르게, 그리고 노랗게, 주름잡힌 램프의 갓 너머에 있는 전구가 침실을 비추고 있었던가. 두툼하게 개어져 있는 이불은 손도 닿지 않은 채 침대 발치에 둥그렇게 놓여 있었다. 그 산 위에 있는 작은 봉지는 어둠 속에서 감히 움직이려고도 하지 않았다. 마리아 증조모의 잠옷이 살랑거리는 소리를 내었고, 잠옷의 한쪽 소매가 거기에 달려 있는 작은 손과 함께 위로 올라갔고, 오스카는 입 안에 침을 모았다.

우리 두 사람은 그후 수 주일 동안 한 다스 이상의 비등산을—대개는 선갈퀴 맛이 나는 비등산을, 마침내 선갈퀴가 떨어졌을 때는 레몬이나 딸기 맛이 나는 비등산을 사용하였다—언제나 같은 방법으로 비웠다. 즉 내 침으로 비등산에다 거품을 일게 하여 마리아가 더욱더 높이 평가하게 된 하나의 느낌을 불러일으키는 것이었다. 나는 침을 모으는 일에 약간의 요령도 터득하게 되었다. 묘책을 써서 재빨리 그리고 흥건하게 내 입 안에 물을 고이게 한 후 곧, 간격을 두고 차례차례로 세 번, 마리아에게 봉지에 든 비등산 가루와 함께 그녀가 열망하여 마지않는 느낌을 전할 수 있었다.

마리아는 오스카에게 만족하고 있었다. 비등산을 즐긴 후에는 이따금 그를 껴안고는, 두세 번씩이나 그의 얼굴 어딘가에 키스를 해 주었다. 그리고 대개는 어둠 속에서 잠시 키득대다가는 곧 잠들어 버렸다.

나는 잠들기가 점점 힘들어졌다. 열여섯 살이나 되는 나는 꿈틀거리는 정신과 잠을 몰아내는 욕망에 사로잡혀 있었다. 마리아에 대한 나의 사랑에다가 예기치도 못할 엉뚱한 가능성을 결합시키고 싶었던 것이다. 비등산 속에 잠재해 있다가 나의 침에 의해 일깨워져 언제나 똑같은 느낌을 일으키는 것과는 전혀 다른 엉뚱한 가능성을 생각했다.

오스카가 생각에 잠기는 것은 찰칵 하고 불을 끈 후의 시간에만 국한되지는 않았다. 하루 종일 나는 북 뒤에서 골똘하게 생각에 잠겨 이미 읽은 라스푸틴의 발췌본을 뒤적였고, 내가 교육 받던 시절 그레트헨 셰플러와 나의 불쌍한 어머니 사이에서 있었던 소동을 기억해 내었으며, 라스푸틴의 경우와 마찬가지로 『친화력(親和力)』의 발췌본으로 알고 있던 괴테와도 상의했다. 말하자면 기도 치료사의 격정을 받아들였고, 온갖 세계를 연관시키는 시성(詩聖)의 자연 감정을 닦았던 것이다. 그리하여 어떤 때는 마리아에게 러시아 황후나 아니면 대공비 아나스타샤의 생김새를 부여하였고, 라스푸틴의 괴이한 귀족 수행원 중에서 귀부인을 골라내었으며, 마침내는 너무나도 강한 정욕에 반감을 느끼게 되는 것이었다. 그렇게 되면 곧 오틸리에의 천사와 같은 청초함 속에서, 아니면 샤로테의 정숙하면서도 억제된 정열의 배후에서 마리아를 떠올렸다. 그리고 오스카는 자신을 때로는 라스푸틴 개인이나 그의 살해자로 때로는 대위로 간주해 보았고, 드물기는 하지만 샤로테의 변덕스러운 남편으로 간주해 보기도 했다. 그리고 고백하건대 한 번은 잠든 마리아의 옆에서 망설이고 있는 괴테의 저 유명한 주인공의 모습을 한 천재로 간주하기도 했다.

이상스럽게도 나는 벌거벗은 실제의 생활보다는 문학에서 더 많은 자극을 기대하였다. 그러므로 나는 얀 브론스키가 불쌍한 어머니의 살을 수시로 주물러 대는 것을 질리도록 보아 왔지만, 그에게서 거의 아무런 영향도 받지 않았다. 어머니와 얀, 혹은 마체라트와 어머니 사이에서 교대로 이루어진, 한숨을 쉬고 자신을 소모시키고, 드디어 녹초가 되어 끙끙거리다가 실을 끌어내면서 붕괴하는 그 얽힘이 사랑을 뜻한다는 사실을 알고 있었음에도 불구하고, 오스카는 사랑이 사랑이었다는 것을 믿으려 하지 않았다. 그래서 사랑에서 벗어나 다른 사랑을 찾다가 그때마다 다시 이 사랑의 얽힘으로 되돌아와 이 사랑을 증오하였다. 마침내 이 사랑을 그가 사랑으로서 연습하게 되고, 이것이 유일하고 가능한 참된 사랑임을 스스로 인정하고 변호하기 전까지는 그랬다.

마리아는 누운 채 비등산을 손에 쥐었다. 분말에 거품이 일기 시작하면 그녀는 다리를 꿈틀거리며 바둥거리곤 했기 때문에, 최초의 느낌이 있은 후에는 잠옷이 그녀의 넓적다리 근처까지 미끄러져 올라가는 적이 자주 있었다. 거품이 두 번째로 일면 잠옷은 대개 배를 기어 넘어가 그녀의 가슴까지 말려 올라갔다. 그러던 어느 날 괴테나 라스푸틴을 읽으면서 미리 이런 가능성을 계산에 넣지도 않았는데 자연 발생적으로 다음과 같은 일이 벌어지게 되었다. 즉, 몇 주일 동안 딸기 비등산으로 그녀의 왼손을 가득 채우던 나는 어느 날 남아 있는 비등산을 갑자기 마리아의 배꼽에다 부어 넣었다. 그리고 그녀가 항의하기도 전에 내 침을 그곳에다 흘려넣었다. 분화구가 끓어오르기 시작하자, 마리아는 저항에 필요한 일체의 논증을 상실하고 말았다. 끓어오르면서 거품을 일으키는 배꼽이 오목한 손바닥보다 좋았던 것이다. 물론 비등산도 같은 것이고, 나의 침도 같은 나의 침이며, 느낌도 다르지 않았으나, 다만 훨씬 더 강렬했다. 마리아가 거의 참을 수 없을 만큼 그 느낌은 극단적으로 고조되었던 것이다. 그녀는 허리를 구부려 혓바닥으로 배꼽 냄비 속에서 거품을 일으키고 있는 딸기를 제거하려고 했다. 선갈퀴가 책임을 마치고 나면, 그녀가 오목한 손바닥에 남아 있는 그것을 혓바닥으로 핥아 버리곤 하던 것처럼 말이다. 그러나 그녀의 혀가 그토록 길지는 않았다. 그녀의 배꼽이 그녀에게는 아프리카나 푸에고섬[43]보다도 멀었다. 그러나 나에게는 마리아의 배꼽이 바로 옆에 있었으므로

---

43) 남미의 남쪽 끝에 있는 섬 이름.

혀를 그 속으로 깊이 들이밀어 딸기를 찾았고, 점점 더 많이 발견하였다. 그렇게 수집하는 동안에 나는 채집 허가증을 보여 달라고 요구하는 그 어떤 산림 감독관도 지키지 않고 있는 구역으로 나도 모르게 들어가게 되었다. 모든 딸기를 모아야 한다는 의무감에 사로잡혀 있었으므로 나의 눈, 감각, 심장, 귀는 딸기만을 찾았고, 딸기 냄새만을 맡았다. 그런데 이렇게 열심히 딸기를 쫓는 사이에 오스카는 다음 사실을 문득 깨닫게 되었다. 마리아는 나의 수집열에 만족하고 있는 것이다. 그래서 그녀는 불을 껐다. 그러니 그녀는 안심하고 잠에 몸을 맡긴 채 나에게 계속해서 찾아도 좋다고 허용한 것이다. 마리아는 딸기를 많이 가지고 있었으니까 말이다.

이제 딸기를 더 이상 찾을 수 없게 되었을 때, 나는 우연하게도 다른 장소에서 살구 버섯을 발견했다. 그것은 이끼 밑 깊숙한 곳에 숨어 있었기 때문에 내 혀로는 어찌해 볼 도리가 없었다. 그래서 나는 열한 번째의 손가락을 자라나게 했다. 열 개의 손가락도 한결같이 소용이 없었기 때문이었다. 이렇게 해서 오스카는 세 번째 북채를 손에 넣었는데, 그는 그것을 사용할 수 있을 만큼 충분히 나이를 먹었던 것이다. 나는 이번에는 양철이 아니라 이끼를 두들겼다. 그리고 나는 더 이상 구분하지 못했다. 그때 북을 치고 있었던 것이 나였는지 아니면 마리아였는지. 그것이 나의 이끼였는지, 그녀의 이끼였는지. 이끼와 열한 개째의 손가락은 어떤 다른 사람의 것이며, 살구 버섯만 나의 것이었는지. 거기 아래에 있는 신사분이 자기 자신의 머리를, 자기 자신의 의지를 가지고 있었는지 어떤

지. 아이를 만든 것은 오스카였는지, 그였는지 아니면 나였는지를.

어쨌든 마리아는 위에서는 잠을 자고, 아래에서는 그 일에 참가하고 있었다. 그녀는 순진무구한 바닐라이며, 이끼 아래에서 찌르는 냄새를 풍기는 살구 버섯이었다. 그녀가 바란 것은 기껏해야 비등산이었지 그것은 아니었다. 나도 또한 그것을 바라지는 않았다. 그런데도 그것은 저절로 일어났다. 그것은 자기 자신이 머리를 갖고 있음을 증명했다. 그것은 내가 가르치지도 않은 그 어떤 짓을 했다. 그것은 내가 누워 있는데도 일어섰다. 그것은 나와는 다른 꿈을 꾸었다. 그것은 읽지도 쓰지도 못하면서 내 대신에 서명했다. 그것은 오늘날도 자신의 길을 가고 있다. 그것은 내가 처음으로 그것을 확인했던 그 날 내게서 떠나 버렸다. 그것은 내가 거듭해서 새로 동맹을 맺어야만 하는 나의 적이다. 그것은 나를 배신하고 곤경에 처해 있는 나를 내버려 둔다. 나도 그것을 배신하고 팔아 버리고 싶다. 나는 그것을 부끄러워한다. 나는 그것에 싫증이 난다. 나는 그것을 씻는데 그것은 나를 더럽힌다. 그것은 아무것도 보지 못하면서 모든 것을 느낀다. 그것은 내가 '당신'이라는 경칭(敬稱)으로 부르고 싶을 만큼 나에게는 낯선 존재이다. 그것은 오스카와는 전혀 다른 기억을 갖고 있다. 즉 오늘 마리아가 내 방에 들어오고 브루노가 조심스럽게 복도로 사라질 때도, 그것은 마리아가 누구인지 두 번 다시 알아보지 못하며, 알려고도 하지 않고, 알 수도 없으며, 아주 냉담하게 행동할 뿐이다. 그러는 동안에 오스카의 심장은 두근거리면서 내 입에다 이렇게 더듬거리며 말을 하도록 시키는 것이다. "들어봐요, 마리아. 괜찮은 제안이라고 생각하는데 말이지. 나는 컴퍼스를 하나 사고 싶어. 그래서 우리 둘레에 원을 그리는 거야. 같은 컴퍼스로 당신 목의 기울기를 측정하고 싶어. 그동안에 당신은 책을 읽거나 바느질을 하거나 지금처럼 나의 휴대용 라디오를 틀고 있어도 좋겠지. 참, 라디오는 그대로 놓아둬요. 괜찮은 제안이니까. 나는 눈에다 종두(種痘)를 접종하여 다시 눈물을 흘리게 할 수도 있어. 오스카는 이웃집 푸줏간에서 고기 가는 기계로 자신의 심장을 잘게 썰도록 할 수도 있지. 그대가 그대의 영혼을 똑같이 썰게 한다면 말이지. 우리는 헝겊을 뭉쳐 만든 동물 인형을 사도 좋아. 우리 두 사람 사이에 그것을 가만히 놓아두려고 말이야. 내가 벌레가 되기로 결심하고, 그대는 참기로 결심한다면, 우리는 낚시질을 가서 더욱 행복하게 될 수도 있겠지. 혹은 그때의 비둥산을 그대는 기억하는지? 그대는 나를 선갈퀴라 부르고, 나는 거품이 되어 끓어오르고, 그대는 더욱더 요구한다. 나는 그대에게 남은 것을 준다―마리아, 비둥산이야, 괜찮은 제안이지!

그런데 그대는 왜 라디오를 돌리고, 라디오에만 귀를 기울이고 있는 거야? 특별 성명을 들으려고 안달이 난 사람처럼 말이야."

임시 뉴스

내 북의 하얗고 둥근 면 위에서 실험을 하기는 쉽지 않다. 나는 그 점을 알았어야만 했다. 나의 양철은 언제나 같은 나무 막대를 요구한다. 그것은 두들겨 질문당하고 두들겨 대답하기를 바란다. 혹은 마구 두드리는 가운데 내키는 대로 지껄이면서, 질문과 대답이 마음대로 왔다갔다하도록 내버려두기를 바란다. 즉, 내 북은 인위적으로 달궈져 생고기를 깜짝 놀라게 만드는 프라이팬도 아니고, 자신들이 한몸인지 아닌지도 모르는 남녀 한 쌍을 위해 마련한 댄스장도 아니다. 그러므로 오스카는 아주 고독하게 혼자서만 있을 때도, 비등산을 북 위에 뿌리고 침을 섞어 한바탕 진풍경을 연출한다든지 하는 일은 결코 하지 않았다. 그가 이런 연극을 보지 못한 지 이미 수년이 되었기 때문에 내게는 그 점이 몹시 섭섭하긴 했지만 말이다. 물론 오스카는 앞서 말한 분말을 갖고 하는 시험을 완전히 단념할 수는 없었다. 하지만 그는 내친 김에 좀더 나아가 북마저 내팽개쳐 두었다. 그리하여 나는 벌거벗고 서 있게 되었다. 내 북이 없으면 나는 언제나 무방비 상태인 것이다.

우선 비등산을 구하기가 어려웠다. 나는 브루노에게 그라펜베르크에 있는 식료품 가게들을 일일이 뒤지게 하였으며, 전차를 타고 게레스하임까지 가보도록 했다. 또한 시내에 나가서 찾아보라고 부탁하기도 했다. 그러나 브루노는 시내 전차의 종점에서 흔히 볼 수 있는 청량 음료수 가판대에서도 비등산을 구할 수 없었다. 나이 어린 여자 점원들은 그것이 무엇인지 전혀 몰랐고, 나이깨나 든 매점 주인들은 수다를 떨며 기억해 내고서는—브루노의 표현에 따르자면—깊은 생각에라도 잠긴 듯 이마를 문지르며 말했다. "아저씨, 필요한 게 뭐라고요? 비등산이라고요? 그건 아주 옛날 물건인데요. 빌헬름 시대 때 팔기 시작해 아돌프 시대까지도 팔았지요. 하지만 꽤나 오래 전 이야기지요. 대신에 레몬수나 코카콜라는 어때요?"

그리하여 나의 간호사는 내 돈으로 레몬수와 코카콜라를 두세 병 마셨지만, 내가 원하던 것은 구하지 못했다. 하지만 오스카는 마침내 도움받을 수 있었다. 브루노는 지치지도 않고 내가 부탁한 것을 찾았던 것이다. 그러다가 마침내 어제 그는 아무것도 씌어 있지 않은 하얀 봉지 하나를 내게 가져다주었다. 정신 병원의 약제사인 클라인이라는 아가씨가 마음씨 착하게도 호의를 베풀어 그녀의 깡통이며 서랍이며 조제편람을 열어젖히고서, 여기에서 몇 그램, 저기에서 몇 그램 하는 식으로 떠내어, 몇 번 실험을 거친 후 마침내 비등산을 제조했다는 것이다. 브루노의 말에 따르자면 그것은 거품이 일고, 얼얼하고, 녹색이 되며, 또한 아주 은은한 선갈퀴 맛이 난다는 것이었다.

오늘은 면회일이었다. 마리아가 왔다. 하지만 클레프가 맨 처음에 왔다. 우리는 45분여 동안 시시한 이야기들을 나누며 함께 웃었다. 나는 가급적이면 클레프와 클레프의 레닌주의적 감정을 건드리지 않으려고 현실 문제를 회피했다. 그래서 마리아가 몇 주 전 내게 선물한 작은 휴대용 라디오로 들었던, 스탈린의 죽음을 알리는 임시 뉴스에 대해 아무 말도 하지 않았다. 하지만 클레프는 그 일에 대해 이미 알고 있는 것 같았다. 그의 갈색 체크 무늬의 외투 소매에 서투른 솜씨로 상장(喪章)이 꿰매져 있었던 것이다. 클레프가 일어서자 이번에는 비틀라르가 들어왔다. 두 친구는 또 한바탕 한 모양이다. 비틀라르가 클레프에게 웃음을 던지고 손가락으로 도깨비뿔을 만들며 인사했다. "오늘 아침 면도하다 들었는데, 스탈린의 죽음에 정말 놀랐어." 그는 이렇게 놀리며 클레프가 외투를 입는 것을 도왔다. 클레프는 넓적한 얼굴에 짐짓 경건한 표정을 짓고는 외투 소매에 꿰매놓은 검은 상장을 펄럭거렸다. "그러니까 난 상(喪)중이야."라고 그는 한숨을 쉬고 나서는 음정을 넣어, 암스트롱의 트럼펫을 흉내 내며 「뉴올리안스 제전(祭典)」 장송곡의 처음 몇 소절을 따라했다. 트라 트라다다 트라 다다 다다다—그러고 나서 그는 문을 빠져나갔다.

비틀라르는 남아 있었다. 그는 앉을 생각도 하지 않고 거울 앞에서 우쭐거리며 폼을 잡았다. 우리는 약 15분 동안 스탈린에 대해서는 입도 벙긋하지 않은 채 서로 이해할 수 있다는 듯이 마주 보고 미소를 지었다.

나는 비틀라르를 말동무로 삼으려 했는지 아니면 그를 내쫓을 심산이었는지 기억나지 않는다. 나는 그에게 눈짓으로 침대에 앉아 귀를 내밀라고 했다. 그리고 그의 커다란 스푼처럼 생긴 귓불에다 대고 속삭였다. "비등산이야, 알겠나? 고트프리트."

비틀라르는 깜짝 놀라며 나의 격자 침대에서 벌떡 일어섰다. 그는 집게손가락으로 나를 가리키며 언제나처럼 격앙된 연극적 어조로 야유를 퍼부었다. "악마 같은 자식, 무엇 때문에 나를 비등산으로 유혹하려는 거야? 내가 천사라는 것을 아직도 모르는 거야?" 그리고 세면대 위의 거울 앞에서 다시한번 자신의 모습을 비추어 보고 난 후 비틀라르는 천사라도 되는 것처럼 날개를 파닥거리며 나가 버렸다. 정신 병원 밖의 젊은이들은 정말 눈에 띄게 변했다. 지나치게 멋을 부리고 있는 것이다.

이윽고 마리아가 왔다. 그녀는 새로 맞춘 봄옷을 입고 있었다. 거기에다가 은은한 볏짚 빛깔의 장식이 달린 쥐색의 고급 모자를 쓰고 있었는데, 그녀는 내 방에 들어와서도 그 예술품을 벗지 않았다. 그녀는 내게 살짝 인사를 하며 볼을 내밀었다. 그러고는 곧 그 휴대용 라디오를 틀었다. 그것은 물론 그녀가 내게 선사한 것이지만 그녀 자신이 사용하도록 미리 정해놓기라도 한 것 같다. 이 추악한 플라스틱 상자가 면회일에는 우리 사이의 대화의 일부를 차지하기 때문이다. "오늘 아침 방송 들었어요? 굉장하죠. 그렇지 않아요?" "그래, 마리아." 라고 나는 참을성 있게 대답했다. "스탈린의 죽음을 나까지도 알게 되는군. 그렇지만 제발, 라디오 좀 꺼 줘."

마리아는 잠자코 내 말에 따랐으며, 여전히 모자를 쓴 채 앉아 있었다. 우리는 예나 다름없이 어린 쿠르트에 대해 이야기를 나누었다.

"생각해 봐요, 오스카. 그 아인 이제 긴 양말은 안 신으려고 해요. 3월인데도 또 추워진대요, 라디오에서 들었어요." 나는 라디오 방송을 듣지는 못했으나 긴 양말과 관련해서는 쿠르트의 편을 들었다.

"그 애, 이제 열두 살이지, 마리아. 학교 친구들 앞에서는 털실 양말이 창피할 거야."

"하지만 난 아이의 건강이 더 중요해요. 부활제까지는 꼭 신기겠어요."

그 기한이 너무도 단호하게 들렸으므로 나는 신중하게 말을 돌렸다. "그렇다면 스키 바지를 사 주지 그래요. 긴 털실 양말은 정말이지 싫을 거야. 그 나이 때의 당신을 생각해 보아요. 라베스베크의 우리집 안뜰에서 놀던 때 말이야. 부활제까지 늘 긴 양말을 신어야 했던 어린 케제가 무슨 짓을 당했지? 크레타섬에 살던 누히 아이케, 얼마 전에 네덜란드에서 죽은 악셀 미쉬케, 그리고 하리 슐라거가 어린 케제에게 무슨 짓을 했지? 그 긴 털실 양말에다 콜타르 칠을 했잖아. 그게 달라붙어 버려 어린 케제를 병원으로 데려가야 했어."

"그건 순전히 수지 카터 때문이지 양말 탓이 아니에요." 마리아는 화가 나 톡 쏘아붙였다. 수지 카터는 전쟁이 시작되자마자 소녀 통신대에 입대했다가 나중에 바이에른으로 시집을 갔다고 하는데, 마리아는 몇 살 연상인 그 수지에게 계속적 앙심을 품고 있었다. 여자들이란 원래 어린 시절의 반감을 할머니가 될 때까지 지속시키는 법이다. 하지만 어린 케제의 콜타르 칠한 털실 양말 이야기를 끄집어낸 것은 다소 효과가 있었다. 마리아는 쿠르트에게 스키 바지를 사 주겠노라고 약속했다. 우리는 화제를 돌려, 쿠르트의 칭찬할 만한 점을 이야기하였다. "생각해 봐요. 그 아이는 자기 반에서 2등이래요. 게다가 내 일도 도와주고, 정말 무어라 칭찬해야 좋을지 모르겠어요."

나는 알았다는 듯이 고개를 끄덕이고는, 식료품 가게의 최근 구매 사정에 대해 들었다. 그리고 오버카셀에다가 지점을 내도록 마리아를 격려했다. 시기가 좋으며, 호경기가 계속될 거라고 나는 말했다. 라디오에서 얼핏 들었던 대로였다. 그리고 나는 이제 브루노를 부를 때라고 생각했다. 그가 들어와서 내게 비등산이 든 하얀 봉지를 건네주었다.

오스카의 계획은 치밀했다. 아무런 설명도 하지 않은 채 나는 마리아에게 왼손을 내밀게 했다. 그녀는 처음에는 오른손을 내밀려 했다가, 생각을 바꾸어, 머리를 흔들고 웃으면서 내게 왼손의 등을 내밀었다. 손에 키스를 하려나 보다 생각했던 것 같다. 그런데 내가 그 손을 뒤집어 달의 산과 비너스 언덕 사이에다 봉지의 분말을 쏟아붓자 비로소 그녀는 깜짝 놀라는 표정을 지었다. 하지만 그녀는 하는 대로 내버려 두었다. 그러다가 오스카가 그녀의 손 위로 몸을 구부리고 산처럼 쌓인 비등산 위에다 침을 듬뿍 내놓자 그때는 정말 놀라지 않을 수 없었다.

"바보 같은 짓 말아요, 오스카." 그녀는 분개해 펄쩍 뛰어올랐다. 그러더니 그녀는 잠시 정신을 차리고는, 끓어오르며 녹색 거품을 내는 분말을 노려보았다. 마리아의 얼굴은 이마에서부터 붉어지고 있었고, 나는 이미 무언가를 기대하고 있었다. 그러나 그녀는 세 걸음 만에 세면대로 가서 물, 구역질 나는 물, 처음에는 차다가 점점 따뜻해지는 물을 우리의 비등산에다 붓고는, 내 비누로 두 손을 씻어 버렸다.

"당신은 가끔 정말 참을 수 없게 해요, 오스카. 뮌스터베르크 씨가 우리를 어떻게 생각하겠어요?" 그녀는 나를 관대하게 보아 달라는 듯 브루노를 바라보았다. 그는 내가 시도를 하는 동안 내내 침대 끝에 서 있었다. 나는 마리아가 더 이상 부끄러워하지 않도록 간호사를 방에서 내보냈다. 그리고 문이 닫히자마자 다시 한번 마리아에게 내 침대로 오도록 부탁했다. "기억 나지 않아? 기억해 봐요. 비등산이야! 한 봉지에 3페니히였지! 다시 기억해 봐. 선갈퀴와 딸기 맛이 얼마나 기차게 거품을 일으키며 끓어올랐는지. 그 느낌, 마리아, 그 느낌 말이야."

마리아는 기억이 없었다. 어리석게도 그녀는 나에게 불안을 느끼고, 약간 떨면서 왼손을 숨겼다. 그리고 경련이라도 난 듯 아무렇게나 다른 화제를 찾으려고 했다. 그래서 그녀는 다시 한번 쿠르트의 학교 성적, 스탈린의 죽음, 마체라트 식료품점의 새 냉장고, 오버카셀에 지점을 낼 계획 등을 말했다. 하지만 나는 비등산에 충실했다. 나는 비등산이라고 말했다. 그녀는 일어섰다. 비등산을 모르느냐고 나는 끈질기게 달라붙었다. 그녀는 허겁지겁 작별을 고하고, 모자를 당겨 쓴 채, 가야 할지 말아야 할지 망설였다. 그러다가 라디오의 스위치를 돌렸다. 라디오가 빽빽거리자 나는 라디오에 뒤질세라 더 큰 소리로 외쳤다. "비등산이야, 마리아, 기억해 봐요."

그녀는 문 옆에 서서 머리를 흔들어 대며 울었다. 그러고 나서 조심스럽게 문을 닫고는, 찍찍거리며 소리를 내는 휴대용 라디오와 나를 남겨 두고는 밖으로 나갔다. 마치 죽어 가는 사람을 놓아 두고 떠나기라도 하듯이.

마리아는 더 이상 비등산을 기억하지 못한다. 하지만 나에게 있어서, 내가 숨을 쉬고 북을 치는 한, 비등산은 거품을 일으키는 것을 그만두지 못할 것이다. 40년 늦여름 선갈퀴와 딸기를 생생하게 만들고, 느낌을 눈뜨게 하고, 나의 육체를 탐험시키고, 나를 살구 버섯이나 그물우산 버섯, 그리고 이름은 모르지만 마찬가지로 먹을 수 있는 다른 버섯들의 채집자로 만들고, 나를 아버지, 그래 아버지, 새파란 나이의 아버지로 만든 것은 나의 침이었다. 그렇다. 침은 나를 아버지로 만들었다. 느낌을 눈뜨게 하고, 채집하고, 아이를 낳는 아버지로 만들었던 것이다. 11월 초에는 의심의 여지가 없었다. 마리아는 임신을 하고 있었다. 임신 2개월이었다. 그리고 나 오스카가 아버지였다.

나는 오늘까지도 그렇게 믿고 있다. 마체라트와 그녀 사이의 사건은 그보다 훨씬 늦게서야 일어났기 때문이다. 그것은 내가 그녀의 상처투성이인 오빠 헤어베르트의 침대에서 그녀의 막내 오빠인 상병에게서 온 군사 우편물을 앞에 둔 채, 어두운 방 안에서 벽과 차광(遮光) 문종이 사이에 둘러싸여 자고 있는 마리아를 임신시킨 후, 두 주일, 아니 열흘 후의 일이었다. 나는 우리집 소파 위에서 잠들어 있는 것이 아니라 오히려 거칠게 숨을 내쉬며 헐떡이는 마리아를 발견했다. 그녀는 마체라트 밑에, 마체라트는 그녀 위에 누워 있었다.

다락방에서 곰곰이 생각에 잠겼던 오스카가 북을 들고 그곳을 내려와, 현관을 통해 거실로 들어가던 참이었다. 두 사람은 나를 알아차리지 못했다. 그들은 타일로 된 난로 쪽으로 머리를 두고 있었다. 그들은 완전히 벌거벗고 있지는 않았다. 마체라트의 팬티는 오금 부근에 걸려 있었다. 바지는 양탄자 위에 뭉쳐져 있었다. 마리아의 옷과 속치마는 브래지어를 넘어 겨드랑이까지 말려져 올라가 있었다. 팬티는 그녀의 오른발에 걸린 채 흔들거렸고, 그 오른발은 다리와 함께 보기 흉하게 휘어진 채 소파 아래로 드리워져 있었다. 왼쪽 다리는 아무런 관계가 없다는 듯이 무릎이 꺾인 채 소파의 등받이 위에 올려져 있었다. 그 다리 사이에 마체라트가 있었다. 그는 오른손으로 그녀의 머리를 뒤로 젖히고, 또다른 한쪽 손으로는 그녀의 구멍을 벌리며, 그가 제대로 궤도에 오르도록 돕고 있었다. 마체라트의 벌어진 손가락 사이로 마리아는 곁눈질로 양탄자 위를 바라보고 있었는데, 책상 밑까지 양탄자의 무늬를 뒤쫓고 있는 것 같았다. 그는 벨벳 커버를 씌운 베개를 꼭 물고 있었으며, 서로 이야기할 때만 벨벳으로부터 입을 뗐다. 그들은 이따금 작업을 중단하지도 않은 채 이야기를 주고받았다. 다만 시계가 45분을 쳐, 음향 장치가 그 의무를 다하고 있는 동안에 두 사람은 동작을 중지했다. 그러다가 다시 시계가 울리기 전과 같은 동작을 시작하며 그가 말했다. "벌써 45분이야." 그는 그가 하고 있는 게 기분이 좋은지 어떤지를 그녀로부터 듣고 싶어했다. 그러자 그녀는 여러 차례 좋다고 대답하며, 조심할 것을 당부했다. 그는 정말 조심하겠노라고 그녀에게 약속했다. 그녀는 그에게 "안 돼요."라고 명령하듯이 말하고, 이번에는 특별히 조심하도록 간절하게 말했다. 그러고 나서 그는 그녀가 곧 도달하게 되는지를 물었다. 그녀는 "곧." 이라고 말했다. 그 순간 소파 아래로 드리워져 있던 그녀의 발이 경련을 일으켰다. 그녀는 발을 허공으로 내뻗었다. 하지만 팬티는 발에 걸린 채 그대로 있었다. 그러자 그는 또다시 벨벳 베개를 물었다. 그때 그녀가 "빼요."라고 소리쳤다. 그도 그녀로부터 빠지려고 했다. 그러나 그는 더 이상 빠져나갈 수가 없었다. 그가 빠져나가기 전에 오스카가 두 사람 위에 있었기 때문이고, 내가 그의 허리뼈 근처에다 북을 놓고 두 개의 북채로 양철북을 쳤기 때문이며, 빼라든지 내려가라든지 하는 말을 내가 들을 수 없었기 때문이고, 내 양철이 그녀의 '빼요' 하는 말보다 더 큰 소리를 냈기 때문이며, 얀 브론스키가 언제나 어머니 위에서 내려가던 것과 꼭 같이 그가 내려가도록 내가 내버려 두지 않았기 때문이다. 어머니는 언제나 얀에게도 "빼요.", 마체라트에게도 "빼요."라고 말했던 것이다. 그러면 그들은 따로따로 떨어져서는 콧물을 그 근처 어딘가에 특별히 마련해 둔 천에다 흘리거나, 아니면 천에 손이 닿지 않을 때는 소파나 양탄자 위에다 흘렸다. 하지만 나는 그것을 바로 볼 수는 없었다. 하여간 나도 빼지 않았던 것이다. 말하자면 나는 빼지 않았던 최초의 사내이다. 그러므로 내가 아버지인 것이다. 언제나 그리고 끝까지 나의 아버지라고 믿고 있는 저 마체라트는 그러므로 아버지가 아닌 것이다. 그때에도 아버지는 얀 브론스키였다. 나도 그 점을 얀으로부터 물려받아, 마체라트보다 한 발 앞서서 빼지 않았고, 그 속에 머무르며 그 속에다 쏟았던 것이다. 그러니 나온 것은 나의 자식이지 그의 자식은 아닌 것이다! 그러니 그는 도대체 자식 같은 것을 갖지 못했다! 정말로 진짜 아버지가 아니었다! 그가 불쌍한 어머니와 열 번 결혼을 했어도, 또 마리아가 임신했기 때문에 그녀와 결혼했다고 해서 그는 아버지일 수가 없는 것이다. 아파트에서나 시내에서 사람들이 그 둘에 대해 분명히 입방아를 찧을 것이라고 그는 생각했다. 물론 그들도 마체라트가 마리아의 배를 불룩하게 만들었으며, 그녀는 열일곱 살 반, 그리고 그는 마흔다섯이 되려는 참에 결혼한 것이라고 생각했다. 그러나 그녀는 나이에 비해 영리했다. 꼬마 오스카에게도 그 계모를 받아들이는 것이 반갑기는 마찬가지였다. 마리아는 불쌍한 아이에게 계모처럼 대하지 않고 진짜 엄마처럼 대해 주었던 것이다. 오스카의 머리가 전혀 명석하지 못하여, 원래대로 하면 질버하머나 타피아우에 있는 지진아 수용소에나 있어야 할 그런 아이인데도 불구하고 말이다.

마체라트는 그레트헨 셰플러의 충고에 따라 나의 연인과 결혼하기로 결정했다. 그리하여 내가 나의 추정상의 아버지인 그를 아버지라고 부른다면, 나는 다음 사실들을 분명히 인정해야 한다. 나의 아버지는 나의 미래의 아내와 결혼한 셈이며, 훗날의 나의 아들인 쿠르트를 자기 자식이라 부르는 것이라고. 그리고 나에게 자기 손자를 나의 의붓동생으로 받아들이고, 바닐라 향기를 풍기는 사랑하는 나의 마리아를 생선알 썩는 냄새가 나는 그의 침대에서 자는 계모로 인정하며 참고 지내라고 나에게 요구한 셈이다. 그러나 사실을 말하자면 이렇다. 이 마체라트는 결코 너의 추정상의 아버지가 아니다. 이 사내는 전혀 상관없는 남으로서 동정할 가치도 미워할 가치도 없는 사내다. 요리를 잘할 수 있는 그는, 너의 불쌍한 어머니가 그를 너에게 남기고 갔기 때문에, 지금까지 소박하고 정직하게 부친의 역할을 맡아, 솜씨 있게 요리를 만들며 너를 보살펴 주었던 것이다. 그런데 그는 지금 모든 사람이 보는 앞에서 너로부터 더할 수 없이 좋은 아내를 가로채고, 너를 결혼식의 입회인으로 그리고 5개월 후에는 유아 세례의 입회인으로 만들고 만다. 즉 너 자신이 주인이 되어 거행하는 것이 훨씬 어울릴 두 가지 가족 행사에서 너는 손님이 되고 마는 것이다. 사실은 네가 마리아를 호적 관청에 데리고 가야 하고, 네가 세례 입회인을 정해야 마땅한데도 말이다. 이런 식으로 내가 이 비극의 주역임을 인식하고, 주역이 잘못 배정된 채 이 연극이 연출되고 있음을 인정하면서, 나는 극장이라는 것에 대해 새삼 절망했다. 오스카에게, 참된 성격 배우에게 거의 어울리지도 않는 단역이 배정되었기 때문인 것이다.

내가 나의 아들에게 쿠르트라는 이름을 붙여 주기 전에, 내가 그를 결코 그렇게 불러서는 안 될 이름으로 부르기 전에—나는 이 아이에게 그의 진짜 할아버지인 빈첸트 브론스키의 이름을 붙여 주고 싶었다—즉, 내가 쿠르트라는 이름을 어쩔 수 없이 받아들여야만 하기 전에, 오스카가 앞으로 다가올 출산에 대해 마리아의 임신 중에 어떻게 저항했는지를 말하지 않을 수 없다.

내가 소파에 있는 두 사람을 불시에 습격하여, 마체라트의 땀에 젖은 등 위에 쪼그리고 앉아 북을 치면서, 마리아의 조심해 달라는 요구를 방해한 바로 그날 밤 나는 연인을 재탈환하기 위해 절망적인 시도를 했다.

마체라트는 나를 흔들어 겨우 밀쳐 내기는 했지만, 때는 이미 늦었다. 그래서 그가 나를 때렸다. 마리아는 오스카를 감싸 안으면서, 마체라트가 조심하지 않았기 때문이라고 그를 비난했다. 마체라트는 노인처럼 변명을 하며 그녀가 한 번만으로 만족하면 되었을 것을 그렇게 하지 않았기 때문에 마리아에게 책임이 있다고 억지를 부렸다. 그러자 마리아가 울면서 말했다. "그렇게 넣었다가 빼기만 해서는 나는 금방 좋아지지가 않으니 다른 여자를 찾아보세요. 나는 경험이 없지만, '에덴'에 있는 구스테 언니는 그걸 잘 알아요. 구스테는 그건 그렇게 빨리 되는 게 아니래요. 세상에는 콧물 쏟는 것만을 일삼는 남자들도 있다고 말했어요. 언니는 마체라트도 그러한 부류의 남자일 가능성이 다분하니 조심하라고 내게 일러주었어요. 어떻든 나는 지금 한 것처럼 앞으로도 벨을 울려야 하니까 이제 더 이상 하지 않겠어요. 하지만 어쨌든 나에게 그 정도의 책임감을 가지고 조심했어야 할 게 아니에요." 그렇게 말하면서 그녀는 여전히 소파에 앉아 울었다. 마체라트는 그 같은 개 짖는 소리는 더 이상 듣고 싶지 않노라고 팬티 바람으로 소리쳤다. 그러고 나서는 곧 화를 내 미안하다고 말하며 다시 마리아에게 덤벼들었다. 말하자면, 아직 벌거벗은 채로 있는 그녀의 옷 밑을 더듬으려고 했다. 그것이 마리아를 격분하게 했다.

오스카는 그녀의 그런 모습을 여지껏 본 적이 없었다. 얼굴에 빨간 얼룩들이 나타나는가 하더니, 회색 눈은 점점 흐려졌다. 바지에다 손을 뻗쳐 바짓가랑이에다 다리를 집어넣고 단추를 채우는 마체라트를 그녀는 겁쟁이라고 불렀다. 그리고 걱정 말고 조직책들한테나 가 보시라고, 어떻든 그놈들도 한결같이 속사포일 거라고 마리아는 소리쳤다. 윗저고리를 집어든 마체라트는 문의 손잡이를 잡더니 이렇게 단언했다. 자기는 이제부터 태도를 달리하겠다. 이제 암컷이라면 신물 났다. 그토록 음탕하게 놀고 싶으면 차라리 외국인 노동자나 프랑스 놈을 하나 낚아라. 그 놈들은 맥주를 가지고 올 것이고 틀림없이 잘해 줄 거다. 마체라트라는 자는 사랑이라는 이름에 음란한 짓거리 말고도 다른 그 무엇이 있다고 생각한다. 이제 스카트에나 열중하겠다. 거기서는 자기가 바라는 것을 충족시켜 줄 테니 말이다.

이렇게 하여 거실에는 나와 마리아 둘만 남게 되었다. 그녀는 더 이상 울지 않았다. 무언가 골똘한 생각에 잠긴 채 그녀는 아주 가느다랗게 휘파람 소리를 내며 팬티를 올려 입었고, 소파 위에서 짓눌렸던 옷의 구김살을 한동안 천천히 폈다. 그러고 나서 라디오를 켠 그녀는 바이크셀강과 노가트강의 수위(水位)에 대한 보도를 귀 기울여 들었다. 모틀라우강 하류의 수위를 알린 후, 왈츠 음악에 대한 예고가 있었고 또 그 음악이 실제로 흘러나왔을 때, 그녀는 별안간에 팬티를 벗더니 부엌으로 가 식기를 덜그럭거리고 물을 틀었다. 가스에 불이 붙는 소리가 들리는 것으로 보아, 나는 마리아가 뒷물을 하려는구나, 라고 생각했다.

별로 유쾌하지도 못한 상상에서 벗어나려고 오스카는 왈츠 음악에 귀를 기울였다. 내 기억이 옳다면, 나는 그때 슈트라우스 곡의 몇 소절을 북으로 치기도 하며 재미를 느꼈다. 그러고 나서 방송국의 왈츠 음악이 중단되었고 임시 뉴스에 대한 예고가 있었다. 오스카는 대서양 관련 뉴스일 것이라 예상했고, 사실 그대로였다. 여러 척의 잠수함이 아일랜드 서쪽에서 수천 톤의 배를 일고여덟 척 격침시켰으며, 게다가 다른 잠수함들도 대서양에서 거의 같은 톤수의 배를 바다 밑으로 가라앉히는 데 성공했다는 소식이었다. 특히 두드러진 것은 세프케 대위가 지휘하는 잠수함이—어쩌면 크레취머 대위였는지도 모른다. 어쨌든 그 둘 중 어느 한쪽이거나, 아니면 제3의 유명한 대위일 것이다—가장 많은 톤수를 격침시켰으며, 더 나아가 XY급의 영국 구축함도 한 척 침몰시켰다는 것이다.

임시 뉴스에 이어지는 영국 민요를 내가 북으로 변주하여 거의 왈츠로 바꾸었을 때, 마리아가 팔에다 목욕 타월을 건

채 거실로 들어왔다. 그녀가 낮은 소리로 말했다. "들었죠, 오스카 도령, 계속해서 임시 뉴스야! 이대로 계속 된다면……."

만일 그대로 계속된다면 어떻게 될 것인지를 오스카에게 설명하지 않은 채 그녀는 의자에 앉았다. 그 의자의 팔걸이는 마체라트가 언제나 윗저고리를 걸쳐 놓던 것이었다. 마리아는 젖은 타월을 비틀어 짜 순대처럼 만들면서, 상당히 높은 음으로 그리고 정확하게 영국 민요에 맞추어 휘파람을 불었다. 라디오가 벌써 끝나 버렸는데도, 그녀는 마지막 부분을 다시 한 번 반복했다. 그리고 상자 모양의 라디오가 그릇장 위에서 다시 변함 없이 왈츠 음악을 큰소리로 연주하기 시작하자, 그녀는 스위치를 꺼 버렸다. 그리고 순대처럼 생긴 타월을 테이블에다 놓아둔 채 그녀는 의자에 앉아 두 손을 넓적다리 위에다 놓았다.

거실은 아주 조용해졌고, 탁상시계만 점점 더 큰 소리를 내었다. 마리아는 라디오를 다시 켜는 게 낫지 않을까, 라고 생각하고 있는 듯했다. 그러나 그녀는 다른 결심을 했다. 그녀는 테이블 위에 놓인 순대처럼 생긴 타월에다 머리를 처박고, 팔을 무릎을 지나 양탄자 쪽으로 늘어뜨린 채, 소리 죽여 흐느끼며 울었다.

오스카는 그처럼 난처한 입장에 처해 있던 마리아에게 자기가 갑자기 나타났기 때문에, 그녀가 부끄러워하는 게 아닌가 하고 스스로에게 자문했다. 나는 그녀의 기분을 명랑하게 해주기로 결심하고, 거실을 살짝 빠져나와 어두운 가게 안의 푸딩 꾸러미와 기름 종이 옆에 있는 조그마한 봉지를 찾아냈다. 그는 어둑어둑한 복도에서 선갈퀴 비등산의 봉지임을 금방 알아볼 수 있었다. 오스카는 제대로 찾은 것이 기뻤다. 왜냐하면 나는 마리아가 다른 어떤 맛보다도 선갈퀴를 좋아한다는 것을 이따금씩 눈치챘기 때문이다.

내가 거실로 돌아왔을 때, 마리아의 오른쪽 뺨은 여전히 순대처럼 비튼 타월 위에 올려져 있었다. 그녀의 팔도 전과 마찬가지로 기댈 곳 없이 흔들흔들 넓적다리 사이에 늘어져 있었다. 왼쪽으로부터 가까이 다가선 오스카는 그녀의 눈이 감겨 있고 눈물도 나지 않고 있음을 보고 속은 기분이 들었다. 나는 그녀가 들러붙어 있는 속눈썹과 함께 눈꺼풀을 위로 치켜 뜰 때까지 참을성 있게 기다리다 마침내 봉지를 내밀었으나, 그녀는 선갈퀴를 보지 못하고, 봉지와 오스카를 지나쳐서 딴 곳을 보는 것 같았다.

눈물 때문에 앞이 보이지 않을 거라고 이해한 나는 마리아를 용서했고, 마음속으로 잠시 생각한 뒤 좀더 직접적인 행동을 취하기로 결심했다. 오스카는 테이블 밑으로 기어 들어가서 안쪽으로 약간 휘어진 그녀의 발 앞에 웅크리고 앉았다. 그리고 손가락이 거의 양탄자에 닿아 있는 그녀의 왼손을 잡아 손바닥이 보일 때까지 위쪽으로 돌려놓고는, 이빨로 봉지를 찢어 그 안에 든 절반을 힘없이 늘어진 채 나에게 내맡겨진 그 접시에 쏟았다. 그러고 나서 거기에다 침을 섞은 후 나는 최초로 이는 거품을 바라보았다. 그 순간 마리아가 오스카의 가슴을 세차게 걷어찼다. 양탄자 위에 있던 오스카는 거실 테이블 밑의 한가운데까지 날아갔다.

아픈 것을 참고 일어선 나는 곧 테이블 밑에서 빠져나왔다. 마리아도 마찬가지로 일어섰다. 우리는 씩씩거리며 마주 보고 서 있었다. 마리아는 목욕 타월을 집어 들고는 왼손을 깨끗이 닦은 후, 그 걸레 같은 천을 내 발밑에 던지며, 나를 징그러운 똥돼지, 독기 서린 난쟁이, 미친놈의 난쟁이, 물레방아에다 처넣을 놈이라고 욕을 퍼부었다. 그리고 나를 붙잡아 뒤통수를 치면서, 나 같은 개구쟁이를 이 세상에 낳았다며 나의 불쌍한 어머니까지 욕하는 것이었다. 그래서 내가 거실과 온 세상에 있는 유리라는 유리를 모조리 표적으로 삼아 소리치려고 하자, 그녀는 내 입을 그 목욕 타월로 틀어막았다. 입에 무니 그것은 쇠고기보다도 단단했다.

오스카의 안색이 붉으락푸르락해졌을 때에야 비로소 그녀는 나를 놓아 주었다. 나는 그때 마음만 먹었다면 힘들이지 않고 모든 유리를, 유리창을 그리고 다시 한번 대형 탁상시계의 문자판을 덮은 유리를 비명소리로 산산이 부술 수도 있었을 것이다. 그러나 나는 소리 지르지 않았고, 증오가 내 마음을 점령하도록 내버려 두었다. 그 미움은 이후에 계속 눌러앉아 버렸다. 그래서 지금도 마리아가 내 방에 들어오기만 하면 나는 그 이빨 사이의 타월과도 같은 증오를 느끼는 것이다.

마리아는 변덕스러웠기 때문에 나와 떨어지자 기분 좋게 웃으며, 라디오를 다시 켜고 왈츠에 맞추어 휘파람을 불며, 내가 원래 좋아하던 대로 내 머리카락을 달래는 듯이 쓰다듬기 위해 내게로 다가왔다.

오스카는 그녀가 바로 옆에까지 오도록 한 후 양쪽 주먹으로 정확하게 그곳을, 즉 그녀가 마체라트에게 입장을 허락했던 곳을 밑에서 아래쪽으로 치면서 달려들었다. 내가 두번째 타격을 가하기 전에 그녀가 내 주먹을 붙잡았기 때문에, 나는 그 저주받은 같은 자리를 꽉 물고 늘어지면서 그녀와 함께 소파 위로 넘어졌다. 라디오는 임시 뉴스를 예고하고 있었으나, 오스카에게 그런 것이 들릴 리가 없었다. 그러므로 오스카는 누가 무엇을 얼마만큼 격침시켰는지 독자 여러분에게 보고하지 않는다. 격렬한 흐느낌이 들려왔기 때문에 나는 이빨을 늦추었다. 나는 마리아 위에 꼼짝도 하지 않고 누워 있었다. 그녀는 아픔 때문에 울고 있었으나, 오스카는 미움 때문에 그리고 사랑 때문에 울고 있었다. 납덩이 같은 무기력함으로 변하기는 했으나, 그래도 사라질 수는 없는 사랑이었다.

그 무기력함을 그레프 부인에게로 가져가다

그 사내, 그레프를 나는 좋아하지 않았다. 그레프, 그도 나를 좋아하지 않았다. 나중에 그가 북 치는 장치를 만들어주었을 때도 나는 그가 좋아지지 않았다. 그처럼 지속적인 반감을 가질 만큼 힘이 남아 있지 않은 요즘에도 오스카는 여전히 그가 그다지 좋아지지 않는다. 그가 벌써 이 세상 사람이 아닌데도 말이다.

그레프는 채소상이었다. 하지만 착각 해서는 안 된다. 그는 감자도 오그라기 양배추도 먹지 않았지만, 채소 재배에 있어서만큼은 박식했기 때문에 스스로 원예가라느니, 자연 애호가라느니, 채식주의자라느니 하면서 으스대었다. 하지만 그레프는 고기를 먹지 않았기 때문에 엄밀한 의미에서 진짜 채소상이라고 할 수는 없었다. 그에게는 농작물을 농작물답게 설명할 수 있는 능력이 없었다. 나는 그가 "이 진귀한 감자를 한번 보세요."라는 식으로 손님에게 말하는 것을 종종 들었다. "터질 것처럼 부풀어 오르고, 여전히 새로운 형태를 만들어내지만, 순수하기만 한 이 과육을 보세요. 나는 감자가 좋아요. 내게 말을 걸어 오니까요!" 정말이지 진짜 채소상이라면 이런 식의 이야기로 손님을 당황하게 만들지는 않을 것이다. 나의 할머니 안나 콜야이체크는 감자밭에서 잔뼈가 굵은 여인이었지만, 감자가 대풍년인 해에조차도 "그래, 올해 감자는 작년 것보다 좀 큰 것 같군."이라는 정도의 말밖에 꺼내지 않았다. 사실 채소상보다는 오히려 안나 콜야이체크나 그의 오빠 빈첸트 브론스키가 감자 수확에 더 의존해야 하는 형편이었다. 채소상에게는 감자가 흉년이 드는 해에는 자두가 풍작이 들어 손해를 메꾸어 주곤 했던 것이다.

그레프는 모든 것을 과장하는 사람이었다. 도대체 그가 가게에서 초록빛 앞치마를 두르고 있을 필요가 있단 말인가? 어디 한번 보아주지 않겠느냐는 투로 벙글벙글 웃으며 시금치 빛의 초록색 앞치마를 손님에게 보이고는, "하느님의 원예용 초록 앞치마를 보세요."라고 말하는 것을 보면 그 뻔뻔스러움에 정말 질릴 뿐이었다. 게다가 그가 보이 스카우트에서 벗어나지 못하는 것도 문제였다. 물론 그는 이미 38년에 자신의 클럽을 해산해야 했지만—그 무렵은 소년들이 갈색의 셔츠와 멋진 폼이 나는 검은색의 겨울 제복을 분배받고 있던 때였다—그후에도 신사복이나 새 제복을 입은 옛날의 대원들이 빈번하면서도 정기적으로 옛 상관인 그에게로 몰려와 노래를 불렀다. 그는 하느님에게서 빌려 입은 저 원예용 앞치마를 입은 채 기타를 손으로 퉁기며 함께 아침의 노래, 석양의 노래, 방랑자의 노래, 용병의 노래, 수확의 노래, 마리아의 노래, 그리고 국내외의 민요 등을 있는 대로 노래했다. 그레프는 시의적절하게 나치스 자동차 부대의 멤버가 되었으며, 41년 이후부터는 채소상의 간판뿐만 아니라 방공 감시인이라는 직함도 가지게 되었다. 거기에다가 이전의 대원 중 두 사람이 히틀러 청소년단 소년부에서 약간 출세하여 한 사람은 분대장, 또 한 사람은 소대장이라는 직책을 맡아 그의 후원자 역할을 했다. 그리하여 그레프의 감자 저장실에서 벌어지는 노래의 밤은 히틀러 청소년단 지부에 의해 용인되는 것으로 알려져 있었다. 또한 그레프는 지구당 교육부장인 뢰프자크의 의뢰를 받아 옌카우 교육원에서의 훈련 기간 중에 노래의 밤을 개최하기도 했다. 40년 초에는 어느 초등학교 교사와 함께 위탁을 받아 그레프는 『함께 노래하자!』라는 제목의 청소년 노래집을 단치히-서프로이센 지구당을 위해 편집했다. 이 노래책은 대성공이었다. 채소상은 베를린으로부터 제국 청소년 지도자가 서명한 편지를 받았는가 하면, 베를린에서 개최되는 노래 지도자 집회에도 초대되었다.

그레프는 이처럼 유능한 사람이었다. 그는 온갖 노래의 가사를 알고 있을 뿐만 아니라, 텐트를 칠 줄도 알았고, 캠프 파이어를 붙이거나 끄는 기술이 뛰어나 산불 같은 것은 걱정할 필요도 없었다. 나침반에 의지해 목적지에 틀림없이 도달했으며, 눈에 보이는 별 이름은 전부 말할 수 있었다. 유쾌한 이야기며 모험담을 재미있게 들려주기도 했고, 바이크셀 유역의 전설도 알고 있었다. '단치히와 한자 동맹'이라는 제목으로 저녁 집회에서 강연도 했고, 중세의 모든 기사단장의 이름을 연대별로 열거하였으며, 그것만으로는 부족해, 다시 기사단 영토 내에서의 독일의 사명에 대해 많은 것을 들려주기도 했다. 하지만 강연 중에 보이 스카우트 냄새가 나는 교훈을 섞어 말하는 일은 극히 드물었다.

그레프는 젊은이들을 좋아했다. 그리고 소녀들보다는 소년들을 좋아했다. 본래부터 그는 소녀들을 조금도 좋아하지 않았고, 소년들만 좋아했다. 그는 노래를 함께 부르는 것만으로는 부족할 정도로 소년들이 좋아질 때도 가끔 있었다. 그것은 그레프 부인 탓인지도 모른다. 언제나 닳아 찌든 브래지어와 구멍투성이 팬티를 입은 단정치 못한 여인에게서 빠져나와, 튼튼하고 아주 깨끗한 사내아이들 속에서, 사랑의 한층 더 순결한 척도를 구하고자 했는지도 모른다. 어쩌면 그레프 부인의 더러운 속옷이 사시사철 가지에 걸려 꽃을 피우는 그 수목에는 또 하나의 다른 뿌리가 파묻혀 있었는지도 모른다. 내 생각으로 그레프 부인이 그처럼 단정하지 못하게 되어 버린 원인은, 채소상 겸 방공 감시인이 그녀의 무관심한 듯하면서 약간은 백치와도 같은 풍만함을 알아볼 감식안을 가지지 못했다는 데에 있는 것 같다.

그레프는 뻣뻣한 것, 근육질적인 것, 딱딱한 것을 좋아했다. 그가 자연이라고 말하는 경우, 그것은 동시에 고행을 의미했다. 그리고 그가 고행이라고 말하는 경우에는 일종의 특별한

그 무기력함을 그레프 부인에게로 가져가다　　　　505

체력 단련을 의미했다. 그레프는 자신의 육체를 잘 알았고, 자신의 육체를 세심하게 단련했다. 육체에 열을 가하기도 하고, 특별히 고안을 하여 한기(寒氣)에 쐬기도 했다. 오스카가 노래를 불러 가까이 있거나 먼 곳에 있는 유리를 산산조각 내며, 때로는 유리창의 성에를 녹이고, 때로는 고드름을 녹여서 달그닥거리게 하는 데 비해, 채소상은 손에 드는 작은 연장을 사용해 얼음을 공격하는 그런 사람이었다.

그레프는 얼음에다 구멍을 뚫었다. 12월, 1월, 2월에 그는 도끼 한 자루를 사용해 얼음에다 구멍을 팠다. 아직 날도 새지 않은 꼭두새벽에 그는 지하실로부터 자전거를 꺼내고, 얼음 깨는 도끼를 양파 부대에 넣어 싼 후, 자스페를 지나서 브뢰젠으로, 브뢰젠에서 눈 덮인 해안 산책길을 따라 글레트카우를 향해 달렸다. 그리고 브뢰젠과 글레트카우의 중간 지점에서 자전거에서 내려, 주위가 점점 밝아 오는 동안 양파 부대에 싼 도끼를 실은 자전거를 끌며 얼어붙은 해안을 지나고, 다시 꽁꽁 얼어붙은 발트해 위로 이삼백 미터나 끌고 갔다. 해변은 안개가 자욱했기 때문에 그 누구의 눈에도 띌 염려는 없었다. 그레프는 자전거를 옆에 세워 놓고 양파 부대에서 도끼를 꺼낸 후 잠시 동안 엄숙한 표정으로 가만히 서 있었다. 그러면 안개 속을 뚫고 정박지로부터 얼음에 갇혀 버린 화물선의 고동 소리가 들려왔다. 이윽고 그는 잠바를 벗어 버리고 가볍게 체조한 후에, 마침내 힘차면서도 꾸준하게 도끼질을 하여 발트해에다 둥그런 구멍을 뚫는 작업을 시작하는 것이었다.

그레프가 구멍을 뚫는 데는 적게 잡아도 45분은 걸렸다. 그

걸 내가 어떻게 아느냐고. 제발 그런 걸 묻지 말아 주시기 바란다. 오스카는 당시에 거의 대부분의 일에 대해 알고 있었으니까. 그러니 그레프가 얼음판에 구멍을 뚫는 데 시간이 얼마나 걸렸는지도 나는 알고 있었던 것이다. 그는 땀을 흘렸고, 그 소금기 섞인 땀은 혹처럼 불룩하게 나온 이마로부터 하얀 눈 속으로 떨어졌다. 그는 능숙한 솜씨로 깊숙이 도끼질을 하며 둥그런 원을 만들었다. 한바퀴 빙 돌아 원이 완성되자 그는 장갑도 끼지 않은 맨손으로 약 20센티미터 두께의 얼음덩어리를 헬라반도 아니 스웨덴까지 계속되는 것 같은 광대한 얼음판으로부터 들어내었다. 뚫린 구멍 속으로 드러난 바닷물엔 얼음덩어리들이 흩어져 있었고, 태고적부터의 회색이었다. 김이 약간 피어오르긴 했으나 온천은 아니었다. 구멍은 고기들을 끌어모았다. 얼음에다 구멍을 내면 고기들이 모여든다고 하는데 말 그대로였다. 그레프는 이제 마음만 먹으면 칠성장어라든지 20파운드나 나가는 대구를 낚을 수 있었다. 그런데 그는 낚시질은 하지 않고, 옷을 벗기 시작해 알몸이 되었다. 그레프는 옷을 벗을 때면 언제나 알몸이 되는 것이 보통이었다.

오스카는 독자 여러분에게 겨울의 오한을 퍼부어 등골을 오싹하게 만들고 싶은 생각은 없다. 그래서 간단히 말씀드리겠다. 채소상 그레프는 겨울 몇 달 동안 일주일에 두 차례 발트해에서 냉수욕을 했다. 수요일에는 이른 아침에 혼자서 했다. 6시에 집을 출발해 6시 반에 현장에 도착, 7시 15분까지 도끼질을 하여 구멍을 뚫었다. 그러고는 사내다운 과장된 몸짓으로 옷을 척척 벗어던지고, 눈으로 미리 몸을 문지른 후 구멍으로 뛰어들었다. 구멍 안에 들어가서는 소리를 지르거나 때로는 노래를 불렀다. 「기러기가 밤하늘을 날다」라든가, 「우리들은 폭풍우를 좋아해……」를 부르기도 했다. 그렇게 2분간 아니면 잘해야 3분간쯤 고래고래 소리 지르며 냉수욕을 마친 다음 그는 단숨에 빙판 위로 뛰어올랐다. 너무도 눈에 띄게 김이 모락모락 나고 게처럼 빨갛게 된 살덩어리가 구멍 주위를 계속 소리지르며 뛰어다녔다. 그러다가 몸이 화끈하게 달아오르면 마침내 옷 속으로 들어가 자전거 위에 올라탔다. 8시 조금 전에 벌써 라베스베크로 돌아온 그레프는 8시 정각에 채소 가게의 문을 열었다.

두 번째 냉수욕 날은 일요일로서, 이때에는 몇 명의 소년들을 함께 데리고 갔다. 오스카는 이 냉수욕을 직접 보았다고는 주장하지 않으며, 또한 보지도 않았다. 나중에 다른 사람들이 이야기하는 것을 들었을 뿐이다. 채소상에 대해 이런저런 이야기를 알고 있던 음악가 마인이 온 동네에다 자기가 아는 것이라면 모조리 트럼펫으로 불어 대었던 것이다. 그중 한 이야기에 의하면, 엄동설한의 몇 개월 동안 일요일마다 그레프는 몇 명의 소년들을 데리고 함께 냉수욕을 했다는 것이다. 그러나 마인조차도 이 채소상이 소년들에게 강요하여 자기와 마찬가지로 벌거벗고 얼음 구멍 속으로 뛰어들게 했다고는 주장하지 않았다. 어쨌든 소년들의 단단하고 억센 몸뚱아리들이 반라 또는 거의 전라가 되어 얼음 위를 이리 뛰고 저리 뛰며, 눈으로 서로를 문질러 주는 것만 보아도 그레프는 만족해했다고 한다. 게다가 눈 속에서 뛰어노는 소년들이 그레프를 너무도 기쁘게 했으므로 그는 냉수욕을 전후하여 몇 번씩이나 함께 뛰어놀면서 이 아이 저 아이를 마사지하는 것을 도와주었고, 또한 아이들 모두가 자기 몸을 마사지하도록 허락했다는 것이다. 음악가 마인의 주장에 의하면 비록 바닷가에 안개가 자욱했으나 글레트카우의 해변 산책로에서 이런 광경도 보았다고 한다. 놀랍게도 벌거벗은 모습의 그레프가 노래하거나 소리 지르면서 역시 벌거벗은 그의 제자들 중 두 아이를 잡아당겨 끌어안고, 나체와 나체를 서로 포개는가 하면 금방 고삐가 풀린 삼두마차가 되어 고래고래 소리 지르면서 발트해의 두꺼운 얼음 위를 질주해 갔다는 것이다.

이미 알다시피 그레프는 어부의 아들은 아니었다. 브뢰젠과 노이파르바서에는 그레프라는 성(姓)을 가진 어부가 많기는 했지만 말이다. 채소상 그레프는 티이겐호프 출신이었고, 결혼 전의 성이 바르치였던 리나 그레프는 프라우스트에서 그녀의 남편을 만났다. 그는 그곳에서 사업 취미가 있는 한 젊은 신부(神父)를 도와 가톨릭 장인 조합의 일을 보고 있었으며, 리나도 마찬가지로 그 신부 때문에 매주 토요일 교구청을 출입하고 있었다. 그레프 부부가 내게 주었던 것임에 틀림없는 한 장의 사진이 아직도 내 앨범에 붙어 있는데, 그것을 보면 그때 20세였던 리나는 튼튼하고 토실토실 살이 쪘으며, 명랑하고 성품이 좋으면서도 경솔한 데가 있어 둔할 것같이 보였다. 그녀의 아버지는 상크트 알브레히트에서 상당한 규모의 원예업을 하고 있었다. 그녀는 스물두 살 때 신부의 권유로 그레프와 결혼했는데, 그 무렵 그녀는 남자를 전혀 모르는 숫처녀였노라고 나중에도 두고두고 이야기했다. 그녀는 아버지로부터 자금을 받아 랑푸우르에 채소 가게를 열었는데, 상품의 많은 부분을, 특히 과일의 거의 대부분을 아버지의 원예장에서 값싸게 구입했다. 그래서 장사는 저절로 번창했으며, 그레프가 다소간 실책을 범해도 별다른 영향을 받지 않았다.

정말이지 그레프가 어설프게 잔재주를 부리는 나쁜 아이 같은 버릇만 가지고 있지 않았더라면 그들이 돈방석에 올라앉는 것은 그리 어렵지 않았을 것이다. 가게가 아이들이 많이 사는 교외에 위치하고 있을뿐더러, 근처에 경쟁 상대도 없어 아주 유리한 조건이었기 때문이다. 그런데 그 잔재주 때문에 도량형 검정국 직원이 서너 차례 모습을 나타내어 채소 저울을 검사하고, 저울추를 압수하고, 저울도 차압하여 그레프에게 크고 작은 벌금을 부과했던 것이다. 이 때문에 고객의 일부가 빠져나가 주일마다 서는 시장에서 물건을 사게 되었다. 그들의 말에 의하면, 그레프 가게의 물건은 언제나 일등품으로 값도 결코 비싸지는 않다. 하지만 아무래도 부정(不正)이 있다는 것이다. 그렇지 않다면야 검정국 직원들이 자주 모습을 보일 리는 없지 않느냐는 것이었다.

이 사건과 관련하여 나는 확신하거니와, 그레프는 애초부터 속일 생각 같은 것은 하지 않았다. 사실인즉, 커다란 감자 저울은 이 채소상이 약간의 손질을 가한 후에는 오히려 그레프에게 손해되는 방향으로 기울었다. 말하자면 그는 전쟁 직전에는 이 저울에다 철금(鐵琴)을 끼우기까지 했다. 그러면 그

철금은 감자의 무게에 따라 노래를 들려주었다. 감자 20파운드의 경우에 손님은 「자알레강의 빛나는 강변에서」를 덤으로 들을 수 있었고, 50파운드일 때는 「언제나 정직하고 성실하게」를, 100파운드의 겨울 감자 같으면 「타라우의 엔헨」의 소박하면서도 매혹적인 음조를 들을 수 있었다.

나는 이 음악 놀이가 검정국의 기분을 상하게 하는 것임을 알고 있었으나, 오스카 자신은 채소상의 변덕에 이해가 갔다. 리나 그레프도 남편의 이러한 기발한 짓을 관대하게 보아 넘겼다. 어쨌든 그레프 부부는 상대방의 모든 변덕을 서로 묵인하기로 규칙을 세워 놓았던 것이다. 그러므로 그레프 부부의 결혼 생활은 원만했다고 말할 수 있다. 채소상은 부인을 때리지도 않았고, 다른 여자를 두고 마누라를 속이지도 않았으며, 술주정꾼도 난봉꾼도 아니었다. 그는 오히려 몸가짐이 단정하고 유쾌한 남자였으며, 사교적이고 남을 잘 돕는 성격이었다. 그래서 젊은 친구들 사이에서뿐만 아니라, 감자를 사면서 음악까지 들을 수 있었던 고객들 사이에서도 인기가 있었다.

그레프 쪽에서도 부인인 리나가 해를 거듭할수록 점점 더 악취를 풍기는 칠칠치 못한 여자가 되어갔으나 이것을 아무 말 없이 관대하게 보아 넘겼다. 그에게 호감을 가진 사람들이 리나를 단정치 못한 여자라고 욕할 때도 그가 미소를 띠며 웃어 넘기는 것을 나는 보았다. 마체라트가 그레프 부인에 대한 반감을 말하기라도 하면, 그레프는 감자를 다루는 손치고는 말끔한 자신의 두 손에 입김을 불어 비비며 곧잘 이렇게 말했다. "정말 당신 말이 옳아, 알프레트. 그 사람은 단정치 못한

그 무기력함을 그레프 부인에게로 가져가다

데가 있어. 우리 리나 말이야. 그런데 말이야, 당신이나 내게도 흠이 없다고 말할 수 있을까?" 마체라트가 그래도 수그러들지 않으면 그레프는 그런 언쟁을 단호하게 딱 자르지만 그러나 예의 바르게 결말 짓는 것이었다. "당신이 말하는 게 모두 옳아. 하지만 그 여자는 좋은 사람이야. 리나에 대해서는 무어라 해도 내가 제일 잘 알지."

그가 그녀를 잘 안다고 말할 수 있을는지는 모른다. 하지만 그녀는 그를 거의 알지 못했다. 예를 들면 그녀는 채소상을 늘 상 찾아오는 청소년들과 그레프와의 관계를 어떻게 보았을까. 그녀도 이웃 사람들이나 고객들과 꼭 마찬가지로, 젊은이들이 그를 비록 전문가가 아니긴 하지만 정열적인 친구이자 교육자로 생각하며 그에게 감동을 표시하는 것이라고 단순하게 생각했을 것이다.

그레프는 나에 대해서는 감동시킬 수도 교육시킬 수도 없었다. 오스카는 그레프와는 전혀 다른 타입이었던 것이다. 만일 내가 성장하기로 마음만 먹을 수 있었더라면 그레프와 같은 타입이 되었을는지도 모른다. 사실 이제 열세 살이 되는 내 아들 쿠르트는 그 뼈대가 굵고 키가 크며 동작이 굼뜨다는 점에서 바로 그레프의 타입이다. 다만 그 아이는 마리아를 쏙 빼닮았고, 나를 닮은 데는 별로 없으며, 마체라트로부터는 아무것도 물려받지 않았지만 말이다.

마리아 트루친스키와 알프레트 마체라트 사이의 결혼식이 거행되었을 때, 휴가차 돌아왔던 프리츠 트루친스키와 함께 그레프도 결혼식의 입회인이 되었다. 마리아도 그녀의 남편도 신교도였으므로 호적 관리청에 가기만 하면 되었다. 때는 12월 중순경이었다. 마체라트는 당(黨) 제복 차림으로 결혼 선서를 했다. 마리아는 임신 3개월이었다.

나의 연인의 배가 점점 불러옴에 따라 오스카의 미움도 그만큼 점점 커졌다. 임신 자체에 대해서는 아무런 반감도 없었다. 하지만 자신이 만든 사랑의 열매에게 오래지 않아 마체라트라는 이름을 붙이게 된다는 사실은 나로부터 대를 이을 아들이 태어난다는 기쁨을 모조리 앗아가 버렸다. 그래서 나는 마리아가 임신 다섯 달째가 되었을 때, 물론 너무 늦었긴 하지만 최초의 낙태를 시도했다. 마침 사육제 기간이었다. 가게 카운터 위쪽에 있는 놋쇠 막대기에는 소시지와 베이컨이 매달려 있었는데, 마리아는 이 막대기에다 몇 개의 종이 리본과 두 개의 주먹코 광대 가면을 붙이려고 했다. 보통 때 선반에 걸치면 언제나 안정되던 사다리가 카운터에 기대자 불안하게 흔들거렸다. 마리아는 위쪽에서 두 손 가득 리본을 안고 있었고, 오스카는 밑에서 사다리의 발을 누르고 있었다. 나의 북채를 지렛대로 삼고, 어깨와 굳건한 의지의 도움을 받아 나는 사다리를 들어서 옆으로 넘어뜨리려고 했다. 마리아는 종이 리본과 광대 가면 사이에서 으악 하고 놀라면서 나지막하게 소리 질렀으나, 사다리는 이미 흔들리고 있었다. 오스카가 옆으로 얼른 비켜서는 순간, 바로 그 옆으로 알록달록한 종이 리본, 소시지 그리고 가면과 함께 마리아가 굴러 떨어졌다.

겉보기보다 사태가 심각하지는 않았다. 그녀는 발만 삐었기 때문에 누워서 요양 하면 되었고, 다른 데는 아무런 피해도 없었다. 그리하여 그녀는 그후 점점 더 꼴사나운 모습을 보이게 되었으나, 누구 때문에 발을 삐게 되었는지에 대해서는 마체라트에게 결코 말하지 않았다.

다음 해 5월, 출산 예정일의 3주일쯤 전에 내가 두 번째로 낙태를 기도하자, 그녀는 남편인 마체라트에게 상의를 했다. 하지만 미주알고주알 전부 털어놓지는 않았다. 식사 때, 나도 있는 자리에서 그녀가 말했다. "오스카 도령은 요즘 장난질이 아주 심해요. 가끔 내 배를 두들기기도 해요. 아기를 낳을 때까지 우리집 어머니한테 있게 하는 게 좋겠어요. 거기엔 방도 있으니까."

마체라트는 이 이야기를 곧이곧대로 받아들였던 것 같다. 하지만 사실을 말하자면 살인에의 발작 때문에 나는 마리아에게 아주 엉뚱한 일을 저지르게 되었던 것이다.

그녀는 정오의 휴식 시간 동안 소파에 앉아 있었다. 마체라트는 점심 식사 후에 접시를 씻고 가게로 나가 쇼윈도에 장식을 하고 있었다. 거실은 조용했다. 파리 한 마리가 날고 있었던 것 같고, 언제나와 마찬가지로 시계소리가 들렸으며, 거기에다가 라디오가 낮은 소리로 낙하산 부대의 크레타섬 투입 성공을 보도하고 있었다. 내가 라디오에 귀를 기울였던 것은 위대한 복서인 막스 슈멜링이 자기 이야기를 하게 되었을 때뿐이었다. 내 기억이 맞다면, 이 사내는 크레타의 바위투성이 땅에 낙하했을 때 세계 챔피언의 발을 삐어 버렸기 때문에, 한동안 누워서 요양하지 않으면 안 되었다. 그것은 마치 마리아가 사다리에서 떨어졌기 때문에 침대에 누워 있지 않으면 안 되는 상황과도 비슷했다. 슈멜링은 침착하고 신중하게 말했다. 그러고는 덜 유명한 낙하산 부대원들이 이야기를 했으나, 오스카는 이미 귀를 기울이지 않고 있었다. 조용했다. 아마도 파리 한 마리가 윙윙거리고 있는 것 같았고, 시계소리는 여전했으며, 라디오는 아주 작은 소리를 내고 있었다.

나는 창 앞의 작은 의자에 앉아 소파 위에 있는 마리아의 몸을 관찰하고 있었다. 그녀는 헐떡거리고 숨을 쉬면서, 눈을 감고 있었다. 이따금 나는 화가 치밀어 올라 나의 양철북을 두들겼다. 그녀는 꼼짝도 하지 않았지만, 나로 하여금 한 방 안에 같이 있으면서 그녀의 배에 맞추어 숨을 쉬어야 될 것 같은 기분이 들게 했다. 분명히 이 방에는 시계가 있었고, 유리창과 커튼 사이에 파리가 있었으며, 돌멩이투성이의 크레타 섬을 배경으로 하는 라디오 방송도 흘러나오고 있었다. 그런데 이 모든 것은 순식간에 사라져 버리고, 그 배만 시야에 들어오는 게 아닌가. 둥글게 불러 오른 이 배가 어느 방에 있는 것인지, 그것이 누구의 배인지도 몰랐으며, 또 누가 이 배를 그토록 커다랗게 만들어 버렸는지도 잘 모르게 되었다. 다만 하나의 소원만은 분명했다. 저 배 속에 있는 것을 처치해야만 해, 저것은 잘못이야, 저것은 너의 앞길을 막을 거야, 자, 넌 일어서서 행동해야 해! 그래서 나는 일어섰다. 너는 무엇을 해야 좋을지 생각해야 된다. 그래서 나는 배 쪽으로 가까이 다가갔으며, 가면서 무언가를 손에 잡았다. 조금만 바람이 통하게 하자. 이렇게 부풀어 있는 건 안 좋아. 그래서 나는 다가가는 길에 잡은 것을 들어 올려, 배 위에서 함께 호흡하고 있는 마리아

그 무기력함을 그레프 부인에게로 가져가다

의 작은 손 사이의 한 부분을 겨냥하였다. 오스카야, 이제 너는 결행해야 한다. 우물거리다가는 마리아가 눈을 뜬다. 그 순간 이미 관찰당하고 있다는 느낌이 들긴 했지만, 나는 가늘게 떨고 있는 마리아의 왼손을 응시하였다. 더욱이 그녀가 오른손을 빼내어 무언가를 하려 한다는 것도 깨달았다. 그러므로 마리아가 오른손으로 오스카의 주먹을 비틀어 가위를 빼앗은 순간에도 나는 그다지 놀라지 않았다. 아마도 나는 그때 이삼 분 동안 빈 손을 들어 올린 채 그 자리에 서 있었던 것 같다. 시계 소리, 파리 소리 그리고 크레타섬에 대한 보도가 끝난 것을 알리는 아나운서의 목소리가 들려왔다. 이윽고 나는 뒤로 돌아서서 새로운 프로―2시에서 3시까지의 경음악―가 시작되기 전에 거실을 떠났다. 방안 가득한 배 때문에 거실이 좁게 느껴졌던 것이다.

이틀 후, 나는 마리아로부터 새로운 북을 받았으며, 대용 커피와 튀김 감자 냄새가 나는 3층의 트루친스키 아주머니 집으로 옮겨졌다. 처음에 나는 소파에서 잤다. 헤어베르트가 사용하던 침대가 있긴 했으나 마리아의 바닐라 냄새가 배어 있을지도 모르기 때문에 거기에서 자는 것을 거부했던 것이다. 일주일이 지나 하일란트 노인이 나의 어린이용 목제 침대를 아래층에서 끌어올려 왔다. 이전에 나와 마리아 그리고 우리가 공유했던 비등산 밑에서 잠자코 있었던 그 침대와 나란히 이 나무 침대를 놓는 것을 나는 허락했다.

트루친스키 아주머니 집에서 지내는 동안 오스카는 훨씬 안정되어 갔다. 아니 무관심하게 되었다고 말해도 좋으리라. 나는 이제 더 이상 그 배를 보지 않게 되었다. 마리아가 계단을 올라오는 것을 꺼려했기 때문이었다. 나는 1층의 살림집에도 가게에도 거리에도 아파트의 안뜰에조차도 나가지 않았다. 안뜰에서는 점점 어려워지는 식량 사정 때문에 다시 토끼를 길렀다.

오스카는 프리츠 트루친스키 하사관이 파리에서 보냈거나 직접 가지고 온 엽서들을 앞에 놓고 앉아 있는 일이 잦게 되었다. 나는 파리의 거리를 이리저리 상상해 보았다. 그리고 트루친스키 아주머니가 에펠탑의 그림 엽서를 주었을 때, 나는 이 대담한 철근 건축을 테마로 삼아 파리를 북으로 연주하기 시작했다. 그것은 내가 그때까지 들어본 적이 없었던 뮈제트[44] 곡의 일종이었다.

6월 12일, 내 계산에 따르면 2주일의 조산(早産)이 되는 셈인데, 쌍둥이좌의 성좌 밑에서—내 계산에 의하자면 게자리가 되었어야 했다—나의 아들 쿠르트가 태어났다. 아버지는 목성, 아들은 금성의 해에 태어났다. 아버지는 처녀좌(處女座)의 수성에 지배당하고 있기 때문에 의심이 많고 변덕스럽다. 아들도 마찬가지로 수성에 지배당하고 있으나, 쌍둥이좌이기 때문에 냉정하며 꾸준히 추구하는 지성을 부여받았다. 그러나 나의 경우에는 동쪽 상승궁(上昇宮)에 천칭좌의 금성이 있어서 운세가 부드러워졌으나, 아들의 경우에는 같은 궁에 백양좌가 있어서 악화되었다. 나는 백양좌의 화성을 추적하는

---

44) 프랑스의 민속 악기로 백파이프의 일종. 또는 뮈제트(musette)로 연주하는 경쾌한 8분의 6박자의 춤곡.

그 무기력함을 그레프 부인에게로 가져가다

운명이었다.

트루친스키 아주머니는 흥분해서, 한 마리의 생쥐와도 같이 내게 그 뉴스를 전해 주었다. "자, 생각해 봐, 오스카. 황새가 귀여운 동생을 데려다 주었구나. 나도 말이야, 계집애가 아니기를 바랐지. 계집아이는 나중에 말썽이 많은 법이거든!" 나는 그동안에도 거의 멈추지 않고 에펠탑과 이제 막 도착한 개선문의 그림 엽서를 앞에 놓고 북을 치고 있었다. 트루친스키 아주머니도 나로부터 할머니가 된 것을 축하하는 말을 들을 것을 기대하는 것 같지는 않았다. 일요일이 아님에도 불구하고 아주머니는 약간 붉게 칠하고 싶은 기분이 들어, 몇 번이나 사용해 본 적이 있는 치커리 포장지를 쥐고 뺨을 문지르며 화장을 했다. 그리하여 생기를 얻은 얼굴로 방을 나선 그녀는 곧 아버지 소리를 듣게 될 마체라트를 도우려고 아래층으로 내려갔다.

앞서 말했다시피 때는 6월이었다. 거짓의 달이었다. 모든 전선에서 전과가 있었다. 발칸반도에서의 전과도 거기에 포함시킨다면 말이다. 하지만 동부 전선에서는 그보다 더욱 큰 전과를 목전에 두고 있었다. 엄청난 대부대가 행동을 개시했던 것이다. 철도는 분주해졌다. 지금까지 파리에서 그렇게 편안하게 지내던 프리츠 트루친스키도 동부를 향해 떠나게 되었다. 조만간에 끝날 것 같지는 않은 긴 여행이었으며, 휴가 여행과는 분명히 달랐다. 그러나 오스카는 번쩍번쩍 빛나는 엽서 앞에 침착하게 앉아, 온화한 초여름의 파리에 머물면서 「세 사람의 젊은 고수」를 가볍게 두드렸다. 독일 점령군과는 아무 관계도 없는 일이었으므로, 레지스탕스가 센강 변의 다리로부터 나를 밀어 떨어뜨리지나 않을까 하는 걱정은 하지 않아도 좋았다. 전혀 아니었다. 완전히 평복으로 갈아입고 북을 가진 채 나는 에펠탑에 올라 높은 곳에서 드넓은 전망을 마음껏 즐겼으며, 매우 만족하였다. 그리고 그 높이가 유혹적임에도 불구하고 달콤하면서도 쓰라린 자살 충동 같은 것은 조금도 들지 않았다. 그리하여 에펠탑을 내려와 94센티미터의 신장으로 그 밑에 섰을 때에야 비로소 나는 아들이 태어난 것을 다시 의식하게 되었다.

나는 생각했다. 여기에 한 아들이 있다! 그 애가 세 살이 되면 양철북을 사 주리라. 하지만 우리는 알고 싶다. 이 아이의 아버지가 누구인지—저 마체라트인지, 아니면 나, 오스카 브론스키인지를.

무더운 8월, 스몰렌스크에서의 포위전이 대성공과 함께 다시 종결되었다는 보도가 있었던 무렵이라고 생각된다. 그때 나의 아들은 쿠르트라고 명명되었다. 그런데 나의 할머니 안나 콜야이체크와 그 오빠인 빈첸트 브론스키가 명명식에 초대된 것은 어떤 이유에서였을까? 물론 얀 브론스키가 나의 아버지이고, 말없이 점점 더 기인(奇人)이 되어가는 빈첸트가 부계(父系) 쪽의 할아버지가 된다는 설명을 여기에서 끄집어내노라면 초대에 대한 이유는 충분히 해명되었다고 볼 수 있을 것이다. 말하자면 나의 조부모가 나의 자식 쿠르트의 증조부가 되었던 것이다.

물론 초대를 한 장본인인 마체라트로서는 이와 같은 논증은 상상도 할 수 없는 일이었다. 이 사내는 자신에게 가장 회의적인 순간에 있어서도, 이를테면 스카트 놀이에서 집 높이만큼 크게 졌을 때라도 자기는 이중의 의미에서의 아버지, 즉 낳은 아버지이자 기른 아버지라는 사실을 믿어 의심치 않았다. 오스카가 그의 조부모를 다시 만나게 된 것은 다른 이유 때문이었다. 이 두 노인은 그동안 독일인이 되었던 것이다. 그들은 이제 폴란드인이 아니었으며, 꿈속에서만 카슈바이어를 사용하였다. 그들도 독일 민족 혹은 민족의 제3집단이라고 불려졌다. 게다가 얀의 미망인인 헤트비히 브론스키는 람카우 지구 농민장을 지내고 있는 발트 지방 출신의 독일인과 결혼했다. 이미 신청해 놓은 것이 인가되면, 마르가와 슈테판 브론스키는 그들의 계부 엘러스의 이름을 이어받을 수도 있게 될 것이다. 열일곱 살의 슈테판은 지원을 하여 대(大)보쉬폴 연병장에서 보병 훈련을 받고 있었는데, 언제라도 유럽 전쟁이라는 무대를 방문하는 허가를 받을 가능성이 충분히 있었다. 그러나 마찬가지로 곧 징집 연령에 도달하는 오스카는 여전히 북 뒤에서, 육군이나 해군, 아니 어쩌면 공군에서라도 세 살짜리 양철북 고수를 필요로 할 때까지 기다려야만 했다.

지구 농민장인 엘러스가 제일착으로 왔다. 세례가 있기 두 주일도 전에, 그는 쌍두마차의 마부석에 헤트비히와 나란히 앉아 라베스베크로 왔다. 그는 안짱다리였고 위장병 환자로서 얀 브론스키와는 비교되지 않는 인물이었다. 얀보다도 완전히 머리 하나는 작은 그가 소처럼 커다란 눈을 가진 헤트비히와 거실 테이블에 나란히 앉아 있었다. 마체라트까지도 그의 모습에 놀랐다. 이야기는 활기를 띨 것 같지 않았다. 날씨에 대한 이야기가 나왔고, 동부 전선에서 온갖 일이 벌어지고 있으며, 긴장감이 도는 진격 태세라는 것이 확인되었다. 1915년 당시 그곳에서 참전한 경험이 있는 마체라트가 15년 당시보다 더욱 신속하다며 회상을 했다. 얀 브론스키에 대한 이야기는 하지 않기로 모두들 세심한 주의를 기울였으나, 내가 그들의 묵계(默計)를 망쳐 놓았다. 철없는 아이처럼 익살스러운 입 모양을 짓고는 큰소리로 몇 번이나 오스카의 아저씨인 얀을 불러대었던 것이다. 마체라트가 마음을 정하고서, 한때의 친구이자 연적이었던 사내에 대해 무엇인가 호의적이고 의미심장한 말을 했다. 엘러스는 자신의 전임자를 본 적도 없으면서, 즉시에 맞장구치며 동의했다. 그러자 헤트비히의 눈에서는 몇 방울의 진실한 눈물 방울이 천천히 굴러 떨어졌다. 그녀는 마침내 다음과 같은 말로 얀의 이야기를 끝맺었다. "참 좋은 사람이었어요. 파리 한 마리도 못 죽였죠. 그렇게 되리라고 누가 생각이나 했겠어요. 자기 그림자에도 놀라는 겁쟁이 고양이 같은 사람이었는데 말이에요."

이 말이 끝나자 마체라트는 뒤에 서 있는 마리아에게 병맥주를 가져오게 했다. 그러고 나서 엘러스에게 스카트 놀이를 할 줄 아는지를 물었다. 엘러스가 할 줄 모른다며 심심한 유감을 표명하자, 마체라트는 관대하게 아량을 베풀며 이 지구 농민장의 작은 결점을 눈감아 주었다. 게다가 맥주가 컵에 따라지자, 어깨까지 두들기며 스카트 같은 것은 몰라도 상관없으며, 그럼에도 불구하고 사이좋게 지낼 수 있다고 장담하는 것이었다.

　그리하여 헤트비히 브론스키는 헤트비히 엘러스가 되어 다시 우리집에 나타났다. 나의 자식인 쿠르트의 세례를 위해 그녀의 남편인 지구 농민장 외에도 이전의 시아버지인 빈첸트 브론스키와 그 누이인 안나도 함께 데리고 왔다. 마체라트는 사정을 잘 안다는 듯이 행동했다. 이웃집 창 아래의 길로 걸어오는 이 두 노인에게 그는 큰소리로 공손하게 인사를 했다. 그리고 거실로 들어와서는 나의 할머니가 네 벌의 치마 밑으로 손을 넣어 세례의 선물로 가져온 통통하게 살이 찐 거위를 내놓자 "할머니, 이러시지 않아도 되는데요. 그냥 오시기만 해도 기뻐요."라고 말했다. 그러나 이 말은 오히려 나의 할머니의 마음에 들지 않았다. 할머니는 자기가 가지고 온 거위가 얼마나 값나가는가를 인정받고 싶었던 것이다. 살찐 거위를 손바닥으로 두들기며 그녀가 불평을 했다. "하지만 그런 것과는 달라요, 알프레트. 이것은 카슈바이 거위가 아니라, 이제 독일 거위라고 하는 거야. 맛은 전쟁 전과 조금도 다르지 않지."

　이것으로 민족 문제는 모두 해결되었는가 했더니, 아직도 세례를 앞두고 몇 가지 어려움이 남아 있었다. 오스카가 신교도 교회 안으로 들어가기를 거부했기 때문이다. 사람들이 내 북을 택시에서 가지고 나와 이 양철을 미끼로 삼고는, 신교도 교회에는 북도 마음대로 가지고 들어갈 수 있노라고 몇 번이나 보증하기도 했으나, 나는 계속해서 완고하기 그지없는 가톨릭교도로 남았다. 신교도의 세례 설교를 듣기보다는 차라리 비잉케 사제의 귀에다 모든 것을 짤막하게 요약해서 고해하고 싶었던 것이다. 마체라트가 양보를 했다. 아마도 내 소리와 내 소리가 일으킬 손해 배상 청구가 두려웠던 것이리라. 그리하여 교회 안에서 세례가 진행되는 동안, 나는 택시에 남아 운전사의 뒤꼭지를 관찰하기도 하고, 백미러에 오스카의 얼굴을 비춰보기도 했으며, 벌써 몇 년 전 나 자신의 세례 때 비잉케 사제가 세례를 받는 오스카에게서 악마를 쫓아내려고 온갖 시도를 하던 것을 생각해 내기도 했다.

세례가 끝난 후 식사를 했다. 테이블 두 개를 서로 붙여서 식탁을 만들고는, 제일 먼저 송아지 수프를 먹었다. 스푼과 접시의 가장자리를 시골 사람들은 입으로 홀짝거리며 빨아 마셨다. 그레프는 새끼손가락을 치켜올리고 있었다. 그레트헨 셰플러는 수프를 썰어서 먹었다. 구스테는 스푼을 든 채 커다랗게 입을 벌리고 싱글벙글하고 있었다. 엘러스는 스푼을 입에 댄 채 말을 했다. 빈첸트는 손이 떨려 스푼을 집지 못하고 있었다. 노부인들, 즉 안나 할머니와 트루친스키 아주머니만 스푼을 부지런히 놀렸다. 이 동안에 오스카는 스푼을 내려놓고, 모두들 아직 숟가락질을 하고 있는 사이에 그곳을 빠져나와 침실로 가 그의 아들의 요람을 찾았다. 오스카는 자기 아들에 대해 심사숙고하고 싶었던 것이다. 그동안에 다른 사람들은 스푼으로 수프를 몸 속으로 계속 부어넣고 있었음에도 불구하고, 그들은 스푼 뒤에서 아무런 생각 없이 공허한 숟가락질을 하며 쪼그라들고 있었다.

밝은 하늘색의 망사가 유모차 바구니 위를 덮고 있었다. 바구니의 테두리가 너무 높았기 때문에 처음에는 약간 찡그리고 있는 푸르무레한 얼굴만 보였다. 나는 북을 딛고 올라서서야 잠들어 있는 나의 아들, 자면서도 신경질적으로 깜짝깜짝 경련을 일으키는 아들을 관찰할 수 있었다. 오오, 아버지로서의 뿌듯함, 그것은 언제나 그럴듯한 말을 찾고자 한다! 그러나 젖먹이를 보고 있는 내게는 이 아이가 세 살이 되면 북을 사주리라는 짤막한 문구밖에 떠오르지 않았다. 게다가 아들은 자기의 사고(思考) 세계에 대해 아무런 해명도 하지 않았고, 또 나로서도 이 아이가 나와 마찬가지로 귀가 밝은 아이이기를 바라 마지않았으므로, 세 살이 되는 생일날에 양철북을 선사하겠다고 거듭해서 다짐할 뿐이었다. 그러고 나서 나의 양철북에서 내려와 거실에 있는 어른들을 다시 한번 시험해 보기로 했다.

그곳에서는 송아지 수프가 막 끝났고 있었다. 마리아가 버터에 녹인 녹색의 달콤한 완두콩 통조림을 가져왔다. 마체라트는 돼지불고기의 맛에 대해 책임감을 느끼고 있었던 터라, 손수 접시를 나누어주었다. 그러고 나서 그는 윗저고리를 벗어부치고 셔츠 차림으로 한 조각 한 조각 고기를 썰었다. 끈적끈적하면서도 연한 고기를 내려다보며 그가 염치도 없이 생글거렸기 때문에 나는 무안해서 고개를 돌려야만 했다.

채소상 그레프에게는 특별 요리가 나왔다. 아스파라거스 통조림, 단단하게 삶은 달걀, 크림을 친 무가 나왔는데, 그것은 그가 채식주의자로서 고기를 먹지 않기 때문이었다. 그러나 그는 다른 사람들과 마찬가지로 짓이긴 감자 한 조각을 자기 접시에 담았다. 그리고 고기 소스가 아니라 볶은 버터를 거기에다 부었다. 눈치 빠른 마리아가 부엌으로부터 프라이팬을 칙칙거리며 가져온 것이었다. 다른 사람들이 맥주를 마시는 동안, 그레프는 과즙을 컵에 따랐다. 키에프 포위전이 화제가 되었고, 모두들 손가락으로 포로의 수를 헤아렸다. 발트 출신인 엘러스가 특히 그 방면에 뛰어난 재주를 보였다. 그는 십만 명마다 손가락을 하나씩 세우다가 백만 명이 되어 양손의 손가락이 전부 벌어져 버리자, 이번에는 한 개씩 손가락을 차례대로 꼽으며 계속 헤아렸다. 러시아인 포로 수가 점점 늘어나고 이야기가 점차 싱거워지고 흥미가 없어지면서 이 화제가 끝이 나자, 이번에는 세플러가 고텐 항(港)의 잠수함에 관한 이야기를 했다. 마체라트가 나의 할머니 안나의 귀에다 대고, 쉬하우에서는 매주 두 척의 잠수함이 진수하고 있대요, 라고 속삭였다. 어서서 채소상 그레프는 세례식에 참석한 손님 전원을 향해 잠수함은 왜 배의 후미(後尾)가 아니라 옆구리부터 먼저 진수해야 하는가를 설명했다. 그는 눈에 보이듯이 설명하기 위해 모든 것을 손 동작으로 나타내려고 했으며, 잠수함의 구조에 홀딱 빠져 있던 일부 손님들은 서투르지만 열심히 그 손짓을 따라했다. 빈첸트 브론스키는 왼손으로 잠수함이 가라앉는 것을 흉내 내다가 맥주컵을 엎질러 버렸다. 나의 할머니가 잔소리를 하자, 마리아가 할머니를 달래며 말했다. "마음 쓰실 것 없어요. 식탁보는 안 그래도 내일 세탁할 작정이니까요. 세례 잔치장에서 얼룩이 지는 거야 당연한 일이죠." 그때 트루친스키 아주머니가 재빨리 행주를 가지고 와 엎질러진 맥주를 닦아 냈다. 그리고 왼손으로는 아몬드를 넣은 초콜릿 푸딩이 수북하게 담긴 커다란 유리 대접을 들고 있었다.

정말이지, 초콜릿 푸딩에 다른 소스가 쳐 있었더라면, 아니 소스 같은 것은 조금도 치지 않았더라면 좋았을 것이다. 하지만 바닐라 소스가 쳐져 있었다. 흐물흐물 노란 액체의 바닐라 소스. 너무도 평범하고 흔해 빠지긴 했지만, 그럼에도 불구하고 유일무이한 바닐라 소스. 이 세상에 바닐라 소스만큼 기쁜 것도 없으며, 또 이것만큼 슬픈 것도 없으리라. 바닐라 향기가 은은하게 감돌자 마리아가 점점 더 나를 에워쌌다. 그래서 나는 모든 바닐라의 장본인인 마리아를, 마체라트와 나란히 손잡고 앉아 있는 그녀를 더 이상 보고 있을 수 없었다.

어린이용 의자로부터 미끄러져 내려간 오스카는 즉시에 그레프 부인의 치마에 착 달라붙었다. 그리고 위에서는 숟가락질을 하고 있는 그녀의 발밑에 누워, 리나 그레프가 내뿜는 독특한 냄새를 처음으로 맡았다. 그 냄새는 순식간에 소리치면서 바닐라 냄새를 모조리 삼켜 버렸고, 바닐라 냄새를 남김없이 죽여 버렸다.

코를 쿡 찌르긴 했지만, 나는 끝까지 새로운 냄새 쪽으로 얼굴을 돌린 채 버텼다. 그러자니 마침내 바닐라에 얽혀 있는 기억이 전부 마비되는 것 같았다. 천천히, 소리도 없이, 경련도 일으키지 않은 채 구토증이 나를 엄습했다. 송아지 수프, 돼지불고기 조각, 거의 소화되지 않은 통조림 완두콩, 그리고 예의 바닐라 소스가 발린 초콜릿 푸딩이 목구멍에서 몇 스푼 넘어오는 동안, 나는 자신의 무기력을 이해했고, 자신의 무기력에 잠기게 되었다. 오스카의 무기력이 리나 그레프의 발밑으로 퍼져 나갔다—그래서 나는 결심했다. 이제부터는 매일 나의 무기력을 그레프 부인에게로 가져가기로.

(2권에서 계속)

세계문학전집 **32**

양철북 1

1판 1쇄 펴냄 1999년 10월 4일
1판 63쇄 펴냄 2024년 3월 20일

지은이 귄터 그라스
옮긴이 장희창
발행인 박근섭, 박상준
펴낸곳 (주)민음사

출판등록 1966. 5. 19. (제 16-490호)
서울특별시 강남구 도산대로1길 62(신사동) 강남출판문화센터 5층 (우편번호 06027)
대표전화 02-515-2000 팩시밀리 02-515-2007
www.minumsa.com

한국어 판 © (주)민음사, 1999, 2017. Printed in Seoul, Korea

ISBN 978-89-374-6032-6 04800
ISBN 978-89-374-6000-5 (세트)

민음사 세계문학전집

세계문학전집 목록

세계문학전집은 계속 간행됩니다.